Karl-Josef Kuschel

Magische Orte

Ein Leben mit der Literatur

Karl-Josef Kuschel

Magische Orte

Ein Leben mit der Literatur

Patmos Verlag

Gewidmet ist dieses Buch

Wilhelm Bruners,
Johannes Dietl und
Karl-Josef Ludwig,
Freunden, die magische Orte mit mir
erkundet haben.

Und meinen Schwestern
Gisela Bittner-Brink und
Annette Becker
in Dankbarkeit für alle
Unterstützung und kritische Lektüre.

Die Verlagsgruppe Patmos ist sich ihrer Verantwortung gegenüber unserer Umwelt bewusst. Wir folgen dem Prinzip der Nachhaltigkeit und streben den Einklang von wirtschaftlicher Entwicklung, sozialer Sicherheit und Erhaltung unserer natürlichen Lebensgrundlagen an. Näheres zur Nachhaltigkeitsstrategie der Verlagsgruppe Patmos auf unserer Website www.verlagsgruppe-patmos.de/nachhaltig-gut-leben

Verlagsgruppe Patmos in der Schwabenverlag AG, Ostfildern
www.patmos.de

Umschlaggestaltung: Finken und Bumiller, Stuttgart
Umschlagabbildung: Unter Verwendung einer
Fotografie des Autors © Erzdiözese Salzburg
Autorenfoto im Innenteil: Sascha Baumann / all4foto.de
Gestaltung, Satz und Repro: Schwabenverlag AG, Ostfildern
Druck: GGP Media GmbH, Pößneck
Hergestellt in Deutschland
ISBN 978-3-8436-1391-0

»Die Literaturgeschichte ist die große Morgue, wo jeder seine Toten aufsucht, die er liebt und womit er verwandt ist.«
Heinrich Heine, Romantische Schule (1835)

»Lesen heißt genau wie Singen oder Tanzen unsere Todesangst bannen. Wir *fahren* buchstäblich aus unserer Haut, um zu *er*fahren, was in den Köpfen derjenigen vorging, die nicht mehr da sind, weil sie auf dem Friedhof liegen. Wir lesen, weil wir so tausend Leben führen können, ohne mehr als einen Tod sterben zu müssen. Wir lesen, weil wir um die Wirkkraft des Zauberworts ›Mutabor‹ wissen aus Wilhelm Hauffs ›Kalif Storch‹: Wer ein Buch aufschlägt, wird verwandelt. Ohne Schrift keine Geschichtsschreibung. Literatur lesen stärkt unsere Empathie und erschüttert unsere lieb gewordenen Glaubensgewissheiten.«
Denis Scheck, Schecks Kanon, 2019, 8

»Vielleicht hält Gott sich einige Dichter (ich sage mit Bedacht: Dichter!), damit das Reden von ihm jene heilige Unberechenbarkeit bewahre, die den Priestern und Theologen abhanden gekommen ist.«
Kurt Marti, Zärtlichkeit und Schmerz. Notizen, 1979, 16

Inhalt

Prolog: *Von der Magie einer literarischen Topographie*

> »Das Leben ist eine Geschichte, man muss sie gut erzählen können, um gelebt zu haben.«
> *Elazar Benyoëtz*

> »Solange etwas ist, ist es nicht das, was es gewesen sein wird. Wenn etwas vorbei ist, ist man nicht mehr der, dem es passierte. Allerdings ist man dem näher als anderen.«
> *Martin Walser, Ein springender Brunnen (1998)*

Magisch nenne ich Orte, die eine Doppeleigenschaft besitzen. Sie ziehen einen an und entlassen einen wieder, verändert, verwandelt, bereichert. Nie ist man derselbe, wenn man von dort zurückkommt. Und weil das so ist, bleibt die Anziehungskraft stark, möchte man wieder und wieder die dort gespeicherte Energie aufnehmen. Man ist aber auch nicht derselbe, der dorthin noch einmal zurückkehrt. Es gehört zur Unerschöpflichkeit der Literatur, dass sie in jedem Augenblick des gelebten Lebens eine andere Bedeutung annehmen kann.

Begreifen, was mich ergreift

Ich lege hier keine Memoiren vor, wohl aber Erzählungen von Begegnungen mit Menschen, mit Büchern und Orten der magischen Art. Ich habe sie aufgesucht, um die Dichtung besser zu verstehen, die hier entstanden ist. Um die Dichter/innen besser zu verstehen, die hier gelebt haben. Und um mich besser zu verstehen, will ich doch in der Tat »begreifen«, warum mich literarische Texte »ergreifen«, um ein Wort des Literaturwissenschaftlers Emil Staiger (1908–1987) aufzunehmen (in: Die Zeit als Einbildungskraft des Dichters, 1953, 15).

Sicher: »Jeder Mensch erfindet früher oder später eine Geschichte, die er für sein Leben hält«: Dieser Schlüsselsatz aus Max Frischs Roman »Mein Name sei Gantenbein« will mir nicht aus dem Kopf, wenn ich jetzt beginne, aus meiner Geschichte zu erzählen. Doch so treffend der Satz formuliert ist: Ist alles Erfindung, alles Fiktion und damit künstlich gemacht, was man aus dem eigenen Leben erzählt? Probiere ich Geschichten an wie Kleider wie der Erzähler bei Frisch? Sicher: Jede Lebensbeschreibung ist immer auch Selektion und Rekonstruktion. Indem man zu erzählen beginnt, erfindet man auch, wählt aus den ungezählten Lebensmomenten aus, setzt in der Rückschau zusammen, was anfangs oft noch zusammenhanglos neben- oder hintereinander stand. Martin Walser hat das für seine Autobiographie treffend formuliert. Sein Schlüsselsatz steht als Motto über diesem Prolog. Aber die Erfahrungen, von denen man erzählt, sind keine Erfindungen. Es sind Fundstücke des Lebens, authentisch Erlebtes, im Wahrheitsgehalt verbürgt freilich nur von einem selbst. Was ich somit von Prägungen durch die Begegnung mit Dichtung und Dichtern erzähle, ist mein Narrativ, gemäß einem Wort des dänischen Philosophen Sören Kierkegaard, dass das menschliche Leben »vorwärts gelebt«, aber »rückwärts verstanden« wird.

Ich spreche nicht von »der« Literatur; jeder hat die seine, seinen Ausschnitt aus dem Ganzen. Ich spreche von Explorationen im Raum *der* Literatur, die *mir* die Sinne verschärfen half. Fünfzehn Rückspiegel in das *eigene* Leben, Erinnerungen an besondere Personen, Schauplätze, Situationen, Momente und Gespräche, darum geht es hier. Der Schriftsteller Patrick Roth hat Schreiben einmal »Totensuche« und »Totenerweckung« genannt. [1]So ergeht es mir, wenn ich meinen »Club der toten oder lebenden Dichter« aufsuche und »Dialoge« beginne, deren geistige Energie und ästhetische Schönheit mich nachhaltig geprägt haben. Heinrich Heine hat es in seiner Schrift »Romantische Schule« (1835) auf den Punkt gebracht: »Die Literaturgeschichte ist die große Morgue, wo jeder seine Toten aufsucht, die er liebt und womit er verwandt ist« (Sämtl. Schriften, hrsg. v. Klaus Briegleb, Bd. 5, 372 f.).

Wer die Texte der Dichterinnen und Dichter liebt, hat im Verlauf seines/ihres Lebens einen eigenen Kanon ausgebildet und trägt ihn mit sich. Ist Literatur doch die unaufdringlichste und zugleich unerbittlichste Weise, uns selbst dabei zuzusehen, was aus uns geworden ist oder was aus uns hätte werden können. Im Rezipieren eines Kunstwerks trainieren wir Weltbeziehung in einem ganzen Spektrum von Lebenserfahrungen. Wir wollen vorbereitet sein. »Was moderne Menschen«, schreibt der Jenaer Soziologe Hartmut Rosa in seinem Hauptwerk »Resonanz. Eine Soziologie der Weltbeziehung« (2016), »in die Museen und Kinos, in die Konzertsäle und Opernhäuser treibt, was sie Romane, Gedichte und Dramen lesen lässt, als hinge ihr Leben davon ab, ist der Umstand, dass sie auf diese Weise spielerisch und explorativ ganz unterschiedliche Arten und Formen der Weltbeziehung – die Einsamkeit und Verlassenheit, die Melancholie, die Verbundenheit, den Überschwang, die Wut und den Zorn, den Hass und die Liebe – zumindest pathisch einüben und ausprobieren können und dass dabei ihre eigene Bezogenheit auf die Welt moderiert und modifiziert wird« (S. 483). Auf Hartmut Rosas Arbeiten »Resonanz« und »Unverfügbarkeit« (2018) ist im Epilog zurückzukommen.

Die religiösen Quellen unserer Kultur freilegen

Ich erzähle hier also von ausgewählten Schauplätzen meines Lebens mit der Literatur, vom Fascinosum einer literarischen Topographie. Leicht erkennbar freilich, dass die Auswahl der Orte meinem Arbeitsprogramm folgt, dem ich mich seit gut 50 Jahren verschrieben habe: die gedeutete Präsenz von »Religion« in der Welt der Literaturen zu erforschen, eine Geschichte der Auseinandersetzung mit »Gott« wieder oder erstmals freizulegen, und zwar bewusst außerhalb der Welt von Kirche und Theologie. Ich bin dabei nicht auf Aktualität fixiert, sosehr ich die aktuelle literarische Szene im deutschsprachigen Raum mit wachen Sinnen und einer ungebrochenen *curiosité intellectuell* verfolge.[2] Ich bleibe bei meinem »Kanon«. Und mein Zugang dazu ist topographisch und autobiographisch zugleich.

Mich interessieren dabei insbesondere die spezifisch religiösen Quellen der Kultur, die mich geprägt hat. Und zwar nicht als Hüter der Asche, sondern der Glut, die noch nicht verloschen ist. Sind wir doch, um eine Diagnose des Göttinger Literaturwissenschaftlers Albrecht Schöne aufzunehmen, »wahrhaftig Zeitzeugen einer Kulturrevolution«. »Was damit wegbricht«, schreibt er, »auch im kulturellen Fundament, was damit verlorengeht an kollektiven, die Generationen übergreifenden Verstehensfähigkeiten und Verständigungsgrundlagen, was es etwa auch für die vielberedete Identität eines auf monetäre, wirtschaftliche und politische Einigungen gegründeten künftigen Europa bedeuten mag, wenn die religiösen Energiequellen seiner Kultur versiegen, das lässt sich kaum ermessen« (Vom Betreten des Rasens, 2005, 326).

Den *»religiösen Energiequellen unserer Kultur«* gilt in der Tat mein Interesse. Die in Texten überlieferte Gottesleidenschaft der Dichterinnen und Dichter will ich erinnernd wachhalten, das Wort im mehrfachen Sinn verstanden. Die Ergriffenheit von der Schönheit Gottes im Spiegel seiner Schöpfung gehört dazu oder die Dankbarkeit für Gelungenes und Geschenktes, aber auch das Leiden an der Abwesenheit oder der schweigenden Unbegreiflichkeit Gottes, am Missbrauch mit dem Wort »Gott« und der entsprechenden Verwerfung eines Glaubens an Gott. Das ganze Reaktionsspektrum ist gemeint, von der »Gottesdummheit« und »Gottessorge« angefangen, wie Thomas Mann formulieren konnte, bis zur »Gottesvergiftung«, wie sie ein Psychoanalytiker wie Tilmann Moser in seinem gleichnamigen Buch diagnostiziert hat, und der »Gottesfinsternis«, die Martin Buber als Signum unserer Zeit ausmachte. Er wusste: Das Wort »Gott« ist das »beladenste aller Menschenworte«, keines ist »so besudelt«, »so geschändet«, »so zerfetzt« worden (Einzelheiten: Karl-Josef Kuschel, Martin Buber – seine Herausforderung an das Christentum, 2015).

Das ist Gottesleidenschaft im negativen Sinn: Leiden am Missbrauch, ja der Schändung des Namens »Gott«. Wie ein vergifteter Strom zieht sie sich durch die Religionsgeschichte der Menschheit. Bis heute. Mit täglich neuen Unheilsmeldungen, mit Tyrannei und Terror »im Namen Gottes«. Eine Gottesleidenschaft aber, die den Gottesnamen für Fanatismus, Intoleranz oder gar Terrorismus missbraucht, ist Gotteslästerung. Hellsichtig, was Heinrich Böll mir schon 1983 in einem meiner Schriftsteller-Gespräche ins Stammbuch schrieb: »Ich glaube, daß man das Wort ›Gott‹ für eine Weile aus dem Verkehr ziehen sollte; nicht Gott selbst, nicht das, was mit diesem Wort gemeint ist. Ich denke, dieses Wort ist im Grunde (vielfach) nur […] ein Füllwort […] ein Abladeplatz für viele Probleme, die wir *Menschen* lösen könnten. Und wenn erst Politiker das Wort ›Gott‹ aussprechen! Das ist für mich die einzige Form der Blasphemie, die ich noch kenne« (s. das Böll-Kap. XIII).

Aber genau deshalb haben sie mich magisch angezogen, die Texte der Dichterinnen und Dichter. Genau deshalb habe ich mich zu ausgewählten Orten auf den Weg gemacht oder bin ihren Spuren gefolgt, weil sie für mich eine Gottesleidenschaft im Wissen um das ganze Spektrum moderner Religionskritik ausstrahlen. Bin ich doch mit dem britischen Literaturwissenschaftler George Steiner davon überzeugt:

> »In der Hauptsache haben westliche Kunst, Musik und Literatur, von den Werken Homers und Pindars bis hin zu Eliots ›Vier Quartetten‹, Pasternaks ›Doktor Schiwago‹ oder der Lyrik Paul Celans, unmittelbar die Anwesenheit oder Abwesenheit Gottes angesprochen. Oft ist diese Ansprache feindseliger oder polemischer Natur gewesen. Der große Künstler hat Jakob zum Patron gehabt, er hat mit der schrecklichen Vorgabe und der Macht der Ur-Schöpfung gerungen« (Der Garten des Archimedes, 1996, 62 f.).

Dabei habe ich »Religion« im Laufe der Jahrzehnte immer weiter zu fassen gelernt. Angefangen mit Studien über christliche Themen oder über Figuren aus der Welt der Bibel, begrenzt auf den deutschsprachigen Raum, konnte ich die Reichweite der Texte auf Weltliteratur und nichtchristliche Religionen erweitern, insbesondere auf Schlüsselfiguren in der Welt von Judentum, Islam, Hinduismus, Buddhismus und Taoismus. 1972–2022: Ich werde erzählen, wie alles angefangen und sich dann weiter entfaltet hat, seit ich 1977 bei Hans Küng und Walter Jens über das Thema »Jesus in der deutschsprachigen Gegenwartsliteratur« promoviert habe (s. Kap. I. Tübingen). 1978 ist diese Arbeit als Buch erschienen. Und diesem »interkulturellen« sollte später der »interreligiöse Dialog« folgen, aber dann auch das Interesse, beide Dialoge miteinander zu verbinden und im Medium der Literatur

Spiegelungen nichtchristlicher Religionen zu explorieren. »Weltreligionen im Spiegel der Literatur« habe ich mein Forschungsprojekt benannt (s. Epilog) und es 1998 mit einer Arbeit über Lessing und die »Herausforderung des Islam« begonnen und mit einer Studie zu »Goethe und der Koran« (2021) noch nicht abgeschlossen.

Von der Sinnlichkeit einer literarischen Topographie

Reisen an magische Orte der Dichtung heißt, dem Ideal einer sinnlichen Literaturwissenschaft folgen. Will sagen: Dem Ideal eines erlebenden, den Ursprungsort und die Entstehungsumstände mit einbeziehenden Zugangs zum literarischen Kunstwerk, bei dem sich Text und Lebenskontext wechselseitig erhellen. Lektüre ist das eine und unverzichtbare Voraussetzung, sinnliche Anschauung das andere und die komplementäre Ergänzung. Ja, oft genug stehen verstehende Lektüre und sinnliche Anschauung in befruchtender Beziehung zueinander. Macht doch oft erst die erlebte Anschauung vor Ort Lust, tiefer ins Werk einzudringen und umgekehrt, wüssten wir von der Magie der Orte nichts, hätten wir die Texte und die Lebenszeugnisse der Dichterinnen und Dichter nicht. Reisen zu diesen Orten ist Unterbrechung von Alltagsroutine, ermöglicht Distanz zum Gewohnten und Eingespielten. Reisen heißt Überschreiten.

So habe ich mehr von Lessings »Nathan« verstanden, als ich das Haus aufsuchte, in dem dieses Drama geschrieben wurde. Und zwar exakt in dem Zimmer, in dem der Dichter zuvor sein neugeborenes Kind und dann auch seine Frau hatte sterben sehen.

Mehr von einem Trauerspiel wie »Kabale und Liebe«, als ich mir den 24-jährigen Friedrich Schiller als politischen

Flüchtling in einem thüringischen Dorf, in Bauerbach bei Meinigen, vorstellte, wo er aus der Deckung und Tarnung heraus an einer mit biblischem Pathos vorgetragenen Abrechnung mit der feudalen Tyrannei und Willkür seiner Zeit geschrieben hat. In flammendem Protest gegen eine korrupte und intrigante feudale Gesellschaft, die zwei Liebende in den Tod getrieben hat.

Mehr vom dichterischen Genie einer Frau wie Annette von Droste-Hülshoff. Man muss auf der Meersburg am Bodensee ihre kargen Zimmer gesehen haben und lernt dann das Staunen über eine in nur sechs Monaten erfolgte »Explosion« ihrer lyrischen Kreativität, die in der deutschsprachigen Literatur ihresgleichen sucht. In dieser kurzen Zeit von Ende Oktober 1841 bis Ende Juli 1842 sind im »Wettstreit« mit einem jungen Mann an ihrer Seite gut 60 ihrer vollendetsten Gedichte entstanden. Erotische Spannung als Triebkraft der Kunst: Das erfährt man sinnlich, wenn man am Drama der Droste auf der uralten Burg über dem Bodensee teilzunehmen bereit ist.

Mehr auch vom Kampf mit Gott, den ein Heinrich Heine, niedergeworfen durch eine entsetzliche Krankheit, zu Paris in seiner »Matratzengruft« gekämpft hat. Seine Adresse in der Rue d'Amsterdam aufzusuchen, unter der viele seiner sprachlich brillantesten und zugleich anrührendsten Gedichte entstanden sind, und ihm dann unweit davon an seinem Grab auf dem Friedhof zu Montmartre noch einmal die Ehre zu geben, ist ein besonderer Moment verdichteter Erfahrung, mit dem man dann auch seine Dichtungen noch einmal intensiver liest.

Mehr auch von Hermann Hesse, wenn man die Orte besucht hat, die sein Leben als Schriftsteller geprägt haben: seine Geburtsstadt Calw im Nordschwarzwald, seine beiden Häuser in Gaienhofen am Bodensee und in Montagnola. *Calw* steht für die Prägung durch den strengen Pietismus seines Elternhauses und für den ebenso unerbittlichen wie traumatisierenden Kampf um ein selbstbestimmtes, »eigensinniges« Leben als »Dichter«. *Gaienhofen* steht für den Durchbruch zu einer selbstständigen literarischen Existenz nach Erscheinen des ersten Erfolgsromans »Peter Camenzind« (1904), für die Entdeckung der klassischen Überlieferungen des Alten Indien (Bhagavad-Gita, Reden des Buddha) und des Alten China (Laotse, Dschuang-Tse, Konfuzius), kulminierend in einer Reise nach Ostasien im Herbst 1911. Gaienhofen steht aber auch für den unerbittlichen Konflikt zwischen Kunst und Leben, zwischen bürgerlich-familiären Pflichten und künstlerischer Freiheit, die auch einen Hermann Hesse an den Rand des noch zu Ertragenden bringt, bevor er nach »Blicken ins Chaos« eine neue Heimat im Tessin findet, in *Montagnola*. Ab 1919 ist dort sein gesamtes mittleres und spätes Werk entstanden. Es ist ein langer Weg von Calw und Tübingen über Gaienhofen bis nach Montagnola zur Ausbildung eines weltreligiösen Bewusstseins und einer universalreligiösen Dichtung.

Mehr auch von Bertolt Brecht, wenn man seinen Spuren im dänischen Exil nachgeht und sich klarmacht, wie rastlos produktiv und kreativ er auch in Svendborg, einem kleinen Fischerdorf an der Südküste Fünens, Faschismus und Stalinismus gleichermaßen zu trotzen verstand. Seine Produktion, ob in Theaterstücken, Gedichten oder Prosaarbeiten, bleibt ungebrochen. Seine Widerstandskraft, sein »Glauben« auch, wie gerade sein Laotse-Gedicht dokumentiert, das ich von all seinen Gedichten am meisten liebe und am intensivsten ausgelegt habe. Von den Lebensbedingungen des Bertolt Brecht und den Frauen in seiner Umgebung weiß das alte Haus noch heute zu erzählen. Ich habe ihm intensiv zugehört, als ich mich selbst für eine Woche »unter dem dänischen Strohdach« habe einmieten dürfen.

Mehr auch von Rainer Maria Rilke und seiner größten Dichtung, den Duineser Elegien, wenn man das Felsenschloss über der Adria in Duino bei Triest aufgesucht hat, das Rilke nach einer qualvollen Produktivitätskrise zu einer ganz neuen Dichtung inspiriert hat, den ersten beiden Elegien. Die Sinnlichkeit einer Annäherung an das Schloss über den Klippen, mit stetem Blick auf das offene Meer, und der Blick von seinen Terrassen in die Weite des offenen Raums lassen eine Dichtung begreiflicher werden, in der Rilke um die Stellung des Menschen in Bios und Kosmos ringt. Niemand unter den Lyrikern deutscher Sprache im 20. Jahrhundert hat so schonungslos und bohrend den Menschen mit der Welt des Parahumanen (Tier, Bäume, Puppen) und des Transhumanen (Engel) konfrontiert und so nach einer unverwechselbaren Bestimmung des Humanum gesucht.

Mehr auch von Stefan Zweig, dessen Tod von eigener Hand mit 60 Jahren Trauerarbeit auslöst, umso mehr, wenn man sein Haus und sein Grab im brasilianischen Petrópolis aufgesucht hat, in einem Land, das er zuvor noch wie kein anderer in deutscher Sprache als »Land der Zukunft« beschrieben hatte, ohne für sich selbst eine solche in diesem Land zu sehen.

Mehr auch vom Schicksal Alfred Döblins, wenn man in Housseras vor gleich drei Gräbern der Döblins gestanden hat. Unerbittlich fordern sie jeden Besucher heraus zu verstehen, warum einer der größten Prosaschriftsteller der deutschsprachigen Literatur des 20. Jahrhunderts sich demonstrativ hier, in diesem kleinen Dorf in den Vogesen, hatte bestatten lassen, und warum er – nach einer langen krisenreichen Lebens- und Werkgeschichte – diesen Ort zum Fanal seiner Unversöhntheit mit Deutschland hatte machen wollen.

Mehr von Thomas Mann, dessen umfangreiches Werk ich mir von einem besonderen, einem exterritorialen Ort her erschlossen habe, von Paraty aus, einem brasilianischen Küstenstädtchen, 250 Kilometer südlich von Rio de Janeiro. Hier wurde ich auf die brasilianischen Wurzeln der Familie Mann aufmerksam gemacht und war derart fasziniert, dass ich sie zusammen mit Frido Mann und dem brasilianischen Germanisten Paulo Soethe ausführlich beschrieben habe. Und zwar in unserem 2009 erschienenen Buch »Mutterland. Die Familie Mann und Brasilien«. Mit Paraty und Paulo Soethe beginnt mein Interesse für ein unvergleichliches Land wie Brasilien, aber auch meine Freundschaft zu Frido Mann und dessen literarischem und publizistischem Werk, und nicht zuletzt meine geschärfte Achtsamkeit auf die Bedeutung des Religiösen in Leben und Werk von Thomas Mann.

Mehr vor allem auch von Paul Celan, wenn man sein Leben und Werk aus der Perspektive Jerusalems betrachtet, dieser unvergleichlichen Stadt, die zur Heimat auch anderer deutschsprachiger Dichter jüdischer Herkunft im Gefolge von Hitlers tobsüchtigem, rassistischem Vernichtungswahn geworden ist: darunter Max Brod, Else Lasker-Schüler und Elazar Benyoëtz. Celan hat Ende 1969 seine Lebens-Fähigkeit mit seinem eigenen Volk in einem eigenen Staat durch eine Reise nach Jerusalem noch einmal auf die Probe stellen wollen und ist gescheitert. Hinterlassen aber hat er einen 19–teiligen Jerusalem-Gedichtzyklus, der in der deutschsprachigen Literatur seinesgleichen sucht. Er ist zu seinem Vermächtnis geworden.

Mehr auch von Heinrich Böll und Wolfgang Hildesheimer, zwei so unterschiedlichen Schriftstellern, die ich an ihren jeweiligen Wohnorten in der Eifel und im schweizerischen Graubünden aufgesucht habe, um mit ihnen Gespräche führen zu können. Denkbar unterschiedlich sind die Zugangsweisen beider zum Thema »Religion«, ihr Umgang mit der Gottesrede, der eine rheinisch-katholischer, der andere europäisch-jüdischer Herkunft.

Denkbar unterschiedlich auch die Zugänge eines Martin Walser zum Thema »Glauben« als Bedingung der Möglichkeit von Literatur und Religion, das ich mir anschaulich klarmache an einem besonderen Ort, der in Walsers Roman »Muttersohn« (2011) eine Schlüsselrolle spielt: die Scheinbibliothek im alten oberschwäbischen Kloster von Bad Schussenried.

Vom vernetzten Denken

All diese Orte sind Markierungen auf meiner geistigen Landkarte, bilden ein geistiges Netz, über Jahre durch Lektüre gewachsen und auf vielen Reisen exploriert. Ich habe sie gewählt, wie sie mich gewählt haben. Auch untereinander sind sie wechselseitig in Verbindung. Das Haus in Wolfenbüttel, in dem der »Nathan« geschrieben wurde, weist hinüber nach Jerusalem; die Gräber in Petrópolis und in Housseras zu den Gräbern in Stockholm, Paris und Poschiavo; das Turmzimmer auf der Meersburg zu dem im Felsenschloss zu Duino. Paraty ist mit Calw verknüpft, beide sind sie abseitige, unscheinbare Ursprungsorte großer Dichter, Orte der Herkunft, die Zukunft mitbestimmten. Beide sind auch auf verschlüsselte Weise mit einem unscheinbaren Ort wie Bornheim-Merten verbunden, wo einer der größten Schriftsteller der deutschsprachigen Literatur des 20. Jahrhunderts bestattet wurde, Heinrich Böll. Bauerbach und Svendborg stehen beide für das geistige und physische Überleben mit der »Feder« in der Hand, den Kampf der Ohnmächtigen gegen die Mächtigen, der Schwachen gegen die Starken, ausgestattet mit nichts als dem Vertrauen in die Kraft der Literatur, so stark und so schwach wie das »weiche Wasser in Bewegung«. Alles Orte, die mich auch deshalb angezogen haben, weil ich bei aller nötigen Distanz immer auch ein Stück von mir, von meiner Suche und meinen Hoffnungen, wiedererkannt habe.

Auch Nathan ist nicht tot, war es nie. Er wandert als Jude, besudelt von antisemitischen Schmähungen, durch die deutsche Geschichte, dieser Vertreter eines genuin jüdischen Humanismus im Geiste Moses Mendelssohns. Lessing hat ihn uns lebendig auf die Bühne eines deutschen Theaters gestellt – im Wissen um das den Massen durch Vertreter der Kirchen immer wieder neu injizierte Gift des Antijudaismus und Antiislamismus. Dieser Dichter aber hatte genug an Judentums- und Islam-Verachtung des »christlichen Pöbels« gesehen, zu viele durch religiöse Gnadenlosigkeit erzeugte Tragödien des Lebens, um sein literarisches Genie nicht einzusetzen für den denkbar luzidesten Gegenentwurf deutscher Sprache wider die Trauerspiele, in die Vertreter der Religionen die Menschen immer wieder hineingestoßen haben.

Und Schillers Luise und Ferdinand? Auch sie leben noch, und immer aufs Neue wiederholt sich bis in unsere Tage die Geschichte ihrer die traditionellen Standesgrenzen sprengenden Liebe, an denen Liebende so oft scheitern. Heute freilich scheitern sie häufig nicht mehr an Standes-, sondern an religiösen oder ethnischen Grenzen. Ferdinand und Luise tragen im Deutschland des 21. Jahrhunderts neue Kleider, haben neue Gesichter, neue Herkünfte. Schon als Schüler und Student hatte Schiller genug von feudaler Willkürherrschaft gesehen, um nicht mit seinen, den Mitteln des Theaters, für eine Welt zu kämpfen, in der es keine Spaltung unter Menschen mehr gibt und in der es genügt, »ein Mensch zu sein«.

Und Svendborg? Der Glaube an den »Fluss der Dinge« und die Dialektik von Weich und Hart, Schwach und Stark, die Brecht die »finsteren Zeiten« geistig überleben halfen, ist lebendig überall dort, wo Literatur die politisch und ökonomisch Mächtigen entzaubert und ihnen Gegenentwürfe von einem »anderen Leben« vorhält. »Ich vermochte nur wenig«, schrieb der Stückeschreiber unter dem dänischen Strohdach«. »Aber die Herrschenden / Saßen ohne mich sicherer, dass hoffe ich.« Er hatte genug von faschistischer und stalinistischer Herrschervergötzung und Menschenverachtung gesehen, um seine Literatur nicht in den Kampf um eine Welt eingreifen zu lassen, in der »der Mensch dem Menschen ein Helfer« sein wird.

Und immer wiederholt sich auch die Geschichte, die mit »Meersburg« und »Duino« verbunden ist: Literarische Produktivität entsteht unter anderem aus der erotischen Spannung zu einem Gegenüber oder aus der Einsamkeit einer Turmexistenz. Erzwungen werden kann sie nicht. Es braucht den Drosteschen Kairos der Begegnung oder die Rilkesche Geduld des Wartens, Lauschens, Hörens, bis die Worte kommen und sich zu einem unverwechselbaren Gebilde formen. Was dann entsteht, nennen wir: Gedicht.

Und die Idee eines europäischen Weltbürgertums? Sie ist mit den Gräbern in Montagnola oder Kilchberg nicht gestorben. Im Gegenteil. Genug hatten sie an gewissenloser deutscher Machtpolitik, an rassistischem Herrenmenschentum, an größenwahnsinnigen Versuchen zur Unterdrückung der Völker *erfahren,* Hermann Hesse und Thomas Mann, um nicht ihre literarischen Potentiale in den Dienst des Kampfes für universale Menschenrechte und Weltbürgertum zu stellen. »Weltliteratur« heißt seit den Zeiten Goethes das Schlüsselwort. Und dazu gehört, dass Schriftsteller als internationale Gemeinschaft »Weltöffentlichkeit« herstellen und so mit ihren Mitteln Welt-Verantwortung wahrnehmen. Zum Beispiel dort, wo elementare Menschenrechte verweigert werden und die Menschenwürde mit Füßen getreten wird. »Durch das Buch ist keiner mehr ganz allein in sein eigenes Blickfeld eingemauert«, schreibt Stefan Zweig in einem seiner brillanten Essays »Das Buch als Eingang zur Welt« von 1931, »sondern kann teilhaft werden alles gegenwärtigen und gewesenen Geschehens, des ganzen Denkens und Fühlens der ganzen Menschheit« (Begegnungen mit Büchern, 1983, 7).

Wer aber als Dichter, in welchem Land auch immer, ernst nimmt, was Thomas Mann »Weltgewissen« genannt hat, riskiert vielfach noch seine Existenz, wenn nicht gar sein Leben.

»Writers in Prison« kann die entsprechenden Geschichten dazu liefern, ein 1960 gegründetes Komitee von Pen-International. Dessen Ethos ist seit 1921 in einer Charta von vier knappen Abschnitten niedergelegt. Sie enthält ein Grundethos des Schriftstellers, das nationen- und kulturenübergreifend gilt. Getragen wird das alles von der Überzeugung, dass bei aller politischen Ohnmacht Literatur etwas ganz Eigenes und Unverwechselbares einzubringen hat: als fünfte Kraft in einer Gesellschaft, die sich neben Politik, Wirtschaft, Recht und Religion zu behaupten weiß.

Der Mann aus Calw liegt in Schweizer Erde genauso wie der Mann aus Lübeck. Alfred Döblin, seine Frau und sein Sohn Wolfgang liegen in einem kleinen Ort in den französischen Vogesen, Heinrich Heine und Paul Celan in Paris, Wolfgang Hildesheimer an der Schweizer-italienischen Grenze, Stefan Zweig in Brasilien: allesamt Warnzeichen deutschsprachiger Schriftstellerinnen und Schriftsteller wider ein politisch verblendetes und todbringendes Deutschland, gerade weil man die deutsche Sprache nicht hatte preisgeben können und wollen. Exterritorial weisen sie zurück auf das Land ihrer Herkunft. »Es ist ja nicht immer ein Lob, von einem Land zu rühmen, daß es die Wiege großer Männer gewesen sei. Dazu gehört zumindest noch der Nachweis, daß es auch ihr Grab war.« Der Schriftsteller Arno Schmidt hat recht mit diesem Satz, und er gilt für »große Frauen« nicht weniger (Arno Schmidt für Boshafte, 2007, 45 f.). Wo also die entsprechenden Gräber fehlen? Einem solchen Land ist zu misstrauen.

In diesem Buch geht es um die Beschreibung meines Lebens mit den Literaturen und den Literatinnen und Literaten, fokussiert auf ihre Auseinandersetzung mit dem Themenspektrum »Religion«. Dabei entspricht die Abfolge nicht meiner lebensgeschichtlichen, sondern der klassischen literaturgeschichtlichen Chronologie, in die ich dann meine persönlichen Narrative eingewoben habe. In einem zweiten Band hoffe ich von der anderen Dimension meines Lebens und meiner Arbeit berichten zu können: Von meinem Leben als Christenmensch in und mit der Welt der Theologien und in und mit der Welt der nichtchristlichen Religionen. Sind doch für mich der interkulturelle und der interreligiöse Dialog zwei Seiten ein und derselben Medaille.

Karl-Josef Kuschel

I. Tübingen: *Leben mit der »kleinen großen Stadt«*

> »Seltsam zu denken: es gäbe Tübingen *nicht; nicht* die Disputationen zwischen Hegel und Schelling, Melanchton und Leonhart Fuchs [...], nicht die Gespräche zwischen dem Bibliothecarius Hölderlin alias Scardanelli und dem Tischlermeister Ernst Zimmer, zwischen Stiftler Mörike und Stiftler Waiblinger, zwischen Vischer und Uhland. Geistergespräche in einem winzigkleinen Bezirk, Diskussionen wie sie folgenreicher nicht zu denken sind [...] Gibt's, frage ich, einen Raum von vergleichbarer Kleinheit [...], wo so viele Genies eingekehrt sind, um, ein paar Steinwürfe von Haus und Haus entfernt, ein freundliches, oder, lieber noch, kontroverses Gespräch aufzunehmen?«
> *Inge und Walter Jens, Die kleine große Stadt: Tübingen (2015)*

Tübingen und die Dichter: eine Paarung, die mich immer aufs Neue berührt. Seit über 50 Jahren lebe ich in dieser Stadt und bin, inspiriert von der Präsenz der Dichter, viele ihrer Wege gegangen, angeregt auch durch Dokumentationen. Gerd Uedings »Ein Städte-Lesebuch« zu Tübingen gehört dazu, mit zahlreichen Texten von Goethe und Hölderlin bis Ernst Bloch und Walter Jens (2001). Oder Helmut Hornbogens »Tübinger Dichter-Häuser. Literaturgeschichten aus Schwaben« (2003) oder Andreas Rumlers »Literarische Spaziergänge« von Hölderlin bis Härtling oder der »Tübinger Literaturpfad«(2019). Alles Liebesbekenntnisse zu dieser Stadt. Sie schicken uns Leser und Leserinnen auf Entdeckungsreise, Straße für Straße, Adresse für Adresse, um mit den Dichtern und Dichterinnen Zwiesprache zu halten, die dort ihre Spuren hinterlassen haben.

Überraschende Entdeckungen kann man machen. Wer weiß schon, dass nicht nur Dichter wie Friedrich Hölderlin, Eduard Mörike, Ludwig Uhland, Wilhelm Waiblinger, Wilhelm Hauff und Hermann Hesse oder einer der größten Verleger seiner, der Goethe-Zeit, Friedrich von Cotta, in Tübingen gelebt haben, sondern auch – wenn auch manchmal nur für kurze Zeit – Autoren wie der Romancier Arnold Zweig, der expressionistische Lyriker Jakob van Hoddis und der Dramatiker Peter Weiss? Neckarhalde 41? Hat da nicht der Literaturwissenschaftler Hans Mayer gelebt, der sich in seinen Lebenserinnerungen als »Deutschen auf Widerruf« beschrieb? Burgholzweg 58? Gab es hier nicht die »Denk- und Werkelwohnung« von Peter Härtling, in die er sich zum Arbeiten immer wieder zurückzuziehen pflegte? Tübingen-Derendingen: Primus-Truber-Straße 42? Hatte hier nicht der »Chronist des Exils«, der Lyriker, Dramatiker, Romancier und Essayist Hans Sahl seinen letzten Wohnsitz, bevor er 1993 kurz nach seinem 90. Geburtstag verstarb?

Mephistos Warnung

Noch kann ich nicht ahnen, was die Dichter/innen mir einmal bedeuten werden, als ich diese Szene erlebe. Ich bin 18 Jahre alt. Es ist mein letztes Jahr als Gymnasiast vor dem Abitur in meiner Heimatstadt Oberhausen im Ruhrgebiet. Unser Deutschlehrer, Dr. Helmut Enninghorst, startet die übliche Rundfrage nach dem Fach, das wir nach dem Abitur zu studieren gedächten. Ich antworte: »Theologie«. Vor der ganzen Klasse zitiert er spontan Verse aus Goethes »Faust«, was mich sichtlich in Verlegenheit bringt, aber eher »sportlich« gemeint war:

»Was diese Wissenschaft betrifft,
Es ist so schwer, den falschen Weg zu meiden,
Es liegt in ihr so viel verborgnes Gift,
Und von der Arzenei ist's kaum zu unterscheiden.«
(VV 1984–1987)

»*Diese Wissenschaft*«*!* Das ironische Goethe-Wort hat mich nicht abgeschreckt, vielmehr wachgerüttelt. Wer nach der Lektüre des »Faust« Theologie studiert, ist »gewarnt«. Ich jedenfalls bin es. Ich konnte ja auch eine Schlüsselszene des Dramas nicht übersehen: Sie spielt genau kalkuliert in der Nacht von Karsamstag auf Ostersonntag und signalisiert in nuce nichts weniger als einen epochalen Kulturbruch. Denn Goethe versetzt seinen Doktor Faust in dieser christlichsten aller christlichen Nächte nicht mehr in eine Kirche, sondern in eine Studierstube – und zwar als jemand, der auf eigene Faust nach der Wahrheit sucht, die er dort drüben – in der Kirche – offensichtlich nicht mehr findet. Töne von außen dringen noch in seine Welt: Glockenklang und Chorgesang – und zwar aus einer nahegelegenen Kirche. Faust hört noch, was die Gemeinde in der Osterliturgie singt, hört die Botschaft von der Auferstehung Christi. Doch seine Abgrenzung zur Welt des christlichen Glaubens ist scharf:

»Was sucht ihr, mächtig und gelind,
Ihr Himmelstöne, mich im Staube?
Klingt dort umher, wo weiche Menschen sind.
Die Botschaft hör' ich wohl, allein mir fehlt der
Glaube;
Das Wunder ist des Glaubens liebstes Kind.«
(VV 762–767)

»*Weiche*« Menschen: Mit einer einzigen Zeile ist hier die psychologische Religionskritik der Moderne vorweggenommen.

Sie wird mit Sigmund Freuds Schrift »Die Zukunft einer Illusion« (1927) erst im 20. Jahrhundert ihre volle Wirkung erzielen. Denn »weich«, so müssen wir dieses Wort verstehen, sind Menschen immer dann, wenn sie um ihr Leben zittern, an der Vernunft verzweifeln und mit ihren Krisen nicht fertig werden. Dann brauchen sie Religion, dann brauchen sie Glauben, dann brauchen sie Wunder – und zwar aus Schwäche, aus Angst.

Wer also nach der Lektüre des »Faust« Theologie studiert, ist »gewarnt«. Ich jedenfalls bin es und weiß nun endgültig, dass ich das mir seit Kindertagen religiös Vertraute, die so sicher scheinende Glaubensgewissheit, die so wohlige kirchliche Geborgenheit würde radikal auf ihre Haltbarkeit hin überprüfen müssen. Religion hatte ich gleichsam mit der Muttermilch aufgesogen, hatte mich in der Welt des Kirchlich-Katholischen so selbstverständlich bewegt wie ein Fisch im Wasser. Was hatte ich in meiner Gemeinde nicht alles gemacht? Messdiener, Chorsänger, Jugendgruppenleiter. Wie viel an Weihrauch in Hochämtern und Andachten hatte ich nicht in die Nase bekommen, und es hatte gut gerochen. »Ekklesiogene Neurosen«, wie Ungezählte sie beklagt haben? Die habe ich bei mir nicht feststellen können …

Jetzt aber, zu Beginn des Theologiestudiums Ende der 1960er-Jahre, will ich, »gewarnt« wie ich bin, alle Gegenargumente hören. Die Kultur des Nicht-Religiösen, die Kultur kritischer Philosophie gegenüber allem Transzendenten, Metaphysischen, Hierarchisch-Autoritären beginnt mich in Bann zu schlagen. Sie beherrscht ohnehin die Welt »da draußen«, außerhalb meiner religiösen Sozialisation. Sie beherrscht die Medien, die Gesellschaft, die Politik. Um der Wahrheit in Wahrhaftigkeit willen aber will ich nicht weniger kritisch sein als die Religionskritiker um mich herum. So beginne ich das religiös Selbstverständliche als Selbstzufriedenheit zu durchschauen, die kirchliche Geborgenheit als unreife Selbstvertröstung, die abgedichtete Glaubensgewissheit als eine Form der Denkfaulheit.

Im Wintersemester 1969/70 komme ich nach Tübingen, um hier mein an der Universität Bochum vor zwei Jahren begonnenes Germanistik- und Theologiestudium fortzusetzen. Namen wie Joseph Ratzinger und Hans Küng auf katholischer und Jürgen Moltmann auf evangelischer Seite haben mich angelockt, auch der von Ernst Bloch (1885–1977). Marxistisch beeinflusster Philosoph jüdischer Herkunft, war er nach Jahren des Exils 1948 aus politischer Überzeugung in das sozialistische Deutschland gegangen, war aber 1961 nach dem Bau der Berliner Mauer noch im Alter von 76 Jahren bei einem Besuch in Westdeutschland nicht nach Leipzig zurückgekehrt, sondern hatte sich in Tübingen niedergelassen. Sein »Prinzip Hoffnung« war durch die Erfahrung des real existierenden Staats-Sozialismus à la Walter Ulbricht und Erich Mielke schwer erschüttert worden, begann jetzt aber im *Westen* (angesichts allgemeiner Proteste meiner Generation gegen die Erstarrung der Nachkriegsgesellschaft) der rebellierenden Unruhe intellektuelle Nahrung zu geben. Tübingen hatte er mit seiner »Tübinger Einleitung in die Philosophie« (1963/64) auch literarisch bereits ein Denkmal gesetzt.

Jürgen Moltmann hatte Blochs Herausforderung sogar theologisch aufgenommen und im Gespräch unter anderem mit seiner Philosophie eine »Theologie der Hoffnung« vorgelegt, die ebenfalls das Bestehende in Kirche und Gesellschaft mit Gegenbildern einer anderen, einer Zukunft des »Reiches Gottes« konfrontierte. Das war schon 1964 gewesen. 1967 hatte Hans Küng, geprägt von seinen zutiefst zwiespältigen Erfahrungen mit dem Zweiten Vatikanischen Konzil (1962–1965), seinen eigenen theologischen Entwurf von Kirche veröffentlicht: »Die Kirche« (1967). Eine Ekklesiologie nicht, wie katholischerseits bisher üblich, »von oben,« von Ämterstrukturen und Hierarchien aus entwickelt, sondern »von unten«, vom »Volk Gottes« her, von Kirche als *communio der Glaubenden,* für welche die Ämter keine Herrschafts-, sondern eine Dienstfunktion haben. Eine Kirche aus der Kraft des Geistes Jesu also. Mehr noch: 1968 waren zwei Bücher erschienen, die mich ebenfalls sofort in Bann schlagen: Ernst Blochs »Atheismus im Christentum. Zur Religion des Exodus und des Reiches« und Joseph Ratzingers »Einführung in das Christentum«. Ratzinger (geb. 1927) ist damals noch ein vielversprechender Reformtheologe. Er lässt uns auf seine Weise den konziliaren »wind of change« spüren, indem er die Theologie in ein interdisziplinäres Gespräch mit Philosophie, Anthropologie und Naturwissenschaften bringt.

All diese Bücher waren in nur wenigen Jahren in Tübingen geschrieben worden: »Theologie der Hoffnung«, »Die Kirche«, »Atheismus im Christentum«, »Einführung in das Christentum«. Für jemanden wie mich, der ich zunächst zwei Jahre an der Universität Bochum und damit in tiefster theologischer Provinz verbracht hatte, ein Fascinosum. Plötzlich trifft ein berühmtes Wort zu, das Thomas Mann einst über München geprägt hatte: *Tübingen leuchtet.* Ein geistiger Energiestrom geht von dieser Stadt aus, der durch Studienortwechsler auch zu uns nach Bochum dringt. Ein erster Ort in meinem Leben, der mich magisch anzieht. Und so riskiere ich den Wechsel in eine »terra incognita« jenseits der Mainlinie, ohne Ahnung, dass aus dem Ortswechsel eine Lebenswende werden würde.

Zu meiner Enttäuschung aber ist Joseph Ratzinger im Herbst 1969 schon nicht mehr in Tübingen. Er hatte sich – der studentischen Protestbewegung und den immer radikaleren nachkonziliaren Reformforderungen an die römische Kirche nicht gewachsen – ins bayerische Regensburg zurückgezogen, von wo aus dann seine steile Karriere in der klerikalen Hierarchie beginnen sollte: Erzbischof von München und Freising, Kardinal, Chef des römischen »Sanctum Officium«, schließlich Papst: Benedikt XVI.: 2005–2013. Doch rasch finde ich im Institut für ökumenische Forschung von Hans Küng, damals noch in einem eigenen Haus in der Nauklerstraße Nummer 37a untergebracht, eine geistige Heimat, wissenschaftlich beeindruckt von Seminaren Küngs und kameradschaftlich aufgenommen durch seinen damaligen Assistenten Dr. Hermann Häring, später von 1980 bis 2005 Theologieprofessor an der Universität im holländischen Nijmegen. Auftakt zu einer lebenslangen Freundschaft, über die im zweiten Band genauer zu berichten sein wird.[3]

Camus' »Der Fremde« und die Folgen

Student der Theologie: Was sich wie selbstverständlich anhört, war für mich ganz elementar mit der Notwendigkeit verbunden, überhaupt einen verantwortbaren Zugang zur Rede von Gott zu finden. Denn in Vorlesungen von Küng und Moltmann werde ich jetzt mit den Meisterdenkern der klassischen Religionskritik konfrontiert. Ich musste diese Kritik ernst nehmen und argumentieren lernen. Denn ob Voltaire, Ludwig Feuerbach oder Karl Marx, ob Friedrich Nietzsche oder Sigmund Freud – sie alle hatten schonungslos den Verbrauch und Missbrauch von Religion analysiert, und zwar mit dem Ziel, Menschen aus repressiven Zwängen, falschen Abhängigkeiten und fatalen Vertröstungsideologien zu befreien. Nietzsches Parole »Gott ist tot« hatte diesen neuzeitlichen Prozess der Aufklärung auf den Punkt gebracht. Dem galt es jetzt argumentativ standzuhalten, so oder so. Dass ich, katholisch erzogen wie ich bin, »immer schon« an Gott geglaubt hatte, reichte nicht mehr.

Dabei machte mir mein gleichzeitiges Literaturstudium bewusst, dass nirgendwo die Frage nach Gott leidenschaftlicher und wirklichkeitsgenauer gestellt wird als in Texten der großen Literatur. Ich sehe mich noch mit 22/23 Jahren in meinem Tübinger Studentenzimmer auf dem Teppich liegen und einen Text von Albert Camus (1913–1960) in mich aufsaugen: die Erzählung »Der Fremde« (1942). Tiefen Eindruck macht es auf mich, dass der »Held«, Mersault, der nach einem für ihn undurchschaubaren Prozess zum Tode verurteilt worden war, noch in der Todeszelle jeden Trost durch den Vertreter der Religion ablehnt. Neben der Osterszene des »Faust« ist mir kaum eine literarische Szene so gegenwärtig geblieben: Als ein Priester den Gefangenen in seiner Zelle aufsucht, um mit ihm über seinen bevorstehenden Tod, über seine Sünden und Gottes Gerechtigkeit zu sprechen, verbittet sich der Camus'sche Held jede religiöse Betreuung und greift seinerseits den Priester in dessen ahnungsloser Glaubenssicherheit an. Und ich fand, dass er richtig reagiert hatte, fand mich auf der Seite des »Fremden« gegen den Priester. Und erstmals begriff ich: Man muss unter Umständen den religiösen Trost als falsch zurückweisen, um als Mensch seine Würde zu behalten und Gott die Ehre zu lassen.

»Gott in der modernen Literatur«: ein Weckruf

So werde ich hellhörig, als im Institut im Wintersemester 1970/71 ein Seminar mit dem Titel »Gott in der modernen Literatur« angeboten wird. Der Dozent heißt Gotthold Hasenhüttl, 1933 in Graz geboren, damals noch ein Habilitand von Hans Küng, später von 1974 bis 2002 Theologieprofessor an der Universität des Saarlandes in Saarbrücken. Er ist kein Literaturwissenschaftler, hatte aber, wie Küng an der Gregoriana in Rom ausgebildet und später zum Priester geweiht, nach seiner theologischen Dissertation über den evangelischen Neutestamentler Rudolf Bultmann (»Glaubensvollzug.

Eine Begegnung mit Rudolf Bultmann aus katholischem Glaubensverständnis«, 1963) auch eine philosophische geschrieben. Überraschenderweise über das Werk von Jean-Paul Sartre.

Auch dies ein Signal der Stunde. Wir Studierende registrieren das. So etwas also ist plötzlich möglich: Ein katholischer Theologe kann nicht nur in einen ökumenischen Dialog mit einem der damals maßgebenden und umstrittenen protestantischen Theologen wie Rudolf Bultmann (1884–1976) eintreten, »auf Augenhöhe« selbstverständlich, sondern auch in ein Gespräch mit dem »Fürsten« der damaligen existentialistischen Bewegung Europas: Jean Paul Sartre (1905–1980). 1972 wird Hasenhüttl ein Buch unter dem Titel »Gott ohne Gott. Ein Dialog mit Jean-Paul Sartre« veröffentlichen, das ich mit Spannung lese. Ob die Formel »Gott ohne Gott« freilich Sartres Denken gerecht wird, kann ich damals nicht beurteilen. Wichtiger ist mir: Erstmals begegne ich einem Theologen mit einer mir bis dato unbekannten Bereitschaft zum Dialog zuerst mit einem Vertreter des Protestantismus und dann auch mit einem Repräsentanten der säkularen Kultur. Und Sartre genießt damals als Philosoph und Schriftsteller internationale Anerkennung. Seine Religionskritik lässt nichts an Unerbittlichkeit vermissen.

Im Seminar lesen wir denn auch Stücke von Sartre wie »Die Fliegen« (Uraufführung 1943) und »Geschlossene Gesellschaft« (UA 1944) sowie Texte weiterer führender europäischer Literaten, die allesamt noch etwas von der Erschütterung spüren lassen, die von Nietzsches Parole »Gott ist tot« ausgegangen ist. Ich erinnere mich vor allem an August Strindbergs Roman »Am offenen Meer« (1890), an Camus' »Die Pest« (1947) und an Brechts Drama »Der gute Mensch von Sezuan« (UA 1943). Alles Texte, die auch heute noch zur Weltliteratur gehören und für die literarische Auseinandersetzung mit der Gottesfrage in der Literatur des 20. Jahrhunderts geradezu »kanonische« Bedeutung haben. Für mich als Theologen waren sie nicht mehr und nicht weniger als ein intellektueller Weckruf zu einer kritischen Auseinandersetzung mit überkommenen Gottesbildern.

Warum aber musste Theologie überhaupt ein Interesse an der Auseinandersetzung mit der Religionskritik und einem dezidierten Atheismus haben? Im Vorwort zu seinem Sartre-Buch gibt Hasenhüttl die Antwort. Sie steht für viele andere, damals, Anfang der 1970er-Jahre:

> »Will man heute noch von Gott sprechen, so muß man sich den Bedingungen des Atheismus stellen und ihm sicher dort zustimmen, wo Gott mit der Seinsidee identifiziert wird. Ja, der Atheismus ist streckenweise der Ermöglichungsgrund für ein neues Sprechen von Gott. Ein gedankenloses Gerede über Gott ist heute am Ende. Nur wenn der Gottesbegriff eine Existenzerfahrung einschließt, hat es Sinn, diesen Begriff zu gebrauchen, sonst ist er nur eine Leerformel. Kein anderer ist hier ein besserer Gesprächspartner als Sartre. So könnte die Auseinandersetzung mit ihm ein Impuls für eine künftige ›Gotteslehre‹ sein, die die vorfindliche Welt in eine menschlichere zu verwandeln hilft und Menschwerdung konkret ernst nimmt« (S. 11).

Beim Überlesen dieser Sätze, jetzt, gut 50 Jahre später, steht mir wieder lebendig vor Augen, was wir Theologen uns damals schon von der Auseinandersetzung mit der modernen Literatur erhofften und noch heute immer wieder neu erhoffen: Zunächst eine schonungslose Analyse verbrauchter religiöser Lebens- und Sprachformen, und zwar in hoher sinnlicher Konkretion, narrativ, dramatisch oder poetisch vermittelt in fiktiven Geschichten oder lyrischen Formen. Dabei geht es vielen Autorinnen und Autoren nicht um die Propagierung eines grundsätzlichen Atheismus oder kruden Materialismus, vielmehr zunächst und vor allem um das Aufdecken von krankmachenden Gottesbildern, von Missbrauch religiöser Macht und Sprache, von Sprachsklerosen und Sprachverfettungen im Raum des Religiösen. Insofern kann der »Atheismus« *zugleich* der »Ermöglichungsgrund für ein neues Sprechen von Gott« sein, wie Hasenhüttl formuliert.

Ich lerne: Eine *theologische* Gottesrede *heute* muss an *diesen* Spiegelungen ihrer Wirkungen ein höchstes Interesse haben, um dann selbstkritisch die Chance wahrzunehmen, anders, existentiell geerdeter, sprachsensibler von »Gott« zu reden. Und zwar so, dass im Sprechen von Gott »Gott« der Unverfügbare bleibt, die Rede von Gott folglich nicht zum frommen Firnis über repressive oder krankmachende Herrschaftsverhältnissen degeneriert, zum Sinnkitt in einer ansonsten nach den Wolfsgesetzen funktionierenden Gesellschaft oder zum verharmlosenden Trostangebot in den Krisen des Lebens. Um der Unverfügbarkeit Gottes willen also muss es ein theologisches Interesse an der Auseinandersetzung mit der Religionskritik geben – bei Strafe des Absinkens in »ein gedankenloses Gerede über Gott«. In der Tat.

Ich ziehe für mich daraus die Konsequenz: Die Religionskritik ist zwar nicht das Regulativ, wohl aber das bleibende Korrektiv jeder Rede von Gott. Sie ist nicht ein für alle Mal abgetan, vielmehr das unaufhörlich nötige Reinigungsinstrument aller Gottesrede von ideologischem Ballast, bedenkenlosem Missbrauch und banalisierender Verschleuderung. Und die Schriftsteller/innen sind mit ihrer Sprachempfindlichkeit unverzichtbar um der fortdauernden »Gottessorge« und »Gottesklugheit« willen, um ein Wortpaar aus den »Josephs«-Romanen von Thomas Mann aufzunehmen (s. Kap. XI). Deshalb habe ich mir ein Wort des großen Sprachkünstlers Günther Eich schon früh gemerkt, nachzulesen in seiner Büchner-Preis-Rede von 1959: »Von Gott kann man nicht sprechen, wenn man nicht weiß, was Sprache ist. Tut man es dennoch, so zerstört man seinen Namen und erniedrigt ihn zur Propagandaformel.«

Es waren also neben philosophischen vor allem literarische Texte, die mein theologisches Denken schon früh in Gang setzen. Mir zumindest Orientierung geben für das, was ich *nicht* will. Noch habe ich keine »Position«. Weder so noch so. Ich kann und will mich nicht festlegen. Ich spüre nur: Angelernte, kritiklos übernommene Formen der Gottesrede haben keine Zukunft. Ich hatte »Gott« mit diesen Formeln geerbt, jetzt verliere ich ihn durch diese Formeln. Aber den Glauben an Gott völlig preisgeben? Genau so werden wie ungezählte meiner Zeitgenossen, die sich von der Theologie verabschiedet, Kirche und Christentum angeblich »überwunden« hatten und die es hatten ersetzen wollen, entweder negativ durch »tapfere« Hinnahme des Absurden à la Camus' »Der Mensch in der Revolte« oder durch Gesellschaftsveränderung auf der Linie von Neomarxisten wie Brecht oder Bloch? »Religion« also? Passé et dépassé. Vorbei und überholt?

Man macht sich heute zu wenig klar, mit welchen Herausforderungen viele Theologiestudierende wie ich sich damals konfrontiert sehen. Von unserer bürgerlich-kirchlichen Sozialisation her sind wir darauf schlecht vorbereitet. Wer »immer noch« Christ sein will, muss sich wie nie zuvor rechtfertigen. Auch Mitstudierenden gegenüber fühle ich mich oft genug in der Defensive, wenn ich mich zu meinem Studienfach »Theologie« bekenne. »Wie kann man das heute noch studieren? Und dann auch noch ›katholische‹ Theologie?« Ich sehe mich in die Rolle eines geistig Minderbemittelten, eines Hinterwäldlers gedrückt, der es »immer noch nicht kapiert« hatte. Wie aber der Häme entkommen, ohne an ihr zu scheitern? Wie bei der Sache der Theologie bleiben, wenn einem der

Wind der Ideologiekritik scharf ins Gesicht bläst? Ich begriff: Grundvoraussetzung ist selbstkritische intellektuelle Redlichkeit und schonungslose Wahrhaftigkeit. Und zu beidem fordern mich immer wieder neu die Dichter/innen heraus.

Kurt Martis »Leichenreden«

Irgendwann in dieser frühen Tübingen Zeit stoße ich beim Stöbern in der geliebten Buchhandlung Gastl in der Altstadt auf ein schmales Gedichtbändchen mit rotem Pappumschlag und dem Titel »Leichenreden«, das 1969 erschienen war, gerade zur »rechten Zeit«, darf ich heute sagen. Noch sagt der Name des Autors mir nicht viel, noch ist er ja auch kaum im deutschsprachigen Raum bekannt: Kurt Marti (1921–2017), ein Schweizer, damals noch reformierter Pfarrer an der Nydeggkirche zu Bern. Noch kann ich nicht ahnen, dass ich ihn einmal, im Januar 1981, in seinem Haus in Bern, Kuhnweg 2, aufsuchen und eines meiner Schriftsteller-Gespräche mit ihm führen werde, das dann in meinen Band »Weil wir uns auf dieser Erde nicht ganz zu Hause fühlen. 12 Schriftsteller über Religion und Literatur« (1985) gedruckt erscheint.

Bis in seine allerletzten Jahre werde ich mit Kurt Marti korrespondieren. 2017 ist er hochbetagt im Alter von 96 Jahren gestorben. Einige Jahre zuvor, 2011, hatte ich zu seinem 90. Geburtstag noch einen Artikel über ihn publiziert. Mit einem Brief vom 10. Mai 2012 aus seinem Pflegeheim, Elfenauweg 52 in Bern, wo er seine letzten Jahre verbringt, bedankt er sich. Es ist das letzte Zeichen, das ich von ihm empfange. Was er mir über die Erfahrungen des Altwerdens (nach dem Tod seiner Frau und vieler Gefährten, der Einbuße des Augenlichts und anderen Altersbeschwerden) schreibt, berührt mich tief. Eine »bröckelnde Ruine« nennt er sich, der »an verschiedenen Altersgebrechen« leide. Ich ehre ihn dadurch, dass ich mir erlaube, eine besonders anrührende und zugleich kritisch-wache Passage aus seinem Brief zu zitieren:

> »Mit Schreiben ist nicht mehr viel los, es reicht nur noch für Sätze, Sprüche, Aphorismen, die oft Ventile meines Ärgers sind, z. B. über den inflationären Gebrauch des Begriffs ›Spiritualität‹, der dadurch zum Nebelwort für alles Beliebige wird, so dass ich mir neulich erlaubte, die Seligpreisung Jesu so zu aktualisieren: ›Selig sind die spirituell Armen!‹ Das könnte fast der Titel eines kleinen Pamphlets sein. Zum hohen Alter gehört der Verlust vieler lieber Freunde, Freundinnen, Bekannter, Verwandter. Man kommt sich manchmal recht überzählig, überfällig vor und dann denke ich an einen alten Emeritus in Bern, der mir einmal sagte: ›Ich glaube, der liebe Gott hat mich vergessen.‹«

»Es reicht nur noch …«? Nein, Martis letzte Veröffentlichungen, zwei kleine schmale Bände, bestechen geradezu durch ihre Selbstzurücknahme auf eine karge, lapidare Diktion, ihre äußerste Verdichtung auf Satzhaft-Aphoristisches sowie durch ein ungebrochenes Experimentieren mit kurzen Gedichtformen: »Heilige Vergänglichkeit. Spätsätze« (2010) und »gott gerneklein. Gedichte (2011).

1981, bei der Erstbegegnung, fasziniert mich zunächst die Beherrschung der Formensprache und Formenvielfalt moderner Lyrik, zu welcher dieser Theologe fähig ist. Das hatte mit dem, was man bisher von »christlicher Literatur« an Form-Traditionalismus gerade auch in der Lyrik (von Reinhold Schneider, Werner Bergengruen oder Elisabeth Langgässer) gewohnt war, nichts mehr zu tun. Dieser Mann kennt die Geschichte der modernen Lyrik, vom französischen Symbolismus eines Charles Baudelaire und Paul Valéry angefangen über den italienischen Futurismus eines Filippo Marinetti bis zum deutschsprachigen Dadaismus eines Hans Arp und Hugo Ball, und weiß sie produktiv für das eigene Schreiben umzusetzen. Mehr noch: Bei meinen Recherchen über diesen erstaunlichen Pfarrer und Poeten stoße ich auf zwei sehr grundsätzlich reflektierende und dokumentierende Veröffentlichungen, die den »Leichenreden« vorausgingen und bis heute Maßstäbe setzen: Martis großen Essay über »Moderne Literatur« von 1963 (in: Moderne Literatur, Malerei und Musik mit Kurt Lüthi und Kurt von Fischer), der ein neues Gesprächsfeld über das Verhältnis von Theologie und Literatur eröffnet, und dann seine bahnbrechende Anthologie moderner Lyrik »Stimmen vor Tag« von 1965.

All diese Texte haben mich intellektuell gefesselt, doch literarisch und theologisch berührt hat mich das genannte Bändchen »Leichenreden«. Marti zeigt sich hier erstmals entschlossen, seine öffentliche Rolle als Pfarrer selbstkritisch zu reflektieren und sich zugleich theologisch zu positionieren. Texte sind entstanden, welche die christliche Botschaft im Angesicht des Todes nicht länger als beschwichtigende oder verharmlosende, sondern als eminent politische, will sagen: machtkritische zur Sprache bringen. Zum Beispiel so:

»das könnte manchen herren so passen
wenn mit dem tode alles beglichen
die herrschaft der herren
die knechtschaft der knechte
bestätigt wäre für immer

das könnte manchen Herren so passen
wenn sie in ewigkeit
herren blieben im teuren privatgrab
und ihre knechte in billigen reihengräbern

aber es kommt eine auferstehung
die anders ganz anders wird als wir dachten
es kommt eine auferstehung die ist
der aufstand gottes gegen die herren
und gegen den herrn aller herren: den tod«

Ich begriff: Als Glaubende in der Nachfolge des auferweckten Gekreuzigten sind Christen unerbittliche Widerständler gegen die Verewigung der Herr-Knecht-Verhältnisse, wo immer sie bestehen. Und: leidenschaftliche Protestleute gegen den Tod und die alles banalisierende Vergleichgültigung des Lebens. Vor allem begriff ich, dass beides zusammenhängt: Dem Tod die alleinige Macht lassen, hieße, die Machtverhältnisse auf Erden letztlich hinzunehmen. Der Tod wäre dann gerade nicht nur der egalitäre »Schnitter«, der alle gleich trifft, sondern auch ein Komplize der Mächtigen. Ein mir unerträglicher Gedanke. Die Rede von Gott als letzter Instanz von Gerechtigkeit ist seither für mich weder eine Weise der Vertröstung noch der Beschwichtigung, sondern Ausdruck meines Vertrauens, dass die Unrechtsverhältnisse der Geschichte nicht das letzte Wort behalten. Damit ist der Glaube verbunden, dass ein auf Gott gegründetes Leben mehr ist »als der Fall« und sich nicht reduziert auf die Grenzen unserer eigenen Erfahrungswelt. Ich spüre, dass ich mit all meinen Fragen nach »Gott« noch nicht fertig bin und zugleich auf einen Gott hoffe, der mit uns Menschen noch nicht fertig ist. Ich gehe also meinen Weg in die Welt der Theologie weiter. Und es sind glücklicherweise auch zwei Philosophen, die mir dabei helfen. Ungewollt. Unerwartet.

Ernst Blochs »Prinzip Hoffnung«

Insbesondere der Neomarxismus prägt das geistige Klima um 1970, zumal an den Universitäten. Linke Studentengruppen, angefangen vom SDS, dem Sozialistischen Deutschen Studentenbund, beherrschen die Szene. Es ist eine Zeit kreativer und zugleich politisch brisanter Unruhen. Tagtäglich massenhaft Flugblätter in der Tübinger Mensa, tagtäglich Büchertische mit marxistischer Literatur, darunter besonders eindrucksvoll die MEGA, die Marx-Engels-Gesamtausgabe mit über 20 Bänden. So genau will ich es dann doch nicht wissen und begnüge mich mit einem Band der »Frühschriften« von Karl Marx. Und schon hier steht – im ersten Satz der Marx'schen Schrift »Zur Kritik der Hegelschen Rechtsphilosophie«: »Für Deutschland ist die Kritik der Religion im wesentlichen beendigt, und die Kritik der Religion ist die Voraussetzung aller Kritik.« So glaubte man, mit »Religion« fertig zu sein.

Dann die Begegnung mit Werk und Person von Ernst Bloch (1885–1977). An der Universität ist er bereits eine »Institution«, als ich im Winter 1969/70 in Tübingen anfange. Als Geisteswissenschaftler geht »man« »zu Schulz«, will sagen zu Walter Schulz (1912–2000), einem damals charismatisch lehrenden Philosophen, und »zu Bloch«, der zwar nicht mehr öffentlich liest, aber im Philosophischen Institut noch ein Seminar anbietet. Vor allem gilt es jetzt, Bloch zu lesen: Ich kaufe mir die drei Bände seines Hauptwerks »Das Prinzip Hoffnung« und bin für Monate in einen Riesenraum des Geistes versetzt.

Selbst als 85-Jähriger will dieser Mann noch Studierende um sich versammeln. Umgekehrt wollen Ungezählte wie ich einen Mann erleben, der damals schon einen legendären Ruf besitzt und spätestens mit der Verleihung des Friedenspreises des Deutschen Buchhandels 1967 auch in der Bundesrepublik

»angekommen« ist. So bemühe ich mich umgehend, zu diesem Seminar zugelassen zu werden. Mit mir sind es 60, 70 Teilnehmer/innen. Aus Altersgründen ist Bloch außerstande, lange Vorträge zu halten oder Referate zu ertragen. Und da auch seine Augen schwach geworden sind, lässt er Texte aus seinem Werk vortragen. Unvergessen aber, wie lebendig er sie noch kommentieren kann. Seine Stimme ist kehlig-knarrend, seine Rhetorik zugleich zupackend und mitreißend, seine Diktion lakonisch, seine Sätze wirken wie herausgestoßen. Selten bin ich einem Menschen begegnet, bei dem das unmittelbare sprachliche Erleben für seine Wirkung so entscheidend ist. Keine Lektüre kann das ersetzen. Aber die erlebte Lebendigkeit von Denken und Diktion verschafft zusätzliche Motivation, das Werk noch eingehender zu studieren.

Ich lerne, was »docta spes« meint, »fundierte, belehrte, geprüfte Hoffnung« im Gegensatz zu bloßer Tagträumerei. Lerne den Unterschied zwischen wirklichkeitsfremder Schwärmerei und »konkreter Utopie«. Lerne, mit Blochs Augen die Welt als »Laboratorium« zu sehen, als »Experiment«, mit dessen Hilfe erforscht wird, was »noch nicht« ist, aber sein sollte! Sein Hauptwerk trägt denn auch nicht zufällig den Titel »Das Prinzip Hoffnung«. Es wird zwischen 1938 und 1947 während Blochs Exil in den USA geschrieben und erstmals 1959 in der DDR in deutscher Ausgabe veröffentlicht. »Dreams of a better life« sollte das Werk ursprünglich heißen, »Träume von einem besseren Leben«. Universalgeschichtlich ist es angelegt und eröffnet auf mitreißende Weise Räume weltgeschichtlicher Tiefe und weltkultureller Weite. Wie gebannt sehe ich mich einem nie gekannten Wirbel geistiger Impulse ausgesetzt. Entwürfe in der Menschheitsgeschichte von einem anderen Leben werden ebenso einbezogen wie bisherige Utopien von einer menschlicheren Gesellschaft oder Sehnsüchte nach und Hoffnungen auf Einlösung »messianischer« Verheißungen.

Und die Religion? Es ist dieser marxistische Philosoph jüdischer Herkunft, der mit großem geschichtlichem Atem beschreibt, dass »Religion« in vulgärmarxistischer Manier nicht einfach pauschal als »Ideologie« abgetan werden kann. »Religion« spielt in der Geschichte der Menschheit eine zumindest *ambivalente* Rolle. Sie hat den Herrschenden zur Repression der Massen gedient, aber auch Massen zu Aufständen motiviert. Sie hat Eroberungskriege legitimiert, aber auch Befreiungskämpfe inspiriert. Sie hat geistige Knebelungen unterstützt und zugleich geistige Freiheitsschübe ausgelöst. Sie hat Tyrannen gehuldigt, Inquisitoren hervorgebracht, ideologische Scharfmacher gefüttert, aber auch prophetische Gestalten wider die Herrschenden aufstehen lassen, Aktivisten zum Kampf für Menschenwürde und Menschenrechte motiviert. Kurz: Für mich ist Ernst Bloch derjenige Philosoph im 20. Jahrhundert, der wie kein anderer einen »roten Faden« durch die Geschichte aufdeckte, den »roten Faden« von Freiheitsbewegungen, die auch durch religiöse Kräfte erzeugt worden sind. Das hilft mir in meiner gefühlten Defensive – diese argumentative »Schützenhilfe« durch einen Philosophen, der mich zugleich aber mit der Frage konfrontiert, für *welche* Form von Religion ich mein Leben einsetzen, in wessen Dienst ich mein theologisches Wissen stellen soll.

Eine Begegnung mit Bloch: 1975

Und dann eine besondere Begegnung. Es ist der 30. Juni 1975. Ernst Bloch feiert in diesem Jahr seinen 90. Geburtstag. Aus diesem Anlass hatte Hans Küng ihn zu einem Begegnungsnachmittag in unser Institut eingeladen. Voraus geht am Vormittag mit uns Studierenden eine intensive Beschäftigung mit Blochs Werk. Mitbeteiligt ist Jürgen Moltmann, der evangelische Theologe, von dem ich schon gesprochen habe. Plötzlich kommt zwischen den beiden Theologen eine Streitfrage auf: Ist Ernst Bloch ein Atheist? Hans Küng bejaht diese Frage entschieden. Voraussetzung für Blochs Denken sei nun einmal die marxistische Religionskritik; das sei eine Feststellung, keine Wertung. Jürgen Moltmann ist ganz anderer Meinung. Er erklärt diese Frage für sinnlos. Ernst Bloch habe gerade als Marxist in Sachen Religion etwas Konstruktives zu sagen, habe Grenzüberschreitungen vorgenommen …

Am Nachmittag dieses 30. Juni stößt Bloch zu uns. Hochbetagt, fast erblindet, betritt er den Seminarraum, gestützt auf seine Frau Karola. Aber lebhaft ist noch sein Geist, weiterhin kraftvoll seine Stimme. Als ihm die zwischen den Theologen kontrovers diskutierte Frage vorgelegt wird, antwortet er nicht direkt, sondern erzählt eine Geschichte. Eine Anekdote. Während des Zweiten Weltkriegs im amerikanischen Exil habe er, Bloch, eines Tages in New York Paul Tillich auf der Straße getroffen. Tillich (1886–1965), ein schon damals berühmter deutscher protestantischer Theologe, lebt ebenfalls im Exil und lehrt jetzt am Union Theological Seminary in New York. Man kommt ins Gespräch:

> »Wo kommst du her, Paul?«
> »Aus der Vorlesung«
> »Was hast du behandelt?«
> »Die Gottesbeweise«
> »Und wann sagst du deinen Studenten, dass Gott
> nicht existiert?«
> »Nach dem Examen.«

Alle im Seminar lachen auf. Hatte Bloch damit die Frage nach *seinem* Atheismus nicht überdeutlich beantwortet, indem er ausgerechnet einen Theologen als Zeugen zitiert? Oder hatte er die Frage bewusst offengelassen? Denn sein hier zitierter Theologe bestätigt und ironisiert ihn zugleich, hat doch Tillich offensichtlich die Suggestivfrage durchschaut und bestätigt den Philosophen nur in dem, was dieser hören will. Er hatte das Spiel mitgespielt. Ist das also so wörtlich nicht zu nehmen: das »Gott existiert nicht«? Spiel oder Ernst?

»Denken heißt Überschreiten« – so steht es zu lesen auf Blochs einzigartig schönem Grabstein auf dem Tübinger Bergfriedhof. Ein roher, unbehauener Steinblock! Naturbelassen mit allen Einkerbungen, kleinen Sprüngen, Rissen. Ein Bruchstück, ein Fragment. Ein Stein, welcher viel zu erzählen hätte von dem, auf den er verweist. Hat Bloch uns nicht in der Tat gelehrt, das Ganze immer auch in Fragmenten zu sehen, in »Spuren«-Elementen etwas zu ahnen vom Vollkommenen, vom Vollendeten? Und das gilt auch für Blochs Einstellung zum Tod. Am 4. August 1977 stirbt er, 92 Jahre alt. Freunde, die von Gesprächen mit ihm aus den letzten Jahren berichten, erzählen das, was auch Walter Jens in seiner Trauerrede am 9. August 1977 am Grabe Blochs mitteilt: »Er hatte Schmerzen, er war blind, er konnte nicht gehen, er wusste, dass er sterben musste, aber er klagte nie; wenn er weinte, dann nicht über sich; nun, da er näherkam, der Tod, erzählte er uns von seiner Neugier; das wollte er denn auch noch sehen, wie das Licht oder das ganz andere sich ausnehme, verliebt ins Neue, wie er nun einmal sei; er sprach ruhig, eher heiter als besorgt.«

»Neugierde« auch über das, was »danach« möglicherweise kommt? Das ist nur konsequent. Bloch bleibt sich bis zum Ende treu. Ein Mann wie er, der den Tod als stärkste »Nicht-Utopie« beschrieb, musste im *brutum factum* des Todes ein Ärgernis sehen. Sollte das wirklich die Grenze sein? Ende und Aus? Denken aber heißt doch: Überschreiten! Warum also nicht doch neugierig sein auf das, was *möglicherweise* noch kommt? Warum ausschließen, dass Menschen vielleicht doch noch etwas erwartet: etwas ganz Anderes, etwas Unerhörtes? Mit Jenseitsvertröstung hat dies nichts zu tun. Ein Denken, das ganz auf die Veränderung im *Diesseits* ausge-

Abb. 1.1. Grabstein von Ernst und Karola Bloch auf dem Tübinger Bergfriedhof.

richtet ist, wird damit nicht widerrufen. Das hat zu tun mit der konkreten Anwendung des »Prinzips Hoffnung« auch auf den Fall des eigenen Todes. Der Tod ist eine bleibende *Frage*. Das große »Vielleicht«.

Heute ist es ruhig geworden um Blochs Philosophie. Besser: Sie ist geschichtlich kanonisiert, Gegenstand biographischer und wissenschaftlicher Untersuchungen. Sein Werk und sein Nachlass werden gepflegt von einem seit dem Jahr 2000 in seiner Geburtsstadt Ludwigshafen angesiedelten »Ernst-Bloch-Zentrum.« Zum Grabe auf dem Tübinger Bergfriedhof pilgern wie ich nur noch wenige. Einige haben nach jüdischer Sitte Steinchen auf den Grabstein gelegt. Die ideologischen Parolen sind verklungen, der Sozialismus hat als Großideologie abgewirtschaftet, ist aber in seinen sozialethischen Idealen unwiderlegt. Seit 1994 liegt auch die Gefährtin hier begraben: Karola Bloch (1905–1994). An ihr Denken und Wirken erinnert der zweite Schlüsselsatz auf dem Grabstein: »Die Sehnsucht des Menschen, ein richtiger Mensch zu werden«. Zu *werden*. Das nimmt ein programmatisches Wort auf, mit dem Ernst Bloch seine »Tübinger Einleitung in die Philosophie« eröffnet hatte: »Ich bin, aber ich habe mich nicht, darum werden wir erst.« Eine Wahrheit, so unzerstörbar wie die Hoffnung auf Vollendung. Eine Vollendung im Prozess der Menschwerdung des Menschen.

Max Horkheimers folgenreiches Gespräch 1970

Ich hatte verstanden: Die Fragen, welche die Geschichte freisetzt, weisen über diese hinaus. Es ist vor allem die *Urfrage nach Gerechtigkeit*, von der man sich nur um den Preis des Fatalismus oder Zynismus achselzuckend abwendet. Man muss schon ein fatales Maß an Betroffenheitsresistenz entwickelt haben, um den Schrei der Opfer nicht mehr zu hören, den repressive Regime und Kriege auch gegenwärtig tagtäglich erzwingen. Und es ist noch einmal ein Philosoph, und zwar ein Vertreter der Frankfurter Schule und der hier mit Theodor W. Adorno (1903–1969) entwickelten »Kritischen Theorie«, Max Horkheimer (1895–1973), der in diese Richtung gewiesen hatte. Und zwar unerwarteter Weise in einem Gespräch mit dem Nachrichtenmagazin »*Der Spiegel*«, geführt von Georg Wolff und Helmut Gumnior und gedruckt am 5. Januar 1970, das dann in einer längeren Fassung im selben Jahr unter dem Titel »Die Sehnsucht nach dem ganz Anderen« als Taschenbuch im Hamburger Furche-Verlag erscheint, herausgegeben von Helmut Gumnior (in: HGS, Bd. 7, 345–357; 385–404).

Welch aufstörende Wirkungen freilich Horkheimers Gespräch in der intellektuellen Publizistik seinerzeit ausgelöst hatte, welch breite, kontroverse öffentliche Debatte im Pro und Contra über seine angebliche »religiöse Wende« oder gar seine »Bekehrung«, ist mir damals nicht bewusst und ist heute in der Studie von Pascal Eitler über »Max Horkheimer und die Politisierung der Religion um 1968« (2009) im Detail nachzulesen (S. 142–188). Mich jedenfalls hat dieses Gespräch auf meine Weise »elektrisiert«. Soeben noch mit meinem Entschluss zum Theologiestudium intellektuell in der Defensive, horche ich auf, als ich ausgerechnet von Horkheimer Sätze wie diese lese: »Ich habe geschrieben, daß Politik, welche nicht Theologie oder Metaphysik, damit auch natürlich Moral, in sich bewahrt, letzten Endes Geschäft bleibe.«

»Theologie«? Was er damit meine, wird Horkheimer gefragt, und er antwortet zunächst mit einer Kritik der Kritiker der Theologie. Von der Position des Positivismus aus ließe sich »keine moralische Politik ableiten« erklärt er. Denn rein wissenschaftlich betrachtet, sei »Haß, bei aller sozial-funktionellen Differenz nicht schlechter als die Liebe«. Es gäbe »keine wissenschaftlich zwingende Begründung, warum ich nicht hassen soll, wenn ich mir dadurch im gesellschaftlichen Leben keine Nachteile zuziehe. Alles, was mit Moral zusammenhängt, geht logisch letzten Endes auf Theologie, jedenfalls nicht auf säkulare Gründe zurück, wie sehr man sich auch bemühen mag, die Theologie behutsam zu fassen« (in: HGS Bd 7, 350). »Also auf Gott?«, wird Horkheimer gefragt, und er antwortet: »Zumindest – darin gehe ich mit Kant und Schopenhauer einig – weiß ich, daß die Welt Erscheinung ist. Wie wir sie kennen, ist sie nicht absolut, sondern Ordnungsprodukt unserer intellektuellen Funktionen. Jedenfalls ist sie nicht das Letzte« (Ebd.).

Was aber sei dann »das Letzte«? Zwar gäbe es »keine Gewißheit, daß es einen allmächtigen Gott« gäbe, erklärt Horkheimer, wohl aber bleibe »die Sehnsucht«! »Die Sehnsucht danach, daß es bei dem Unrecht, durch das die Welt gekennzeichnet ist, nicht bleiben soll, daß das Unrecht nicht das letzte Wort sein möge. Diese Sehnsucht gehört zum wirklich denkenden Menschen« (Ebd.). Oder anders gesagt:

> »Theologie bedeutet das Bewußtsein davon, daß die Welt Erscheinung ist, daß sie nicht die absolute Wahrheit, das Letzte ist. Theologie ist – ich drücke mich bewußt vorsichtig aus – die Hoffnung, daß es bei diesem Unrecht, durch das die Welt gekennzeichnet ist, nicht bleibe, daß das Unrecht nicht das letzte Wort sein möge
> *Theologie als Ausdruck einer Hoffnung?*
> Ich möchte lieber sagen: Ausdruck einer Sehnsucht, einer Sehnsucht danach, daß der Mörder nicht über das unschuldige Opfer triumphieren möge«
> (HGS Bd. 7, 389).

Versteht man, was solche Sätze für mich damals bedeutet haben? Hier hat ausgerechnet der Vertreter der »Kritischen Theorie« öffentlich erklärt, dass »Religion«, näherhin »Theologie«, unverzichtbar ist, und zwar in doppelter Hinsicht: *Zum einen* behält »Theologie« und ihr Verweis auf das »ganz Andere«

eine gesellschaftliche Funktion als Fundament einer auf Werten gegründeten Politik, die mehr sein will als »Geschäft«. *Zum anderen* erheischt das Unabgegoltene in der Geschichte eine Antwort, welche die Geschichte selbst nicht geben kann. Eine Antwort auf die Fragen der unschuldigen Opfer. Weder durch wissenschaftlichen Positivismus noch durch eine materialistische Gesichtsphilosophie können sie still gestellt werden, diese Fragen. Sie schreien buchstäblich »zum Himmel«! Die »Sehnsucht nach dem ganz Anderen« ist also bei Horkheimer immer auch eine Sehnsucht nach Gerechtigkeit *für* »die Anderen«, will sagen: *für* die in der Geschichte Vergessenen, Verachteten, Marginalisierten, kurz: für die Opfer.

Horkheimers Grab und der Psalm 91

Und wieder frage ich mich auch im Fall von Horkheimer, zunächst neugierdehalber, ohne große Erwartung an etwas Besonderes: Wo mag sich sein Grab befinden? In Frankfurt, der Stadt, deren Ehrenbürger er nach der Rückkehr aus dem amerikanischen Exil geworden war, oder im Tessin, wo er in den letzten Jahren ein Haus in Montagnola bewohnt hatte, bekanntlich auch Hermann Hesses Wohnsitz bis 1962 (s. Kap. VII)? Da es eine Horkheimer-Biographie bis heute nicht gibt, recherchiere ich und entdecke im Internet ein Foto seines Grabes. 1973 mit 78 Jahren gestorben, hat Horkheimer sich auf einem *jüdischen* Friedhof beerdigen lassen: dem in Bern. Der Grund? Ganz offensichtlich aus Verbundenheit mit seinen Eltern, Moriz Horkheimer (1858–1945) und Babette Horkheimer, geborene Lauchheimer (1869–1946), einem wohlhabenden Fabrikantenehepaar aus Stuttgart-Zuffenhausen, das 1939 gerade noch rechtzeitig der Deportation durch Flucht aus Nazi-Deutschland in die Schweiz hatte entkommen können und das hier seit 1945 bzw. 1946 sein Grab gefunden

Abb. 1.2. Grab von Max und Maidon Horkheimer auf dem Berner jüdischen Friedhof.

hatte. Hier liegt seit 1969 auch Max Horkheimers Frau Rose Christine Riekher (»Maidon« genannt), die zum Judentum konvertiert war. Eine erste Überraschung, hatte Horkheimer doch sonst keine Verbindungen zu Bern.

Die zweite: Dasselbe Foto zeigt, dass auf seiner Grabplatte nicht nur die Namen der Bestatteten, sondern auch ein biblischer Vers eingelassen ist: »Denn Du Ewiger bist meine Zuversicht PS. 91.« Ich schaue nach: Das Zitat entspricht Vers 9a aus Psalm 91. Auf der Grabplatte der Eltern, auch diese zeigt ein Foto, in Material und Gestaltung identisch, ist Vers 1 von Psalm 91 aufgenommen: »Wer im Schirm des Höchsten wohnt der ist im Schatten des Allmächtigen geborgen.« Diese offensichtlich gewollte Parallelisierung in Form und Stil lässt darauf schließen, dass diese symmetrische Gräbergestaltung Horkheimers Willen entsprochen haben dürfte: als Ausdruck der Verbundenheit mit den Eltern über den Tod hinaus, und zwar im Geist von Psalm 91 aus der gemeinsamen Hebräischen Bibel. Zumal ich – dritte Überraschung – in den Spätschriften entdecke, dass es von Horkheimer persönlich eine Auslegung von Psalm 91 gibt. Er hatte sich 1968 an einer Hörfunkreihe mit dem Titel »Mein Psalm« beteiligt und exakt diesen Text gewählt (HGS Bd. 7, 207–212).

Diese parallel geführte Grabgestaltung aber muss nicht für die letzte Zeile auf beiden Grabplatten zutreffen, die jeweils aus denselben hebräischen Buchstaben besteht: ת'נ'צ'ב'ה. Dabei handelt es sich um ein Kurzwort, d. h. um die Anfangsbuchstaben (»Akronym«) der hier verwendeten fünf hebräischen Worte, und diese geben einen Segenswunsch nach 1 Sam 25,29 wieder: »Seine/Ihre Seele sei eingebunden in das Bündel des Lebens! (»Tehi nafscho/nafscha zrura bizror hachajim«). Dieser Segenswunsch erscheint oft als einziger hebräischer Teil auf ansonsten in der Landessprache gehaltenen Grabplatten und dürfte einer Tradition jüdischer Friedhöfe entsprechen. Auch ungezählte andere Grabsteine auf diesem Friedhof sind mit diesen fünf Buchstaben in der letzten Zeile versehen.

Pandemiebedingt kann ich erst Anfang September 2021 nach Bern reisen. Es ist ein Sonntagmorgen bei warmem Spätsommerwetter. Der jetzige Friedhof in der Papiermühlestraße 112 zu Bern-Wankdorf existiert seit 1871 und ist für 2000 Gräber angelegt, von denen mittlerweile ca. 1800 belegt sind. Die Gräberfelder auf dem Gelände steigen etwas an, und die Gräber sind chronologisch angeordnet, so dass das Grab der Eltern im oberen Teil von Feld »E« liegt, das von Horkheimer und seiner Frau im unteren Teil in der vorletzten Reihe. Auf beide Gräber sind nach jüdischer Tradition kleine Steine gelegt. Auch ich lege einen hinzu, als ich mit einer Kopfbedeckung an Horkheimers Grab trete und dann noch einmal die beiden Verse spreche:

»Wer im Schirm des Höchsten wohnt
der ist im Schatten des Allmächtigen geborgen«
»Denn Du Ewiger bist meine Zuversicht«

Und je länger ich über beide Worte nachdenke, umso klarer wird mir, dass die beiden räumlich weit auseinander liegenden Gräber durch die Wahl nicht bloß desselben Materials, Stils und Psalms, sondern vor allem durch die ausgewählten Zitate zu einer Sinn-Einheit verbunden werden sollten und verbunden sind, vor allem durch das »Denn« auf Max Horkheimers Grab. Es klingt wie eine Begründung oder Folgerung der Geborgenheit in Gott, die im Vers 1 affirmiert ist, und stammt aus einer der großen jüdischen Übersetzungen, der »Rabbinerbibel« (1837/39). Rabbiner Leopold Zunz (1794–1886), einer der Vorkämpfer einer Emanzipation von Juden in Deutschland, hat sie mitgestaltet.

Ich bin der einzige Besucher an diesem sonnendurchfluteten Vormittag. Ich setze mich auf eine der nahe gelegenen Bänke unter dem Schattendach eines Baums, atme die Stille dieses Ortes und lese den ganzen von »Zunz« übertragenen Psalm noch einmal. Ich erschrecke beinahe angesichts der pandemischen Aktualität dieses uralten Textes: »Nicht fürchtest du vor dem Schrecken der Nacht«, wird hier dem Gott vertrauenden Beter zugesagt, »vor der Pest, die im Dunklen schleicht, vor der Seuche, die wüthet am Mittage« (Ps 91, 5 f.).

Anschließend nehme ich mir noch einmal die kurze Auslegung von Horkheimer vor, immer noch überrascht, dass er einen solchen Text geschrieben hat, und wie gebannt von seiner Kunst, diesen biblischen Text zunächst mit seiner eigenen familiären Herkunft zu verknüpfen: »Die Mutter hat den Psalm geliebt; ihn von der Erinnerung an den Glanz ihrer Augen zu lösen, mag ich auch heute nicht« (S. 208). Kein Zufall, gehört Psalm 91 im Judentum doch schon früh zu den Morgengebeten am Schabbat und an den Feiertagen.

Und zugleich verbindet Horkheimer die biblischen Worte vom schier grenzenlosen Vertrauen des Gottgläubigen auf den »Ewigen« selbst in Gefahren sowie von der Vergeltung der »Gottlosen« auch mit der neueren Geschichte des Judentums. Hat doch nach all den grauenhaften geschichtlichen Erfahrungen diese Hoffnung auf Gott etwas Kontrafaktisches:

> »Die Juden, die durch Jahrtausende den Psalm gesungen haben, wußten, daß allzuoft sie selbst zu jenen zählten, die den Schwertern der Barbaren, den Folterkammern und den Scheiterhaufen preisgegeben waren. Eher jedoch haben sie den eigenen Toten, ihr eigenes Volk, die Individuen wie das Kollektiv, zu den mit Recht Bestraften gerechnet, als auf die Liebe und den Überschwang, das Lob des Gottes zu verzichten, der zuletzt sie selbst und die Gerechten aller Völker retten wird« (HGS Bd. 7, 209 f.).

»der zuletzt retten wird«: Da ist es wieder, dieses Motiv der Sehnsucht danach, dass es bei dem Unrecht nicht bleiben und es eine transgeschichtliche Gerechtigkeit für die Opfer der Geschichte geben möge. Mir wird klar: Der Mann, der in seinen theoretischen Reflexionen bewusst nicht von »Hoffnung«, sondern zurückhaltend von »Sehnsucht« hatte sprechen wollen, ja, der die Rede von »Gott« zurücknahm auf

»die Sehnsucht nach dem ganz Anderen«, der Mann also, der jede persönliche Anrede an »den ganz Anderen« vermied, unter Berufung nicht zuletzt auf das jüdische Bilderverbot, wählt sich einen Grabspruch mit einer Wendung ins Personale und Persönliche: »Denn *du* Ewiger bist *meine* Zuversicht«. Und zugleich bleibt er persönlich »in Deckung«. Offenbarend verbirgt er sich hinter einem Zitat.

Was Christsein fordert: Hans Küng

Was für die Gottesrede gilt, gilt auch für Grundfragen des Christseins. Katholisch erzogen, wie ich bin, hatte auch ich ganz selbstverständlich Worte wie diese gebraucht: »christliche« Offenbarung, »christliche« Moral, »christliche« Kirche. Und ebenso selbstverständlich glaubte auch ich mich dabei von diesem Jesus Christus legitimiert. Wer er war, hatte ja auch die kirchliche Dogmatik längst festgelegt. So war ich gar nicht auf die Idee gekommen, dass sie damit die Frage nach den geschichtlichen Ursprüngen der Gestalt Jesu buchstäblich verdrängt hatte. Seit der Aufklärung und dem Historismus aber sieht sich Theologie mit der Grund-Frage konfrontiert: Kann sich alles das, was sich »christlich« nennt und sich in christlichen Bekenntnissen über die Jahrhunderte verfestigt hat, wirklich auf den Mann aus Nazareth berufen? 2000 Jahre Christentum hin oder her – gefragt werden muss ganz neu; die alten Antworten reichen nicht mehr. Damit werde auch ich jetzt als Theologiestudent unerbittlich konfrontiert.

In meinem zweiten Semester, Sommer 1970, nehme ich an einem Seminar zum Thema »Neuere Jesusbücher« teil. Hans Küng hatte die Legitimationskrise des traditionell Christlichen ernst genommen und ist seinerseits auf der Suche nach dem ursprünglich, dem authentisch Christlichen, nach dem also, was man damals die »Rückfrage nach dem historischen

Jesus« oder dann eine »Christologie von unten« nennt. Und in diesem Prozess spielen bei ihm nicht nur Jesus-Bücher damaliger kritischer Neutestamentler wie Günther Bornkamm (1956), Eduard Schweizer (1968) und Herbert Braun (1969) oder jüdischer Gelehrter wie Schalom Ben-Chorin (»Bruder Jesus. Der Nazarener aus jüdischer Sicht«, 1967) und David Flusser (»Jesus«, 1968) eine Rolle, sondern auch solche von Schriftstellern. Denn Hans Küng will ähnlich wie Gotthold Hasenhüttl im Geist des Konzils auch den Dialog mit der säkularen Kultur intensivieren. Auch er hatte verstanden: Nicht mehr und nicht weniger als die kulturelle Kompetenz der Theologie bei der Vermittlung der christlichen Botschaft steht auf dem Spiel, deren Anschlussfähigkeit an die Lebenswelt heutiger Menschen. Da ist es von höchstem Interesse, Spiegelungen biblischer Figuren gerade auch in der Welt der säkularen Kultur wahrzunehmen.

1970 hatten denn auch zwei Autoren überraschend Jesus-Romane vorgelegt: Frank Andermann »Das große Gesicht« und Günter Herburger »Jesus in Osaka«. Sie schreiben nicht die große Tradition der Jesus-Romane vom Ende des 19. bis Mitte des 20. Jahrhunderts fort, angefangen von Dostojewskis »Der Idiot« (1868/69) und Gerhart Hauptmann »Der Narr in Christo Emanuel Quint« (1910) bis hin zu Max Brods »Der Meister« (1952) und sind als Zeitgeist-Produkte heute zu Recht vergessen. Aber für mich als Anfänger damals ist wichtig: Die Schriftsteller haben auch in einem theologischen Seminar eine Stimme. Sie zu kennen, ist für eine gegenwartssensible Auslegung der christlichen Botschaft unverzichtbar. Das sollte ungeahnte Folgen für mich haben, zumal ich durch das genannte Seminar von Gotthold Hasenhüttl bereits sensibilisiert worden war.

Denn nach meinem Staatsexamen in Germanistik und Theologie im Sommersemester 1972 bietet mir Hans Küng eine Dissertation an, verbunden mit einer Assistentenstelle.

Zwar hatte ich mich als Wissenschaftliche Hilfskraft in seinem Institut bereits bewährt, dennoch kommt sein Angebot unerwartet, als er mich am Ende des Sommersemesters in sein Haus in der Tübinger Waldhäuserstraße 23 bestellt und meine grundsätzliche Bereitschaft dazu erfragt. Ich bin überrascht. Eine Dissertation hatte ich mir nicht zugetraut. Mein Plan ist, nach dem Examen in den gymnasialen Schuldienst einzutreten. Ich will Deutsch- und Religionslehrer werden.

Doch die Aussicht auf eine Assistentenstelle klärt zunächst einmal meine wirtschaftliche Basis, und das Angebot von einem Mann wie Hans Küng stärkt mein Selbstvertrauen. Vor allem aber das Thema reizt mich: »Wir haben doch im Seminar die Jesusromane von Andermann und Herburger gelesen und festgestellt, dass es noch keine wissenschaftliche Arbeit über das Jesusbild in der zeitgenössischen Literatur gibt«, fängt Küng an. »Sie sind doch auch Literaturwissenschaftler. Würde Sie das nicht reizen? Das Thema müsste doch einmal gründlich untersucht werden.« Ich akzeptiere, ohne zu ahnen, auf was ich mich einlasse.

Denn das Themenfeld Literatur – Theologie war lange nicht mehr bearbeitet worden. Die Arbeiten ihrer Pioniere im 20. Jahrhundert, eines Romano Guardini oder Hans Urs von Balthasar, waren Vergangenheit. Zwar hatte Guardini (1885–1968) als einer der wenigen katholischen Theologen überhaupt große Dichtungen in sein anthropologisches und theologisches Denken einbezogen (und das bleibt bis heute sein Verdienst), aber mit seinen Studien zu Dante, Hölderlin, Dostojewski und Rilke war er bei den Klassikern stehen geblieben und war nie in den Raum der Moderne oder gar der Gegenwartsliteratur vorgestoßen. Und Balthasar (1905–1988) hatte die Dichtung und ihre ästhetischen Kategorien für seine große heilsgeschichtliche Theologie unter dem Schlüsselwort »Theodramatik« funktionalisiert, was schon innertheologisch umstritten war und kaum rezipiert blieb, aber auch er hatte zur Gegenwartsliteratur nichts zu sagen.

Hier also konnte ich nicht anknüpfen. Eher schon an Arbeiten einer theologischen Literaturkritik, wie sie damals ein Mann wie Paul Konrad Kurz (1927–2005) betreibt. Die Verengung auf die sogenannte »christliche Literatur« hatte er überwunden und sich auf regelmäßige Analysen religiös relevanter Motive in Werken der Gegenwartsliteratur konzentriert. Und profitieren kann ich auch von Arbeiten der evangelischen und katholischen Religionspädagogik. Ihre Vertreter/innen hatten, mehr als andere im Raum der Theologie, begriffen, dass es für die Vermittlung der christlichen Botschaft an neue Generationen auch eine kulturelle Kompetenz braucht.[4] Zugleich aber stehe ich vor dem Faktum, dass das von mir gewählte Thema wissenschaftlich *terra incognita* ist. An Sekundärliteratur kann ich kaum anknüpfen und muss mir die literarischen Quellen allesamt selber suchen. Eine gründliche Spurensuche beginnt. Die erste in meinem Leben, der dann viele andere folgen sollten.

Als Mitbetreuer im Promotionsverfahren bringt Küng Walter Jens (1923–2013) ins Spiel. Nicht von ungefähr. Denn die Beziehung Küng – Jens hatte sich schon Anfang der siebziger Jahre aufs Schönste entwickelt[5]. Zwei sehr unterschiedliche Männer von Herkunft und Profil, Hamburger, Altphilologe, Schriftsteller und Literaturkritiker der eine, Schweizer, Theologe und Priester der andere, hatte sie eine unerwartete Konvergenz in der Sache zusammengeführt. Jens hatte sich – im Zuge der politischen Wende ab 1968 in Deutschland – für die historischen Ursprünge des Christentums zu interessieren begonnen, für die authentische Gestalt Jesu, wie sie sich am ehesten noch in den drei synoptischen Evangelien spiegelt. Mit der Kompetenz des habilitierten Gräzisten hatte er 1970 eine eigene Übersetzung des Matthäus-Evangeliums vorgelegt, auf dem Titelblatt ein bezeichnendes Zitat von

Ernst Bloch: »Am Anfang der Stall, am Ende der Galgen: Jesus von Nazareth.« Auftakt zu einer großen Übersetzungsarbeit an den Ur-Kunden des Christentums, an deren Ende sechs Bücher des Neuen Testamentes neu übertragen sein werden: die vier Evangelien, die Offenbarung des Johannes und der Brief »An die Römer«. Jens' Interesse ist ein gesellschaftspolitisches in dieser politisch so aufgeladenen Zeit: die Konfrontation der bürgerlich etablierten, christlich beeinflussten Gesellschaft mit der Radikalität der authentischen Verkündigung Jesu: Gewaltfreiheit, Feindesliebe, Reich-Gottes-Botschaft und dies in Zeiten der Ost-West-Spaltung und des »Kalten Krieges«.

Küng seinerseits hatte sich ebenfalls, ich sagte es, auf die Frage nach dem authentisch Jesuanischen eingelassen, kommt aber von einer anderen Interessenlage her zu diesem Thema: von einer kirchenkritischen, ökumenischen und theologiegeschichtlichen. Er kennt die gesamte klassische christologische und trinitätstheologische Tradition der Kirche, ist in ihr im vorkonziliaren Katholizismus nicht nur spirituell aufgewachsen, sondern später auch an der päpstlichen Universität Gregoriana zu Rom intellektuell gründlich geschult worden – mit Vorlesungen ausschließlich noch in lateinischer Sprache. Er ist mit allen römischen Wassern aus neuscholastischen Quellen gewaschen. Im Lichte der historischen Kritik aber (insbesondere durch die Arbeiten protestantischer Exegeten wie denen des Tübinger Neutestamentlers Ernst Käsemann) hatte Küng eine Wende vollzogen, nachzulesen in seiner großen Studie über den Philosophen Hegel »Menschwerdung Gottes«, 1970. Küng sucht wie andere auch nach verlässlichen, historisch belastbaren Kriterien dafür, wozu ein heutiges Christsein Menschen verpflichtet, wenn sie Maß an Person und Botschaft Jesu nehmen sollen, und dies in Zeiten der nach wie vor gegebenen Kirchenspaltung.

Wie sie aber finden, diese Maßstäbe, wenn historisch im Dunkel bleibt, was der Mann aus Nazareth selber gewollt hat? Er ist nun einmal keine mythische Gestalt und keine Figur aus dem Lehrbuch der Dogmatik, sondern ein Mensch seiner Zeit, ein Mensch, geboren von einer jüdischen Mutter, aufgewachsen in Galiläa, öffentlich aufgetreten auch in Jerusalem mit einer unverwechselbaren Botschaft, wie sie sich etwa in seinen Gleichnis-Reden spiegelt. Zwar gibt es nun einmal keine direkten Dokumente von ihm, sondern nur indirekte über ihn. Aus ihnen aber lassen sich Grunddaten und Grundzüge seiner Botschaft rekonstruieren, die historisch-kritisch belastbar sind und damit Kriterien für ein heutiges, die Konfessionen umgreifendes Christsein bilden. Küng hatte jetzt, Anfang der siebziger Jahre, das Buch »Christ sein« zu schreiben begonnen, das dann 1974 erscheint und an dem ich als sein Assistent seit 1972 erstmals intensiv mitarbeite. Auch Jens' Interesse kann er dafür gewinnen. Er liest begleitend mit. Wahrhaftig keine Selbstverständlichkeit, dass ein Literat ein theologisches Manuskript kritisch gegenliest. Einzelheiten nachzulesen bei Hans Küng, Umstrittene Wahrheit. Erinnerungen, 2007.

Der Jesus der Literaten: Fingerzeige von Walter Jens

Eine kollegial-freundschaftliche Verbindung von Küng und Jens also ist hergestellt, die dann auch mir zugutekommt. Die literarischen Impulse aus dem genannten Seminar im Sommersemester 1970 nehme ich auf, folge 1972 Küngs Angebot und reiche 1977 meine Dissertation ein, die 1978 dann als mein erstes Buch erscheint: »Jesus in der deutschsprachigen Gegenwartsliteratur«. Walter Jens hatte im Promotionsverfahren das »Zweitgutachten« geschrieben und gibt darüber hinaus einem damals noch völlig unbekannten jungen Mann die Ehre eines Geleitworts für sein Buch. Das trägt mit dazu bei, dass das Buch stark beachtet wird und mit vier Auflagen in kurzer Zeit sowie einer späteren Taschenbuch-Ausgabe viele Leser/innen erreicht.[6]

Ein Wort zum Werk von Walter Jens ist jetzt am Platz. 1978 kann ich wahrhaftig nicht ahnen, dass ich einmal eine Gesamtdarstellung seines literarisch-theologischen Œuvres vorlegen würde. Das wird 25 Jahre später geschehen, 2003, aus Anlass seines 80. Geburtstags unter dem Titel: »Walter Jens. Literat und Protestant«. Für Einzelheiten verweise ich auf diese Lebens- und Werkgeschichte. Dabei ist eines klar: Mein Buch ist mehr als ein Dank an einen charismatischen Lehrer und schon gar nicht Ausdruck eines Tübinger Lokalpatriotismus. Der doppelte Untertitel des Buches sollte auf etwas Singuläres in der Person von Jens verweisen. Denn niemand unter den Autorinnen und Autoren der deutschsprachigen Literatur nach 1945 hat mit dieser Konstanz, Breite und Tiefe einen Dialog mit der Theologie geführt, ja hat sich so mit den Überlieferungen des Christlichen auseinandergesetzt wie Jens.

Um das geistige Profil dieses Autors zumindest in Umrissen zu bestimmen, habe ich auf den Begriff »Protestant« gesetzt – und zwar bewusst doppelsinnig. »Protestant« meint im Falle von Jens beides zugleich: christliche und politische Identität, Herkunft und Auftrag, geistige Heimat und ethische Verpflichtung. Jens steht in der Traditionslinie eines zum jeweiligen Zeit- und Kirchengeist widerständigen Protestantismus, der sich dem Erbe Martin Luthers verpflichtet weiß. Protestant ist er im Sinne jenes Heinrich Heine, der in seinen »Geständnissen« von 1854 der Öffentlichkeit damals unumwunden mitteilte: »Und so blieb ich ein Protestant, nach wie vor, ein protestierender Protestant, und ich protestiere ...« (s. Kap. V).

Unvergessen unsere erste Unterredung 1975, als ich Jens in seinem Haus in der Sonnenstraße besuche. Der Jesus der Dichter? Ich höre Warnungen: kein direkter Zugriff möglich, kein schulterklopfendes Eingemeinden, stattdessen: eine oft blitzartige Evokation Jesu bei den Dichtern, das Finden objektiver Korrelate, die Spiegeltechnik. Alles in allem eine eher »keusche Annäherung« an den Nazarener als ein schamloser Zugriff. Sie lässt der Figur ihre Unfassbar-, ihre Unbegreiflichkeit. Mir wird klar, dass ich einen Fehler zu vermeiden hatte: Literatur nur nach Inhalten unter Vernachlässigung der Formentscheidungen, der Technik, des Stils abzusuchen. »Nehmen Sie etwa Hemingway ›Heute ist Freitag‹ und Huchels Gedicht ›Dezember 1942‹«, sagt Jens damals. So werde ich entlassen. Es sind die einzigen Fingerzeige, die er mir gibt und das einzige persönliche Gespräch, das ich mit ihm vor Abgabe der Arbeit 1977 geführt habe.

Ich hatte damals keine Ahnung, dass der Tübinger Rhetor mir damit zwei literarische Kostbarkeiten überreicht hatte: Ernest Hemingways kurze Dialogskizze aus seinem Prosaband »Men without women« von 1927 und Peter Huchels Bethlehem-Stalingrad-Poem aus seiner Gedichtsammlung »Chausseen Chausseen« von 1963. Heute weiß ich es. Über beide Texte habe ich gründlich gearbeitet. Mich hat die Frage nicht losgelassen: Wie kommt zum Beispiel ein Mann wie Ernest Hemingway (1899–1961) dazu, in den 1920er-Jahren ein Dialogstück über die Kreuzigung Jesu zu schreiben? In seiner frühen Pariser Zeit, als er, Angehöriger der »lost generation«, noch zwischen Stierkampf und Boxkampf hin- und herpendelt und um seine Anerkennung als Schriftsteller ringt? Wie ist das lebens- und werkgeschichtlich zu verstehen? Was muss passiert sein, dass »Heute ist Freitag« geschrieben werden konnte? Eine ausführliche Antwort gebe ich im Hemingway-Kapitel meines Buchs »Jesus im Spiegel der Weltliteratur«, 1999.

Und dann Peter Huchels Gedicht »Dezember 1942«, das für mich zu den bedeutendsten Gedichten der deutschsprachigen Lyrik nach 1945 überhaupt gehört:

»Wie Wintergewitter ein rollender Hall.
Zerschossen die Lehmwand von Bethlehems Stall.

Es liegt Maria erschlagen vorm Tor,
Ihr blutig Haar an die Steine fror.

Drei Landser ziehen vermummt vorbei.
Nicht brennt ihr Ohr von des Kindes Schrei.

Im Beutel den letzten Sonnenblumenkern,
Sie suchen den Weg und sehn keinen Stern.

Aurum, thus, myrrham offerunt …
Um kahles Gehöft streicht Krähe und Hund.

… quia natus est nobis Dominus.
Auf fahlem Gerippe glänzt Öl und Ruß.

Vor Stalingrad verweht die Chaussee.
Sie führt in die Totenkammer aus Schnee.«

Ich kann an diesem Text lernen, was im Katastrophen-Jahrhundert für den Umgang mit biblisch-christlichen Motiven charakteristisch ist: die direkte Konfrontation von Text und Kontext, Wort und Wirklichkeit. Ganze sieben Zeilenpaare braucht Huchel, um diese Konfrontation herzustellen: Stalingrad und Bethlehem ineinandergeschoben. Zwei Räume, zwei Zeiten in blitzartigem Wechsel. Und zwar so, dass das, wofür Betlehem in der Geschichte der Menschheit steht, durch das Grauen von Stalingrad Punkt für Punkt zerstört, vernichtet, ausgelöscht zu sein scheint. Der Stall – zerschossen, Maria – erschlagen, die Magier – ohne Ziel, verloren im Weglosen. Endziel nicht Krippe, sondern Krepieren. Bedrückend dicht immer beides. Das eine nicht ohne das andere.

Noch nie ist in der deutschen Literatur auf so kurzem Raum und in so dichten Verspaaren die Konfrontation von Botschaft und Realität erfolgt. Erst Dichter unserer Zeit (und Huchel ist einer der begnadetsten!) sind gezwungen, »offerunt« auf »Hund« und »dominus« auf »Ruß« zu reimen. Biblisch-Christliches? Es wird hier im Modus seiner radikalen Verkehrung gezeigt und *muss* unter diesen geschichtlichen Voraussetzungen so gezeigt werden. Nicht um die Zyniker zu bestätigen, sondern um von »Bethlehem« her bewusst zu machen, was in »Stalingrad« auf dem Spiel gestanden hat: die Zerstörung einer großen, uralten Menschheitshoffung auf Völkerfrieden. Das Gedicht will somit nicht einem Geschichts-Fatalismus Vorschub leisten, sondern dialektisch in Brechtscher Manier gegen den Strich gelesen sein. Dann wird es zu einem Fanal gegen die Stalingrads dieser Welt, welche die Vision vom Weltfrieden zu zerfetzen drohen.

Das Vermächtnis Jesu – wie wird es von den Literaten unserer Zeit präsentiert? Ich lerne: durch ein Wechselspiel von Einst und Jetzt, durch direkte Konfrontation von Wort und Wirklichkeit, durch die Konturierung des Hier und Heute vom Einst und Damals her und zwar so, dass Geschichte und Geschick Jesu unserer schattenlosen Gegenwart Relief und Plastizität verleihen. Mit solchen Kategorien kann ich arbeiten. Sie gehören zu dem, was ich später *Christopoetik* nennen werde: zu Stilkriterien einer Übersetzung von Person und Sache Jesu in unsere Zeit. Nachzulesen in meinem Buch »Im Spiegel der Dichter. Gott, Mensch und Jesus in der Literatur des 20. Jahrhunderts« (1997) im Teil C: »Gesichter Jesu)[7]

Das Unverwechselbare an Tübingen: Gespräche mit Inge Jens

Hier ist aber auch der Ort, einer Person zu gedenken, die mir auf andere Weise die geistige Unverwechselbarkeit Tübingens erschließt: Inge Jens, 1927 wie ihr Mann in Hamburg geboren. Eine »begnadete Literaturwissenschaftlerin« ist sie genannt worden (Gustav Seibt in: *»Süddeutsche Zeitung«* vom 17.7.2009), seit sie mit der Herausgabe der letzten Tagebücher von Thomas Mann aus den Jahren 1944 bis 1955 eine Editionsarbeit abgeliefert hat, die in der Thomas-Mann-Forschung Maßstäbe setzen sollte. Gefolgt später von einer originellen »Pringsheim«-Trilogie: Zuerst das Buch »Frau Thomas Mann« über Katja Mann, geb. Pringsheim (1883–1980), dann über Katjas Mutter Hedwig Pringsheim, geb. Dohm (1855–1942), und schließlich über Katjas in Südamerika plötzlich verstorbenen Bruder Erik Pringsheim (1879–1908). Insbesondere die Geschichte Eriks ist eine wilde Abenteuergeschichte. Erzählt werden kann sie vor allem durch die Aufzeichnungen Hedwigs von ihrer Übersee-Reise 1907/08 auf der Suche nach ihrem »verlorenen«, in Argentinien zunächst verschollenen Sohn, eines der seltenen Dokumente aus der Feder einer Frau über eine interkontinentale Reise vor dem Ersten Weltkrieg.

Seit dem Tod ihres Mannes 2013 besuche ich sie regelmäßig. Jedes Mal ein intellektuelles Vergnügen, das zu tun, auch wenn wir über den alten Stadtfriedhof laufen und sie mir, auch in ihrem hohen Alter geistig voll präsent, Geschichten gerade auch von den hier bestatteten Frauen erzählt: von Schriftstellerinnen wie Ottilie Wildermuth (1817–1877) und Isolde Kurz (1853–1944), von der großen Pianistin und Komponistin Josephine Lang (1815–1880) oder von Lilli Zapf (1896–1982), einer Frau, die ohne historische Ausbildung auf eigene Initiative hin 1975 eine bahnbrechende Dokumentation über »Die Tübinger Juden« vorgelegt hat. Einmal, wäh-

Abb. 1.3. Umschlag des 2014 bei Klöpfer & Meyer, Tübingen, erschienenen repräsentativen Text- und Bildbandes zu Stadt und Universität Tübingen.

rend ich den von ihr zubereiteten Tee schlürfe, frage ich sie direkt: Sie haben so viele Städte Deutschlands gesehen, was ist das Besondere, das Unverwechselbare an Tübingen? Und sie antwortet: »Schauen Sie, ich bin in Hamburg geboren. Und Hamburg – das ist eine Megalopolis, unüberschaubar, unheimlich groß, zu komplex, um all ihre Dimensionen zu ›erfassen‹, die Stadt als Ganze noch zu beschreiben. In Tübingen ist das möglich«, sagt sie. Hier hätten wir ein Gemeinwesen »in toto« vor uns, einen Mikrokosmos, den man erfassen, den man noch beschreiben könne.

Ihr Tübingen-Buch trägt denn auch nicht zufällig den Titel: »Die kleine große Stadt«, 1981 noch mit Walter Jens zusammen vorgelegt, 2015 von ihr allein überarbeitet, ergänzt und mit neuen Fotografien versehen. Ein Gewinn, diesen Band Foto für Foto durchzublättern und die Texte Seite für Seite auf sich wirken zu lassen. Denn mehr als ein »Bilderbuch« ist entstanden. Zu lesen bekommt man eine Stadtbeschreibung in einer ingeniösen Verbindung aus Wissenschafts-, Kultur-, Wirtschafts- und Sozialgeschichte. Im Mikrokosmos einer kleinen Stadt werden prägende Makrostrukturen der Gesellschaft in wechselnden Zeiten gespiegelt. Und zwar so, dass sich das Unverwechselbare dieser Stadt dialektisch bestimmen lässt. Tübingen – eine kleine Stadt, aber mit einer Größe, die sich nicht an der Einwohnerzahl oder dem Steueraufkommen bemisst. Eine Stadt mit noch menschlichem Maß, ohne kleinkariert zu sein. Überschaubar, aber nicht dörflich. Provinz, aber nicht provinziell. Mittelgroß, aber nicht mittelmäßig.

Warum das so ist, zeigt Inge Jens' Antwort auf meine zweite Frage an diesem Tag. Was von Tübingen würde sie einem Nicht-Tübinger als Erstes zeigen? Sie zögert nicht lange: »Ich würde mit ihm oder ihr auf die Neckarbrücke gehen und hinüber auf die Neckarfront zeigen.« Sie lacht. Denn sofort fällt ihr dazu ein Mörike-Zitat ein: »Beim Blick von der Neckarbrücke musste ich mein Herz in beide Hände nehmen«, soll Mörike nach langen Jahren Abwesenheit von Tübingen gesagt haben. Man ahnt, wie viel an eigenen Emotionen hinter einem solchen Zitat verborgen ist. In der Tat: Wem auf der Neckarbrücke mit Blick auf die Neckarfront und den Hölderlin-Turm nicht das Herz aufgeht, hat keines in der Brust. Schnell aber fügt Inge Jens ein weiteres Wort hinzu: »Aber von der Brücke aus sieht man nur die eine Hälfte von Tübingen.«

Ich verstehe den Wink, begreife, was sie mir sagen will und was das Besondere *ihres* Blicks auf Tübingen ist. Denn was man von der Neckarbrücke rechter Hand aus sieht, ist das *geistige, das intellektuelle* Tübingen. Hölderlinturm, die Alte Aula, die Stiftskirche, das Evangelische Stift: alles Namen mit Zauber, den Menschen immer dann spüren, wenn sie sich einen Sinn für Geschichte bewahrt haben, insbesondere für das Vermächtnis des Mannes im Turm und seiner geistigen Gefährten im Stift. Was man von der Brücke aus sieht, ist auch das *schöne* Tübingen. Unvergleichlich das Bild, das entsteht, wenn die Häuserfront sich mit ihren Formen und Farben im Neckarwasser spiegelt und Wasserringe die Spiegelbilder leicht vibrieren lassen. Und man sieht das *müßige, das kontemplative* Tübingen: die Plataneninsel mit dem Denkmal für den alten Universitätsmusikdirektor Friedrich Silcher (1789–1860) an der Spitze. Die alten Platanen, die mit ihren großen Kronen ein Naturdach bilden, das wie ein Schutzmantel die Spaziergänger einhegt. Wie oft hat es einen zur Betrachtung eingeladen, zur Verlangsamung des Schritts, zum Wechsel vom Laufen zum Schreiten, vom Eilen zum Verweilen, den Blick nach rechts auf die unverwechselbare Front gerichtet. Und manche, die wie ich nicht in Tübingen geboren wurden, werden wie ich glauben, so viel Schönheit einer Stadt eigentlich nicht verdient zu haben.

Dann aber gibt es jenseits der Neckarfront das »andere Tübingen«, eine von der Neckarbrücke aus unsichtbare, verdeckte, dunkle Seite. Auch für dieses »andere Tübingen« hat Inge Jens uns zusammen mit ihrem Mann die Augen geöffnet. Neckar-Tübingen und Ammer-Tübingen, das ist zweierlei. Oberstadt und Unterstadt: da gab und gibt es Klassenunterschiede. Die gut situierten Professoren oben und die »Ammer-Plebejer« unten, das waren lange Jahre zwei konträre, sich abstoßende und verachtende Welten gewesen, zwei Bildungsbereiche, zwei Arten auch von Kirchen: Die Jakobskirche da unten und die Stiftskirche da oben. Die Unterschiede springen noch heute ins Auge. Und wer auf den Schlossberg hinaufsteigt und die Stadt von oben betrachtet, kann heute noch die beiden Tübingen-Hälften an der Anlage der Gassen und dem Stil der Häuser erkennen, gewinnt trotz Verschleifung der Kontraste eine Anschauung davon, dass die Welt zwischen Kelter und Markt eine andere war als die zum Neckar hin.

Im September 2021 habe ich sie noch einmal besucht. Körperlich mit ihren 94 Jahren sichtlich schwächer geworden, lebt sie jetzt in einem Tübinger Pflegestift. Geistig wach wie immer, was auch ein langes Gespräch mit ihr noch einmal unterstreicht, das noch am 28. Oktober in »*Die Zeit*« erscheinen kann. Noch einmal lässt sie, herausgefordert von den Fragen, Stationen und Themen ihres Lebens Revue passieren, angefangen von der NS- und Kriegszeit über den literarischen Betrieb der Bundesrepublik an der Seite von Walter Jens bis hin zu den eigenen Arbeiten, der langjährigen Demenz-Erkrankung ihres Mannes und dem allzu frühen Tod eines ihrer Söhne. Noch einmal eine kleine Lebensbilanz in unverwechselbarer Direktheit und einer Portion Selbstironie.

Damals kann ich nicht ahnen, dass es mein letzter Besuch bei ihr sein würde, aber ihre körperlichen Kräfte, wie ich höre, nehmen in den nächsten Wochen immer mehr ab. Am 23. Dezember 2021 ist sie im Tübinger Luise-Wetzel-Stift gestorben und am 5. Januar 2022 auf dem Tübinger Stadtfriedhof neben ihrem Mann bestattet worden. Die letzte Frage in dem »*Zeit*-Gespräch« betraf die Planung ihrer Trauerfeier, von der sie genaue Vorstellungen hat. Brahms »Requiem« hatte sie sich gewünscht. Und ihre Antwort? »Es wird wohl doch was anderes. Ich habe mit dem Kantor geredet und er meinte, sie müssten das Brahms-Requiem ganz neu einstudieren. Ich habe gesagt: ›Lassen Sie's, dann nehmen wir Mozart‹«. Es wurden dann doch bei der Trauerfeier in unserer Stiftskirche Stücke unter anderem aus Brahms' »Requiem«, in gewohnter Perfektion vorgetragen vom Tübinger Bachchor. In einem ebenso kundigen wie sensiblen Porträt nach ihrem Tod unter dem treffenden Titel »Mutter Zivilcourage« schreibt der Tübinger Publizist Wilhelm Triebold: »Sie hatte sich angewöhnt, immer schonungslos – aber nie unbarmherzig hinzuschauen. Unbestechlich mit dem scharfen, forschenden Verstand der Wissenschaftlerin. Zunehmend auch aufs eigene Familienschicksal, das letzten Endes an tragödienhafter Zuspitzung dem Jahrhundertroman der Manns kaum nachstand: das ›langsame Entschwinden‹, wie sie es nannte des Seelenpartners in die Demenz, der daraus erwachsene Kraftakt der häuslichen Pflege, der Tod des ältesten Sohnes Tilmann im vergangenen Jahr. Inge Jens hat Kraftakte und Schicksalsschläge mit bemerkenswerter Ruhe und Umsicht bewältigt. Und zum nicht geringen Teil auch öffentlich geführt. Wozu in einer Gesellschaft, die eher privat trauert und tröstet, gleichfalls Mut und eben: Zivilcourage gehört« (Schwäbische Tagblatt, 27.12.2021).

Helmut Zwangers »Tübinger Israel-Trilogie«

Und ein vierter Tübinger hat mir auf eine besondere Weise diese meine Stadt erschlossen. Ich spreche von dem Pfarrer-Poeten Helmut Zwanger, Jahrgang 1942. Ich verfolge sein literarisches Werk seit den 1980er-Jahren. Höhepunkt seine »Tübinger Israel-Trilogie« von 2012, in der er seine Texte aus drei Gedichtbänden von 1980 bis 2012 noch einmal gebündelt hat. Zutiefst überzeugt von der literarischen und theologischen Originalität und Qualität dieser Texte schreibe ich eine ausführliche Einführung dazu. Wir haben im Grenzgebiet von Theologie und Literatur nicht viele seiner Art. Nicht viele Doppelbegabungen vom Format eines Helmut Zwanger, von 1989 bis 2005 Pfarrer an der Tübinger Martinskirche. Grenzgänger zwischen Poesie und Pastoral wie er sind selten.

1942: Sein Jahrgang ist Zwanger Anlass zu einer selbstkritischen Besinnung. Er redet sich nicht heraus mit Verweis auf die »Gnade der späten Geburt«. Er sieht seinen Anteil an der Geschichte des Verhängnisses. Er will nicht bloß »Glück gehabt« haben. Dass er lebt, ist ihm keine Selbstverständlichkeit, vielmehr versteht er sich als »Überlebenden«. Warum? Weil er nur dadurch lebt, dass er nicht zu denjenigen gehörte, die im Deutschland der vierziger Jahre systematisch vernichtet wurden. Ohne alle Relativierung und Selbstbeschwichtigung sieht er sein Leben in einem unlösbaren Zusammenhang mit dem Volk, das in deutschem Namen der Vernichtung preisgegeben wurde. »Jahrgang 1942« heißt das entsprechende Gedicht dazu:

»Warum
hast du überlebt?
Warum, fragte ein Engel im Traum
Über die Schwelle kam
das Wort:

Weil ich
kein Jude
war.«

Ein Text wie dieser steht für Selbsterkenntnis und Selbstverpflichtung zugleich. Für die Erkenntnis, dass es kein Weiterleben nach 1945 geben kann, das unempfindlich wäre gegenüber dem Schicksal des jüdischen Volkes. Und für die Verpflichtung auf wahrhaftige Erforschung der Ursachen eines Antisemitismus in Deutschland, dessen grauenhafte Folgen bis heute zu spüren sind, ja 2019/20 in unvorstellbarem Ausmaß wieder neu virulent geworden sind. So virulent, dass Bundespräsident Frank-Walter Steinmeier sich am 10. März 2019 genötigt sieht, davon zu sprechen, dass die »Fratze des Antisemitismus« sich in unserem Land wieder erhoben hätte. Und zu diesem Zeitpunkt hatte es den Anschlag auf die Synagoge in Halle am 9. Oktober 2019 noch nicht gegeben, gezielt an Jom Kippur, dem höchsten jüdischen Feiertag. Nur die Stabilität der massiven Synagogentür hat einen neuen Massenmord am jüdischen Volk auf deutschem Boden verhindert. Dagegen schreibt das literarische Werk von Helmut Zwanger von Anfang bis Ende an, gegen eine heute vielfach verbreitete Geschichtsamnesie, gegen Vergessen, Verharmlosen und Vergleichgültigen, kurz: gegen Gedächtnis- und Empfindungslosigkeit.

»Tübinger« Israel-Trilogie? Das ist mehr als freundlicher Lokalpatriotismus. Das ist ein Fingerzeig. Geschichtsvergessenheit ist auch eine Tübinger Erfahrung. Helmut Zwanger verortet seine israelsensiblen Texte bewusst lokal. Auch diese Stadt und ihre Universität haben eine Geschichte des Antijudaismus und Antisemitismus zu verantworten. Das lerne ich von diesem Pfarrer-Poeten. Der Gründervater der Universität, Graf Eberhard im Bart (1445–1496), vielgepriesen, hochverehrt? Gewiss. Und gewiss zu Recht. Aber Zwanger erinnert an eine Facette, die *auch* zu dieser Geschichte gehört: die Vertreibung von Juden aus Tübingen im Jahr der Gründung der Universität 1477 und »post mortem aus ganz Württemberg«.

Von hieraus gibt es für Zwanger eine Linie, die zur Zerstörung der Tübinger Synagoge in der »Reichspogromnacht« 1938 führt und zum geschichtsvergessenen Umgang mit den Synagogenruinen und dem Synagogenplatz nach 1945. Dank seiner Texte bin auch ich sensibilisiert für die Geschichte der Tübingen Judenschaft, deren Erforschung wir einer Frau wie Lilli Zapf verdanken, ich sagte es. Deshalb habe ich die Tübinger Historikern Adelheid Schlott unterstützt. Sie hat die Geschichte der Tübinger Synagoge, die es in der Gartenstraße am Neckar von 1882 bis 1938 gegeben hat, mit unendlich viel Liebe zum Detail erforscht. Gerne steuere ich zu ihrem 2016 erschienenen Buch ein Geleitwort bei und unterstütze nach Vermögen den Tübinger »Förderverein für jüdische Kultur« unter ihrem Vorsitzenden Harald Schwaderer.

Israelverachtender Geschichtsvergessenheit aber haben sich vor allem auch die Kirchen schuldig gemacht. Als evangelischer Theologe hat Helmut Zwanger erst spät diesen Zusammenhang erkannt: Die massenhafte Verbreitung und Plausibilisierung des rassischen Antisemitismus ist ohne den jahrhundertelang gepredigten Antijudaismus der christlichen Kirchen undenkbar. Wie sollte sich eine Kirche auch als Mitbetroffene fühlen, die das jüdische Volk theologisch längst enterbt und »heilsgeschichtlich« ausgelöscht hatte? Die Ab- und Ausstoßung Israels war lange genug »geistig« vorbereitet worden, als dass es öffentlichen Protest oder gar aktiven Widerstand von Seiten der Kirchen hätte geben können. Ausnahmen wie der württembergische Pfarrer Albrecht Goes (1908–2000) bestätigen die Regel. Ihm, dem »Wegbereiter deutsch-jüdischer Versöhnung«, fühlt sich Helmut Zwanger verpflichtet. Auch er ein Pfarrer-Poet. 2008 hat Zwanger ihm eine eigene Monographie gewidmet: »Albrecht Goes. Freund Martin Bubers und des Judentums. Eine Hommage«. War es doch Goes, der unter dem Einfluss Bubers zu einer anderen christlichen Israel-Theologie vorgestoßen war. Bubers Wort vom Bund Gottes mit Israel, der – Christentum hin oder her – »ungekündigt« ist, ist Goes ebenso wie Helmut Zwanger verpflichtende Orientierung. Das Volk der Juden ist das bleibend erwählte Volk Gottes, allen kirchlichen Ersetzungs- und Übertrumpfungstheologien zum Trotz. Ohne diese Grundüberzeugung sind die Texte Helmut Zwangers nicht zu verstehen.

Den politischen Hölderlin entdecken

Tübingen wird für seine Schriftsteller geschätzt, aber wegen eines Dichters geliebt: Friedrich Hölderlin (1770–1843). Auch mich ließ seine Dichtung auf Tübingen gespannt sein. Im Deutschunterricht meines Gymnasiums in den sechziger Jahren spielte sein Werk keine Rolle. Dazu war man in Nordrhein-Westfalen, zumal in einer Industriestadt wie Oberhausen, zu weit weg von seiner Welt, räumlich, zeitlich und literarisch. Ich hatte somit auch kein »Hölderlin«-Bild oder -Klischee zu verarbeiten. Stattdessen zieht mich sofort eine Entwicklung in der Hölderlin-Forschung an, die ab 1970, meinem ersten Jahr in Tübingen, plötzlich in aller Munde ist. Man muss Hölderlin anders, republikanisch-politisch, lesen und zwar im Geist der Französischen Revolution, von dem dieser junge Schwabe aus Lauffen am Neckar wie ungezählte andere junge, intellektuell wache Geister in Deutschland um 1789 ergriffen ist. In der Tat: Hölderlin ist 19 Jahre alt, als in Paris mit dem Sturm auf die Bastille der Volksaufstand losbricht. Ein Jahr zuvor war er zusammen mit dem späteren Philosophen Georg Wilhelm Friedrich Hegel (1770–1831) in das Tübinger Evangelische Stift eingetreten, bis heute die Ausbildungsstätte des württembergischen Pfarrer/innen-Nachwuchses. Ihre Freundschaft umfasste dann auch den fünf Jahre jüngeren, späteren Philosophen Friedrich Wilhelm Joseph Schelling (1775–1854), der mit einer Sondergenehmigung schon als knapp 16-Jähriger 1790 ins Stift eintreten wird. Bis 1793 wird Hölderlin hier Theologie studieren und zugleich die Ereignisse im revolutionären Paris aufmerksam verfolgen.

Es ist der französische Germanist Pierre Bertaux (1907–1986), der 1969, im Jahr meines Wechsels nach Tübingen, mit einem kleinen Taschenbuch aus der Edition Suhrkamp die Zusammenhänge erschließt: »Hölderlin und die Französische Revolution«. Gewiss auch dem »Zeitgeist« geschuldet, der 1968 in Deutschland ebenso wie in Frankreich auf »Aufstand« gegen die etablierten Systeme steht. In der Hölderlin-Forschung aber löst dieser Vorstoß eine lange nicht dagewesene Bewegung aus. Sie litt ja auch bis dato unter einer dreifachen Verengung. Zum einen unter den Nachwirkungen einer deutschnational-faschistischen Vereinnahmung Hölderlins

Abb. 1.4. Friedrich Hölderlins Grab auf dem Tübinger Stadtfriedhof.

als »patriotischem Sänger« während des Zweiten Weltkriegs, der den »Opfertod« fürs Vaterland verklärt habe; die Gründung der Hölderlin-Gesellschaft 1943 zum 100. Todestag nicht zufällig unter der Schirmherrschaft von Joseph Goebbels dokumentiert das. Zum Zweiten unter einer unpolitisch-gefühlsbetonten Griechenland- und Naturschwärmerei und zum Dritten unter einer philologischen Pedanterie angesichts von großen Editions-Problemen bei seinen Texten, wie sie sich dann in der historisch-kritischen »Großen Stuttgarter Ausgabe« seiner Werke niedergeschlagen haben. Sie war 1943 begonnen worden und sollte erst 1985 abgeschlossen sein.

Hier hatte sich der Tübinger Germanist Friedrich Beißner (1905–1977) als *der* Hölderlin-Spezialist einen Namen gemacht. Beglückt registriere ich, dass Beißner für das Sommersemester 1970 eine Hölderlin-Vorlesung ankündigt. Ich bin hoch motiviert, mich endlich durch ihn in die Text- und Lebenswelt Hölderlins einführen zu lassen. Doch welch eine Enttäuschung. Der altgewordene Gelehrte traktiert in den ersten Stunden nichts als Editionsfragen bei »seiner« Stuttgarter Ausgabe. Knochentrocken. Lebensfremd. Zum Abgewöhnen langweilig. Handwerk eben, wissenschaftlich furchtbar wichtig natürlich, aber nicht das, was ich jetzt in Sachen Hölderlin brauche.

Ich mache mich frei von der philologischen Pedanterie des Hölderlin-Forschers und besuche stattdessen Turm und Grab, kaufe mir meine erste Hölderlin-Ausgabe (die dreibändige, kommentierte des Tübinger Literaturwissenschaftlers Jochen Schmidt) und lese begleitend Bertaux, fasziniert von dem Befund, Hölderlin könnte – verdeckt in seinen Dichtungen, offener in seinen Briefen – ein Sympathisant der radikal-politischen Partei der Jakobiner gewesen sein und damit ein Republikaner und Anti-Feudalist mit einer Vision für ein politisch ganz anderes Deutschland. Das wäre für einen aus der protestantischen Bürgerwelt Stammenden, für den von der Mutter gewünschten Pfarrerberuf Ausgebildeten und unter den klerikal-feudalistischen Verhältnissen Württembergs Aufgewachsenen wahrhaftig eine revolutionäre Einstellung gewesen.

»Hölderlin« vor Hölderlin-Kulisse: 1986

Kurze Zeit später, 1971, erscheint ein neues Theaterstück des Dramatikers Peter Weiss (1916–1982) mit dem lapidaren Titel »Hölderlin«. Es setzt die Bertaux'schen Forschungen in Szenen und Dialoge um und macht sie so einer breiteren Öffentlichkeit noch bekannter. Zumal der französische Forscher in seiner 1978 veröffentlichten umfangreichen Hölderlin-Biographie seine Thesen noch einmal publikumswirksam zuspitzen und massive Zweifel an der bisher unhinterfragten Überzeugung äußern wird, Hölderlin habe am Ende als »Geisteskranker« in seinem Tübinger Turm gelebt. Gewiss, aufgrund persönlicher Umstände: Tod seiner Geliebten, der Frankfurter Bankiersgattin Susette Gontard 1802, Verhaftung seines einflussreichen und ihn all die Jahre stützenden Freundes Sinclair aus politischen Gründen 1806 und nicht zuletzt psychiatrische Zwangsbehandlung in Tübingen. 1806/07 habe Hölderlin »als gebrochener Mensch dahingelebt«, schreibt Bertaux. Man habe ihn ja auch »zum geistigen Krüppel unrettbar geschlagen«. »Diese psychische Situation« aber habe mit Geisteskrankheit nichts zu tun: »ein Krüppel, auch ein seelischer Krüppel ist noch lange kein Geisteskranker« (1978, 685).

Zu sehen bekommen wir Tübinger das Stück von Peter Weiss durch eine Inszenierung des schwäbischen Theaters Lindenhof, einer Schauspieltruppe aus Melchingen auf der Schwäbischen Alb, tief in der Provinz verwurzelt, aber mit jährlichen Aufführungen der Extraklasse. In den Sommernächten des Jahres 1986 waren die Neckarfront mit dem Turm, waren der Fluss und die Neckarinsel als das »andere Ufer« durch Licht- und Schattenspiele zu einer geheimnisvollen Real-Kulisse für das Lebensdrama des Friedrich Hölderlin gemacht geworden. Selten hat mich der Zauber einer Open-Air-Inszenierung am historischen Ort derart berührt.

Danach ist man als Tübinger Bürger geistig noch mehr verbunden mit »seiner Stadt«.

Und wer etwas Literarisches zum Drama des Friedrich Hölderlin im Turm lesen möchte, beschaffe sich eine Ausgabe von Wilhelm Waiblingers biographischen Aufzeichnungen »Friedrich Hölderlins Leben, Dichtung und Wahnsinn« von 1827/28, und zwar in der kommentierten Neuausgabe des Tübinger Schriftstellers Kurt Oesterle von 2017, dazu die kleine Erzählung »Im Presselschen Gartenhaus« (1913) von Hermann Hesse. Sie greift die Überlieferung auf, dass die jungen Stiftler Eduard Mörike und Wilhelm Waiblinger in den zwanziger Jahren den Mann im Turm zu besuchen und zu Spaziergängen auszuführen pflegten. Hesse, der zwischen 1895 und 1899 vier Jahre Buchhandel in Tübingen gelernt hatte und hier seine Anfänge als Schriftsteller erleben sollte (mehr dazu Kap. VII), hat diese Dreiecksgeschichte in einer bezaubernden Erzählung festgehalten und so den drei großen »schwäbischen« Dichtern die Ehre erwiesen, in deren Nachfolge auch er sich sah. Er, der Mann aus Calw.

Gescheiterte politische Visionen für Deutschland

Wie oft habe ich in den letzten 50 Jahren auf unserem Tübinger Stadtfriedhof an Hölderlins Grab gestanden. Am 7. Juni 1843 ist er gestorben, 73 Jahre alt. Eine Ruhebank lädt zum Verweilen und zur stillen Lektüre ein. Ich habe Gruppen von Besuchern hierhergeführt und Abschnitte aus seinem zweibändigen Briefroman »Hyperion« vorgelesen, den der Dichter in einem idealisierten Griechenland spielen lässt, mit Anspielungen auf den damaligen Befreiungskampf der Griechen gegen die türkischen Besatzer. Aber wenn Hölderlin in seinen Dichtungen von Griechenlands Freiheit spricht, ist immer auch Deutschland gemeint. Wenn er die griechischen Götter beschwört, muss man immer auch die für ihn unerträglichen politischen und kirchlichen Zustände im deutschen Spätfeudalismus vor Augen haben. Christentum und Kirche sind in diese Zustände verwickelt, sind Stütze des Ancien Régime, das 1789 in Paris seine radikale Erschütterung erlebt. Als Theologiestudent im Tübinger Stift ist Hölderlin zusammen mit seinen Studienkollegen, den späteren Philosophen Hegel und Schelling, abgestoßen von den repressiven politischen Verhältnissen und vom Denkzwang des spätorthodoxen protestantischen Dogmatismus und Moralismus. Christentum? Das erscheint ihm und vielen seiner Generation als eine zunehmend erschöpfte, verbrauchte, nur noch verwaltete Religion ohne jegliches inneres Feuer.

An deren Stelle bekommt die griechische Antike eine neue, geradezu religiöse Anziehungskraft: jenes ideale Griechentum der seligen Götter, der Naturfrömmigkeit und harmonischen Menschlichkeit. Welch ein Kontrast in der Tat zum Tübinger Stift und seiner engen Kirchlichkeit in einem feudalen Obrigkeitsstaat, der mit Denunziationen und Repressionen politische Freiheitsgedanken zu ersticken versucht. Das Kontrastbild dazu, ja das kühne Programm einer neuen Religion, einer neuen Gemeinschaft auf der Basis von Schönheit und Naturverbundenheit spiegelt sich in Hölderlins »Hyperion. Oder der Eremit in Griechenland«, das der 27- bzw. 29-Jährige 1797 und 1799 erscheinen lässt. Und kein Einzeltext ist für das Lebensgefühl vieler in Hölderlins Generation sprechender als »Hyperions Schicksalslied«, das Hölderlin in den zweiten Teil seines Prosa-Werks eingefügt hat:

»Ihr wandelt droben im Licht
Auf weichem Boden, selige Genien!
Glänzende Götterlüfte
Rühren euch leicht,

Wie die Finger der Künstlerin
Heilige Saiten.

Schicksallos, wie der schlafende
Säugling, atmen die Himmlischen;
Keusch bewahrt
In bescheidener Knospe,
Blühet ewig
Ihnen der Geist,
Und die seligen Augen
Blicken in stiller
Ewiger Klarheit.

Doch uns ist gegeben,
Auf keiner Stätte zu ruhn,
Es schwinden, es fallen
Die leidenden Menschen
Blindlings von einer
Stunde zur andern,
Wie Wasser von Klippe
Zu Klippe geworfen,
Jahr lang ins Ungewisse hinab.«
(SW Bd. 2, 157 f.)

Christus und die griechischen Götter – versöhnbar?

Sein Leben wird fortan unter diesen Schicksals-Zeichen stehen. Denn immer deutlicher wird es zu Beginn des neuen Jahrhunderts werden, wie wenig es Hölderlin gelingt, Programm und Praxis, Idee und Realität, Ästhetik und Wirklichkeit, Kunst und Gesellschaft zusammenzubringen. Hölderlin entwirft in großen Dichtungen sein eigenes mythopoetisches Programm einer inneren geistigen Erneuerung der Gesellschaft, schreibt leidenschaftlich an wider die bloße technologische und ökonomische Verdinglichung und Verzweckung der Wirklichkeit zugunsten eines Lebens in versöhnter Natur, aber immer mehr beginnt sich dies von der Wirklichkeit zu entfernen. Bittere Enttäuschungen folgen. Die republikanischen Ideale der Französischen Revolution, auf die man im Tübinger Stift einst seine Hoffnungen gesetzt hatte, sehen sich durch eine Terrorherrschaft verraten, die von hier ausgehenden Unruhen führen in Europa zu andauernden Kriegen und zur Alleinherrschaft eines selbsternannten Kaisers. So hatten sich Hölderlin und seine Gesinnungsgenossen die Zukunft Europas nicht vorgestellt. Hinzu kommt eine persönliche Krise, die Hölderlin seelisch schwer erschüttern sollte. Seine Liebe zu der Frankfurter Bankiersgattin Susette Gontard (1769–1802), in deren Haus er im Januar 1796 als Lehrer ihrer Kinder gekommen war und die er in Gedichten und im »Hyperion« als »Diotima« verklären sollte, scheitert. Als Domestik, der er in diesem Hause ist, sieht sich Hölderlin auf demütigende Weise im September 1798 aus dem Haus gejagt. Er spürt am eigenen Leib, wie gnadenlos die Klassengegensätze noch sind.

Auch mit seinem großen Vorhaben, in seinen Dichtungen zu zeigen, dass ein verlebendigtes Christentum *und* eine erneuerte Antike, Christus *und* die Naturgötter Griechenlands versöhnbar sind, kommt er nicht voran. Immer neue Versuche des späten Hölderlin haben sich erhalten: »Der Einzige«, »Friedensfeier«, »Patmos«, »Brot und Wein«. Doch all diese großen Christus-Texte bleiben Fragmente, sind Ausdruck eines bleibenden Zwiespalts zwischen der Liebe zu Christus und der Liebe zu den Göttern:

> »Mein Meister und Herr!
> O du, mein Lehrer!
> Was bist du ferne

Geblieben? Und da
Ich fragte unter den Alten,
Die Helden und
Die Götter, warum bliebest
Du aus? Und jetzt ist voll
Von Trauern meine Seele
Als eifertet, ihr Himmlischen, selbst
Daß, dien' ich einem, mir
Das andere fehlet.

Ich weiß es aber, eigene Schuld
Ists! Denn zu sehr,
O Christus! häng' ich an dir,
Wiewohl Herakles Bruder
Und kühn bekenn' ich, du
Bist Bruder auch des Eviers« [des Weingottes
Dionysos]
(SW Bd. 1, 344 f.)

Unvergessbare Verse aus »Der Einzige«.

Eine Versöhnung will sich nicht einstellen. Ein Christentum neben einem mythischen Griechenland, der Gekreuzigte neben Herakles, der Nazarener neben Dionysos, der eine Gott neben den Göttern der Griechen: Das musste an seiner inneren Widersprüchlichkeit zerbrechen. So wie er in seiner politisch-poetischen Programmatik und in seinen privat-persönlichen Hoffnungen gescheitert ist, scheitert Hölderlin auch im Versuch einer neuen Religion der Schönheit und Allversöhnung. Die Zeiten sind nicht danach. Die beschworene neue Religion kommt nicht. Die große Synthese will weder politisch noch religiös gelingen. Es bleiben anrührende Verse wie diese »An die Madonna«:

»Viel hab' ich dein
Und deines Sohnes wegen
Gelitten, o Madonna,
Seit ich gehöret von ihm
In süßer Jugend;
Denn nicht der Seher allein,
Es stehen unter einem Schicksal
Die Dienenden auch. Denn weil ich [Abbruch der Zeile]

Und manchen Gesang, den ich
Dem höchsten zu singen, dem Vater
Gesonnen war, den hat
Mir weggezehret die Schwermut.« (SW Bd. 1, 385)

Immer wieder besuche ich sein Grab. Die Vision von einem anderen Deutschland, von anderen Zuständen in der Welt von Kunst, Politik und Religion: Sie ist noch nicht eingelöst. Gerade deswegen aber wird Tübingen wegen dieses einen Dichters geliebt. Er verkörpert ein exemplarisches Dichterschicksal, in dem sich viele, die nach ihm kommen, wiedererkennen. Nicht nur Paul Celan. Ein Dichter-Leben »in dürftiger Zeit« hat er gelebt, eine literarische Existenz, die an den Lebensbedingungen seiner Gesellschaft scheitern musste. Sein »Wahnsinn« aber ist auch der Wahnsinn der jeweiligen Zeiten, seine isolierte Turmexistenz zugleich eine Anklage an eine Gesellschaft, welche die Visionen ihrer Dichter zu ignorieren pflegt und sie so zu Sonderexistenzen macht.

Eine »diaphane« Stadt: Celans »Tübingen, Jänner«

In der Tat hat Paul Celan (1920–1970) das wichtigste Tübingen-Gedicht geschrieben: »Tübingen, Jänner«. Denn es hat auf besondere Weise buchstäblich ver-dichtet, wofür »Tübingen« literarisch steht. Der Wortlaut ist für jeden Interpreten zunächst eine Herausforderung:

»Zur Blindheit über-
redete Augen.
Ihre – ,ein
Rätsel ist Rein-
entsprungenes' –, ihre
Erinnerung an
schwimmende Hölderlintürme, möwen-
umschwirrt.

Besuche ertrunkener Schreiner bei
diesen
tauchenden Worten:

Käme,
käme ein Mensch,
käme ein Mensch zur Welt, heute, mit
dem Lichtbart der
Patriarchen: er dürfte,
spräch er von dieser
Zeit, er
dürfte
nur lallen und lallen,
immer-, immer-
zuzu.
(›Pallaksch. Pallaksch.‹)«

Einige wenige Gedanken zum besseren Verstehen. Zunächst: Ort und Tag der Niederschrift des Gedichtes hat Celan selber festgehalten: »Paris, 29. I. 1961«. Es ist ein Sonntag. Am Tag zuvor, Samstag, am 28. Januar, war Celan selber in Tübingen gewesen. Er war auf eigenen Wunsch zu Walter Jens gereist, um von ihm publizistische Schützenhilfe in einer 1960 wieder aufgebrochenen Affäre zu erhalten. Es geht um Plagiat-Vorwürfe zu Lasten des deutsch-französischen Dichters Yvan Goll (1891–1950), erhoben durch dessen Witwe, Claire, nachdem Goll nicht mehr lebt und Celan, der französischsprachige Texte von Goll übersetzt hatte, mit seinen Gedichtbänden »Mohn und Gedächtnis« (1952) und »Sprachgitter« (1959) mittlerweile als vielbeachteter Lyriker seiner Generation gilt, der den Ruhm Golls zu überstrahlen begonnen hatte.

Die Affäre hatte Celan, 1920 in eine jüdische Familie in Czernowitz/Bukowina hineingeboren, in eine tiefe Krise gestürzt, empfindet er die Angriffe doch als infame Verleumdung und manche Pressereaktionen darauf als Bestätigung seiner langgehegten Furcht, dass in Westdeutschland wieder antisemitische Kräfte am Werk seien. Das Trauma, Vater und Mutter in einem rumänischen Nazi-KZ ermordet zu wissen, sitzt tief (mehr dazu Kap. XII). Zwar hatten im Verlauf des Jahres 1960 (im Blick auf die anstehende Verleihung des Georg-Büchner-Preises am 22. Oktober) namhafte Literaturwissenschaftler und Schriftsteller (darunter Peter Szondi, Marie Luise Kaschnitz und Hans Magnus Enzensberger) die Vorwürfe klar widerlegt, von Jens aber, damals schon ein einflussreicher Literaturkritiker, verspricht Celan sich zusätzliche öffentliche Unterstützung. Er bekommt sie denn auch durch einen Artikel von Jens in »Die Zeit« vom 9.6.1961. Ich bin dieser Geschichte einmal bis in Einzelheiten nachgegangen. Sie lief nicht ohne Irritationen im Verhältnis Celan – Jens vor dem Hintergrund traumatischer jüdisch-deutscher Beziehungen ab. Hier das zum Verständnis Unverzichtbare dazu.[8]

Spiegelfiguren in Celans Tübingen-Gedicht sind Friedrich Hölderlin und Georg Büchner. Nicht zufällig. Auf Büchner, in dessen Namen Celan wenige Monate zuvor noch den wichtigsten deutschen Literaturpreis erhalten hatte, verweist die Verwendung des Wortes »Jänner«. Einerseits signalisiert es eine präzise Verzeitlichung der Begegnung mit Tübingen, die nun einmal konkret im Monat Januar stattgefunden hat, einschließlich eines Ganges über die Neckarbrücke mit Blick auf den Hölderlin-Turm. Zugleich ist die kalkulierte Wahl der österreichischen Variante für Januar »Jänner« mehr als mundartliche Spielerei. Sie zielt auf ein Mehr an Bedeutung, was schon durch eine bewusste Streichung der ursprünglich hinzugefügten Jahreszahl »1961« signalisiert ist. Aus »Tübingen, Jänner 1961« in den Aufzeichnungen ist in der Druckfassung nur noch »Tübingen, Jänner« geworden. Was ist dieses »Mehr« an Bedeutung?

Ein Blick in die Dankesrede Celans anlässlich der Verleihung des Büchner-Preises hilft hier weiter. Celan kennt offensichtlich aus seiner Ausgabe der Werke Büchners den ersten Satz von dessen (unvollendeter) »Lenz«-Novelle: »Den 20. Jänner ging Lenz durchs Gebirg«. Das Datum markiert den Tag, an dem der Schriftsteller Jakob Michael Reinhold Lenz (1751–1792) sich auf den Weg durch das Elsass in das Gebirgsdorf Waldersbach gemacht hatte. Er will den dort lebenden Pfarrer Johann Friedrich Oberlin (1740–1820) aufsuchen, von dem er sich therapeutische Hilfe verspricht. Der geistigen Zerrüttung nahe, wird von Lenz derjenige Satz überliefert, den Celan in seiner Büchner-Preis-Rede zitiert: »Wer auf dem Kopf geht, meine Damen und Herren, – wer auf dem Kopf geht, der hat den Himmel als Abgrund unter sich.«

Eine Aussage von grundsätzlicher Bedeutung, genau wie diejenige, die wenige Abschnitte später folgt: »Vielleicht darf man sagen«, führt Celan in seiner Dankesrede aus, »daß jedem Gedicht sein ›20. Jänner‹ eingeschrieben bleibt? Vielleicht ist das Neue an den Gedichten, die heute geschrieben werden, genau dies: daß hier am deutlichsten versucht wird, solcher Daten eingedenk zu bleiben? Aber schreiben wir uns nicht alle von solchen Daten her? Und welchen Daten schreiben wir uns zu?«, fragt Celan, der aber mit »Jänner« nicht nur auf Büchner und Lenz, sondern auch auf jenen 20. Januar 1942 verweist, an dem in einer Villa am Berliner Wannsee die Schergen des Hitler-Regimes, die Mörderbanden der Heydrichs und Eichmanns, die »Endlösung der Judenfrage« vorbereitet hatten.

Nach diesen Selbstdeutungen braucht es keine langen Begründungen mehr, warum Celan auch für seine Begegnung mit Tübingen in für ihn prekärer Zeit die Chiffre »Jänner« wählt und so dem »zufälligen« Datum schicksalhafte Transparenz verleiht. In der Begegnung mit dieser Stadt, mit dem Turm Hölderlins, wollte er Büchners Lenz und seines in der Schoa untergegangenen Volkes »eingedenk« bleiben. Eingedenk auch des Schicksals zweier geistig gebrochener Dichter. Lenz ist der eine. Der andere ist Friedrich Hölderlin. Celan verweist auf die Ver-rücktheit dieser Dichterexistenzen – als Spiegel der Existenz von Dichtern auch »in dieser Zeit«, in *unserer* Zeit also.

Hölderlin freilich ist nur skizzenhaft, fast schattenhaft präsent. Zum einen durch die Evokation der Szene um seinen Turm, dem Wohnort Hölderlins in den letzten 36 Jahren seines Lebens, wobei der gewählte Plural »Hölderlintürme, möwenumschwirrt« (die vielfachen Spiegelungen des Turms im Neckar aufnehmend) ein weiterer Verweis auf die »Zeitlosigkeit« der Aussage sein dürfte. So wie jedem heutigen Gedicht nach der Schoa sein »Jänner« eingeschrieben ist, so jeder Dichterexistenz potentiell sein »Hölderlinturm«. Er steht symbolisch für eine Gesellschaft, die unangepasste Dichter wegsperrt und ihr Werk ignoriert. Zum anderen ist Hölderlin präsent durch die Anspielung auf den ihn damals im Turm betreuenden »Schreiner«, den geschichtlich bezeugten Schreinermeister Ernst Friedrich Zimmer. Zum Dritten ist er präsent in kalkuliert gewählten Zitatenfragmenten aus seiner Dichtung: Das als Zitat kenntlich gemachte Wort »Ein Rätsel ist Reinentsprungenes« stammt aus Hölderlins Hymne »Der Rhein«, ebenso das nicht als Zitat ausgewiesene Wort »Zur Blindheit überredete Augen«. »Die Blindesten aber / Sind Göttersöhne« liest man in dieser Hymne.

Und schließlich ist er präsent mit Anspielungen auf seine Lebensgeschichte. »Pallaksch« soll der Dichter während der Zeit seines Turm-Lebens oft gesagt haben, um, gefragt von Besuchern, eine Antwort zwischen Ja und Nein in der Schwebe zu halten. »Pallaksch« ist also ein Hölderlinsches Rückzugswort ins Un-Sinnige, ins Nicht-Sagen-Wollende. »Pallaksch« ist ein alle Worte verweigerndes Wort, mehr Laut als Wort. Ein Gegen-Wort, das dem »Lallen« entspricht, zu dem die Worte der Menschen werden, wenn sie – etwa wie die mächtigen Gestalten der biblischen Patriarchen – »von dieser Zeit« sprächen, von unserer Gegenwart also. Ihr Gestammel »nur lallen und lallen, / immer-, immer- / zuzu« ist nur eine Bestätigung dessen, was Hölderlin in seiner Gebrochenheit noch hat artikulieren können. Und die Einklammerung des Lall-Zitates macht vollends deutlich, dass der Hölderlin-Laut aus einer unheimlich gewordenen anderen Welt kommt.

Durch Celans Gedicht also wird Tübingen zu einem »Jänner«- und zu einem »Hölderlinturm«-Ort: zu einem Ort des Eingedenkens von Dichterschicksalen in dürftiger, gefährdeter Zeit. Erinnerungsarbeit wird geleistet, bei der Tübingen zu einem Ort von Verhüllungen, Spiegelungen und Verweisen wird, genauer: zu einem Ort, an dem sich Grundsätzliches über die Rolle der Dichtung und der Dichter »in dieser Zeit« sagen lässt. Hier liegt denn auch das Außerordentliche an Celans Tübingen-Gedicht, in dem die genannten Einzelelemente zu einer Synthese verschmolzen scheinen: Hölderlin, Büchner, Lenz. Er selber sieht sich in einer Traditionslinie mit solchen Dichtern, die allesamt quer zu ihrer Zeit standen oder an der Zeit krank geworden waren. Treffend hat ein Kritiker es so formuliert: »Tübingen mit seinem Hölderlinturm ist für Celan – wie Petropolis für Mandelstam – eine *diaphane* Stadt. Das hier gültige Losungswort ›Jänner‹ verbindet die ›Wanderstadt‹ Tübingen durch die Zeiten hindurch mit Orten, in deren Geschichte ein solches Datum eingeschrieben ist. Dieses Tübingen liegt nicht mehr nur am Neckar, es liegt an Flüssen, Seen und Meeren, dort, wo Hölderlin selbst einen Ort des Verweilens und des Gedenkens zu finden geglaubt hat« (Reinhard Zbikowski, 1993, 192).

In der Tat. Tübingen ist für Menschen mit Sinn für die Tiefen der Geschichte, der Philosophie und der Literatur eine »diaphane Stadt«, wie sie es für Paul Celan gewesen ist. Nach seinem Gang in die Seine zu Paris im April 1970 findet man auf seinem Schreibtisch unter anderen ein Buch über Hölderlin: Wilhelm Michel »Das Leben Friedrich Hölderlins«, 1940 erstmals erschienen, 1963 in einer Neuausgabe wieder greifbar. Darin hatte Celan ein Wort von Brentano über Hölderlin unterstrichen: »Manchmal wird dieser Genius dunkel und versinkt in den bitteren Brunnen seines Herzens« (1963, 556).

II. Wolfenbüttel
Das Haus, in dem der »Nathan« geschrieben wurde

> »Im Grunde gereicht sein Nathan, wie wir uns gestehen müssen, der Christenheit zur wahren Ehre. Auf welcher hohen Stufe der Aufklärung und Bildung muß ein Volk stehen, in welchem sich ein Mann zu dieser Höhe der Gesinnungen hinaufschwingen, zu dieser feinen Kenntniß göttlicher und menschlicher Dinge ausbilden konnte! Wenigstens, dünkt mich, wird die Nachwelt so denken müssen; aber so dachten sie nicht, die Zeitgenossen.«
> *Moses Mendelssohn, 1885 (in: Lessing, Werke und Briefe, 1993, Bd. 9, 1233)*

In meinem Arbeitszimmer blicke ich auf zwei Bilder der Wand, die mich stets an ein Begriffspaar von Martin Buber erinnern sollen: Begegnung und Vergegnung. Das eine Bild ist die Reproduktion eines Ölgemäldes von Moritz Daniel Oppenheim (1800–1882), der, in Hanau geboren, in Frankfurt gestorben, mit seinen zahlreichen Porträt- und Historienbildern als der erste bedeutende Maler jüdischer Herkunft in Deutschland gilt, übertroffen Ende des 19., Anfang des 20. Jahrhunderts nur durch einen Künstler wie Max Liebermann (1847–1935). Sein Bild, anno 1856 entstanden, zeigt vier historische Personen in einer Szene, die es historisch so nie gegeben hat und die gleichwohl ganz und gar »wahr« ist. Um einen Rundtisch mit einem grünen Tischtuch sitzen der jüdische Philosoph Moses Mendelssohn (1729–1786) und der christliche Theologe Johann Caspar Lavater (1741–1801), und zwi-

Abb. 2.1. Nach einem Gemälde von Moritz D. Oppenheimer: Lessing und Lavater zu Gast bei Moses und Fromet Mendelssohn (Öl auf Leinwand 1856).

schen ihnen steht aufrecht, den rechten Arm in die Seite, den linken auf einen unter den Tisch geschobenen Stuhl gestützt, der Schriftsteller Gotthold Ephraim Lessing (1729–1781). Im Hintergrund rechts taucht im Rahmen einer Tür eine Frau mit einem Tablett in den Händen auf, drei Tassen tragend, sichtlich in der Absicht, die drei Männer gastlich zu bewirten. Es dürfte sich um Fromet Mendelssohn (1737–1812) handeln, geborene Gugenheim, Ehefrau von Moses und Mutter der überlebenden sechs gemeinsamen Kinder, später Großmutter unter anderen von Fanny und Felix Mendelssohn-Bartholdy. Das ist das eine Bild. Stichwort: Vergegnung. Das andere ist die Reproduktion einer Radierung des deutschen Malers Fritz Werner (1827–1908) und zeigt Lessing im Gespräch mit Moses Mendelssohn vor Lessings Haus in Wolfenbüttel. Stichwort: Begegnung.

Eine Vergegnung: Lavater bei Mendelssohn

Die Präsenz der Hausfrau auf Oppenheims Bild ist Indiz dafür, dass der Maler die Szene im Berliner Haus der Mendelssohns spielen lässt; man wohnte Spandauerstraße 68 in Alt-Berlin. Und zugleich steht das typische Genre-Bild symbolisch für bürgerliche Gastlichkeit und Geselligkeit auch in einem jüdischen Haus. Ein Emanzipationsfortschritt im deutschen Judentum. Und genau diesen will Oppenheim hier festhalten, anno 1856, als sein Bild entsteht (Einzelheiten bei Karl Möseneder, 2015). Eine hohes Bücherregal voll mit Folianten hinter dem Tisch an der Wand, eine von der Decke herabhängende Lampe, bei der eine siebenflammige Schabbat-Leuchte, Judenstern genannt, kombiniert ist mit einem vierarmigen Leuchter für den täglichen Gebrauch, ein Band des Talmud links im Vordergrund am Boden neben dem Drehstuhl, ein Bibelzitat in hebräischen Buchstaben über dem Türsturz (Dt 28,6: »Gesegnet bist du, wenn du kommst, und gesegnet bist du, wenn du gehst«) und ein Mizrach an der Wand über der vom Betrachter aus linken Schulter der stehenden Figur, hebräische Buchstaben einrahmend und die traditionelle Gebetsrichtung in Wohnungen frommer Juden anzeigend.

All diese Details machen überdeutlich, dass es sich bei dem abgebildeten Raum um das Wohnzimmer eines bürgerlichen jüdischen Gelehrten handelt. Das Gemälde ist denn auch schon Teil eines Mendelssohn-Mythos, der sich schon kurz nach Mendelssohns Tod (1786) gebildet hatte und in dem Mendelssohn für das deutsch-jüdische Bürgertum zum Archetyp des deutschen Juden und deutsch-jüdischer Bürgerlichkeit verklärt wurde: »der erste Jude in Deutschland, der als Weltweiser und Kritiker, Kaufmann und Familienoberhaupt die volle Anerkennung solch berühmter Aufklärer wie Lessing genoss und dabei der jüdischen Religion und Tradition stets treu blieb« (Christoph Schulte, Die jüdische Aufklärung, S. 8).

Dieser jüdische Gelehrte hat zwei Christen zu Gast, ein weiteres Zeichen beginnender Emanzipation in Deutschland, dessen politischer Garant eben jener Friedrich von Preußen ist, dessen Bild nicht zufällig über der Mizrach zu sehen ist. Lange hatten Christen jüdische Häuser gar nicht betreten dürfen und umgekehrt. Zugleich aber zeigt der Maler zwei Christen, die unterschiedlicher nicht sein könnten. Und damit kommt für diejenigen Betrachter des Bildes, die Zeichen zu deuten wissen, Spannung in die so behaglich scheinende Szene. Denn hier ist *auch* signalisiert, dass die jüdische Identität durch Angriffe von Seiten der Christen nach wie vor gefährdet ist. Symbolisch nämlich ist in dieser häuslichen Szene ein Ereignis verdichtet, das sich im Jahr 1769 abgespielt hat. Der Schweizer Diakon und spätere protestantische Pfarrer Lavater hatte in diesem Jahr die Übersetzung eines Buchs des Genfer Philosophen Charles Bonnet (1720–1793) unter dem Titel »Beweise für das Christentum« herausgebracht. Und dieses Buch hatte Lavater, versehen mit einem Widmungsschreiben, an Mendelssohn nach Berlin geschickt.

Lavater kennt Mendelssohn persönlich. Er hatte den jüdischen Gelehrten sechs Jahre zuvor schon einmal in Berlin besucht und weiß, welches Ansehen dieser Mann mittlerweile als Philosoph und Repräsentant einer »jüdischen Aufklärung« (»Haskala«) in Deutschland genießt. Bis dahin waren ja auch zwei philosophische Werke aus Mendelssohns Feder erschienen und stark beachtet worden: eine zweibändige Ausgabe »Philosophischer Schriften« (1761), vor allem aber die an Platon anknüpfende Schrift »Phädon oder über die Unsterblichkeit der Seele« (1767). Gerade die letzte hatte Mendelssohn den Ehrentitel eines »deutschen Sokrates« eingetragen, er, der Sohn eines einfachen Sofer, eines Toraschreibers aus Dessau, der 1743 mit 14 Jahren nahezu mittellos nach Berlin eingewandert war und sich zum Buchhalter in einer Seidenfabrik hochgearbeitet hatte.

In dieser seiner Widmung nun hatte der 28-jährige Theologe Mendelssohn aufgefordert, entweder die vorgelegten »Beweise« für das Christentum zu widerlegen oder Christ zu werden und sich taufen zu lassen. Ein dreistes Ansinnen, das Mendelssohn mit einem Dilemma konfrontiert hatte: Weist er das »christliche« Angebot zu scharf zurück, gefährdet er seine prekäre Stellung als von den Behörden der Stadt nur »geduldeter Jude« und muss unter Umständen mit Ausweisung rechnen; das Bürgerrecht in Berlin wird Mendelssohn zeit seines Lebens nicht erhalten. Schließt er sich den »Beweisen« für das Christentum an, verrät er sein Judentum und damit die Menschen seiner Gemeinde, als deren Sprecher er gilt.

Die Angelegenheit erregt öffentliches Aufsehen. In seinen schriftlichen Stellungnahmen 1769/70 bleibt Mendelssohn höflich, sachlich, weist aber einen Übertritt zum Christentum entschieden zurück. Unterstützt wird er dabei von nichtjüdischen Intellektuellen wie Friedrich Nicolai, Georg Lichtenberg und Lessing, die in dieser Art von öffentlicher Nötigung den Ungeist religiöser Intoleranz erblicken, den man im Zeichen der Aufklärung gerade zu überwinden trachtet. Seinen Nathan wird Lessing später einem Christen gegenüber sagen lassen: »Verachtet / Mein Volk so sehr Ihr wollt. Wir haben beide / Uns unser Volk nicht auserlesen. Sind / Wir unser Volk? Was heißt denn Volk? / Sind Christ und Jude eher Christ und Jude, / Als Mensch? Ah! Wenn ich einen mehr in Euch / Gefunden hätte, dem es gnügt, ein Mensch / Zu heißen« (II, 5). Das ist Geist von Mendelssohns Geist.

Die Spannung in Oppenheimers Bild drückt sich vor allem in der Körpersprache der drei Männer aus. Lavater im schwarzen Rock eines Geistlichen in vorgebeugter Haltung, seine linke Hand auf ein aufgeschlagenes Buch, möglicherweise das von Charles Bonnet, gelegt, mit seiner rechten Hand den linken Unterarm seines jüdischen Gegenübers berührend. Er steht derart unter Spannung, dass er das grüne Tischtuch zu Falten verschiebt und nach seinem Gegenüber greift, offensichtlich damit dieser endlich begreift, welche Religion die wahre ist. Durch die Faltung zeichnet sich jetzt ein Kreuz ab, das der Maler als ironisches Zitat eingebaut hat. Mendelssohn dagegen ist in ruhiger, abwartender Haltung dargestellt. Höflich scheint er seinem Gegenüber zuzuhören, die linke Hand an das mit einem Bart umflorte Kinn, die rechte entspannt auf den Oberschenkel des rechten Beines gelegt.

Und dagegen noch einmal die Körpersprache Lessings auf diesem Bild. Offensichtlich hatte er gerade mit Mendelssohn Schach gespielt. Ein Schachbrett mit einer nicht zu Ende gespielten Partie ist auf dem Tisch noch zu sehen, beiseite geschoben durch den eifernden Theologen. Ein nicht zufälliges Detail. Nach der Überlieferung sollen sich der 25-jährige Lessing und der gleichaltrige Mendelssohn in Berlin beim Schachspiel nähergekommen sein. 1754 dürfte das gewesen sein. Dann muss – der Komposition des Bildes zufolge – Lavater die Szene betreten haben; sein Stock und sein Hut sind rechts unten auf einem Hocker abgelegt, und hatte Lessing offensichtlich vom Tisch verdrängt. Entsprechend indigniert ist dessen Mimik, mit der er auf diesen Besucher herabblickt.

Entsprechend empört hat er seinen rechten Arm in die Seite gestützt, mehr und mehr missbilligend, was dieser Christ dem Juden offensichtlich zumutet.

Dass der Maler Lessing auf seinem Bild in dieser Körperhaltung zeigt, hochgereckt alle überragend, in ein hellblaues Gewand gekleidet, zeigt, wo seine Sympathien liegen: bei dem Mann mit dem »aufrechten Gang«. Umgekehrt aber zeigt der Künstler: das Zusammentreffen eines Juden mit einem eifernden Christen ist keine Begegnung, sondern eine Vergegnung. Wer, von der exklusiven Wahrheit seiner Religion überzeugt, Andersglaubende zum Glaubenswechsel auffordert, ist kein Dialogpartner, sondern ein Missionsagent. Der respektiert und wertschätzt nicht sein Gegenüber, sondern macht ihm zum Objekt seiner Bekehrungsversuche. Lessing aber ist anders, und zwar aus *christlicher* Überzeugung, Oppenheim weiß das. Mit ihm und Lavater also sind in diesem Bild zwei Positionen der christlichen Welt gegenüber einem Repräsentanten des Judentums fixiert. Lessing steht für die theologische Anerkennung und rechtliche Gleichstellung von Juden, Lavater für bleibenden christlichen Missionseifer.

Eine Begegnung: Lessing und Mendelssohn

Dass Lessing in der Tat Juden gegenüber für Anerkennung und Gleichberechtigung eintritt, dafür steht das Bild von Fritz Werner (1827–1908), ein zu seiner Zeit sehr erfolgreicher deutscher Maler, Kupferstecher und Radierer. Es ist um 1870 entstanden, gut 15 Jahre nach dem Bild von Oppenheim. Auf dessen linker Seite ist eine Außenfront des bis heute bestehenden Lessingschen Hauses in Wolfenbüttel zu sehen, mit der Pforte zu einem Innenhof des dreiflügeligen Baus. Über dem Dach links oben ragt noch ein Teil der damaligen Arbeitsstätte

Abb. 2.2. Fritz Werner, Lessing mit Moses Mendelssohn vor Lessings Haus in Wolfenbüttel (Zeichnung 1870).

Lessings hervor: das der Herzog-August-Bibliothek, ein Bau in Form einer Rotunde. Im Hintergrund des Bildes der militärisch bewachte Kornspeicher und Teile des Zeughauses. Im Vordergrund links ein Fußgängerpaar zusammen mit einem Hund. Es wendet uns Betrachtern den Rücken zu und lenkt damit auch unsere Blicke noch stärker auf das Zentrum dieser Szene: zwei Personen auf dem Weg ins Haus in angeregtem Gespräch, zwanglos, ohne Prätention. Sie haben ganz offensichtlich gerade einen Spaziergang hinter sich. Kleidung und ein Spazierstock in Lessings Hand verraten das. Für einen

Moment sind sie stehen geblieben, und Lessing wendet sich seinem Partner zu, als wolle er ihm noch etwas sagen, bevor beide durch die Pforte treten.

Dieses Bild spiegelt eine historische Szene und ist zugleich eine Ikone. Es will einen Moment festhalten, in dem sich erstmals in Deutschland ein Christ und ein Jude in einem freundschaftlichen Gespräch »auf Augenhöhe« begegnet sind. Als dieses Bild 1870 entstand, sind gut hundert Jahre vergangen, dass sich diese Begegnung in Wolfenbüttel tatsächlich ereignet hat. Juden hatten nach der Gründung des Deutschen Reiches 1870 in ganz Deutschland mittlerweile die rechtliche Gleichstellung erhalten, ohne aber gesellschaftlich wirklich akzeptiert zu sein. Deshalb soll dieses Bild einen kostbaren geschichtlichen Moment gleichsam bannen: den Anfang der Gleichstellung von Juden in Deutschland, mit Gotthold Ephraim Lessing als Kronzeugen. Schauplatz: das Lessingsche Wohnhaus in Wolfenbüttel, in dem der »Nathan« geschrieben wurde und ein jüdischer Freund willkommen ist. Allein schon deshalb muss man dieses Haus in Ehren halten.

Lessings Haus in Wolfenbüttel

Bei diesem Wohnhaus handelt es sich um die Dienstwohnung, die man Lessing als neuem Direktor einer zur damaligen Zeit schon legendären Bibliothek zugewiesen hatte. Für einen *hommes de lettres* wie ihn eine exzellente Adresse. Schon der große Gottfried Wilhelm Leibniz (1646–1716) war von 1691 bis 1716 Leiter dieser Bibliothek gewesen. Nach langen »Wanderjahren« hatte Lessing dieses Amt im Mai 1770 angetreten, ohne dass diese Wohnung für ihn schon bezugsfertig gewesen wäre. So hatte man dem unverheirateten Bibliothekar zunächst eine Zimmerflucht im gegenüber liegenden Wolfenbüttler Schloss eingerichtet. Es steht leer, nachdem der herzogliche Hof 1753 nach Braunschweig umgezogen war. Sechs Sommer und fünf Winter sollte Lessing in diesem Quartier verbringen, zunehmend frustriert von seiner erzwungenen Einsamkeit und ernüchtert von der schlechten Bezahlung seiner Arbeit. Seine Bitterkeit über die feudalen Verhältnisse seiner Zeit reagiert er unter anderem in seinem 1771/72 geschriebenen »Bürgerlichen Trauerspiel« ab: »Emilia Galotti«, eine der schärfsten Abrechnungen mit fürstlicher Machtgier und Willkür, die sich denken lässt. Am 13. März 1772 wird das Stück im Braunschweiger Opernhaus vor Angehörigen des Hofes uraufgeführt.

Doch den Braunschweiger Hof ficht das nicht an. Auf demütigende Weise hält man seinen Angestellten nach wie vor kurz, verspricht ihm eine bessere finanzielle Ausstattung und lässt ihn hängen. Mit der Konsequenz, dass Lessing, mittlerweile 41 Jahre alt, alle Pläne, zu heiraten und eine Familie zu gründen, Jahr für Jahr aufschieben muss. Seit 1771 ist er mit Eva König (1736–1778), einer Hamburger Kaufmannswitwe, verlobt, einer Geschäftsfrau und Mutter von sieben Kindern, von denen vier überlebt haben. Erst aber, als sich durch die längst versprochene Gehaltserhöhung und die Ernennung zum Hofrat 1775 die wirtschaftliche Basis Lessings verbessert, können die Verlobten an eine Eheschließung denken, die denn auch am 8. Oktober 1776 erfolgt. Doch so bitter diese Wartezeit gewesen ist, wir »verdanken« ihr die 193 »Briefe aus der Brautzeit«, die Eva König und Lessing zwischen 1770 und 1776 gewechselt haben. Und diese Briefe sind kostbare Dokumente einer besonderen Freundschafts- und Liebesbeziehung zweier lebenserfahrener Menschen Ende des 18. Jahrhunderts. Der Lessing-Forscher Wolfgang Albrecht hat sie im Jahr 2000 neu herausgegeben und Walter Jens hat zu dieser Ausgabe einen einführenden Essay beigesteuert.

Nach langen Jahren des Wartens scheint Lessings Glück gemacht, wenn es auch nur ein kleines, bescheidenes, priva-

Abb. 2.3. Lessings Haus und Gedenkstätte in Wolfenbüttel.

tes Glück ist. Danach aber hatte sich der langjährige Junggeselle gesehnt: nach einer Frau, mit der man leben und Zukunft gestalten kann. »Wenn ich dich versichere«, schreibt er am 1. Dezember 1776 an seinen Bruder Karl, »daß ich sie immer für die einzige Frau in der Welt gehalten, mit welcher ich mich zu leben getraute: so wirst Du wohl glauben, daß sie alles hat, was ich an einer Frau suche« (12, 28). Das Ehepaar bezieht mit den Kindern zunächst eine große Etagenwohnung im Meissnerschen Haus dem Schloss gegenüber. Lessing-Verehrer haben hier über der Tür eine Gedenktafel angebracht: »In diesem Haus verbrachte G. E. Lessing das glücklichste Jahr seines Lebens 1776/1777«. So war es wohl in der Tat.

Das Haus, das für sie vorgesehen ist, ist ein eingeschossiger Bau in U-Form mit hohem, ausgebautem Mansardendach, harmonisch gestalteten Dachgauben und großen Fenstern im Stil eines spätbarocken französischen Parkschlösschens, schon Mitte der dreißiger Jahre erbaut. Ein kleiner Innenhof gehört dazu, damals mit Rosenbeeten und gepflasterten Wegen ausgestattet. Ein schöner Bau in unmittelbarer Nähe zur Bibliothek, auffällig auch deshalb, weil er aus der Ordnung der sonstigen Wolfenbütteler Fachwerkarchitektur herausfällt. Ich lese das in den »Spaziergängen durch Lessings Wolfenbüttel«, die der langjährige Direktor der Bibliotheca Augusta, Paul Raabe (1927–2013), 1997 erstmals publiziert hat. Eine akribische, detailverliebte Spurensuche, unverzichtbar für jeden Besucher von Lessings Stadt. Am Ende des Jahres 1777 ist Eile geboten, denn Eva Lessing ist hochschwanger. Der Ofensetzer ist noch nicht fertig, als die Familie kurz vor Weihnachten 1777 das Haus bezieht.

Für uns heutige Besucher ist der rechte Flügel des Hauses museal eingerichtet, im Grundriss unverändert, die Räume mit Bildern, Büsten und Info-Tafeln ausgestattet. Man betritt den rechten Flügel über den Innenhof durch den Seiteneingang, kommt dann links zunächst in den »Salon« (heute: Rezeption), wo sich in den Ecken der Stuckdecke wie zu Lessings Zeiten noch die Medaillons des damaligen Herzogspaares befinden. Von dort geht man durch einen Nebenraum direkt in das Zimmer, in dem einst das Wochen- und Sterbebett Eva Lessings gestanden hat. Es ist ein durch die großen Fenster heller Raum mit Blick in den Außengarten. *In memoriam* sind hier zwei große Porträt-Bilder aufgestellt, die in der Literatur vielfach reproduziert sind: das eine von Eva König aus dem Jahr 1772, geschaffen von dem schwedischen Maler George Desmarées (1697–1776), das andere von Lessing aus dem Jahr 1771, gemalt von Anton Graff (1736–1813). Von diesem Raum gelangt man links in den oval geformten »Gartensaal«, der dem Ehepaar Lessing als Esszimmer gedient hat und heute für Vorträge, Lesungen und Konzerte benutzt wird.

Der Besuch der Mendelssohns

Einer der letzten Besucher vor dem Umzug ist Moses Mendelssohn, der am 21. Dezember 1777 zusammen mit seiner Frau Fromet zu Besuch gekommen war. Worüber werden sie gesprochen haben? Wir wüssten es gerne. Über philosophische, theologische oder literarische Projekte? Was sonst? Aber Quellen darüber gibt es nicht, Gesprächsstoff genug. Denn Lessing ist mittlerweile in eine brisante theologische Auseinandersetzung verwickelt. Er hatte ein religionstheologisch kühnes Manuskript des verstorbenen Hamburger Orientalisten Hermann Samuel Reimarus (1694–1768) in die Hand bekommen: »Apologie oder Schutzschrift für die vernünftigen Verehrer Gottes« und sich entschlossen, im Herbst 1774 Ausschnitte aus diesem Manuskript unter dem Titel »Von Duldung der Deisten« zu veröffentlichen, und zwar in einer ihm zur Verfügung stehenden Schriftenreihe seines Hauses. Es geht um nicht mehr und nicht weniger als um das Problem religiöser Toleranz in Zeiten des kirchlichen Wahrheitsmonopols. Da Lessing den Namen des Verfassers bewusst verschweigt und konstant von einem »Ungenannten« spricht und er später weitere Ausschnitte aus dessen Manuskript veröffentlicht, ist sein sich zu einer epochalen Auseinandersetzung auswachsender theologischer Konflikt mit vor allem lutherischen Theologen als »Fragmentenstreit« in die Geschichte eingegangen. Aus der Toleranzfrage ist sehr bald die Grundsatzfrage nach dem exklusiven Offenbarungs- und Wahrheitsanspruch von Christentum und Kirche gegenüber anderen Religionen geworden. Wahrhaftig eine Schlüsselfrage mit Folgen auch für Gesellschaft und Staat mit ihren »christlichen« Grundlagen.

Dabei hatte die erste Veröffentlichung 1774 noch wenig Resonanz erzeugt. Im Jahr 1777 aber hatte Lessing die Publikationen fortgesetzt, und jetzt werden bestimmte Kirchenmänner und Theologen wach. Ja, der Streit wird durch das Eingreifen des Hamburg Hauptpastors Johann Melchior Goeze (1717–1786) polemisch scharf und politisch brisant. Die erste Einlassung dieses lutherisch-orthodoxen Fundamentalisten war am 17. Dezember 1777 erfolgt, kurz vor dem Besuch der Mendelssohns in Wolfenbüttel. Undenkbar, dass sie darüber nicht gesprochen haben sollen, denn Mendelssohn ist von Anfang an in die öffentliche Verwertung der Reimarus-Texte eingeweiht.

Das Sterben von Sohn und Ehefrau

Genaues über ihre Gespräche wissen wir nicht, wir wissen nur: Was sich in den nächsten Tagen und Wochen im neuen Wolfenbüttler Haus ereignen wird, ist eine Tragödie, die einen auch noch im Abstand von gut 250 Jahren zu berühren vermag. Ich kann auch aus diesem Grund das Lessinghaus nur mit Respekt betreten, wissend, was sich kurz nach der Abreise der Mendelssohns hier abgespielt hat.

Am 25. Dezember, am Tag von Weihnachten, bringt Eva Lessing in dem genannten Zimmer ein Kind zur Welt, einen Sohn, den sie Traugott nennen, der aber so schwach ist, dass sofort eine Nottaufe vollzogen werden muss. Doch nur 24 Stunden bleibt der Junge am Leben, und die Mutter, vom Kindbettfieber und einer schweren Zangengeburt geschwächt, liegt ohne Bewusstsein darnieder. »Ich ergreife den Augenblick«, schreibt ein erschütterter Lessing am 31. Dezember an den Braunschweiger Freund, den Literaturhistoriker Johann Joachim Eschenburg (1743–1820), »da meine Frau ganz ohne Besonnenheit liegt, um Ihnen für Ihren gütigen Anteil zu danken« Und dann:

> »Meine Freude war nur kurz: Und ich verlor ihn so ungern, diesen Sohn! Denn er hatte so viel Verstand! So viel Verstand! – Glauben sie nicht, daß die wenigen Stunden meiner Vaterschaft mich schon zu so einem Affen von Vater gemacht haben! Ich weiß, was ich sage. – War es nicht Verstand, daß man ihn mit eisern Zangen auf die Welt ziehen mußte? Daß er sobald Unrat merkte? – War es nicht Verstand, daß er die erste Gelegenheit ergriff, sich wieder davon zu machen? – Freilich zerrt mir der kleine Ruschelkopf auch die Mutter mit fort! – Denn noch ist wenig Hoffnung, daß ich sie behalten werde. – Ich wollte es auch einmal so gut haben, wie andere Menschen. Aber es ist mir schlecht bekommen« (12, 116).

Noch aber besteht Hoffnung. Am 3. Januar meldet Lessing demselben Freund, der Arzt habe ihm versichert, dass er seine Frau »wohl noch behalten werde«. Wie ruhig er dadurch geworden sei, möge der Freund daraus entnehmen, dass er »schon wieder an seine theologischen Scharmützel zu denken anfange« (12, 117). Doch nur wenige Tage später, am 10. Januar 1778, diese Nachricht, wiederum an Eschenburg: »Meine Frau ist tot: und diese Erfahrung habe ich nun auch gemacht. Ich freue mich, daß mir viel dergleichen Erfahrungen nicht mehr übrig sein können zu machen; und ich bin ganz leicht« (12, 119). Am 12. oder 14. Januar wird Eva Lessing auf dem Wolfenbütteler Bürgerkirchhof am Wall unter Assistenz eines lutherischen Pastors zu Grabe getragen. Keine 42 Jahre ist sie alt geworden, vier Kinder hat sie zurückgelassen. Was ist aus den Kindern geworden? Über ihr weiteres Schicksal berichtet Paul Raabe in seiner lesenswerten Eva-König-Biographie von 2005 (S. 133–137).

Ihr Grab ist zusammen mit dem ganzen Friedhofsareal verschwunden. An die Grabanlage von einst erinnern heute noch ein paar alte Grabsteine in einer parkartigen Grünanlage hinter der St. Trinitatiskirche. Am 5. August 2020 laufe ich vom Schlossplatz durch die Altstadt mit ihren eindrücklichen Fachwerkhäusern, finde die Trinitatiskirche und dort den Park. Immerhin erinnert ein Gedenkstein an Eva König, den man ihr im Lessingjahr 1929 errichtet hat. Ich verneige mich vor einer eindrucksvollen Frauengestalt, mit der Lessing in der Tat das »glücklichste Jahr« seines Lebens verbracht hat. Die Aufschrift auf dem Gedenkstein lautet:

> »Dem Andenken an Eva König, die auf diesem Friedhof ihre letzte Ruhe fand. Geboren zu Heidelberg am 22. März 1736, war sie in zweiter Ehe verheiratet mit Gotthold Ephraim Lessing, der ihr das glücklichste Jahr seines Lebens verdankte. Sie starb zu Wolfenbüttel am 10. Januar 1778. Diesen Stein errichteten im Jahr 1929 an ihrem Geburtstage ihre Nachkommen aus erster Ehe mit Engelbert König: die Familie Hennebe«.

Im Sterbezimmer ein Stück wider den Tod

Lessing ist zunächst wie gelähmt, doch allein ist er nicht. In den drei ihm noch verbleibenden Jahren wird er von seiner 16 Jahre alten Stieftochter versorgt werden: Maria Amalia (»Malchen«) König. Sind deren durch den Braunschweiger Schriftsteller Carl Georg Wilhelm Schiller (1807–1874) überlieferten Erinnerungen zuverlässig, hat sich in der Sterbestunde der Mutter dies zugetragen: »Seine Kinder überraschten ihn betend an der irdischen Hülle der Verklärten, und im Augenblicke dieses entsetzlichen Verlustes nahm er den mutterlosen Waisen das Gelübde ab, der Dahingeschiedenen in ihren Tugenden nacheifern zu wollen. Von dieser Zeit an arbeitete er nur immer im Todeszimmer der Tiefbetrauerten« (zit. nach Paul Raabe, Das Lessinghaus, 1978, 21). Seltsam zu denken: Die in den kommenden Monaten entstehenden neuen theologischen Streitschriften Lessings sind im Sterbezimmer des Hauses ebenso geschrieben worden wie der »Nathan« und die Schrift von der »Erziehung des Menschengeschlechts«.

In der Tat treibt Lessing seine »theologischen Scharmützel« weiter voran, wobei Johann Melchior Goeze sich jetzt vollends als sein Hauptgegner profiliert. Aber je heftiger der Streit hin- und hergeht, umso geschickter versteht es der Vertreter der Amtskirche, die theologische Frage nach dem Wahrheitsmonopol des Christentums mit der politischen Frage nach der Staatsräson zu verbinden nach der Devise: Sind die staatstragende Kirche und ihr Wahrheitsmonopol infrage gestellt, ist auch die staatliche und gesellschaftliche Ordnung bedroht. So werden denn auch die politischen Autoritäten langsam nervös, zumal sich Lessings Arbeitgeber, der Braunschweiger Hof, die Goezeschen Vorwürfe zu eigen macht, Lessing habe durch die Veröffentlichung der »Fragmente« die christliche Religion »in ihrem Grund« erschüttert, ja »lächerlich und verächtlich« gemacht (12, 163). Das hatte Folgen.

Im Namen des Herzogs wird Lessing am 13. Juli 1778 befohlen, das fragliche Manuskript des Reimarus »binnen acht Tagen ohnfehlbar« einzuschicken, die weitere Publikation daraus einzustellen und sich bei künftigen Veröffentlichungen zu theologischen Fragen der Zensur zu unterwerfen; widrigenfalls drohten drastische Strafen (12, 162–164). Will Lessing nicht seine berufliche Existenz riskieren, muss er diesen Befehl ernst nehmen; er kommt einem Publikationsverbot in Sachen kritischer Theologie gleich. Bruder Karl hatte recht, als er am 1. August 1778 nach Wolfenbüttel schreibt: »die Diener Gottes legen die Hände nicht in den Schoß, und haben göttlichere Waffen als die schwache Vernunft« (12, 177).

Aber versiert in publizistischen Fragen, wie er ist, findet Lessing einen Ausweg. Schon Mitte August 1778 heißt es in einem weiteren Brief an Bruder Karl, er habe des nachts einen »närrischen Einfall« gehabt. Vor vielen Jahren habe er einmal ein Schauspiel entworfen, dessen Inhalt »eine Art von Analogie« mit seinen gegenwärtigen Streitigkeiten aufweise, wie er sie sich damals nicht habe träumen lassen. Grundlage der Idee sei eine Geschichte aus des Italieners Giovanni Boccaccio Novellensammlung »Il Decamerone« (entst. 1349/1352). Es ist die in der dritten Novelle des Ersten Tages erzählte Geschichte von drei Ringen, die ein Jude (er heißt hier Melchisedek von Alexandria) einem muslimischen Sultan, schon hier ist es Saladin, erzählt, und zwar als Gleichnis für das gottgewollte Verhältnis dreier Religionen untereinander. Und Lessing fügt hinzu: »Ich glaube, eine sehr interessante Episode dazu erfunden zu haben, daß sich alles sehr gut soll lesen lassen und ich gewiß den Theologen ein ärgern Possen damit spielen will, als noch mit zehn Fragmenten« (12, 186). Der Dramatiker in ihm ist wieder erwacht, und kampfeslustig lässt Lessing sich bereits im September *so* vernehmen: »Ich muß versuchen, ob man mich auf meiner alten Kanzel, auf dem Theater wenigstens, noch ungestört will predigen lassen« (12,193). Kurz: Das Drama, das jetzt entsteht, »Nathan der Weise«, ist der listige Versuch seines Verfassers, die politische Zensur in Sachen Theologie mit einem Theaterstück zu unterlaufen und den Konflikt über die »wahre Religion« vom Papier auf die Bretter der Bühne zu verlagern.

Nathan als Hiobfigur

Woher aber bezog Lessing seine Lebenskraft zu einem solchen Stück? Aus welcher Quelle schöpfte er sie? Wie oft habe ich das Stück gelesen, aber erst hier, in diesem Zimmer zu

Wolfenbüttel, in dem er seine Frau und sein Kind hatte sterben sehen, wird mir eine Szene darin in ihrer ganzen Tragweite auch für den Dichter noch einmal bewusster. Denn Lessing konfrontiert in seinem Stück auch seinen Nathan mit dem Schrecken des Todes. Vierter Akt, siebte Szene: Ein Christ der besonderen Art, der Klosterbruder, tritt auf und erinnert Nathan an eine Geschichte von vor 18 Jahren. Daran, dass er ihm die Sorge für ein kleines Mädchen anvertraut hatte, das durch den Tod der Eltern zu einem Waisenkind, vorher aber durch die Taufe zu einer Christin geworden war. Es ist die kleine Recha, die Nathan seither an Kindes statt aufgezogen hatte.

Der Grund für diese Erinnerung? Dem obersten Christen in Jerusalem, dem Patriarchen, war durch einen Kreuzritter, den Tempelherrn, der hypothetische Fall eines Juden vorgetragen worden, der ein Christenkind in Obhut hat, ohne es im christlichen Glauben zu erziehen. Für den Patriarchen ist das die »Lastertat« schlechthin, entsprechend gnadenlos ist seine Reaktion: Ein solcher Jude wird »verbrannt« (IV, 2). Dabei war der Patriarch misstrauisch geworden und hatte dem in seinen Diensten stehenden Klosterbruder den Auftrag erteilt, dem Fall auf den Grund zu gehen. Er wittert ein reales Verbrechen. Erschrocken aber über die möglichen Folgen, war der Klosterbruder zu Nathan geeilt, um ihn über die mögliche Gefahr zu informieren und ihn gleichzeitig an seine Rolle bei den damaligen Ereignissen zu erinnern: Seinerzeit hatte er als Reitknecht kurze Zeit in Diensten des Vaters der kleinen Recha gestanden und hatte Nathan, mit dem er seit langem befreundet war, das kleine Mädchen anvertraut, nachdem der Vater in einer Schlacht gefallen war.

Doch auch Nathan beginnt jetzt eine Geschichte zu erzählen: seine traumatische Geschichte *vor* der Ankunft des Klosterbruders vor 18 Jahren:

»NATHAN Ihr traft mich mit dem Kinde zu Darun.
Ihr wißt wohl aber nicht, daß wenig Tage
Zuvor, in Gath die Christen alle Juden
Mit Weib und Kind ermordet hatten; wißt
Wohl nicht, daß unter diesen meine Frau
Mit sieben hoffnungsvollen Söhnen sich
Befunden, die in meines Bruders Hause,
Zu dem ich sie geflüchtet, insgesamt
Verbrennen müssen.
KLOSTERBRUDER Allgerechter
NATHAN Als
Ihr kamt, hatt' ich drei Tag' und Nächt' in Asch'
Und Staub vor Gott gelegen, und geweint. –
Geweint? Beiher mit Gott auch wohl gerechtet,
Gezürnt, getobt, mich und die Welt verwünscht;
Der Christenheit den unversöhnlichsten
Haß zugeschworen –
KLOSTERBRUDER Ach! Ich glaub's Euch wohl!
NATHAN Doch nun kam die Vernunft allmählig wieder.
Sie sprach mit sanfter Stimm': ›und doch ist Gott!
Doch war auch Gottes Ratschluß das! Wohlan!
Komm! Übe, was du längst begriffen hast;
Was sicherlich zu üben schwerer nicht,
Als zu begreifen ist, wenn du nur willst.
Steh auf!‹ – Ich stand! und rief zu Gott: ich will!
Willst du nur, daß ich will! – Indem stiegt Ihr
Vom Pferd, und überreichtet mir das Kind,
In Euern Mantel eingehüllt. – Was Ihr
Mir damals sagtet; was ich Euch: hab' ich
Vergessen. Soviel weiß ich nur; ich nahm
Das Kind, trug's auf mein Lager, küßt' es, warf
Mich auf die Knie und schluchzte: Gott! Auf Sieben
Doch nun schon Eines wieder!« (IV, 7: V. 659–681)

Welch eine Wende, die Lessing hier seinen Nathan vollziehen lässt. Atemberaubend und von einer derartigen Intensität, dass sie auf die existentielle Lebenssituation auch des Dichters durchzuschlagen vermag. War nicht auch ihm, das Sterben von Sohn und Frau vor Augen, ein ähnliches Schicksal beschieden worden, das an das des biblischen Hiob erinnert? Und zwar in beiden Aspekten? Einerseits – im ersten Teil der Rede – das Liegen in »Asch' und Staub«, das »Rechten mit Gott« und die Selbst- und Weltverwünschung. Und dann im zweiten Teil die Wende: die Wiederkehr der »Vernunft« und das Festhalten an »Gottes Ratschluß«. Gottes? Dieser Ausdruck ist nicht einfach zu verstehen, diese Integration des Negativen *in* Gott, in »Gottes Ratschluß« – in der offenbar unerschütterlichen Überzeugung: »und doch ist Gott«.

Das aber ist bei Nathan ausdrücklich kein Akt der Irrationalität, sondern der »Vernunft«. Denn wenn Gott *ist,* dann ist auch das Negative, das einem »gottergebenen Menschen« widerfährt, »Gottes Ratschluß«. Im Sinne des »Begreifen der Unbegreiflichkeit Gottes«[9]. Eine Überzeugung, die Lessings Nathan weder an Gott verzweifeln noch die Beziehung zu Gott kappen noch ihn seine Menschlichkeit vor lauter Bitterkeit vergessen lässt, die ihm vielmehr – durch die Vernunft gesteuert – neues Lebensvertrauen ermöglicht: »Steh auf! – Ich stand! und rief zu Gott: ich will! / Willst du nur, daß ich will!« Und erschüttert, wie er ist, ist Nathan dann sogar zu einem Akt der Fürsorge für ein bedürftiges Kind fähig: »ich nahm / Das Kind, trug's auf mein Lager, küßt' es, warf / Mich auf die Knie und schluchzte: Gott! auf Sieben / Doch nun schon Eines wieder!«

So oder ähnlich also dürfte auch der Verfasser des »Nathan« auf die Ereignisse im eigenen Hause reagiert haben, als er selber Zeuge des Sterbens von Sohn und Frau geworden war. Auch ihm war dann doch trotz allem »die Vernunft« wieder gekommen, die ihm half, nicht nur weiter zu leben und sich der verbleibenden Stiefkinder anzunehmen, sondern auch weiter zu schreiben und zu streiten. Lähmung, Bitterkeit, Hass und Zynismus hatte er in sich überwinden und ein Stück schreiben können, in dem, aller Tragödien zum Trotz, die Menschen unterschiedlicher Religionen sich wechselseitig anzutun pflegen, am Ende die Versöhnung triumphieren kann. Ist doch Lessings »Nathan« im Bewusstsein aller Tragödien ein bewusst antitragisches Stück. Der Dichter in ihm hatte die Kraft gefunden, sein neues Stück so zu schreiben, dass sich am Ende die durch religiösen Fanatismus zerrissenen Menschen als Angehörige einer Familie erkennen und sich »in allseitiger Umarmung« annehmen können.

Lessing und der Islam

Die lebensgeschichtliche Kontextualisierung ist die eine Entdeckung, die ich in Wolfenbüttel am »Nathan« machen konnte. Davon ist eine zweite zu unterscheiden.

Lange war ich in meinem Theologiestudium – angeleitet von meinen Tübinger Lehrern – auf Fragen des Verhältnisses von Christentum und Judentum konzentriert gewesen. Dann – zu Beginn der 1980er-Jahre – war »der Islam« zu einer neuen weltpolitischen Herausforderung geworden. Sichtbarstes Zeichen dafür war die Rückkehr des iranischen Religionsführers Ajatollah Khomeini (1902–1989) aus seinem Pariser Exil nach Teheran am 1. Februar 1979 und die Errichtung eines islamisch-theokratischen Staates im Iran. Aufgeworfen aber waren damit auch eminent theologische Fragen, die bis dahin weitgehend verdrängt worden waren, als hätte es den Islam als Religion nicht schon seit eineinhalb Jahrtausenden gegeben. Fragen nach dem Verhältnis von Judentum, Christentum *und* Islam: Gibt es bei allem Trennenden auch innere Verbindungen der drei monotheistischen Religionen?

Ich entdecke, angestoßen Anfang der 1990er-Jahre durch Begegnung und Zusammenarbeit mit jüdischen und muslimischen Theologinnen und Theologen aus verschiedenen Ländern, dass sich alle drei Religionen auf eine Figur berufen, den sie als Urvater ihres Glaubens an den einen Gott begreifen: Abraham, arab.: Ibrahim. Seine Geschichte wird in der Hebräischen Bibel, im Neuen Testament und im Koran mit je eigenem Profil gleichermaßen bezeugt. Ich bin sofort hellwach und beginne mit genaueren Recherchen, sehe ich doch plötzlich eine Möglichkeit, aus den Tiefen der Ursprünge heraus eine gemeinsame Wurzel für die drei Religionen freizulegen, die ihnen bei allem Trennenden das entscheidend Gemeinsame bewusst zu machen vermag. Alle begreifen sich als »Kinder Abrahams«. Was aber heißt das und was folgt daraus? In der religionstheologischen Literatur finde ich Hinweise und Fingerzeige dazu, aber keine umfassende Studie auf der Grundlage der Ur-Kunden. So motiviert, mache ich mich selber an die Arbeit und lege 1994 das Buch »Streit um Abraham. Was Juden, Christen und Muslime trennt – und was sie eint« vor.[10]

Während ich an diesem Stoff arbeite, stoße ich bei meinen Koran-Studien auf die Sure 5, Vers 48. Hier spricht Gott an die Adresse von Juden, Christen und Muslime. »Für einen jeden von euch haben wir Richtung und Weg geschaffen … So wetteifert darum um die guten Dinge!« (Übers. Hans Zirker). »Wetteifern« um das Gute? Sofort kommt mir eine Stelle in Lessings »Nathan« in den Sinn, präzise eine Stelle in der »Ringparabel«, wo ein Richter den um den »wahren Ring« ihres Vaters streitenden Brüdern den Rat gibt: »Es eifre jeder seiner unbestochnen / Von Vorurteilen freien Liebe nach! / Es strebe von euch jeder um die Wette, / Die Kraft des Steins in seinem Ring' an Tag / Zu legen!«

Blitzartig schießt mir der Gedanke durch den Kopf: Sollte Lessing das »Wetteifer«-Motiv seiner Ringparabel aus dem

Koran bezogen haben und nicht etwa allein aus Quellen der europäischen Aufklärung? Eigentlich undenkbar für einen Mann im Deutschland des 18. Jahrhunderts. Das aber setzte sofort die Klärung weiterer Fragen voraus: Hat der Dichter den Koran gekannt? Konnte er ihn überhaupt kennen? Wenn ja, in welcher Übersetzung, da er kein Arabisch verstand? Und: Hatte er Kenntnisse vom Islam? Welche? Was hat man zu Lessings Zeiten in Deutschland überhaupt vom Islam gewusst, wissen können? Was in Europa? Immerhin gibt es in Lessings »Nathan« drei Figuren aus der Welt des Islam: einen Sultan namens Saladin, dessen Schwester Sittah und einen Derwisch namens Al-Hafi, den Angehörigen eines Sufi-Ordens. Aber die Lessing-Forschung hatte dieses Faktum bisher als zeittypische exotische Orientkulisse mit Jerusalem als Zentrum verharmlost, die nichts Ernsthaftes mit dem Islam als Religion zu tun habe.

Damals aber frage ich mich: Wenn ich präzise zeigen könnte, dass Lessing profunde Kenntnisse vom Koran, von islamischer Geschichte, Philosophie und Mystik besitzt; dass der Dichter mit Schlüsselwerken der zeitgenössischen europäischen Orientalistik vertraut ist; dass er präzise die Unterschiede und Gemeinsamkeiten der drei »abrahamischen Religionen« kennt und literarisch dazu eine Konzeption hatte vorlegen wollen? Was dann? Dann würde noch einmal ein anderes Licht auf den »Nathan« fallen und zur Schlussfolgerung zwingen: Lessing denkt in diesem Stück erstmals in der deutschen Literatur nicht nur »dialogisch« (das Verhältnis Juden – Christen betreffend), sondern »trialogisch«, trilateral. Lessings »Nathan« wäre damit das Urmodell solch trilateralen Denkens, das bis heute Maßstäbe setzt. Dieser Dichter hätte wie niemand vor ihm und erst Goethe nach ihm auch den Islam als »Abraham«-Religion mit im Blick. In der Forschung hatte ich da und dort einzelne Hinweise gefunden, aber kein Gesamtbild zum Thema »Lessing und der Islam«.

So mache ich mich auch hier an die Arbeit und lege 1998 das Buch »Vom Streit zum Wettstreit der Religionen. Lessing und die Herausforderung des Islam« vor. Später sind zwei weitere Studien zu »Lessing und der Islam« meinem Buch gefolgt (2004 u. 2011). 2021 kann ich dann die »Fortsetzung« dazu vorlegen: »Goethe und der Koran«.

Nach Erscheinen des Buches erreicht mich eine besondere Einladung zu einer Lesung. Sie kommt aus Kamenz, dem Städtchen in der Oberlausitz, in dem Lessing 1729 als Sohn eines Pfarrers auf die Welt gekommen war. Ich reise auf Einladung des örtlichen, repräsentativen, gut ausgestatteten Lessing-Museums und lerne zum ersten Mal Lessings Geburtsstadt kennen.[11] Leider ist sein Geburtshaus 1842 einem Brand zum Opfer gefallen. Es hatte gleich gegenüber der mächtigen Kirche gestanden, in der hoch oben im Raum noch die Kanzel zu sehen ist, auf der sein Vater über Jahrzehnte als Pfarrer gepredigt hatte. Mehrfach habe ich im Laufe der Jahre mit literarischen Gruppen Kamenz und dabei auch diese Kirche besucht. Man muss ihre gewaltigen Dimensionen gesehen haben, um noch heute zu spüren, welche Macht über die Seelen »Kirche« in dieser Form einst hatte ausüben können. Eine Macht buchstäblich »von oben«, die auch der junge Lessing in seinem Elternhaus erfahren hatte und von der er sich hatte freikämpfen müssen, beginnend mit der Leipziger Zeit des 17-Jährigen. Statt wunschgemäß Theologie zu studieren, treibt sich dieser Pastorensohn im Theatermilieu herum und beginnt Theaterstücke zu schreiben. In Kamenz ist man zutiefst beunruhigt.

Mehr als ein Toleranzdrama

Und eine dritte Entdeckung ist mir wichtig. Immer noch wird in der Literatur die Behauptung wiederholt, der »Nathan« sei ein Toleranzdrama. Dieses Stereotyp scheint unausrottbar. Sicher, Toleranz, wörtlich: Duldung von Anders- oder Nichtglaubenden, ist auch für Lessing eine Mindestbedingung für ein friedliches Zusammenleben von Menschen verschiedener Religionen. Und oft wäre man schon froh, wenn wenigstens dieses Minimum der »Menschenvernunft und Menschengüte« ernst genommen würde. Aber hat Lessing als Christ den Juden Moses Mendelssohn nur »geduldet« und nicht auch wertgeschätzt, und zwar nicht nur als »als Philosophen«, sondern auch als Angehörigen des jüdischen Volkes? Lessing fordert also von Menschen verschiedener Religionen mehr als wechselseitige »Duldung«, die immer etwas Herablassendes hat. Er hätte sich durch einen Satz von Goethe bestätigt gefühlt. Er stammt aus dessen »Maximen und Reflexionen« (Nr. 875): »Toleranz sollte eigentlich nur eine vorübergehende Gesinnung sein: sie muß zur Anerkennung führen. Dulden heißt beleidigen.«

Lessings »Nathan« zeigt etwas anderes: Von der Rücksichtslosigkeit, mit der man seinen eigenen Glauben unbekümmert um den der Anderen ausgelebt hat, kommen seine Figuren zum Miteinander auf Augenhöhe. Ich nenne das den »dialogical turn«, die »dialogische Wende«: von der Vergegnung zur Begegnung, vom monologischen Bekennen zur Zwiesprache, vom Konfrontations- zum Beziehungsdenken. Schluss macht Lessing mit einer theologischen Rücksichtslosigkeit, einer Gottesrede mit der kalten Schulter, mit der ignoranten Gleichgültigkeit. Stattdessen zeigt er: Der je Andersglaubende ist nicht nur der *Anders*glaubende, sondern auch der Anders*glaubende*! Keine Selbstvergewisserung über den eigenen Glauben rücksichtslos um das Glaubenszeugnis der Anderen.

Statt bloßer »Toleranz« also praktiziert Lessing etwas viel Kühneres: eine »strategische Aufwertung« des Verachteten. Sie zielt nicht auf Identifikation, sondern auf Gerechtigkeit im Urteil gegenüber den je Anderen. Und dieser Gerechtigkeitsanspruch hatte bei Lessing *christliche* Wurzeln. Das unterscheidet ihn von allen Lavaters und Goezens, die in der Kirche ihrer Zeit mit ihrer dualistischen Weltsicht und ihrer Unheilstheologie den Ton angeben. Deshalb dürfte einmal mehr Moses Mendelssohn mit seinem Urteil richtig liegen, wenn er vier Jahre nach Lessings Tod den Freund gerade *als Christen* würdigt: 1785. Er weiß um die Kritik kirchlicher Hardliner, die Lessing schon im »Fragmentenstreit« angegriffen hatten: »Lessing habe das *Christenthum* beschimpft, ob er gleich nur einigen Christen und höchstens der *Christenheit* einige Vorwürfe zu machen gewagt hatte«, schreibt der jüdische Freund und fährt fort:

> »Im Grunde gereicht sein Nathan, wie wir uns gestehen müssen, der Christenheit zur wahren Ehre. Auf welcher hohen Stufe der Aufklärung und Bildung muß ein Volk stehen, in welchem sich ein Mann zu dieser Höhe der Gesinnungen hinaufschwingen, zu dieser feinen Kenntniß göttlicher und menschlicher Dinge ausbilden konnte! Wenigstens, dünkt mich, wird die Nachwelt so denken müssen; aber so dachten sie nicht, die Zeitgenossen« (9, 1233).

Lessing selber war denn auch entsprechend skeptisch: »Noch kenne ich keinen Ort in Deutschland«, schreibt er in einem Vorrede-Entwurf zum Stück, »wo dieses Stück schon jetzt aufgeführt werden könnte. Aber Heil und Glück dem, wo es zuerst aufgeführt wird« (9, 666). Doch immerhin: Am 14. April 1783 erlebt der »Nathan« im Döbbelinschen Theater zu Berlin seine Uraufführung. Lessing selber hat sie nicht mehr erlebt. Er war am 15. Februar 1781 im Haus des Braunschweiger Gastwirts und Weinhändlers Johann Hermann Angott (1721–1800) am Ägidienmarkt Nr. 12 gestorben. Hier hatte er für seine regelmäßigen Aufenthalte in der Stadt eine

Zwei-Zimmer-Wohnung gemietet. Am 20. Februar hat man ihn auf dem Magnifriedhof zu Grabe getragen, 52 Jahre alt. Nicht von allen betrauert, die in ihm einen »Ketzer« glaubten sehen zu sollen.

Lessings Haus in Wolfenbüttel aber? Es bleibt ein für alle Mal gezeichnet: Als das Haus, in dem, im Wissen um die Tragödien des Lebens, der denkbar luzideste Gegenentwurf deutscher Sprache geschrieben wurde wider all die Tragödien, in die Vertreter der Religionen Menschen immer wieder hineinstoßen. Und es bleibt das Haus, in dem ein seelisch verwundeter Mann trotz allem zu diesen Worten fähig gewesen ist:

> »Geh deinen unmerklichen Schritt, ewige Vorsehung! Nur laß mich dieser Unmerklichkeit wegen an dir nicht verzweifeln. – Laß mich an dir nicht verzweifeln, selbst wenn deine Schritte mir scheinen sollten, zurück zu gehen! – Es ist nicht wahr, daß die kürzeste Linie immer die gerade ist.«

Paragraph 91 der »Erziehung des Menschengeschlechts« …

Drei Religionen, drei Sprachen, ein Stück

Dass wir an der »ewigen Vorsehung« vielleicht doch nicht gänzlich »verzweifeln« müssen, dafür steht eine besondere Geschichte, von der ich noch erzählen muss. Sie gehört an den Schluss dieses Kapitels, weil sie auf kühne Weise Zukunft für diejenige Konzeption eröffnet, für die »der Nathan« ein für alle Mal steht. Und zwar über alle Aktualisierungen hinaus, die das Stück auf deutschen Bühnen angesichts wieder aufgebrochener globaler Religionskonflikte ungebrochen erfahren hat und erfährt.

Im Jahr 2000 erreicht mich das Schreiben von Reinhard Tegtmeier-Blanck, eines Lehrers an der Integrierten Gesamtschule Hannover-Mühlenberg. Er hatte mein Lessing-Buch (1998) gelesen und ist – angesichts neuer welt- und religionspolitischer Spannungen und Konflikte – von der im »Nathan« vor mehr als 200 Jahren dargelegten Konzeption einer Versöhnbarkeit von Menschen aus der Welt von Judentum, Christentum und Islam überzeugt. Insbesondere hatte ihn die von mir herausgearbeitete Dimension »Islam« interessiert und er hatte dadurch noch besser verstanden, dass Lessing in seinem Stück bewusst alle *drei* monotheistisch-prophetischen Religionen im Blick gehabt hatte. Das sollte, meinte er, Folgen auch für die Arbeit mit Schülerinnen und Schülern haben.

Tegtmeier-Blanck berichtet mir von einem geplanten Schul-Projekt, das er gemeinsam mit einer engagierten Kirchengemeinde des Nachbarortes Wettbergen durchführen will. Ich lese und staune: Eine Gruppe von Schülerinnen und Schülern seiner Gesamtschule und zwei Gruppen aus Israel: Schülerinnen und Schüler der Tzafit Highschool in Kfar Menachem sowie arabische Jugendliche der Jewish-Arab Community Association Wolfson Neighbourhood in Akko (Israel) wollen im Jahr 2000 im Ballhof Theater zu Hannover den »Nathan« aufführen. Äußerer Anlass ist die in diesem Jahr in Hannover stattfindende EXPO, eine der sogenannten »Weltausstellungen«. Und als sei das nicht genug, erfahre ich, es seien für den »Nathan« auch drei eigenständige Fassungen erarbeitet worden: Neben der deutschsprachigen auch eine jüdisch- und eine arabischsprachige, die in der Endphase des Projektes aber zu einer gemeinsamen und zugleich mehrsprachig bleibenden Fassung zusammengeführt würden. Die Christen im Stück (der Tempelherr, Daja, der Patriarch, der Klosterbruder) würden deutsch, die Juden (Nathan, Recha) hebräisch, die Muslime (Saladin, Sittah, Al-Hafi) arabisch sprechen.

Ein »Nathan« aber in jüdischer und arabischer Sprache? Relativ rasch hatte man klären können, erfahre ich weiter, dass es Übersetzungen ins Neuhebräische seit 1866 und 1874 gibt. Sie finden sich bei Recherchen in der Herzog-August-Bibliothek zu Wolfenbüttel. Aber solche ins Arabische? Konnten die arabischsprachigen Schülerinnen und Schüler auf eine arabischsprachige Übersetzung zurückgreifen? War Lessings Stück jemals ins Arabische übersetzt worden? Auch hier hatte man Nachforschungen angestellt, deren Ergebnisse mir später in einem Bericht von Dipl. Pol. Walter Koch von der Hannah-Arendt-Bibliothek in Hannover zur Kenntnis gebracht wurden. Und oh Wunder: In abgelegenen Magazinen der Orientabteilung der Deutschen Staatsbibliothek zu Berlin war man fündig geworden und hatte die erste arabischsprachige Übersetzung des »Nathan« ans Licht gezogen: »Nâthân al Hakîm«. Sie stammt aus dem Jahre 1932, war gedruckt worden durch das Syrische Waisenhaus in Jerusalem und erstellt durch einen Mann namens Elias Nasr al-Haddad (1878–1959), ein im Libanon geborener Lehrer christlicher Herkunft, der im Syrischen Waisenhaus zu Jerusalem unterrichtet hatte[12]. Diese Übersetzung kann jetzt für das deutsch-israelische Schülerprojekt herangezogen werden.

Über drei Wochen arbeiten denn auch etwa 40 Personen an dieser beispiellosen Inszenierung, die dann im Oktober 2000 viermal in Hannover über die Bühne geht. Ihr Fazit lautet: »Im Kleinen wurde die Völkerverständigung für eine kurze Zeit praktiziert, und sie wird als nachhaltige Erfahrung für alle Beteiligten bleiben! Erfahrungen, die ein in Hannover lebender Palästinenser mit dem Theaterstück in die Worte fasste: ›Es ist so verrückt! Hier passiert plötzlich etwas, was sonst nicht zu gehen scheint!‹«.[13]

Lessings Geschichte von »Nathan, dem Weisen«? Sie ist gerade auch in unserer Zeit noch nicht zu Ende erzählt, in Europa nicht und auch im Nahen Osten nicht.

III. Bauerbach
Rebellion aus der Deckung: Friedrich Schiller

> »Man hat mir gesagt, daß die Großen der Welt noch nicht belehrt sind, was *Elend* ist – nicht wollen belehrt sein. Ich will ihm sagen, was Elend ist – will es ihm vormalen in allen Verzerrungen des Todes, was Elend ist – will es ihm vorheulen in Mark und Bein zermalmenden Tönen, was Elend ist – und wenn ihm jetzt über der Beschreibung die Haare zu Berge fliegen, will ich ihm noch zum Schluß in die Ohren schreien, daß in der Sterbestunde auch die Lungen der Erdengötter zu röcheln anfangen, und das Jüngste Gericht Majestäten und Bettler in dem nämlichen Siebe rüttle.«
> *Friedrich Schiller, Kabale und Liebe, 1783, III. Akt, 6. Szene*

Unvergessen meine erste Universität: Bochum, 1962 neu gegründet, aus dem Boden gestampft auf der »grünen Wiese« außerhalb der Stadt. 1965 wird der Lehrbetrieb mit ein paar Tausend Studierenden aufgenommen. Heute sind es über 40.000! Damals sind erst drei wabenartige Hochhäuser gebaut, 10–, 12–stöckig. Beton-Glas-Architektur, was damals noch nicht hässlich aussieht, als ich mich im Wintersemester 1967/68 einschreibe. Zumindest die Geisteswissenschaften sind präsent. Das genügt mir, denn ich habe von Anfang an meine Studienfächer gefunden: Theologie und Germanistik. Auch habe ich es von meiner Heimatstadt aus nicht weit. Oberhausen ist westliches, Bochum östliches Ruhrgebiet.

»Bauerbach« – ein Wort mit Zauber

Vieles vom Studium in den ersten Semestern ist versunken, haftet in der Erinnerung nicht mehr. Aber unvergessen ist ein Proseminar über die Dramen des jungen Schiller: »Die Räuber«, »Fiesko«, »Kabale und Liebe« und »Don Karlos«. Unvergessen unter anderem auch deshalb, weil ich zum ersten Mal von einem Ort höre, der für mich sofort etwas Magisches bekommt: »Bauerbach«. Merkwürdig, wenn ich heute darüber nachdenke. Warum ist mein Interesse sofort geweckt? Vermutlich, weil die schrille Diskrepanz etwas Erregendes hat: Ein kleines Dorf in Thüringen, unweit der früheren Residenzstadt Meiningen, unscheinbar wie tausend andere Dörfer in Deutschland auch, aber nur in ihm hat sich der damals 23-jährige Friedrich Schiller unter dem Tarnnamen Dr. Ritter sieben Monate lang versteckt, exakt vom 7. Dezember 1782 bis zum 24. Juli 1783. Und in diesen Monaten völliger Zurückgezogenheit ist Großes in deutscher Sprache geschrieben worden. Hier hat der junge Schiller »Louise Millerin«, sein »bürgerliches Trauerspiel«, vollendet, später bekannt unter dem Titel »Kabale und Liebe«. Hier hat er das Machtspiel um den spanischen Thronfolger »Don Karlos« begonnen, Ideen zu einem »Maria Stuart«-Drama entwickelt und sein zweites Stück »Die Verschwörung des Fiesko zu Genua« druckfertig gemacht. Es wird Ende April 1783 im Verlag des Mannheimer Buchhändlers Christian Friedrich Schwan im Druck erscheinen.

Fruchtbare sieben Monate also, verborgen vor der Öffentlichkeit, in höchster geistiger Konzentration und mit Themen, die den Dorfhorizont wahrhaftig übersteigen: Ein »Trauerspiel« über den »Klassenkonflikt« zwischen korruptem Adel und redlichem Bürgertum im Zeichen der Liebe. Ein politisches Drama zwischen Vater und Sohn am Königshof von Spanien. Ein Kampf von zwei Königinnen um die Macht in

England. Ein »republikanisches Trauerspiel« im Genua des 16. Jahrhunderts um die seit Römerzeiten virulente Frage nach der Staatsverfassung im Zeichen von Republikanismus und Feudalismus. Und das alles imaginiert in einem kleinen Thüringer Nest: Adelshöfe als Orte der Handlung; Spanien, England und Italien als Schauplätze von Dramen; große politische Machtkonflikte in geschichtliche Modelle gefasst; die Welt der Mächtigen an exemplarischen Fällen gespiegelt! Mit all diesen Plänen im Kopf ist der allen Unbekannte hier eingezogen. Ausgerechnet in Bauerbach.

Hohenasperg: In Schubarts Kerker

Aber Schiller ist nicht freiwillig hier. Er ist zu dieser Zeit Opfer eines Feudalherrn: seines Herzogs in Württemberg, Karl Eugen (1728–1793), der seit 1737 regiert. »Landesvater« und Dienstherr zugleich, denn der junge Schiller ist ein Angehöriger des Militärs. Unerlaubt hatte er sich »von der Truppe« entfernt und ist seither auf der Flucht. Verhaftung und Auslieferung drohen. Wie es dazu kommen konnte, ist eine eigene Geschichte, die mich schon als Student im Bochumer Proseminar in Bann schlägt. Um »Bauerbach« zu verstehen, muss ich das Nötigste davon erzählen.

Auf der Stuttgarter Karlsschule erst zum Juristen, dann zum Mediziner ausgebildet, hatte Schiller 1780, er ist 21 Jahre alt, auf Befehl des Herzogs die schlecht besoldete und ebenso schlecht angesehene Stelle eines Regimentsmedicus angetreten. Aber Militärarzt sein? Die nächsten Jahre unter soldatischem Zwang? Das ist das Letzte, das der junge Schiller will, zumal seine Leidenschaft für die Literatur erwacht ist, mit der er seinem ganzen Widerspruchsgeist gegen die Herrschaftsverhältnisse seiner Zeit Sprache geben kann. Ende des Jahres 1780 ist die erste Fassung seines Dramas »Die Räuber« vollendet. Im Mai 1781 erscheint das Stück im Selbstverlag, und der Name Schiller ist plötzlich in aller Munde. Erst recht, als das von Wolfgang Heribert Freiherr von Dalberg geleitete Mannheimer Nationaltheater sein Stück entdeckt, aufführen will und es am 13. Januar 1782 erstmals auf die Bühne bringt. Schiller ist mit seinen 22 Jahren inkognito bei dieser Uraufführung anwesend, ist der vielumjubelte Mann der Stunde, freilich nicht am Stuttgarter Hof. Denn als er Ende Mai ein zweites Mal nach Mannheim reist, wird seine unerlaubte Entfernung dem Herzog hinterbracht, und der brummt seinem Untertanen nach Rückkehr nicht nur zwei Wochen Arrest, sondern vor allem das Verbot auf, andere als medizinische Schriften zu verfassen. Dabei kann der Disziplinierte noch froh sein, nicht auf der Festung Hohenasperg zu landen, die gleich gegenüber der Residenzstadt Ludwigsburg liegt.

Froh, nicht das Schicksal eines schwäbischen Dichter-Rebells zu erleiden, der sich früher schon mit diesem Herzog angelegt hatte. Ich spreche von Christian Friedrich Daniel Schubart (1739–1791), den Herzog Karl Eugen ohne Prozess und ohne Urteil zehn Jahre lang (1777–1787) auf den Hohenasperg hatte einsperren lassen. Sein Fall ist damals in aller Munde. Er hat, so der Biograph Rüdiger Safranski, »den Verkauf von württembergischen Landeskindern für Englands Kolonialkriege angeprangert und Karl Eugens Mätresse Franziska von Hohenheim als ›Lichtputze, die glimmt und stinkt‹ verspottet. Man lockte Schubart mit falschen Versprechungen auf württembergischen Boden und verhaftete ihn. Als Schubart im Februar 1777 auf dem Hohenasperg in den Kerker geworfen wurde, war der Herzog mit seiner Franziska zugegen – diese Genugtuung wollten sich die beiden Gekränkten nicht entgehen lassen« (Goethe und Schiller, 2009, 19). Nicht zuletzt von Schubart und dessen »Fall« angeregt, hatte Schiller seine »Räuber« geschrieben, ja den von ihm bewunderten Poeten sogar im November 1781 auf dem Hohenasperg besucht. Welch ein »Gipfeltreffen« auf diesem Berg, innerhalb von Kerkermauern, welch ein Moment der Begegnung zweier kritischer schwäbischer Geister, die eine Generation trennt und die der Abscheu vor der Tyrannei verbindet. Wenig später wird Schiller selber das feudale Verschacher- und Mätressenwesen in einem eigenen Stück öffentlich in einer Schärfe anprangern, die Schubart in nichts nachsteht.

Ich habe den Hohenasperg, heute immer noch ein Staatsgefängnis, besucht, keine Tagesreise von Tübingen entfernt. Das kleine, dunkle Kerkerzimmer Schubarts, in dem er das erste Jahr in Einzelhaft verbracht hatte, ist noch zu sehen, ein Dreckloch von einem Gefängnis, so menschenverachtend wie eh und je. Noch heute kann einen die kalte Wut packen bei der Vorstellung, dass hier einmal ein Mensch ohne jeden rechtlichen Schutz hatte buchstäblich vegetieren müssen. Ungezählten Gefangenen ist es so ergangen. 1737 war hier für sieben Monate auch Joseph Süß Oppenheimer (1698–1738) eingekerkert gewesen, jener jüdische Finanzberater des damaligen württembergischen Herzogs Carl Alexander (Reg. 1733–1737), der 1738 nach dem Tod seines Protektors und Profiteurs das Opfer eines unerhörten Justizskandals geworden war. In Stuttgart hatte man ihn zum Sündenbock gemacht und ihn nicht nur hingerichtet, seine Leiche vielmehr zur Abschreckung sechs Jahre lang in einem Käfig öffentlich zur Schau gestellt. Die Leiche eines Juden! Gut zwanzig Jahre vor Schillers Geburt war das gewesen. Und der »Fall Jud Süß« bleibt eine traumatische Wunde in der württembergischen Landesgeschichte, damals wie heute, und steht paradigmatisch für das prekäre Verhältnis von Christen zu Juden in einer »christlichen« Mehrheitsgesellschaft. Tödlicher Judenhass hatte sich damals in Stuttgart ausgetobt, den die Nazis später durch einen der widerwärtigsten antisemitischen Propagandafilme unter dem Titel »Jud Süß« (1940) schamlos für ihre mörderische Rassenpolitik ausnutzen sollten.

Auf der Flucht vor einem Tyrannen

Und der junge Schiller? Ihm machen die verschärften Bedingungen ein Leben unter Herzog Karl Eugen vollends unerträglich, vor allem das strikte Verbot literarischer Arbeiten. Ein Lebensnerv ist getroffen. Was bleibt, ist die Flucht aus Württemberg. Und zusammen mit einem Freund organisiert Schiller jetzt genau dies, beflügelt von der Hoffnung, in Mannheim, das zur Kurpfalz gehört und Schauplatz seines ersten großen Triumpfes als Dramatiker gewesen war, als Theaterdichter seinen Lebensunterhalt bestreiten zu können. Vom 22. September 1782 an beginnt denn auch eine abenteuerliche Fluchtreise: Mannheim, Darmstadt, Frankfurt, Mainz, Oggersheim bei Worms, dann Ende November 1782 noch einmal Mannheim, immer in Furcht vor Verhaftung, stets in Geldnot und Schulden, schließlich auch noch ohne jede Aussicht auf eine Theaterperspektive. In Mannheim lehnt man sein zweites Stück, den »Fiesko«, als unspielbar ab. Dramatisch spitzt sich jetzt vor allem Schillers finanzielle Lage zu. Lebensgefährlich aber wird es in dem Moment, als man ihn in Stuttgart zum »Fahnenflüchtigen« erklärt. Viermal hatte er sich der Aufforderung seines Regimentskommandeurs widersetzt und war nicht nach Stuttgart zurückgekehrt. Auf seine Bedingungen war man nicht eingegangen. Dann hatte man ihn aus den Listen seines Regiments gestrichen. Und von jetzt an gilt Schiller als »Deserteur«, der jederzeit verhaftet und ausgeliefert werden kann. Folglich muss er untertauchen. Aber wo?

Da rettet ihn fürs Erste das Angebot der Mutter von Mitschülern auf der Karlsschule, Henriette von Wolzogen (1745–1788), die den jungen, durch glänzende Leistungen bereits aufgefallenen Schiller von Stuttgart her kennt, wo sie sich um ihrer Söhne willen immer wieder aufgehalten hatte. Durch ihren Sohn Wilhelm war sie auch auf »Die Räuber« aufmerksam gemacht geworden und hatte sich von dessen Begeisterung für das Stück derart anstecken lassen, dass sie Schiller auf seiner zweiten heimlichen Reise Ende Mai 1782 nach Mannheim begleitet hatte. Wichtiger noch: Im abseits gelegenen thüringischen Dorf Bauerbach besitzt sie ein Gutshaus, das ihr Mann, Ernst Ludwig von Wolzogen, 1770 erworben hatte. Da dieser aber nur vier Jahre später verstorben war, verfügt seine erst knapp dreißigjährige Witwe und Mutter von vier Söhnen und einer Tochter allein über das Haus. Und das bietet sie jetzt dem gehetzten jungen Dichter als Zufluchtsort an.

Der junge Schiller und wir 68er

Mitten im Winter, am 7. Dezember 1782, kommt Schiller an und quartiert sich hier unter dem Namen Dr. Ritter ein. Am selben Tag noch hatte er in Meiningen Station gemacht und im Gasthaus »Zum Hirschen« den Mann getroffen, der neben dem Gutsverwalter Vogt in Bauerbach durch Frau von Wolzogen als Einziger ins Vertrauen gezogen worden war und der sich in den folgenden Monaten als treuer Freund und Gesprächspartner erweisen sollte: Wilhelm Reinwald (1737–1815), seit 1776 Secretarius am Meininger Hof, der die Aufsicht über die herzogliche Bibliothek innehat. Ein Glücksfall: Von ihm, dem 22 Jahre Älteren, wird Schiller während seiner Zeit in Bauerbach für seine literarischen Projekte kontinuierlich mit Literatur versorgt werden. Weniger begeistert ist Schiller, dass dieser Mann später seine ältere Schwester Christophine (1757–1847) heiraten und eine unglückliche Ehe mit ihr führen wird.

»Bauerbach«: Plötzlich habe ich einen Schiller vor Augen, der – aus unbändigem Drang nach Selbstbestimmung – mit 23 Jahren ein politischer Flüchtling ist. Versteht man jetzt, wa-

rum mich dieser Zufluchtsort von Anfang an in Bann geschlagen hat? Ein magischer Ort ist? Man bedenke die Zeitstimmung von 1968. Politische Unruhe hatte auch uns Studenten in Bochum erfasst. Die Kritik an den eingespielten Mechanismen der etablierten politischen Parteien (Stichwort: Große Koalition unter Kanzler Kurt Georg Kiesinger 1966–1969) und an der Reformunwilligkeit der katholischen Hierarchie nach einem unerhörten Reformschub durch das Konzil (Stichwort: »Pillenenzyklika« Pauls VI. zur Geburtenkontrolle) hatte sich auch unter uns verschärft. Wir sind Teil einer immer breiter werdenden »außerparlamentarischen« Protestbewegung, später »die 68er« genannt, und wir katholische Theologiestudierende gehören dazu. Auch wir wollen nicht länger mehr zu einer »Herde von Schafen« gehören, die von Hirten und Oberhirten »geweidet«, sprich: gegängelt wird. Die Zeiten amtskirchlicher Bevormundung sind vorbei. Das Konzil, das ein »Aggiornamento«, eine Zeitgenossenschaft der Kirche, gefordert hatte, lag ja auch gerade erst drei Jahre zurück. Der Reformgeist ist noch nicht erloschen, erstickt schon gar nicht. Gewissensentscheidungen des »mündigen Christen« ist die Parole der Stunde. Und auch katholische Christen wie wir tun jetzt den »Mund« auf. »Kritischer Katholizismus« heißt das Blatt, das in unserer Bochumer Studentengemeinde gemacht wird und das wir »verschlingen« und vor allem verteilen.

In diesem skizzierten Lebenskontext fasziniert mich der Fall des jungen Schiller, der seinerzeit noch unendlich viel mehr riskiert hatte als wir bürgerlichen Studenten. Sein Ungehorsam gegenüber einem Willkürherrscher, sein Kampf um Anerkennung als unabhängiger Schriftsteller, seine rastlose Arbeit an Dramenprojekten zur Sicherung der nackten Existenz, seine Kriminalisierung als Deserteur, seine Flucht nach Bauerbach vor den Häschern seines Dienstherrn und sein Versteck im Thüringer Nirgendwo unter Wahrung eines

Inkognito: Das alles hätte auch katastrophal enden können. Eine *erste Dimension* des Phänomens »Bauerbach«. Der Name steht symbolisch für das Lebensrisiko eines Mannes, dem man später in Deutschland Statuen errichten wird, den man kanonisiert, monumentalisiert und so politisch entschärft hat. Steht somit nicht für Schiller, den »Klassiker«, sondern für eine Phase der Ungesichertheit im Leben dieses Mannes: eine Phase des jederzeit möglichen Scheiterns, des »Tanzes« über dem Abgrund.

Rebellion aus der Deckung

Das alles hatte der Name »Bauerbach« in mir ausgelöst, seit ich ihn zum ersten Mal wahrnehme. Ich bin entschlossen, so rasch wie möglich diesen Ort einmal selber kennenzulernen. Doch ein Blick auf die Straßenkarte ist eine herbe Enttäuschung. 1968 liegt Bauerbach noch direkt hinter der »Zonengrenze«, auf thüringischem Gebiet. Unerreichbar für uns Westdeutsche damals. So muss Bauerbach warten. Und es wartet exakt 23 Jahre. Anfang November 1989 war die Berliner Mauer gefallen und Deutschland am 9. Oktober 1990 wiedervereinigt worden. Im darauffolgenden Sommer 1991 setze ich alles daran, erstmals nach Weimar zu fahren und auf der Rückreise dann auch Station in Bauerbach zu machen. Endlich. Ich finde ein gut erhaltenes zweistöckiges Fachwerkhaus, das auch zu DDR-Zeiten unter der Obhut der Nationalen Forschungs- und Gedenkstätten der klassischen deutschen Literatur als Schiller-Museum weitergeführt worden war und gut erhalten ist.

Im ersten Stock ein Raum, der von Schiller als Wohn- und Arbeitszimmer genutzt worden ist. Links daneben noch ein kleiner Zwischenraum, gefolgt von einer kleinen Schlafkammer. Ein Bett, ein Stuhl und eine Kommode passen gerade

Abb. 3.1. Schillers Versteck im thüringischen Bauerbach 1782/83.

hinein. Die Möbel, die man in beiden Zimmern zu sehen bekommt? Nicht authentisch, aber in etwa stiltypisch für die Zeit. Sie reichen aus, um sich vorzustellen: Klein ist damals alles gewesen, karg, auf das Nötigste beschränkt. Eine Klause hat er bewohnt, kein behagliches Wohnzimmer, wenn man es mit den Wolzogener Zimmern auf demselben Stockwerk vergleicht.

Aber gerade das ist eine *zweite Dimension* am Phänomen »Bauerbach«, die mich bis heute fasziniert. Dieser Ort steht symbolisch auch für die höchstmögliche Konzentration auf geistige Arbeit in völliger Zurückgezogenheit, äußerlicher Kargheit und materieller Bescheidenheit. Nur dies eine Zimmer hatte er zur Verfügung: einen Tisch unter den beiden Fenstern, einen Stuhl, einen Schrank, einen Ofen, vielleicht noch einen Sessel. Mehr hat er zum Leben und Arbeiten nicht gebraucht. Braucht »man« auch nicht, um Großes im Reich des Geistes zu schaffen: einen Tisch, einen Stuhl, einen Schrank, einen Ofen vor allem für den Winter, eine Lichtquelle und ein wenig Fürsorge. Man muss kein geborener Eremit sein, nicht Mitglied eines Schweigeordens und nicht weltfremden Mönchsphantasien nachhängen, um das für geistige Arbeit unverzichtbar, aber auch ausreichend zu finden.

Was genau er an Ideen und Textentwürfen nach Bauerbach mitgebracht hat, wissen wir nicht. Sicher ist: Er hatte zwar schon in der Stuttgarter Arrestzelle einen ersten Plan zu diesem »bürgerlichen Trauerspiel« mit dem Titel »Louise Millerin« gefasst und ihn auf der Flucht insbesondere in Oggersheim weiter konkretisiert, als er sich für gut sechs Wochen unter dem Namen »Dr. Schmidt« im Gasthof »Zum Viehhof« verborgen gehalten hatte. Aber erst in der Bauerbacher Klause nimmt das Stück in immer neuen Überarbeitungen Gestalt und Gehalt an. Ich stehe in seinem »Arbeitszimmer« im ersten Stock und stelle mir vor, wie rastlos produktiv er über den Entwürfen gesessen hat, die »Millerin« im Kopf, den »Karlos« im Hinterkopf. Briefe aus dieser Zeit lassen das nachvollziehen. Er spürt, dass er ein Stück unter der Feder hat, das den Nerv der Zeit trifft. Er verlegt die Handlung ja auch nicht mehr in ferne Zeiten wie in »Die Räuber« oder im »Fiesko«, sondern in die Gegenwart, in *seine* Zeit.

Abrechnung mit den Mächtigen

Nerv der Zeit? Ja, das neue Stück bläst zwar nicht zum Klassenkampf, lässt aber an Angriffen auf ein rücksichtsloses, korruptes, intrigantes, ja verbrecherisches feudales Herrschaftssystem nichts zu wünschen übrig. Das ist die *dritte Dimension,* wofür der Name »Bauerbach« steht. Hier ist ein Stück geschrieben worden, das skandalöse Machtpraktiken in einem fiktiven deutschen Duodezfürstentum wenige Jahre vor der Französischen Revolution offenlegt. Und diese Schonungslosigkeit den Herrschenden gegenüber, wenn sie zu Kriminellen werden, Verbrechen anstiften oder zu decken versuchen, zeichnet das ganze Stück aus. Immer wieder aufs Neue nötigt mir die Kühnheit und Unerschrockenheit Respekt ab, mit welcher der 23-, 24-Jährige in seiner Klause den Mächtigen seiner Zeit den Kampf ansagt, gespiegelt in den Figuren eines Herzogs und dessen »Erstem Minister«, Präsident von Walter, samt dem dazugehörigen Hofstaat. Selber gefährdet und zurückgezogen in die Bauerbachsche Einsamkeit, denkt Schiller nicht daran, sich politisch zurückzuhalten. Im Gegenteil: Der Rückzug in die Unabhängigkeit scheint ihn geradezu ermutigt zu haben, keine Rücksichten zu nehmen und aus Deckung und Tarnung heraus in die Offensive zu gehen.

Ich kann noch heute die schon damals politisch prekärste Szene des Stücks, die »Kammerdienerszene« (II, 2), nicht ohne innere Bewegung lesen. Durch seinen Kammerdiener lässt der Herzog seiner Mätresse, der Engländerin Lady Milford, Brillanten überbringen, die er durch den Verkauf von 7000 Landeskindern finanziert hat, darunter auch Söhne des Kammerdieners. Zugleich hatte der Herzog jeden Protest gegen seine brutalen Rekrutierungspraktiken auf dem Paradeplatz niederschießen lassen: »Wir hörten die Büchsen knallen, sahen ihr Gehirn auf das Pflaster sprützen, und die ganze Armee schrie: Juchhe nach Amerika«. Ein Wink hinüber zu Schubart auf den Hohenasperg.

Im Stück wird das Machtgebaren der Herrschenden vor allem verkörpert durch die Figur des Präsidenten von Walter, Vorsitzender Minister des fürstlichen Ministerkollegiums. Mit einem Mord an seinem Vorgänger hatte er seine Karriere begonnen. So »wird man Präsident« in dieser seiner Welt, das weiß auch Ferdinand, sein Sohn. Jetzt plant dessen Vater die Verheiratung eben dieses Sohnes, vom Rang her ein Major, mit Lady Milford, um seinen politischen Einfluss am Hof weiter zu festigen oder gar zu vergrößern. Der Sohn aber denkt nicht daran, die Machtspiele seines Vaters mitzumachen, hatte er sich doch in der Zwischenzeit in Luise verliebt, die Tochter eines schlichten und redlichen Musiklehrers namens Miller, bei dem er Unterricht genommen hatte. Damit kommt das »Trauerspiel« in Gang, sehen sich doch Ferdinand und Luise auf einmal zerrissen zwischen ihrer Liebe und den Standesgesetzen ihrer Zeit, die von *beiden* Seiten rigoros eingefordert werden: von Seiten des adligen Vaters von Ferdinand ebenso wie von Seiten des bürgerlichen von Luise. Für beide Väter ist eine Überschreitung der gebotenen Standesgrenzen undenkbar. Dem einen ist es eine Frage von Macht und Privilegien, dem anderen eine der gottgegebenen Ordnung, gegen die man sich nicht versündigt.

Entsprechend wird das Ansinnen der beiden Liebenden zuerst verworfen und dann durch eine dem Präsidenten von dessen Handlanger, Haussekretär Wurm, eingeflüsterte Intrige derart zynisch torpediert, dass beide in den Tod getrieben werden. Ferdinand, dem durch die Intrige die angebliche Untreue Luises suggeriert worden war, vergiftet Luise aus rasender Eifersucht und sich aus Verzweiflung; und Luise, den Tod vor Augen, kann endlich offenbaren, wie sehr sie selber durch den Handlanger des Präsidenten erpresst worden war und ihre angebliche Untreue hatte vorgeben müssen, um von Ferdinand loszukommen und ihre unschuldigen Eltern aus dem Kerker des Präsidenten zu befreien. Sterbend vergibt sie ihrem Geliebten.

»Romeo und Julia« in Bauerbach

Was bleibt, ist die Grunderkenntnis des Stücks, dass die Liebe von zwei Menschen etwas Unerbittliches, ja Gefährliches haben kann: Standesgrenzen können gesprengt und soziale Tabus aufgebrochen werden. Zwar scheitert diese Liebe, aber indem Schiller ihr Scheitern durch Theater öffentlich macht, stellt er zugleich eine Welt infrage, die eine solche Verbindung skandalisiert und Liebende in den Tod treibt. Genau diesen »Effekt« hat Schiller für sein Stück genutzt. Es zeigt: Die Liebe von zwei Menschen unterschiedlichen Standes hat in ihrer Unbedingtheit die Macht zu politischem Sprengstoff, weil sie eine Instanz ist, vor der die Standesschranken fallen können. Das ist die *vierte Dimension,* für die der Name »Bauerbach« steht: Hier ist ein Liebesdrama unter den Händen des jungen Schiller zu einem brisanten Politikum geworden.

Dafür hatte Schiller große literarische Vorbilder vor Augen. Ich entdecke sie zu meinem Erstaunen in den Bauerbacher Dokumenten. Er ist noch keine zwei Tage vor Ort, da lässt er Reinwald eine Bücherliste zukommen und fordert theaterkritische Schriften von Lessing und philosophische von Moses Mendelssohn an, dazu Shakespeares Stücke »Othello« und »Romeo und Julia« sowie eine »Geschichte des Don Carlos von Spanien« (NA 23, 56). Ungeduldig wartet er vor allem auf »Romeo und Julia«. Der Bibliothekar solle ihm »Romeo und Juliette mit dem bäldisten zu verschaffen«, da er »etwas daraus zu meinem *Stük* zu schlagen gedenke« (NA 23, 58). Beide Stichworte merke ich mir: »Romeo und Julia« und »Othello«, denn aus beiden Stücken hat Schiller in der Tat »etwas« für sich »geschlagen«. Von »Romeo und Julia« übernimmt er die Tragödie um zwei junge Liebende, die durch die Feindschaft ihrer Familien in den Tod getrieben werden, aus »Othello« das Motiv tödlicher Eifersucht, mit dem ein Held,

Othello, ebenfalls einer Intrige erliegend, seine Gattin, Desdemona, und anschließend sich selbst umbringt.

Schiller aber kombiniert beide Handlungsstränge. Mit dem Unterschied freilich, dass er aus dem Komplex »Liebe« zweihundert Jahre nach Shakespeare noch ganz anders gesellschaftskritische Funken schlägt. Bei Shakespeare waren es zwei seit langem verfeindete, aber sozial gleichrangige Familien gewesen, die sich am Ende auch noch angesichts der beiden Toten versöhnen können. Bei Schiller gehören die Liebenden zwei »Ständen« oder »Klassen« an, und ich registriere, dass es zu einer Versöhnung zwischen Vater und Sohn bei Schiller nur in der Druckfassung seines Stücks kommt. Die Klassenfrage dagegen bleibt auch hier davon unberührt.

Von Würde und Stolz der Ohnmächtigen

Dabei will die Kernbotschaft des Stückes nicht auf eine zynische Bestätigung hinaus (nach dem Motto: So schlecht ist nun einmal die Welt und sie bleibt so), sondern auf ein kontrafaktisches Dennoch. Indem die Liebe zwischen zwei jungen Menschen unterschiedlicher Klassen als scheiternde auf der Bühne gezeigt wird, sollen die Zuschauer begreifen lernen, dass auch die sozial Schwachen und Ohnmächtigen ihre Würde haben. Ein *fünftes Signal*, das von »Bauerbach« ausgeht.

Denn eine Szene im Stück liebe ich besonders. Es ist der Moment, als der Präsident in seiner ganzen Machtarroganz das Haus der Millers betritt, wütend darüber, dass diese Leute mit ihrer Tochter seine politischen Pläne zu durchkreuzen wagen. In dem Moment aber, als von Walter – in der Anwesenheit Ferdinands – Luise »die Hure des Sohnes« nennt, tritt der alte Miller auf den Plan, nimmt seinen ganzen Mut zusammen und probt bei allem schuldigen Respekt den Aufstand gegen den schier Allmächtigen, den Aufstand der Bürgerwürde und des Bürgerstolzes gegen den scham- und skrupellosen Machtmenschen:

> »Halten zu Gnaden – Wer das Kind eine Mähre schilt, schlägt den Vater an's Ohr, und Ohrfeig um Ohrfeig – Das ist so Tax bei uns – [...] Halten zu Gnaden. Ich heiße Miller, wenn Sie ein Adagio hören wollen – mit Buhlschaften dien ich nicht. Solang der Hof da noch Vorrat hat, kommt die Lieferung nicht an uns Bürgersleut. Halten zu Gnaden [...] Teutsch und verständlich. Halten zu Gnaden. Euer Exzellenz schalten und walten im Land. *Das* ist meine Stube. Mein devotestes Kompliment, wenn ich dermaleins ein Promemoria bringe, aber den ungehobelten Gast werf ich zur Tür hinaus – Halten zu Gnaden.« (II, 6).

»Halten zu Gnaden. Ich heiße Miller«! Ich liebe diese kleine Szene. Sie findet ihre Parallele im selbstbewussten Auftritt Luises Lady Milford gegenüber. Mit der Folge, dass die Lady anschließend demonstrativ den Vertrag mit dem Herzog kündigt und den Hof verlässt. Sätze Luises wie diese sind mir unvergessbar: »Die Paläste gewisser Damen sind oft die Freistätten der frechsten Ergötzlichkeit« (IV, 7). Unvergesslich auch der Stolz, mit dem Schiller seine Luise ihre Herkunft verteidigen und das anfängliche Ansinnen der Lady zurückweisen lässt, ihr »Manieren und Welt« beizubringen, um sich ihrer »bürgerlichen Vorurteile« zu entledigen. Da hatte sie Schillers Luise noch nicht kennengelernt: »Ich will nur fragen, was Mylady bewegen konnte, mich für die Törin zu halten, die über ihre Herkunft errötet? Was sie berechtigen konnte, sich zur Schöpferin meines Glücks aufzuwerfen, ehe sie noch wußte, ob ich mein Glück auch von *ihren* Händen empfangen wolle?« (IV, 7). Ein stolzer, ein funkelnder Satz im Munde dieser jungen Frau.

»Wenn Menschen nur Menschen sind ...«

Was aber hat Schillers Stück in der Sache zu sagen? Was sind die Grundlagen seiner Kritik, an denen er unerschütterlich festhält, obwohl die sozialen und politischen Verhältnisse Tragödien erzeugen? Schon die erste Szene weist in diese Richtung. Denn in all ihrer Unschuld erklärt Luise ihren Eltern ein Doppeltes: Sie ist bereit, der »unmöglichen« Liebe zu Ferdinand »für dieses Leben« zu entsagen, und zugleich bricht es als Bekenntnis aus ihr heraus:

> »Dann, Mutter – dann, wenn die Schranken des Unterschieds einstürzen – wenn von uns abspringen all die verhaßte Hülsen des Standes – Menschen nur Menschen sind – Ich bringe nichts mit mir als meine Unschuld, aber der Vater hat ja oft gesagt, daß der Schmuck und die prächtigen Titel wohlfeil werden, wenn Gott kommt, und die Herzen im Preise steigen. Ich werde dann reich sein.« (I, 3)

Schon hier in dieser allerersten Szene ist das Ende des Stücks angedeutet: Vereinigung von zwei Liebenden aus verschiedenen Ständen ist nicht in »diesem Leben« vorgesehen, sondern erst in der Zukunft Gottes. Die »unmögliche« Liebe führt zwar hier und jetzt in den Tod, aber einst und drüben, *wenn Gott kommt*, sind die Schranken des Unterschieds eingerissen. Was umgekehrt heißt: *Gottes* Willen können die Standesunterschiede auf Erden nicht sein, wenn in seiner Sphäre die »verhaßte Hülsen des Standes« abspringen und »Menschen nur Menschen« sind.

Noch aber ist Schillers Luise nicht imstande, den Willen des Ewigen zu einer zeitkritisch-irdischen Waffe gegen die »Schranken des Unterschieds« umzubiegen. Dazu ist sie nicht stark genug. Zugleich aber ist ihr Verweis auf die Zukunft

Gottes keineswegs bloß die sattsam bekannte Vertröstungsbotschaft. Im Gegenteil: Schiller legt seiner Millerin aus diesem ihrem Glauben heraus die schärfstmögliche Anklage gegen »die Großen der Welt« in den Mund. Ich lese, was diese junge Frau in einer entscheidenden Unterredung dem Schurken Wurm ins Gesicht sagen kann und bin hingerissen:

> »Man hat mir gesagt, daß die Großen der Welt noch nicht belehrt sind, was *Elend* ist – nicht wollen belehrt sein. Ich will ihm sagen, was Elend ist – will es ihm vormalen in allen Verzerrungen des Todes, was Elend ist – will es ihm vorheulen in Mark und Bein zermalmenden Tönen, was Elend ist – und wenn ihm jetzt über der Beschreibung die Haare zu Berge fliegen, will ich ihm noch zum Schluß in die Ohren schreien, daß in der Sterbestunde auch die Lungen der Erdengötter zu röcheln anfangen, und das Jüngste Gericht Majestäten und Bettler in dem nämlichen Siebe rüttle.« (III, 6)

Nein, in seiner Bauerbachschen Klause modelliert Schiller in seiner Luise nicht ein verschwärmtes, einfältiges, eingeschüchtertes »Ding«, eingepanzert in ihre Frömmigkeit und geplagt von nichts als Schuldgefühlen, sondern eine junge Frau von einer Frömmigkeit, die gepaart ist mit Selbstbewusstsein, Charakter und Gewissen. Das macht sie zwar moralisch erpressbar, lässt sie zugleich aber den Glauben an eine letzte, Majestäten und Bettler gleichermaßen treffende göttliche Gerechtigkeit bewahren und ihr den Mut zu solchen Sätzen geben: »Sie sind verschanzt, eure Großen – verschanzt vor der Wahrheit hinter ihre eigene Laster, wie hinter Schwerter der Cherubim« (III, 6).

Standesprivilegien für eine Klasse oder Menschenrechte für alle; zynisches Machtspiel der Herrschenden oder Respekt vor der Würde aller Menschen, welcher Herkunft auch immer; Herrschaft der Willkür oder Herrschaft des Rechts und der Gerechtigkeit: das ist die *sechste Dimension,* für die der Name »Bauerbach« symbolisch steht: Schiller erweist sich in und seit Bauerbach schon mit seinen 23 Jahren als der leidenschaftliche Anwalt einer Standesgrenzen transzendierenden Humanität im Widerspruch zu den Verhältnissen seiner Zeit.

Auch Schillers Liebe scheitert an Standesgrenzen

Illusionen aber über die Einlösung seiner Realvision hat Dr. Ritter sich kaum machen können. Das zeigt schon die Wahl der dramatischen Form: »Trauerspiel«. Das ist kein Zufall, ist vielmehr dem Realismus geschuldet, mit dem der junge Schiller die Zustände seiner Zeit anprangert, ohne sie ändern zu können. Seinem Drama auf der Bühne ein »happy end« zu geben wäre naiv gewesen und hätte bei den Zuschauern keine wirklich selbstkritische Auseinandersetzung provoziert, hätte nicht die so dringend erforderliche moralische Erschütterung erzeugt, aus der nach der aristotelischen Dramenlehre Mitleid und Reinigung der Leidenschaften beim Zuschauer folgen sollen. Zumal Schiller für einen glücklichen Ausgang seiner Liebesgeschichte auch persönlich keinen Anlass hatte. Auch das gehört zum Komplex »Bauerbach«. Die Fügung will es, dass Schiller gerade hier eine Standeskränkung am eigenen Leib erlebt, ausgerechnet in der Zeit, als er an »Louise Millerin« arbeitet. Ein *siebtes Signal,* für das »Bauerbach« steht: der abgewiesene, der gekränkte Bürgersohn Schiller.

Was ist passiert? Der 23-Jährige hatte sich in die einzige Tochter seiner Beschützerin verliebt, die 16-jährige Charlotte von Wolzogen, die zweimal während Schillers Aufenthalt mit ihrer Mutter Tage im Bauerbachschen Haus verbringen sollte.

Schiller ist von dieser jungen Frau bezaubert. Herzensgefühle erweckt ihre Präsenz, wie wir entsprechenden Briefen an die Mutter entnehmen können. Hoffnungen auf eine dauerhafte Verbindung keimen auf, tollkühne Pläne. Doch bei aller Fürsorge denkt Frau von Wolzogen nicht daran, den gegenwärtig flüchtigen und mittellosen Dichter bürgerlicher Herkunft als Ehemann für ihre Tochter in Betracht zu ziehen. Dieser aber ist mittlerweile derart verliebt, dass er ernsthaft um eine Verbindung zu Charlotte wirbt: »… könnte ich Sie beim Wort nehmen und Ihr Sohn werden«, schreibt er später an Frau von Wolzogen von Mannheim aus, 7. Juni 1784 (11, 112). Ja, der Liebesverblendete hatte sogar schon in Bauerbach mit dem Gedanken gespielt, das Schreiben ganz aufzugeben und mit Charlotte in ländlicher Idylle zu leben nach dem Motto: »Wie klein ist doch die höchste Gröse eines Dichters gegen den Gedanken glüklich zu leben«, 30. Mai 1783 (11, 84).

Er bekommt keine Chance. Seine Liebe zu der 16jährigen bleibt ohne Zukunft, zumal Schiller in aller Unschuld seine finanzielle Lage offen zugestehen wird: »Reich würde freilich ihre Lotte nie – aber glüklich«, 7. Juni 1784 (11, 112). Da hatte er schon erhebliche Schulden auch bei Henriette von Wolzogen selber. Es ist *ihre* Unterstützung gewesen, die Schiller zu Beginn des Jahres 1783 »vor dem finanziellen Ruin bewahrt« hat; es ist ihr Geld gewesen, das die Monate des thüringischen Exils zu überstehen geholfen hat. Und Charlotte? Ob sie von den Werbungen Schillers etwas mitbekommen hat, wissen wir nicht. Wir wissen nur: Charlotte wird nicht den unstandesgemäßen Dichter, sondern 1788 den aus der Region stammenden, standesgemäßen Hildburghausener Regierungsrat Franz August Friedrich Rühle von Lilienstern (1760–1826) heiraten, wird dann aber nach der Geburt ihres ersten Kindes 1794 im Kindbett sterben. Ganze 28 Jahre alt ist sie geworden …

Überraschung 2011: Juden in Bauerbach

9. August 2011: Mit Gisela fahre ich noch einmal nach Bauerbach und entdecke plötzlich etwas, was mir bisher völlig entgangen war. Ich stoße auf ein Schild mit dem Hinweis »Jüdischer Friedhof«. Das hatte ich 1991 glatt übersehen, auch nicht erwartet. In Bauerbach liegen Juden begraben! Sollte es hier eine Judenschaft gegeben haben? Eine jüdische Gemeinde, vielleicht sogar eine Schule und eine Synagoge? Seit wann? Möglicherweise schon zu Schillers Zeiten? Und wenn ja, hat »Dr. Ritter« davon etwas mitbekommen? Hatte er vielleicht sogar Umgang mit jüdischen Mitbewohnern im Dorf? Neue Fragen, die plötzlich aufbrechen, als ich den Jüdischen Friedhof von Bauerbach finde, der wie je und je auf einer waldigen Anhöhe außerhalb des Dorfes liegt. Plötzlich gibt es für mich eine weitere, eine *achte Dimension* des Phänomens »Bauerbach«: Schillers mögliche frühe Begegnungen mit Juden und Judentum und dessen mögliche Konsequenzen. War er engagiert bei einer der brisanten politischen Fragen seiner Zeit: bei Fragen des Verhältnisses von Christen und Juden in Deutschland?

Einmal mehr von »Bauerbach« sensibilisiert, konsultiere ich die vorhandene Literatur über die Präsenz von Juden und Judentum in Südthüringen, frage Kundige in dieser Frage. So den Meininger Richter Christoph Gann, der mir als Kenner des Judentums empfohlen wird. Er gibt mir wertvolle Fingerzeige auf einschlägige Literatur, stellt mir Auszüge aus solchen Publikationen zur Verfügung und weist mich seinerseits auf seine 1999 erschienene Biographie über den schwedischen Diplomaten Raoul Wallenberg hin, der durch seinen unerschrockenen Einsatz für Tausende von ungarischen Juden während des Krieges als »Judenretter« in die Geschichte eingegangen ist.

Ich lerne: Jüdisches Leben in Bauerbach geht schon auf das Ende des 17. oder den Anfang des 18. Jahrhunderts zurück. Der älteste Hinweis darauf ist eine Grabinschrift auf dem Bauerbacher Judenfriedhof von 1722, sieben Jahre vor Lessings und siebenunddreißig vor Schillers Geburt. Spätestens um diese Zeit, also in der ersten Hälfte des 18. Jahrhunderts, wird auch der Friedhof angelegt worden sein, der heute noch ca. 365 Grabstätten aufweist. Gemeindemitglieder nicht nur aus Bauerbach, sondern auch aus Bibra und dem bayerischen Dorf Mühlfeld sind hier bestattet. Wie überall im Deutschen Reich waren Juden auch hier gegen Schutzgeld von den christlichen Grundbesitzern geduldet worden, daher »Schutzjuden« genannt. Auch die Wolzogens profitieren davon. Die Bauerbachschen Juden sind ihre Untertanen und ihre Ansiedlung verschafft auch ihnen Einnahmen.

Eindrucksvolle Rekonstruktionen, insbesondere von Elke Schwerda und Hans Nothnagel (in: Juden in Südthüringen geschützt und gejagt, Bd. 3, 1999), zeigen, dass zu Schillers Zeit ca. 130 Juden in Bauerbach gelebt haben, die damit knapp die Hälfte der Dorfbevölkerung ausmachen. Für das Jahr 1811 geht man von 91 Personen in 18 Familien aus, gegenüber 145 christlichen Mitbürgern. Tendenz auf jüdischer Seite im 19. Jahrhundert leicht steigend. Dabei leben die Juden in einem von christlichen Wohnbereichen abgegrenzten Bezirk, im sogenannten »Judenhof« oder »Judenbau«, und bestreiten ihren Lebensunterhalt meist durch Handel mit Vieh, Schnittwaren, kleinen Waren und Alteisen.

Sechs Jahre später, August 2017, kehre ich noch einmal nach Bauerbach zurück, um meine Erinnerungen aufzufrischen. Ich wandere noch einmal über den durch dichten Baumbewuchs tief verschatteten Friedhof, Grabreihe für Grabreihe, jetzt durch die gründlichen Recherchen ganz anders aufgeklärt. Namen für Namen hatten die Forscher den Grabsteinen entlockt, obwohl die meisten stark verwittert sind. Aber auch jetzt noch sind auf einigen Grabsteinen, wenn sie zweisprachig sind, Namen für mich lesbar, deutsch-jüdische Namen, die »klassischer« nicht sein könnten: Katz und Friedmann, Rosenthal und Frank, Stern und Sachs, Holländer und Goldschmidt … All diese Namen stehen für ein einstmals gesichertes jüdisches Leben im Ort und in der Region, das sich im Verlauf des 19. Jahrhunderts, kann man Berichten in der Dorfchronik glauben, immer harmonischer mit den christlichen Dorfbewohnern gestaltet hatte.

Ich wandere durch die Reihen in der Kühle der Schatten spendenden Bäume. Frieden strahlt dieser Ort aus, aber er ist mir unheimlich, dieser Frieden, sobald ich an die Toten denke, die hier liegen. Der letzte jüdische Bürger scheint noch 1936 hier bestattet worden zu sein: ein gewisser Isaak Weissbacher aus Bibra. Dann keine Gräber mehr. Ich atme eine Ruhe, die so gar nicht passen will zu dem, was ich über das Ende des Judentums in Deutschland weiß. Unbehaglich wird mir, je intensiver ich die Grabsteine betrachte. Der Frieden täuscht. Führt auch von Bauerbach eine Linie in die Todeslager … ? Ich muss weiter fragen.

In einer Reihe entdecke ich einen noch gut erhaltenen Grabstein aus schwarzem Granit ohne die üblichen Verwitterungsspuren. Die in hebräischen Buchstaben angebrachte Aufschrift in neun Zeilen ist noch gut zu lesen. Links oben auf dem Grabstein ein abgelegter kleiner Stein. Jemand muss dieses Grab besucht haben, der diesen Brauch kennt. Er erinnert vermutlich an die antike jüdische Bestattungspraxis, nach der in Höhlen eingelassene Gräber mit einem beweglichen Stein (hebr.: *golèl*) verschlossen wurden, der seinerseits mit einem kleinen Stein (hebr.: *dofèk*) gesichert wurde. Ein solches Steinchen bringt man als symbolisches Zeichen zu einem jüdischen Grab mit und legt es auf dem Grabstein ab.

So auch auf dem Grab der Frau, vor deren Grab ich jetzt stehe. Im unteren Teil des Grabsteins in alter deutscher Schrift:

Abb. 3.2. Grabstein auf dem jüdischen Friedhof in Bauerbach.

»Marianne Sachs, geb. Frank, geb. 5. Mai 1855, gest. 3. Dez. 1931«. Gerade noch rechtzeitig ist sie gestorben, denke ich, diese Marianne Sachs mit ihren 76 Jahren, bevor das Grauen über die deutsche Judenschaft hereinbricht und der mörderische Rassenwahn ihnen nach dem Leben trachtet. An der linken Seite des Grabsteins eine weitere kleine Tafel aus demselben Stein. Ich lese:

»Die in Tränen
Hier sich sehnen
Finden sich im
Vaterland
Was hienieden

Bang geschieden
Geht dort selig
Hand in Hand«

Ich erschrecke fast bei dem Gedanken, dass sich so ähnlich auch Schillers Luise ausgedrückt hatte, als sie an der »Unmöglichkeit« der Erfüllung ihrer Liebe »hienieden« verzweifelt: »Was hienieden bang geschieden, geht dort selig Hand in Hand.« Daran glaubte auch sie, die Millerin, daran hatte sie als letzten Ausweg *glauben* müssen. Welch eine Konstellation über die Zeiten und Räume hinweg, die strukturell das Schicksal der fiktiven Luise Miller in Bauerbach mit dem der realen Marianne Sachs von Bauerbach verbindet. Man sehnt sich nach einem Frieden. Doch »hienieden« ist er nicht zu bekommen …

Schillers Gespräche mit und über Juden

Und Schiller? Hatte er Beziehungen zu jüdischen Dorfbewohnern? Ich lese noch einmal die Dokumente aus der Bauerbach-Zeit in der Schiller Nationalausgabe, sowohl den entsprechenden Brief- (NA 23) wie den Gespräche-Band (NA 42) und werde zu meiner Überraschung fündig. Wir erfahren das freilich nicht von Schiller direkt, wohl aber aus Überlieferungen von dritter Seite. Berichtet wird, dass Schiller in Bauerbach mit dem »Juden Mattich« näheren Kontakt pflegte, der später den Namen Marx Neumann angenommen hat. Und dieser Mattich, gestorben 1855, hatte berichtet, »daß Schiller auf den Spaziergängen heftig mit ihm disputiert habe, namentlich über Religionssachen (über Judentum und Christentum, das letzte verteidigend)« (NA 42, 56). Ich horche auf: Der junge Schiller auch in »Religionssachen« engagiert? In Bauerbach?

Wie sehr er das gewesen sein muss, wird auch durch eine auf den Meininger evangelischen Theologen Johann Georg Pfranger (1745–1790) zurückgehende Überlieferung bezeugt, der 1777 als Hofprediger nach Meiningen berufen worden war. Dieser ist mit Reinwald eng befreundet, ja die beiden Herren dürften so etwas wie »das gelehrte Gravitationszentrum im ansonsten überschaubaren Meiningen« gebildet haben (Michael Multhammer). Und über Reinwald lernt Schiller diesen Kirchenmann kennen. Schon im Brief vom 14. Februar 1783 bittet er den Bibliothekar, ihn »dem Herrn Hofprediger dem lieben braven Mann« zu empfehlen (NA 23, 66; WB 11, 63).

Wie Schiller Lessings »Nathan« verteidigt

Später freilich sollte es zum Streit mit diesem lutherischen Theologen kommen. Denn Johann Georg Pfranger hatte das nur vier Jahre zuvor, 1779, erschienene Lessingsche Drama um den Juden Nathan gelesen und war darüber mit Schiller in Streit geraten. Er, Schiller, sei wohl auch »der jetzt immer Überhand nehmenden Freigeisterei zugetan, welche nichts für so überflüssig« halte »als die christliche Kirche«, hatte der Kirchenmann behauptet. Und da er der Meinung ist, Lessings »tendenziöses Drama« sei »eine Herabsetzung der christlichen Kirchen zu Gunsten des darin verherrlichten Judentums«, hatte er selber, zuvor schon tief beunruhigt von den christentumskritischen »Reimarus«-Fragmenten Lessings, zur Feder gegriffen und nichts weniger als ein Gegen-Stück geschrieben, einen Anti-»Nathan« unter dem Titel »Der Mönch vom Libanon«. Untertitel: »Ein Nachtrag zu Nathan der Weise«, 1782 veröffentlicht, ein Jahr nach Lessings Tod und im Jahr von Schillers Ankunft in Meiningen und Bauerbach. Das Stück ist folglich noch ganz frisch. Seit 2017 ist das

Stück in einer Neuausgabe des Wehrhahn Verlags wieder greifbar.

Mit der Kritik des Theologen konfrontiert, soll Schiller »heftig dagegen« gestritten und den »Nathan« »auf das wärmste« verteidigt haben. Hat er gewusst, dass der »Nathan« noch während seiner Zeit in Bauerbach uraufgeführt worden war: in Berlin am 14. April 1783? Wohl kaum.

Auch hatte Schiller keinen Grund, sich über Juden verächtlich zu äußern. Im Gegenteil: Er ärgere sich, heißt es in derselben Quelle, »daß so viele Christen sich so wenig aus ihrer Kirche« machten, während, wie er in Bauerbach und Walldorf sehe, »die Juden sehr eifrig in ihrem Gottesdienste« seien. Er ärgere sich namentlich darüber, »daß in Bauerbach eine so schlechte Kirche ist, die man viel eher für einen Holzschoppen als für ein Gotteshaus ansehen könnte« (NA 42, 57).

Seltsam zu denken, dass Schiller das religiöse Leben der Dorfbewohner verfolgt hat und sich dabei zu einem kritischen Vergleich von jüdischer und christlicher Frömmigkeit herausgefordert sieht, zugunsten der jüdischen notabene. Eifrige Gottesdienstteilnahme auf Seiten der Juden, Vernachlässigung ihrer Kirche bei den Christen, die in Bauerbach ihr Gotteshaus zu einem »Holzschoppen« hatten herunterkommen lassen. Der Respekt vor dem gelebten Judentum ist unüberhörbar[14].

Kein Zufall also, dass Schiller später auch öffentlich Lessings »Nathan« lobt. Aus Bauerbach zurück, hält er vor der Kurfürstlichen deutschen Gesellschaft in Mannheim am 26. Juni 1784 eine programmatische Rede über die »Schaubühne als moralische Anstalt betrachtet« und entwickelt hier erstmals mit seinen 25 Jahren seine Theorie von der Funktion der Kunst als Erziehungsmacht im Unterschied und in Konkurrenz zu den bisherigen Erziehungsmächten: Staat und Religion. Gerade auch die Religion bedürfe der Humanisierung *durch* die Kunst, betont er mit allem Selbstbewusstsein. Indem das Theater beispielsweise Schreckensbilder eines durch fanatische Priester pervertierten Christentums zeige, werde die Religion einem dringend nötigen Selbstreinigungs- und Läuterungsprozess ausgesetzt. Und Schiller verweist in diesem Zusammenhang nicht zufällig auch auf Lessings »Nathan«:

> »Wie allgemein ist nur seit wenigen Jahren die Duldung der Religionen und Sekten geworden? – Noch ehe uns Nathan der Jude, und Saladin der Sarazene beschämten, und die göttliche Lehre uns predigten, daß Ergebenheit in Gott von unserm Wähnen über Gott so gar nicht abhängig sei – ehe noch [der österreichische Kaiser] Joseph der Zweite die fürchterliche Hyder des frommen Haßes bekämpfte, pflanzte die Schaubühne Menschlichkeit und Sanftmut in unser Herz, die abscheulichen Gemälde heidnischer Pfaffenwut lehrten uns Religionshaß vermeiden – in diesem schrecklichen Spiegel wusch das Christentum seine Flecken ab« (WB 8, 197).

IV. Meersburg
»Wir haben doch ein Götterleben hier geführt ...«: Annette von Droste-Hülshoff

> »Sobald ich diesen Brief geschlossen, gehts CON FURORE ans Werk, – ich bin wieder in der fruchtbaren Stimmung, wo die Gedanken und Bilder mir ordentlich gegen den Hirnschädel pochen und mit Gewalt ans Licht wollen [...] Mich dünkt, könnte ich dich alle Tage nur zwey Minuten sehn – o Gott, nur einen Augenblick – dann würde ich jetzt singen, daß die Lachse aus dem Bodensee sprängen, und die Möwen sich mir auf die Schulter setzten! – Wir haben doch ein Götterleben hier geführt«.
> *An Levin Schücking, Meersburg, 5. Mai 1842*

August 2018 und 2019: Es gibt viele Gründe, an den Bodensee zu fahren, zumal man von Tübingen mit dem Wagen nicht mehr als eineinhalb Stunden braucht. Mich hat immer wieder die Präsenz einer unvergleichlichen Frau hierhergelockt, die viele Monate ihres Lebens in einer uralten Burg am Bodensee gelebt und geschrieben hat. Ich spüre, dass auch dieser Ort mir die Chance bietet, mehr vom Selbstverständnis dieser Frau als Zeitzeugin und Schriftstellerin zu verstehen.

Erschütterndes Bild in miserablem Raum

Meersburg. Draußen vor dem Burgtor mit der Zugbrücke eine mächtige Bronzeplastik von ihr auf granitenem Sockel, monumental groß. Sie zwingt einen geradezu, zu ihr hinaufzusehen. Eine Frau im Halbporträt mit einem stilisierten ge-

Abb. 4.1. Denkmal für Annette von Droste-Hülshoff vor der Meersburg.

waltigen Überwurf um die Schultern. Auf dem Sockel untereinander zwei bronzene Tafeln:

> Annette von Droste zu Hülshoff
> 1797–1848

steht auf der einen und auf der anderen:

> Der Königin der deutschen Dichterinnen
> gewidmet von Freunden ihrer Muse 1898

Draußen also wird ihrer im Pathos eines vollmundigen Wilhelminismus als einer »Königin deutscher Dichterinnen« gehuldigt. Das lässt Großes erwarten, wenn man das Tor durchschritten und die Burg betreten hat. Drinnen aber in der alten Burg? Ich traue meinen Augen kaum: Drinnen erinnern drei schäbige Zimmer an ihre Präsenz, die aussehen, als seien sie noch nie renoviert worden. Draußen haben »Freunde ihrer Muse« in einem Akt patriotischer Aufwallung eine kolossale Büste aufgestellt, kann man doch jetzt die deutschen Dichter/innen des 19. Jahrhunderts für Nationalstolz nach der Reichsgründung 1871 gebrauchen. Ein überlebensgroßer Ludwig-Uhland-Koloss auf hohem Sockel im selben Stil steht seit 1873 auch bei uns in Tübingen: »Dem Dichter, dem Forscher, dem deutschen Mann: das dankbare Vaterland«.

Drinnen aber? Schon der erste Raum, den man betritt, ist ihr Sterbezimmer. Aber bevor man es betritt, sieht man an der Außenwand vor der Tür eine hässliche graue Tafel, so schäbig abgenutzt wie die verwitterten Fresken zur Burggeschichte in dem langgestreckten Torbogen, den man durchschreiten muss, um linker Hand zu den Droste-Zimmern zu gelangen. In ungelenker, dilettantisch anmutender Handschrift ist auf die Tafel gemalt: »Wohnung der Dichterin A. Droste zu Hülshoff«. Verstümmelt ihr Name, offensichtlich dem Platzman-

Abb. 4.2. Sterbezimmer der Annette von Droste-Hülshoff auf der Meersburg.

gel auf der Tafel geschuldet. Darunter: »Das erste Zimmer ist ihr Sterbezimmer (24. Mai 1848). Das zweite Zimmer ist Gedächtniszimmer. Das dritte Zimmer war ihr Arbeitszimmer«. Nichts sonst. Keine einzige Information über Leben und Werk. Bewahrt man so die Erinnerung an die »Königin der deutschen Dichterinnen«? Mit solch kärglichen Hinweisen?

Das »Sterbezimmer« selber ist eher klein, sehr schmal. In einem repräsentativen Raum hat sie nicht gelebt, ist sie nicht gestorben. Das fällt sofort auf. Das Gedicht »Kann keine Trauer sein« kommt mir in den Sinn, das Gottfried Benn noch wenige Monate vor seinem Tod am 1. Juli 1956 geschrieben hat und das sein »Abschieds«-Gedicht werden sollte:

»In jenem kleinen Bett, fast Kinderbett, starb die
Droste
(zu sehn in ihrem Museum in Meersburg),
auf diesem Sofa Hölderlin im Turm bei einem
Schreiner,
Rilke, George wohl in Schweizer Hospitalbetten,
in Weimar lagen die großen schwarzen Augen
Nietzsches auf einem weißen Kissen
bis zum letzten Blick –
alles Gerümpel jetzt oder gar nicht mehr vorhanden,
unbestimmbar, wesenlos
im schmerzlos ewigen Zerfall.«

So die erste Strophe. Rechts an der Wand vor der Durchgangstür zum zweiten Raum ein Bett mit einem weißen Deckenüberzug. Darauf ein Kranz mit frischen Blumen. Links am Bett ein Topf mit einer grünen Pflanze. Ist es »ihr« Bett gewesen oder ein Imitat im selben Stil? Einerlei. Aber ich hätte eine Information darüber lieber gesehen als einen schwarzen Lorbeerkranz an der Wand über dem Kopfende. Schäbig sieht auch der aus, zumal ein »Lorbeerkranz« für einen Dichter, eine Dichterin heutzutage ein billiges Klischee ist. An der rechten Wand über dem Bett hängen verblasste Drucke oder Fotos von Personen, die im Leben der Droste eine wichtige Rolle gespielt haben, ob in ihrer Heimat Münster oder in Meersburg. Ich erkenne den Schriftsteller Levin Schücking auf zwei Bildern, ihren Schwager Joseph von Laßberg und dessen Zwillinge aus der Ehe mit ihrer Schwester Jenny als alte Damen, auch Bilder von ihrer Schwester und ihren Eltern. Dazu kommen solche aus ihrer westfälischen Familie: Schloss Hülshoff und das »Rüschhaus«, nach dem Tod des Vaters »Witwensitz« der Mutter, Therese von Droste-Hülshoff, geb. von Haxthausen, mit der die Droste, unverheiratet wie sie blieb, das Haus hatte teilen müssen. Aber erläutert werden all die Namen und Schauplätze für uns Besucher/innen nicht. Eine einzige Enttäuschung diese Räume, immerhin die »Originalschauplätze«. Im Gegensatz zum sogenannten »Fürstenhäusle«, einem außerhalb der Stadt auf einem Weinberg gelegenen ehemaligen Gartenhaus mit grandiosem Blick auf Stadt und See, das die Droste noch fünf Jahre vor ihrem Tod hatte erwerben, aber kaum bewohnen können. Seit 2019 ist das Haus, mit viel Sachverstand und viel Geld restauriert, wieder zugänglich und auf den neuesten museumsdidaktischen Stand gebracht. Eine Empfehlung.

Die Augen der Droste

Nur ein Gemälde im »Sterbezimmer« an der Stirnwand links neben der Tür, durch die man den Raum wieder verlässt, rührt mich an. Es ist nach einer Daguerreotypie aus ihren letzten Jahren gemalt und zeigt die Dichterin bereits als kranke Frau, aufrecht im Halbprofil zwar, aber sichtlich gebrochen. Mit großen, traurigen Augen schaut sie nicht uns Betrachter an, sondern aus dem Bild nach rechts heraus, ihre Gesichtszüge verschattet, ja verdüstert. Auf anderen Porträts, etwa auf dem Jugendbildnis ihrer Schwester Jenny oder auf dem des Münsteraner Malers Johann Joseph Sprick (1808–1842) von 1838, ist die Fülle ihrer Haare stets in sorgsam gelegten Locken oder kunstvoll geflochtenen und geknoteten Zöpfen gebändigt, die wie Kränze auf dem Kopf erscheinen. Jetzt, auf diesem letzten

Abb. 4.3. Spätes Bildnis der Dichterin nach einer Daguerreotypie.

Bild, ist ihr dunkles Haar nicht mehr geformt, sondern nur noch an den Kopf gepresst, mit einem Knoten nicht auf, sondern hinter dem Kopf zusammengehalten. Ein Porträt, streng, düster, traurig mit einem Antlitz voll Ahnungen, dass der eigene Körper endgültig an seine Grenzen gekommen ist.

Es ist das Bild eines Menschen, der nicht mehr neugierig auf die Welt, sondern dabei ist, sich aus ihr zurückzuziehen. Einsamkeit umgibt sie. Welch ein Kontrast zu dem Porträt der etwa 23-Jährigen auf einer um 1820 gemalten Miniatur ihrer Schwester Jenny, das heute fast jede Publikation über sie schmückt, einstmals auch – in umgekehrter Blickrichtung – die Zwanzig-Mark-Note zu D-Mark-Zeiten. Auffällig sind hier vor allem die Augen dieser jungen Frau: groß, hell, wach, weltneugierig, wie Fühler, welche die Welt einsaugen. Wer solche in die Welt gestellten ungewöhnlichen Augen hat, muss mit einer ungewöhnlichen Weltwahrnehmung ausgestattet sein, einer Weltwachheit selbst bei geschlossenen Augen, als gäbe es keinen Rückzug hinter den Vorhang der Augenlider. Bei Annette von Droste-Hülshoff ist das der Fall. Kein Wunder, dass sie mehr und anderes gesehen hat als Ungezählte in ihrer Umgebung. Und was sie sah, hat sie nicht für sich behalten, vielmehr ihren Dichtungen und Briefen anvertraut.

Eine Wette mit Folgen

Aber nicht nur ihre Texte und ihre Augen ziehen mich in ihre Welt, sondern auch eine Szene aus ihrem Leben. Sie hat sich in dieser uralten, nach der Überlieferung auf das 7. Jahrhundert zurückgehenden und immer wieder ausgebauten Burg über dem Bodensee abgespielt, in der diese Frau aus dem westfältigen Adel im Ganzen vier Jahre gelebt hat, insbesondere zur Kräftigung ihrer fragilen Gesundheit. Zuerst von Ende September 1841 bis Ende Juli 1842, dann von Anfang Oktober 1843 bis Ende September 1844 und schließlich vom 1. Oktober 1846 bis zu ihrem Tod am 24. Mai 1848. Zu Gast war sie hier bei ihrer älteren Schwester Jenny, die seit 1834 mit dem Besitzer der Burg verheiratet ist, dem damals 64-jährigen, verwitweten Joseph von Laßberg (1770–1855), seinerzeit einer der bedeutendsten Erforscher von Kultur und Literatur des europäischen Mittelalters; Herr über eine damals schon legendäre, gut 11.000 Bände umfassende Sammlung von Büchern und mittelalterlichen Handschriften, darunter als kostbarstes Stück eine Handschrift des Nibelungenliedes. Ein Magnet für Kenner und Liebhaber, diese Bibliothek auf der alten Burg.

Was sich aber in den wenigen Monaten des ersten Meersburg-Aufenthaltes der Droste abgespielt hat, ist in der Geschichte deutschsprachiger Literatur etwas Besonderes. Herausgefordert buchstäblich durch eine »Wette« (man könne doch unmöglich »auf Kommando« tagtäglich Gedichte produzieren), entwirft Annette von Droste in gut sechs Monaten des Winters 1841/42, ergriffen von einer Art Schaffensrausch, beinahe täglich ein Gedicht. Nicht irgendwelche, sondern solche, die zum Kernbestand ihres Œuvres gehören und Eingang in ihren großen Gedichtband von 1844 gefunden haben. Im Ganzen sind es ca. 60 Gedichte, die in diesen wenigen Monaten entstanden sind. Ein unerhörter Vorgang, eine Kreativitätsexplosion der besonderen Art. Danach entsteht poetisch nicht mehr viel. Es ist, als hätte diese Dichterin sich in diesem Winter ausgeschrieben …

Und der Mann, der sie herausgefordert hat, heißt Levin Schücking (1814–1883) und ist der in Meppen geborene Sohn einer Freundin der Droste, der in Westfalen seinerzeit bekannten Schriftstellerin Katharina Schücking. Sie war schon 1831 gestorben. Auf ihre Bitte hin hatte die Droste sich an ihrem Wohnsitz Rüschhaus nicht nur »mütterlich« des jungen Mannes angenommen, mit ihm hatte sie bereits auch literarisch zusammengearbeitet. Der junge Schücking ist auf dem besten Weg, ein Schriftsteller eigenen Rechtes zu werden, nachdem eine berufliche Anstellung nach einem 1837 abgeschlossenen Jura-Studium zunächst nicht in Sicht ist. Dafür ist der literarische Austausch mit der 17 Jahre älteren Droste bereits intensiv, privat, aber auch in einer literarischen Gesellschaft zu Münster, der beide angehören. Lange Briefe an ihn sind zweimal die Woche vom Rüschhaus nach Münster abgegangen. Das Konvolut muss »äußerst umfangreich« gewesen sein, ist aber »nahezu vollständig verloren«; von Seiten der Dichterin hat sich kein Brief erhalten, von Seiten Schückings gibt es nur einige Bruchstücke davon (so in: HKA VIII, 2, 505).

Sicher aber ist: Von November 1840 bis September 1841 (also bis zur Abreise der Droste nach Meersburg) war es zu regelmäßigen wöchentlichen Besuchen des 26-Jährigen gekommen. Man unternimmt vom Rüschhaus aus gemeinsame Spaziergänge und Ausflüge in die nahe Umgebung, tauscht Bücher aus, ja, die Droste beteiligt sich an einem literarischen Projekt, mit dem der aufstrebende Autor sich zu profilieren versucht: »Das malerische und romantische Westphalen« (1840/41). Kein Wunder also, dass die Droste auf den jungen Schücking nicht verzichten will, als sie sich entschlossen hatte, den kommenden Winter 41/42 auf der Meersburg zu verbringen. In Absprache mit Schwester und Schwager verschafft sie ihm eine Einladung, »offiziell« ausgegeben als Assistent für ihren viel beschäftigten Schwager Laßberg, in dessen Bibliothek es die Bestände zu katalogisieren gilt. Zu geschehen hatte das hinter dem Rücken der sittenstrengen Familie, insbesondere der Mutter, die dieses Ansinnen mit Sicherheit verworfen hätte. Sie und Schücking gleichzeitig auf der Meersburg! Eine prekäre Konstellation, die denn auch tiefe Spuren in Leben und Werk der Droste hinterlassen wird. Und die von Anfang an zwiespältig ist. Wer ist er für sie? Nur Wahl-Sohn oder auch Freund und Geliebter? Wer ist sie für ihn? Nur Ersatz-Mutter oder auch Freundin und Begehrte?

Existentielle Exegesen: Das »Geistliche Jahr«

Als gutem Kenner ihres bisherigen Werkes ist dem jungen Schücking nicht entgangen, dass die Droste literarisch »lange nichts geschaffen« hat als eine Erzählung unter dem Titel

»Die Judenbuche«. Dieses »Sittengemälde aus dem gebirgichten Westfalen« war noch im Rüschhaus geschrieben und schon 1840 abgeschlossen worden. Doch eine herbe Enttäuschung hatte die literarische Arbeit in der letzten Zeit gelähmt. 1838 war ein erster Gedichtband von ihr in einem Münsteraner Provinzverlag erschienen. Endlich hatte die 41-Jährige sich gedruckt gesehen, wenn auch mit Rücksicht auf die Familie noch unter dem Kürzel »von Annette von D … H …« auf dem Titelblatt. Aber ein Erfolg war der Band nicht geworden, der erhoffte literarische Durchbruch schon gar nicht. Die drei mächtig langen Versepen, die den Hauptteil des Bandes ausmachen, hatte das Publikum nicht goutiert: »Das Hospiz auf dem großen St. Bernhard«, »Die Schlacht im Loener Bruch«, »Des Arztes Vermächtnis«.

Und viele ihrer innovativen Dichtungen waren bisher in der Schublade geblieben: Ihre Texte zum »Geistlichen Jahr in Liedern auf alle Sonn- und Festtage«. Schücking kennt sie offenbar nicht, sieht man von den acht Gedichten des »Geistlichen Jahres« ab, die schon in der Ausgabe von 1838 gedruckt worden waren. 1819 und 1820 waren 25 solcher Texte entstanden, die – am liturgischen Kalender der Kirche entlang – vom »Neujahrstage« bis zum »Ostermontage« reichen, dann in einer zweiten Arbeitsphase zwanzig Jahre später, 1839/40, noch einmal 47 Texte, welche die Zeitspanne vom »ersten Sonntage nach Ostern« bis zum Jahresende umfassen, dem Schlussgedicht »Sylvester«. Zur Veröffentlichung des ganzen Zyklus aber wird es erst posthum kommen, 1851. Aber wir halten fest: Als Annette von Droste im Herbst 1841 erstmals auf die Meersburg reist, hatte sie sich in einer Breite und Tiefe mit Fragen des Glaubens auseinandergesetzt, die einen unerhörten Grad an Verstörung, Ängsten und Zweifel offenbaren, die man von einer im katholischen Glauben streng erzogenen und mit den kirchlichen Gebräuchen vertrauten Frau ihrer Herkunft nicht erwarten würde. Der Bruch mit der Gläubigkeit und Frömmigkeit der Generation ihrer Eltern und Großeltern ist eklatant. Annette von Droste geht auch in Glaubensfragen ihren eigenen Weg.

In den 72 Texten ihres »Geistlichen Jahres« meldet sich denn auch bei aller Wahrung der äußeren Formen, bei aller Intaktheit der vorgegebenen Bindungen ein verstörtes Fragen, ein Zergrübeln von einstmals gegebener Glaubenssicherheit, ja, ein am Rande der Verzweiflung balancierendes Ringen mit dem Unverfügbaren. Ein Drittes wird in den Texten der Droste sichtbar, ein Drittes zwischen unerschütterlicher Glaubenssicherheit, getrösteter Frömmigkeit, fragloser Hinnahme des göttlichen Willens einerseits und einer kritischen Abweisung des Gottesglaubens, einer selbstbewussten, rationalistischen Absage an Gott andererseits. Ihre dritte Position heißt: Erschütterung der eigenen Existenz *durch* Gott und *in* Gott. Heißt: Sich immer wieder neu den eigenen Glaubenskämpfen stellen. Heißt: Standhalten vor Gott in der Hoffnung, dass man bei den Rätselfragen des Lebens Aufschlüsse durch Gott bekommt – ohne die Hilfe einer besonderen Gnade.

Gottesverlust und Gottessuche

Auf eine Stichprobe muss ich mich hier beschränken. Und gerne verweise ich auf eine neueste Auslegung des ganzen Zyklus durch den Tübinger Pastoraltheologen Ottmar Fuchs: »Subkutane Revolte. Annette von Droste-Hülshoffs ›Geistliches Jahr‹. Eine theologische Entdeckung« von 2021. Als Beispiel greife ich selber das achtstrophige Gedicht zum »Ersten Sonntage nach hl. drei Könige« heraus (I, 362 f.). Der zugrundeliegende Schrifttext stammt aus dem Lukasevangelium (Lk 2,42–49) und berichtet von der Jerusalem-Reise des zwölfjährigen Jesusknaben mit seinen Eltern zum Pessach-Fest und dem irritierenden Verlust des Jungen auf der Rückreise.

Lange muss er gesucht werden, um dann im Tempel mitten unter Gesetzeslehrern gefunden zu werden. Während aber all die erfahrenen Lehrer erstaunt sind über das Verständnis und die Antworten dieses Knaben, macht seine Mutter ihm Vorwürfe. Man habe ihn »mit Schmerzen gesucht«, klagt sie, worauf der Evangelist den Jungen mit einer Gegenfrage antworten lässt: »Wusstet ihr denn nicht, dass ich in dem sein muss, was meinem Vater gehört?« (Lk 2,49). Leicht erkennbar, dass der Evangelist mit diesem Narrativ eine christologische Pointe setzt. Sie ist ganz darauf angelegt, die Ausnahmestellung Jesu herauszustellen, der schon als Zwölfjähriger die Lehrer Israels in Erstaunen setzt und nicht in Josef, dem Zimmermann, sondern in Gott selbst seinen »Vater« hat.

Von all dem aber ist im Text der Droste nicht die Rede. Sie greift ein einziges Motiv heraus, das im Lukasevangelium zwar angesprochen, aber gerade nicht im Zentrum steht: die angstbesetzte Suche der Eltern nach ihrem plötzlich verschwundenen Kind. Eine radikale Motivkonzentration findet statt. Nur mit einer einzigen Figur identifiziert sich die Sprecherin: mit der ihr Kind suchenden Mutter. Und diese Suche bezieht sie in einem tollkühnen Akt der Übertragung nun auf sich und *ihre* Suche nach Gott. Es ist, als hätte sie nur auf das Stichwort »mit Schmerzen gesucht« gewartet. Ganze zwei Verse zum Auftakt braucht dieses Gedicht und schon sind Einst und Jetzt in Beziehung gesetzt: »Und sieh, *ich* habe dich gesucht mit Schmerzen, / Mein Herr und Gott, wo werde *ich* dich finden?« Will sagen: Die Sprecherin spricht zwar noch aus einem christlichen Kontext heraus, identifiziert sich aber gleichsam mit einer vorchristlichen Suche nach Gott, als hätte es Christus nie gegeben, mit einer Suche obendrein, die nicht zum Verstehen, sondern zur Verständnislosigkeit führt.

Denn die Gottsuche ist problematisch, die Gottesfindung unmöglich, und zwar deshalb, weil das eigene Herz als »ausgestorben« gilt, weil die einstmals gegebene Ebenbildlichkeit mit Gott »erloschen« ist. Alles Rufen zu Gott bekommt keine Antwort. Man hört vielmehr nur noch das eigene Echo, das wie ein Spottgesang um einen herum tönt. Deutlich wird schon an diesem Beispiel: »Zu Drostes praktischer Bibelhermeneutik gehört, dass sie sich mit Figuren im Evangelium identifiziert, aber dies oft im gegenläufigen Sinne, sie spielt gewissermaßen das Evangelium in ihrem Leben anders durch als es in der Bibel erzählt wird« (Ottmar Fuchs, 2021, 90).

Nach der Ausgangsbeschreibung in Strophe 1 folgt in den Strophen 2 bis 6 ein Rückblick auf eine einstmals intakte Gottesbeziehung. Einst hatte es noch den Glauben an die Ebenbildlichkeit des Menschen mit Gott gegeben; einst hatte man sich nicht vorstellen können, dass man je aus der Gottesbeziehung herausfallen könnte; einst sangen die »Vöglein« noch zum Ruhme Gottes, erschaute man noch in jeder Blume Gottes »mildes Auge«, konnte man Gott also noch in der Natur finden. Einst! Das ist Vergangenheit. Was jetzt gilt, machen die Strophen 5 und 6 klar:

»Und muß ich schauen in des Schicksals Gange,
Wie oft ein gutes Herz in diesem Leben
Vergebens zu dir schreit aus seinem Drange,
Bis es verzweifelt sich der Sünd' ergeben,
Dann scheint mir alle Liebe wie ein Spott,
Und keine Gnade fühl' ich, keinen Gott!«

Das vergebliche Schreien zu Gott führt also zu dem Gefühl, in einer Welt ohne Gnade, ohne Gott zu leben, in einer Welt jedenfalls, in welcher der Zweifel triumphiert, der anthropozentrische Verstand, der nur sich selber traut. Und das heißt für die Dichterin: Es herrschen Trugbilder von sich selbst, Nebel- oder Scheinbrücken. Keine Gottesgewissheit jedenfalls, keine Abgesichtertheit mehr im Glauben an Gott.

Glaubenserschütterungen

Man hat in der Kritik das literarisch-exegetische Verfahren der Droste im »Geistlichen Jahr« die Subjektivierung der biblischen Texte genannt. Zu Recht. Denn die Dichterin betreibt nicht Schriftauslegung, sondern Selbstauslegung *coram deo*, angestoßen durch den Schrifttext zum jeweiligen liturgischen Anlass. Das erklärt denn auch die Spannung zwischen traditioneller gattungsbedingter Formensprache und der Subjektivität persönlicher Reflexion. Nicht frommer Andachtston und religiöse Erbauung bestimmen ihre Texte, sondern die ehrliche, schonungslose Rechenschaft über den Glaubens*verlust*. In der Kritik wurde auf die frühen Krankheitserfahrungen der Droste verwiesen, das sie ständig begleitende Gefühl physischer Unzulänglichkeit, die oft sich wiederholende Erfahrung, im Angesicht des Todes zu leben.

Mit frommen Beschwichtigungen und Vertröstungen aber gibt sich diese Frau nicht mehr zufrieden. Im Gegenteil: die Krankheitserfahrungen werden zum Anlass, ihre Gläubigkeit zu testen, tiefe seelische Nöte einzugestehen und sich mit der »Vernichtung« des Menschen vor Gott voll Angst und Zweifel auseinanderzusetzen. Doch es wäre eine fahrlässige Verkürzung, wollte man die Glaubenserschütterungen der Droste nur individualpsychologisch deuten. Sie sind gleichermaßen Ausdruck einer Krise der Zeit, einer Krise der Gesellschaft. Die latenten oder offenen Erschütterungen dieser »Biedermeier« genannten Epoche werden ja nicht nur im »Geistlichen Jahr«, sie werden in der gesamten Dichtung der Droste reflektiert, ja seismographisch aufgenommen. Der geistliche Zyklus kann also nur dann richtig verstanden werden, wenn er in den Gesamtkontext von Werk und Zeit eingeordnet wird. Dann versteht man, dass dieses Werk von einem dreifachen Bruch geprägt ist: einem Generationenbruch, gespiegelt an der eigenen Familie, einem Persönlichkeitsbruch, gespiegelt an der eigenen Krankheitsgeschichte, und einem Epochenbruch, gespiegelt an Tendenzen neuzeitlicher Philosophie und Religionskritik. Die politischen und gesellschaftlichen Brüche zwischen 1830 und 1848 lassen denn auch die als »Biedermeier« abgestempelte Zeit alles andere als »biedermeierlich« erscheinen.

Was ist Gottesleidenschaft?

Annette von Droste, feinnervig wie sie ist, bleibt von diesen Entwicklungen nicht unberührt und geht, ich sagte es, in Sachen Gläubigkeit einen dritten Weg mit Äquidistanz zu einer unkritischen Hinnahme des traditionell Christlichen und dessen Entlarvung und Verwerfung. Dieser »dritte Weg« ist mit dem Wort »Gottesleidenschaft« am besten beschrieben. Es ist ein Leiden an Gott und ein Leiden am Missbrauch des Namens Gott. Diese Frau hält auch in der Krise an der Beziehung zu Gott fest und denkt nicht daran, durch Zugriff auf den Atheismus den Fragen auszuweichen. Sie hält in Fragen und Anklagen die Gottesbeziehung lebendig. Und diese Art der Beziehung hat in den Klagepsalmen und Klageliedern biblische Wurzeln, steht also in der Tradition der fragenden Gebete. Sie meldet sich immer dann, wenn Gottes Unverfügbarkeit zur Fassungslosigkeit, seine Unsagbarkeit zur Unsäglichkeit wird und seine schweigende Unbegreiflichkeit einen an den Rand der Verzweiflung treibt. Die Beter in den Psalmen sprechen dann vom lähmenden Schweigen Gottes oder von der Verborgenheit seines Antlitzes (Ps 35,22; Ps 39,13), die Mystiker von einer »dunklen Nacht«, Menschen wie Hiob von Gottes »Schrecken« (Hiob 25,2).

Annette von Droste steht mit ihren Texten im »Geistlichen Jahr« in dieser Tradition. Es sind Texte einer Frau, die mit Gott noch nicht fertig ist und zugleich auf einen Gott hofft, der mit uns Menschen noch nicht fertig ist. Mit ihnen ließe sich ein Gebetbuch der besonderen Art zusammenstellen: ein Gegen-Gebetbuch sozusagen, gegen die Gottesvergleichgültigung ebenso wie gegen die Gottesvergiftung. Texte einer radikalen Gottesleidenschaft eben. In diese Reihe gehörte im 20. Jahrhundert beispielsweise eine Frau aus dem Kärntner Lavanttal, für deren aus einem tiefen Leiden heraus entstandenen, unvergleichlichen Gedichte man das kühne Wort »Lästergebete« (Ludwig von Ficker) geprägt hat: Christine Lavant (1915–1973).

Und ich füge hinzu: Wir haben uns solche Zeugnisse in Kirche und Theologie oft genug als zu »subjektiv« und »extrem« oder gar als »krankhaft« vom Leibe gehalten und wundern uns dann, warum uns Religionskritiker im Geist Nietzsches Klischees vom verbürgerlichten Harmonie-Gott um die Ohren hauen und dessen Tod erklären konnten. Droste-Interpreten haben nicht zufällig davon gesprochen, diese Dichterin hätte »längst vor Nietzsche die Vorstellung vom ›toten Gott‹ in Worte gefasst« (Winfried Woesler, 1983, 154) oder die »Geistlichen Lieder« der Droste seien Ausdruck einer »subkutanen Revolte« (Ottmar Fuchs), ja, »das Unfrömmste«, was »der Kopf eines frommen Menschen noch erfinden konnte«, so der Biograph Herbert Kraft:»Viele Lieder des Kirchenjahres sind Ausdruck der Qual und dann der Auflehnung: Ausdruck der Qual, welche die Religion für das Individuum bedeutet, das im Zeitalter der Aufklärung noch glauben muss; für das der Zweifel geradezu das Wahrheitskriterium wurde, während in seinem weiterhin gelebten Glauben dieser Zweifel als Verletzung der Glaubenspflicht eine schwere Sünde darstellt« (Annette von Droste-Hülshoff, 1994, 49). Kurz: Diese Frau schreibt Gebete, die mehr einer grüblerischen, melancholischen Reflexion ähneln, ohne die Gottesbeziehung loszulassen, Vertrauensversuche im Sprechen zu Gott, in die sich Lebensangst, Grundmisstrauen und Selbstverwerfung gemischt haben. Eine Art von Gottesglauben, der im Grunde froh ist, dass es keinen Himmel gibt, man käme doch nicht hinein.

Die Wette gilt …

9. Oktober 1841: Am Abend dieses düsteren Herbsttages trifft Levin Schücking auf der Meersburg ein. Und was immer im nächsten halben Jahr zwischen beiden besprochen worden sein mag, »der religiöse Glaube«, wie Schücking in seinen Erinnerungen berichtet, »oder gar kirchliche Fragen« seien niemals Thema zwischen ihnen gewesen. Bemerkenswert, wo doch der ganze Zyklus des »Geistlichen Jahrs« schon abgeschlossen war, Oktober 41. Annette, so Schücking aus der Rückschau weiter, habe sich, wie ihr »Geistliches Jahr« beweise, »mit einer krankhaften Seelenangst« vor den schwindelerregenden Abgründen, die die Skepsis vor uns aufreiße, an den »kirchlichen Glauben« geklammert, weil sie seiner bedurft hätte und überzeugt gewesen sei, dass die Welt seiner bedürfe (L, 113).

Wirklich? Offenbar nur nach außen. Die im »Geistlichen Jahr« Text gewordenen Glaubenserschütterungen behielt die Droste ganz offensichtlich für sich. Aus gutem Grunde. Wenn selbst ein Partner wie Schücking ihre Seelenangst als »krankhaft« pathologisierte (und damit verharmloste), wie würde erst recht die allgemeine Öffentlichkeit reagieren, die katholische zumal? Eine ihrer engsten Freundinnen, Elise Rüdiger, wird denn auch nach Erscheinen des »Geistlichen Jahres« nicht zufällig davor warnen, es Jugendlichen in die Hand zu geben. »Kein stiller Seelenfriede« walte in diesen Liedern, vielmehr offenbare sich in ihnen »der Kampf einer mächtigen Seele«, die »in die Tiefen der Gottheit« dringe« (zit. nach Herbert Kraft, 1994, 50).

Doch um einer anderen Szene willen ist die Begegnung mit Schücking auf der Meersburg etwas Besonderes. Kaum angekommen, muss der junge Mann die Droste mit der Behauptung herausgefordert haben, »das lyrische Gedicht« sei doch »ihr eigentlicher Beruf«, es werde aber durchaus noch »geraumer Zeit« bedürfen, um mit einer »Sammlung lyrischer Gedichte vor die Welt treten zu können« (L, 91). Wie auch anders? Lyrische Stimmungen und Empfindungen kämen ja nicht alle Tage, will sagen: stellten sich nicht auf Kommando ein. »Das Fräulein«, wie Schücking sie in seinem »Lebensbericht« nennt, hört sich diese »ästhetische Doktrin« des »Jungen« mit »skeptischem Lächeln« an, offensichtlich davon überzeugt, sie selber sei durchaus in der Lage, Gedichte »herbeizukommandieren«. Eine »Fülle lyrischer Stoffe« sei von ihr »noch gar nicht angetastet und angebrochen« worden, meint sie. Einen »reputierlichen Band lyrischer Gedichte« werde sie »mit Gottes Hilfe, wenn sie gesund« bleibe, »in den nächsten Wochen leicht schreiben« können (L, 92). Die »Wette« gilt.

Und so steigt Annette von Droste-Hülshoff in ihren Turm, geht ans Werk und liest noch am Nachmittag desselben Tages Schücking und ihrer Schwester »triumphierend« das erste Gedicht vor, am nächsten Tag sind es bereits zwei. Und schon am 18. Dezember kann sie der Münsteraner Freundin Elise Rüdiger vermelden, sie liege »wach im Bett, und mache im Dunklen Gedichte«. Sie könne es »wohl bis Frühjahr zu einem zweyten Bändchen bringen« (SB/1, 276). Ja, wie weit sie vorangekommen ist, zeigt ein Brief von Schücking, der am 9. Februar 1842, ganze vier Monate nach seiner Ankunft, seinem Freund Ferdinand Freiligrath berichten kann: »Die Droste unterbrach mich eben, indem sie in meinen Turm kam, um mir ihr Gedicht vorzulesen; täglich wird eines fabriziert; jetzt sind es schon 53, und wenn die 100 voll sind, sollen sie als Sammlung herausgegeben werden« (zit. nach Walter Gödden, Tag für Tag, 1996, 231). 100 Gedichte werden es zwar im Winter 41/42 nicht werden, aber bis zur Abreise von Schücking am 2. April 1842 werden es immerhin ca. 60 sein.

Seltenes Glück: »Einmal sein statt gelten«

Was diese sechs Monate des Zusammenseins mit Schücking in Annette von Droste menschlich und künstlerisch ausgelöst haben, spiegeln auch Gedichte, die direkt an den »jungen Freund« gerichtet sind, spiegeln aber auch teilweise ergreifende Briefpassagen, vor allem die, welche die Droste nach der Trennung an ihn geschrieben hat. Hier hat sie ein Stück weit Einblick in ihre Gefühlswelt gegeben, hat sich nicht gescheut, von Verlust, Trennung, Sehnsucht und Liebe zu reden. Sie war wohl unvermeidlich geworden, diese Trennung, nachdem alle Vertuschungen und Verharmlosungen Richtung Münster versagt hatten. Denn der maliziöse Klatsch aus bestimmten Kreisen war bis an den Bodensee gedrungen und hatte die Konstellation auf Dauer unhaltbar gemacht: eine unverheiratete 44-jährige Frau »von Stand« und ein 17 Jahre jüngerer Mann, bürgerlicher Herkunft, wohnen unter einem Dach und pflegen tagtäglich aufs Engste Umgang miteinander, einschließlich täglicher Spaziergänge am Ufer des Sees oder über Meersburgs Weinberge hinweg. Der körperlichen Verfassung der stets kränkelnden Frau tut das gut, dem intellektuellen Austausch auch. In den Augen schmallippiger und klatschsüchtiger Moralisten aus aristokratisch-katholischen Kreisen aber ist ein solcher Zustand skandalös.

Leicht nachvollziehbar, dass für Annette von Droste selber »Meersburg« vor allem ein Freiheitserlebnis ist. Wer einmal von Türmen und Terrassen der Burg auf den See und die »Alpenbühne« am Horizont geschaut hat, die Weite gesehen, den Himmel und die Wolken, die sich im Wasser spiegeln und sie je nach Lichteinfall changieren lassen, der ahnt den Kontrast zu Münster und Moor, zu Enge und Strenge. Endlich freier leben können, endlich keine der üblichen Rücksichten nehmen müssen: auf Rollenerwartungen, Konventionen oder Standesordnungen. Ein Leben ohne Maske, ohne Versteckspiel.

Wie oft hatte sie als katholische Landadelige ihre Leidenschaft für die Dichtung verteidigen müssen gegen Vorurteile aus bürgerlichen und adeligen Kreisen. Eine *Frau* als Dichterin? Nicht ernst zu nehmen. Eine von *uns*, eine von Stand? Ungehörig. *Unsereins* setzt sich doch nicht dem Markt aus. »*Wir*«? Wir gehören da nicht hin. Eine Wunde, diese Geringschätzung, diese Ignorierung ihres Künstlertums, zeitlebens. Eine Lebenswunde. In Meersburg aber liegen die Dinge anders. Eines der Schücking gewidmeten Gedichte beginnt nicht zufällig so:

> »Kein Wort, und wär' es scharf wie Stahles Klinge,
> Soll trennen, was in tausend Fäden Eins,
> So mächtig kein Gedanke, daß er dringe
> Vergällend in den Becher reinen Weins;
> Das Leben ist so kurz, das Glück so selten,
> So großes Kleinod, einmal sein statt gelten!« (I, 123)

Einmal sein statt gelten! Und zum Leben »im Sein« gehört der freie Austausch, die intellektuelle Begleitung und die poetische Kreativität. Leben im Sein heißt: Begegnung, Gespräch, wechselseitige Inspiration, leidenschaftliches Interesse füreinander. Und dieses Glück ist in der Tat »so selten«, weil es genügend Leute gibt, die einem buchstäblich »Galle« in den »Becher reinen Weins« zu gießen wissen.

Annette von Droste hat sich darüber hinweggesetzt und auch in Meersburg einen jungen Mann an ihre Seite geholt, der ihr leiblicher Sohn hätte sein können und nach außen von ihr auch so behandelt wird. Ihre Briefe an ihn durchziehen Wendungen, wie sie sich nur eine Mutter leisten kann: »nachlässiger Schlingel«, liest man da, »liebes Herz«, »ach du gutes Kind«, »dein Mütterchen«, »mein kleines Pferdchen«, »du dummes nichtswürdiges kleines Pferd«. Und dies ist nur eine kleine Auswahl von Kose- und zärtlichen Schimpfworten. Konventioneller *mother-talk* eben. Er umgekehrt pflegt sie durchgängig in seinen Briefen als sein »Mütterchen« anzusprechen.

Von der Leidenschaft des Eros

Mit dieser seelischen Schicht mischt sich durch den intensiven, unkontrollierten, ja intimen Austausch eine zweite: ein erotisches Wechselspiel, wie es für eine Beziehung dieser Vertrautheit und Intensität nicht ungewöhnlich, sondern zu erwarten ist. Wie anders wäre die dritte Strophe des soeben zitierten Poems zu lesen?

> »Blick' in mein Auge – ist es nicht das deine,
> Ist nicht mein Zürnen selber deinem gleich?
> Du lächelst – und dein Lächeln ist das meine,
> An gleicher Lust und gleichem Sinnen reich;
> Worüber alle Lippen freundlich scherzen,
> Wir fühlen heilger es im eignen Herzen.« (I, 123)

Wie anders wären auch Trennungsschmerzen und Verlusttrauer zu verstehen, welche Annette von Droste in ihrem ersten Brief nach der Abreise Schückings nicht verschweigt, sondern offen anspricht. Leicht hätte sie ihre Gefühle unterdrücken, eine Maske aufsetzen können. Nur ja die »Contenance« wahren, wie es in ihren Kreisen üblich ist und auch erwartet wird. Das Gegenteil ist der Fall. In den ersten acht

Tagen sei sie »todtbetrübt« gewesen, schreibt sie ihm ganz offen, hätte »keine Zeile schreiben« können. »Wie ein Igel« habe sie auf ihrem Kanapee gelegen und sich gefürchtet »vor den alten Wegen am See wie vor dem Tod«. Seine Aura also? Sie ist noch stark, der gemeinsam beschrittene Boden noch »heilig«, zu sehr mit Glück besetzt, als dass der Verlust nicht schmerzen würde. Schwer auszuhalten. Zum Fürchten sogar. Wehmut hat sie ergriffen. Jeden Tag noch, fährt sie im selben Brief fort, gehe sie »den Weg nach Haltenau«, den Weg also zu einem kleinen Weingut direkt am See östlich von Meersburg. Sie setze sich auf die »erste Treppe«, wo sie ihn »zu erwarten« pflegte, und komme dann jemand, so könne es bei ihrer »Blindheit« passieren, dass sie sich einbilde, dass *er* es wäre. »Ach Gott«, entfährt es ihr, »überall«! Überall noch seine Spuren, seine Präsenz, sein Bild. Sehr schwer werde es ihr sein, »von hier zu gehen«. Sollte er »es wohl recht wissen, wie lieb« sie ihn habe? Sie »glaube es kaum« (SB/2, 289).

Beschrieben ist hier mehr als ein Mutter-Sohn-Verhältnis. Sprache gefunden hat eine Intimität von Mann und Frau, die sich als *geistige* Symbiose versteht und mit dem Wort »wir fühlen heilger« alles als Geschwätz abweist, das lüstern oder voyeuristisch auf körperliche Befriedigung spekuliert. Aber die Gefühle sind stark, die Sehnsucht nach körperlicher Nähe groß. Als sie Schücking am 5. Mai 1842 von einem Ausflug mit Laßberg nach Langenargen berichtet, bricht es plötzlich aus ihr heraus:

> »Lieber Himmel! Warum habe ich einen so schönen Tag ohne dich genießen müssen! Ich habe immer, immer an dich gedacht, und je schöner es war, je betrübter wurde ich, daß du nicht neben mir standest, und ich deine gute Hand fassen konnte und zeigen dir – hierhin – dorthin. – Levin, Levin! Du bist ein Schlingel und hast mir meine Seele gestohlen – Gott gebe

daß du sie gut bewahrst – aber du hast mich auch lieb, und denkst auch an mich« (SB/2, 299).

Zu der »natürlichen« erotischen Geschlechterspannung tritt im Fall der beiden »Meersburger« freilich die bittere Erkenntnis, dass eine Verbindung mit diesem »Jungen« auf Dauer, ein Bleiben an ihrer Seite schon angesichts des Altersunterschieds aussichtslos ist. Und weil diese Frau das weiß, ist das augenblicklich erlebte Glück immer zugleich von einer Melancholie der Vergänglichkeit und des Verzichts überschattet. Hat sie in ihrer gemeinsamen Zeit in Meersburg von ihrem Gefährten Treue erhofft, vielleicht sogar erwartet? Wenn ja, lässt sie zugleich keinen Zweifel, dass ihre »Liebessonne« der Dämmerung entgegengeht, wie es in einem weiteren Widmungsgedicht an Schücking heißt. Und dieses *Zugleich* von Verlangen und Verzicht, von Sehnsucht und Entsagung, von Glücksrausch und Resignation macht die Spannung in der Seele dieser Frau aus, die künstlerisch dann ungemein produktiv wird. Sie tritt zur Mutter-Sohn-Liebe dazu, mischt sich mit ihr. Und diese seelische Spannung verschafft sich nicht zufällig Ausdruck in Tränen und Träumen. »O frage nicht was mich so tief bewegt«, beginnt ein weiteres Widmungsgedicht, obwohl in der Druckfassung von 1844 der Name nicht öffentlich gemacht wird:

»O frage nicht was mich so tief bewegt;
Seh ich dein junges Blut so freudig wallen,
Warum, an deine klare Stirn gelegt,
Mir schwere Tropfen aus den Wimpern fallen.«
(I, 125 f.)

Die Droste, Mauthner und Zen: 2020

Und dann das Gedicht »Die Schenke am See« (I, 72–74). Es trägt seit der Erstausgabe der »Gedichte« von 1844 die Zueignung »An Levin S.« und dürfte ebenfalls während des ersten Meersburg-Aufenthaltes im Herbst/ Winter 41/42 erstanden sein: »Ist's nicht ein heit'rer Ort, mein junger Freund, / Das kleine Haus, das schier vom Hange gleitet«. Ort der Handlung ist ein seinerzeit beliebtes Wirtshaus, »Glaserhäuschen« genannt, westlich von Meersburg auf dem Kamm eines der Weinberge gelegen. Man kann es bequem auf einem Spaziergang erreichen und hat bei einem Glas Wein einen grandiosen Blick über den See und auf die »stolze Alpenbühne«. Und diesen Blick hat man noch heute, wenn man durch das obere Stadttor geht, die große Kreuzung überquert, links in den Annette-von-Droste-Weg einbiegt und dann nach einer ganzen Wegstrecke – immer mit offenem Blick links auf den See – den Glaserhäusle-Weg findet.

Auch das Haus gibt es noch. Es ist nach wie vor bewohnt und hatte unter anderen ab 1909 dem Philosophen Fritz Mauthner (1849–1923) und seiner Frau Hedwig (»Harriet«) Straub (1872–1945) gehört, einer Ärztin und Schriftstellerin, die ein eigenes selbstbestimmtes Leben im Geist der deutschen Frauenbewegung geführt und sich mit Erzählungen und Reisebeschreibungen ein eigenes literarisches Profil geschaffen hat. Der Ort also ist nicht nur durch die Präsenz der Droste gezeichnet, sondern auch durch das Werk einer für ihre Zeit ungewöhnlichen Frau und durch das gewaltige Œuvre des sprachkritischen Philosophen Fritz Mauthner, das seinen Höhepunkt in dem 1910 erstmals vorgelegten zweibändigen »Wörterbuch der Philosophie« sowie in dem seit 1921 vorgelegten vierbändigen Werk »Der Atheismus und seine Geschichte im Abendlande« gefunden hat.

Ich selber war auf diesen Mann böhmisch-jüdischer Herkunft im Zusammenhang meiner Studien zur Rezeption Gautama Buddhas in der deutschsprachigen Literatur aufmerksam geworden. Denn 1913 hatte Mauthner das Buch »Der letzte Tod des Gautama Buddha« vorgelegt. Das hatte ihm von Verehrern wie Verächtern bewundernd oder spöttelnd den Titel »der Buddha vom Bodensee« eingetragen, obwohl Mauthner den Buddhismus als etablierte Religion ebenso verworfen hatte wie alle geschichtlichen Religionen. Einzelheiten dazu in meinem Buch »Im Fluss der Dinge. Hermann Hesse und Bertolt Brecht im Dialog mit Buddha, Laotse und Zen« (2018).

Den Zauber dieses Ortes habe ich selber am 26. September 2020 erleben dürfen, als ich einer Einladung von Gertrud Zender folge, der Witwe des Komponisten, Dirigenten und Musiktheoretikers Hans Zender (1936–2019). Er ist einer der wichtigsten Förderer und Protagonisten der Neuen Musik in Deutschland seit den sechziger Jahren. Das Ehepaar hatte das Glaserhäuschen 1981 erworben und seit 2003 ganzjährig bewohnt. In meiner Begleitung Bruder Jakobus Kaffanke vom Benediktinerkloster Beuron, ein guter Bekannter, der mich seit Jahren zu öffentlichen Vorträgen in sein Kloster eingeladen hat. Er hatte die Einladung vermittelt. Es ist ein Frühherbsttag mit Regen, Sturm und Kälte. Der See eisgrau, das gegenüberliegende Ufer gerade noch zu sehen. Und doch ist der Blick von der überdachten Terrasse auf das ganze Panorama des Sees nach wie vor grandios, ein Blick, wie ihn schon die Droste genossen und in ihrem Gedicht beschrieben hat: »Ist's nicht ein heit'rer Ort, mein junger Freund, / Das kleine Haus, das schier vom Hange gleitet« …

Herbststimmung damals wie heute. Auf dem Grundstück steht noch das Holzhaus, eine ehemalige Scheune, die Fritz Mauthner zu einer Art Studio hatte umbauen lassen. Möbel aus seiner Zeit sind noch vorhanden, auch Teile der Bibliothek, die riesig gewesen sein muss, auch Mauthners massiver Schreibtisch. Und im weitläufigen Garten mit Durchblick auf den See erinnert eine große Büste in Bronze an die Präsenz des Philosophen, dessen Werk neben sprachphilosophischen und kulturgeschichtlichen Werken auch zahlreiche Essays, Erzählungen Romane und Gedichte umfasst. Einzelheiten nachzulesen in dem 2010 erschienenen Tagungsband: »Fritz Mauthner und Harriet Straub in Meersburg – ein ungewöhnliches Paar im Glaserhäusle«. Auf dem Meersburger Friedhof, auf dem auch die Droste begraben liegt, finde ich später ihrer beider Grab. In einen großen Naturstein eingelassen ist die Inschrift: »Fritz Mauthner – Hedwig Mauthner – Vom Menschsein erlöst«.

Neben dem alten ein neues Holzhaus, das die Zenders spiegelbildlich zur Mauthnerschen Bibliothek hatten errichten lassen. Ein Erweiterungsbau im selben Stil, in dem *Hans Zender* sein eigenes Atelier betrieben hatte. Gertrud Zender gewährt uns Einblick, und ich bin überrascht von dem, was ich erfahre. Zender hatte nicht nur im Geist des japanischen Zen komponiert, sondern hier auch lange Zeit seine gesammelten Kalligraphien aus der Welt des Zen ausgestellt, mehr als ein Dutzend von ihnen. Sie hatten in Form von Rollbildern die Wände von der Decke bis zum Boden geschmückt und damit diesen Arbeitsraum auch zum Refugium eines Verehrers des Zen-Buddhismus gemacht. Mit CD-Aufnahmen von Kompositionen ihres Mannes beschenkt, fahre ich nach Tübingen zurück und besorge mit als Erstes den Band »Sehen – Verstehen – SEHEN: Meditationen zu Zen-Kalligraphien«, die Hans Zender zusammen mit dem Münchner Buddhismus-Kenner Michael von Brück 2019 herausgegeben hat.

Welch seltsamer, unerwarteter Zusammenhang: Die »Schenke am See« ist zunächst in einem Gedicht »verewigt« worden, wurde dann Heimstatt eines großen Philosophen und einer Schriftstellerin und dann ein Ort für Meditation und für Musik aus dem Geist des Zen. Anfangs ein magischer Ort der Wortkunst, ist er jetzt auch einer der Tonkunst: »Ist's nicht ein heit'rer Ort, mein junger Freund, / Das kleine Haus, das schier vom Hange gleitet« …

Dem Geheimnis des Schöpferischen auf der Spur

Langsam, langsam nähere ich mich dem Geheimnis dieser erotischen Spannung. Sie hat gewiss nicht das Körperlich-Sexuelle umfasst; kein einziges Zeugnis erlaubt uns Vermutungen dieser Art, war aber deswegen nicht körperlos oder gar körperfeindlich. Sie hat ihren Ausdruck auch bis ins Körperliche gefunden: bis zu den Tränen, die man »an der Stirn« des anderen weinen; bis zur Hand des Anderen, die man halten; bis zu den Augen des Gegenübers, in die man blicken möchte, kurz: bis zur Sehnsucht nach körperlicher Nähe des Geliebten. Und was wir insbesondere in Briefen erfahren, ist nicht nur Ausdruck literarisch vorgeprägter Gefühlssprache, nicht bloß zeitgenössische Sprachkonvention.

Was also, frage ich mich, mag das Geheimnis ihrer Verbindung gewesen sein? Dieses prekäre Zugleich von Freundschaft, mütterlicher Liebe, erotischer Anziehung, intellektuellem Austausch und professionellem Interesse? Von Liebe getragen, ohne dass sie zum Besitz wird, von der Leidenschaft des Eros getrieben, ohne ins Sexuelle überzugreifen, von Freundschaft durchglüht, die zugleich den Keim des Verlustes in sich trägt und von der Melancholie der Unerfüllbarkeit und der Entsagung überschattet ist. Man hat Kunstworte für ihr Verhältnis kreiert, um zusammenzubringen, was in der Regel getrennt ist: »Seelenfreundschaft«. Es stammt von Laßberg, auch Schücking hat es gebraucht. Oder »Liebesfreundschaft«. Droste-Kenner wie Dieter Borchmeyer und Barbara

Beuys verwenden den Begriff. Aber diese Worte sind nur Ausdruck der Verlegenheit und des Eingeständnisses, dass uns das unverwechselbar Eigene in der Beziehung dieser beiden »Dioskuren« entzogen bleibt. Wie immer man also ihr einzigartiges Verhältnis zueinander bestimmen mag, Tatsache ist: Das Miteinander der beiden kulminiert in einem »poetischen Schaffensrausch« (Dieter Borchmeyer, 1997/2003, 163), einem »wahren Ausbruch an poetischer Schöpferlust« (Heiko Postma, 2018, 59) innerhalb von nur sechs Monaten ihres Zusammenseins im Winter 1841/42. Und Tatsache ist die Angewiesenheit der Droste auf ein freundschaftlich-begleitendes und intellektuell-inspirierendes Du und die Selbstbehauptung eines eigenständigen, um die eigene Bestimmung wissenden Ichs. Tatsache ist auch der Zwang, dem dieses Ich durch Herkunft und Tradition unterworfen ist und der Selbstentwurf zu einem anderen, glücklicheren, befreiteren Ich: »einmal sein statt gelten«.

Projektionen eines anderen Ich: »Am Turme«

Und genau das ist das Thema des Gedichtes, in dem ich die Droste auf der Meersburg im Winter 41/42 die Summe ihrer Sehnsüchte nach einem anderen Ich, einem anderen Leben als Frau und Künstlerin ziehen sehe. Ist sie doch mit der Fähigkeit ausgestattet, unter der Maske eines lyrischen »Ich« dieser Summe auf unverwechselbare Weise sprachlichen Ausdruck zu verleihen, klar, öffentlich, poetisch geformt und mitreißend:

»Ich steh' auf hohem Balkone am Turm,
Umstrichen vom schreienden Stare,
Und laß' gleich einer Mänade den Sturm
Mir wühlen im flatternden Haare;

O wilder Geselle, o toller Fant,
Ich möchte dich kräftig umschlingen,
Und, Sehne an Sehne, zwei Schritte vom Rand
Auf Tod und Leben dann ringen!

Und drunten seh' ich am Strand, so frisch
Wie spielende Doggen die Wellen
Sich tummeln rings mit Geklaff und Gezisch,
Und glänzende Flocken schnellen.
O, springen möcht' ich hinein alsbald,
Recht in die tobende Meute,
Und jagen durch den korallenen Wald
Das Walroß, die lustige Beute!

Und drüben seh' ich ein Wimpel wehn
So keck wie eine Standarte,
Seh auf und nieder den Kiel sich drehn
Von meiner luftigen Warte;
O, sitzen möcht' ich im kämpfenden Schiff,
Das Steuerruder ergreifen,
Und zischend über das brandende Riff
Wie eine Seemöwe streifen.

Wär ich ein Jäger auf freier Flur,
Ein Stück nur von einem Soldaten,
Wär ich ein Mann doch mindestens nur,
So würde der Himmel mir raten;
Nun muß ich sitzen so fein und klar
Gleich einem artigen Kinde,
Und darf nur heimlich lösen mein Haar,
Und lassen es flattern im Winde!« (I, 74 f.)

Man muss auf einem der Türme oder Terrassen der alten Burg über dem See gestanden haben, um geradezu körperlich nachvollziehen zu können, wie sehr das Wasser und die Wellen, die Winde und die Weite einen Betrachter öffnen können für Sehnsüchte über das Kleine und Enge hinaus, das Alltägliche und Gesicherte. Phantasien können in der Tat frei werden, Bilder von einem ganz anderen Leben. Das ist die Situation der Sprecherin. Sie steht zwar noch auf einem festen Punkt, auf dem Balkon eines Turmes, und ändert diesen ihren Standort nicht, aber dieser Ort ist zugleich die äußerste Grenze des noch Gesicherten. Bewusst hat sie das sichere Haus verlassen und ist an diese Schwelle getreten. Unter sich nur noch den Abgrund. Und hier testet sie sich aus, »zwei Schritte vom Rand«. Vom Rand des Absturzes. Ein schwindelerregendes Abenteuer. Hier möchte sie mit dem Sturm »auf Tod und Leben« ringen!

Und etwas von einem schwindelerregenden Abenteuer haben denn auch die Bilder von einem ganz anderen Leben, welche Annette von Droste in ihrem weiblichen Sprecher-Ich hochsteigen lässt. Was möchte diese Sprecherin nicht alles loslassen, nicht alles preisgeben, da sie nicht mehr die Gesellschaft der Menschen um sich hat, sondern die freien Vögel und den Sturm. Diesem Sturm setzt sie sich aus, ihn lässt sie in ihren Haaren wühlen, ein erstes symbolisches Zeichen, dass die starren Mode- und Standeskonventionen überwunden werden sollen. Mit dem Sturm als Bundesgenossen, ja als »wilden Gesellen«, den man umarmen möchte. Welch eine Gegenerfahrung zu einem gezügelten, geregelten, domestizierten Leben. Welch ein Selbstentwurf, der aber kollektiv verstanden werden will. Er steht für Frauenschicksale schlechthin.

Nicht länger Zuschauerin will dieses weibliche Ich sein, sondern ein freies, ein gefährliches, ein riskantes Leben leben. Das ist das Grundthema, das schon die erste Strophe anschlägt und das in den folgenden Strophen weiter umspielt wird. Oben die Vögel und der Sturm, unten der Strand, das

Wasser und die Wellen. Und so wie dieses Ich am liebsten den Sturm umschlungen hätte, möchte sie auch ins Wasser da unten springen, in den »korallenen Wald«, und das »Walroß« jagen, von den Bildern her ein grotesker Riesensprung in eine eigene Phantasiewelt, der Bodensee erweitert zum Weltmeer, mit Walroß und Korallen. Nicht länger tatenlos will dieses weibliche Ich bleiben, sondern selber in einem »kämpfenden Schiff« sitzen, dessen »Steuerruder ergreifen« und »wie eine Seemöwe« über das »brandende Riff« streifen. Die Phantasie-Bilder wechseln sprunghaft, die Dynamik bleibt. Aber von solchen die vertraute Wirklichkeit aufsprengenden Kontrasten leben die ersten drei Strophen dieses Poems: Wunschbilder eines anderen Lebens. Schier atemlos vorgetragen, mit rasanten, von Staren zu Walrössern und von diesen zu Seemöwen springenden, ja sich überschlagenen Bildsequenzen.

Dann aber, nach drei Strophen eines irrwitzigen Rausches, einer schier grenzenlosen Wunsch-Exstase und einer orgiastischen Selbstentgrenzung durch nichts als Sprache, wie entfesselt rücksichts- und reuelos vorgetragen, die Ernüchterung. Vierte Strophe. Ein wehmütiges Abschiednehmen von all diesen Sehnsuchtsprojektionen. Noch einmal ein Aufbäumen gegen die Enge und Zwänge, denen Männer nicht unterworfen sind. »Jäger« können sie sein, Menschen also, die frei auf die Jagd gehen, »Soldaten«, die das riskante Leben »auf Tod und Leben« leben können. Aber weil man eben kein »Mann« ist und weil die Geschlechterrollen nun einmal festgeschrieben sind, bleiben Frauen auf den Status »artiger«, gehorsamer Kinder reduziert. Sie bleiben buchstäblich »sitzen«. Die letzten vier Zeilen dieses Gedichts sind die ergreifende Klage einer Frau, welche die den Frauen zugeschriebenen Rollen-Zwänge durchschaut hat, die Großes in sich trägt, sich zugleich aber eingestehen muss, dass dieses »Große« nur den als Mann Geborenen vorbehalten ist.

Abb. 4.4. Briefmarke der Deutschen Post, Januar 2022: Nach einem Porträtgemälde der Dichterin von Johann Joseph Sprick (1838), mit Versen aus dem Gedicht »Am Turme«.

Was bleibt, sind die »heimlichen«, will sagen: nicht öffentlichen, die versteckten, die verschämten Akte der Befreiung, veranschaulicht am Symbol der Haare. Wunderbar kontrastieren die »flatternden Haare« in der ersten Strophe, wo man sich in die Rolle der Windsbraut hineinphantasiert hatte, mit den gebundenen Haaren in der Schlussstrophe. Das erinnert mich an eine Passage in Schückings »Lebenserinnerungen«. Oft habe er die Droste bei seinen Besuchen im Rüschhaus angetroffen, »wie sie ihre blonden Locken ohne Kopfbedeckung dem Spiel des Windes überließ« (L, 109). Und wer ihre Porträts kennt und ihre kunstvoll in Kränzen und Locken gebändigten Haare, ahnt, wie viel Zeit und Mühe diese Formung der Haarpracht gekostet haben muss, die der Mode der Zeit entsprechend zur Außendarstellung einer Frau ihres Standes gehört. Und was für ein Gefühl der Freiheit es umgekehrt sein musste, diese Haare zu lösen, dem freien Spiel des Windes auszusetzen und so einer »Mänade« gleich den Sturm im flatternden Haar wühlen zu lassen. Und eine Mänade ist eine vor Verzückung zügellos rasende Frau im Gefolge des Weingottes Dionysos. Eine Bacchantin … Die zum 225. Geburtstag der Droste (10. Januar 2022) von der Deutschen Post herausgebrachte Briefmarke bringt diese Spannung graphisch treffend zu Ausdruck: Das klassische Porträt der Droste von Johann Joseph Sprick von 1838 als Frau, als formvollendete, ja äußerlich streng gebändigte adelige Erscheinung wird überschrieben mit einem Zitat aus einem Gedicht derselben Frau, das gerade diese gebändigten, standes- und geschlechtergemäßen Formen gesprengt hat.

In »Am Turme« hat die Dichterin in der Tat »Bild und Ausdruck für diese Fesseln und diese Sehnsucht gefunden«, so die Literaturwissenschaftlerin Ruth Klüger: »Existentiell empfunden statt ideologisch angehaucht, gelang ihr so das erste und vielleicht beste feministische Gedicht in deutscher Sprache« (Frankfurter Anthologie Bd. 18, 1995, 63). Doch wir wollen registrieren, dass schon die 19-Jährige ein Gedicht (»Unruhe«, I, 596 f.) geschrieben hatte, das bereits vorwegnimmt, was 25 Jahre später auf der Meersburg im »Turm«-Gedicht zur Vollendung kommen sollte. Drei Strophen daraus geben davon Zeugnis – welch ein Auftakt für ein literarisches Leben, das Annette von Droste-Hülshoff zu führen bestimmt ist:

»Möchtest du nicht mit den wagenden Seglern
Kreisen auf dem unendlichen Plan?
O! ich möchte wie ein Vogel fliehen
Mit den hellen Wimpeln möcht ich ziehen
Weit, o weit, wo noch kein Fußtritt schallte
Keines Menschen Stimme widerhallte

Noch kein Schiff durchschnitt die flüchtge Bahn
Und noch weiter, endlos ewig neu
Mich durch fremde Schöpfungen, voll Lust
Hinzuschwingen fessellos und frei,
O! das pocht das glüht in meiner Brust
Rastlos treibts mich um im engen Leben
Und zu Boden drücken Raum und Zeit
Freiheit heißt der Seele banges Streben
Und im Busen tönts Unendlichkeit.
[…]
Fesseln will man uns am eignen Herde!
Unsre Sehnsucht nennt man Wahn und Traum
Und das Herz, dies kleine Klümpchen Erde
Hat doch für die ganze Schöpfung Raum!«

V. Paris, Rue d'Amsterdam: *Die »verdammten Fragen« aus der »Matratzengruft«: Heinrich Heine*

»Was nützt es mir, daß alle Rosen von Schiras so zärtlich für mich glühen und duften – ach, Schiras ist zweitausend Meilen entfernt von der Rue d'Amsterdam [...] Der Spott Gottes lastet schwer auf mir. Der große Autor des Weltalls, der Aristophanes des Himmels, wollte dem kleinen irdischen, sogenannten deutschen Aristophanes recht grell dartun, wie die witzigsten Sarkasmen desselben nur armselige Spöttereien gewesen im Vergleich mit den seinigen, und wie kläglich ich ihm nachstehen muß im Humor, in der kolossalen Spaßmacherei. Ja, die Lauge der Verhöhnung, die der Meister über mich herabgeußt, ist entsetzlich, und schauerlich grausam ist sein Spaß.«
Heinrich Heine, Geständnisse, 1854 (11, 499)

Kaum ein Gedicht deutscher Sprache habe ich so häufig aus dem Gedächtnis nachgesprochen wie das folgende, ungezählte Male mit der Frage konfrontiert, ob und wie sich der Glaube eines Christenmenschen an die Gerechtigkeit Gottes vereinbaren lässt mit der Erfahrung eines als maßlos-ungerecht empfundenen persönlichen Leidens oder mit der Erfahrung von Katastrophen, die Tausende unschuldiger Menschen auf einen Schlag vernichten. Der Text lautet:

»Laß die heilgen Parabolen,
Laß die frommen Hypothesen –

Suche die verdammten Fragen
Ohne Umschweif uns zu lösen.

Warum schleppt sich blutend, elend,
Unter Kreuzlast der Gerechte,
Während glücklich als ein Sieger
Trabt auf hohem Roß der Schlechte?

Woran liegt die Schuld? Ist etwa
Unser Herr nicht ganz allmächtig?
Oder treibt er selbst den Unfug?
Ach, das wäre niederträchtig.

Also fragen wir beständig,
Bis man uns mit einer Handvoll
Erde endlich stopft die Mäuler –
Aber ist das eine Antwort?« (11, 201 f.)

Einem Trilemma entkommen

Wer so fragt, hat die »Theodizee«-Frage aufgeworfen, so nennt man sie seit einer 1710 unter diesem Titel erstmals publizierten Schrift des Philosophen Gottfried Wilhelm Leibniz (1646–1716). Und wer als Christenmensch nicht von dieser schon biblisch aufgeworfenen Urfrage umgetrieben wird, wer nicht in seinem Glaubensvermögen stets aufs Neue angefochten, in seinem Gottvertrauen erschüttert ist, hat nichts vom Risiko eines Glaubens an den Unverfügbaren verstanden.

Wenn ich in mich hineinhorche, höre ich drei Stimmen, die sich in mir überlagern. Die eine flüstert mir zu: das Leiden ist eine Strafe des gerechten Gottes für deine Sünden und eine Prüfung, ob dein Glauben an Gott echt ist. Halte an Gott fest. Beweise deine Treue gerade in der Krise. Die zweite: Sei getrost, Gott steht dir auch im Leiden bei. Er leidet mit dir. Hat er sich nicht in Leiden und Sterben seines Sohnes Jesus Christus am Kreuz als ein aus Liebe mit-leidender Gott erwiesen? Vertraue auf diesen Gott. Und die dritte Stimme kommt mit einem Wort aus Georg Büchners Drama »Dantons Tod« daher: »Warum leide ich? Das ist der Fels des Atheismus«! Einem Gott, der maßloses Leiden zulässt, kann man nur abschwören. Fluch diesem Gott. Die einzige Entschuldigung für Gott? Dass er nicht existiert! Es ist Friedrich Nietzsche, der den französischen Schriftsteller Stendhal (1783–1842) einst um diese Pointe beneidet hat. Dieser habe ihm den »besten Atheisten-Witz weggenommen«, nachzulesen in seiner autobiographischen Schrift »Ecce Homo. Warum ich so klug bin« (Nr. 3, posthum 1908).

Je länger desto weniger konnte ich einer der Stimmen folgen (vgl. Kap. I). Demütige Hinnahme eines strafenden oder prüfenden Gottes? Und was ist mit den vielen unschuldig Leidenden, von sterbenden Kindern angefangen bis zu den vielen Vernichteten und Ermordeten? Und ein aus Liebe mit-leidender Gott? Sollte Gott in seiner Liebe zu uns Menschen nicht eher für die Abschaffung des Leidens sorgen? Und der Atheismus? Erklärt er die Ausgeliefertheit von uns Menschen an Erfahrungen maßlosen Leidens? Nein. Er beraubt uns auch noch der Möglichkeit, eine letzte Gerechtigkeit für die unschuldigen Opfer der Geschichte einzuklagen und darauf zu hoffen, dass das Unrecht das »letzte Wort« nicht behalte, wie Max Horkheimer formulierte (s. Kap. I).

Ein Trilemma also, in das ich mich zunehmend verstrickt sah.

Ein neuer Ton in der Theodizee-Frage

Bei einem Text freilich hörte ich einen neuen, einen ungewohnten Ton: In dem Gedicht, das ich eingangs zitiert habe:

Heines »Laß die heilgen Parabolen …«.[15] Ich horchte auf: Der Verfasser widersteht der Versuchung, die Fragen an Gott entweder zu entschärfen oder atheistisch aufzulösen. Sein Gedicht schien mir eine Möglichkeit zu bieten, dem Trilemma zu entkommen: das maßlos-ungerechte Leiden Unschuldiger entweder demütig hinzunehmen oder mit Verweis auf ein angebliches Mitleiden Gottes aus Liebe dialektisch zu verharmlosen oder die Beziehung zu Gott zu kappen. Hier schien mir eine Haltung eingenommen *jenseits* von Unterwürfigkeit, Verharmlosung oder Überheblichkeit. Deshalb wurden mir diese vier Strophen kostbar. Sie gehören heute zum Kanon meines persönlichen Glaubens, zumal urbiblische Überlieferungen hier eingegangen sind: die Einklagen Hiobs, die Klagelieder des Propheten Jeremias, die Klagepsalmen. Ganze 16 Zeilen braucht dieser Dichter und das neuzeitliche Theodizee-Problem ist bündig formuliert, präziser, knapper und provokativer als nirgendwo sonst in deutscher Sprache.

Wie es dazu gekommen ist? Davon will ich auf den folgenden Seiten erzählen. Ein kleiner Ausschnitt aus dem umfangreichen Spätwerk von Heine, auf den ich mich hier konzentrieren muss[16]. Den größeren Kontext der letzten acht Jahre bis zu Heines Tod 1856 habe ich in meinem Buch »Gottes grausamer Spaß? Heinrich Heines Leben mit der Katastrophe« von 2002 beschrieben. Zwar war auch bis dahin viel über Heines letzte Jahre geschrieben worden, immer aber nur in Ausschnitten und Einzelmotiven und nicht selten in den Wertungen verzerrt oder einseitig. Ich verspürte die Notwendigkeit, das Drama dieser letzten Jahre genau zu rekonstruieren, um so endlich ein umfassendes Bild zu gewinnen: Tag für Tag, Monat für Monat, Jahr für Jahr. Und diese präzise narrative Rekonstruktion der Gleichzeitigkeit von persönlicher Krankheits-, politischer Gesellschafts-, literarischer Produktivitäts- und religiöser Erfahrungsgeschichte wird möglich, wenn man alle vorhandenen Dokumente heranzieht und miteinander in Beziehung setzt: die in dieser Zeit geschriebenen literarischen Texte, die verfassten und empfangenen Briefe und nicht zuletzt die zahlreichen Berichte, die Zeitzeugen über ihre Begegnungen mit Heine Monat für Monat verfasst haben. Und ich begriff, dass sich am »Fall Heine« etwas Exemplarisches auch für uns heute zeigen ließe – im Blick auf die Auseinandersetzung mit Gott über die »verdammten Fragen«.

Immer wieder, vor allem im Zusammenhang meines Heine-Buches, hatte ich den Wunsch verspürt, den Ort in Paris einmal aufzusuchen, der mit der Entstehung dieses Gedichtes verbunden ist. Ich wollte mich noch einmal imaginär in die Lage des Dichters versetzen und auch am Grab seiner gedenken. Annäherung an das Werk durch persönliche Anschauung, in vollem Wissen, dass die Stadt, in der er gelebt hat, in 150 Jahren eine andere geworden ist und schon zu seinen Lebzeiten gewaltige bauliche Veränderungen durchgemacht hat. Aber ich kenne die Adresse und den Zeitpunkt der Entstehung: Rue d'Amsterdam Nummer 50, Frühjahr 1854. Und diese Rue d'Amsterdam gibt es heute noch: eine vielbefahrene Durchgangsstraße, die von der Gare Saint-Lazare zur Place de Clichy führt. Ganz in der Nähe auch der »Cimetière de Montmartre«, auf dem Heine begraben sein wollte und seit 1856 auch begraben liegt.

Also fahre ich noch einmal nach Paris. Anfang September 2021, als die Pandemie etwas abgeebbt ist. Diesmal nicht auf Rilkes (s. Kap. VI), sondern auf Heines Spuren. Viel wäre hier zu entdecken, folgt man kundigen Führern zu Heines Präsenz in Paris: Bernd Kortländer (2005) sowie Gerhard Höhn und Christian Liedtke (2010). Heine hatte im Laufe von gut 25 Jahren in Paris nicht weniger als 16 Wohnadressen, doch am längsten hat er in der Rue d'Amsterdam gewohnt: von September 1848 bis August 1854. In einer kleinen, dunklen Wohnung des Hauses Nummer 50, heute 54, mit Aussicht auf den

Hinterhof, der nur ein kleines Stück Himmel zu sehen erlaubt hat. Genau hier ist sein trotz allem unfassbar umfangreiches Spätwerk entstanden: die Texte des Gedichtbandes »Romanzero« (1851) sowie die »Gedichte 1853/1854«, nicht zu vergessen aber auch die zahlreichen Prosatexte und die äußerst mühselige Arbeit an einer Ausgabe seiner langjährigen journalistischen Artikel über das Leben in Paris unter dem Titel »Lutetia« (1854).

Die Rückkehr zum »Gott unserer Väter«

»Laß die heilgen Parabolen …« ist Auftakttext der mit VIII bezifferten Abteilung »Zum Lazarus« in Heines »Gedichten 1853 und 1854«, die in einer dreibändigen Ausgabe seiner »Vermischten Schriften« noch im Oktober 1854 bei Campe in Hamburg haben erscheinen können. Dieser 11 nummerierte Gedichte umfassende Lazarus-Zyklus setzt wie schon der »Romanzero« die große Zäsur in Heines Leben voraus, eine persönliche und politische Katastrophe. Heine erlebt sie im Jahr 1848, knapp 50 Jahre alt, nachdem er sich lange Zeit nach eigenem Zeugnis »auf allen Tanzböden der Philosophie« herumgetrieben und sich »allen Orgien des Geistes« hingegeben hatte. Er erlebt sie nach einer Phase der Selbstvergottung, der Selbstanbetung, der Selbstüberschätzung.

Die nächsten acht Jahre zwingen ihn aufs Krankenbett, in die »Matratzengrüfte« der Rue d'Amsterdam und dann ganz am Ende der Avenue Matignon zu Paris, in »Gräber ohne Ruhe«. Seine Glieder? Großenteils gelähmt. Der ganze Körper? Geschrumpft auf das Maß eines Kindes, abgemagert zu einem Skelett. Die krankhaft geschlossenen Augenlider können nur mit den Fingern angehoben werden. Die schmerzhaften Krämpfe müssen mit Morphium betäubt werden, das durch eine künstlich offen gehaltene Nackenwunde appliziert wird. Kurze Zeit verschafft das Linderung, muss aber immer wieder erneuert werden. Woche um Woche, Monat für Monat, Jahr um Jahr.

Die letzten acht Jahre aber zwingen Heine auch zum Abschied von politischen Hoffnungen. 1848 ist das Jahr des Ausbruchs der Krankheit und des Scheiterns der Revolution in Europa. Der Verfall des eigenen Körpers und der Verfall eines politischen Zukunftsmodells – sie vollziehen sich gleichzeitig. Und in dieser Zeit kommt es zu einer großen »Umwandlung« in seinem Leben, wie Heine später selber bekennen wird: zu einer »Rückkehr zum Gott unserer Väter«, zu einer »Heimkehr zu Gott«, zum »Wiedererwachen« des »religiösen Gefühls«. Schwer genug ist ihm dieses »Geständnis« gefallen, zumal er es öffentlich macht (11, 180–186), geschrieben am 30. September 1851 in der Rue d'Amsterdam, und als Nachwort seinem »Romanzero« mitgegeben.

Was war es gewesen? Das übliche Zu-Kreuze-Kriechen eines ehemaligen Religionsspötters? Die sattsam bekannte Kompensation von Ohnmacht und Schwäche durch Religion? Gewiss: So sehr die Katastrophen Katalysatoren der Umwandlung sind, so wenig will Heine sie daraus erklärt wissen. Er wehrt sich von Anfang an gegen alle simplen psychologisierenden Erklärungsmuster. Was er erlebt hatte, ist keine Eintrübung, sondern eine Erhellung des Verstandes, nicht ein Rückschritt, sondern eine Evolution des Geistes, nicht eine Kapitulation vor der Schwäche, sondern ein Tiefenblick in die Abgründe von Gottes Schöpfung namens Mensch.

Wie aber lebt man als aufgeklärter Mensch mit Gott in der Katastrophe? Wie lebt man mit Gott – trotz allem? Obwohl man alle Argumente der Religionskritik kennt und bereits angewandt hat? Warum kehrt man zu Gott zurück, obwohl gerade diese Rückkehr unter dem Verdacht der Kapitulation oder Regression steht: psychologisch, moralisch, intellektuell? Wie lebt man mit Gott, obwohl einem der kritische Verstand ständig einflüstert, es sei dies unsinnig und unter dem Niveau heutiger Aufgeklärtheit? Ja, wie lebt man mit Gott im Wissen darum, dass man diesem Gott bereits das Sterbeglöcklein geläutet und den Himmel eigentlich »den Engeln und Spatzen« hatte überlassen wollen? Kurz: Wie lebt man vor Gott, mit Gott, gegen Gott – jedenfalls nicht ohne Gott, angesichts einer persönlichen und politischen Katastrophe, wenn man das religionskritische Œuvre eines Heinrich Heine hinter sich hat: die »Reisebilder«, die »Neuen Gedichte«, »Deutschland. Ein Wintermärchen«?

Mir wird klar: Im Spätwerk dieses Dichters vollzieht sich auf exemplarische Weise das Drama eines Intellektuellen in der Moderne, der sich bereits von Gott verabschiedet hatte und nun eine Form der Koexistenz sucht, die nicht unter seinem intellektuellen Niveau ist. Der »Fall Heine« wäre also als der Fall eines Menschen zu lesen, der unter dem Eindruck der modernen Religionskritik den Abschied von Gott für einen Freiheitsgewinn hielt, aufgrund neuer Erfahrungen jetzt aber auch die Verluste bemerkt, welche die Selbstunterbrechung religiöser Sinnressourcen mit sich bringt. Und dieser Mensch bin ich selber.

Abschied von Venus mit Tränen

Was genau ist passiert? Wie und wann fing alles an? Eine dramatische Szene hilft mir beim Verstehen. *Mitte Mai 1848*, er ist jetzt 51 Jahre alt, wagt sich der schwer Erkrankte noch einmal auf die Straße. Es zieht ihn in den Louvre, in den Saal, in dem die griechischen Statuen stehen. die Venus von Milo darunter:

> »Es war im Mai 1848, an dem Tage, wo ich zum letzten Male ausging, als ich Abschied nahm von den

holden Idolen, die ich angebetet in den Zeiten meines Glücks. Nur mit Mühe schleppte ich mich bis zum Louvre, und ich brach fast zusammen, als ich in den erhabenen Saal trat, wo die hochgebenedeite Göttin der Schönheit, Unsere liebe Frau von Milo, auf ihrem Postamente steht. Zu ihren Füßen lag ich lange, und ich weinte so heftig, daß sich dessen ein Stein erbarmen mußte. Auch schaute die Göttin mitleidig auf mich herab, doch zugleich so trostlos, als wollte sie sagen: siehst du denn nicht, daß ich keine Arme habe und also nicht helfen kann?« (11, 184)

Eine brillante Selbstinszenierung, dieser Text, gewiss, aber die Pointe ist bitter. Sie signalisiert nicht Abschwur, wohl aber Abschied, mit Tränen des Mitleids im einen und Tränen des Selbstmitleids im anderen Auge. Wie schön ist doch diese Göttin! Aber kann sie helfen? Wie sehr kann sie voll Mitleid schauen, aber trösten? Sie ist ja selber versehrt, selber verstümmelt. Wie könnte sie da einem Kranken beistehen? Eher bedarf gerade sie des Mitleids, hilflos, wie sie ist. Was aber nützt jetzt eine Göttin, die nur schön ist? Taugt sie noch länger als Idealbild des Menschen von sich selbst? Nein. Der Abschied von Venus ist in Heines Welt eine fundamentale Zäsur. Er bedeutet Zusammenbruch eines ganzen geistig-kulturellen Bezugssystems hellenistisch-mythologischer Provenienz, eines Menschenideals, einer politisch-ästhetischen Vision von der Zukunft der Menschheit: Die Menschen als Götter! Das alles kommt ihm jetzt abhanden, genauer: deren Zukunftsträchtigkeit wird gebrochen. Was wissen Schönheitsgöttinnen von den Qualen eines Kranken? Wozu sie weiter verehren? Jetzt haben sie als Identifikationsmodelle ausgedient.

Denn unbarmherzig gehen die Krampfanfälle weiter, und keiner der behandelnden Ärzte hat noch etwas zu bieten. Er habe in den letzten drei Monaten mehr Qualen erduldet, als

»jemals die spanische Inquisition ersinnen« könne, lässt der Kranke seinen Bruder Maximilian, Arzt in russischen Militärdiensten in St. Petersburg, im *September 1848* wissen. Das sei der »lebendige Tod«, ein »Unleben«, fährt er fort, nicht zu ertragen, vor allem, wenn Schmerzen dazukämen. Dabei liebe er das Leben doch so sehr – »mit so inbrünstiger Leidenschaft«! Jetzt aber: Lippen gelähmt, Füße gelähmt, Esswerkzeuge gelähmt, Absonderungskanäle gelähmt. Möglich ist »weder kauen noch kacken«! Nötig ist Fütterung wie bei einem Vogel.

»Jetzt nur ein todkranker Jude«

Nur wenige Monate später, am *25. April 1849*, nimmt Heine in der Augsburger »Allgemeinen Zeitung« erstmals öffentlich Stellung zu dem, was er jetzt seine »große Umwandlung« nennt:

> »In manchen Momenten, besonders wenn die Krämpfe in der Wirbelsäule allzu qualvoll rumoren, durchzuckt mich der Zweifel, ob der Mensch wirklich ein zweibeinichter Gott ist, wie mir der selige Professor Hegel vor fünfundzwanzig Jahren in Berlin versichert hatte. Im Wonnemond des vorigen Jahres mußte ich mich zu Bette legen, und ich bin seitdem nicht wieder aufgestanden. Unterdessen, ich will es freimütig gestehen, ist eine große *Umwandlung* mit mir vorgegangen: ich bin kein göttlicher Bipede mehr; ich bin nicht mehr der ›freieste Deutsche nach Goethe‹, wie mich Ruge in gesündern Tagen genannt hat; ich bin nicht mehr der große Heide Nr. 2, den man mit dem weinlaubumkränzten Dionysos verglich, während man meinem Kollegen Nr. 1 den Titel eines

> großherzoglich weimarschen Jupiters erteilte; ich bin kein lebensfreudiger, etwas wohlbeleibter Hellene mehr, der auf trübsinnige Nazarener weiter herablächelte – ich bin jetzt nur ein armer todkranker Jude, ein abgezehrtes Bild des Jammers, ein unglücklicher Mensch!« (9, 109)

Weitere öffentliche Geständnisse dieser Art werden folgen. Schwer dürfte ihm dieses Bekenntnis gefallen sein, und zwar in allen drei Komponenten: arm, todkrank, Jude. Was hatte er im Verlauf seines bisherigen Lebens nicht alles getan, um gerade dies nie von sich sagen zu müssen. Welch glänzende Karriere hatte er doch gemacht: zweibeiniger Gott; zweitfreiester Deutscher nach Goethe; Dionysios-Imitator; wohlbeleibter Hellene. Und jetzt nur noch »ein armer todkranker Jude«. Dabei lässt dies eine Detail besonders aufhorchen: *Jude.* In seiner ersten öffentlichen Stellungnahme sagt Heine an erster Stelle nicht: armer todkranker *Mensch*; davon ist an dritter Stelle die Rede. Er sagt … *Jude.* Ein Fingerzeig, keine Frage.

Er dürfte dies bedeuten: Die Krankheit legt in Heine eine Tiefenschicht seines Bewusstseins frei. Sie bringt ihn in Kontakt mit seiner Herkunft. Alle Rollen, Posen und Possen: sie verschwinden. Die Krankheitserfahrung ist ein Zuwachs an Wahrheit in Wahrhaftigkeit über sich selbst. Er »berichtigt«, und zwar ein umlaufendes Klischee von sich, das er gerne mitgehätschelt hatte. Er betreibt Ikonoklasmus am geschönten Bild seiner selbst und ersetzt es durch ein wahrhaftigeres, ungeschminktes, menschlicheres.

»Hebräische Melodien« aus der Matratzengruft

Seltsam zu denken, dass unter diesen Lebensumständen Heine zu einer seiner größten Dichtungen fähig ist. Hier, in der Rue d'Amsterdam, entstehen die Geschichtsbilder (»Historien«) und die Klagelieder (»Lamentationen«), die dann als die Bücher eins und zwei in den »Romanzero« eingehen werden, der 1851 erscheint. Im Ganzen 58 zum Teil vielstrophige Gedichte, in ihrer Fülle, Formschönheit und sprachlichen Brillanz nur mit Goethes »West-östlichem Divan« von 1819 vergleichbar. Vom Krankenlager aus hatte Heine sie einem Sekretär diktiert. So hatten sie schriftlich fixiert werden können. In welchem Zustand, schildert uns ein Zeugnis vom September 1850:

> »Es ist ein stilles Haus in der ruhigen Straße Amsterdam, wo der kranke Dichter wohnt. Durch die Einfahrt in einen sauber gehaltenen Hofraum schreitend, gelangten wir in das Hinterhaus, in dessen zweiten Stock uns eine Mulattin, die Wartefrau des Kranken, öffnete. Als ihm unsere Namen von ihr genannt wurden, scholl uns sofort sein freundliches, hastiges ›entrez! entrez!‹ entgegen. Wir fanden ihn auf einem Schmerzenslager, das er seit Jahr und Tag nicht mehr verlassen hat. Die Fenstervorhänge waren niedergelassen, das Bett überdies noch durch eine grüne spanische Wand gegen das Licht geschirmt. Der Kranke hob die feine fast durchsichtig magere Hand auf das rechte Auge, um das Lid hochzuziehen und einen Blick auf uns zu werfen. Nur dies Auge besitzt noch Sehkraft, das andere nur einen schwachen Lichtschimmer. Aber die Lider sind gelähmt und keiner

> freien Bewegung mehr fähig. Er streckte uns die Hand entgegen und hieß uns herzlich willkommen« (W II, 194).

Auch seine drei »Hebräischen Melodien«, die das dritte Buch von »Romanzero« bilden, sind so entstanden: »Prinzessin Sabbat«, »Jehuda ben Halevy« und »Disputation«. Drei höchst unterschiedliche, vielstrophige Gedichte, jedes auf seine Weise funkelnd vor Witz und Geist. Spiegel des Reichtums jüdischer Kultur, wie Heine dies seit seinem Roman-Versuch »Der Rabbi von Bacherach« nicht mehr versucht, den er in Berlin Anfang der 1920er-Jahre begonnen, dann aber abgebrochen hatte. Dieser Reichtum aber war ihm so lange verborgen geblieben, wie er das Judentum in der Zwischenzeit als »spiritualistische«, rein vergeistigte und sinnenfeindliche Größe wahrgenommen und gegen die griechischen Göttinnen und Götter ausgespielt hatte.

»Frau Krankheit« – Vampir und Pietà zugleich

Paris, Rue d'Amsterdam: Schon der »Romanzero« war eine gewaltige körperliche und geistige Leistung gewesen, bedenkt man die Umstände seiner Entstehung, ist aber keineswegs das Ende lyrischer Dichtungen. Im Gegenteil. Auch nach der letzten großen poetischen Symphonie ist die literarische Energie noch nicht verbraucht. »Gewiss gab es Tage«, schreiben seine Biographen, »wo Heine, von Schmerzen erschöpft und von Morphium betäubt, keine Zeile verfassen konnte. Aber alles in allem wurde sein luzider Geist durch die Krankheit kaum beeinträchtigt. Im Gegenteil half ihm die Kraft seiner Phantasie, die schreckliche Misere für eine gewisse Zeit zu vergessen, rang er den schmerzfreien Stunden einige seiner schönsten Schöpfungen ab« (Jan-Christoph Hauschild, Michael Werner, 1997, 551).

Und zahlreiche Besucher kommen. Einem hatte Heine schon im September 1853 eine Mappe mit neuen Gedichten gezeigt. »Gedichte der Agonie« nennt er sie jetzt; mit ihnen verscheuche er sich seine Leiden. Im *März 1854* ist in einem Brief an den Verleger davon die Rede, dass der erste Teil der geplanten Ausgabe seiner »Vermischten Schriften« auch Gedichte enthalten werde. Am Ende sind es 23 mit römischen Ziffern nummerierte vielstrophige Stücke: die *»Gedichte 1853 und 1854«* (11,187–239), darunter unter Ziffer VIII, ich sagte es, die 11 noch einmal eigens nummerierten Texte: »Zum Lazarus«. Sie ergänzen und vertiefen die 20 Texte der »Lazarus«-Gruppe im Buch der »Lamentationes« des »Romanzero«.

Manche der Gedichte sind noch in einem leichten, ironischen Ton geschrieben, wie man ihn von Heine kennt, auch wenn er sich an Gott direkt wendet:

> »O Herr! ich glaub', es wär' das Beste,
> Du ließest mich in dieser Welt;
> Heil' nur zuvor mein Leibgebreste,
> Und sorge auch für etwas Geld.« (11, 208)

Doch dieser Ton kann über die Verzweiflung nicht hinwegtäuschen, die mittlerweile tief in dem Kranken steckt. Und die Krankheit dauert mittlerweile so lang, dass Heine sie jetzt sogar in der allegorischen Figur der »schwarzen Frau« personalisieren kann:

> »Es hatte mein Haupt die schwarze Frau
> Zärtlich ans Herz geschlossen;
> Ach! meine Haare wurden grau,
> Wo ihre Tränen geflossen.

Sie küßte mich lahm, sie küßte mich krank,
Sie küßte mir blind die Augen;
Das Mark aus meinem Rückgrat trank
Ihr Mund mit wildem Saugen.

Mein Leib ist jetzt ein Leichnam, worin
Der Geist ist eingekerkert –
Manchmal wird ihm unwirsch zu Sinn,
Er tobt und rast und berserkert.« (11, 202)

So lange lebt man also schon mit dieser »Person« zusammen, aber das Leben mit ihr ist intim und grauenvoll zugleich. Die zärtliche Umarmung dieser Geliebten? Ein Schub des Verfalls. Ihre Tränen? Die Haare auf dem Kopf ergrauen immer stärker. Ihr Kuss? Er saugt auch noch die letzte Kraft aus dem Leib. Umarmen – Küssen – Trinken – Saugen: »Frau Krankheit« ist eine grauenhafte Geliebte, Vampir und Pietà zugleich. Was aber bleibt? Die letzte Strophe gibt die Antwort:

»Ohnmächtige Flüche! Dein schlimmster Fluch
Wird keine Fliege töten.
Ertrage die Schickung, und versuch
Gelinde zu flennen, zu beten.« (11, 202)

Nicht von »Weinen« ist die Rede, sondern drastischer von »Flennen«. Wieder dieses Zugleich von Selbstpreisgabe und Selbstdistanz. »Flennen«: In diesem umgangssprachlichen Ausdruck ist Zähneknirschen hörbar, ein Stück Verachtung des Unvermeidlichen und ein Stück Selbstverachtung über das So-und-nicht-Anders. Selbst die Wendung »Ertrage die Schickung« ist alles andere als passiv-fatalistisch gemeint. Man muss den Zorn über die Aussichtslosigkeit mithören, man muss im Wort »Schickung« den Zischlaut vernehmen und die lakonische Zweisilbigkeit, um den Grad an Verbitterung zu ahnen, der allein in diesem Worte steckt. Man muss die bewusste Zusammenfügung eines drastisch-umgangssprachlichen und eines sanft-konventionellen Wortes hören: flennen und beten, um die stille Wut auf das Unabänderliche zu ahnen. In seinen »Geständnissen« von 1854 wird er von solchen Stunden um Mitternacht berichten: »Ich kann beten und flennen soviel ich will, und ohne mich zu genieren« (11, 476).

Die Scham, nicht tot zu sein

Rue d'Amsterdam, August 1853. In diesem Monat erhält Heine einen Brief seiner Cousine Therese, die ihn zuvor bei einem Parisbesuch in seiner Wohnung aufgesucht hatte. Therese war nicht irgendjemand aus der Verwandtschaft. Wie sehr hatte er diese »marmorschöne und marmorkühle« Frau, Tochter seines reichen Hamburger Onkels Salomon Heine (1767–1844), einst begehrt, und wie schmählich war er abgewiesen worden! Sozial und erotisch demütigend hatten beide Cousinen, Amalie und Therese, dem »armen Vetter« aus Düsseldorf seinerzeit die kalte Schulter gezeigt. Da war die einstmals Angeschwärmte, jetzt verheiratete Therese von Halle (1807–1880), vor sein Krankenlager getreten, und das Wiedersehen unter den neuen Umständen wühlt Heine auf. Alles verstärkt sich noch, als er im August den erwähnten Brief erhält. »Der liebe Gott stehe Dir bei«, schreibt sie ihm. Er »erleichtere Dir diese schwere Prüfungszeit«? Was hätte Therese auch sonst schreiben sollen? Nur diese traditionell-christliche Wunsch- und Trostsprache stand ihr zur Verfügung. Heine aber redet gerade nicht so. Unmittelbar nach Erhalt dieses Briefes schreibt er noch im August 1853 dieses Gedicht, ebenfalls dann Teil des Lazarus-Zyklus in »Gedichte 1853 und 1854«:

»Ein Wetterstrahl, beleuchtend plötzlich
Des Abgrunds Nacht, war mir dein Brief;
Er zeigte blendend hell, wie tief
Mein Unglück ist, wie tief entsetzlich.

Selbst dich ergreift ein Mitgefühl!
Dich, die in meines Lebens Wildnis
So schweigsam standest, wie ein Bildnis,
Das marmorschön und marmorkühl.

O Gott, wie muß ich elend sein!
Denn sie sogar beginnt zu sprechen,
Aus ihrem Auge Tränen brechen,
Der Stein sogar erbarmt sich mein!

Erschüttert hat mich, was ich sah!
Auch du erbarm dich mein und spende
Die Ruhe mir, o Gott, und ende
Die schreckliche Tragödia.« (11, 206)

Die beiden hier erfolgenden Gottesanrufungen signalisieren etwas anderes:

»O Gott, wie muss ich elend sein«: Der Krankenbesuch und der Mitleids-Brief hatten gerade nicht tröstend gewirkt, sondern im Gegenteil tief beschämend. Die Lichtmetaphorik ist denn auch zutiefst ambivalent. Nicht von einem tröstlichen, sondern von einem blendenden Licht ist die Rede. Nicht von einem Hoffnungsstrahl, sondern von einem Lichteinfall, der »des Abgrunds Nacht« nur umso bedrohlicher macht. In diesem grellen Licht sieht der Kranke seinen Zustand nur noch krasser, schonungsloser. Die Begegnung mit Therese beruhigt nicht, sondern wühlt auf, und zwar in einer Weise, welche die Todeswünsche neu aufstacheln. Längst hätte man tot sein müssen. Wie dreckig muss es einem gehen, wenn selbst

diese Frau eine Träne vergießt. Wie elend muss man sein, wenn sich in der Person dieser Frau sogar der Stein erweichen lässt. Es ist zum Gotterbarmen und zum Steinerweichen. Scham kommt auf. Erstmals scheint sich Heine für seinen Zustand zu schämen. Es ist die Scham des Kranken, der nur die eigene Entwürdigung sieht, gerade weil der Besuch aus der Vergangenheit ihn an bessere Zeiten erinnert.

»Erbarme dich, o Gott, … und ende«: Nicht bloß »Erleichterung« der »schweren Prüfungszeit« fordert Heine von Gott, sondern Abbruch. Er appelliert noch eindringlicher als zuvor an die Barmherzigkeit des Schöpfers, seinem gequälten Geschöpf endlich Ruhe zu geben und der »schrecklichen Tragödie« ein Ende zu machen. Das ist keine Trostsuche bei Gott, sondern ein Verzweiflungsschrei an Gottes Adresse. Von einem »lieben Gott« keine Rede. Bewusst nicht. Heine denkt anders, redet anders. Mit Gott, gegen Gott. Und genau das braucht er in seiner Lage. So bleibt er sich treu, gibt sich nicht auf und bewahrt sich einen Rest von Selbstachtung. Noch in der Trauer bleibt man kämpferisch. Denn zumindest die Sprache ist nicht abgestorben, die einzig verbliebene Macht in der Ohnmacht. Sprache ist Überlebensgehäuse, Rückgrat der Würde, autotherapeutische Medizin aus der Hausapotheke des Dichters. Die Laute, Rhythmen, Silben und Klänge sind Heines Waffen im Kampf ums Überleben. In Würde. Die Lakonie ist Stilmittel der Tarnung, durch Verschweigen viel zu sagen und im Sagen viel zu verschweigen.

Die »verdammten Fragen«: Warten auf Theodizee

Am Anfang des »Lazarus«-Teils VIII der »Gedichte 1853 und 1854« steht nun der Text, um dessentwillen ich noch einmal nach Paris gereist bin: in die Rue d'Amsterdam, an die

Adresse, die man heute unter der Hausnummer 54 findet. »*Laß die heilgen Parabolen …*«. Durch Alfred Meißner kennen wir auch hier Atmosphärisches aus der Zeit seiner Entstehung: *April oder Mai 1854*. Folgen wir seinem Bericht vom Anfang August 1854, so hat Heine bei Meißners Besuch auf einmal zu Papieren gegriffen und dem Besucher neue Gedichte zur Lektüre angeboten. »Hier finden sich auch religiöse Gedichte«, soll Heine ihm gesagt haben, und Meißner liest:

»Laß die heilgen Parabolen,
Laß die frommen Hypothesen –
Suche die verdammten Fragen
Ohne Umschweif uns zu lösen.

Warum schleppt sich blutend, elend,
Unter Kreuzlast der Gerechte,
Während glücklich als ein Sieger
Trabt auf hohem Roß der Schlechte?

Woran liegt die Schuld? Ist etwa
Unser Herr nicht ganz allmächtig?
Oder treibt er selbst den Unfug?
Ach, das wäre niederträchtig.

Also fragen wir beständig,
Bis man uns mit einer Handvoll
Erde endlich stopft die Mäuler –
Aber ist das eine Antwort?« (11, 101f.)

»›Das nennen Sie religiös? Ich nenne es atheistisch.‹
›Nein, nein, religiös, blasphemisch-religiös.‹«
(W II, 350 f.).

Die ewige »Warum«-Frage ist aufgeworfen, die Frage nach Gerechtigkeit in der Welt angesichts der unleugbaren Erfahrung, dass es um Gerechtigkeit bemühte Menschen gibt, denen es dreckig geht, während die, denen Gerechtigkeit ein Dreck ist, glücklich »auf hohem Roß« daherkommen.

Worauf aber zielt die »Warum«-Frage in diesem Gedicht? Auf Negierung der Existenz Gottes und damit auf reine Sozialkritik? Wird alles spezifisch Religiöse konsequent ausgeklammert? Ist Heines Haltung hier also explizit »nicht religiös«, sondern kritisch, weltlich, atheistisch? Solche Deutungen sind in der Heine-Literatur häufig zu lesen, konstruieren aber Gegensätze, die bei Heine gerade keine sind. Denn vom Wortlaut unseres Textes her ist es offenkundig, dass eine Auseinandersetzung *mit* Gott gesucht wird, »unserem Herrn« – angesichts der schreienden Unrechtsverhältnisse in der Welt. Nicht der »Tod Gottes« wird proklamiert, wohl aber werden Zweifel an Gottes Güte und Allmacht wach und wach gehalten angesichts einer Schöpfung voll von eklatanten Widersprüchen zwischen »Kreuzlast« des Gerechten und »hohem Roß« des Schlechten. Wie auch anders, wenn man weiß, dass dieses Gedicht nach der »Rückkehr zum Gott unserer Väter« geschrieben wurde.

Die Auseinandersetzung mit Gott ist hier also noch nicht erledigt. »*Beständig*« wird weitergefragt, buchstäblich bis zum Grab, das dann die »verdammten Fragen« zwar erstickt, ohne selber eine Antwort zu geben. Auch wird die Möglichkeit erwogen, Gott selbst könne »Unfug« mit seinen Geschöpfen treiben, was »niederträchtig« wäre, d. h. Gott den Schöpfer *moralisch* diskreditieren würde. In diesem Text also gibt es weder eine Auflösung der Gottesfrage in den Atheismus noch eine Rechtfertigung Gottes durch den Menschen. Heines dritte Option heißt: Verweigerung der Theodizee, fragendes Warten auf Theodizee, Warten auf Gottes Selbstrechtfertigung. Sein Gedicht wäre somit als ein Text der *Theodizee-*

Verweigerung und der Theodizee-Erwartung zu lesen, dessen Verbindung von Gottesklage und Gottesironie ihm einen besonderen Rang verleiht.

Heines neue Sterbe-Kunst als Politikum

Denn auf dem Krankenbett schafft Heine literarisch etwas unverwechselbar Eigenes. Er ist fähig, Krankheitserfahrungen und Sterbesehnsucht eine ironische, parodistische Pointe abzugewinnen. Im Nachlass hat sich das entsprechende Gedicht dazu gefunden:

»Die Söhne des Glückes beneid ich nicht
Ob ihrem Leben, beneiden
Will ich sie nur ob ihrem Tod,
Dem schmerzlos raschen Verscheiden.

Im Prachtgewand, das Haupt bekränzt
Und Lachen auf der Lippe,
Sitzen sie froh beim Lebensbankett --
Da trifft sie jählings die Hippe.

Im Festkleid und mit Rosen geschmückt,
Die noch wie lebend blühten,
Gelangen in das Schattenreich
Fortunas Favoriten.

Nie hatte Siechtum sie entstellt,
Sind Tote von guter Miene,
Und huldreich empfängt sie an ihrem Hof
Zarewna Proserpine.

Wie sehr muß ich beneiden ihr Los!
Schon sieben Jahre mit herben,
Qualvollen Gebresten wälz ich mich
Am Boden und kann nicht sterben!

O Gott, verkürze meine Qual,
Damit man mich bald begrabe;
Du weißt ja, daß ich kein Talent
Zum Martyrtume habe.

Ob deiner Inkonsequenz, o Herr,
Erlaube, daß ich staune:
Du schufest den fröhlichsten Dichter, und raubst
Ihm jetzt seine gute Laune.

Der Schmerz verdumpft den heitern Sinn
Und macht mich melancholisch;
Nimmt nicht der traurige Spaß ein End,
so werd ich am Ende katholisch.

Ich heule dir dann die Ohren voll,
Wie andre gute Christen --
O Miserere! Verloren geht
Der beste der Humoristen!« (11, 332 f.)

Melancholisch – katholisch: Heine ist wohl der erste Lyriker der Weltliteratur, der ein Dreifaches fertigbringt. Erstens »katholisch« auf »melancholisch« zu reimen, zweitens Gott damit zu drohen, katholisch zu *werden*, wenn er seinen Zustand nicht beende, und drittens, schlau an Gottes Selbstinteresse zu appellieren: Du, Gott, müsstest doch mehr Interesse haben an einem geistreichen »Humoristen« wie mir, statt an Menschen, die dir ständig »die Ohren vollheulen«. Unverwechselbar Heine-Ton, der noch geistreiche Lacheffekte erzeugen kann, wo andere längst in tiefe Depression versunken sind. Auch hier bricht Heine mit Konventionen und stößt vor zu einer eigenen *ars moriendi* – eine *Sterbe-Kunst* der besonderen Art: statt Privatisierung und Intimisierung des Sterbens öffentliche Rede darüber in Form von Gedichten. Schon einem zeitgenössischen Kritiker war aufgefallen:

> »Die Todtkranken der alten Schule zogen ihre Fenstervorhänge zu, schlossen ihre Thüren vor den Menschen und ihre Augen vor der Welt zu; dann starben sie. Der kluge Heine hat die Unmenschlichkeit dieses Gebahrens eingesehen. Er wollte sich nicht wie die wilden Thiere in eine einsame Wildniß verbergen und im Schweigen der Einöde die Seele aushauchen [...] Heine fühlte das Bedürfnis, ein neues Genre des Sterbens zu schaffen« (zit. nach *Manfred Windfuhr,* Heinrich Heine. Revolution und Reflexion, 1976, 252).

»Neues Genre des Sterbens«? Das ist mit Abscheu gesagt. Heine, der immer Geniale, habe, so heißt es weiter, das »poetische Sterbebett«, das »feuilletonistische Siechtum« erfunden. Selbst vom Magenkrebs des großen Napoleon sei nicht so viel die Rede gewesen wie von der »Rückenmarksdarre des großen Heine«. Auch der alte [Dichter] Tieck sei noch schweigend in seinem Bette gestorben und habe »keine Witze über den lieben Gott gerissen« und »seine Schmerzen im Stillen und nicht vor Deutschland« getragen.

Heines Sterbe-Kunst verfolgt ein völlig anderes Interesse. Hatte er vorher in seinen Texten erotische, politische, religiöse oder historische Tabus gebrochen, bricht er in der Matratzengruft jetzt auch das Todestabu. Er beugt sich nicht der Konvention, von Sterben und Tod öffentlich entweder zu schweigen oder nur »ernst« davon zu reden. Fenstervorhänge zu und der Rest ist Schweigen?

Nein, die Erfahrung des langsamen, über Jahre sich hinziehenden Sterbens ermöglicht Heine überhaupt erst eine einzigartige Sterbe-Beobachtung. Denn während die meisten Schriftsteller/innen zu plötzlich starben oder zu krank wurden, um ihren körperlichen Verfall überhaupt noch thematisieren zu können oder aber Krankheit und Sterben zwar in fiktiven Texten gestalteten, aber ihren eigenen Fall aussparten, gehört Heine zu den seltenen Fällen, in denen ein literarisches Genie über Jahre einen qualvollen Prozess von Krankheit und Sterben überhaupt erlebt und ihn literarisch gestalten kann. In der von ihm neu geschaffenen Sterbe-Kunst aber gibt es keine intimen, privatistischen Sterberituale mehr, keine sinnstiftenden, erbaulichen Abschiedsworte an die Nachwelt, kein *»fiat voluntas tua«*. Man stirbt bei Heine nicht getröstet, aber auch nicht trostlos.

Denn der Kampf für eine andere Zukunft der Menschheit geht weiter. Und Krankheit und Sterben werden so beschrieben, dass sich das Transitorische der Welt am eigenen Fall und die Erwartungen an den Schöpfer am eigenen Leben spiegeln. Kurz: Heines *ars moriendi* kommt aus einer Gottesbeziehung unter fortgeltenden Aufklärungsprämissen. Der eigene, Gott vorgetragene, ja, vorgehaltene Zustand muss öffentlich gemacht werden, weil er die Fragwürdigkeit von Gottes Schöpfung zeigt. Sterbe-Dichtung wird, so verstanden, zum Politikum. Das ist Heines Interesse. Und Lachen gehört dazu, Lachen über einen Zustand, den man nicht ändern kann, mit dem man sich aber auch nicht abfinden muss, schon gar nicht dem Schöpfer dieser Welt gegenüber: »Ob deiner Inkonsequenz, o Herr, / Erlaube, daß ich staune …«.

Muss ich noch lange erklären, warum die Texte von Heine mir eine Chance boten, dem eingangs beschriebenen Trilemma zu entkommen: entweder das maßlose Leiden Unschuldiger demütig hinzunehmen oder mit Verweis auf ein angebliches Leiden Gottes aus Liebe dialektisch zu entschärfen oder gar die Beziehung zu Gott zu verwerfen? Die Alternative? Die fragende Gottesrede, die mit Gott noch nicht fertig ist und zugleich auf einen Gott hofft, der mit uns Menschen noch nicht fertig ist. Heines Gedichte stehen in der Tradition der Gottesklagen und -einklagen der Hebräischen Bibel und der rabbinischen Tradition, wie sie später – nach der Schoa – der Schriftsteller Elie Wiesel (1928–2016) auslegen wird[17]. Es ist die Tradition der rebellischen Gebete, der Rede zu Gott gegen Gott, des fragenden Wartens auf Theodizee aus Leidenschaft für den Unverfügbaren. Gottesleidenschaft, bei Heine gepaart mit Gottesironie.

In der Rue d'Amsterdam: September 2021

6. September 2021: Ich stehe in der Rue d'Amsterdam, schon damals eine Straße auf der Grenze vom 8. zum 9. Arrondissement, und schaue von der gegenüberliegenden Straßenseite auf die Reihenhausfassade mit der heute rot gestrichenen Haustür. Nummer 54 darüber. Unter dieser Adresse (einst Nr. 50) hat Heine gut sechs Jahre gelebt und gearbeitet, ich sagte es eingangs, umsorgt von zwei Frauen: seiner Ehefrau, die er »Mathilde« nennt und die als Augustine Crescence Mirat geboren worden war (1815–1883), und deren Freundin Pauline. Sie waren seinerzeit in ein noch sehr junges Viertel von Paris gezogen, das erst seit 1826 als »Europa-Viertel« entwickelt worden war, was die Verwendung von Straßennamen großer europäischer Städte erklärt. Die Eröffnung des Bahnhofs »Saint Lazare« im Jahr 1837 dürfte der Entwicklung dieses Stadtteils noch einen zusätzlichen Schub gegeben haben. Das Haus Nr. 54 ist vom Baustil her völlig unspektakulär, Pariser Standard: 6 Stockwerke (einschließlich Dachgeschoss) mit niedrigen Schutz- oder Ziergittern und nach außen geklappten Läden an den Fenstern. Die geschlossene und ge-

Abb. 5.1. Paris, Rue d'Amsterdam Nr. 54, früher 50. Im Hinterhaus Heines Wohnung von 1848 bis 1854.

schlossen bleibende Haustür erlaubt keinen Blick in den Flur, der zum Hinterhaus bzw. in einen Hinterhof führen würde. Und eindringen will ich nicht. Ein Hinweisschild auf die Präsenz des Dichters gibt es hier nicht, anders als bei zwei anderen Pariser Adressen. Ich begnüge mich mit dem Außenblick.

Längst hat sich die einstmals ruhige Straße zu einer verkehrsreichen Durchgangsstraße zwischen Place de Clichy und Gare Saint Lazare entwickelt. In den Erdgeschossen ein Laden nach dem anderen, zu beiden Seiten der Straße. Die Rue d'Amsterdam hat sich längst ein Großstadt-Gewand übergestreift. Neben der Haustür von Nr. 54 links ein Kleidergeschäft, rechts eine Patisserie. Das Nachbarhaus zur Rechten, datiert auf 1846, zurzeit eine Baustelle. Auf unserer Straßenseite gleich gegenüber von Nr. 54 der »Grill Agora«, ein Elektroladen, ein Café. Pariser Alltag, was sonst, an diesem 6. September? Menschen, die vorübereilen, in typischer Pariser Vielfalt, viele sichtlich schwarzafrikanischer, maghrebinischer und ostasiatischer Herkunft. Fluss der Dinge. Was hatte ich erwartet? Ich weiß ja, dass nichts geblieben ist, wie es einmal vor 150 Jahren war. Sein Paris hat sich, spätestens seit der gewaltigen baulichen Umgestaltung durch Präfekt Baron Haussmann in der zweiten Hälfte von Heines Jahrhundert, schon äußerlich gewaltig verändert, sein Frankreich auch, sein Judentum ebenso. Nur?

Nur die »verdammten Fragen« wollen nicht verstummen, die der Mann exakt hier, in der Rue d'Amsterdam, einst niedergeschrieben hatte: »Warum schleppt sich blutend elend / unter Kreuzlast der Gerechte, / während glücklich als ein Sieger / trabt auf hohem Roß der Schlechte?« Von hier gingen die besonderen Texte dieses kranken und zugleich politisch wachen Dichters in die Welt: »Laß die heilgen Parabolen …«, »Es hatte mein Haupt die schwarze Frau …«, »Wie langsam kriechet sie dahin, / die Zeit, die schauderhafte Schnecke …«, »Ein Wetterstrahl, beleuchtend plötzlich …«, »Es sitzen am Kreuzweg drei Frauen …«. Stimmen, Stimmen. Wer feine Ohren hat, kann sie noch hören. Sie singen das ewige Lied vom Glanz und vom Elend des Menschen …

Mag also die Fassade dieses Hauses noch so glatt sein, mag der rauschende Verkehr auch alles wegspülen, mag die Zeit alles vergleichgültigen, mögen die Menschen ahnungslos um das Schicksal dieses Mannes in der »Matratzengruft« hier vorübereilen, er hat auch für sie geschrieben, für die Menschen, die aus Schwarzafrika hierhergekommen sind, aus dem Maghreb oder aus Südostasien, von überall her, wo der französische Kolonialismus seine Spuren gezogen hat. Vor allem für sie, die kleinen Leute »auf der Straße«, hat er geschrieben, für die Millionen Mieter in den riesigen Wohnblocks, für die vielen Namenlosen mit den »Jobs« in den Cafés und Restaurants und für all die Menschen, die man in der Metro trifft, vom Kapitalismus oft abgehängt, von der Politik allein gelassen, von der Gesellschaft marginalisiert. Für all die Stimm- und Namenlosen hat er geschrieben und schon früh seinen Namen hergegeben. Und wer noch Gottesleidenschaft in sich spürt, will sagen: wer in Sachen sozialer Gerechtigkeit nicht abgestumpft ist, wer sein gutes Gewissen nicht durch Wegsehen erkauft hat, wird sie wieder und wieder hören, diese »verdammten Fragen«, 150 Jahre hin oder her, und Konsequenzen daraus ziehen. Heinelektüre ist Zynismusprophylaxe.

Zwiespältiges am Grab von Heine

Von der Rue d'Amsterdam zum Friedhof Montmartre ist es nicht weit. Am nächsten Tag, 7. September 2021, nehme ich die Metro bis »Blanche«, eine Station vor »Place de Clichy«, und erreiche nach einigen hundert Metern das Friedhofsgelände. In seiner von vielen hochgewachsenen Bäumen erzeugten Schattigkeit bildet es eine kleine Oase der Ruhe mitten im Betrieb der Großstadt. Heines Grab ist leicht zu finden. Ein Lageplan weist den Weg in die Avenue Hector Berlioz, Feld (»Division«) 27, zweite Reihe, Nummer 54. Am 20. Februar 1856 hat man ihn hier zu Grabe getragen.

Ich hatte schon Bilder gesehen und weiß daher, was mich hier erwartet. Aber der persönliche Eindruck ist dann doch ein tiefes Befremden. Gerade wenn man wie ich aus der rebellischen Textwelt der Rue d'Amsterdam gekommen ist, stößt einen diese Grabgestaltung aus dem Jahr 1901, die das »freisinnige Wien« dem »Andenken Heines« gestiftet hat, noch

Abb. 5.2. Heines Grab heute auf dem Pariser Friedhof Montmartre.

stärker ab: die hohe, säulenartige Grabplastik aus klassischem, strahlend weißem Carrara-Marmor ebenso wie die oben aufgesetzte Heine-Büste. Sie zeigt einen bärtigen, gesenkten Kopf mit geschlossenen Augenlidern und reduziert Heine auf das Bild eines Schmerzensmannes aus den letzten Jahren seines Lebens. Verklärt, vergeistigt, weltlos. Auch stempeln die Symbole auf der Grabplastik – Lyra als Zeichen der Dichtkunst mit einem Rosengesteck darauf – Heine vor allem zum Dichter romantischer Liebeslyrik, auf den eine begeisterte Leseschaft ihn seit seinem »Buch der Lieder« (1827) schon früh festgelegt hat.

Dabei hatte der Dichter selber in seinen verschiedenen Testamenten ausdrücklich auf elementarer Schlichtheit bei Grablegung und Grabgestaltung bestanden. Und genau dafür hatte auch seine Erbin, Ehefrau »Mathilde«, anfangs gesorgt: für eine leicht gewölbte, schlichte Grabplatte aus Granit, umsäumt von einem halbhohen eisernen Gitter, am Kopfende ein flacher, oben spitz zulaufender Sandstein, auf dem eine stilisierte Amphore zu sehen ist. Nur »Henri Heine« hatte auf diesem Grabstein gestanden, später, nach Mathildes Tod 1883 und ihrer Beisetzung im selben Grab, war noch »Madame Heine« hinzugesetzt worden (Abbildung in dem Band: »Das letzte Wort der Kunst«, 2006, 314).

Deutschnationale Heine-Vereinnahmung aber hat darauf keine Rücksicht genommen und nicht nur die Namen »heim« in die deutsche Sprache geholt. »Heinrich Heine« steht jetzt auf dem Sockel unter der Lyra und darunter: »Frau Heine«. Jetzt ist das Französische ganz eliminiert, und auch andere Aspekte des Werks sind hier ausgespart: der politische Heine, der rebellische, der erotische, der kämpferische, der polemische und ironische Heine, kurz: der Heine, der in der Rue d'Amsterdam gelebt und geschrieben hat. Seiner Frau freilich versucht man heute offensichtlich die Ehre zurückzugeben, die man ihr abgeschnitten hatte. Ich finde ein auf den Sockel des Grabmals gelegtes laminiertes Blatt mit der Aufschrift: »›Mathilde‹ Heine née Augustine Crescence Mirat 15.3.1815 – 17.2.1883«. Wer der Initiator ist, steht dort nicht.

Doch immerhin ist ein Gedicht von Heine auf dem Marmorsockel eingelassen. Es stammt aus dem Nachlass und lässt zumindest etwas von der politischen und religiösen Hei-

Abb. 5.3. Laminiertes Blatt (2021) auf Heines Grab zur Erinnerung an Augustine Crescence Mirat, Heines Ehefrau, genannt »Mathilde«.

matlosigkeit dieses unangepassten, unbequemen, unzähmbaren Dichters ahnen, in Deutschland unter Zensur, in Frankreich zwischen den politischen Fronten, durch die Taufe den Juden ein Abtrünniger und den Christen ein Opportunist. In seinem Testament vom 13. November 1851 hatte er sich bei der Bestattung eine Begleitung »durch die Geistlichkeit« der protestantischen Kirche ebenso verbeten wie die »Dienste jedes anderen Priesters«. »Keine Messe wird man singen, / Keinen Kadosch wird man sagen / Nichts gesagt und nichts gesungen / Wird an meinen Sterbetagen« (11, 113) heißt es denn auch in der ersten Strophe des stolzen Gedichts »Gedächtnisfeier« des »Romanzero«. Es kommt mir in den Sinn, während ich um den Grabsockel herumgehe und diese in den Carrara-Marmor eingelassenen drei Strophen entziffere:

»Wo wird einst des Wandermüden
Letzte Ruhestätte sein?
Unter Palmen in dem Süden?
Unter Linden an dem Rhein?

Werd ich wohl in einer Wüste
Eingescharrt von fremder Hand?
Oder ruh ich an der Küste
Eines Meeres in dem Sand?

Immerhin! Mich wird umgeben
Gottes Himmel, dort wie hier,
Und als Totenlampen schweben
Nachts die Sterne über mir.« (7, 483 f.)

VI. Duino
Vom Islam, von Buddha und der Stärke der Engel: Rainer Maria Rilke

> »Es war ein wunderbarer Winter, den ich ganz einsam auf diesem starken (nun auch im Kriege untergegangenen) Schlosse, allein mit den Stürmen des Karst und dem Meer, zubrachte –; ein memorabler Winter: ich begann in dieser, nur durch die Leidenschaft des Weltraums erregten Einsamkeit die vielleicht größte und reinste Arbeit meines Herzens.«
> *Rainer Maria Rilke, An Gräfin Sizzo, Muzot, 6. Januar 1922 (B GS, 16).*

16. Mai 2019. Mit der Reisegruppe von Lingua et Cultura (Mainz), die ich seit Venedig auf Rilkes Spuren literarisch begleite, bin ich von Udine nach Duino gefahren, einem Ort an der Adria unweit von Triest. Hier ist aus karstigem Felsen eine Anlage baulich herausgewachsen, die mehr einer Festung gleicht als einem Schloss. Der riesige Felsen ragt hinaus ins Meer und erlaubt den freien Blick ins Weite. Ich will den Ort noch einmal sehen, an dem die ersten beiden Teile der Dichtung geschrieben wurden, die Rilkes Spätwerk bildet. Es wird seine anspruchsvollste Dichtung werden, und sie steht unvergleichlich da in der Geschichte deutschsprachiger Lyrik. Rilke nimmt sie in Angriff, als er von Ende Oktober 1911 bis Anfang Mai 1912 für mehr als sechs Monate hier gelebt hat. Aber noch einmal zehn quälend lange Jahre wird es dauern, durchbrochen durch den Ersten Weltkrieg, bevor er in seinem letzten Wohnort im schweizerischen Wallis, Château de Muzot bei Sierre, das Werk vollenden kann, das am Ende zehn Elegien umfassen wird. Doch aus Dankbarkeit für den seinerzeit geglückten Auftakt hat er den *ganzen* Zyklus nach diesem Ort benannt: »Duineser Elegien«.

Warum Rilke ein Mohammed-Gedicht schreibt

Es ist nicht meine erste Reise zu Rilke, zu Schauplätzen seiner Dichtungen. Auch nicht die erste nach Duino. Ich muss kurz davon erzählen, denn mit Duino hat nicht alles in Sachen Rilke für mich angefangen. Schon während meines Germanistik-Studiums in Tübingen war ich durch Seminare mit seinem Werk bekannt geworden. Meine Staatsexamens-Arbeit 1972 hatte ich zum Thema »Rainer Maria Rilkes Verhältnis zum Expressionismus« geschrieben, ermutigt unter anderen durch den damals bedeutendsten Rilke-Forscher, den Altphilologen Professor Ernst Zinn (1910–1990), Herausgeber der ersten textkritischen Ausgabe der Sämtlichen Werke Rilkes, und seinen damaligen Mitarbeiter Walter Simon, später 1997 einer der Herausgeber der »Übertragungen« Rilkes aus verschiedenen europäischen Sprachen als Band VII der Sämtlichen Werke. Ich hatte das Glück, dass beide in Tübingen leben und den jungen Examenskandidaten zu Gesprächen empfangen.

Meine Arbeit hatte denn auch ein damals für die Rilke-Forschung innovatives Thema aufgegriffen, galt Rilke doch vielen Leser/innen immer noch als eine »engelgleiche« Ausnahmegestalt, als eine Art Dichter-Seher in antiker oder als Botschafts-Künder in prophetischer Tradition, der mit seinen Dichtungen »irgendwie« einer anderen Welt angehört, jenseits aller irdischen Maßstäbe. Da will ich in meiner Arbeit

Rilkes Zeitgenossenschaft herausarbeiten und sein Werk literaturgeschichtlich »erden«. Heute würde man von zeit- und werkgeschichtlicher Kontextualisierung sprechen. Seit dieser Zeit hat mich Rilkes Werk nicht mehr losgelassen, ohne dass ich mir hätte vorstellen können, wissenschaftlich noch einmal darüber zu arbeiten. Ich hatte ja nicht übersehen können, dass die Literatur zu Rilke Jahrzehnt für Jahrzehnt angewachsen war und national wie international kaum noch zu überschauen ist. Da glaubte ich für mein spezifisch theologisch-religionsgeschichtliches Interesse nicht mehr anknüpfen zu können.

Dann aber eine Entdeckung im Rahmen meines Forschungsprojektes »Literatur und Weltreligionen«, das ich seit Ende der 1990er-Jahre betreibe. So »Unendliches« zu Rilkes Werk auch geschrieben worden sein mochte, ich entdecke, dass zwei Aspekte so gut wie unbeachtet geblieben waren: Rilkes Auseinandersetzung mit der Figur des Propheten Mohammed und mit der Gestalt des Gautama Buddha. Beides unerwartet. Sicher, immer wieder hatte ich mich auch mit Rilkes Schlüsselwerken seiner mittleren Periode beschäftigt, den beiden Bänden der »Neuen Gedichte« (1907/1908), findet sich hier doch eine Fülle von Texten zu biblischen Figuren, auch Christus-Gedichte darunter.[18] Zugleich aber gibt es in den beiden Bänden der »Neuen Gedichte« auch ein Gedicht unter dem Titel »Mohammeds Berufung« und gleich drei Gedichte zu Buddha. Lange hatte ich sie unbeachtet gelassen. Ein exotisches Randthema bei Rilke, so kommen sie mir vor, und der Forschung war dazu auch kaum etwas eingefallen.

Doch angetrieben von meinen in der Zwischenzeit erworbenen religionsdialogischen Interessen und Kenntnissen mache ich mich dann doch 2001/02 an die Arbeit. Ich will zunächst ganz elementar die Frage klären, warum ein Mann wie Rilke sich mit einer Figur wie Mohammed auseinandergesetzt hatte, immerhin die Gründergestalt einer Weltreligion.

Auch steht sein Gedicht »Mohammeds Berufung« von 1907, erschienen in »Der Neuen Gedichte anderer Teil« (1908), in der deutschsprachigen Literatur vor dem Ersten Weltkrieg einzigartig da. Es weist zurück auf Goethes Auseinandersetzung mit Mohammed, dem Koran und dem Islam, gipfelnd in dessen Gedichtzyklus von 1819 »West-östlicher Divan« und weist voraus auf die literarischen Mohammed-Deutungen während des Ersten Weltkriegs durch den Expressionisten Alfred Henschke (»Klabund«) und den sozialistischen Aktivisten Friedrich Wolf.[19] Das Rilke-Gedicht im Wortlaut:

> »Da aber als in sein Versteck der Hohe,
> sofort Erkennbare: der Engel, trat,
> aufrecht, der lautere und lichterlohe:
> da tat er allen Anspruch ab und bat
>
> bleiben zu dürfen der von seinen Reisen
> innen verwirrte Kaufmann, der er war;
> er hatte nie gelesen – und nun gar
> ein *solches* Wort, zu viel für einen Weisen.
>
> Der Engel aber, herrisch, wies und wies
> ihm, was geschrieben stand auf seinem Blatte,
> und gab nicht nach und wollte wieder: *Lies.*
>
> Da las er: so, daß sich der Engel bog.
> Und war schon einer, der gelesen *hatte*
> und konnte und gehorchte und vollzog.« (KA I, 582 f.)

Das Poem in Form des Sonetts hält eine Urszene von Berufung am Beispiel des Propheten fest, und die Analogie zwischen der prophetischen und der poetischen »Offenbarung« ist mit Händen zu greifen. Doch ich fragte weiter: Steckte bei Rilkes Beschäftigung mit Mohammed mehr dahinter als das

Interesse an einer Analogiebildung zwischen dem Urerlebnis eines Propheten und dem eines Künstlers? Möglicherweise ein anderes Verhältnis zum Islam als Religion? Mit einer spezifischen Beziehung des Menschen zum Göttlichen?

Der Islam als Religion »des unverstellten Weltraums«

Eine Klärung bringt die genaue Rekonstruktion von Rilkes Reisen durch Nordafrika und Spanien, 1910/11 bzw. 1912/13, auf denen er mit der Welt des gelebten Islam in Berührung gekommen war.[20] Ab November 1910 ist Rilke zunächst in Algier, dann in Tunis und in den tunesischen Orten El-Kantara und Kairouan, wo er mit der Sidi-Moschee eine der ältesten Moscheen und Pilgerorte der islamischen Welt kennenlernt. Erstmals erfährt er hier etwas von der »Einfachheit und Lebendigkeit dieser Religion«. Dann weiter nach Ägypten. Rilke unternimmt die klassische Nilfahrt von Kairo bis Assuan und zurück. Am Ende dieser Reise, schon in der Rückschau aus Kairo, wird er Freunden gegenüber gestehen:

> »Immerhin, Sie wissen, wie ich nach dem Orient verlangt habe: nun ist er mir so oder so in Erfüllung gegangen, Ablagerungen ungeheurer Thatsachen haben sich zwischen gestern und morgen herangehäuft, Ordnung ist keine, gar keine […] Es lohnt sich immerhin, Gott von Mohammed her gefühlt zu haben (diesen vielleicht anwendbarsten Gott) und neben diesen Menschen sich als Mensch zu versuchen in den Moscheen, in den Bazaren und draußen überall in dem unverstellten Weltraum, oder irgendwo die Hand auf die Erdoberfläche selbst zu legen, auf das pure Gestirn Erde –: lieber Gott, mir ahnt, daß ich

> doch allerhand mitbringe, neue Ordnungen, obwohl ich fast die ganze Zeit ein bestürzter Mensch gewesen bin« (B Heydt, 173).

Zwei Jahre später auf seiner Reise durch Spanien (vom 1. November 1912 bis 24. Februar 1913) sollten sich Rilkes Islam-Erfahrungen verdichten, insbesondere durch seine Besuche in Córdoba und Ronda, Städte auf spanischem Boden, die einst tief von der islamischen Kultur geprägt worden waren. Auch zu Rilkes intensiver Lektüre des Koran wird diese Reise beitragen.

Ich hatte damit zeigen können: Im Gegensatz zur geschichtlich tief verankerten Islam-Verachtung durch ein missionierendes Christentum seiner Zeit schätzt Rilke den Islam als lebendige, kraftvoll gebliebene Religion der Unmittelbarkeit zum Göttlichen, des »unverstellten Weltraums«. Die Moscheen sind ihm »Gotteshäuser eines anderen Glaubens aber desselben Gottes«, das fühle man an der Innigkeit, mit der das Leben der Muslime sich »religiös« zusammennehme, so am 19. Dezember 1910 von Tunis aus an seine Mutter (B Mutter, Bd. 2, 49 f.). Tunesien sei »ein Land großen und leidenschaftlichen Glaubens«.

Diese Unmittelbarkeit zum Schöpfergott hatte Rilke erstmals in Kairouan und dann wieder in den Landschaften von Toledo und Ronda geradezu körperlich gespürt. Seine manchmal bis zur Polemik gesteigerten Vorbehalte gegen das Christentum als Sohnes- und Mittlerreligion lassen sich von diesem Erfahrungsraum her besser verstehen. »Sowenig ich zwischen mir und Gott den Priester brauchen kann«, schreibt er am 14. Januar 1913 von Ronda aus an Marie von Thurn und Taxis, »sowenig wäre da der Arzt möglich; ich steh körperlich zu meiner Natur, wie seelisch zu Gott, unendlich unmittelbar. Nur ists schwerer so, aber genau, auf Leben und Tod« (BW TT, Bd. 1, 256).

Später erst geht mir auf, dass die Islam-Erfahrung Rilkes als Religion des »unverstellten Weltraums« im Nordafrika des Jahres 1910 die »Engel«-Erfahrung anschließend in Duino 1911/12 vorbereitet. Und umgekehrt, dass die Duino-Erfahrung der »Engel« durch die anschließende Islam-Erfahrung in Spanien 1912/13 noch einmal verstärkt werden wird. Kein Zufall somit, dass Rilke später, nach Vollendung der Elegien, in Abwehr christlicher Vereinnahmungen betont, der Engel der »Elegien« hätte »nichts mit dem Engel des christlichen Himmels zu tun (eher mit den Engelsgestalten des Islam)«, so wörtlich in einem Brief an seinen polnischen Übersetzer Witold von Hulewicz vom 13. November 1925 (B 2 Bdn, Bd. 2, 377). Einzelheiten heute bei Funda Kızıler Emer: »Das Engelbild der ›Duineser Elegien‹ und sein Bezug zum Islam« (2017).

Rodin und die »Buddha«-Gedichte: Spurensuche

Ähnlich ergeht es mir im Fall der Buddha-Gedichte in den Bänden der »Neuen Gedichte«. Auch hier hatte ich zunächst die elementare Frage zu klären: Wie kommt ein Europäer wie Rilke dazu, der nie in Asien gewesen ist und der – im Unterschied zum Islam – den Buddhismus nie als geschichtlich gewachsene Religion studiert oder gar persönlich erlebt hatte, wie also kommt gerade er dazu, gleich drei Gedichte zur Gestalt des Buddha zu schreiben? Für sein Werk, aber auch für die deutschsprachige Literatur insgesamt ist das ebenfalls beispiellos.[21] Eine neue Spurensuche beginnt. Wann sind diese Buddha-Gedichte entstanden? Welches Bild vom Buddhismus herrscht damals in Deutschland? Welche Literatur hat es über Buddha gegeben, die Rilke gekannt haben könnte? Hatte er eine konkrete Buddha-Figur vor Augen, die ihn zu seinen Gedichten hätte anregen können? Wenn ja, wo? Und

Abb. 6.1. Buddha-Figur aus Borobudur im Garten des Hauses von Auguste Rodin in Meudon bei Paris.

um welchen Buddha handelte es sich? Ich finde Antworten auf all diese Fragen und gebe sie in meinem Buch: »Rilke und der Buddha. Die Geschichte eines einzigartigen Dialogs« von 2010, Neuausgabe 2020: »›Als ob er horchte‹. Rainer Maria Rilkes Dialog mit Buddha«.

Die Spurensuche beginnt mit der Entdeckung: Während seiner Zeit als Privatsekretär des französischen Bildhauers Auguste Rodin (1840–1917) in den Jahren 1905/06 hatte Rilke ein Häuschen im Garten von Rodins Haus in Meudon im gebirgigen Umland von Paris zur Verfügung. Unmittelbar vor diesem Häuschen hatte Rodin eine große Buddhafigur in sitzend meditativer Haltung aufgestellt, demonstrativ platziert auf einem extra dafür angelegten kleinen Hügel, zu dem hinauf ein schmaler Kiesweg führt. Sofort nach Einzug im September 1905 hatte Rilke in Briefen den Dialog mit dieser Buddha-Figur aufgenommen, der sich einige Wochen später zu diesem Poem verdichtet:

»Als ob er horchte. Stille: eine Ferne …
Wir halten ein und hören sie nicht mehr.

Und er ist Stern. Und andre große Sterne,
die wir nicht sehen, stehen um ihn her.

O er ist Alles. Wirklich, warten wir,
daß er uns sähe? Sollte er bedürfen?
Und wenn wir hier uns vor ihm niederwürfen,
er bliebe tief und träge wie ein Tier.

Denn das, was uns zu seinen Füßen reißt,
das kreist in ihm seit Millionen Jahren.
Er, der vergißt was wir erfahren
und der erfährt was uns verweist.« (KA I, 462)

Wie aber war Rodin zu dieser Buddha-Plastik gekommen? Ein eigenes Werk? Oder ein erworbenes? Auch diese Frage kann ich beantworten. Rodins »Buddha« ist einer aus einer Serie von Buddhas, die aus dem buddhistischen Pilgerzentrum Borobudur auf der indonesischen Insel Java stammen. Nach Paris waren sie anlässlich der Weltausstellung 1900 gelangt, und zwar als Ausstellungsstücke für den Pavillon der Niederlande, damals noch Kolonialmacht in Indonesien. Dokumentarische Fotos von dieser Ausstellung erlauben mir, die Präsenz dieser Buddhas in dem betreffenden Pavillon nachzuweisen. Und da Rodin mit seinem Werk auf der Schau mit einem eigenen Pavillon vertreten ist, ist es ihm ein Leichtes, die Buddhas aus Borobudur zu entdecken und einige davon anzukaufen. Für einen von ihnen hatte er im Garten seines Wohnsitzes in Meudon demonstrativ einen herausgehobenen Platz geschaffen.

Am 27. August 2009 fahre ich nach Paris und begebe mich zusammen mit meinem damaligen Tübinger Nachbarn, dem Mediziner Johannes Dietl, auf Rilkes Spuren in dieser Stadt: Jardin du Luxembourg, Jardin des Plantes, Musée Rodin. Wir finden auch das Haus Nummer 11 in der Rue Toulier, durch

Rilkes »Malte«-Roman eine Adresse der Weltliteratur: »11. September, rue Toulier«, so setzt der erste Text in dieser Dichtung ein. Mehr noch: Zu meinem Entzücken entdecke ich im Bildarchiv des Rodin-Museums historische Fotos, welche die Präsenz von Rilkes »Buddha« in Meudon dokumentieren. Ich kann sie erwerben und dann zusammen mit den Bildern von der Weltausstellung ins Buch aufnehmen. Besonders kostbar, weil es durch eine spätere Umgestaltung des Geländes in Meudon heute weder die Buddha-Figur noch den kleinen Hügel noch Rilkes Häuschen mehr gibt. So bleibt mir nur, wie Rilke seinerzeit die hügelige Landschaft um Meudon mit Blick auf die Seine zu bewundern und mich vor dem Grab des großen Bildhauers zu verneigen, der 1917 hier seine letzte Ruhestätte gefunden hat. Im Buch zeige ich mit zahlreichen Textvergleichen, dass die Buddha-Gedichte Rilkes das Werk eines Mannes sind, der den Buddhismus nie religionswissenschaftlich studiert, aber im Anschauen der Buddha-Figur gespürt und zur Sprache gebracht hat, dass hier auf kongeniale Weise das Verhältnis des Menschen zum Göttlichen vollkommenen Ausdruck gefunden hat.

Im Frühjahr 2010 erscheint mein Buch, und am 23. September, stelle ich es bei der Tagung der Rilke-Gesellschaft vor: in Bad Rippoldsau im Schwarzwald. Zehn Jahre später sollte es zu einer leicht überarbeiteten Neuausgabe kommen. Und auch hier kommt es zu einer besonderen Lesung. Die Heinrich-Vogeler-Gesellschaft (in Worpswede bei Bremen) lädt mich im Oktober 2020 dazu ein, und zwar an »historischer Stätte«, dem Barkenhoff in Worpswede, Zentrum der heute legendären Künstlerkolonie um 1900. Es war Vogeler gewesen, der Rilke seinerzeit nach Worpswede gelockt und den Dichter zu einer eigenen Monographie über »Worpswede« und die dort arbeitenden fünf Künstler inspiriert hatte. Sie war 1903 erschienen. In Worpswede hatte Rilke auch die Malerin Paula Becker und die Bildhauerin Clara Westhoff kennengelernt. Clara, die bei Rodin in die Schule gegangen war, wird 1901 Rilkes Frau werden, ohne dass der Ehe lange Dauer beschieden ist. Sie aber ist es, die Rilke in die Welt von Rodin hinein vermittelt, denn der Dichter ist entschlossen, nach seiner Künstler-Monographie über »Worpswede« eine über das Werk von Rodin zu schreiben. Ohne Worpswede also keine Verbindung zu Rodin und ohne Rodin keine zu den Buddhas von Meudon. Für mich hatte sich ein Kreis geschlossen.

In den Mauern des Château Muzot: 2011

Unvergessen auch mein Besuch in Sierre im Schweizerischen Rhonetal vom 25. bis 27. März 2011. Auf Einladung der »Fondation Rilke« bestreite ich eine Lesung aus »Buddha«, und zwar auf dem alten, modern umgebauten Bischofsschloss in Leuk-Stadt im Rhonetal. Gelegenheit, das Rilke-Museum in Sierre zu besuchen, zu Rilkes Grab an der Mauer des Kirchleins auf dem Bergfriedhof von Raron zu fahren und hier meinerseits über den später vielzitierten, zunächst rätselhaft erscheinenden, von Rilke selber aber bestimmten Grabspruch

Abb. 6.2. Château de Muzot bei Sierre (Wallis), Rilkes letzter Wohnort von 1921 bis 1926.

zu meditieren: »Rose, oh reiner Widerspruch, Lust / Niemandes Schlaf zu sein unter soviel / Lidern«.

Unvergessen vor allem: Ich bekomme durch den damaligen Kurator der Rilke-Stiftung, Curdin Ebneter, Zugang zum Château de Muzot oberhalb von Sierre. Von der Winterthurer Familie Reinhart zunächst für Rilke angemietet, dann angekauft, hat der Dichter vom 26. Juli 1921 an bis kurz vor seinem Tod hier gelebt, bevor er Ende November 1926 erneut in das Sanatorium von Val-Mont bei Montreux oberhalb des Genfer Sees hatte verlegt werden müssen. Hier ist er am 29. Dezember 1926 seiner Leukämie-Erkrankung erlegen, ganze 51 Jahre alt. Das »Château«, nach wie vor im Besitz der genannten Familie, ist für die Öffentlichkeit nicht zugänglich. Umso dankbarer bin, dass ich den legendären Bau einmal von innen sehen darf. Vom 7. bis 26. Februar 1922 war der Dichter hier endlich von dem so lange ersehnten neuen Schaffensschub ergriffen worden. Jetzt gelingt ihm die Vollendung seiner vor zehn Jahren begonnenen »Duineser Elegien« und im selben Prozess auch – teils vorher, teils nachher – die der »Sonette an Orpheus«.

Überrascht bin ich, wie wenig »Schloss« ich sehe. Stattdessen einen alten Turm mit dicken Mauern und Fenstern, die eher Schießscharten gleichen. Was sich »Château« nennt, ist ein Wehr- und Wachturm aus dem 13. Jahrhundert, von denen es zahlreiche in der Gegend gibt. Daneben in unmittelbarer Nachbarschaft eine kleine Kapelle, St. Anna geweiht, die Rilke persönlich 1925 hatte restaurieren lassen. Ein seltsames Gefühl, Räume zu betreten, die seit den Zeiten des Dichters weitgehend unverändert geblieben sind. Hier also hat er gelebt. Kein Rilke-Ort ist »authentischer« als dieser Turm mit seinen Kammern. Eine Gefühlsmischung aus Ehrfurcht und Beklemmung erfasst mich, auch deshalb, weil ein Teil des alten Mobiliars noch vorhanden ist: Schränke, Sessel, Stühle, Truhen. In den Bücherregalen gibt es noch Teile seiner Bibliothek; sein Schreibtisch steht noch vor dem Fenster seines Arbeitszimmers wie eh und je. Auch die alte Lampe steht noch darauf. Alles aber eng. Die Räume in dem alten Turm sind klein, bedrückend. Bedrückend auch die Düsterheit in den Zimmern, fällt doch durch die relativ kleinen Fenster im dicken Gemäuer wenig Licht.

Heute ist Elektrizität gelegt, damals aber hatte der Turm weder Strom noch Zentralheizung. Für Wärme sorgt ein Steinofen, fließendes Wasser muss aus einem Ziehbrunnen im Garten geholt werden. Im Erdgeschoss ein Esszimmer, ein kleines Boudoir, ein Gästezimmer und im Anbau eine Küche, die eine Haushälterin für Rilke bewirtschaftet hat. In der ersten Etage, die man über eine enge Treppe erreicht, hatte Rilke sein Schlaf- und Arbeitszimmer eingerichtet. Mönchszellenartig das Ganze in seiner Kargheit und Bedürfnislosigkeit. Eher die Behausung eines Einsiedlers, so kommt es mir vor. Nicht ein Hauch von Luxus, keine Spur von Komfort über das Allernötigste hinaus. Rilke ist es offensichtlich zufrieden.

Denn nach Ende des Krieges zu rastlosem Herumreisen, zu ständigen Orts- und Quartierwechseln in der Schweiz gezwungen, ist Rilke hier endlich angekommen und sollte das erleben, was als Einziges in seinem Leben gezählt hat: die Vollendung des noch unvollendeten Werks. Ein Ort auch mit einer grandiosen Aussicht auf den zum Haus gehörenden Garten, in dem Rilke Rosen gezüchtet und einen Ginkgo-Baum gepflanzt hat. Aber auch auf die blühenden Obst- und Weingärten rund um das Gemäuer und auf die Bergkette des Rhonetals gegenüber. Unter diesen Wohnverhältnissen also waren seine Elegien vollendet, waren die »Sonette an Orpheus« geschrieben worden. Einmal mehr mache ich die Erfahrung, wie wenig es an äußerer Bequemlichkeit braucht, um ein großes künstlerisches Werk zu schaffen oder zu vollenden. Szenenwechsel.

Ein »ausgeschriebener Dichter«

Mai 2019. Noch einmal bin ich auf Rilkes Spuren, noch einmal angezogen von Duino, dieser »südlichen Gralsburg, umgeben von einem zauberischen Ambiente aus Pflanzen, Wasserbecken, Steintreppen, Torbögen und verwitterten Marmorreliefs«, so der Filmemacher Rüdiger Sünner, der in seinem Rilke-Film von 2018 »Engel über Europa« auch die Schönheit Duinos zu zeigen versteht. Als Rilke 1911/12 hier für gut sechs Monate wohnt, hatte sich sein Leben als Schriftsteller dramatisch verändert. In der Zeit der »Neuen Gedichte« hatte er, 1875 in Prag geboren, noch eine fast unheimlich zu nennende Kreativität entfalten können. In nur einem Jahrzehnt war Buch für Buch erschienen, und Rilke hatte sich in die erste Reihe deutschsprachiger Schriftsteller geschrieben, vom »Stundenbuch« angefangen (begonnen 1899, publiziert 1905) über die »Geschichten vom lieben Gott« (1900/1904), den »Cornet« (1906) und das »Buch der Bilder« (1902/1906) bis hin zu den beiden genannten Bänden mit »Neuen Gedichten« (1907 und 1908). Und soeben noch, 1910, hatte er auch ein Meisterwerk in Prosa vorgelegt, in dem die Kritik später den ersten modernen Roman in deutscher Sprache erkennen wird: »Die Aufzeichnungen des Malte Laurids Brigge«. Zehn Jahre hatte die Arbeit an diesem Prosawerk gedauert. Es hatte ihn an die Grenze seiner Leistungsfähigkeit gebracht.

Er ist jetzt 35, 36 Jahre alt, erschöpft und ausgeschrieben, und ihm ist, als habe er alles gesagt, was ihm als Dichter zu sagen möglich ist. Beinahe verzweifelt hatte er bereits nach neuen künstlerischen Ausdrucksformen gesucht und nach Orten und Landschaften, die ihn dazu würden inspirieren können. Dafür war er durch Nordafrika und Ägypten gereist und wird er anschließend sogar nach Spanien fahren. Ich habe eingangs davon berichtet. Doch künstlerisch hatte ihn das nicht weitergebracht. Er weiß es selber: »Es ist das Furchtbare an der Kunst, daß sie, je weiter man in ihr kommt, desto mehr zum Äußersten, fast Unmöglichen verpflichtet« (BW LAS, 241).

In dieser Lage kommt dem Dichter das Angebot der Fürstin Marie von Thurn und Taxis (1855–1934) entgegen, eine längere Zeit auf ihrem Schloss in Duino an der Adria zu verbringen. 1909 hatte er diese Frau in Paris kennengelernt. Sie, 20 Jahre älter als Rilke, ist eine vielsprachige, hochgebildete Frau aus einer Familie des mitteleuropäischen Hochadels. Schon ihre Mutter, Teresa della Torre-Hofer-Valsassina (1817–1893), die den Fürsten Egon aus dem Hause Hohenlohe-Waldenburg-Schillingsfürst geheiratet hatte, war literarisch versiert gewesen und hatte auf Duino einen Salon unterhalten, in dem Künstler wie Franz Liszt und Johann Strauss verkehrt hatten. Marie setzt diese Tradition fort. Rilke erlebt sie als Förderin seines Werkes, aber zunehmend auch als »mütterliche Freundin«, die dem immer wieder neuen Krisen ausgesetzten Dichter mit lebenspraktischen Ratschlägen hilft, ja ihm gelegentlich sogar die Leviten liest. Ihr Briefwechsel ab 1909 wird bis zu Rilkes Tod im Jahr 1926 nicht abreißen. Zwei Jahre vor ihrem eigenen Tod wird die Fürstin »Erinnerungen an Rainer Maria Rilke« publizieren und aus ihrer Sicht festhalten, wie Rilke den Winter 1911/12 in »unserem alten Felsennest« erlebt hat.

Schon im April des vergangenen Jahres hatte Rilke gut eine Woche auf Duino verbringen können. Er weiß somit, was ihn in diesem alten Gemäuer auf den Klippen erwartet, und hofft gerade deshalb, die selbst gewählte Einsamkeit möge ihm poetisch fruchtbar werden: »Ich kann Ihnen nicht genug sagen«, schreibt er der Fürstin in Vorfreude auf seinen Besuch Mitte September 1911, »was für Bedürfnis nach Alleinsein, langem Alleinsein täglich zu dem schon vorhandenen in mir hinzukommt – nicht sprechen, nicht aufsehen, es sei denn in's

Gesichtslose, ganz Ausgebreitete, Meer, Meer – das wird das Richtige sein« und fügt noch hinzu: »Welcher Segen, daß Sie mich in Duino verbergen wollen: als ein Flüchtling, wie unter fremdem Namen, ich will mich dort aufhalten, nur Sie sollen wissen, daß ich's bin« (BW TT, Bd. 1, 63.64). Flüchtling! Flucht? Wovor? Er weiß es nicht genau, wovor er oder wohin er fliehen soll – »unter fremdem Namen«. Sein Spiel mit Identitäten auf Duino beginnt schon früh.

Auf dem »Sentiero Rilke«: 2010

Das Schloss ist noch heute im Besitz eines Teils der Familie von Thurn und Taxis, deren italienischer Name im Deutschen noch um einiges poetischer klingt: »Della Torre e Tasso«. Lange Jahre war es öffentlich nicht zugänglich gewesen. Als das möglich wird und 2004 ein Text- und Bildband von Monika Czernin erscheint (»Duino, Rilke und die Duineser Elegien«), sehe ich erstmals wie gebannt die Fotos vom Schloss, den Klippen, dem Himmel, dem Meer und von dem das Gemäuer umschließenden Park, der teilweise in mehreren Terrassen zum Meer abfällt. Zur Anlage gehört auch ein Lotosblumenteich, in dem sich zauberhaft der massige Burgturm spiegelt und der so seine ganze Schwere verliert. Ein magischer Ort. Und ich ahne mehr als ich wissen kann, dass ich die beiden ersten Elegien, die hier geschrieben wurden, besser verstehen werde, wenn ich hierhin reisen würde. Dabei weiß ich, dass keine Dichtung eine schlichte Umsetzung autobiographischer Erfahrungen ist. Und ich denke nicht daran, die ersten beiden Elegien, auf die ich mich konzentrieren will, auf Duino-Erlebnisse zu reduzieren. Aber nachdem ich die Bilder gesehen hatte, scheint mir der Ort für diese Dichtung erst recht nicht belanglos. Jedenfalls will ich herausfinden, ob die sinnliche Anschauung mir hilft.

Abb. 6.3. Der »Rilkeweg« zwischen Duino und Sistiana.

So mache ich mich im August 2010 zusammen mit Johannes Dietl auf den Weg, und wir entdecken neben Schloss und Park etwas völlig Unerwartetes: einen »Sentiero Rilke«, einen Rilke-Weg. Die Gemeinde hat ihn über den Klippen zur Annäherung an das Schloss ausgebaut und gesichert. Eine Stunde zu Fuß, mehr braucht man nicht. Man steigt auf schmalem Pfad über raues Felsgestein, hat zur Linken den freien Blick auf das Meer oder läuft durch einen schattigen Wald von Steineichen, Hopfenbuchen, Olivenbäumen und Pinien, dicht gewachsen. Das Grün der Bäume, das Weiß des Felsgesteins und das Blau von Himmel und Meer in wunderbarer Kontrast-Harmonie. Das von Wind und Wetter bearbeitete Felsgestein erstarrt in bizarren Formen. Und dann, etwa nach einer halben Stunde, hinter einer Felsbiegung: plötzlich das Schloss über dem Meer. Anfangs noch klein, weit weg, doch mit jedem Schritt kommt es näher, wird fassbarer in seinen Dimensionen, greifbarer in seiner ganzen Wildheit und Schönheit. Ein Ort, an dem sich Himmel und Erde zu berühren scheinen. Hätte Caspar David Friedrich diese Küste und diese weißen Klippen gekannt, er hätte diese wie die auf Rügen in ein Bild gebannt. Viel Zeit haben wir nicht, aber ich bin sicher, dass ich noch einmal zurückkommen werde. Ich muss dafür bis 2019 warten.

Ein »immens ans Meer hingetürmtes Schloß«

Ende Oktober 1911: In den ersten Wochen nach Rilkes Ankunft wohnt noch die Fürstin im Schloss. Mit ihr bieten Ausflüge nach Venedig und Aquileia sowie Terrassenkonzerte mit dem »Quartetto Triestino« willkommene Zerstreuung. Vor allem gilt das für die tägliche Abendlektüre im kleinen Kreis. Rilke liest mit der Fürstin Originaltexte aus Dantes Frühwerk »Vita nuova«, erwägt sogar eine Übertragung von dessen Sonetten ins Deutsche. Man liest bei Kerzenschein, da es auf Duino noch kein elektrisches Licht gibt. Vor allem aber die Korrespondenz bietet Halt und ist oft das Einzige, das Rilkes Tag Struktur verleiht. Ausdruck einer ein Leben lang gepflegten Netzwerkerei in Briefen, aber auch einer unaufhörlichen Selbst- und Fremdbeobachtung, verbunden mit einem Tag für Tag aufrechterhaltenden Schreibfluss. Wenigstens hier sollen die Worte kommen, die es braucht. Die entscheidenden sind es nicht.

Als Marie von Thurn und Taxis am 12. Dezember abgereist ist, hat Rilke erreicht, wonach er gesucht hat: völlige Einsamkeit. Die Fürstin hatte ihm das »große freundliche Eckzimmer« überlassen, in dem man zu beiden Seiten auf das Meer blicken kann. Links sieht man bis »Triest und Istrien«, rechts »bis nach Aquileia und zu den Lagunen von Grado«. Seiner Mutter teilt Rilke am 31. Oktober brieflich Einzelheiten mit. Er habe vom Balkon »eines reizenden grünen Salons aus das verschwenderische Schauspiel unbeschreiblicher Sonnenuntergänge, von denen jeder alle vorhergehenden« übertreffe und Lügen strafe. Die Lage dieses Schlosses sei »von einer

Abb. 6.4. Blick auf Schloss Duino vom »Rilkeweg« aus.

solchen Einzigkeit«, dass er nicht aufstehe am Morgen, ohne von seinem Fenster, allen dreien, überrascht zu sein, und auch des nachts wecke ihn »in diesem zunehmenden Mond oft die Neugierde hinauszusehen auf das unmittelbarste Meer« (B Mutter, Bd. 2, 94 f.)

In zahlreichen Briefen aus diesen Tagen bekräftigt Rilke denn auch seinen Wunsch, »hier allein zu sein, streng allein, mich einzupuppen, zusammenzunehmen, kurz und gut, von meinem Herzen zu leben und von nichts anderem« (AB, 296). Das »Alleinsein« sei »ein wahres Elixier«, bekommt auch die Fürstin kurz nach ihrer Abreise zu lesen, als müsse er das ihr gegenüber noch einmal versichern. Und in Anspielung auf seine Produktionskrise: Dieses »Alleinsein« treibe die Krankheit »nun völlig an die Oberfläche«, es müsse »erst schlimm, schlimmer, am Schlimmsten werden«. Und dann fällt ein Satz, der auf den Auftakt der Elegien vorausweist: »Ich krieche den ganzen Tag in den Dickichten meines Lebens herum und schrei wie ein Wilder und klatsche in die Hände –: Sie glauben nicht, was für haarsträubendes Gethier da auffliegt« (BW TT, Bd. 1, 85). Nach kreativem Glück klingt das nicht.

Aber dieses alte Castel mit einem Turm noch aus der Römerzeit, einem mittelalterlichen Burghof und einer stützenden Bastion, die der Sicherung des Baus gegen den steil abfallenden Felsen dient, entspricht genau der gegenwärtigen inneren Verfassung des Dichters. Man muss in der Tat hierhergereist sein, um das zu verstehen: die steingewordene Einsamkeit dieser Burg und ihre den Zeiten trotzende Unerschüttertheit. Ein Solitär, der sich der Welt ausgesetzt hat und ihr standhält: Dem Wetter, den Winden und dem Meer. Gleich nach Ankunft spricht Rilke denn auch von »diesem immens ans Meer hingetürmten Schloß«, als spiegele er sich selbst in ihm, von einem Bau, der »wie ein Vorgebirg menschlichen Daseins mit manchen seiner Fenster (darunter mit einem meinigen) in den offensten Meerraum« hinaussehe, »unmittelbar ins All möchte man sagen«, während innere Fenster »in still eingeschlossene uralte Burghöfe« blickten (AB, 294). Man spürt, wie Rilke diesen Ort in sich aufzunehmen versucht, um ihn durch eine *eigene* Sprache zu bannen und ihn zu *seinem* zu machen. Gekrönt werden die Beobachtungen durch den Hinweis auf die Überlieferung, Dante habe hier schon »geweilt«, und zwar in dem »älteren Burgbau« (Ebd.). Gemeint ist das auf einem Felsen gegenüber dem Schloss gelegene »Castel Vecchio« aus dem 11. Jahrhundert, von dem seit langem nur noch Ruinen existieren, und das Ende des 14. Jahrhunderts durch das heutige »Castel Nuovo« ersetzt worden war. Rilke, der Dante-Kenner, glaubt nur allzu gern an solche »Überlieferungen«. An einen solchen, von einem der größten Dichter »geweihten« Ort, da gehört er hin.

»Unmittelbarstes Meer«, »Offenster Meerraum«, »Unmittelbar ins All«: Ich merke mir diese Schlüsselworte im Blick auf die kommenden beiden Elegien. Auch das, was Rilke seiner Verlegergattin Katharina Kippenberg am 31. Oktober nach Leip-

zig schreibt. Hier lägen wir »so immens am Meer in unvordenklichen Mauern«, die einen Menschen wirklich einschlössen (BW KK, 32). Ja, das »alte, ganz ans Meer hingetürmte Schloß« habe »eine ganz starke Schale, aber innen verhältnismäßig viel Fruchtfleisch, in dem es sich ziemlich saftig« wohnen lasse, bekommt Elsa Bruckmann am 14. Dezember zu lesen. Ganz allein sei er jetzt »in dem alten Gemäuer«, fährt er in diesem Brief fort, »draußen das Meer, draußen der Karst, draußen der Regen, vielleicht morgen der Sturm«. Und wie zur trotzigen Selbstbehauptung fügt er hinzu, nun solle »sichs zeigen, was innen ist als Gegengewicht so großer und gründlicher Dinge«. Deshalb komme es jetzt darauf an: »bleiben, aushalten, stillhalten, mit einer Art Neugierde nach sich selbst« (AB, 296).

Der Durchbruch

Und Tag für Tag wartet er, wartet auf das erlösende Wort. Und je länger es ausbleibt, umso prekärer wird seine Lage. Plötzlich ist alles zwiespältig. Weder das Haus noch das Klima sagen ihm auf einmal »recht zu«, lässt er Lou Andreas-Salomé am 10. Januar 1912 wissen. Da lebt er schon mehr als zehn Wochen im Haus. Der »fortwährende Wechsel« der Winde »zwischen Bora und Scirocco« tue seinen Nerven nicht gut, gesteht er. Überhaupt bringe »die Natur« ihm hier »fast nichts« entgegen, »sogar das Meer« lasse ihn »gleichgültig« (BW LAS, 247.248). Wie auch anders? Die Sehnsucht nach künstlerischer Arbeit und die Arbeit selbst wollen nicht zusammenkommen. Rilkes Stimmung ist mittlerweile derart gedrückt, dass er Lou gegenüber allen Ernstes in Erwägung zieht, sich einer Psychoanalyse in der Schule Sigmund Freuds zu unterziehen, zu der Lou Beziehungen geknüpft hatte. In diesem Sinne geht denn auch am 14. Januar ein Brief an den

Psychologen seiner Frau Clara, Dr. Emil Freiherr von Gebsattel. Zugleich aber bleibt Rilke skeptisch gegenüber »diesem großen Aufgeräumtwerden«, dieser »ganzen Ausgrabung«. Nur etwas wie eine »desinfizierte Seele« komme dabei heraus, fürchtet er (BW LAS, 250). Bisher sei ja auch seine »Arbeit eigentlich nichts anderes als eine derartige Selbstbehandlung« gewesen, lässt er den Arzt wissen (AB, 315 f.). Und auf die Wiederaufnahme dieser seiner Arbeit wartet er jetzt seit Monaten. Vergeblich.

Doch dann der Durchbruch, und die Psychoanalyse hat sich erledigt. Ein Zufall? Kaum hatte Rilke den Brief an Gebsattel abgeschickt, entsteht zwischen dem 15. und 22. Januar 1912 auf Duino ein Zyklus von zwölf Gedichten, der dann Anfang Juni 1913 im Insel Verlag unter dem Titel »Das Marien-Leben« erscheinen wird. Fingerübungen, mehr nicht. Ernst nimmt Rilke sie nicht, obwohl einzelne Motive eine Nähe zu den Elegien erkennen lassen und diese Dichtung später die Vertonung durch einen so renommierten Komponisten wie Paul Hindemith (1923/24 und 1948) erfahren wird. Wichtig aber sind sie vor allem deshalb, weil Rilke im selben Schwung den Text niederschreiben kann, den wir als die Erste Elegie kennen. Es ist Sonntag, der 21. Januar 1912. Kurze Zeit danach die Zweite Elegie. Marie von Thurn und Taxis hat überliefert, was Rilke ihr zur Entstehung der Ersten mitgeteilt hat (TT E, 48 f.). Nicht ohne Stilisierung zu einem beinahe überirdischen Inspirationsgeschehen, aber in einigen Fakten durchaus glaubwürdig.

Lange habe Rilke geglaubt, erinnert sie sich, »der Gott« habe »ihn verlassen«. Nie wieder würde er schreiben können. Auch dieser Winter – bisher ohne Ergebnis. Und lange habe es so ausgesehen. Dann aber sei Rilke an dem bewussten Tag zu der Bastion am Fuße des Schlosses hinabgestiegen, die man über einen schmalen Weg erreiche. Steil fallen die Felsen von hier ins Meer hinab, »wohl an die 200 Fuß tief«. Eine »heftige Bora« bläst, doch die Wintersonne lässt das Meer blau leuchten, »wie mit Silber übersponnen«. Ganz in Gedanken versunken sei Rilke auf einmal stehen geblieben, denn plötzlich habe er den Satz sagen können: »Wer, wenn ich schriee, hörte mich denn aus der Engel Ordnungen ...?«. Es ist der Auftakt zur Ersten Elegie. Rilke habe ihn in sein Notizbuch eingetragen, das er stets mit sich geführt habe, und am Abend sei die ganze Elegie niedergeschrieben worden. In der Tat geht noch am selben Tag ein Brief von Duino aus an die Fürstin: »Da kommt nun endlich, um Ihnen immer zu bleiben, das kleine grüne Buch zu Ihnen zurück, höchst eigenmächtig vollgeschrieben mit der ersten duineser Arbeit (und der ersten seit lange!), für die es genau gemacht war« (BW TT, Bd. 1, 97).

Mai 2019: Auch mit meiner Reisegruppe bin ich den »Sentiero Rilke« gelaufen. Aber intensiver als bei meinem ersten Besuch bin ich vorbereitet. Ich hatte mit der Gruppe zuvor die Erste Elegie gelesen, in einem Gasthaus, vor dem Besuch im Schloss. Ich will zuerst eine Ahnung von der Kraft dieser Dichtung vermitteln, um dann die Bedeutung dieses »Schauplatzes« zu erkennen. Textlektüre unterstützt durch persönliche Sinneseindrücke. Nichts anderes suche ich mit der Gruppe, die sich auf beglückende Weise derart sensibilisieren lässt, dass sie nach einer ähnlich intensiven Lektüre der Zweiten Elegie verlangt. Aber zunächst die Anschauung.

Im Schloss finden wir rasch den Weg zur Bastion. Vor dem Absturz des Plateaus zum Meer hin ein Sicherungszaun, an dem eine Tafel angebracht ist. »La Terrazza Dove R. M. Rilke Ha Scritto Le ›Elegie Duinesi‹«, steht zu lesen. »Die Terrasse, auf der R. M. Rilke die ›Duineser Elegien‹ geschrieben hat«. Gut gemeint, finden wir, vor allem für Italienisch sprechende Besucher, die zumindest einen Hinweis bekommen und so herausgefordert werden, einmal nachzuforschen, wer wohl dieser »R. M. Rilke« gewesen sein mag, an den hier erinnert

Abb. 6.5. Gedenktafel auf Schloss Duino an Rilkes »Duineser Elegien«.

wird. Und eine Hommage an die deutsche Literatur. Zugleich aber enthält die Tafel ein Missverständnis. Rilke hat auf dieser Terrasse, wie wir wissen, bestenfalls die Inspiration zu seiner Dichtung erhalten, »geschrieben« hat er sie hier nicht. Wir können das verschmerzen, denn die Magie dieses Ortes ist unwiderstehlich.

Séancen in Duino

Dann der Aufstieg im Haus. Ich passiere rasch die Flure, Säle und Zimmer, die mit Mobiliar aus vergangenen Epochen reichlich ausgestattet sind. »Fruchtfleisch« eben. Ob Schlafzimmer, Arbeitszimmer, Blauer Salon, Grüner Salon, Kaisersalon, Chinesisches Zimmer, Rittersaal: Einrichtungen auf Hochadelsniveau des 19. Jahrhunderts mit altem, schwerem Mobiliar. Für mich ohne Belang. Ich werfe auch nur rasch einen Blick in die immer noch vorhandene Bibliothek, in der Rilke schon recherchiert und gearbeitet hat. Denn ich habe zwei Ziele: den Roten Salon und die steinerne Terrasse im zweiten Stock. Beide verweisen auf die ersten beiden Elegien.

Was sich zu Rilkes Zeit im Roten Salon von Duino abgespielt hat, ist aus heutiger Sicht gewöhnungsbedürftig: die Herstellung von »Verbindungen zur okkulten Welt« nämlich. Marie von Thurn und Taxis berichtet davon in ihren »Erinnerungen« ausführlich (TT E, 72–76). Für Rilke selber nichts Ungewöhnliches. Schon früh in seiner Münchner Zeit vor dem Ersten Weltkrieg hatte er sich für die Praxis des Spiritismus interessiert, war er empfänglich gewesen für alle möglichen Formen des Kontakts zum Übersinnlichen, er, der wohl in der Tat einem »übersensitiven Seismographen« geglichen haben muss, der »Schwingungen aller Art wahrzunehmen imstande war« (Monika Czernin, 2004, 61). Auch in seinem soeben noch 1910 veröffentlichten Roman hatte er seiner Hauptfigur, Malte, eine starke Neigung zur Welt des Unsichtbaren und Okkulten zugeschrieben. Kein Zufall somit, dass er in Duino an Séancen teilnimmt und den »Versuch mit der ›Planchette‹ nicht scheut, mit der man einen Stift dazu bringen« kann, »automatisch« zu schreiben und die Verbindung mit der okkulten Welt aufzunehmen. Ein abseitiges Thema für das Verständnis der Elegien? Mitnichten.

Während die Fürstin selber »skeptisch« bleibt, lieber vom »Unterbewußtsein des Dichters« als von Geisterstimmen spricht und sich selber keinerlei Begabung zuspricht, »die Geister zu beschwören«, sieht sie ihren anwesenden Sohn Alexander (»Pascha«) zusammen mit dem Dichter tief involviert, fest davon überzeugt, dass die Welt der Toten und die Welt der Lebenden wechselseitig durchlässig sind und die Toten als Geistwesen in einer Welt leben, zu der man als medial begabter Mensch Verbindungen herstellen kann. »Aber Lebendige machen / alle den Fehler, daß sie zu stark unterscheiden«, wird es dann nicht zufällig in der Ersten Elegie heißen, »Engel (sagt man) wüßten oft nicht, ob sie unter / Lebenden gehen oder Toten.« Einer der Kerngedanken der Elegien: Die Toten sind nicht weniger wirklich als die Lebenden, das »Jenseits« gehört nicht weniger zu der *einen* Welt als das »Diesseits«. Solch klassischen Raum-Begriffe sind in dieser Dichtung überwunden, ist doch die Welt für den Verfasser der Elegien ein Ganzes. All-Leben strömt hinüber und herüber und hebt die Trennungen auf.

Seltsam, sich aus heutiger Sicht vorzustellen, wie Rilke bei einer Séance im Roten Salon zu Duino Kontakt zu der Welt der Geister aufgenommen und Fragen notiert hat, die er empfangen haben will, bevor er sie den anderen »nach erhaltener Antwort« mitteilt. Dass etwas Derartiges passiert ist, daran dürfte nicht zu zweifeln sein. Die Fürstin ist in ihrem Bericht hier bis ins Detail gegangen. Ja, die von Rilke aufgezeichneten Protokolle der vier Séancen vom Herbst 1912 aufgrund der Planchette-Aufzeichnungen sind am Ende des Briefwechsels mit Marie von Thurn und Taxis dokumentiert (BW TT, Bd. 2, 897–914). Rilke meint Botschaften für eine Reise ins spanische Toledo bekommen zu haben und fährt denn auch im Winter darauf exakt dorthin.

Ein Ölbaum und ein mystisches »Erlebnis«

Dazu passt ein spirituell-mystisches »Erlebnis« im Park von Duino kurz vor der Niederschrift der Ersten Elegie, das den Dichter »äußerst erregt« haben muss, wie die Fürstin bezeugt. Rilke habe das mehrfach erzählt. Mit dem Rücken zu einem »riesigen, sehr alten Ölbaum« habe Rilke »auf dessen knorrigen Wurzeln« gestanden und den Kopf gegen die Äste gestützt. In diesem Moment sei ihm gewesen, »als stünde er in einem anderen Leben, in einer längst vergangenen Zeit«. »Alles, was je hier gelebt, geliebt und gelitten« habe, sei zu ihm gekommen, habe ihn »umgeben und bestürmt« und erneut in ihm »aufleben, von neuem lieben und leiden« wollen. Da sei »keine Zeit« mehr gewesen, »kein Unterschied zwischen dem wiedergekehrten Einst und dem gestaltlos-düsteren Jetzt«. Ja, als so »seltsam« habe Rilke dieses Erlebnis empfunden, dass er sich »nie getraut« habe, »an diese versteckte Stelle zurückzukehren und den Baum auch nur zu berühren« (TT E, 54 f.). Vermutlich ein Grund dafür, warum Rilke ein Jahr Distanz braucht und erst Anfang Februar 1913 während seines Aufenthaltes im spanischen Ronda dieses besondere Duineser »Erlebnis« aufzeichnen wird.

In diesem seinem kleinen Prosatext, 1919 dann veröffentlicht (KA IV, 666–668), teilt Rilke seinerseits mit, er habe sich, ein Buch lesend, in die »etwa schulterhohe Gabelung eines strauchartigen Baumes« gelehnt und plötzlich etwas gespürt, »als ob aus dem Inneren des Baumes fast unmerkliche Schwingungen in ihn« übergegangen seien. Er habe den Eindruck gewonnen, dass sein Körper von sehr leisen Bewegungen »wie eine Seele« behandelt worden, ja dass er »auf die andere Seite der Natur geraten« sei. In diesem Moment wäre er nicht erstaunt gewesen, wenn ihm Verstorbene aus der Geschichte des Schlosses begegnet wären, namentlich Polyxène und Raymondine, die Schwestern der Mutter der Fürstin, die, lang ist es her, mit 15, beziehungsweise 20 Jahren allzu früh verstorben waren und die zu den »Früheentrückten« gehören, denen Rilke dann in der Ersten Elegie ein literarisches Denkmal gesetzt hat. Mit deren Schicksal hatte sich der Dichter auf Duino intensiv befasst. Dabei seien die beiden lange verstorbenen jungen Frauen für die Familie selber »unbekannte Wesen« geblieben, erinnert sich die Fürstin, »an die man sich manchmal angesichts der reizenden Bilder« erinnert habe. Rilke aber habe ihr »oft« erzählt, »daß er trotz der großen Stille und durch nichts gestörten Ruhe niemals das Gefühl gehabt habe, wirklich allein zu sein« (TT E, 53).

Die »Ordnungen« der Engel: Zur Ersten Elegie

Vom Roten Salon zur steinernen Terrasse im zweiten Stock. Ein Schauplatz, der wie eh und je einen Ausblick auf die schier unendliche Weite des Raums erlaubt. Auf ein Meer, das in den Himmel übergeht und auf einen Himmel, der mit dem Meer zu verschmelzen scheint. Spaliere von Kletterrosen rahmen die begrünt überdachte Terrasse mit ihren Säulen ein, in der Mitte ein steinernes Becken, blumenbepflanzt. Atemberaubend der Blick von hier oben. Jetzt kann man in der Tat wie Rilke hinaussehen »auf das unmittelbarste Meer«, auf den »offensten Meerraum«, »unmittelbar ins All«. Rilke hat in seinen Briefen nicht übertrieben. Und auch als Besucher ist man an dieser Stelle buchstäblich ins All hinausgehalten. Und damit unabweisbar mit der Frage konfrontiert, die in der Zweiten Elegie direkt aufgeworfen ist: »Schmeckt denn der Weltraum, in den wir uns lösen, nach uns?«

Wer hier gestanden hat, versteht besser, welche Grundfrage in den ersten beiden Elegien aufgeworfen ist, aufgeworfen werden musste durch einen Dichter, der ohne alle traditionellen Sicherheiten und Sicherungen hier herausgetreten ist, am Tag und in der Nacht, und sich der Frage nach der »Stellung des Menschen« ausgesetzt hat. Zum einen nach der Stellung des Menschlichen im Ensemble der Lebenden *und* der Toten, zum anderen nach der Stellung des Menschlichen im All, im kosmischen Universum. »O und die Nacht, die Nacht, wenn der Wind voller Weltraum / uns am Angesicht zehrt«, heißt es beschwörend in der Ersten Elegie (KA II, 201). Noch in der Rückschau erinnert sich Rilke an diese seine Urerfahrung bei der Entstehung der Elegien: »Es war ein wunderbarer Winter, den ich ganz einsam auf diesem starken (nun auch im Kriege untergegangenen) Schlosse, allein mit den Stürmen des Karst und dem Meer, zubrachte –; ein memorabler Winter: ich begann in dieser, nur durch die Leidenschaften des Weltraums erregten Einsamkeit die vielleicht größte und reinste Arbeit meines Herzens« (B GS, 16 f.).

»Durch die Leidenschaften des Weltraums erregt«! Wer Rilkes Selbstzeugnisse aus Duino bis hierher verfolgt hat, weiß um seine Grundverfassung. Die Einsamkeit ist ihm nicht aufgezwungen worden, er hat sie gesucht, gewählt, sich bewusst auf sie eingelassen, weil er nur so glaubte, poetisch wieder schöpferisch zu werden. Ein Risiko, er weiß es, kann doch das Schöpferische nicht erzwungen werden und ist man bei tiefsitzenden Selbstzweifeln und Verlustängsten vor allem mit sich selbst konfrontiert. Man kriecht in der Tat »den ganzen Tag in den Dickichten« seines eigenen Lebens herum, »schreit wie ein Wilder« und klatscht in die Hände, um das »Gethier« in sich zu verscheuchen.

Und dann dieses Schloss über dem Meer, dieser Solitär, der seit Jahrhunderten Wetter und Winden trotzt. Standhält. »Bleiben, aushalten, stillehalten«, so hatte Rilke sich denn auch selbst ermahnt. Aber an einem solchen Ort setzt man sich erst recht den Dämonen der eigenen Seele aus und zugleich dem Weltraum, unmittelbar. Wie aber bewahrt man sich vor Auflösung oder Abstumpfung? Wie eine eigene Sprache für diese neue Erfahrung finden? Ohne Rückgriff auf vorgeprägte religiöse Tröstungen oder Verheißungen. Aushalten, Standhalten. Warten. Kein Wunder, dass Rilke sich wie ein Gefangener fühlt, wie ein Mann mit der »Eisenmaske«. Ein Gefühl der Not presst die Seele derart, dass einem nach Schreien zumute ist. In den Raum hinein gegen den Wind. Aber wäre das ein Akt der Befreiung? Kann man so dem Druck entkommen? Denn:

> »Wer, wenn ich schriee, hörte mich denn aus der Engel
> Ordnungen? und gesetzt selbst, es nähme
> einer mich plötzlich ans Herz: ich verginge von seinem
> stärkeren Dasein. Denn das Schöne ist nichts
> als des Schrecklichen Anfang, den wir noch grade ertragen,
> und wir bewundern es so, weil es gelassen verschmäht,
> uns zu zerstören. Ein jeder Engel ist schrecklich.
> Und so verhalt ich mich denn und verschlucke den Lockruf
> dunkelen Schluchzens. Ach, wen vermögen
> wir denn zu brauchen? Engel nicht, Menschen nicht,
> und die findigen Tiere merken es schon,
> daß wir nicht sehr verläßlich zu Haus sind
> in der gedeuteten Welt.« (KA II, 201)

So der Auftakt, so die ersten 13 Verse. Rilke lässt ein Sprecher-Ich zu Wort kommen, stellvertretend, und es ist, als befinde sich dieses »Ich« längst mitten in einem Gespräch mit anderen, mit Menschen, die ihn aufgefordert hatten, sich doch an die »Ordnung der Engel« zu halten. Sprich doch, rufe doch, schrei doch …

Aber vergeblich das Ganze, und zwar in einem mehrfachen Sinn. Das Sprecher-Ich hat die Vergeblichkeit all seiner Bemühungen bereits eingesehen, einsehen müssen. Deshalb der dramatische Gestus der Selbstzurücknahme ebenfalls zum Auftakt, der uns Leser fast überfallartig in das Gespräch mit hineinzieht und zugleich abstößt: Selbst *wenn* ich »schriee«, wenn »ich« also die stärkste Form der Beziehungsaufnahme zu einem Gegenüber nutzte, den Schrei, ist es höchst zweifelhaft, dass man als Mensch die »Engel« überhaupt erreicht, dass sie »hören« würden. Und selbst wenn sie reagierten, wenn einer der »Engel« den Sprecher »ans Herz« nähme und damit höchste Nähe zuließe, verginge man, will sagen, überlebte man diese Nähe gar nicht. Denn jeder Engel hat das »stärkere Dasein«, und diese Stärke ist »schrecklich, so dass »wir«, wir Menschen, froh sein können, dass die Repräsentanten dieser stärkeren Ordnung es sich versagen, es »verschmähen«, wie es heißt, »uns zu zerstören«. Uns also am Leben *lassen*. Und warum sollten sie das nicht? Sie haben keine Beziehung zu uns, sie interessieren sich offensichtlich nicht für uns, sie leben in ihrer eigenen Sphäre, selbstgenügsam in sich selbst.

Woraus folgt: In der »Welt« der Ersten Elegie gibt es, so verstehe ich Rilke, Stufen von Wirklichkeit, genauer: dichterer oder stärkerer Grade von Wirklichkeit. Einer Wirklichkeit, die zwar unsichtbar ist, aber existiert. Das ist die Grunderfahrung, von der alles Weitere abhängt. Der Sprecher nennt das die »Ordnungen« der Engel. Engel? Gemeint sind ganz offensichtlich nicht mythische oder überweltliche personale Wesen, obwohl sie wie solche angeredet werden. Rilke hat dafür eine eigene mythopoetische Sprache geschaffen. Seine Engel sind auch nicht im biblisch-christlichen Sinn als Boten Gottes oder als himmlische Gefährten von Menschen zu verstehen.

Sie geben weder eine göttliche Botschaft an die Menschen weiter noch dienen sie als eine Art »Schutzgeister«. Die Engel der Elegien sind Repräsentanten einer grundsätzlich verschiedenen, aber gegenüber der Welt der Menschen nicht getrennten »Ordnung«. Damit können sie zur Selbstdeutung des Menschen herangezogen werden, haben somit die Funktion, zu zeigen, was »wir« Menschen nicht, noch nicht sind.

Womit vollends klar sein dürfte: Die Engel dieser Dichtung verkörpern eine von Menschen verschiedene Daseinsform als Wesen, die eine stärkere, wirklichere Wirklichkeit repräsentieren. Sie sind personifizierte Chiffren dichteren Seins. Unsichtbar, aber wirklich, wobei dem Unsichtbaren in dieser Dichtung der höhere Rang von Wirklichkeit zukommt. Dieses Verständnis von Wirklichkeit setzen alle Elegien voraus. Und dieses Wirklichkeitsverständnis ist die eigentliche Herausforderung dieser Dichtung für ein mechanistisches und funktionalistisches Weltverständnis ebenso wie für ein traditionell theologisches oder religiöses. Rilke schafft jenseits von Metaphysik und Materialismus etwas unverwechselbar Eigenes. Dem bin ich hier in Duino auf der Spur.

Dabei kennt schon die Erste Elegie ein Sprecher-Ich, das in Verbindung treten will zu diesen »Ordnungen stärkeren Daseins«. Vergeblich, entsprechend fühlt sich der Sprecher gleichsam zurückgestoßen auf die uns Menschen gemäße Sphäre. Er gibt auf, schreit *nicht* und verschluckt den »Lockruf« unter Tränen. Es ist der *nicht* geschrieene Schrei, es ist der *nicht* gehörte Anruf, es ist die verschluckte Klage, die in diesem Auftakt-Text der Elegien die Spannung fast bis zur Unerträglichkeit steigert und das Defizitäre des Menschlichen gegenüber den Engelordnungen radikalisiert. So bleibt die Engelwelt das Unverfügbare und zugleich Erstrebenswerte. Denn die Frage ist jetzt nur noch umso drängender: »wen vermögen wir denn zu brauchen?« Wir Menschen. Was bleibt *uns*? Was ist uns Menschen gemäß? Wir, die wir in einer immer schon »gedeuteten Welt« leben, in der selbst die Tiere merken, dass wir »nicht sehr verläßlich zu Haus sind« in dieser »gedeuteten Welt«.

Was bleibt uns Menschen?

Klassische Antworten lässt der Sprecher völlig beiseite: von Gott als Schöpfer der Welt und Sinngarant des Lebens ist nicht die Rede, von klassischen Überlieferungen aus der Welt der Religionen auch nicht, von Heilsgeschichte im jüdisch-christlich-islamischem Sinn erst recht nicht. Keine Tora gibt hier Weisungen, kein Christus rettet einen aus den gegebenen Bedingungen des Menschseins, kein Koran weist einen Heilsweg. Klassische religiöse Tröstungen kommen nicht vor, werden nicht gebraucht. Die Erfüllung von Verheißungen wird nicht ersehnt. All das ist für den Sprecher kein Referenzrahmen, auch für den Dichter nicht. Stattdessen führt der Sprecher Momentaufnahmen vor, Erlebnisse, assoziativ eingestreut, die »uns« Menschen »bleiben«: Ein Baum an einem Abhang gehört dazu, eine »Straße von gestern«, das »verzogene Treusein einer Gewohnheit«, die »Nacht, wenn der Wind voller Weltraum / uns am Angesicht zehrt«, die Frühlinge, die einen »brauchen«, »manche Sterne«, die einem zumuten, dass man sie braucht, der Ton einer Geige, den man gehört hat, als man am einem Fenster vorüberging. »Das alles war Auftrag. / Aber bewältigtest du's?« Auch das bleibt offen.

Vor allem aber bleibt »uns«, das Geheimnis von zwei besonderen Gruppen von Menschen auszuleuchten. Da ist *zum einen* das Geheimnis der Liebenden, der glücklich Liebenden, aber auch der Unglücklichen, der Verlassenen, der in und an der Liebe Gescheiterten. Es seien die »ältesten Schmerzen«, die der Liebe, meint der Sprecher und fordert zugleich dazu auf, diese Schmerzen nicht nur als Verlust, sondern vor allem in ihrer »Fruchtbarkeit« zu begreifen, als Gewinn also. Ich halte inne und lasse den Gedanken noch einmal auf mich wirken. Dichtungen deutscher Sprache besingen oft die glücklich Liebenden und ihr »berühmtes Gefühl«. Aber die verlassenen Liebenden? Wen interessieren sie? Das Schicksal war ihnen nicht hold, pflegt man zu sagen. Ja, und? Rilke aber schreibt den »ältesten Schmerzen« (der verlassenen Liebenden) eine Erkenntnismöglichkeit zu. Diese könnten »fruchtbarer« werden, als ihnen gemeinhin zugeschrieben wird. Wie?

> »Ist es nicht Zeit, daß wir liebend
> uns vom Geliebten befrein und es bebend bestehn:
> wie der Pfeil die Sehne besteht, um gesammelt im
>   Absprung
> *mehr* zu sein als er selbst. Denn Bleiben ist nirgends.«
> (VV 50–53)

Man hat vom Ideal einer »besitzlosen«, einer »intransitiven Liebe« bei Rilke gesprochen, einer Liebe ohne Objekt. Zu Recht. Aber ein solches Liebesverständnis könnte missverstanden werden, als ob das »liebend … befreien« eine Aufforderung wäre, einen geliebten Menschen in jedem Fall zu verlassen. Das meint Rilke nicht. Er meint damit, »dass die Aktivität der Liebe nicht zu einem passiven Empfangen bzw. einer Anspruchshaltung werden darf«. Die Liebe »soll nicht am Objekt hängen bleiben, sondern frei werden, in Rilkes Sprache: ins Offene lieben, nicht besitzergreifend oder anhaftend« (Michael von Brück, Weltinnenraum, 2015, 63. 64).

Und da sind *zum Zweiten* die frühverstorbenen Toten, »die Früheentrückten«, wie sie genannt werden. Sie bleiben präsent. Und der Sprecher mahnt (und Rilkes eigene Séancen-Erfahrungen auf Duino klingen hier an):

»Aber Lebendige machen
alle den Fehler, daß sie zu stark unterscheiden.
Engel (sagt man) wüßten oft nicht, ob sie unter
Lebenden gehn oder Toten. Die ewige Strömung
reißt durch beide Bereiche alle Alter
immer mit sich und übertönt sie in beiden.

Schließlich brauchen sie uns nicht mehr, die
Früheentrückten,
man entwöhnt sich des Irdischen sanft, wie man den
Brüsten
milde der Mutter entwächst. Aber wir, die so große
Geheimnisse brauchen, denen aus Trauer so oft
seliger Fortschritt entspringt –: *könnten* wir sein ohne
sie?« (VV 80–90)

Ich halte noch einmal inne und überdenke die letzten Verse. Ich frage: In welcher Dichtung deutscher Sprache wird den Frühverstorbenen eigens gedacht? Wird ihr Schicksal von den Überlebenden in der Regel nicht bloß achselzuckend hingenommen oder völlig vergleichgültigt? Man bedauert sie für einen Moment – wenn überhaupt. In Rilkes Dichtung aber haben auch die »Früheentrückten« eine *bleibende* Bedeutung – für die Lebenden. Wir, die Überlebenden, brauchen sie; sie auf die Dauer nicht uns. Aus Trauer über ihren Tod kann »seliger Fortschritt« entspringen.

»Schmeckt denn der Weltraum nach uns?«: Zur Zweiten Elegie

Die Zweite Elegie ist in Duino kurz nach der Ersten entstanden (KA II, 205–207). Noch einmal setzt der Sprecher an. Hatte er in der Ersten den Eindruck erweckt, eine Beziehung zu den

Ordnungen der Engel sei aussichtslos, weil jeder Engel unzugänglich, ja »schrecklich« sei, so wird zum Auftakt der Zweiten diese Aussage zwar wiederholt (»Jeder Engel ist schrecklich«), dem aber ein »dennoch« entgegengesetzt: »Und dennoch, weh mir, / ansing ich euch, fast tödliche Vögel der Seele / wissend um euch«. Ja, der Sprecher versucht nun, anders als in der Ersten Elegie, den Status der Engel noch näher zu bestimmen, um so ihre Daseinsweise besser zu verstehen. Denn zumindest weiß er dies: Die Engel seien:

> »Frühe Geglückte, ihr Verwöhnten der Schöpfung,
> Höhenzüge, morgenrötliche Grate
> aller Erschaffung, – Pollen der blühenden Gottheit,
> Gelenke des Lichtes, Gänge, Treppen, Throne,
> Räume aus Wesen, Schilde aus Wonne, Tumulte
> stürmisch entzückten Gefühls und plötzlich, einzeln,
> *Spiegel:* die die entströmte eigene Schönheit
> wiederschöpfen zurück in das eigene Antlitz.«
> (VV10–17)

Die Aneinanderreihung heterogener Bilder für die »Engel« hat etwas bewusst Assoziatives, das der Engelwelt damit jede greifbare Systematik oder Objektivierung entzieht. Rilke klinkt sich hier bewusst aus jeder Analogizität zu Vertrautem und Gewusstem aus. Die Engelwelt bleibt unbegreiflich, unverfügbar, nicht instrumentalisierbar. Sie ist eine Welt für sich, aber nicht isoliert, sondern so, dass »wir« Menschen um sie wissen, ja zu ihr in Beziehung treten wollen. Doch der Abstand »Wir« – «Engel« ist auch in der Zweiten Elegie nicht kleiner geworden. Im Gegenteil:

> »Denn wir, wo wir fühlen, verflüchtigen; auch wir
> atmen uns aus und dahin; von Holzglut zu Holzglut
> geben wir schwächern Geruch. […]

O Lächeln, wohin? O Aufschaun:
neue, warme, entgehende Welle des Herzens –;
weh mir: wir *sinds* doch. Schmeckt denn der
Weltraum,
in den wir uns lösen, nach uns? Fangen die Engel
wirklich nur Ihriges auf, ihnen Entströmtes,
oder ist manchmal, wie aus Versehen, ein wenig
unseres Wesens dabei? Sind wir in ihre
Züge soviel nur gemischt wie das Vage in die
Gesichter
schwangerer Frauen? Sie merken es nicht in dem
Wirbel
ihrer Rückkehr zu sich. (Wie sollten sie's merken.)«
(VV 18–20.27–36)

Die Frage verschärft sich: Welche Beziehung haben wir Menschen zur Welt der Engel, welche hat sie zu uns? Da ist der Weltraum, in den wir schauen, die kosmische Weite, in die wir mit der Erde gestellt sind. Aber was geht uns der Weltraum an? Und umgekehrt: Was gehen wir den Weltraum an? »Schmeckt denn der Weltraum, / in den wir uns lösen, nach uns?« Wer so fragt, weiß um das, was schon der französische Philosoph Blaise Pascal (1623–1662) »das ewige Schweigen der unendlichen Räume« genannt hat. Was soll denn auch das Universum anderes sein als ein stummes Schauspiel, das sich unter der Herrschaft der kosmischen Gesetze vollzieht? In der Zweiten Elegie ist das die Prämisse.

Rilke aber setzt seinen Sprecher bewusst der Einsamkeit und dem Weltraum aus, wozu kein Ort geeigneter ist als das Schloss auf der Klippe über dem Meer, um nach einer *eigenen* Sprache für seine Grunderfahrung zu suchen, eine *eigene* Orientierung zu finden. Entsprechend entsteht in Duino jetzt eine wahrhaft nach-christliche Dichtung. Ein Wort, das ich analytisch-deskriptiv gebrauche, nicht normativ-wertend.

Nach-christlich sind die Elegien in beiden Komponenten dieses Wortes. Sie bleiben mit bestimmten Elementen der christlich geprägten Welt noch verbunden (die Engel, die lebenden Toten, das Wissen um eine das rein Materielle übersteigende, unsichtbare, aber wirkliche Wirklichkeit), aber sie deuten die Wirklichkeit mit einer eigenen, sehr persönlichen mythopoetischen Begrifflichkeit, die der Koordinaten einer christlichen Welt- und Heilsdeutung nicht mehr bedarf und ihnen auch nicht mehr entspricht.

Und ich beginne zu begreifen: Duino ist der Ort, an dem Rilke sich bewusst dem Experiment ausgesetzt hat, ob er diese seine eigene Sprache findet. Auf volles Risiko, ein Schreiben ohne Geländer, hart am Absturz der Bastion. Am Ende schließt sich der Kreis dieser Elegien, freilich erst nach weiteren zehn Jahren. Aber keine deutschsprachige Dichtung im 20. Jahrhundert hat das Menschliche so konsequent und so bohrend mit der Welt des Humanen (die Liebenden, Verstorbenen, die Fahrenden, der Held), der Welt des Parahumanen (Tiere, Puppen) und der Welt des Transhumanen (Engel) konfrontiert und zu bestimmen versucht wie die zehn »Duineser Elegien« – auf der Suche nach einem unverwechselbaren »Auftrag« an den Menschen angesichts seiner prekären Stellung »in der gedeuteten Welt«.

Nach der sinnlichen Anschauung verlangt die Gruppe erst recht nach weiterer intensiver Lektüre: Rilkes Zweite Elegie. Die Gruppenarbeit an der Ersten hatte sich bewährt: Laut lesen, Zeile für Zeile, Abschnitt für Abschnitt, Deutungen in wechselseitigem Austausch. Aber leicht ist es nicht, bei dichtgedrängtem Reiseprogramm irgendwo einen Raum zu finden. Zwei Tage später, 18. Mai, bietet sich beim Besuch eines Weinguts plötzlich eine Möglichkeit. Der Wirt ist überrascht – er hatte nach dem Mittagessen mit Wein- und nicht mit Literaturbedarf gerechnet –, stellt uns aber eine Art Scheune zur Verfügung, wo schon Tische und Bänke zur Weinverkostung stehen. Wir sind es zufrieden. Und so erklingen auf einmal, laut gelesen, Rilkes Verse in einem Raum, wo sie gewiss noch nie erklungen sind:

»Denn wir, wo wir fühlen, verflüchtigen; ach wir
atmen uns aus und dahin; von Holzglut zu Holzglut
geben wir schwächern Geruch. Da sagt uns wohl
 einer:
ja, du gehst mir ins Blut, dieses Zimmer, der
 Frühling
füllt sich mit dir … Was hilfts, er kann uns nicht
 halten,
wir schwinden in ihm und um ihn. Und jene, die
 schön sind,
o wer hält sie zurück? Unaufhörlich steht Anschein
auf in ihrem Gesicht und geht fort. Wie Tau von dem
 Frühgras
hebt sich das Unsre von uns, wie die Hitze von
 einem heißen Gericht.« (VV 19–27)

In Miramare 2019: Traumschloss mit Albtraum-Geschichte

Noch klingen die beiden ersten Elegien in mir nach, als wir uns am nächsten Tag, *Freitag 17. Mai 2019*, von Udine aus nach Miramare aufmachen, unweit von Duino ebenfalls am Meer gelegen. Ein stärkerer Kontrast ist kaum denkbar: Dort, in Duino, eine festungsartige Burg römischer und mittelalterlicher Provenienz, auf steilem Felsen hoch über dem Meer gebaut. Und hier, in Miramare, wenige Kilometer von Duino Richtung Triest, ein Mitte des 19. Jahrhunderts erbautes Schloss in englisch-normannischem Stil, direkt am Ufer des Meeres, ganz in weißem Marmor gehalten, verbunden mit ei-

Abb. 6.6. Schloss Miramare an der Adria.

nem großen Garten, der dem kargen Ufergestein durch künstliche Erdaufschüttungen abgerungen worden ist. Die Schönheit dieses Baus, dessen strahlendes Weiß wunderbar mit dem Blau des Himmels und des Wassers harmoniert, hat etwas Märchenhaftes. Ein Zauberschloss. Hinreißend. Ich kann mich kaum sattsehen.

Zugleich aber ist mit diesem »Traumschloss« eine Albtraum-Geschichte verbunden. Ich *muss* sie zum Abschluss dieses Kapitels noch erzählen, zumal auch sie auf ihre Weise ein Motiv aus Rilkes Duineser Elegien auf dramatische Weise variiert: »Denn Bleiben ist nirgends« … Im Zentrum der Geschichte: Erzherzog Ferdinand Maximilian von Österreich, der 1832 geborene jüngere Bruder des regierenden Kaisers Franz-Joseph I. Er hatte Miramare für sich erbauen lassen, als er 1854 mit 22 Jahren zum Kommandanten der k.u.k Kriegsmarine (mit Stützpunkt in Triest) und wenige Jahre später zum Generalgouverneur von Lombardo-Venetien ernannt worden war. Alles damals noch österreichisches Staatsgebiet. 1857 hatte er die belgische Prinzessin Charlotte (1840–1927) geheiratet. Man hatte nach einer standesgemäßen Unterkunft gesucht, aber nachdem man ihm Duino ausgeredet hatte, lässt Ferdinand Maximilian nach eigenen Plänen 1858 ein neues Schloss am Meer bauen und mit gewaltigem technischem und finanziellem Aufwand einen großen Park anlegen. Botanisch höchst interessiert, ist der Erzherzog hier auch ganz persönlich engagiert.

Als Angehöriger der europäischen Hocharistokratie und betraut mit wichtigen Aufgaben, hätte Ferdinand Maximilian ein erfolgreiches Leben führen und eine Familie gründen können, doch »die Weltgeschichte« sollte auf fatale Weise in sein Leben eingreifen, das bei allen Posten und Privilegien doch stets im Schatten des großen Bruders verblieben war. Anfang Oktober 1863 sollte eine Delegation von mexikanischen Honoratioren in Miramare eintreffen. In Mexiko tobt seit vier Jahren ein Bürgerkrieg zwischen einer antiklerikal-republikanischen Partei unter ihrem Anführer Benito Juarez (1806–1872) und einer klerikal-feudalistischen Partei, unterstützt von der Kirche, einschließlich dem Papst in Rom, von Adelskreisen und von Frankreich unter Kaiser Napoleon III. (im Amt: 1852–1870). Seit 1862 sind die Franzosen militärisch bereits in Mexiko engagiert und hatten 1863 die Hauptstadt Mexikos zurückerobert.

Jetzt sucht die Siegerpartei für die Herrschaft über Mexiko einen Monarchen und glaubt ihn in dem Angehörigen eines großen katholischen und europäischen Herrscherhauses gefunden zu haben. Die Unterstützung Wiens kann man sich sichern, aber auch die des Vatikans und die von Paris. Und obwohl Ferdinand Maximilian weiß, dass Mexiko gegenwärtig vom Bürgerkrieg zerrissen ist, kann er der Versuchung nicht widerstehen, selber »Kaiser« zu werden. Phantasien von einem Habsburger Weltreich wie einstmals unter Karl V., in dem »die Sonne nicht untergeht«, dürften eine Rolle gespielt haben. Und militärisch-politisch glaubt der Bruder des Kaisers, ganz auf die französische Karte setzen zu können. So nimmt er »die Krone Mexikos« an, verlässt am 14. April 1864 zusammen mit seiner Frau Miramare, um zu Schiff nach Mexiko überzusetzen. Im Schloss sehen wir große Gemälde, welche die Szene mit der mexikanischen Delegation in Miramare und die feierlich-triumphale Ausfahrt des künftigen »Kaiserpaars von Mexiko« festhalten.

Doch das Triumphgefühl sollte bald verfliegen. In Mexiko selber stößt der fremde Herrscher auf erbitterte Ablehnung bei großen Teilen des Volks, die militärische Lage wird immer prekärer, und die USA, die auf Dauer keine ausländischen Truppen auf »amerikanischem Boden« dulden wollen, beginnen zu intervenieren. Als dann im Februar 1867 Napoleon III. auch noch seine Truppen aus Mexiko abzieht und Benito Juarez im Mai 1867 das Hauptquartier des Kaisers erobert, ist das Ende rasch gekommen. »Kaiser Maximilian« wird vor ein Kriegsgericht gestellt, zum Tode verurteilt und am 19. Juni 1867 von mexikanischen Soldaten standrechtlich erschossen. Durch ein spektakuläres Bild des französischen Malers Édouard Manet ist das die Zeitgenossen aufwühlende Ereignis auch in die Kunstgeschichte eingegangen: »Die Erschießung Kaiser Maximilians von Mexiko« (1868/69). Maximilians Leichnam wird zunächst konserviert und am 17. Januar 1868 zu Schiff nach Miramare zurückgebracht. Keine drei Jahre hat das mexikanische Kaiserspiel gedauert. Der als Triumphator Ausgezogene kehrt als von Kugeln durchsiebter Leichnam zurück. Ein Albtraum. Er schwebt über diesem Schloss von zauberhafter Schönheit.

Damit nicht genug. Bei wachsenden militärischen und politischen Problemen hatte sich Kaiserin Charlotte noch vor dem endgültigen Ende auf Europareise begeben, um in Rom, Wien und Paris um größere Unterstützung für ihren Mann zu werben. Vergebens. Charlotte, kinderlos geblieben, hält dem Druck der Ereignisse psychisch nicht stand, verfällt dem Wahnsinn und verbringt den Rest ihrer Tage, immerhin weitere sechzig Jahre, auf Schloss Bouchout im belgischen Meise, wo sie erst 1927 versterben sollte. Seit dem 18. Januar 1868 ruhen die sterblichen Überreste Kaiser Maximilians in einem Sarg der Wiener Kapuzinergruft, der traditionellen Grablege des Hauses Habsburg …

Seltsam zu denken, dass es eine Verbindung dieses Mannes zu Duino gegeben hat. Ursprünglich hatte er das Schloss als seine Residenz gewinnen wollen, ein Plan, von dem er Abstand nimmt. Aber die Mutter von Marie von Thurn und Taxis, Theresa, war ihrem Rang entsprechend des Öfteren eingeladen, wenn Ferdinand Maximilian in Miramare zu einem Diner eingeladen hatte. Und auch das Attentat von Sarajevo am 28. Juni 1914, das nach einer Kette von weiteren Ereignissen zum völkermordenden Ersten Weltkrieg führen und die gesamte Habsburger Monarchie stürzen sollte, hatte ein Duineser Vorspiel. Erzherzog Franz Ferdinand, seit 1896 österreichischer Thronfolger, hatte als Generalinspekteur der k.u.k. Armee auf dem Weg zu seinen Truppen in Bosnien mit seiner Frau Sophie ausgerechnet in Duino übernachtet, bevor das Paar in Miramare Station machen wird, um dann nach Sarajevo weiterzufahren, wo sie am 28. Juni 1914 in ihrem offenen Wagen auf der Fahrt durch die Straßen der Stadt von einem serbischen Nationalisten erschossen werden …

»Uraltes Wehn vom Meer …«

Der Erste Weltkrieg hat auch Duino nicht verschont. Da Triest und seine Umgebung österreichisches Staatsgebiet sind (»Schloss Duino bei Nabresina, österreichisches Küstenland«, hatte Rilke stets als seine Adresse angegeben), gerät das

Schloss zwischen die österreichisch-italienischen Frontlinien und wird durch Kanonenbeschuss schwer getroffen. Als die Fürstin 1918 dorthin zurückkehrt, ist es »nur noch ein Phantom« (TT E, 93). Auch Rilke hat Duino nach dem Krieg nicht mehr wiedergesehen. »Die uralten Mauern jenes adriatischen Schlosses«, heißt es in einem Briefentwurf Rilkes im Februar 1922, »die das Entstehen der ersten Elegie (im Winter 1912) beschützt haben, sind in tödlichen Jahren vernichtet worden: das Gedicht hat sie überdauert« (Materialien, Bd.1, 228). Und an seinen Verleger Anton Kippenberg, nachdem in Muzot die Elegien vollendet werden konnten: »Ich bin hinaus gegangen, in den kalten Mondschein und habe das kleine Muzot gestreichelt wie ein großes Tier –, die alten Mauern, die mir's gewährt haben. Und das zerstörte Duino. Das Ganze soll heißen: Die Duineser Elegien. Man wird sich an den Namen gewöhnen. Denk ich« (BW AK, Bd.2, 256). Er sollte recht behalten …

Begreiflich von daher, dass der Fürstin nach dem Verlust von Duino ein Abend besonders in Erinnerung geblieben ist. Der Abend nämlich, an dem Rilke die beiden Elegien vorgetragen hat. Die Sonne ist gerade untergegangen, das Meer liegt ruhig in tiefstem Blau, und die Dämmerung färbt das Wasser immer dunkler. Rilke trägt vor. »Und als die Nacht hereingebrochen war«, schreibt die Fürstin, »hörten wir das unbeschreibliche Gedicht, in dem man das Rauschen des Sturms, den Hauch der Nacht und den Atem der Unendlichkeit zu spüren vermeint, jenes ›Uraltes Wehn vom Meer …‹« (TT E, 55). Diese Worte aber stammen nicht aus den ersten beiden Elegien, wohl aber aus dem Gedicht »Lied vom Meer« mit der Ortsangabe »Capri, Piccola Marina«, nachzulesen in Rilkes »Neuen Gedichten. Anderer Teil« von 1908. Aber es nimmt die Erfahrungen von Duino vorweg:

»Uraltes Wehn vom Meer
Meerwind bei Nacht: du kommst zu keinem her;
wenn einer wacht,
so muß er sehn, wie er
dich übersteht: uraltes Wehn vom Meer
welches weht
nur wie für Ur-Gestein,
lauter Raum
reißend von weit herein …

O wie fühlt dich ein
treibender Feigenbaum
oben im Mondschein.« (KA I, 550)

VII. Von Calw nach Montagnola: *Hermann Hesse und der Glaube an die Große Einheit*

Für Silver Hesse und Volker Michels[22]

> »Ich glaube nämlich an nichts in der Welt so tief, keine andre Vorstellung ist mir so heilig wie die der Einheit, die Vorstellung, daß das Ganze der Welt eine göttliche Einheit ist und daß alles Leiden, alles Böse nur darin besteht, daß wir Einzelne uns nicht mehr als unlösbare Teile des Ganzen empfinden, daß das Ich sich zu wichtig nimmt. Viel Leid hatte ich in meinem Leben erlitten, viel Unrecht getan, viel Dummes und Bitteres mir eingebrockt, aber immer wieder war es mir gelungen, mich zu erlösen, mein Ich zu vergessen und hinzugeben, die Einheit zu fühlen, den Zwiespalt zwischen Innen und Außen, zwischen Ich und Welt als Illusion zu erkennen und mit geschlossenen Augen willig in die Einheit einzugehen.«
> *Hermann Hesse, Kurgast, 1925 (SW 11, 84)*

Warum ist er mir über viele Jahre hinweg wichtig geworden, Hermann Hesse, sein Werk, aber auch sein Leben?

Warum Hesse lesen?

Ich habe lange nach einer schlüssigen Antwort gesucht. Jetzt möchte ich eine riskieren: In Hesses Leben und Werk spiegeln sich Urthemen, denen er durch literarische Formgebung und öffentliche Präsentation etwas Überindividuelles, etwas Exemplarisches gegeben hat. Sie haben Resonanz auch in meinem Leben gefunden. *Zuerst* ist es der Konflikt zwischen der Freiheit der Kunst und den Bindungen der christlichen Moral. *Dann* der Konflikt zwischen zwei Loyalitäten, die mit derselben Strenge und Unerbittlichkeit ein Leben prägen können: der Konflikt zwischen Literatur und Leben, Dichtertum und Bürgerlichkeit, zwischen unbedingter Treue zur Kunst und derselben Treue zu sozialen Verpflichtungen den Nächsten gegenüber. *Dann* ist es die schonungslose Analyse innerer seelischer Spannungen und Widersprüche, die Hesse – schonungslos auch gegen die eigene Person – öffentlich in seinen Texten preisgegeben hat, seit er im Prozess tiefenpsychologischer Behandlung während des Ersten Weltkriegs selber psychisch »durch die Hölle« gegangen ist und politisch »Blicke ins Chaos« getan hat. Erzählungen wie »Demian« (1919), »Klein und Wagner« und »Klingsors letzter Sommer« (beide 1920) lassen davon etwas ahnen, aber auch ein Roman wie »Der Steppenwolf« (1927).

Und schließlich hat mir Hesse wie kein anderer Schriftsteller im 20. Jahrhundert – auf der Suche nach einer Alternative zu einem in Traditionen erstarrten, lebensfremd gewordenen Christentum – vielfältige Zugänge zu den nichtchristlichen Weltreligionen verschafft. Er hat sich über die Religionen indischen und chinesischen Ursprungs, Hinduismus, Buddhismus und Taoismus, nicht nur ein breites religionsgeschichtliches Wissen verschafft; auch das schon ungewöhnlich für einen Europäer seiner Generation und Zeit. Er hat sich vor allem Grundelemente dieser Religionen existentiell angeeignet und diesem Aneignungsprozess eine literarische Form gegeben. Exemplarisch steht dafür seine »indische Dichtung« unter dem Titel »Siddhartha« (1922). Vier gute Gründe also, die mich veranlassen, über alles von mir Gedruckte zu Hesse hinaus (s. Literaturverzeichnis) noch einmal autobiographisch von einigen meiner Begegnungen mit dem Werk von

Hesse und mit Hesse-Orten zu berichten, und vor allem, Hesses Weg zu einer interreligiösen Dichtung zu verfolgen, die in der deutschsprachigen Literatur des 20. Jahrhunderts ihresgleichen sucht.

Tübingen: Dichter werden oder gar nichts

Wer wie ich in Tübingen lebt und die Literatur liebt, kennt die Spuren, die auch dieser Dichter in unserer Stadt hinterlassen hat. Vom Deutschunterricht in einem Gymnasium des Ruhrgebietes in Sachen Hesse »unbelastet«, haben sie mich auf diesen Dichter neugierig werden lassen, seit ich 1969 zum ersten Mal in diese Stadt gekommen bin. Eine faszinierende Vorstellung für einen Neuankömmling wie mich: Neben Hölderlin, Mörike, Waiblinger und Hauff hat auch Hesse in und von Tübingen gelebt. Als 68er lese ich auf Empfehlung von Mitstudierenden als Erstes den »Demian«. Was sonst? Dann »selbstverständlich« den »Steppenwolf«. Und ich spüre sofort: Dieser Autor hat schon vor 50 Jahren beschrieben, was mich und Ungezählte meiner Generation in dieser Zeit der Rebellion gegen »das Establishment« umtreibt. »Der Vogel kämpft sich aus dem Ei. Das Ei ist die Welt. Wer geboren werden will, muß eine Welt zerstören«: dieses Schlüsselwort aus »Demian« klang pathetisch, aber wie ein Auftrag, wie eine Verheißung.

Zwei Gedenktafeln in Tübingen erinnern an seine Präsenz. Die eine hängt an einem Wohnhaus in der Herrenberger Straße Nr. 28, die andere ist am Haus der früheren Buchhandlung Heckenhauer am Holzmarkt vor der Stiftskirche angebracht. Zwischen 1895 und 1899, seinem 18. und 22. Lebensjahr also, hat Hesse bei Heckenhauer Buchhändler und Antiquar gelernt und in dieser Zeit bei der Dekanswitwe Pauline Leopold in der Herrenberger Straße zur Untermiete ge-

Abb. 7.1. Hesse-Kabinett in Tübingen heute.

wohnt. In diesem Haus ist heute die Tübinger Musikakademie (»Hesse-Haus«) untergebracht, bei Heckenhauer ist seit 2013 in einem Teil der Räume des alten Antiquariats ein kleines, liebevoll ausgestattetes »Hesse-Kabinett« eingerichtet. Es ist öffentlich zugänglich und dokumentiert die kurze, aber folgenreiche Lebensphase des jungen Hesse. Nur der Titel des Ganzen ist unglücklich: »Die Jugend des Dichters der Jugend«. Einmal mehr bedient er das Klischee, Hesse sei vor allem ein Autor für Jugendliche in ihrer Pubertätskrise. Gut gemeint. Aber »gut gemeint« ist oft das Gegenteil von gut.

Die Tübinger Zeit hat in der Tat eine Schlüsselrolle im Leben des Hermann Hesse. Wer ihn verstehen will, muss hier ansetzen. Ein Ort wie Calw, wo er 1877 zur Welt kommt, steht für seine Herkunft und seine besondere christlich-kirchliche Prägung. Seine Zeit in Gaienhofen am Bodensee von 1904 bis 1912 für erste Erfolge und schwere Krisen im Leben des allmählich etablierten Autors. Montagnola im schweizerischen Tessin ab 1919 schließlich für einschneidende persönliche und politische Zäsuren, dann aber auch für die Entfaltung seines mittleren und späten Werks, das seinen Höhepunkt im Roman »Das Glasperlenspiel« (1943) finden wird. Aber »Tübingen« steht erstens für Hesses Kämpfe mit dem pietistisch orientierten Elternhaus um seine Berufung zum Dichter, zweitens für Hesses erste gedruckte Dichtungen und drittens für einen Schauplatz von Dichterschicksalen, in denen Hesse sich wiedererkennen kann, nachzulesen in der schönen kleinen Erzählung »Im Presselschen Gartenhaus« von 1913, in der sich Hesse vor Tübinger Kulisse nicht zufällig in gleich drei schwäbischen Geniepoeten spiegelt: Friedrich Hölderlin, Eduard Mörike und Wilhelm Waiblinger. Auch andere seiner Erzählungen hat Hesse in Tübinger Buchhandels- und Universitätsmilieu spielen lassen: »Der Novalis. Aus den Papieren eines Bücherliebhabers«, geschrieben 1900, gedruckt 1907, und »Freunde«, geschrieben 1907/08, gedruckt 1909.

Selten habe ich autobiographische Zeugnisse mit einer solchen Spannung gelesen wie die Edition von Briefen und Lebenszeugnissen, die Hesses dritte Ehefrau, Ninon Hesse, noch kurz vor ihrem Tod, 1966, mit einem ersten Band (Dokumente von 1877–1894) unter dem Titel »Kindheit und Jugend vor Neunzehnhundert« herausgegeben hat. Ein zweiter Band (Dokumente von 1895–1900) folgt dann 1978. Wenn irgendwo in der Literaturgeschichte die Rebellion eines Jugendlichen gegen die Normen und Zwänge seines Elternhauses und für seine Selbstbestimmung dokumentiert ist, dann hier. An Anschaulichkeit, Dramatik und Grundsätzlichkeit sind die Briefe kaum zu überbieten.

1895: Das größte Krisenjahr mit ihrem 18-jährigen Sohn liegt hinter den Eltern. Ein »böses, böses Jahr« mit Fluchten des Jungen aus den Schulen, mit Selbstmorddrohungen, mit Schulabbrüchen und einer temporären Einweisung in eine psychiatrische Anstalt … Wohin aber jetzt? Auf eine Annonce seines Vaters hin bietet ihm die Tübinger Buchhandlung

Heckenhauer eine Lehrstelle an. Hesse greift zu und kommt im Herbst 1895 in die Stadt am Neckar. Zwar kann er sich nicht als Student an der Universität einschreiben, aber die geistig-intellektuelle Atmosphäre dieser Stadt tut ihm gut, das Leben in der Welt der Bücher auch, und nicht zuletzt die Gesellschaft von Studierenden, die vielfach sein Jahrgang sind.

Mit Gleichgesinnten bildet er denn auch bald einen literarisch-philosophischen »Kleinen Kreis«, den »Petit Cénacle«, in dem jeder seine künstlerischen Potentiale erproben kann. Denn bei allem, was der junge Hesse nicht weiß, eines weiß er sicher: Er will Dichter werden, so dass er später einmal gestehen kann: »Von meinem dreizehnten Jahr an war mir das eine klar, daß ich entweder ein Dichter oder gar nichts werden wolle« (SW 12, 48). Zugleich aber hatte er schmerzlich begreifen müssen, dass es einen normalen, gewissermaßen offiziellen Weg dahin nicht gibt: »Es war erlaubt und galt sogar für eine Ehre, ein Dichter zu *sein:* das heißt als Dichter erfolgreich und bekannt zu sein, meistens war man leider dann schon tot. Ein Dichter zu *werden* aber, das war unmöglich, es werden zu *wollen*, war eine Lächerlichkeit und Schande, wie ich sehr bald erfuhr« (SW 12, 48).

Aber schon in der Tübinger Zeit gelingt ihm mit einem ersten, noch auf eigene Kosten publizierten Bändchen »Romantische Gedichte« (Oktober 1898) und einem ersten Prosaband »Eine Stunde hinter Mitternacht«, 1899 erschienen im Leipziger Eugen Diederichs Verlag, ein Achtungserfolg. Jetzt wird man auch in anderen Verlagen auf ihn aufmerksam, zumal er Ende des Jahres 1900 – Hesse hat mittlerweile eine Buchhandelsstelle in Basel angenommen – die ebenfalls in Tübingen geschriebene zweite Prosaarbeit veröffentlichen kann: »Hinterlassene Schriften und Gedichte von Hermann Lauscher. Herausgegeben von H. Hesse«.

Der Konflikt zwischen Kunst und Kirche

Versteht man das im pietistisch geprägten Elternhaus, motiviert man ihn, ist man auch nur ein wenig stolz, dass der Sohn nun seine Bestimmung gefunden zu haben scheint? Auf all das kann der junge Untermieter in der Herrenbergerstraße nicht hoffen. Mir wird bei der Lektüre der Dokumente schlagartig klar: Die vier Tübinger Jahre stehen für einen erbitterten Konflikt zwischen Kunst und christlichem Glauben, Ästhetik und Frömmigkeit, Dichtung und Moral, der in der deutschen Literaturgeschichte seinesgleichen sucht. Selber in diesem Themenkreis von Kunst und Kirche zu Hause, interessiert mich das brennend (mehr dazu Kap. I). Selten hat man ja ein Drama dieser Art derart authentisch vor Augen.

Denn darum geht es in der Tat zwischen Calw und Tübingen: um einen Grundsatzkonflikt zwischen der Autonomie der Kunst und dem alles normierenden religiösen Glauben, um die Freiheit der Dichtung, die beansprucht, nach eigenen Gesetzen – anderen als den moralischen der Kirche – sich zu vollziehen. Sie glaube, schreibt Mutter Marie nach Tübingen – eines von vielen Beispielen –, dass Paul Gerhardt (1607–1676) und Gerhard Tersteegens (1697–1769) Kirchenlieder tausendmal mehr Gutes in der Welt angerichtet hätten als »Goethes, Schillers und Shakespeares Werke« zusammen (KJ 2, 207)! Welch ein Selbstbewusstsein, das sich mit dem Panzer der Wahrheit der Bibel gerüstet hat. Worauf der 20-Jährige prompt mit der Bemerkung reagiert: Er sei »schlechterdings seit langem festen Glaubens, daß die Moral für Künstler durch Ästhetik ersetzt« werde und dass »die Kunst, die Dichtkunst voran, nicht dazu da« sei, »Gutes zu wirken im moralischen Sinn« (KJ 2, 209).

Nein, von »Calw« hat der Tübinger Buchhandelslehrling für seine literarische Berufung keine Unterstützung zu erwarten, sosehr er sich auch darum bemüht, gerade von den Eltern ernst genommen zu werden. Denn stets steht alles bei ihnen unter dem »Vorbehalt«, »daß doch eben die Lehre Jesu allein göttlich und endgültig sei« (SW 12, 129). Das musste den Sohn, der den Künstler in sich erwachen fühlt, zurückstoßen und ihn einem von den Eltern gelebten Christentum ein für alle Mal entfremden. Mit einschneidenden Konsequenzen: Hesse muss *seinen* »Glauben« und *sein* Künstlertum *gegen* das real existierende Christentum seiner Familie durchsetzen. Schwer, daran nicht zu zerbrechen, allein wie man ist, schwer, seinen »Eigensinn« zu behaupten, wenn »das pietistisch-christliche Prinzip« darin besteht, »daß des Menschen Wille von Natur und Grund aus böse sei und daß dieser Wille also erst gebrochen werden müsse, ehe der Mensch in Gottes Liebe und in der christlichen Gemeinschaft das Heil erlangen könne« (SW 12, 343). Dem »Eigensinn« hat Hesse später denn auch nicht zufällig einen eigenen Essay (1917) gewidmet, der programmatischer nicht beginnen könnte: »Eine Tugend gibt es, die liebe ich sehr, eine einzige. Sie heißt Eigensinn« (SW 12, 101). Das war bitter erkämpft worden.

Gaienhofen: Die Spaltung zwischen Kunst und Leben

Sein erster Roman »Peter Camenzind« erscheint 1904 bei S. Fischer in Berlin und wird ein Publikumserfolg. Jetzt kann Hesse daran denken, künftig nur vom Schreiben zu leben. Er gibt seine Stelle als Antiquar in Basel auf, heiratet die neun Jahre ältere Basler Berufsfotografin Maria Bernoulli (1868–1963) und mietet mit ihr 1904 ein leerstehendes Bauernhaus im badischen 300-Seelen-Dorf Gaienhofen auf der Höri-Halbinsel am Ufer des Unteren Bodensees zwischen Stein am Rhein und Radolfzell. Man hat Tolstoi-Ideale von einem Künstlerleben in Einfachheit und Naturverbundenheit im Kopf.

Doch was nach Konsolidierung des Lebens und Erfolg als Schriftsteller aussieht, erweist sich als trügerisch. Die acht Jahre in Gaienhofen stehen dafür. Jetzt aber nicht mehr für den Konflikt zwischen Kunst und Kirche, sondern für die Spaltung zwischen Dichtertum und Bürgerlichkeit, künstlerischer Freiheit und sozialen Bindungen, Verantwortung gegenüber der Dichtung und Verantwortung gegenüber seinen Nächsten: der Ehefrau und den Kinder. Drei Söhne werden in Gaienhofen geboren: Bruno (1905), Heiner (1909) und Martin (1911).

Die literarischen Texte dieser Jahre handeln denn auch nicht zufällig von dieser Spaltung, beschrieben von einem Dichter, der ein Unangepasster bleibt, ein Unbehauster, ein Unsteter. Er lebt zwar in einem Bauernhaus, aber nicht von Vieh, Weide und Scholle, sondern von Büchern und vom Schreiben. Was er erntet, sind nicht Boden-, sondern Kopfprodukte. In rastloser Folge entstehen denn auch Erzählungen, Romane, Reisebeschreibungen und Rezensionen, von den ungezählten Briefen nicht zu reden, die aus Gaienhofen abgehen. Nicht zu vergessen Hesses Engagement für Zeitschriften, unter anderem für die 1906 von ihm mitbegründete »Halbmonatsschrift für deutsche Kultur« unter dem Titel »März«. Auch nicht zu vergessen Hesses schier unstillbarer Drang nach Reisen und Wanderungen. Gaienhofen also, das Dorf am Bodensee? Eine Idylle in bukolischer Landschaft? Die einfache Lebensweise à la Tolstoi – ein Kreativitätsanreiz? Ehestand und dreifacher Familienvater – ein Grund zur Zufriedenheit?

All das passt für Hesse nicht. Er braucht gerade die Unruhe, um produktiv zu sein, die immer neuen Aufbrüche, um Texte zu generieren, die Stimulation durch Reisen und Wanderungen, um zum Schreiben zu finden. Auch zehren seelische Depressionen und körperliche Beschwerden zunehmend an den Nerven. »Zufriedenheit«? Zufriedenheit sieht anders aus. Nur so aber konnte Hesse zum Schöpfer einer Figur wie des »Bauernburschen« Peter Camenzind werden, der sich vergeblich als Großstadt-Künstler zu behaupten versucht; wie des Schülers Hans Giebenrath in »Unterm Rad«, der an der Schulzucht zugrunde geht; des genialischen Musikers Kuhn in »Gertrud« (1910), der an seiner Liebe zu einer Frau scheitert. Wie des erfolgreichen Malers Veraguth in »Roßhalde« (1914), dessen Ehe zerbricht, und des Vagabunden Knulp im gleichnamigem Buch von 1915, überall hin unterwegs und nirgendwo zu Hause.

All diese Texte sind zwar durch das mittlere und späte Werk abgewertet worden, auch von Hesse selber, was streng literarisch stimmen mag. Aber ich lese sie als wahrhaftige Dokumente einer unausweichlichen Krise, mit der schöpferische Menschen über kurz oder lang konfrontiert werden. Ich nehme mich dabei nicht aus. Für mich steht »Gaienhofen« im Werk von Hesse für diesen Urkonflikt zwischen zwei Loyalitäten, der unausweichlich ist, wenn man beides gleichermaßen ernst zu nehmen versucht. Und an dem man scheitern, ja zerbrechen kann. Hesse hat für mich gerade mit den Texten der Gaienhofener Zeit Spiegel der Selbsterkenntnis aufgestellt.

Gerechtigkeit für Mia Bernoulli: August 2019

Ich weiß nicht, wie oft ich mittlerweile von Tübingen nach Gaienhofen gefahren bin. Teils zu Vorträgen auf Einladung des örtlichen Hesse-Museums, teils mit Studierenden zu Kompaktseminaren, teils mit Besuchern, die Hesse-Schauplätze in der einzigartig schönen Bodenseelandschaft rund um die Höri-Halbinsel einmal sehen wollen. 2019 gibt es dazu einen ganz besonderen Anlass. Vier Jahre zuvor war ich bei der jährlichen

Abb. 7.2. Einweihung einer Büste für Mia Hesse, geb. Bernoulli, August 2019 bei der Feier zur Umbenennung des Gaienhofener Hauses in »Mia-und-Hermann-Hesse-Haus«. Links die Bildhauerin Maria Magel, rechts Eva Eberwein, die heutige Besitzerin des Hauses, in der Mitte Franziska Keller, Großnichte von Mia Hesse.

Mitgliederversammlung in Calw zum Präsident der Internationalen Hermann Hesse Gesellschaft gewählt worden. Und als solcher übermittle ich die Glückwünsche der Gesellschaft anlässlich der durch die jetzigen Hausbesitzer vollzogenen, erweiternden Benennung eines Hauses, das künftig Mia- und Hermann-Hesse-Haus heißen soll. Es geht um das zweite Hesse-Haus in diesem Ort. Ab 1904 hatte Hesse mit seiner Frau das erwähnte alte Bauernhaus in der Ortsmitte bei der Dorfkirche bewohnt, das heute als Hesse-Museum für die Öffentlichkeit zugänglich ist. 1907 kann die Familie in ein nach eigenen Plänen neu gebautes Haus am Hang mit Blick über den See einziehen. Und um dieses Haus geht es bei der Feierstunde am 19. August 2019.

»Ich stehe heute Morgen nicht zum ersten Mal an diesem Ort«, so beginne ich meine kleine Ansprache, die ich hier in

Ausschnitten wiedergebe. »Drei Szenen sind mir unvergessen: Lebhaft steht mir vor Augen – *Szene I in den neunziger Jahren* –, wie dieses Anwesen viele Jahrzehnte ausgesehen hat. Damals ist das Haus schon nicht mehr bewohnt, sieht heruntergekommen aus, verwohnt, verschlissen. Es war offenbar nie mehr von Grund auf saniert worden, seit Mia und Hermann Hesse es 1912 aufgegeben hatten. Das merkte man ihm an. Auch der Garten ringsum ist verwildert, vernachlässigt, von Verfallsspuren geprägt. Das gesamte Grundstück steht zum Verkauf, und der Anblick tat mir in der Seele weh. Denn ich war damals schon als Tübinger Literaturwissenschaftler und Theologe vom Werk Hesses tief berührt. Und dieses Haus und dieser Garten waren ja ein Teil seines Werkes gewesen. Sie waren nach eigenen Plänen entworfen und bearbeitet worden.

Wie gerne hätte ich damals das Haus gekauft und saniert, gerade auch, um es als *Hesse*-Haus zu erhalten und vor Leuten zu schützen, die ausschließlich an dem Grundstück in glänzender Lage interessiert sein würden und das vernachlässigte Haus vermutlich abgerissen hätten. »Dann musst du einen Bestseller schreiben«, sagte meine Frau. Das stand leider nicht zu erwarten, und so befürchtete ich das Schlimmste. Glücklicherweise aber musste ich den Bestseller nicht schreiben, denn ein Ehepaar, Eva und Bernd Eberwein, war auf den Plan getreten.

Szene II 2004: Mit Freude registriere ich, dass das Haus zwar verkauft, zugleich aber im Stil und im Geist von Hesse rekonstruiert und auch für die Öffentlichkeit geöffnet worden ist. Seit November 2004 ist die denkmalgerechte Sanierung des Hauses abgeschlossen. Es wird dann 2010 gewesen sein, da halte ich in einer Tagungsstätte im Nachbardorf Horn mit meinen Tübinger Studierenden ein Wochenend-Kompaktseminar zu Hesses »Glasperlenspiel«. Mittlerweile mit den Eberweins bekannt, wage ich es, sie um einen Gefallen zu bitten: Könnte ich mit meinen Studierenden eine zweistündige

Sitzung im Haus abhalten, in Hesses Arbeitszimmer oben im ersten Stock? Wir dürfen. Ich sehe uns noch die Stühle zusammenstellen, in Hesses ehemaligem Arbeitszimmer Platz nehmen und dem *genius loci* huldigen. Ich erzähle den Studierenden, was alles in diesem Raum geschrieben wurde in der Zeit zwischen 1907 und 1912. Der alte Kachelofen steht noch, der Hesse so viel Ärger machte, weil er nicht nur Wärme, sondern auch lästigen Rauch nach innen abgegeben hatte. Hier zu sitzen: eine besondere Atmosphäre. Ein Zauber, der jetzt von diesem Ort ausgehen kann. Eine sinnliche Anschauung, die durch keine Lektüre zu ersetzen ist und Lektüre neu inspiriert. Literaturwissenschaft lebt auch von der sinnlichen Anschauung der Dichter-Orte und der Aufnahme der geistigen Energien, die an solchen Orten gespeichert ist.

Szene III: Was können wir von diesem Haus lernen? Die Eberweins bieten eine Führung durch Haus und Garten, die in doppelter Hinsicht ungewöhnlich ist und zwei Dimensionen einbezieht, die man in der Regel mit Leben und Werk des Dichters nicht verbindet. *Zum einen* ist es die Erschließung des Familienalltags, der alltäglichen Lebensgrundlagen, ohne die das alles, was zum dichterischen Werk gehört, überhaupt nicht hätte geschrieben werden können, was sich aber für viele im Geistigen zu verflüchtigen pflegt. Der Schwerpunkt liegt auf Einkauf (drüben am Schweizer Ufer) und Geldverwaltung, gehört doch zu einem gut geführten Haushalt ein Haushaltsbuch, das – eine seltsame Fügung – in diesem Haus überlebt hat. Der Schwerpunkt liegt auf Nahrungsauswahl und Zubereitung, auf Kochen und Küche, auf naturnahen Produkten und reformerischer Ernährung, auf die man in der Familie Wert gelegt hat.

Denn das Haus, so erfahren wir als Besucherinnen und Besucher, ist damals schon nach lebensreformerischen Prinzipien gebaut und bewirtschaftet worden. 1907! Und das ist das Verdienst vor allem einer Frau, die lange Zeit im Schatten ihres Mannes verblieben war: Mia, aus einer bekannten und weitverzweigten Basler Familie, den Bernoullis, die Hesse 1904 geheiratet hatte und bewusst mit ihm – die Tolstoi-Ideale teilend – in eine dörfliche Naturlandschaft gezogen war. In diesem Haus also wird jetzt Ernst gemacht mit der Erkenntnis, dass Kulturgeschichte nicht nur Geistesgeschichte, sondern auch Alltagsgeschichte umgreift. Dieser umfassende Kulturbegriff wird in diesem jetzt vollständig sanierten Haus fortan sichtbar und erlebbar.

Und dies ist nun die *zweite Dimension*, die einem als Besucher/in in diesem Haus von Anfang an bewusst gemacht wird: Es gibt der Frau ihren Rang, ihren Wert und ihre Würde zurück, die man in der biographischen Forschung zum Dichter und Nobelpreisträger lange nicht gesehen hat. Die Frau im Schatten wird hier ins Licht geholt und ihr Anteil am Leben von Hermann Hesse und als Mutter der drei Söhne gewürdigt. Gerade *weil* es im Zuge der Katastrophe des Ersten Weltkriegs, aufgrund der Erkrankung von Mia Hesse und schließlich der Trennung und Scheidung weitgehend zu einer Marginalisierung dieser Frau gekommen ist, haben die Eberweins mit diesem Haus ihr ihre Bedeutung wiedergegeben und daran erinnert: Mia war schon *vor* der Verbindung mit Hesse eine selbstständige, berufstätige Frau. Als erste Frau in der Schweiz überhaupt hatte sie als Fotografenmeisterin in der Basler Altstadt zusammen mit ihrer Schwester ein Atelier betrieben, als Hesse in dieser Stadt noch ein einfacher Buchhändler ist. Sie ist ihrer Zeit voraus, auch durch die experimentelle Kunstfotografie, die sie beherrscht. Eine Fotoausrüstung in einem der Räume dieses Hauses soll daran erinnern. Ihr Basler Atelier ist ein Treffpunkt junger Künstler, zu denen dann auch der angehende Schriftsteller Hesse gehört. Als sein erster Roman »Peter Camenzind« ein Erfolg wird und Geld einbringt, setzt sich Mia gegen die Ablehnung ihrer Familie durch, heiratet Hesse und teilt fortan ihr Schicksal mit dem seinen.

Abb. 7.3. Mit Michael Limberg (links), Herausgeber der Hesse-Jahrbücher und der Hesse-Jahresbibliographie, und Volker Michels (Mitte), Herausgeber der Werke und Briefe Hesses, bei den Hesse-Tagen 2021 in Sils Maria (Engadin).

Das weitere Leben von Mia Hesse ist hier nicht zu erzählen. Sie hat nach ihrer Genesung lange Jahre in Ascona und später in Bern bei ihrem jüngsten Sohn Martin gelebt. 95 Jahre ist sie alt geworden, bevor sie 1963 in Bern verstirbt, ein Jahr nach Hermann Hesse. Ich verweise auf das schön bebilderte Buch von Eva Eberwein aus dem Jahr 2016: »Der Garten von Hermann Hesse. Die Wiederentdeckung einer verlorenen Welt«. Muss man nach all dem noch lange erklären, warum es nur konsequent ist, wenn die Eberweins jetzt ihr Hesse-Haus nun nicht mehr länger ohne sichtbaren Mia-Bezug betreiben und vorstellen wollen? *Mia- und Hermann-Hesse-Haus*: Der Name ist Programm und ein Akt der Gerechtigkeit der Frau gegenüber, die mit Hermann Hesse hier gelebt, geliebt, gelitten und gearbeitet hat.«

So weit meine kleine Gaienhofener Ansprache. Und ich füge hier noch hinzu: Die biographischen Forschungen zu den Frauen an Hesses Seite (neben Mia Bernoulli sind es vor allem Ruth Wenger und Ninon Dolbin) ist weitergegangen und durch das Buch von Bärbel Reetz noch einmal auf neue Grundlagen gestellt worden: »Hesses Frauen« (2012), mittlerweile ein Standardwerk der Hesse-Biographik. Bärbel Reetz hat für dieses Werk und weitere biographische Arbeiten, etwa zu dem mit Hesse befreundeten Ehepaar Hugo und Emmy Ball-Hennings, 2021 den Preis der Internationalen Hermann Hesse Gesellschaft erhalten, der alle zwei Jahre verliehen wird. Erster Preisträger ist der Schweizer Schriftsteller Adolf Muschg (2017), der zweite 2019 der deutsche Theologe, Psychologe und Publizist Eugen Drewermann.

Calw: Am Anfang ist Indien

Gaienhofen 1904–1912: Diese Zeit ist ebenfalls die Zeit einer ersten geistigen Auseinandersetzung Hesses mit den Religionen indischen Ursprungs: Hinduismus und Buddhismus. Auch in diesem Fall hat mich der Kontrast gereizt zwischen der kleinen, provinziellen Welt am Bodensee und der Ausfahrt des Dichters in die Welt der großen Menschheitsreligionen. Sie kann kaum überraschen, wenn man seinen familiären Hintergrund kennt und den Kampf, den er in Tübingen gekämpft hatte. Hesse sucht nach geistigen Alternativen, und die Großfamilie Gundert-Hesse ist dabei keineswegs bloß eine negative Kontrastfolie in Hesses Leben. Sie gibt ihm auch positive Impulse, die Welt der »graugestrichenen Kanzeln« zu überschreiten, so paradox einem das erscheinen mag, gilt doch im Fall von Hesse die Formel: Am Anfang ist Indien. Warum? Weil Großvater, Mutter und Vater der Welt des protestantisch-pietistischen Missionarismus entstammen, und alle drei zutiefst geprägt sind von ihren Erfahrungen in Indien. Seit mir das klar ist, geht eine doppelte Faszination von diesem Schwarzwaldstädtchen aus, eine Faszination, der ich bei jedem Besuch immer wieder neu erliege.

Da ist *zum einen* die überraschende, von schicksalshaften Fügungen nur so strotzende Konstellation, die zusammenkommen muss, damit Hermann Hesse 1877 in Calw überhaupt auf die Welt kommen kann. Ich mache mir folgendes klar: 1814 wird der Mann in Stuttgart geboren, mit dem in der Familie des Hermann Hesse alles beginnt: Hermann Gundert. 23 Jahre wird er als Missionar im Auftrag der Basler Mission vornehmlich an Indiens Südwestküste tätig sein, in Kerala, heute ein Bundesstaat in Indien. Hier wird er noch wie ein Heiliger verehrt, hatte er doch – ein Sprachengenie der Extraklasse – für die Bildung der Menschen vor Ort und ihre Sprache, das Malayalam, Bahnbrechendes geleistet: unter anderem durch eine Übersetzung der gesamten Bibel in diese Sprache und die Herausgabe eines Malayalam-English Dictionary. Nicht zufällig hält seit Oktober 2015 ein »Gundert-Chair« an der Universität Tübingen »für Malayalam«

das Vermächtnis dieses einzigartigen Sprach- und Kulturforschers im Gewand eines Missionars lebendig und damit auch den Austausch zwischen Deutschland und Kerala. Im Übrigen liegt Gunderts Nachlass in der Universitätsbibliothek in Tübingen (www.gundert-portal.de).

Aus gesundheitlichen Gründen freilich hatte Gundert Indien aufgeben müssen. 1859 war er nach Calw gezogen, weil er für den hier ansässigen Calwer Verlagsverein arbeiten soll, dessen Leitung er nach wenigen Jahren übernimmt. Am 25. April 1893 ist er dort gestorbenen, und sein Grab befindet sich bis heute auf dem alten Friedhof der Stadt. Was er mit Hesse zu tun hat? Hermann Gundert ist der Vater von Marie Gundert (1842–1902), verwitwete Isenberg, die 1874 in zweiter Ehe Johannes Hesse heiraten und in Calw drei Jahre später ihrem Sohn Hermann das Leben schenken wird. 1842 war sie im südwestindischen Thalassery geboren worden, hatte 1865 mit 23 Jahren den englischen Missionar Charles Isenberg (1840–1870) geehelicht und mit ihm bereits drei Söhne zur Welt gebracht (einer stirbt schon fünf Monate nach der Geburt). Als Isenberg ebenfalls überraschend früh stirbt, ist die mittellose Witwe mit zwei Kindern praktisch gezwungen, zu ihren Eltern nach Calw zu ziehen. Dort lernt sie den Baltendeutschen, in Weissenstein/Estland geborenen Arztsohn Johannes Hesse (1847–1916) kennen, seit 1874 Assistent ihres Vaters bei der Arbeit für den Verlag. Fünf Jahre zuvor war auch er in Indien gewesen. Für die Basler Mission hatte er am Predigerseminar in Mangalore gearbeitet (1869–1873), hatte aber ebenfalls aus gesundheitlichen Gründen abbrechen müssen und war nach nur vier Jahren Indien nach Europa zurückgekehrt. Wenn das keine »Fügungen« sind, Konstellationen der ganz besonderen Art.

Aus all dem ergibt sich das zweite Moment meiner Faszination: das *Phänomen des Gundert-Hesseschen »Calw«*. Ich meine damit diese ungewöhnliche Gleichzeitigkeit von Enge und Weite, von Geschlossenheit und Offenheit, von kleiner Welt und großer Kultur, von exklusivem Glauben an Jesus Christus und zugleich von Wissen um Buddha und Shiva. Da ist in der Großfamilie von Anfang an immer beides zugleich: Pietistische Frömmigkeit *und* die Präsenz indischer Religionen, christliche Glaubenssicherheit *und* die weltreligiöse Weite Asiens, das klassische Gesangbuch und die traditionelle Bibel, *aber zugleich* auch eine Fülle exotisch-faszinierender Objekte, welche die Großeltern und Eltern von ihrer Missionstätigkeit aus Südwest-Indien mitgebracht hatten: Statuen, Kleider, Bilder, Lieder, Bücher.

In der Tat: »Viele Welten, viele Teile der Erde streckten Arme und Strahlen aus, und trafen und kreuzten sich in unserm Haus«, wird Hesse später schreiben. »Hier wurde gebetet und in der Bibel gelesen, hier wurde viel gute Musik gemacht, hier waren Buddha und Lao Tse bekannt, Gäste kamen aus vielen Ländern, den Hauch von Fremde und Ausland an den Kleidern, Arme wurden gespeist und Feste gefeiert, Wissenschaft und Märchen wohnten nah beisammen« (SW 12, 29).

»Buddha und Lao Tse bekannt«: Mir wird klar, wie sehr sich Hesses spätere Hinwendung zu den Religionen Asiens aus solchen Kindheitserfahrungen speist. Schon früh lernt er: Die Welt besteht aus mehr als der einen, wahren, exklusiv seligmachenden Religion. Braucht es von daher noch lange Erklärungen, warum Hesse schon in jungen Jahren nach geistigen Alternativen sucht, nach einem Verständnis des Göttlichen ohne allen christlichen Moralismus und kirchlichen Gewissensdruck, ohne Spaltung in Gut und Böse, Moral und Unmoral, Reinheit und Unreinheit, Heiligkeit und Sünde, Gott und Satan? Nach einem Gottesverständnis, das auch mit seinen ästhetischen Überzeugungen von der Aufgabe der Kunst kompatibel ist? Wo aber neue Orientierung finden, die einen die Spaltungen und Risse in der Seele überwinden lässt? »Indien« bietet sich an, ist, lockend aus Kindheitstagen, verlockender denn je. *Ein* Grund? In der Rückschau des Jahres 1931 liest sich das bei Hesse so:

> »Im Vergleich nun mit diesem so eng eingeklemmten Christentum, mit diesen etwas süßlichen Versen, diesen meist so langweiligen Pfarrern und Predigten, war freilich die Welt der indischen Religion und Dichtung weit verlockender. Hier bedrängte mich keine Nähe, hier roch es weder nach nüchternen graugestrichenen Kanzeln noch nach pietistischen Bibelstunden, meine Phantasie hatte Raum, ich konnte die ersten Botschaften, die mich aus der indischen Welt erreichten, ohne Widerstände in mich einlassen, und sie haben lebenslang nachgewirkt« (SW 12, 132).

Konsequenzen wird Hesse daraus ziehen, die sich dann fundamental von der Welt der Familie unterscheiden. Er wird sich Kulturen intellektuell und existentiell öffnen, die seine Vorfahren zu christianisieren und zu europäisieren versucht hatten. Einzelheiten nachzulesen in meinem Buch »Im Fluss der Dinge. Hermann Hesse und Bertolt Brecht im Dialog mit Buddha, Laotse und Zen« (2018), das eine lange Vorgeschichte hat und in dem ich die Auseinandersetzung Hesses mit den großen Religionen Asiens ausführlich beschreibe.

Ein postmissionarischer und postkolonialer Blick

In Gaienhofen beginnt der inzwischen gut Dreißigjährige sich jetzt auch mit grundlegenden Arbeiten der deutschen Indologie und Buddhologie zu befassen. Es hat mich immer wieder erstaunt, wie treffsicher Hesse als Nichtindologe Schlüsselwerke deutschsprachiger Indologie und Buddhologie seiner Zeit vor Augen hat. Man muss sie ja in der Flut der Bücher erst einmal finden. Hesse ist offenbar gut beraten und noch besser belesen. Er entdeckt, dass Ende des letzten Jahrhunderts bahnbrechende Arbeiten und Ausgaben in deutscher Sprache erschienen waren und so Brücken in diese Welten für Nichteingeweihte überhaupt erst geschaffen hatten.

Ich denke an Ausgaben eines indischen Klassikers wie der Bhagavad-Gita (»Gita«) oder die Buddha-Biographie des Indologen Hermann Oldenberg (1854–1920), erschienen 1881, oder an Paul Deussens (1845–1919) Übersetzungen der vedantischen Schriften aus dem Sanskrit (»Vedanta-Sutra«, 1887; »60 Upanishad's des Veda«, 1897) und nicht zuletzt an Karl Eugen Neumanns (1865–1915) erstmalige Übertragungen buddhistischer Texte aus den Originalquellen des Pali-Kanon: allem voran die der »Reden Gotamo Buddhos«. Eines der ganz großen und einflussreichen Übersetzungswerke deutscher Sprache, vergleichbar nur mit den Übersetzungen chinesischer Klassiker durch den deutschen, um 1900 in China ebenfalls ursprünglich als Missionar wirkenden Sinologen Richard Wilhelm. Schon 1910 und 1911 legt dieser Schwabe, ein Sprachengenie wie Gundert, gleich drei Übertragungen vor: Die »Gespräche« des Konfuzius und zwei taoistische Schlüsselwerke: das »Taoteking« von Laotse und »Das wahre Buch vom quellenden Urgrund« des Philosophen Liä Dsi (um 450 v. Chr.). Hesse kennt das alles. Und wir wissen das, weil Hesse all diese Werke in Rezensionen für verschiedene Zeitschriften dem deutschsprachigen Publikum vorgestellt hat.

Indische und chinesische Klassiker studieren? Achtsamkeit auf große geistige und ethische Überlieferungen Jahrhunderte *vor* der europäisch-christlichen Welt? Das lag wahrhaftig quer zum Zeitgeist. Zum Zeitgeist eines damals noch ungebrochenen kirchlichen Missionarismus, der, gestützt auf die Macht europäischer Kolonialmächte, mit einem ungeheuren Aufwand an Menschen und Geldern auf die Bekehrung der »Heidenvölker« und eine Totalchristianisierung der Welt zielte. Und quer zum Zeitgeist des eurozentrischen Imperialismus und Kolonialismus, namentlich zu einer Machtexpansion des wilhelminischen Deutschland, das mit Flottenrüstungsprogrammen und Kolonienerwerb in Afrika, China und Ozeanien seinen »Anteil« an der Weltherrschaft zu erlangen versucht hat. Hesse und andere Schriftsteller setzen Gegenzeichen, die bis heute wirken und an die wir angesichts neuer globaler Herausforderungen anknüpfen können. Selber heute im interkulturellen und interreligiösen Gespräch engagiert, hat mich der Erkenntnisgewinn aus diesem Stück Kulturarchäologie angelockt. Hesses postmissionarischer und postkolonialer Blick avant la lettre hat für mich Modellcharakter. Ein besonderer Grund, Hesse heute zu lesen.

Buddha-Nachfolge auf dem »Wahrheitsberg«

Warum aber sind diesem Dichter Buddhismus und Hinduismus wichtig geworden? Was glaubt er hier gefunden zu haben? Lange habe ich nach einer Antwort gesucht, zumal wir von Hesse keine privaten Aufzeichnungen seiner Lektüre buddhistischer Texte haben. Die Antwort geht, meine ich, in diese Richtung: Der Buddhismus in seiner Ursprungsform ist mit seinem Ideal asketisch-einfachen Lebens, seinem Ziel innerer Triebkontrolle und Seelenruhe, seinen Techniken der Inneneinkehr und so mit seiner Priorität nicht auf äußerer Selbstdurchsetzung, sondern auf Kontemplation und Meditation eine echte Alternative gegenüber dem Zeitgeist deutschnationaler Machtdemonstration. Eine Alternative auch, dass der Buddha nicht wie Christus, der Hesse von der Kanzel herab gepredigt worden war, eine göttliche Gestalt ist, die einen Menschen gnadenhaft von seinen Sünden und seiner Schuld erlöst, sondern ein Befreier aus Verblendung und Selbsttäuschung, die man aus eigener Kraft, sprich: über die eigene Körpererfahrung, überwinden kann. Nach der Devise: Du kannst ein neuer Mensch werden durch Arbeit mit deinem Körper, durch Fasten, Atemkontrolle und Inneneinkehr. Dazu musst du »nur« aussteigen aus deinem bürgerlichen Alltag und die alten Gewohnheiten durchbrechen.

Dabei hat mir stets die Tatsache Respekt abgenötigt, dass Hesse sich nicht mit einem Buch-Buddhismus begnügt. Er hatte verstanden, dass die »vier edlen Wahrheiten« des Buddha zum Thema Leiden und Entstehung des Leidens sowie der daraus folgende »Achtfache Pfad« zur Überwindung des Leidens nicht bloß kognitiv gewusst, sondern existentiell gelebt werden wollen. Wer den Buddha ernst nimmt, weiß, was dieser einem bis in den eigenen Lebensstil hinein abverlangt: körperliche und geistige Zucht nämlich.

Und ihr unterwirft sich Hesse denn auch, und zwar in Form eines Selbstversuchs jenseits aller bürgerlichen Konventionen. Dafür geht er bis an die Grenzen des Erträglichen und quartiert sich von *Anfang April bis Anfang Mai 1907* für gut vier Wochen auf dem Monte Verità ein, einer Anhöhe oberhalb des Tessiner Städtchens Ascona am Lago Maggiore. Hier gibt es seit Herbst 1900 eine streng vegetarisch ausgerichtete Kommunität, getreu dem Vorsatz, der zivilisatorischen »Dekadenz« der Zeit eine konsequent naturhafte Lebensweise entgegenzustellen und Menschen die Chance zu bieten, sich von den Zwängen bürgerlicher Konventionen zu befreien und von den »Schlacken« der Industriegesellschaft zu reinigen. Kurz: Ein Zentrum für eine umfassende Lebensreform hatte sich auf dem »Wahrheitsberg« gebildet, mit Ausstrahlung auf ganz Europa. Sie hat lange angehalten, wie eine materialreiche Ausstellung im Museum »Casa Anata« vor Ort dokumentiert, wie sie das Buch von Stefan Bollmann unter dem Titel »1900. Der Traum vom alternativen Leben beginnt« (2017) beschreibt und wie sie jüngst sogar ein Spielfilm wiedererweckt hat: Stefan Jägers »Monte Verità. Der Rausch der Freiheit« (2021).

Hierhin reist Hesse auf der Suche nach einem Weg in der Nachfolge Buddhas. An dessen Lebensmuster erinnert denn auch der Rückzug in die Einsamkeit und die Entschlossenheit, den Geist in Zucht zu nehmen. Nicht die Lehren eines religiösen Systems, sondern allein die »Wahrheit« der Natur und die Weisheit des Körpers sollten zur »Befreiung« von Geist und Seele führen. Licht-Luft-Hütten, Nacktbaden, Eingraben in die Erde, Fasten und vegetarische Kost garantieren strenge Selbstgenügsamkeit und engste Verbindung mit der Natur. Der geschichtliche Buddha hatte es nicht anders gemacht. Schon er war in die Wälder zu den Wanderasketen gezogen und hatte sich strengster Askese unterzogen. Diese »Rolle« probiert jetzt auch Hesse. Doch dieser Selbstversuch scheitert und wird nach vier Wochen abgebrochen. Zu viel »Du musst«, zu viel Zwang, zu viel Selbstnötigung, die zur Selbstquälerei ausgeartet war. Ein erster Riss in Hesses Beziehung zum Buddhismus.

»Gott lebt in mir, Gott stirbt in mir«

Mehr noch: Nach der Philosophie der »Gita« – geprägt von der indischen Einheitslehre, des Advaita-Vedanta – sind die Einzelseele und die Weltseele, Atman und Brahman, identisch, so dass die Versenkung in das eigene Selbst zugleich ein Weg zur Verbindung mit dem Göttlichen ist. Eine doppelte Erkenntnis, die Hesse schon 1907 in Auseinandersetzung mit Indien zuwächst und die er ein Leben lang festhalten wird: Die Erkenntnis nämlich, dass die Spaltungen der Welt auf einer durch die Beschaffenheit unserer Sinnesorgane beruhenden Täuschung (»*maya*«) beruht und es in Wahrheit nur *ein* ewiges, über Raum und Zeit, Vielheit und Werden erhabenes göttliches Wesen gibt, das sich in allem manifestiert. Hesse wird das sein künftiges Leben lang den Glauben an die Große Einheit nennen: das Göttliche ist in mir und manifestiert sich in *allen* Dimensionen der Wirklichkeit. Dabei sind ihm die uralten indischen Texte nicht aus intellektuellen Gründen wichtig. All die komplexen philosophischen Theorien über Karma, Sansara und Nirvana interessieren ihn von Anfang an nicht wirklich. Die Einheitslehre des Advaita-Vedanta interessiert ihn, weil sie ihm half, mit seinen eigenen Lebens-Krisen fertig zu werden und die »christlich« induzierten Spaltungen in der eigenen Seele zugunsten einer Bejahung der komplexen Einheit zu überwinden. »Gang im Spätherbst«, heißt ein Gedicht aus der »Siddhartha«-Zeit (1919), in dem dies sehr anschaulich wird:

»Herbstregen hat im grauen Wald gewühlt,
Im Morgenwind aufschauert kalt das Tal,
Hart fallen Früchte vom Kastanienbaum
Und bersten auf und lachen feucht und braun.

In meinem Leben hat der Herbst gewühlt,
Zerfetzte Blätter zerrt der Wind davon
Und rüttelt Ast um Ast – wo ist die Frucht?

Ich blühte Liebe, und die Frucht war Leid.
Ich blühte Glaube, und die Frucht war Haß.
An meinen dürren Ästen reißt der Wind,
Ich lach ihn aus, noch halt ich Stürmen stand.

Was ist mir Frucht? Was ist mir Ziel! – Ich blühte,
Und Blühen war mein Ziel. Nun welk ich,

Und Welken ist mein Ziel, nichts andres,
Kurz sind die Ziele, die das Herz sich steckt.

Gott lebt in mir, Gott stirbt in mir, Gott leidet
In meiner Brust, das ist mir Ziel genug.
Weg oder Irrweg, Blüte oder Frucht,
Ist alles eins, sind alles Namen nur.

Im Morgenwind aufschauert kalt das Tal,
Hart fallen Früchte vom Kastanienbaum
Und lachen hart und hell. Ich lache mit.«
(SW 10, 260)

Fluchtpunkt Montagnola

»In meinem Leben hat der Herbst gewühlt«: Als Hesse das schreibt, ist er wie nie zuvor mit Lebenskrisen von einer Schonungslosigkeit konfrontiert, die ihm an Lebensmut und Lebenswillen das Äußerste abverlangen. Kurz nach seiner Rückkehr aus Asien tobt der Krieg auf Europas Schlachtfeldern. Zwar ist Hesse dem Grauen in den Schützengräben des Ersten Weltkriegs nicht ausgesetzt gewesen (er leistet als »Reichsdeutscher« in Bern seinen Kriegs-Dienst ab in Form von Bücher-Versorgung deutscher Kriegsgefangener), wohl aber ist seine familiäre und berufliche Situation ins Abgründige geraten. Ein Ausweg aus immer bedrückender werdenden psychischen und sozialen Verhältnissen musste gefunden werden, nachdem auch therapeutische und tiefenpsychologische Behandlungen seit 1916 zwar Aufklärung, aber keine Lösung gebracht hatten.

Hesse wagt einen radikalen Schnitt, was angesichts familiärer Bindungen und Verpflichtungen nicht ohne seelische Risse und quälende Schuldgefühle abgeht. Nach Ende seiner amtlichen Tätigkeit und angesichts schon länger andauernder schwerer psychischer Krisen seiner Frau, mit wechselnden Klinikaufenthalten, löst er den Haushalt in Bern auf, bringt die drei Söhne bei Freunden und in Heimen unter, übersiedelt ins Schweizerische Tessin und bezieht ab Mitte Mai 1919 vier Zimmer im ersten Stock des linken Flügels der Casa Camuzzi im Bergdorf Montagnola oberhalb des Luganer Sees, ein Quartier, das er bis 1931 nutzen wird. Romantisch?

Wer heute nach Montagnola reist, könnte diesen Eindruck haben, schon von der Landschaft her, dem bezaubernden Wechselspiel zwischen Hügeln, Wäldern, Wasser und Himmel. Vom südlichen Klima nicht zu reden. Außerdem trifft man auf eine mittlerweile mit viel Liebe zum Detail ausgebaute Hesse-Infrastruktur, die es Besucherinnen und Besuchern leicht macht, sich in die Tessiner Lebenswelt des Dichters einzufühlen. Dazu gehört auch das vorzüglich ausgestattete kleine Hesse-Museum im Torre Camuzzi, gleich neben der Casa, viele Jahre bis Ende 2022 geleitet von Regina Bucher, der wir einen kundigen und praktischen »Reisebegleiter« verdanken: »Mit Hermann Hesse durchs Tessin« (2010). Und dazu gehören auch die gut ausgeschilderten Hesse-Rundwege. Sie bringen uns Besucher/innen zu bezaubernden Aussichtspunkten, zu malerischen Orten, zum Grab des Dichters und seiner Frau Ninon auf dem Friedhof gegenüber von Sant Abbondio in Gentilino unweit von Montagnola, aber auch zu den »Grotti«, jenen kleinen Schenken im Wald, in denen bei einfachem Essen der Wein zu fließen pflegt.

Ungezählte Male ist Hesse selber solche Wege gegangen, oft mit Staffelei und Klappstühlchen ausgerüstet. Malen als Autotherapie hatte ihm sein Psychiater schon 1916 empfohlen. Und in gut 3000 Aquarellen hat er denn auch die Tessiner Landschaft immer wieder gemalt, verliebt in die Farben, For-

Abb. 7.4. Grab von Hermann Hesse und seiner Frau Ninon in Gentilino unweit von Montagnola.

men und Motive. Auffällig: Es sind Bilder stets ohne Menschen, in ausgewogener Farblichkeit, ausschließlich konzentriert auf die Landschaften: auf Wolken, Bäume, Häuser, Kirchen, Felder und den blau leuchtenden See. Allesamt Meditationen mit Leinwand und Pinsel, die nichts wollen, als der Schönheit der Landschaft nachspüren, um sie im eigenen Bild zu bannen und so der Flüchtigkeit zu entreißen. Auch in vielen Texten hat dieser Nicht-Tessiner dieses Stück Schweiz beschrieben, Liebeserklärungen vergleichbar, nicht nüchternen Ortsbeschreibungen, nachzulesen in einem der Themenbände, die Volker Michels als Herausgeber der Werke Hesses immer wieder kundig wie kein anderer zusammengestellt hat. In Sachen »Tessin« (1992) sind es 66 Prosa- und Gedicht-Texte, hinzu kommen Aquarelle des Dichters. Betrachtungen mit der Palette und Betrachtungen mit der Feder in der Hand: Sie ergänzen sich bei Hesse kongenial. Es gibt einen mich anrührenden Text des 82-jährigen Dichters, der auf 40 Jahre Montagnola zurückblickt. Er berichtet darin,

Abb. 7.5. Mit Silver Hesse 2018 vor dem Hesse-Museum in Montagnola.

dass er »drunten auf dem Friedhof von St. Abbondio einen hübschen kleinen Platz gekauft« habe, um dann so abzuschließen:

> »Ich habe Hunderte von Bogen guten Malpapiers und viele Farbtuben verbraucht, um mit Aquarellfarben oder Zeichenfeder den alten Häusern und Hohlziegeldächern, den Gartenmauern, dem Kastanienwald, den nahen und fernen Bergen meine Reverenz zu erweisen. Auch manchen Baum und Strauch habe ich hier gepflanzt, ein kleines Bambusgehölz am Waldrand und viele Blumen, und so hoffe ich, wenn ich auch kein Tessiner geworden bin, die Erde von St. Abbondio werde mich freundlich beherbergen, wie es Klingsors Palazzo und das rote Haus am Hügel so lange Zeit getan hat« (SW 12, 181).

In der Welt von Carona/Kareno: Oktober 2021

Stichwort »Klingsors Palazzo«. Ein Tessin-Text hat eine besondere Intensität: »Klingsors letzter Sommer«. Eine Sommererzählung über die letzten Wochen im Leben eines fiktiven Malers namens Klingsor, aber keine der heiteren Art. Hesses »Klingsor« ist ein Brennspiegel des Krisenjahrs 1919, das ahnen lässt, was Hesse selber in der ersten Zeit in Montagnola durchgemacht hat und wie er sein Schreiben den abgründigen Seelen- und Zeiterfahrungen hatte abtrotzen müssen. Schauplatz dieser Erzählung: die Palazzo-artige Casa Camuzzi mit ihrem tropisch üppigen Garten.

19. Oktober 2021: Mit einer Gruppe der Mainzer Reiseagentur Lingua et Cultura bin ich in Carona, dem alten Bergdorf oberhalb von Lugano, das Hesse in seiner »Klingsor«-Erzählung leicht als »Kareno« verschlüsselt hat, um es in der Imagination von uns Lesern/innen mit der Kraft der Sprache neu zu erschaffen. Auf Wanderungen war er auch in diesen mittelalterlichen Ort gelangt. Er liegt auf dem Montagnola gegenüberliegenden Bergkamm und hatte damals wenig mehr als 400 Einwohner. Hier sollte Hesse Ende Juli 1919 eine damals 22 Jahre junge Frau kennenlernen: eine Schweizer Fabrikantentochter auf dem Ausbildungsweg zu einer Sängerin: Ruth Wenger (1897–1994), später Hesses zweite Ehefrau. Deren Eltern sind Besitzer eines Hauses im Ort, das durch ein entsprechendes Fresko im Giebel »Papageienhaus« genannt wird. So auch in der Dichtung. Die junge Frau selber wird hier als »Königin der Gebirge« und so mit einem Namen aus der Welt der Märchen chiffriert. Wie überhaupt alles in diesem Kareno-Kapitel wie verwandelt erscheint, ins geheimnisvoll Schwebende erhoben. Real und imaginär zugleich. Denn die Faszination für dieses kleine Dorf mit seinem bis heute bestehenden uralten granitenen Gemäuer, mit seinen dunklen, engen Gassen, steilen Wegen, verwitterten grauen Steinen fängt der Erzähler mit tollkühnen Absprüngen in den Raum der Imagination ein, bei denen der Dichter auch zum Lautmaler werden kann.

Man muss in der Tat diesen Ort wie wir Besucher zuvor ruhig durchstreift haben, seine grob behauenen, moosüberzogenen Mauern gesehen, seine steinalten Hauswände berührt, seine höhlenartigen Gassen gebückt durchkrochen, das plötzlich auftauchende Papageienhaus, vor dem sich überraschend ein Platz öffnet, als kleines Wunder erlebt haben: alles plötzlich nicht mehr graubraun, sondern hell, farbig, mit luftigen Fresken bemalt, und man bekommt als Leser/in eine Ahnung, wie Hesse diesen Ort in seiner Erzählung sprachlich-poetisch verwandelt hat. Der Erzähler lässt den Maler mit Freunden zunächst einen langen Weg wandern, bergab, bergauf. Dann plötzlich das Dorf:

> »Kareno, uralt, eng, finster, sarazenisch, düstere Steinhöhlen unter verblichenem braunem Ziegelgestein, Gassen bedrückend traumschmal und voll Finsternis, kleine Plätze plötzlich in weißer Sonne aufschreiend, Afrika und Nagasaki, darüber der Wald, darunter der blaue Absturz, weiße, fette, satte Wolken oben [...] Man braucht so lang, bis man lernt, an einem einzigen Tag drei Erdteile zu besuchen. Hier sind sie. Willkommen, Indien! Willkommen, Afrika! Willkommen, Japan« (SW 8, 301).

Im Garten eines örtlichen Restaurants hat man Stühle für uns vorbereitet und einen Tisch für mich als Vorleser. Bei warmer Tessiner Frühherbstsonne lese ich das Kareno-Kapitel (SW 8, 296–309) und zerdehne dabei die so befremdlich klingenden Worte: »sa – ra – ze – nisch«, vier Vokale. »Af – ri – ka«, drei Vokale. »Na – ga – sa – ki«: drei »a« und ein »i«. Pure Lautmalerei, mit der der Erzähler hier experimentiert hat, eine der viele Stellen in dieser Dichtung. Mit Carona als Ort hat das alles geographisch oder geschichtlich nichts zu tun. Aber es hat die Funktion von lautmalerischer Verrätselung in seiner lapidaren Viersilbrigkeit: »*sa – ra – ze – nisch*« mit einem Zischlaut in der Mitte und im Abgang. Dramatische Aufladung, so wie bei der erwähnten Sonne. Auch sie kann in diesem Text nicht einfach »scheinen« oder grelles Licht werfen, sie muss »aufschreien« und wird durch den überfallartigen Verweis auf »Afrika und Nagasaki« und durch Anspielung auf Indisches, Afrikanisches und Japanisches noch stärker in die Sphäre des Unfasslichen gehoben, ins *gewollt* Rätselhafte.

Jeder Beschreibungs-Realismus ist hier durch einen vom »Gegenstand« völlig abgelösten »Imaginismus« ersetzt, Kennzeichen einer buchstäblich entfesselten Erzählkunst, die mit Assoziationen und verfremdenden Lauten Wirkungen erzielen will und mit kühnen Verweisen den Horizont des Realistischen zu überschreiten trachtet. Kurz: Das alte Dorf Carona wird in Hesses Text zum »Trigger« für eine entgrenzte, den europäischen Raum überschreitende Imagination, zum Auslöser einer nicht völlig willkürlich-beliebigen, sondern kalkuliert gesteuerten Europa-Überschreitung mit Worten, die vom Gegenständlichen so abgelöst sind wie bei der expressionistischen Malerei die Farbe von den Objekten. Nie vor »Klingsor« und nie mehr danach hat Hesse als Erzähler mit Sprache so kühn experimentiert, so »expressionistisch« geschrieben. Wie auch anders mit einem Maler des expressionistischen Stils als literarischem Protagonisten? Und nachdem wir vorher das reale Carona durchstreift und erlebt hatten, berührt uns jetzt das fiktive Kareno umso intensiver. Wir spüren an diesem Nachmittag im Vollzug des Laut-Lesens, wie sehr Text und Kontext sich zu einer bezaubernden Einheit verschmelzen lassen.

»Blicke ins Chaos«

Was sich für Hesse verändert hatte, zeigen neben dem »Klingsor« auch zwei andere Schlüsseltexte, die im Frühjahr und Sommer 1919 entstehen und diesem Jahr sein lebens- und werkgeschichtlich unverwechselbares Profil geben: »Kinderseele« sowie »Klein und Wagner«. Die Erfahrungen mit der Tiefenpsychologie hatten daran beträchtlichen Anteil. Bereits zu Beginn der therapeutischen Behandlungen ab 1916 in der Klinik Sonnmatt oberhalb von Luzern durch den C.G. Jung-Schüler Dr. Bernhard Lang hatte Hesse geahnt, dass er »durch diesen engen und höllischen Tunnel nicht werde kriechen können, ohne verändert und durchgeknetet drüben herauszukommen« (B 3, 31).

Und dieser »höllische Tunnel« ist Seele und Situation zugleich geschuldet. »Blicke ins Chaos« hier wie dort. Er habe, wird er später schreiben, »allen Krieg und alle Mordlust der Welt, all ihren Leichtsinn, all ihre rohe Genußsucht, all ihre Feigheit« in sich selber gefunden. Er habe »erst die Achtung vor mir selbst, dann die Verachtung meiner selbst« zu verlieren und nichts anderes zu tun gehabt, »als den Blick ins Chaos zu Ende zu tun«, und zwar mit der Hoffnung, »jenseits des Chaos wieder Natur, wieder Unschuld zu finden«. Jeder Mensch gehe ja »einmal oder mehrmals diesen schmalen Weg durch die Wüste« (SW 12, 55). Ein »Weiter so« war unter diesen Umständen undenkbar, persönlich und künstlerisch. Von jetzt an zieht sich denn auch eine Spur radikaler Selbstkritik, Selbstentblößung, ja Selbstdenunziation durch Hesses Texte, die unter deutschsprachigen Poeten ihresgleichen suchen.

Genau das aber hatte Hesse für sich selber lernen müssen – Psychoanalyse inbegriffen: Alles verstehen, alles gelten lassen, um *so* – im Durchleben und Durcharbeiten der Widersprüche – diese in sich selbst zu überwinden. Dass ihm dabei schon früh erworbene Grundgedanken vedantischer Einheits-Philosophie helfen konnten, habe ich jetzt noch besser verstanden. Nicht nur die Unterscheidung von Ich und Selbst, sondern auch die Überzeugung, dass jedes Einzelne Teil eines großen göttlichen Ganzen ist, von dem es sich nicht absondern darf. Alles hat sein Recht und seinen Sinn. Was Menschen als Gegensätze und Widersprüche begreifen, sind nur ihre Vorstellungen. In Wahrheit ist alles Teil der göttlichen Einheit: das Harmonische wie das Zerrissene, das Geistige wie das Triebhafte, das Schöne wie das Hässliche, das Moralische wie das Sündhafte. Nichts ist abzuspalten, alles durch schmerzliche Prozesse hindurch zu integrieren. Das ist Aufgabe der Kunst, und Hesses nun folgende Dichtung ist die Probe aufs Exempel: »Siddhartha« (1922).

»Siddhartha« und die Erfahrung der Großen Einheit

Ich habe Hesses Weg zu dieser seiner »indischen Dichtung« in meinem Hesse-Brecht-Buch ausführlich anhand der Quellen geschildert und bis ins Detail gezeigt, dass es sich um eine weltreligiöse Dichtung handelt. Warum? Weil in ihr hinduistische, buddhistische, taoistische und christliche Elemente zu einer komplexen Einheit verschmolzen sind. Im Zentrum ein fiktiver Brahmanensohn namens Siddhartha, dessen Name mit dem des geschichtlichen Siddhartha Gautama identisch ist, der zum Buddha, zum »Erwachten« wurde. Für Hesse ist *sein* Siddhartha eine experimentelle und zugleich exemplarische Figur – und zwar in doppelter Hinsicht. Er ist ein Mensch der Suche nach seinem Selbst, der vielfache Lebenskrisen durchmachen, immer neue Abschiede nehmen und Aufbrüche wagen muss. Und er ist eine Figur der Sehnsucht nach Vollendung, der am Ende den großen Frieden finden und die innere Ruhe erreichen kann.

Anfangs hatte ich mich von der Namensgleichheit täuschen lassen und »Siddhartha« identifikatorisch gelesen. Als Lob des geschichtlichen Buddha, als literarische Vergegenwärtigung von dessen Lebensgeschichte. Bis ich ein Doppeltes erkannte: Zum einen, dass Hesse die Biographien der beiden Siddharthas asymmetrisch erzählt, will sagen, von den Entwicklungen seines fiktiven Helden so erzählt, dass dieser gerade nicht die Nachfolge des Buddha antritt wie in derselben Dichtung Govinda, Siddharthas Freund von Jugend an. Hesses Protagonist folgt nicht dem »Rad der Lehre«, wird nicht Buddhist, möchte aber auf seinem Weg dieselbe vollkommene innere Befreiung und denselben unerschütterlichen Frieden finden, den der geschichtliche Siddhartha erreicht hat. Die Vollendung des Buddha, ohne Buddhist zu werden – das ist des fiktiven Siddharthas Ziel, und dieses Ziel lässt sein Autor ihn erreichen. Und zwar so:

Nach gut zwanzig Jahren lässt Hesse seinen »Helden« gezielt an einen Ort zurückkehren, der gar kein Ort ist: an den *Ort der Ortlosigkeit* schlechthin. Dieser ortlose Ort ist die Mitte der Dichtung. Und in dieser Mitte steht keine Person, keine Lehre, keine Tradition und keine Religion. In der Mitte »fließt ein Fluß«. Siddhartha lernt von niemandem mehr als von diesem Fluss und von dem, der mit diesem Fluss innigst vertraut ist: dem Fährmann Vasudeva. Immer noch versieht dieser am Fluss sein »Amt«, nimmt jetzt aber den altgewordenen Siddhartha in seine Dienste, bevor er selber »in die Wälder« geht und Siddhartha als Fährmann an seine Stelle tritt. Dieser Fluss nun wird Siddharthas Lehrer, der einzige, den er anzuerkennen bereit ist. Zuhören will er ihm allein. Seinen Stimmen will er lauschen »mit stillem Herzen«, wie es heißt, »mit wartender geöffneter Seele, ohne Leidenschaft, ohne Wunsch, ohne Urteil, ohne Meinung« (SW 3, 443).

Was aber lernt Siddhartha vom Fluss? Die Lektion, die im 5. Kapitel des 2. Teils beschrieben wird: Das fließende Wasser ist ein Symbol für die Gleichzeitigkeit von ewigem Wandel und steter Dauer, für das *Zugleich* von permanenter Veränderung und gleichbleibender Erscheinung und somit für die Erkenntnis, »daß es keine Zeit gibt«: »Alle Stimmen der Geschöpfe« können in der Stimme des Flusses gleichzeitig hörbar werden. Der sich stets verändernde und doch gleichbleibende Fluss ist somit »die Stimme des Lebens, die Stimme des Seienden, des ewig Werdenden« (3, 444). So kann in der Meditation des Flusses dann am Ende die Erfahrung »der All-Einheit« stehen:

> »Siddhartha lauschte. Er war nun ganz Lauscher, ganz ins Zuhören vertieft, ganz leer, ganz einsaugend, er fühlte, daß er nun das Lauschen zu Ende ge-

> lernt hatte. Oft schon hatte er all dies gehört, diese vielen Stimmen im Fluß, heute klang es neu. Schon konnte er die vielen Stimmen nicht mehr unterscheiden, nicht frohe von weinenden, nicht kindliche von männlichen, sie gehörten alle zusammen, Klage der Sehnsucht und Lachen des Wissenden, Schreie des Zorns und Stöhnen der Sterbenden, alles war eins, alles war ineinander verwoben und verknüpft, tausendfach verschlungen. Und alles zusammen, alle Stimmen, alle Ziele, alles Sehnen, alle Leiden, alle Lust, alles Gute und Böse, alles zusammen war die Welt. Alles zusammen war der Fluß des Geschehens, war die Musik des Lebens. Und wenn Siddhartha aufmerksam diesem Fluß, diesem tausendstimmigen Liede lauschte, wenn er nicht auf das Leid noch auf das Lachen hörte, wenn er seine Seele nicht an irgendeine Stimme band und mit seinem Ich in sie einging, sondern alle hörte, das Ganze, die Einheit vernahm, dann bestand das große Lied der tausend Stimmen aus einem einzigen Worte, das hieß Om: die Vollendung« (SW 3, 461 f.).

Wie oft habe ich diese Stelle in »Siddhartha« gelesen, meditiert, in den Konsequenzen für mein Leben bedacht, ohne je damit »fertig« zu sein.

Woran Hesse zu glauben gelernt hat

»Siddhartha« ist denn auch mit seinem Abschied von Denkkategorien des Exklusivismus und mit seiner Mischung aus hinduistischer Einheitslehre, buddhistischer Selbsterfahrung, taoistischer Lebensweisheit und christlicher Liebesethik eine religionsübergreifende Dichtung, die in der deutschsprachigen Literatur ihresgleichen sucht. Sie ist die erste im Werk von Hesse, der dann mit dem Vorspiel »Die Morgenlandfahrt« von 1932 »Das Glasperlenspiel« (1943) mit einem ähnlich universalistischen Ansatz folgen wird. Denn nach vielfältigen Studien und persönlichen Krisen ist es mit »Siddhartha« zur Entwicklung eines weltreligiösen Denkens und Schreibens bei Hesse gekommen, dem als einzigem »Dogma« der »uralte Gedanke der Einheit zu Grunde« liegt. Diese Einheit aber, die er »hinter der Vielheit verehre«, sei »keine langweilige, keine graue, gedankliche, theoretische Einheit« (SW 11, 122). Hesse stellt das ausdrücklich klar. Denn einzig darin bestehe für ihn das Leben: »im Fluktuieren zwischen zwei Polen, im Hin und Her zwischen den beiden Grundpfeilern der Welt«. Beständig möchte er »mit Entzücken auf die selige Buntheit der Welt hinweisen und ebenso beständig daran erinnern, dass dieser Buntheit eine Einheit zugrunde liegt«. Beständig möchte er zeigen, dass »Schön und Häßlich, Hell und Dunkel, Sünde und Heiligkeit immer nur für einen Moment Gegensätze« seien, »daß sie immerzu ineinander« übergingen. Und dann wörtlich:

> »Für mich sind die höchsten Worte der Menschheit jene paar, in denen diese Doppelheit in magischen Zeichen ausgesprochen ward, jene wenigen geheimnisvollen Sprüche und Gleichnisse, in welchen die großen Weltgegensätze zugleich als Notwendigkeit und als Illusion erkannt werden. Der Chinese Lao Tse hat mehrere solche Sprüche geformt, in denen beide Pole des Lebens für den Blitz eines Augenblicks einander zu berühren scheinen. Noch edler und einfacher, noch herzlicher ist dasselbe Wunder getan in vielen Worten Jesu. Ich weiß nichts so Erschütterndes in der Welt wie dies, daß eine Religion, eine Lehre, eine Seelenschule durch Jahrtausende die Lehre von

Gut und Böse, von Recht und Unrecht immer feiner und straffer ausbildet, immer höhere Ansprüche an Gerechtigkeit und Gehorsam stellt, um schließlich auf ihrem Gipfel mit der magischen Erkenntnis zu enden, daß neunundneunzig Gerechte vor Gott weniger sind als ein Sünder im Augenblick der Umkehr! (SW 11, 121–127, hier: 126).

Eine Äußerung unter vielen bei Hesse nach »Siddhartha«, ob in Essays, Briefen oder Stellungnahmen. Schon früh hatte er einer Religion ihren Absolutheitsanspruch verweigert, jetzt aber hat er eine durchdachte Überzeugung gewonnen, die ihn endgültig Abschied nehmen lässt von einem konfessionellen oder religiösen Lagerdenken.

Zugleich hat es das Streben nach religiösen Ausdrucksformen gefördert, die einem Suchenden auf dem *eigenen* Weg zuwachsen werden. Jetzt ist Hesse entschiedener denn je der beredte Anwalt einer notwendigen Subjektivierung des Religiösen als Ausdruck individueller Freiheit und innerer Reifung. Dieser Autor hatte in der ersten Hälfte des Jahrhunderts für sich allein einen Prozess durchgemacht, der sich dann in der zweiten Hälfte des 20. Jahrhunderts vor allem in westlichen urbanen Bildungsmilieus massenhaft ausbilden sollte, wie religionssoziologische Untersuchen heute vielfach bestätigen. Normative religiöse Traditionen verlieren an Bindekraft, zugleich aber ist jeder Mensch aufgefordert, seinen Weg »zu Gott«, zum »Göttlichen«, zum »Absoluten« zu suchen und finden. »In meinem religiösen Leben«, schreibt Hesse 1931 in einem kleinen Text unter dem Titel »Mein Glaube«, »spielt das Christentum zwar nicht die einzige, aber doch eine beherrschende Rolle, mehr ein mystisches Christentum als ein kirchliches, und es lebt nicht ohne Konflikte, aber doch ohne Krieg neben einer mehr indisch-asiatisch gefärbten Gläubigkeit, deren einziges Dogma der Gedanke der Einheit ist. Ich habe nie ohne Religion gelebt, und könnte keinen Tag ohne sie leben, aber ich bin mein Leben lang ohne Kirche ausgekommen« (12, 133). Und in seinen autobiographischen Aufzeichnungen »Kurgast« (1925) kann Hesse präzisieren:

> »Ich glaube nämlich an nichts in der Welt so tief, keine andere Vorstellung ist mir so heilig wie die der Einheit, die Vorstellung, daß das Ganze der Welt eine göttliche Einheit ist und daß alles Leiden, alles Böse nur darin besteht, daß wir Einzelne uns nicht mehr als unlösbare Teile des Ganzen empfinden, daß das Ich sich zu wichtig nimmt. Viel Leid hatte ich in meinem Leben erlitten, viel Unrecht getan, viel Dummes und Bitteres mir eingebrockt, aber immer wieder war es mir gelungen, mich zu erlösen, mein Ich zu vergessen und hinzugeben, die Einheit zu fühlen, den Zwiespalt zwischen Innen und Außen, zwischen Ich und Welt als Illusion zu erkennen und mit geschlossenen Augen willig in die Einheit einzugehen« (SW 11, 84).

Hesse lesen im Zeitalter globaler Dialoge

Hesse lesen im Zeitalter globaler Dialoge? Eine Antwort kann ich jetzt geben: Hesse hatte erkannt, dass die Geschichte der Menschheit immer auch eine Geschichte ihrer Religionen ist. Den »Faktor Religion« zu vernachlässigen, zu ignorieren oder zu privatisieren, wäre ein schwerer Fehler. Das hatte er schon nach seiner Asienreise erkannt und Europa entsprechend den Spiegel vorzuhalten versucht. Geändert hat das nicht viel. Religion hat in vielen Kontinenten dieser Erde nach wie vor eine Massen von Menschen prägende, treibende, motivierende Rolle, nur in Nord- und Westeuropa nicht. Hier ist »Religion«

öffentlich auf eine geschichtlich beispiellose Schwundstufe gesunken.

Hesses Werk wäre von daher auch als Widerstand zu lesen gegen eine halbierte Globalisierung unserer Zeit. Ich meine damit eine Einstellung, die in einer globalen Tauschgesellschaft ökonomische Vorteile mitnimmt, die geistige Auseinandersetzung mit den Weltkulturen aber scheut. Ich meine ein halbiertes Weltbürgertum, das gerne die Wirtschaft und den Tourismus globalisiert, aber weniger gern das eigene Bewusstsein; das mit Wollust die Kapital- und Flugbewegungen weltweit vernetzt, nur nicht die eigenen Lernprozesse; das im World Wide Web ein bloßes Zugriffs-Instrument sieht, aber keinen Lern-Ort für planetarisches Bewusstsein.

Muss ich von daher noch lange erklären, warum ich in Hesse einen der deutschsprachigen Vordenker interkultureller Begegnung und interreligiöser Kommunikation entdeckt habe? Er hat vor gut hundert Jahren vorausgedacht und vorausgelebt, was viele heute noch *vor* sich haben, die meinen den »Faktor Religion« in der globalisierten Weltgesellschaft ignorieren zu können. Als ob man die Welt Asiens oder des Nahen Ostens verstehen könnte ohne den Einfluss der indischen und chinesischen Religionen oder ohne den Einfluss des Islam. An seine Leser in Japan schrieb Hesse 1955:

> »Die ernsthafte und fruchtbare Verständigung zwischen Ost und West ist nicht nur auf politischem und sozialem Gebiet die große, noch unerfüllte Forderung unserer Zeit, sie ist eine Forderung und Lebensfrage auch auf dem Gebiet des Geistes und der Lebenskultur. Es geht heute nicht mehr darum, Japaner zum Christentum, Europäer zum Buddhismus oder Taoismus zu bekehren. Wir sollen und wollen nicht bekehren und bekehrt werden, sondern uns öffnen und weiten; wir erkennen östliche und westliche Weisheit

nicht mehr als feindlich sich bekämpfende Mächte, sondern als Pole, zwischen denen fruchtbares Leben schwingt« (GB IV, 235).

VIII. Svendborg: *»Das Harte unterliegt«: Vom Glauben des Bertolt Brecht in »finsterer Zeit«*

»Die geistige Isolation hier ist ungeheuer, im Vergleich zu Hollywood war Svendborg ein Weltzentrum.«
Bertolt Brecht, An Karl Korsch, Santa Monica, Oktober 1942 (29, 254)

»Das Theater des wissenschaftlichen Zeitalters vermag die Dialektik zum Genuß zu machen. Die Überraschung der logisch fortschreitenden und springenden Entwicklung, der Unstabilität aller Zustände, der Witz der Widersprüchlichkeiten usw., das sind Vergnügungen an der Lebendigkeit der Menschen, Dinge und Prozesse, und sie steigern die Lebenskunst sowie die Lebensfreudigkeit.
Alle Künste tragen bei zur größten aller Künste, der Lebenskunst.«
Bertolt Brecht, Nachträge zum »Kleinen Organon für das Theater« 1954 (23, 290)

Ein Gang durch Brechts letzte Wohnung

Berlin Mitte. Vom S-Bahnhof Friedrichstraße kommend, läuft man die Friedrichstraße hinauf Richtung U-Bahn-Haltestelle Oranienburger Tor. Nach wenigen Metern bereits – man ist überrascht, wie früh – eine Brecht-Spur: linker Hand das Haus des BE, des Berliner Ensembles, Brechts Theater, das er weltberühmt gemacht hat. Davor eine lebensgroße Bronze-Skulptur von Fritz Cremer: Brecht auf einer Bank ausruhend, als halte er Wache oder warte darauf, gerufen zu werden. Nach der Haltestelle Oranienburger Tor mündet die Friedrichstraße in die Chausseestraße. Auf der linken Seite sehr bald eine langgestreckte, matt violett gestrichene Mauer, unterbrochen durch ein erstes großes schmiedeeisernes Tor. Ein Schild gibt an: »Kirchhof der französisch-reformierten Gemeinde«. Wenige Meter weiter ein zweiter großer Einlass. »Begräbnisplatz für die Friedrich-Werdersche und Dorotheenstädtische Gemeinde« steht auf den Schildern zu beiden Seiten des Tores. Die Philosophen Georg Wilhelm Friedrich Hegel (1770–1831) und Johann Gottlieb Fichte (1762–1814) liegen hier begraben. In der zweiten Hälfte des vorigen Jahrhunderts kommen die Gräber von Schriftstellern dazu: unter anderen von Heinrich Mann, Johannes R. Becher, Arnold Zweig, Anna Seghers, Thomas Brasch, Stefan Hermlin und Heiner Müller.

Gleich neben diesem doppelten Friedhofsareal, nur durch eine Backsteinmauer getrennt, das Grundstück Chausseestraße 125. Man stößt ein großes Tor auf, betritt einen kurzen überbauten Torweg, geht durch ein zweites Tor und befindet sich im Hinterhof. Links jetzt die Friedhofsmauer, rechterhand ein zweistöckiger Anbau, in dessen Mitte eine Tür zu einem Stiegenhaus einlädt. Ich öffne sie, gehe die Stiege hinauf in den ersten Stock und stehe vor der Tür von Brechts Wohnung. In den letzten drei Jahren vor seinem Tod hat er sie genutzt: von Oktober 1953 bis August 1956. Mehr Atelier, mehr Werkstatt als Wohnzimmer. Man betritt zuerst einen größeren Raum. Die linke Wand ist von drei großen Fenstern durchbrochen. Der Blick von dort geht auf den Friedhof. Er hatte dieses Gelände stets vor sich, unter sich. Er glaubte an die Veränderbarkeit der Welt durch sein Theater, im Blick stets die großen Toten unter ihm. Kein Wunder, dass er hier beerdigt sein wollte, dass er hier bestattet liegt. Neben dem seinen das Grab von Helene Weigel (1900–1971), die im selben Haus ihre eigene Wohnung eingerichtet hatte.

Nō-Masken und Konfuzius-Rollbilder

Die rechte Wand des ersten Zimmers ist größtenteils bis unter die Decke mit Bücherregalen ausgefüllt. Brechts letzte Bibliothek ist noch vorhanden und seit 2007 in einem »kommentierten Verzeichnis« vorzüglich durch den Leiter des Brecht-Archivs, Erdmut Wizisla, und seine Mitarbeiter/innen dokumentiert (»Die Bibliothek Bertolt Brechts«, 2007). Davor ein runder Tisch mit zwei Sesseln. An der linken Wand mit den Fenstern ebenfalls ein Arbeitstisch mit Tischlampe, Telefon und großen Sesseln im Stil der fünfziger Jahre. Und dann die erste Überraschung: Links und rechts zwischen einem der Fenster mit Blick auf den Friedhof zwei chinesische Rollbilder. Auf der linken Rolle nur chinesische Schriftzeichen. Sie füllen in fünf Reihen von oben nach unten die ganze Rolle aus. Es handelt sich um ein Gedicht von Mao Tse-tung, wie ich später erfahre. Die rechte bildet in Schwarz-Weiß-Druck eine männliche Figur ab. Am oberen Rand quer über der Rolle ebenfalls chinesische Schriftzeichen. Darunter die ganze Gestalt einer monumentalen, massigen Figur mit großem Bart, gehüllt in ein weites, bis auf die Füße reichendes Gewand. Erste China-Spuren, unerwartet, rätselhaft. Warum hat der Mieter dieser Wohnung sich solche Rollbilder aufgehängt? Und: Wer ist diese Figur auf der einen Rolle? Was steht auf der anderen?

Einmal sensibilisiert, entdecke ich weitere asiatische Zeichen an der gegenüberliegenden Wand. Auf einem Kachelofen eine kleine Figur aus Bronze: ein alter Mann chinesischen Aussehens auf einem Tier reitend, eine Rolle in der Hand. Vom Motiv her kann es sich nur um die Darstellung des chinesischen Weisen Laotse handeln. In der chinesischen Tradition ist das Reittier in der Regel ein Ochse oder ein Büffel, es kann aber auch ein Hirsch sein wie bei dieser Bronzearbeit. Und an der gleich anschließenden Querwand über der Tür zum nächsten Raum *drei Masken*, unverkennbar japanisch. Sie stammen aus der Welt des japanischen *Nō-Theaters* und gehören zu den Rollen eines Dämons, eines jungen Mädchens und eines komischen Alten. Warum aber dieser Fingerzeig auf das japanische Theater in Brechts eigenen Räumen? Was hat der deutsche Stückeschreiber mit Nō zu tun? So viel aber weiß ich bereits aus der Biographie: Seine drei Masken hat Brecht besonders geliebt. Von Umzug zu Umzug nimmt er sie mit sich, ja, im September 1942 widmet er einer der Masken im amerikanischen Exil ein eigenes kleines Gedicht. »Die Maske des Bösen«:

> »An meiner Wand hängt ein japanisches Holzwerk
> Maske eines bösen Dämons, bemalt mit Goldlack.
> Mitfühlend sehe ich
> Die geschwollenen Stirnadern, andeutend
> Wie sehr es anstrengt, böse zu sein.« (12, 124)

Gleich im nächsten Raum setzt sich dasselbe Bildprogramm fort. Brechts großes Arbeitszimmer, durch viele Fenster von Licht durchflutet. Hier eine weitere Überraschung. An der Wand rechts neben der Tür noch einmal ein großes Rollbild mit chinesischen Zeichen. Ein Mann im Halbporträt ist zu sehen, frontal. Seine Gestalt ist massig, seine Arme sind verschränkt, die Hände in die Ärmel seines weiten Gewandes gesteckt, die Augenbrauen hochgezogen, der Mund wie zum Sprechen oder Lachen geöffnet. Ein großer Hut, eine Art zeremonieller Kappe, ziert seinen Kopf, ein schwarzer Bart umgibt seinen Mund. Der ganze Mann strahlt Autorität aus, Würde, Lebenserfahrung. Er scheint der Typus eines Lehrers

Abb. 8.1. Chinesisches Rollbild in Brechts Schlafzimmer, zu dem Brecht das Gedicht »Der Zweifler« geschrieben hat.

zu sein, eines Weisen von amtlicher Statur. Wen stellt diese Rolle dar? Warum hängt sich Brecht eine solche Figur in sein Arbeitszimmer?

Ich erfahre: Im ersten wie im zweiten Zimmer stellen die Rollbilder den großen chinesischen Philosophen Konfuzius (ca. 551–479 v. Chr.) dar. Und wieder halte ich einen Moment inne. Brecht und Konfuzius? Eine seltsame »Paarung«, ebenfalls unerwartet. Warum hängt sich Brecht Konfuzius-Bilder wie Ikonen an die Wände seiner Privatwohnung? Bilder von einem Mann, der der größte Lehrer in der Geschichte Chinas und einer der größten Lehrer in der Geschichte der Menschheit war? Aber hatte er, Bertolt Brecht, nicht selber, je älter er wurde, ein solcher Lehrer des Volkes sein wollen, bedenkt man die Fülle der theatertheoretischen oder weisheitlich-praktischen Schriften und Texte, die er nicht zufällig in ein chinesisches Gewand gehüllt hatte: Die »Geschichten vom Herrn Keuner« oder »Me-ti. Buch der Wendungen«? Hatte er

nicht ein Theaterstück über »Das Leben des Konfuzius« entworfen, das in aller Dialektik zeigen sollte, was ein Sozialreformer unter den Bedingungen einer Klassengesellschaft erreichen kann und was nicht?

»Der Zweifler« über dem Bett

Aber es gibt noch ein viertes Rollbild chinesischer Herkunft in dieser Wohnung, und zwar an dessen privatester Stelle: im Schlafzimmer, einem Nebenraum zum großen Arbeitszimmer. Man betritt eine kleine Kammer, eher einer Zelle vergleichbar, aber ebenfalls lichthell durch ein großes Fenster in der linken Wand. Ein Bett, zwei kleine Tische und ein Sessel passen gerade hinein. Hier ist er im August 1956 gestorben, keine 60 Jahre alt. Und auch hier hängt ein großes Rollbild, angebracht über dem Kopfende des Bettes, darunter eine kleine Anrichte mit einer Sammlung von Büchern. Die Rolle fällt auf. Ein größerer Kontrast zu den beiden Konfuzius-Rollbildern ist kaum denkbar. Was wir Besucher sehen, ist die Gegenfigur schlechthin: eine dickliche, bucklige männliche Gestalt. Sie sitzt zusammengesunken auf einer Bank, ganz eingehüllt in einen faltigen Mantel, welcher der Figur trotz ihrer Körperfülle etwas Fließendes gibt. Ein Mann, von Lebensspuren sichtlich gezeichnet, ohne gebrochen zu wirken.

Äußerungen von Brecht selber zum Abbild auf dieser Rolle oder zur Herkunfts- und Akquisitionsgeschichte gibt es nicht. Wir wissen nur, dass er diesem Rollbild eine persönliche Deutung gegeben hat, und zwar in einem eigenen Gedicht, das um 1937 im dänischen Exil entstanden ist. Zur Zeit des Tiefpunkts also der stalinistischen Raserei gegen angebliche Konterrevolutionäre in der eigenen Partei. Am 30. Januar 1937 war der zweite Schauprozess gegen das sogenannte »antisowjetische trotzkistische Zentrum« in Moskau zu Ende gegangen. 13 Todesurteile und hohe Haftstrafen sind verhängt worden. In diesem Kontext schreibt Brecht nicht zufällig ein Gedicht mit dem Titel »Der Zweifler« und deutet damit den »Mann auf der Bank«, wie das Rollbild ihn zeigt:

»Immer wenn uns
Die Antwort auf eine Frage gefunden schien
Löste einer von uns an der Wand die Schnur der
alten
Aufgerollten chinesischen Leinwand, so daß sie
herabfiel und
Sichtbar wurde der Mann auf der Bank, der
So sehr zweifelte.« (14, 376)

So der Auftakt des Gedichts. Und während ich den Text bedenke und noch einmal den alten Mann auf der Leinwand betrachte, beginne ich zu begreifen, dass Brecht sich in dieser Figur ebenso spiegelt wie in den statuarischen Konfuzius-Porträts, jetzt freilich auf völlig andere Weise: als Mann, der immer auch Aufbrüche gewagt, Erstarrtes hinterfragt, die dialektische Beweglichkeit im Denken geschätzt und immer neue Prozesse in seiner Theaterarbeit angestoßen hat: »Seid ihr wirklich im Fluß des Geschehens? Einverstanden mit / Allem, was wird? Werdet *ihr* noch?«, heißt es im »Zweifler«-Gedicht. Das war auch eine Selbstermahnung, eine persönliche Arbeitsanweisung. Wohl deshalb hängt Brecht sich dieses Rollbild über sein Bett, als wolle er – mit dem Alten als geheimem Gesprächspartner – des Nachts sein Tagewerk beschließen und des Morgens neu beginnen: »Ist es auch am Morgen zu lesen?«

Fenster in einen weiten Raum

Ende August 2006 hatte ich erstmals diese Wohnung besucht – im Rahmen eines Literaturseminars zu Brecht mit dem Theologisch-Pastoralen Institut Mainz. Von da ab bei Berlin-Besuchen immer wieder. Ich hatte viel erwartet, nur nicht Zeichen von Japan und China an den Wänden. Seitdem hat mich die Frage nicht mehr losgelassen: Was interessierte den Stückschreiber an den Überlieferungen des Alten Japan und des Alten China? Aber es dauert bis 2018, dass ich in einer größeren Studie all diese Fragen klären kann: Brechts Auseinandersetzung mit Konfuzius, Brechts Interesse am japanischen Nō-Theater und an der chinesischen Schauspielkunst, Brechts Rezeption von Gestalten wie Buddha und Laotse. Nachzulesen jetzt in: »Im Fluss der Dinge. Hermann Hesse und Bertolt Brecht im Dialog mit Buddha, Laotse und Zen« (2018). Ich versuche zu zeigen: Brecht und China ist ein großes Thema auch für den interkulturellen Dialog heute. Unter den großen deutschsprachigen Schriftstellern in der ersten Hälfte des 20. Jahrhunderts hat, neben Hesse, er, der Stückeschreiber, am kreativsten und vielfältigsten die Überlieferungen des Alten China gekannt und in seinen Schriften und Stücken fruchtbar gemacht.

Bei meinem Rundgang durch diese Wohnung ist mir klar geworden: All diese Objekte asiatischer Herkunft sind nicht nur Symbole eines Lebens und Schreibens in Bewegung, sondern auch offene »Fenster« auf einen weiten Raum, den des »Ostens«, kulturell verstanden, nicht eng politisch. Seltsam zu denken: In einer Dreizimmerwohnung Berlins, Chausseestraße 125, Hinterhaus, 1. Stock, gibt es Fenster nicht nur mit Blick auf ein Gräberfeld von historischer Tiefe, sondern auch »Fenster« eigener Art in eine ganz andere Tiefe, in die des Raums und der Zeit. Fenster, welche diese Zimmer weit machen, entgrenzen und uns Besucher auf Kulturräume weit über Europa hinaus verweisen. Zeichen zugleich, die Spannungen in dieser Wohnung erkennen lassen. Spannungen dreifacher Art, die ich zu spüren meine, während ich mich durch diese Zimmer bewege: die Spannung von Leben und Tod und damit von Arbeit und Vergänglichkeit. Die Spannung von China damals (Konfuzius, Laotse) und China heute (Mao) und damit von Tradition und Revolution, von kaiserlichem Konfuzianismus und sozialistischem Maoismus. Und schließlich die Spannung zwischen dem Staatsphilosophen im großen Arbeits- und dem »Zweifler« im kleinen Schlafzimmer. Spannungen, welche die drei Zimmer in Schwingungen versetzen, Grenzen aufheben, Grundhaltungen wechselseitig aufeinander beziehen lassen.

Kurz: Mit diesem Bildprogramm macht Brecht die Spannungen optisch sichtbar, die er selber in sich ausgetragen hat, ob in Versen oder Versuchen, ob in Stücken oder Stoffen, ob in Prosa oder Programmen. Somit sind die Zeichen Japans und Chinas an den Wänden auch als Gegenzeichen gegen die politische und künstlerische Misere im Deutschland des »Kalten Krieges« und der aggressiven Parteiideologien zu deuten. Zeichen eines Dialogs mit einer anderen Welt von ganz anderer Tiefe, Weltläufigkeit und Internationalität, die den denkbar schärfsten Kontrast zur Welt des spießigen deutschen Provinzialismus bilden, ob rechter oder linker Provenienz.

Flucht »unters dänische Strohdach«

Berlin, Chausseestraße 125 ist ein magischer Ort für mich. Und ein zweiter kommt hinzu. Recherchen machen mir klar, dass sich die Auseinandersetzung Brechts mit den asiatischen Überlieferungen während der Zeit seines Exils in Dänemark verstärkt hatte. Die thematisch zentralen Gedichte über Buddha und Laotse finden sich nicht zufällig in seinen »Svendborger Gedichten«, 1939 erstmals in Kopenhagen erschienen. Die sechsjährige Exilszeit in Dänemark von 1933 bis 1939 hatte katalysatorische Wirkungen. Für mich Grund genug, selber einmal nach Svendborg zu reisen, zumal ich erfahren hatte, dass es Brechts Haus dort noch gibt, und dass man es, von einer Stiftung verwaltet, für kurze Zeit mieten kann. Im August 2014 kann ich dorthin reisen – noch im Prozess der Arbeit an »Im Fluss der Dinge«, dann noch einmal im Mai 2018 mit dem Buch schon im Gepäck.[23]

Ich reise in der Überzeugung, dass dieses Haus eine besondere Geschichte erzählen kann, und ich will ihr zuhören. Eine Geschichte des Widerstands und des Überlebens in politisch »finsterer Zeit«, vor allem durch Schreiben und Theaterarbeit. Außerdem ist hier das Gedicht geschrieben worden, das ich von allen Brecht-Gedichten am meisten liebe, weil es, herausgefordert von eben diesen »finsteren Zeiten«, ohne alle schrillen klassenkämpferischen Töne und ohne alle Parteiparolen die Grundlagen von Brechts »Glauben« an den Sinn des Widerstands freilegt: »Entstehung des Buches Taoteking auf dem Weg des Laotse in die Emigration«. Kurz: »Svendborg« steht für diejenige Zeit in Brechts Leben, in der der Stückeschreiber wie nie zuvor seine politischen und ästhetischen Überzeugungen an der Wirklichkeit hatte überprüfen und seinen »Glauben« einer harten Bewährungsprobe hatte unterziehen müssen. Es ist diese »Glaubensprobe«, die mich interessiert, zumal ich ja weiß, dass Brecht sich einige Jahre vor Dänemark einer marxistisch geprägten materialistischen Geschichtsdeutung verpflichtet hatte. Und gerade deshalb …

Das Haus erzählt aber auch die prekäre Geschichte menschlicher Beziehungen zwischen dem Mann und den drei Frauen, die mit ihm hier in Svendborg gelebt haben: Helene Weigel, Margarete Steffin und Ruth Berlau. Und es erzählt die Geschichte produktiver Arbeitsbeziehungen mit Freunden, die Brecht in sein »dänisch Sibirien« zu locken verstand. Der

Literaturkritiker Walter Benjamin gehört dazu, der Philosoph Karl Korsch und der Komponist Hanns Eisler. Sechs Jahre hat Brecht in diesem Haus gelebt, als Exilant, nicht Emigrant, worauf er stets Wert gelegt hat. Zahlreiche Gedichte sind in dieser Zeit entstanden, 95 davon veröffentlicht in der Sammlung »Svendborger Gedichte«. Sie haben diesen kleinen Ort in Dänemark zu einem Ort der Weltliteratur gemacht. Die Spurensuche beginnt.

Unschwer finde ich heraus, dass es sich um ein Städtchen an der Südküste der Insel Fünen handelt, direkt am Meer gelegen, am »Sund«, einer Meerenge zwischen Fünen und der vorgelagerten Insel Tåsinge. Hier sind Helene Weigel und Bertolt Brecht mit ihren beiden Kindern Stefan und Barbara nach ihrer Flucht aus Nazi-Deutschland geblieben. Warum? Warum in einem Land, zu dem man vorher keinerlei Beziehungen hatte? Aber seit sie nach dem Brand des Berliner Reichstags am 27. Februar 1933 auf der Flucht sind, hatten sie verschiedene Exilorte geprüft. In der Schweiz im Raum Lugano waren sie gewesen. In Carona zum Beispiel, einem Dorf oberhalb des Lago di Lugano. Hier besitzt das befreundete deutsche Schriftsteller-Ehepaar Kurt Kläber und Lisa Tetzner eine Wohnung. Dorthin war man gefahren, hatte man damit doch gleichzeitig Kontakt zu Hermann Hesse aufnehmen können, der seit 1919 auf einem anderen Bergrücken oberhalb von Lugano wohnt, in Montagnola, und der durch seine 1919 entstandene Erzählung »Klingsors letzter Sommer« Carona unter dem Namen Kareno zum Schauplatz eines seiner großen Texte gemacht hatte (mehr dazu Kap. VII). Ein Besuch Brechts zusammen mit zwei Schriftstellerkollegen in Hesses »Casa Rossa« am 30. März 1933 kommt denn auch zustande, verläuft aber enttäuschend, ist mehr eine Vergegnung als eine Begegnung. Die gewünschte Zusammenarbeit antifaschistischer Schriftsteller wird es nicht geben, später auch kein Wiedersehen. Ohnehin hatte sich die Schweiz als Exilland finanziell als ebenso unerschwinglich erwiesen wie Sanary-sur-Mer bei Toulon, wo Lion Feuchtwanger, anfangs auch Thomas Mann und andere deutsche Schriftsteller untergekommen waren.

So hatte man das Angebot der damals sehr bekannten und seit 1919 mit Helene Weigel befreundeten dänischen Schriftstellerin Karin Michaëlis (1872–1950) angenommen, den Sommer 1933 zunächst bei ihr in Dänemark zu verbringen. Auf der kleinen Insel Thurø, gegenüber von Svendborg Fünen vorgelagert, besitzt sie Häuser, die sie jetzt antifaschistischen deutschen Emigranten zur Verfügung stellt. Vielen hat sie dadurch geholfen. Auf dem Friedhof von Thurø liegt sie begraben, die mit ihren zahlreichen Romanen und Kinderbüchern in Dänemark einen legendären Ruf genießt. Die Brechts verdanken ihr viel, wie sie umgekehrt im amerikanischen Exil Unterstützung von den Brechts empfangen wird, als sie nach der Nazi-Besetzung Dänemarks ab 1940 in den USA lebt. Nach dem Krieg wird sie nach Kopenhagen zurückkehren, wird Ehrenbürgerin von Thurø werden, und die Einwohner dieser Insel werden auf ihren Grabstein schreiben »Hun kom hjem«, »Sie kam heim«. Bei meiner zweiten Reise nach Svendborg halte ich ein stilles Gedenken an ihrem Grab.

Von Carona aus bricht Helene Weigel mit den Kindern im Mai 1933 nach Thurø auf, während Brecht nach Paris weiterfährt, um hier mit dem Komponisten Kurt Weill das Ballett »Die sieben Todsünden der Kleinbürger« für eine Aufführung durch die Truppe »Les Balletts 1933« vorzubereiten. Ende Juni 1933 reist auch er nach Thurø, und man fasst den Entschluss, dort zu bleiben, wo man ist. Anfang August kann man ein altes strohgedecktes Fischerhaus günstig erwerben, etwas außerhalb vom Zentrum Svendborgs gelegen. Skovsbostrand Nr. 8 ist für die nächsten sechs Jahre Brechts neue Adresse. Das Haus liegt am Sund, etwas versetzt in der zweiten Reihe, hat aber direkten Zugang zum Wasser.

Abb. 8.2. Brechts Haus »unter dem Strohdach« im dänischen Svendborg zwischen den Jahren 1933 bis 1939.

Es ist einmal mehr Helene Weigel, die sich in den nächsten Monaten um die Bewohnbarkeit des Hauses kümmert, das bisher zum Teil noch als Viehstall mitbenutzt worden war. Im heutigen Wohnzimmer hat man an einem Balken witzigerweise noch einen Eisenring hängen lassen, an dem einst eine Kuh angebunden war. Ende Dezember 1933 ist das Haus so weit eingerichtet, dass fünf Personen hier leben und arbeiten können: Brecht, Helene Weigel, die beiden Kinder sowie die aus Brechts Vaterstadt Augsburg stammende Hausangestellte Maria Hold. Für Brecht ist an der südlichen Giebelseite des Hauses ein eigenes Zimmer eingerichtet, in dem er ungestört arbeiten kann, auch arbeiten muss.

Das Haus mit Türen zur Flucht

Im August 2014 mache ich mich zusammen mit Gisela erstmals auf den Weg. Wir finden das Brecht-Haus unter der alten Adresse: Skovsbostrand Nr. 8 und treffen im Haus auf einen Poeten aus Hamburg. Er gewährt uns Einblicke auch in das Innere des Hauses. Historische Fotos (Bertolt Brecht: Sein Leben in Bildern und Texten von Werner Hecht, 1978, 122–124) hatten mich vorbereitet, und doch bin ich wie gebannt, als ich das Haus zum ersten Mal betrete, äußerlich unverändert: Einstöckiges langgezogenes Gebäude, Strohdach, jetzt moosüberzogen, pechschwarz gestrichene Fachwerkbalken, die einen reizvollen Kontrast bilden zum weißgetünchten Mauerwerk, fünf dunkelgrün gestrichene Türen rings an den vier Wänden. Krieg und Nachkriegszeit haben dem Haus offensichtlich nichts anhaben können. Die Renovierung ist gründlich, aber diskret.

Nur die Bäume im großen Garten rings um das Haus, die Brecht in seinen Svendborger Gedichten »verewigt« hat, mussten dem Alter Tribut zollen: der »knorrige Birnbaum mit hangenden Zweigen«, der »blühende Apfelbaum«, der »verkrüppelte Baum im Hof«, das »Aprikosenbäumchen an der Hausmauer«, der »Kirschbaum«, auf dem Brecht einmal einen »Kirschdieb« erwischt hatte. Nicht zu vergessen den »kleinen Kastanienbaum«, über den es im Gedicht »Gedanken über die Dauer des Exils« im ersten Teil noch heißt:

> »Laß den kleinen Baum ohne Wasser!
> Wozu einen Baum pflanzen?
> Bevor er so hoch wie eine Stufe ist
> Gehst du froh weg von hier!«

Um dann nach einer Phase der Ernüchterung die Gegenstrophe zu singen:

Abb. 8.3. Blick aus Brechts ehemaligem Arbeitszimmer in Svendborg auf den Sund.

»Tag um Tag
Arbeitest du an der Befreiung
Sitzend in der Kammer schreibst du
Willst du wissen, was du von deiner Arbeit hältst?
Sieh den kleinen Kastanienbaum im Eck des Hofes
Zu dem du die Kanne voll Wasser schlepptest!«
(12, 82)

Innen aber ist das Haus mit seinen beiden Schlafzimmern, einem großen Wohnzimmer, einem Durchgangsraum mit einer Arbeitsplatte sowie mit Küche und Bad nach heutigem Standard eingerichtet. »Brecht plus Ikea«, wie der Journalist Günther Schwarberg liebevoll-ironisch in seinen »Tagebuchskizzen unter dem dänischen Strohdach« festhält, 1997 unter dem Titel »Sommertage bei Bertolt Brecht« veröffentlicht. Er war im Sommer 1996 für drei Monate Bewohner des Hauses gewesen. Sein Buch hier vor Ort zu lesen ist ein Gewinn. Er versetzt sich und seine Leser/innen zurück in die Zeit, als Brecht mit den Seinen hier gelebt hatte und nimmt auch die Reaktion bestimmter Einwohner wahr, welche die Mieter skeptisch fragen: »Muss man ein Roter sein, wenn man darin wohnen will? Brecht war doch ein Roter!« (S. 118). Man muss nicht …

Den Raum an der südlichen Giebelseite des Hauses hat Brecht als Arbeitszimmer genutzt. Mobiliar aus seiner Zeit ist keines mehr vorhanden; 1939 hatten die Brechts alles verkaufen müssen und waren mit den Kindern nach Schweden weiter geflohen, dann nach Finnland, dann in die USA. Aber die drei Fenster mit den je »zwölf Quadraten« gibt es noch. Auch den wunderbaren Blick auf den Sund mit den Bootsstegen am Ufer, während man am Schreibtisch sitzt. Das war auch *sein* Blick, wenn er hier saß: »Durch das Fenster, die zwölf Quadrate / Sehe ich einen knorrigen Birnbaum mit hangenden Zweigen« (14, 429), so lässt Brecht eins seiner »Naturgedichte« beginnen. Und in einem Gedicht mit dem Titel »Zufluchtsstätte«, um 1937 entstanden, heißt es:

»Ein Ruder liegt auf dem Dach. Ein mittlerer Wind
Wird das Stroh nicht wegtragen.
Im Hof für die Schaukel der Kinder sind
Pfähle eingeschlagen.
Die Post kommt zweimal hin
Wo die Briefe willkommen wären.

Den Sund herunter kommen die Fähren.
Das Haus hat vier Türen, daraus zu fliehn. (12, 83)

Und noch heute ziehen wie zu Brechts Zeiten die Fähren auf dem Wasser ihre Bahnen, Schiffe, welche Svendborg mit Ærøskøping auf der Nachbarinsel Æerø verbinden. Und vier Türen zur Flucht? Das registriert nur jemand, der unter Spannung steht und jederzeit damit rechnet, dass die totalitären Mächte seiner habhaft werden können.

Ungerührt wie eh und je: das Haus am Sund

Nach den ersten Eindrücken bin ich entschlossen, wiederzukommen und die Energien des Hauses noch einmal intensiver aufzunehmen. Ich weiß mittlerweile, wie sehr Brechts Leben als politischer Flüchtling in dieser Zeit gefährdet ist. Ich vergesse keinen Moment, was er selber 1937 im Gedicht »Über die Bezeichnung der Emigranten« geschrieben hat:

»Ach, die Stille der Sunde täuscht uns nicht! Wir hören die Schreie
Aus ihren Lagern bis hierher. Sind wir doch selber
Fast wie Gerüchte von Untaten, die da entkamen
Über die Grenzen. Jeder von uns
Der mit zerrissenen Schuhen durch die Menge geht
Zeugt von der Schande, die jetzt unser Land befleckt.« (12, 81)

Um das besser zu verstehen, bin ich entschlossen, einmal selber eine Weile im Haus zu leben. Im Frühjahr 2018 erscheint mein Hesse-Brecht-Buch mit einem großen Svendborg-Teil rund um die Buddha- und Laotse-Gedichte, und ich bin frei,

Abb. 8.4. Brecht-Büste im ehemaligen Arbeitszimmer in Svendborg.

mich im Mai 2018 noch einmal auf den Weg zu machen, nachdem ich die Stiftung konsultiert hatte. Diesmal nehme ich die Bahn. In meiner Begleitung einer meiner langvertrauten Weggefährten: Karl-Josef Ludwig aus Mainz.

Stuttgart – Hamburg – Odense, Fünens Hauptstadt. Erst auf der Fahrt von Odense nach Svendborg bekommt man langsam das Gefühl, in Dänemark zu sein. Ab der Station

Odense-Sygehus langgestreckte Wälder und Felder, unterbrochen durch Pferdekoppeln. Rasche Übergänge zwischen Bebauung und Bewaldung. Fließend. Hier und da Windräder am Horizont. Schrebergärten und Industriegebiete gehen ineinander über. Dann wieder dichter Baumbewuchs, unterbrochen von Obstplantagen, Gemüsebeeten, Rapsfeldern, um diese Jahreszeit goldgelb. Wunderbarer Kontrast zum Grün der Weiden und zum Blau des Himmels. Man versteht, warum schon Brecht Fünen den »Garten Dänemarks« genannt hat. Andere sprechen vom »grünen Herz«. Und die Bahnstationen vor Svendborg werden immer »dänischer«: Ringe, Rudme, Kværndrup, Stenstrup … Willkommen in Dänemark.

Das Haus liegt ungerührt wie eh und je. Die Abendsonne bei unserer Ankunft gibt dem Sund eine bronzene Farbe. Am nächsten Morgen sitze ich am Schreibtisch mit »seinem« Blick durch die »zwölf Quadrate« im Fenster. Links in der Querwand das zweite Fenster, durch das Brecht den Birnbaum hatte sehen können, unter dem er im Sommer mit Besuchern Schach zu spielen pflegte. Fotos zeigen ihn unter anderem mit Walter Benjamin, der drei Sommer mit den Brechts in Svendborg verbracht hat. Auf der Fensterbank des Seitenfensters ist Brecht durch einen etwa 40 Zentimeter großen Kopf aus Bronze präsent. Links daneben an der Wand ein Brecht-Kopf als Plakatfoto. Der Stückeschreiber schaut den Betrachter halb über die Schulter an, die unvermeidliche Zigarre zwischen zwei Finger geklemmt, als hätte er sie gerade aus dem Mund genommen, eine Frage gestellt, und als würde er mit gespanntem Blick auf Antwort warten. Im Gegensatz zu dem Kopf aus Bronze ein lebendiges Bild, das Brecht in Aktion zeigt, einem Gesprächspartner zugewandt. Unter dem Bild, noch auf dem Plakat, Brechts Unterschrift und ein für ihn charakteristisches Zitat: »Schreiben Sie, daß ich unbequem war und es auch nach meinem Tod zu bleiben gedenke. Es gibt auch dann noch gewisse Möglichkeiten.«

Ansonsten keine Brecht-Spuren aus seiner Zeit im Raum, bis auf den Längsbalken, der die Decke des Arbeitszimmers durchzieht und sie stützt. An ihm hatte Brecht den nachmals viel zitierten Spruch angeheftet: »Die Wahrheit ist konkret«. Wir wissen das aus Aufzeichnungen Walter Benjamins und von ihm selber, von einem Vierzeiler, den er schon in der Rückschau 1940 im schwedischen Exil geschrieben hatte: »An die dänische Zufluchtsstätte«. Verloren wie sie ist, ist sie ihm so lieb geworden, dass er sie jetzt wie eine Vertraute anredet, nach deren Schicksal man sich erkundigt. Schließlich war der Krieg auch über Dänemark gekommen:

»Sag, Haus, das zwischen Sund und Birnbaum steht:
Hat, den der Flüchtling einst dir eingemauert
Der alte Satz DIE WAHRHEIT IST KONKRET
Der Bombenpläne Anfall überdauert?« (12, 99).

Aber der Deckenbalken ist jetzt mit weißer Ölfarbe überzogen. Nicht die geringste Spur einer Anheftung ist mehr zu sehen. Ansonsten gibt es im Arbeitszimmer noch zwei Bücherregale. In dem einen Brecht-Ausgaben und Bücher über Brecht. In dem anderen Bücher von Besuchern, die dieses Haus gemietet hatten. Ich stelle das meine dazu.

»Blutige Gesichte über Sund und Laubwerk«

Als Brecht Ende Dezember 1933 hier einzieht, hatte sich innerhalb weniger Monate eine völlig neue Lage ergeben. Und niemand kann vergessen, was in diesen politisch aufgeladenen Zeiten auf dem Spiel steht, auch in Svendborg nicht. Als Vorspruch hatte Brecht seiner Sammlung »Svendborger Gedichte« diese Zeilen mitgegeben:

»Geflüchtet unter das dänische Strohdach, Freunde
Verfolg ich euren Kampf. Hier schick ich euch
Wie hin und wieder schon, ein paar Worte,
    aufgescheucht
Durch blutige Gesichte über Sund und Laubwerk.
Verwendet, was euch erreicht davon, mit Vorsicht!
Vergilbte Bücher, brüchige Berichte
Sind meine Unterlage. Sehen wir uns wieder
Will ich gern wieder in die Lehre gehn.« (12, 7)

»Blutige Gesichte über Sund und Laubwerk«: Das ist ebenso poetisch wie politisch gesagt, ebenso bildhaft wie bedrückend-aktuell. Denn Brechts Haus hat Uferlage, ich sagte es, liegt direkt am Wasser. Von seinem Arbeitszimmer aus hat er nach Süden einen Blick über den Sund und auf das »Laubwerk« der gegenüberliegenden bewaldeten Insel. Bald »dahinter« gewissermaßen liegt schon Deutschland. Da konnten einem politisch wachen Flüchtling wie ihm schon »blutige Gesichte« entgegenkommen und in Schrecken versetzen.

Svendborger Enge: Frauen um Brecht

Sechs Jahre dient das Haus einer kleinen Gruppe von Mitarbeiter/innen und Freunden als Arbeitsplatz und Treffpunkt, Flüchtlingen und Vertriebenen als Anlaufstelle, ja als temporäre Unterkunft. Aber dieses Haus erzählt auch von Spannungen und Konflikten, die für die Betroffenen hart an die Grenze des Erträglichen gehen. Mit Helene Weigel und den Kindern hatte sich Brecht in Skovsbostrand niedergelassen, zugleich aber lässt er auch seine Mitarbeiterin und Geliebte Margarete Steffin (1908–1941) nachkommen. Und zugleich tritt jetzt noch eine dritte Frau in sein Leben, eine dänische Schauspielerin und politische Aktivistin, die sich für seine literarische und politische Arbeit leidenschaftlich einsetzt und sich als Dänin gerade jetzt als unentbehrlich erweist: die damals 27 Jahre junge Ruth Berlau (1906–1974). Auch sie wird zu einer Geliebten Brechts.

Brecht und »seine« Frauen. Heute ein beinahe unendliches Thema, weil mittlerweile viel dazu recherchiert worden ist. Und ein unverzichtbares dazu, um der Gerechtigkeit gegenüber den betroffenen Frauen willen, die – mit Ausnahme von Helene Weigel – im Schatten von Brecht verblieben, aber einen hohen Anteil an seiner literarischen Produktion erbracht haben. In Svendborg lese ich noch einmal die Untersuchung von Hiltrud Häntzschel »Brechts Frauen« von 2003. Inzwischen gibt es auch Einzelbiographien: zu Elisabeth Hauptmann (Sabine Kebir, 2000), Ruth Berlau (Sabine Kebir, 2006), Isot Kilian (Ditte von Arnim, 2006) oder Margarete Steffin (Hartmut Reiber, 2008), von Helene Weigel nicht zu reden (Werner Hecht, Carola Stern, beide 2000). Ich will exemplarisch in aller Kürze die Geschichte von Margarete Steffin erzählen, der einzigen Frau in Brechts Umkreis, die früh, allzu früh gestorben ist. Sie berührt mich von allen »Frauengeschichten« am tiefsten. Ich stelle mir vor, unter welchen Lebensbedingungen sie in Skovsbostrand Nr.8 gelebt hat, von Brecht eingeladen, von Helene Weigel geduldet. Mit Spannung und innerer Anteilnahme lese ich nicht nur ihre Biographie von Hartmut Reiber »Grüß den Brecht« (2008), sondern auch die Ausgabe ihrer Briefe an Walter Benjamin, Bertolt Brecht und Arnold Zweig, erschienen 1999 unter dem Titel »Briefe an berühmte Männer«.

Eine für Brecht schier unersetzliche Mitarbeiterin ist sie gewesen. Fast die gesamte Korrespondenz mit Verlagen und Freunden hat allein sie geführt, Brechts Texte ins Reine geschrieben, seine Entwürfe lektoriert, Sprachen gelernt, dort, wo es notwendig ist, Übersetzungen verfasst, zum Schluss auch noch aus dem Dänischen und Schwedischen. Überdies hat sie Brechts Gedichte geordnet und an einer beträchtlichen Zahl von Stücken mitgearbeitet, einschließlich der »großen«: »Die Gewehre der Frau Carrar«, »Mutter Courage«, »Galilei«, »Der gute Mensch von Sezuan«, »Puntila«, »Arturo Ui«, von den Prosaarbeiten nicht zu reden. Auch eigene Stücke hat sie »nebenbei« geschrieben und erotische Liebessonette mit Brecht ausgetauscht. Bis zum Ende bleibt sie an Brechts Seite, auch in Schweden und Finnland, ohne je Aussicht auf eine exklusive Beziehung zu haben, nach der sie sich sehnt.

So wird diese hochbegabte, hingebungsvoll arbeitende, ungemein kreative und zugleich an ihrer Leidenschaft zu und Abhängigkeit von Brecht leidende Frau in den sechs Svendborger Jahren zu einer Pendelexistenz gezwungen, um in der Nähe Brechts bleiben zu können: Mal wohnt sie in Kopenhagen, mal unter verschiedenen Adressen in Svendborg, mal bei Karin Michaëlis in Thurø, von wochenlangen Behandlungen in Sanatorien nicht zu reden. Denn seit dem 19. Lebensjahr steckt eine tödliche Krankheit in dieser jungen Frau: Lungentuberkolose. Tapfer kämpft sie dagegen an und nimmt dafür auch weite Reisen zu Sanatorien in Kauf: in die Schweiz, nach Moskau, in den Kaukasus. Auch einen dänischen Schein-Ehemann hat man für sie besorgt, einen Journalisten namens Svend Jensen Juul, damit sie in Dänemark das Daueraufenthaltsrecht bekommen kann …

Ihr Ende ist eine kleine Tragödie. Unheilbar krank hat Margarete Steffin die Fahrt von Finnland ins amerikanische Exil mit Brecht und den Seinen nicht überlebt. Sie stirbt am 4. Juni 1941 in einem Moskauer Sanatorium, wo Brecht sie auf seinem Weg nach Wladiwostok und von dort per Schiff an die amerikanische Westküste hatte zurücklassen müssen. Sie weiß um ihren baldigen Tod und will, dass die anderen ohne sie weiterreisen. Ganze 33 Jahre ist sie alt geworden. In Moskau liegt sie begraben … Brecht und die Seinen aber entkommen, keinen Tag zu früh. Denn nur neun Tage nach der Abfahrt von Wladiwostok Richtung amerikanische Westküste überfallen Hitlers Armeen die Sowjetunion. Leicht vorstellbar, was das für deutsche Flüchtlinge bedeutet hätte.

Gefährdetes Leben

Schon in Svendborg hatte über allen und allem die Frage geschwebt: Wie sich verhalten, wie handeln, wie durchhalten in den nun angebrochenen Zeiten, seit der Faschismus so sichtbar in Europa triumphiert, ob in Italien, Deutschland oder Spanien? Was in Brecht vorgeht, zeigt keines der Svendborger Gedichte eindringlicher als das, das am 17. April 1938 geschrieben wird:

> »Heute, Ostersonntag früh
> Ging ein plötzlicher Schneesturm über die Insel.
> Zwischen den grünenden Hecken lag Schnee. Mein
> junger Sohn
> Holte mich zu einem Aprikosenbäumchen an der
> Hausmauer
> Von einem Werk weg, in dem ich auf diejenigen mit
> dem Finger deutete
> Die einen Krieg vorbereiteten, der
> Den Kontinent, diese Insel, mein Volk, meine
> Familie und mich
> Vertilgen muß. Schweigend
> Legten wir einen Sack
> Über den frierenden Baum.« (12, 95)

Es ist die erste Strophe des Gedichts »Frühling 1938«. Es gehört zu den Naturgedichten der besonderen Art, die mit genauen Beobachtungen an der Natur »da draußen« beginnen: an Haus und Garten, an Bäumen und Wetter. Brecht notiert das alles ohne Emotionen. Aber die präzise Natur- und Landschaftsbeobachtung dient nicht der Ablenkung vom politischen Geschehen. Im Gegenteil: In die Naturbeobachtung mischt sich Bedrohungsangst. Brecht schreibt Naturgedichte mit politischen Pointen.

Und widerlegt damit selber, dass ein »Gespräch über Bäume« »kein Verbrechen« sein muss, weil es die »vielen Untaten« gerade nicht verschweigt, wie es im Schlussgedicht »An die Nachgeborenen« der Svendborger Sammlung heißen wird (12, 85). Der plötzliche Wintereinbruch an Ostern 1938 zum Beispiel, wo alles schon zu grünen begonnen hatte? Ihn macht Brecht zum Symbol eines möglichen politischen Kälteeinbruchs, vor dem man sich schützen muss, so wie man den »frierenden Baum« jetzt mit einem Sack umhegt. Die Geste hat etwas Widerständiges und Ohnmächtiges zugleich.

Was bleibt einem denn auch noch angesichts der Aussicht, dass ein möglicher Krieg *alles* vernichten wird: »Den Kontinent, diese Insel, mein Volk, meine Familie und mich«. Was muss Brecht an Hoffnungen auf den Zusammenbruch des Faschismus in sich abgetötet, wie viel an Illusionen über ein baldiges Ende des Exils und den Sieg des Sozialismus verloren haben, um sich auf solch elementare Gesten zu beschränken? Man vergleiche den fast zärtlichen Ton des »Ostersonntag«-Gedichts mit dem ungebrochenen Siegespathos, mit dem in denselben »Svendborger Gedichten« noch wenige Jahre zuvor die sozialistischen »Errungenschaften« nach der Oktoberrevolution in der Sowjetunion gepriesen werden: »Inbesitznahme der Großen Metro durch die Moskauer Arbeiterschaft am 27. April 1935« (12, 43–45) oder »Der große Oktober« (12, 45 f.). So wird das Gedicht über das frierende Aprikosenbäumchen selber zu einer jetzt noch möglichen, wenigstens kleinen schützenden Geste einem schwachen und gefährdeten Wesen gegenüber. Inmitten einer Zeit, der man politisch ausgeliefert ist.

Die Botschaft ist damit unverändert: Svendborg ist ein ruhiger Ort, aber sicher ist er nicht. Im Gegenteil. Brecht und die Seinen stehen unter ständiger Beobachtung der »Fremdenpolizei« und müssen stets aufs Neue ihre Passangelegenheiten klären, zumal Brecht am 8. Juni 1935 die deutsche Staatsangehörigkeit entzogen worden war. Er weiß: Auf Dauer wird selbst dieser abseitige Ort vor Verfolgung und Krieg nicht schützen. Nicht auszuschließen, dass man auch von hier wieder wegmuss. Deshalb gehört zum selben Gedicht »Frühling 1938« auch diese Strophe:

»Über dem Sund hängt Regengewölke, aber den Garten
Vergoldet noch die Sonne. Die Birnbäume
Haben grüne Blätter und noch keine Blüten, die Kirschbäume hingegen
Blüten und noch keine Blätter. Die weißen Dolden
Scheinen aus dürren Ästen zu sprießen.
Über das gekräuselte Sundwasser
Läuft ein kleines Boot mit geflicktem Segel.
In das Gezwitscher der Stare
Mischt sich der ferne Donner
Der manövrierenden Schiffsgeschütze
Des Dritten Reiches.« (12, 95)

»Das Harte unterliegt«: Das Laotse-Gedicht

In dieser Lage schreibt Brecht sein Gedicht »Legende von der Entstehung des Buches Taoteking auf dem Weg des Laotse in die Emigration« (12, 32–34). Auf einem im Nachlass gefundenen Typoskript findet sich die Eintragung »svendborg 7.V.38«. Ich habe in meinem Buch »Im Fluss der Dinge« (2018)

ausführlich darüber geschrieben (Teil B, VII). Die dreizehn Strophen seines Gedichts sind von Brecht durchnummeriert worden:

»1
Als er Siebzig war und gebrechlich
Drängte es den Lehrer doch nach Ruh
Denn die Güte war im Lande wieder einmal
schwächlich
Und die Bosheit nahm an Kräften wieder einmal zu.
Und er gürtete den Schuh.

2
Und er packte ein, was er so brauchte:
Wenig. Doch es wurde dies und das.
So die Pfeife, die er immer abends rauchte
Und das Büchlein, das er immer las.
Weißbrot nach dem Augenmaß.

3
Freute sich des Tals noch einmal und vergaß es
Als er ins Gebirg den Weg einschlug.
Und sein Ochse freute sich des frischen Grases
Kauend, während er den Alten trug.
Denn dem ging es schnell genug.

4
Doch am vierten Tag im Felsgesteine
Hat ein Zöllner ihm den Weg verwehrt:
›Kostbarkeiten zu verzollen?‹ – ›Keine.‹
Und der Knabe, der den Ochsen führte, sprach: ›Er
hat gelehrt.‹
Und so war auch das erklärt.

5
Doch der Mann in einer heitren Regung
Fragte noch: ›Hat er was rausgekriegt?‹
Sprach der Knabe: ›Daß das weiche Wasser in
Bewegung
Mit der Zeit den mächtigen Stein besiegt.
Du verstehst, das Harte unterliegt.‹

6
Daß er nicht das letzte Tageslicht verlöre
Trieb der Knabe nun den Ochsen an
Und die drei verschwanden schon um eine schwarze
Föhre
Da kam plötzlich Fahrt in unsern Mann
Und er schrie: ›He, du! Halt an!

7
Was ist das mit diesem Wasser, Alter?‹
Hielt der Alte: ›Intressiert es dich?‹
Sprach der Mann: ›Ich bin nur Zollverwalter
Doch wer wen besiegt, das intressiert auch mich.
Wenn du's weißt, dann sprich!

8
Schreib mir's auf! Diktier es diesem Kinde!
So was nimmt man doch nicht mit sich fort.
Da gibt's doch Papier bei uns und Tinte
Und ein Nachtmahl gibt es auch: ich wohne dort.
Nun, ist das ein Wort?‹

9
Über seine Schulter sah der Alte
Auf den Mann: Flickjoppe. Keine Schuh.
Und die Stirne eine einzige Falte.

Ach, kein Sieger trat da auf ihn zu.
Und er murmelte: ›Auch du?‹

10
Eine höfliche Bitte abzuschlagen
War der Alte, wie es schien, zu alt.
Denn er sagte laut: ‚Die etwas fragen
Die verdienen Antwort.' Sprach der Knabe: ›Es wird auch schon kalt.‹
›Gut, ein kleiner Aufenthalt.‹

11
Und von seinem Ochsen stieg der Weise
Sieben Tage schrieben sie zu zweit.
Und der Zöllner brachte Essen (und er fluchte nur noch leise
Mit den Schmugglern in der ganzen Zeit).
Und dann war's soweit.

12
Und dem Zöllner händigte der Knabe
Eines Morgens einundachtzig Sprüche ein
Und mit Dank für eine kleine Reisegabe
Bogen sie um jene Föhre ins Gestein.
Sagt jetzt: kann man höflicher sein?

13
Aber rühmen wir nicht nur den Weisen
Dessen Name auf dem Buche prangt!
Denn man muß dem Weisen seine Weisheit erst entreißen.
Darum sei der Zöllner auch bedankt:
Er hat sie ihm abverlangt.« (12, 32–34)

»Daß das weiche Wasser in Bewegung / Mit der Zeit den mächtigen Stein besiegt. / Du verstehst, das Harte unterliegt«: Ich begreife jetzt besser, warum für einen Autor wie Brecht, den spätestens seit seinem Erwachen zu politischem Denken das Verhältnis von Oben und Unten, Stark und Schwach, Mächtig und Ohnmächtig in Wirtschaft und Gesellschaft umtreibt, Laotses Denken noch einmal wichtig geworden ist, so wichtig, dass er es jetzt, Mai 1938, produktiv-kritisch weitergedacht hat. Was könnte in der Tat wichtiger sein zur Resignationsüberwindung, zur Zynismusprophylaxe, zur Wiedergewinnung innerer Stärke auf Seiten der Ohnmächtigen, Schwachen, Vertriebenen, Gefährdeten und Übriggebliebenen? Denn wenn das, was seit uralten Zeiten mit geradezu naturgesetzlicher Kraft und Unerbittlichkeit feststeht, auch *heute* gilt: der Wandel aller Dinge, kann man Hoffnung für die Zukunft haben.

Zwei Zeitzeugen und Erstleser haben eine solche Wirkung des Gedichtes denn auch eindrucksvoll bestätigt: Walter Benjamin und Hannah Arendt. Auch dem bin ich in meinen Hesse-Brecht-Buch im Einzelnen nachgegangen (Teil B, Kap. VIII). Das Gedicht sei zu einer Zeit geschrieben, schreibt Benjamin, wo dieser Satz (vom Harten, das unterliegt) »den Menschen als eine Verheißung ans Ohr« geschlagen habe, »die keiner messianischen etwas« nachgegeben habe. Und Hannah Arendt hat in der Rückschau eines großen Brecht-Porträts festgehalten:

> »Das Gedicht war noch nicht veröffentlicht, als zu Beginn des Krieges die französische Regierung die Hitlerflüchtlinge in die Konzentrationslager einsperrte, aber im Frühjahr hatte Walter Benjamin es von einem Besuch bei Brecht nach Paris mitgebracht. Wie ein Lauffeuer verbreitete sich das Gedicht in den Lagern, wurde von Mund zu Mund gereicht wie eine frohe

Botschaft, die, weiß Gott, nirgends dringender benötigt wurde als auf diesen Strohsäcken der Hoffnungslosigkeit. In dem Zyklus der ›Svendborger Gedichte‹ folgt, wohl nicht zufällig, auf das Laotse-Gedicht der ›Besuch bei den verbannten Dichtern‹« (Bertolt Brecht, in: Hannah Arendt, Menschen in finsteren Zeiten, 2001, 277).

Das also macht Brecht sich und anderen an seinem Laotse-Gedicht klar: *Alles* ist stets im Fluss. Das entspricht der taoistischen Lehre von Yin und Yang als eine die gesamte Wirklichkeit durchdringende und bestimmende Polarität des Seins. In Laotses Denken herrschen *Polarität und Komplementarität,* nicht Gegensätze und Widersprüche. Yin ist kein Gegensatz, kein Widerspruch zum Yang, so wie der Tag kein Widerspruch zur Nacht ist, Leben kein Widerspruch zum Tod. Eines ist die Ergänzung des Anderen, eines macht das andere zu dem, was es ist. Jede Erscheinung besteht nur aus einer Relation der Gegenstücke. Diese aber sind nicht zwei verschiedene Dinge, sondern eine Einheit im permanenten Zusammenwirken von Yin und Yang.

Woraus folgt, dass die Teile der Wirklichkeit sich nicht fixieren lassen. Sie sind vielmehr dauernd im Fluss, weshalb das Wirken des Tao in den Sprüchen des »Taoteking« gerne mit Vorgängen in der Natur veranschaulicht wird. Und Wasser ist dessen zentrales Symbol. Obwohl es fügsam-weich und ohnmächtig-schwach zu sein scheint, setzt es sich unerbittlich durch. *Spruch 78* in der von Brecht benutzen »Taoteking«-Übersetzung von Richard Wilhelm von 1911.

»Auf der ganzen Welt
gibt es nichts Weicheres und Schwächeres als das Wasser.
Und doch in der Art, wie es dem Harten zusetzt,

Kommt nichts ihm gleich.
Es kann durch nichts verändert werden.
Daß Schwaches das Starke besiegt
und Weiches das Harte besiegt,
weiß jedermann auf Erden,
aber niemand vermag danach zu handeln.«

Das Tao hat also wie das Wasser immer beides zugleich: das Fließende, Strömende und das Bleibende, Dauernde. Wandel und Dauer fallen in eins. Daran konnte Brecht in seiner Lage anknüpfen: Mit der Unaufhaltsamkeit von Naturvorgängen wird sich alles immer wieder auch in Geschichte und Gesellschaft verändern. Das »Starke und Große«, das sich »oben« wähnt, wird unten sein, das »Weiche und Schwache«, das sich für immer »unten« glaubt, »oben«. Freilich nicht von allein, sondern auch durch eingreifende politische Arbeit.

Und 1938 heißt der politische Kontext: europäischer Faschismus *und* stalinistischer Sowjetkommunismus. Gegen beide will Laotses Denken politisch zugespitzt sein. Im Gedicht selber aber geschieht das ohne alle klassenkämpferische Aggressivität, ohne ideologische Parolen, ohne parteipolitische Propaganda. Stattdessen mit leisen, sanften, eher unterkühlt-lässigen, aber nicht weniger entschiedenen, eben »taoistischen« Tönen, der Stärke nicht der gewaltsamen Revolution, sondern der Schwachen vertrauend, die sich wie das weiche Wasser auf Dauer gegen alles Harte behaupten wird. Entsprechend hat Brecht diesen zentralen Gedanken in seinem Werk immer wieder aufgegriffen und variiert. Motivisch gibt es nach »Laotse« ein Lied, in dem zyklisches und zielgerichtetes Denken noch stärker verbunden ist: das »Lied von der Moldau«. Hanns Eisler hat es kongenial vertont:

»Es wechseln die Zeiten. Die riesigen Pläne
Der Mächtigen kommen am Ende zum Halt.

Und gehn sie einher auch wie blutige Hähne
Es wechseln die Zeiten, da hilft kein' Gewalt.
Am Grunde der Moldau wandern die Steine
Es liegen drei Kaiser begraben in Prag.
Das Große bleibt groß nicht und klein nicht das
Kleine.
Die Nacht hat zwölf Stunden, dann kommt schon
der Tag.« (15, 92; 7, 251 f.)

Woran glaubt, wer nicht glaubt?

Woran also glaubt jemand, der/die nicht »glaubt«? Diese Grundfrage hat mich in meinen Tagen in Svendborg mehr als alles andere beschäftigt. Denn hier war sie in neuer Dringlichkeit in Brechts Leben aufgebrochen und hatte eine Antwort erheischt. Nicht von ungefähr. Brecht war ja über Lebenserfahrungen und Studium zu empirisch, ja wissenschaftlich, wie er meinte, erhärteten Überzeugungen gelangt. »Lavieren« durch alle Verhältnisse wie in seiner antibürgerlichen Frühphase? Das hatte Brecht ebenso überwunden wie einen nihilistischen Vitalismus à la »Baal«, seinem ersten Theaterstück (1918/19). Denn ab Mitte der 1920er-Jahre hatte der dialektische Materialismus in der Analyse von Geschichte und Ökonomie sein Denken zu prägen begonnen. Kritiker sprechen dabei mit einem gewissen ironischen Unterton von einer »Konversion« Brechts zum »Kommunismus« und benutzen damit gezielt ein religiös besetztes Wort, ist doch eine »Konversion« nichts anderes als ein »Glaubenswechsel«.

Wie dem auch sei: Brecht hatte durch den Marxismus für sein weiteres Leben und Schreiben eine Geschichtsdeutung, eine gesellschaftliche Zielperspektive und eine politische Handlungsorientierung gewonnen, die jetzt, in diesen krisenhaften Zeiten, schonungslos auf dem Prüfstand stehen und durchgehalten werden wollen. Man kann das »Glauben« nennen, wenn man dieses Wort nicht auf »Religion« verengt. In solch einem weiteren Sinn verstanden dürfte schon die Brecht-Kennerin Marianne Kesting in ihrer Biographie von 1959 recht haben mit ihrem Hinweis, dass Brecht »in drei Dingen« »nie schwankend« geworden zu sein scheine: »in seinem Glauben an die Notwendigkeit der sozialistischen Revolution«, »in seinem aufklärerischen Glauben an die ›sanfte Gewalt der Vernunft‹«, schließlich »in seinem Glauben an die heraufkommende ›Neue Zeit‹« (1959, 90 f.).

Eine Lesung der »Elegien« im Park von Buckow 2006

»Später glänzten seine Augen immer noch, wenn er auf die Zeit in Svendborg zu sprechen kam«, schreibt der Literaturwissenschaftler Hans Mayer, der Brecht schon zu Ostberliner Zeiten gut gekannt hat. »Als er sich entschlossen hatte, im östlichen Berlin zu bleiben, weil er dort eine Theaterarbeit leisten durfte, die anderswo undenkbar gewesen wäre, suchte er am See des märkischen Buckow gleichsam eine kleine Wiederholung. Dort entstanden dann auch die späten Buckower Elegien. [...] Allein Buckow brachte doch nicht mehr ein neues Glück, dem vergleichbar, was Brecht auf der dänischen Insel hatte erfahren dürfen. Er war bereits krank und traurig, und die Verhältnisse, die waren nicht so« (Brecht, 1996, 465). So war es. In der Tat.

Samstag 26. August 2006. Nach dem Besuch einer »Dreigroschenoper«-Inszenierung im Berliner Admiralspalast am Abend zuvor, unserem Rundgang durch die Brechtsche Wohnung am Vormittag und der Beschäftigung mit seinen »chinesischen« Texten und Themen in Seminarsitzungen bin ich mit dem Literaturkurs des Theologisch-Pastoralen Instituts zum

Brecht-Weigel-Haus nach Buckow gefahren, gut 70 Kilometer östlich von Berlin gelegen, am Ostufer des Schermützelsees in der Märkischen Schweiz. Angelockt von der vielgepriesenen Schönheit dieses Anwesens, das Brecht und Helene Weigel von 1952 an hatten nutzen können. Die Häuser und das parkähnliche Grundstück liegen direkt am See. Auf dem Gelände auch ein Bootshaus, das als Ausstellungsort genutzt wird. Hier hat man den Planwagen aufgestellt, der noch aus der deutschen Erstaufführung von »Mutter Courage und ihre Kinder« am 11. Januar 1949 im Berliner Deutschen Theater stammt. Hier sind auch die Kostüme von Helene Weigel zu sehen, die sie bei dieser Aufführung als Mutter »Courage« getragen hatte, für Jahre dann eine ihrer ganz großen, auch international gefeierten Rollen. Am Zaun des ganzen Anwesens zur Straßenseite hin empfängt uns ein großes Spruchband: »Das große Carthago führte drei Kriege. Es war noch mächtig nach dem ersten, noch bewohnbar nach dem zweiten. Es war nicht mehr auffindbar nach dem dritten.« Es stammt aus einem »Offenen Brief«, den Brecht im Jahr 1951 auf dem Höhepunkt des Kalten Krieges im Zeichen der Atombombe »an die deutschen Künstler und Schriftsteller« geschrieben hatte (23, 156).

Wir wollen den Genius loci nutzen und hoffen auf eine Möglichkeit, die »Elegien« vor Ort gemeinsam lesen zu können. Zu unserer Freude bekommen wir von der Aufsicht die Erlaubnis dazu. Man stellt uns vorhandene Klappbänke und Klapptische zur Verfügung, die wir im weitläufigen Park auf einer Terrasse aufstellen können. Diese Terrasse bildet eine Art Kanzel mit einer halbrunden Balustrade zum See hin, eingerahmt von zwei springenden fischschwänzigen Pferdeskulpturen. Ein Bildhauer, der vorher hier gelebt hatte, hatte sie geschaffen. Näher kann man ans Wasser kaum rücken. Dort können wir uns niederlassen und lesen uns abwech-

Abb. 8.5. Bei einer Lesung der »Bukower Elegien« im Park von Brechts Haus in Bukow am Schermützelsee im August 2006.

selnd die Gedichte laut vor, zweimal hintereinander, da sie alle relativ kurz sind.

Es sind in der heute maßgebenden Ausgabe 24 Texte (12, 305–315), zeit- und selbstkritische darunter, meist entstanden im Sommer 1953 in Reaktion des tief getroffenen Brecht auf den Ostberliner Arbeiteraufstand am 17. Juni. Andere Gedichte suchen tastend Worte für die prekäre Lage, in die Brecht mit seiner innovativen Theaterarbeit nach fünf Jahren im Kampf mit der stalinistischen Kulturbürokratie geraten ist. Sie sind in der Tat »Ausfluß einer großen Desillusionierung, die vor dem Hintergrund der besänftigenden Natur zu einer ganz eigenen, melancholischen Schönheit führte« (Brecht und Weigel in Buckow, 2005, 20). Auch sie sind Teile eines Zyklus, für den Brecht nicht zufällig die Form der Elegie gewählt hat: »Buckower Elegien«. Und Elegien sind bekanntlich literarische Ausdrucksformen von Verlust, von Trauer, von Klage. Daher die leise Melancholie, die über all diese

Texte aus der Distanz von Buckow gelegt ist, die aber auch gelegentlich ins Sarkastische umschlagen kann:

»Nach dem Aufstand des 17. Juni
Ließ der Sekretär des Schriftstellerverbands
In der Stalinallee Flugblätter verteilen
Auf denen zu lesen war, daß das Volk
Das Vertrauen der Regierung verscherzt habe
Und es nur durch verdoppelte Arbeit
Zurückerobern könne. Wäre es da
Nicht doch einfacher, die Regierung
Löste das Volk auf und
Wählte ein anderes?« (12, 310)

Verknappt, äußerst verdichtet und lapidar kurz gehalten, verschweigen die Texte oft mehr als sie sagen. Das aber macht gerade ihren Zauber und zugleich ihre Zwiespältigkeit aus. Was schwingt nicht alles an Unausgesprochenem bei einem Gedicht wie »Der Radwechsel« mit?

»Ich sitze am Straßenhang.
Der Fahrer wechselt das Rad.
Ich bin nicht gern, wo ich herkomme.
Ich bin nicht gern, wo ich hinfahre.
Warum sehe ich den Radwechsel
Mit Ungeduld?« (12, 310)

Oder bei: »Eisen«

»Im Traum heute nacht
Sah ich einen großen Sturm.
Ins Baugerüst griff er
Den Bauschragen riß er
Den Eisernen, abwärts.

Doch was da aus Holz war
Bog sich und blieb.« (12, 315)

Eines der späten Gedichte Brechts mit »taoistischer« Pointe. Es grüßt ebenso herüber nach Svendborg wie die beiden Naturgedichte, in die einmal mehr latente Bedrohungsängste eingegangen sind: »Tannen« und »Der Himmel dieses Sommers«:

»In der Frühe
Sind die Tannen kupfern.
So sah ich sie
Vor einem halben Jahrhundert
Vor zwei Weltkriegen
Mit jungen Augen.« (12, 313)

»Hoch über dem See fliegt ein Bomber.
Von den Ruderbooten auf
Schauen Kinder, Frauen, ein Greis. Von weitem
Gleichen sie jungen Staren, die Schnäbel aufreißend
Der Nahrung entgegen.« (12, 313)

Ein lauer Spätsommernachmittag, die Rezitation der Gedichte und der Blick über die Balustrade auf das ruhige, mit mächtigem Schilf und zahllosen Seerosen bestückte Wasser, in dem sich die Wolken spiegeln, schaffen eine Atmosphäre, die auch diesen Ort zu einem »magischen« machen. Die Zwiespältigkeit der Elegien hatte sich für einen Moment aufgelöst, aber vergessen können wir sie nicht: Brecht im Zwielicht der Ereignisse des 17. Juni.

Widerruf oder Widerstand? Brechts letzte Inszenierung

Das ganze Ausmaß einer »Diktatur des Proletariats« à la Ulbricht und Mielke von Stalins Gnaden erleben zu müssen, bleibt ihm erspart. Brecht stirbt schon am 14. August 1956 in seiner Wohnung Chausseestraße 125, noch keine 60 Jahre alt. Buchstäblich bis zum letzten Tag hatte er in »seinem« Theater, dem am Schiffbauerdamm, an einem eigenen Stück geprobt. Und eine merkwürdige Fügung will es, dass es das Stück ist, in dem Brecht die Unterdrückung der Wahrheit durch Ideologien, die Aufklärungsfeindlichkeit von mächtigen Institutionen, die Instrumentalisierung wissenschaftlicher Erkenntnisse nicht zum Wohl des Volkes, sondern zur Stabilisierung von Machtkartellen, ja auch die Fragwürdigkeit von Intellektuellen gegenüber den Machthabern an einem historischen Beispiel demonstriert: am Kampf des Physikers Galileo Galilei (1564–1641) gegen die Inquisition der katholischen Kirche. Aber wer Augen hatte zu sehen und Ohren zu hören, verstand die aktuellen Anspielungen, zumal Brecht dem schon im amerikanischen Exil entstandenen und uraufgeführten Stück unter dem Eindruck des Abwurfs von amerikanischen Atombomben auf Japan im August 1945 eine entscheidende Wende gegeben hatte: statt taktischer Widerruf, entschiedener Widerstand. Das gilt für Wissenschaftler wie für Künstler.

Vielerfahren wie er war, hatte er so am historischen Fall sich selber und den Parteiideologen in der zwiespältigen Figur des Galilei den Spiegel vorgehalten, in der Figur eines Wissenschaftlers, der begreift, dass er sein Wissen auch unter dem physischen Druck der Herrschenden nicht hätte widerrufen, sondern standhaft für die Wahrheit hätte kämpfen sollen. Entsprechend legt Brecht am Ende des Stücks diesem seinem Galilei Sätze in den Mund, die an Aktualität seither nichts eingebüßt haben. Sicher, Wissenschaft beruht auf der

»Lust an der Erkenntnis«. Was aber wird mit den Erkenntnissen gemacht? Wer wird sie gebrauchen oder missbrauchen? Die Atomforschung? Am Anfang die Kernspaltung, am Ende die Bombe? Wofür und für wen also arbeitet ein Wissenschaftler? Brecht lässt seinen Galilei antworten:

> »Ich halte dafür, daß das einzige Ziel der Wissenschaft darin besteht, die Mühseligkeit der menschlichen Existenz zu erleichtern. Wenn Wissenschaftler, eingeschüchtert durch selbstsüchtige Machthaber, sich damit begnügen, Wissen um des Wissens willen aufzuhäufen, kann die Wissenschaft zum Krüppel gemacht werden, und eure neuen Maschinen mögen nur neue Drangsale bedeuten [...] Ich hatte als Wissenschaftler eine einzigartige Möglichkeit. In meiner Zeit erreichte die Astronomie die Marktplätze. Unter diesen ganz besonderen Umständen hätte die Standhaftigkeit eines Mannes große Erschütterungen hervorrufen können. Hätte ich widerstanden, hätten die Naturwissenschaften etwas wie den hippokratischen Eid der Ärzte entwickeln können, das Gelöbnis, ihr Wissen einzig zum Wohle der Menschheit anzuwenden! Wie es nun steht, ist das Höchste, was man erhoffen kann, ein Geschlecht erfinderischer Zwerge, die für alles gemietet werden können. [...] Einige Jahre lang war ich ebenso stark wie die Obrigkeit. Und ich überlieferte mein Wissen den Machthabern, es zu gebrauchen, es nicht zu gebrauchen, es zu mißbrauchen, ganz wie es ihren Zwecken diente. Ich habe meinen Beruf verraten. Ein Mensch, der das tut, was ich getan habe, kann in den Reihen der Wissenschaft nicht geduldet werden« (5, 284 f.).

»Ich habe meinen Beruf verraten …«? Wie wäre es mit Brecht in Ostberlin weitergegangen nach dieser Selbsterkenntnis unter der Maske des Galilei?

In diesen Wochen, in denen ich am Abschluss meines Brecht-Kapitels arbeite, entdecke ich, dass sich im Brecht-Archiv ein einzigartiges Tondokument aufbewahrt hat: ein Tonband-Mitschnitt von Brechts Proben zu »Galilei« 1955/56. Mehr noch, dass dieses Dokument heute in Form einer Multimedia-CD zu erwerben ist. Ich höre wie gebannt zu und fühle mich wie in einer Zeitmaschine in die fünfziger Jahre zurückkatapultiert. Einige Stunden lang kann ich nicht den ideologischen, sondern den praktischen Brecht authentisch verfolgen, als sei ich selber im Theater dabei. Ich erlebe den experimentierenden Mann der Bühne, den Handwerker des Theaters, den seine dramaturgischen Mittel genau kalkulierenden und doch immer wieder leidenschaftlich eingreifenden Regisseur. Der Herausgeber Stephan Suschke hat das umfassende Material geordnet und 2020 dazu eine kommentierte Tondokumentation erstellt.

Zwei große graue, Findling-artige unbehauene Steine markieren auf dem Dorotheenstädtischen Friedhof nebenan das Grab: »Bertolt Brecht« steht auf dem einen, »Helene Weigel-Brecht« auf dem anderen. Immer wieder lese ich in seinen »Kalendergeschichten«, einer ersten Publikation Brechts nach Rückkehr aus dem Exil: 1949. Ans Ende hatte er hier gezielt zwei seiner »Geschichten vom Herrn Keuner« gesetzt:

> »Ich habe bemerkt, sagt Herr K., daß wir viele abschrecken von unserer Lehre dadurch, daß wir auf alles eine Antwort wissen. Könnten wir nicht im Interesse der Propaganda eine Liste der Fragen aufstellen, die uns ganz ungelöst erscheinen?«

»Woran arbeiten Sie? Wurde Herr K. gefragt. Herr K. antwortete: Ich habe viel Mühe, ich bereite meinen nächsten Irrtum vor.« (18, 451)

IX. Petrópolis / Brasilien
Stefan Zweig und der zerfetzte Traum von Zukunft im »Land der Zukunft: Ein Stück Trauerarbeit

Für Heinrich Schmidinger[24]

> »Stephan Zweig hatte eine andere Richtung gewählt [als nach Israel einzuwandern]. Und er hatte nun die Waffen gestreckt, war zusammengebrochen. Diese Niederlage des anderen hatte in mir, was eben logisch-verstandesmäßig nicht zu erklären ist, keine Spur von Rechtfertigungs- und Überlegenheitsgefühlen, sondern nichts als pure Trauer ausgelöst.«
> *Max Brod, Streitbares Leben (1969), in Reaktion auf Zweigs Tod in Brasilien im Februar 1942*

Unauslöschlich die Erinnerung an meine erste Begegnung mit dem Haus Rua Gonçalves Dias Nummer 34 in Petrópolis im brasilianischen Bundesstaat Rio de Janeiro. Es ist das Haus, in dem Stefan und Charlotte Zweig am 22. Februar 1942 aus dem Leben gegangen sind. Zweimal habe ich nach Petrópolis reisen können: 2000 und 2014. Mit völlig konträren Erfahrungen. Neugierde trieb mich nicht an, eher Trauerarbeit, wie ich sie bei keinem anderen Schriftsteller des 20. Jahrhunderts erlebt habe. Und unter das Stichwort »Trauerarbeit« stelle ich dieses Kapitel.

Denn sein literarisches Werk, sein Europäertum, seine Weltbürgerlichkeit, seine geschichtliche Breite und Weite und nicht zuletzt die mitreißende Anschaulichkeit und stilistische

Brillanz des Erzählers Zweig haben mich als Leser seiner Bücher über Jahrzehnte bereichert und mir intensive Lesestunden beschert. Und weil das so ist, betrauere ich den allzu frühen Tod dieses Schriftstellers. Und verfluche gleichzeitig die Kräfte des Bösen, die diesen Mann und seine Frau in den Tod getrieben haben. Opfer des Rassismus, Faschismus und Militarismus. Was hätte dieser begnadete Homme de Lettres alles leisten können, wenn er nur noch wenige Jahre durchgehalten hätte? Wie hätte er am Aufbau eines postfaschistischen, demokratischen Europas mitwirken können, er, der wie kaum ein anderer Schriftsteller des 20. Jahrhunderts Maßstäbe für die geistige Einheit Europas gesetzt hatte. Doch das Haus in Petrópolis ist mit einer Tragödie verbunden. Ich will versuchen, das zu verstehen: Warum musste das Leben eines der größten Schriftsteller deutscher Sprache im 20. Jahrhundert so enden? In Brasilien. Tausende Kilometer von Europa entfernt? Warum hat er ausgerechnet hier gelebt? Er, der große Europäer österreichischer Herkunft?

Fluchtraum Südamerika

Nach der Flucht aus seinem langjährigen Wohnort Salzburg im Februar 1934 hatte Zweig zunächst in London, dann ab 1939 in Bath ein Haus bezogen. Noch kann er publizieren. In Wien erscheinen sein Buch »Triumph und Tragik des Erasmus von Rotterdam« (1934), eine Biographie über Maria Stuart (1935) sowie sein am stärksten antifaschistisches Buch, im Spiegel eines historischen Falls: »Castellio gegen Calvin oder Ein Gewissen gegen die Gewalt« (1936). Aber auch in England fühlt er sich auf Dauer nicht sicher. Nazi-Truppen hatten 1939 Frankreich besetzt, Nazi-Bomber hatten begonnen, englische Städte anzugreifen. Zweig war in die Vereinigten Staaten gewechselt, wo er als Vortragender gefragt ist. Aber auch hier ist es ihm nicht geheuer, drohen doch die USA, in den Weltkrieg einzugreifen. Kampf gegen den Faschismus, ja. Aber mit den Waffen des Geistes, nicht mit denen des Kriegs. Das ist seit den Zeiten des Ersten Weltkriegs Zweigs unumstößliche Überzeugung.

Bleibt Südamerika, ein Kontinent, der bisher vom Krieg verschont worden war. Zweig hatte ihn kennengelernt, als er 1936 eine Reise zu einem PEN-Kongress nach Buenos Aires unternommen und dabei auch in Rio de Janeiro Station gemacht hatte. Insbesondere Brasilien hatte ihn derart beeindruckt, dass er unmittelbar nach Rückkehr auf der Basis seiner Tagebuchaufzeichnungen zwei Texte veröffentlicht: »Dank an Brasilien« (1936) und »Kleine Reise nach Brasilien« (1937), zumal man sich hier in besonderem Maße für sein Werk engagiert hatte. Schon 1932 hatte der junge brasilianische Verleger ukrainisch-jüdischer Herkunft, Abrahão Koogan (1912–2000), vom Verlag Editoria Guanabara in Rio Kontakt zu Zweig aufgenommen, mit der Absicht, Werke des Schriftstellers in Brasilien zu veröffentlichen. Ein Jahr später, 1933, hatte er denn auch ein erstes Buch von Zweig auf Portugiesisch herausgebracht: »24 Stunden aus dem Leben einer Frau«.

Es sollte nicht die einzige Publikation bleiben. Zweig ist also auch in Brasilien ein bekannter Autor, bevor er auch nur einen Fuß auf brasilianischen Boden gesetzt hatte. Kein Zufall somit, dass die brasilianische Regierung ihn in den zwölf Tagen seines Aufenthaltes Ende August, Anfang September 1936 wie einen Staatsgast behandelt, einschließlich eines Empfangs beim damaligen Präsidenten der Republik, Getúlio Vargas (1882–1954), der 1930 durch das Militär an die Macht gekommen war, ab 1937 ein faschistoides System errichten und Brasilien noch bis 1945 regieren wird.

Wichtiger noch: Nachdem Zweig 1933 wegen seiner jüdischen Herkunft Opfer des Nazi-Rassenwahns geworden war, wird ihm Brasilien zu einer Kontrasterfahrung zu dem, was der Faschismus aus europäischen Ländern gemacht hatte. Denn Zweig glaubt erkannt zu haben, dass sich Brasilien fundamental von einem Europa unterscheidet, das gegenwärtig dabei ist, sich im Kampf ideologischer Extremismen (Faschismus – Kommunismus) zu zerfleischen und imperialistisch und rassistisch über andere Völker herzufallen. Brasilien dagegen? Trotz seiner Größe ein »völlig friedliches Land«, glaubt Zweig. 40 Millionen Menschen – aber »weniger Militär« als in Europa der kleinste Kleinstaat!

Was also liegt nach Ausbruch des Krieges in Europa für den leidenschaftlichen Pazifisten näher, als nicht in sein Haus im englischen Bath zurückzukehren, sondern eine erneute Einladung seines brasilianischen Verlegers anzunehmen und sich eine Zeit lang in diesem Land niederzulassen? Zumal Zweig begonnen hatte, über die beiden kleineren Arbeiten hinaus ein ganzes Buch über Brasilien zu schreiben, das schon im Juli 1941 in Rio erscheinen kann. Ein Ort in den Bergen ist für die Zweigs rasch gefunden. Er ist für Europäer klimatisch günstig und außerdem mit der Hauptstadt Rio über eine Bahnverbindung und eine gut ausgebaute Passstraße verbunden: Petrópolis. Hineingebaut in die Bergwildnis des brasilianischen Regenwaldes, ist die Stadt ein kühnes Projekt der brasilianischen Kaiser. Eine Reißbrettstadt rund um einen Palast, ebenfalls aus klimatischen Gründen angelegt als Sommerresidenz, begonnen schon unter Pedro I. (1798–1834), dann unter dessen Sohn Pedro II. (1825–1891) vollendet. In dieser Stadt also mieten die Zweigs für ein halbes Jahr ein Haus und ziehen am 17. September 1941 in die Rua Gonçalves Dias Nummer 34. Anfangs ist man noch zufrieden, hat das Gefühl, in einer Art brasilianischem »Bad Ischl« untergekommen zu sein …

Mitte Juni 2000 komme ich zum ersten Mal nach Petrópolis. Ich bin Mitglied im Direktorium der Internationalen Theologischen Zeitschrift »*Concilium*«. Einmal im Jahr treffen wir

Herausgeber uns zur jährlichen Planungssitzung, und da die Zeitschrift auch über eine brasilianische Ausgabe verfügt, hatten in diesem Jahr die brasilianischen Kollegen eingeladen – nach Petrópolis in die Theologische Hochschule der Franziskaner. Ob es das Haus der Zweigs noch gibt? Zwischen den Sitzungen erkundige ich mich, ich kenne ja die Adresse. Unser brasilianischer Kollege, Pater José Oscar Beozzo, ist hilfsbereit und zieht Erkundigungen ein. Tatsächlich gibt es das Haus noch, äußerlich unverändert, aber in Privatbesitz. Ob ein kurzer Besuch zumutbar sei? Keine große Störung, nur ein kurzer Blick? Es geht. Ein Auto kann besorgt werden. Es ist der 16. Juni 2000.

Im Zweig-Haus: Juni 2000

Es ist nicht weit, aber erst jetzt bemerke ich, wie dicht zugebaut die Stadt ist. Auf halber Höhe Haus an Haus, darüber

Abb. 9.1. Haus der Zweigs von September 1941 bis Februar 1942 in Petrópolis/Brasilien heute nach der Umwandlung in »Casa Stefan Zweig«.

der üppig grüne tropische Wald. Palmen allüberall. Dann das Zweig-Haus. Ein asphaltierter Weg in Schlangenlinien führt hinauf zu einer Terrasse, die über die ganze Längsseite des Hauses geht. Einstöckig das Haus, gebaut im Bungalowstil. Vier Säulen auf einer halbhohen Mauer stützen das Dach, das über die ganze Terrasse gezogen ist. Der Blick von dort geht hinüber in ein Seitental mit sich immer höher auftürmenden Bergen. Diesen Blick also hatte er, wenn er auf der Terrasse arbeitete, den Blick auf Berge mit vor Grün nur so strotzenden Wäldern. Unterhalb des Hauses, an der Ecke der Kreuzung, ein Laden. Hier wird das »Café Elegante« gewesen sein, in das er für einen Kaffee und eine Zigarre herunterzukommen pflegte und in dem er »fast der einzige weiße Mann« ist (Südam. Briefe, 273).

Wir werden freundlich empfangen, begleitet von unserem brasilianischen Kollegen, der erklärt und übersetzt. Das Haus ist neu möbliert, aber im Grundriss so wie zu Zweigs Zeiten. Nach dem Eintritt durch einen kleinen, sehr schmalen Flur links eine Kammer. Ein Bett steht darin. Stolz verweist der Besitzer auf ein Bücherregal mit Werken von Zweig in portugiesischer Sprache. Er weiß also, welches Haus er bewohnt. Und weil er das weiß und uns Besuchern aus Europa das zeigen will, drückt er mir plötzlich einen Zeitungsartikel vom Februar 1942 in die Hand. Ein größeres Schwarz-Weiß-Foto ist zu sehen. Es zeigt Stefan und Charlotte Zweig auf ihrem Bett in diesem Raum, so wie man sie am Tag ihres Freitods gefunden hat. Beide korrekt gekleidet, beide mit entspannten Gesichtszügen. Er liegt auf dem Rücken, sie seitlich eng an ihn geschmiegt.

Ich bin wie vom Blitz getroffen. Das hatte ich nicht erwartet. Das Haus ja, das Zimmer, in dem sie starben auch, das wollte ich sehen. Immerhin hat Stefan Zweig in diesem Haus seine Autobiographie »Die Welt von gestern« vollendet, hat die »Schachnovelle« geschrieben und an seinem großen Essay über den französischen Philosophen Michel de Montaigne (1533–1592) gearbeitet. Aber die beiden Leichen? Eigentlich unvorstellbar: Man hatte von den beiden Verstorbenen nicht nur Fotos gemacht, man hat diese Aufnahmen auch veröffentlicht. Bilder von anrührender Intimität hatte man einer voyeuristischen Öffentlichkeit zum Augenfraß vorgeworfen. Selten in meinem Leben hat mich ein Augenblick so betroffen gemacht. Ich stehe in dem Raum, in dem »das« passiert ist. Und plötzlich sehe ich sie vor mir, als lägen sie noch dort, als sei ich selber an ihr Totenbett getreten. Als hätte man ihre Körper noch nicht geborgen, so dicht ist plötzlich ihre Präsenz.

Die unerwartete Konfrontation verschärft für mich die Frage: Warum? Warum sucht dieser Mann zusammen mit seiner Partnerin so früh den Tod? Er 60, sie 34 Jahre alt. Erfolgreich als Autor auch in diesem Land. Ohne materielle Sorgen wie andere deutschsprachige Autoren im Exil sie ständig hatten. Und ausgerechnet in Brasilien. Schwer für Außenstehende, das zu begreifen. Denn Zweig hatte ja noch, bevor er nach Petrópolis kommt, sein Buch über Brasilien veröffentlichen können und ihm den programmatischen Titel gegeben: »Ein Land der Zukunft«. Es war nach der brasilianischen auch in einer deutschsprachigen (bei Bermann-Fischer in Stockholm), einer portugiesischen, spanischen, amerikanischen, englischen, französischen und schwedischen Ausgabe erschienen. Noch einmal hatte er als Weltautor glänzen können. Ich hatte in Vorbereitung auf meine Reise dieses Buch gelesen, und hier, in diesem Zimmer, wollen meine Fragen erst recht nicht verstummen.

Warum Brasilien »Land der Zukunft« ist

Ein überraschendes Werk in vielerlei Hinsicht. Denn nie zuvor hatte Zweig als Schriftsteller das Porträt eines ganzen Landes riskiert. Gewiss: Reiseskizzen hatte er schon früher veröffentlicht, nachzulesen in den Sammelbänden »Auf Reisen« (1987, TB 2004) sowie »Länder, Städte, Landschaften« (1981). Länder Europas hatte er im Spiegel großer Dichter und Denker beschrieben: »Drei Meister: Balzac – Dickens – Dostojewski« (1919), »Drei Dichter ihres Lebens: Casanova – Stendhal – Tolstoi« (1928). Quer durch die europäischen Länder hatte er Porträts von Entdeckern (»Magellan«, 1938; »Amerigo«, 1944), von Humanisten (»Erasmus«, 1934; »Castellio«, 1936), von Schurken (»Fouché«, 1929) und von Königinnen (»Marie Antoinette«, 1932; »Maria Stuart«, 1935) verfasst. Jetzt aber hatte Zweig das Porträt eines ganzen Landes entworfen. Warum?

Dieses Land hatte Zweig aus zwei Gründen beeindruckt. *Zum einen*, weil Brasilien, obwohl ein Riesenland, Europäern bis dato nahezu unbekannt ist. Was wusste man schon von dessen Geschichte, von Regionen, Kulturen und Menschen? Vor allem aber, weil dieses Land sich in dieser Weltstunde nach Zweigs Wahrnehmung wohltuend abhob von einem Europa, das sich unter dem Einfluss des militanten Faschismus, insbesondere in Spanien, Portugal, Italien und Deutschland, zugrunde zu richten begann und vor dessen tödlicher Macht der Paneuropäer und Weltbürger Zweig sich hatte retten müssen. Kurz: Kein Imperialismus und kein Militarismus in Brasilien nach außen und kein Rassismus nach innen. Und zugleich noch Riesenpotentiale für »Menschen, mehr Menschen«. Wer Brasilien erlebt habe, schreibt Zweig schon in »Kleine Reise« von 1937 (S. 158), habe »einen Blick in die Zukunft getan«. Wie also ist Zweigs literarisches Brasilien-Buch zu lesen? Sicher nicht als empirisch-soziologische und ökonomisch-soziale Untersuchung, sondern in erster Linie als eine politisch genau kalkulierte Beschreibung eines *möglichen* Modells von Gesellschaft.

Zukunft auch für das jüdische Volk?

So zeichnet Zweig in erster Linie ein *Kontrastbild* sowohl zu einem gegenwärtig militaristisch und rassistisch vergifteten Europa als auch zu einem rassistisch gespaltenen Nordamerika, das in den 1940er-Jahren noch an den Folgen des Mitte des 19. Jahrhunderts wegen der Rassen- und Sklavenfrage ausgetragenen Bürgerkrieges leidet. Wobei auch Brasilien, das einst den höchsten Anteil »importierter« versklavter Afrikaner aufzuweisen hatte, die Sklaverei erst 1888 abgeschafft hatte, als letztes Land der westlichen Hemisphäre. Während aber insbesondere deutsche Faschisten dem deutschen Volk einredeten, es sei »ohne Raum« und müsse sich deshalb »Lebensraum im Osten« erobern; während mitten in Europa sich ein Volk, das der Juden, als rassisch minderwertig diskriminiert sieht, mehr noch: Verfolgung, Austreibung und schließlich Vernichtung ausgesetzt wird, verweist Zweig gezielt auf Brasilien und dessen »Experiment vollkommener Rassenmischung«. Insofern fungiert sein Buch gleichzeitig innerbrasilianisch als Aufruf zu bleibender Selbstverpflichtung auf das nichtrassistische »Vermächtnis« des Landes.

Dabei ist Zweig nicht blauäugig. Er kennt auch die Schattenseiten des Vargas-Regimes, das ab 1937 einen faschistoiden »Neuen Staat« ausgerufen hatte, kennt dessen fanatischen Antikommunismus, kennt rassistische Einstellungen in brasilianischen Kreisen, kennt auch die restriktiven Einwanderungsbestimmungen beispielsweise für Juden (Einzelheiten: Marlen Eckl, in: Stefan Zweig – jüdische Relationen, 2017, 189–219). Aber gerade auch im Blick auf *sein* Volk ist Zweig wichtig: Brasilien ist ein Land mit noch gewaltigen Raumdimensionen und ungenutzten Ressourcen. Es habe – so Zweig wörtlich – »noch Raum«, Raum für »Hunderte Millionen Menschen«. »Menschen, mehr Menschen« könne das Land brauchen. Erst »mit hundert, mit zweihundert, mit dreihundert Millionen« werde dieses Land richtig proportioniert sein (Kleine Reise, 155). Auch das hatte er kalkuliert in seinem Brasilienbuch als Kontrasterfahrung beschrieben.

Kurz: Das Brasilienbuch sollte *auch* ein Signal an das jüdische Volk sein auf der Suche nach einer sicheren Heimstadt unter der lebensgefährlichen Bedrohung durch den europäischen Faschismus. Zumal Zweig die Option der »radikal zionistischen Kreise, welche einzig die Kolonisation und nationale Rückgewinnung Palästinas fordern« (BzJ, 220) schon früh, während des Ersten Weltkriegs, verworfen hatte. Das hielt er nicht nur politisch für unrealistisch und gefährlich, sondern auch innerjüdisch für einseitig-verengend. Denn immer habe es innerhalb des Judentums »eine streng nationale Tendenz und eine kosmopolitische gegeben« (Ebd.). Entsprechend votiert Zweig mit anderen jüdischen Zeitgenossen für eine »territorialistische Lösung«, will sagen: für eine jüdische Selbstorganisation in den »riesigen menschenarmen Gebieten der anderen Kontinente« (BzJ, 219). Die Insel Madagaskar, ein großes Gebiet in Uganda oder im Großraum von São Paulo sind im Blick …

Ein Rabbiner bestattet die Zweigs

Schon einen Tag nach Auffindung der Leichen werden sie zu Grab getragen. Es ist Dienstag, der 24. Februar 1942, als sich in Petrópolis ein Hunderte von Trauernden zählender Leichenzug bildet. Da die Zweigs aber jüdischer Herkunft sind, müssen für die Beerdigung besondere Regularien beachtet werden, zumal Petrópolis über keinen jüdischen Friedhof verfügt und die brasilianische Regierung mit Nachdruck auf einem Staatsbegräbnis in Petrópolis besteht. Das überspielte eine testamentarische Verfügung des Dichters, »in der bescheidendsten und diskretesten Form« (B 4, 749) auf dem jüdischen Friedhof in Rio beigesetzt zu werden. Doch die Zweigs können nun einmal nicht nach katholischem Ritus bestattet werden. Auch Charlotte Altmann ist jüdischer Herkunft, Tochter von Kattowitzer Fabrikanten, die nach Deutschland ausgewandert waren, als Oberschlesien 1922 teilweise an Polen abgetreten worden war. Mitte 1933 hatte sie als Jüdin die Frankfurter Universität verlassen müssen und war mit der Familie ihres Bruders nach London ausgewandert. Offiziell hatte sie in England als Ausländerin keine bezahlte Arbeit annehmen dürfen, hatte dann aber ab Frühjahr 1934 als Privatsekretärin für den damals schon berühmten Autor gearbeitet, anfangs eine Beziehung von großer Distanz, die dann aber immer enger geworden war (Einzelheiten: Briefe Stefan und Lotte Zweig, 2013).

Ein Rabbiner in Rio muss eingeschaltet werden und soll eine Bestattung auf dem katholischen Friedhof möglich machen, möglicherweise an einer separaten Stelle, die sich so in »jüdische Erde« verwandeln ließe. Doch der zunächst angefragte Rabbiner ist streng orthodox und lehnt ab, empfiehlt immerhin aber einen liberalen Kollegen. So übernimmt denn der aus Augsburg stammende, der Vernichtung im Nazi-KZ Buchenwald knapp nach England entkommene und seit 1940 in Rio wirkende Rabbiner Dr. Henrique Lemle (1909–1978) den Bestattungsritus nach jüdischer Tradition für die Zweigs. Es ist 16 Uhr an diesem 24. Februar, als der große Leichenzug den Friedhof erreicht.

Mit Dr. Lemle hatte es früher schon einmal Kontakt gegeben, als dieser den prominenten Dichter im Herbst 1941 zur Toralesung an Jom Kippur, dem höchsten jüdischen Feiertag, eingeladen hatte, was Zweig höflich, aber bestimmt abgelehnt hatte. So viel Nähe hatte er dann doch nicht zum religiösen Judentum herstellen wollen. Er müsse zu seiner »Beschämung bekennen«, hatte er dem Rabbiner am 30. September 1941 geschrieben, kurz nachdem er in Petrópolis eingezogen war, dass er »wie die meisten Österreicher sehr lax in Dingen des Glaubens erzogen« worden sei und ein »Unsicherheitsgefühl in einer wahrhaft gläubigen Versammlung nicht bemeistern könnte«. Der Rabbiner wolle dies bitte »nicht als Unfreundlichkeit oder Gleichgültigkeit empfinden«, wenn er ihn bitte, »diese Ehrung jemandem zuzuteilen, die ihrer innerlich würdiger« sei (B 4, 317 f.). Zwar hatte Zweig eine Woche zuvor noch seinen brasilianischen Verleger Abrahão Koogan gebeten, ihn zum Festtag Rosch ha-Schana in die orthodoxe Synagoge mitzunehmen. Sie hätten den Großtempel von Rio in der Rua Tenente Passolo besucht und »über die allgemeine Situation der Welt und der Juden« gesprochen, erinnert sich Koogan später, und Zweig habe sich »ein wenig erleichtert« gefühlt, »unter Seinesgleichen zu sein« (in: Ingrid Schwamborn [Hrsg.], Die letzte Partie, 1999, 33).

Seinesgleichen? Das wirft erst recht die Frage auf: Zu welchem Judentum gehörte Stefan Zweig, wollte er gehören? Zumal die später entdeckte Gestaltung des Grabs für mich diese Frage verschärfen sollte. Dafür aber musste ich noch einmal nach Petrópolis zurückkehren.

»Casa Stefan Zweig«: Petrópolis 2014

2014 findet im südbrasilianischen Curitiba ein Kongress des lateinamerikanischen Germanistenverbandes statt. Mein brasilianischer Kollege und Freund Paulo Soethe, in diesem Jahr Präsident des Verbandes, lädt mich dazu ein. Er lehrt Deutsche Sprache und Literatur an der Bundesuniversität von Curitiba. Wir kennen uns seit 1999, als ich zur Teilnahme an seiner Doktoratsprüfung an der Universität von São Paulo eingeladen bin und wir anschließend unsere erste gemeinsame Brasilien-Reise unternehmen. Mit ihm und Frido Mann zusammen werde ich 2009 das Buch »Mutterland. Die Familie Mann und Brasilien« vorlegen (Mehr dazu in Kap. XI). Es geht zurück auf Vorlesungen zum Rahmenthema »Deutschland und Brasilien«, die wir im Sommersemester 2006 an der Universität Tübingen halten werden. Paulo Soethe wird später auch für eine brasilianische Ausgabe unseres Buches sorgen: »Terra Mátria. A família de Thomas Mann e o Brasil« (Rio de Janeiro 2013). Mein Beitrag zu diesem Buch ist das Kapitel IV: »Brasilienschicksale: Stefan Zweig und die Familie Mann«.

Nach dem Erlebnis des Jahres 2000 drängt es mich, das Zweig-Haus in Petrópolis noch einmal zu sehen und, wenn möglich, auch das Grab auf dem Friedhof zu besuchen, zumal ich erfahren hatte, dass das Haus 2006 von einem gemeinnützigen Verein gekauft und jetzt als »Casa Stefan Zweig« in ein Museum umgewandelt worden war. Seit 2012 ist es der Öffentlichkeit zugänglich. Es dient jetzt – in Zusammenarbeit mit der Internationalen Stefan-Zweig-Gesellschaft – als Dokumentationszentrum für Werk und Wirkung von Zweig, aber auch als Gedenkstätte des Exils für alle deutschsprachigen Künstler, Intellektuellen und Wissenschaftler, die wie Zweig vor dem Faschismus aus Europa nach Brasilien hatten fliehen müssen. Erster Präsident von »Casa Zweig« ist der bekannte brasilianische Publizist Alberto Dines (1932–2018). Seine monumentale kritische Biographie über Zweigs Verhältnis zu Brasilien hatte ich in der deutschen Ausgabe von 2006 gelesen: »Tod im Paradies. Die Tragödie des Stefan Zweig«. Ein Werk stupender Quellenkenntnis von ca. 720 Seiten. Ich habe das Glück, Alberto Dines auf dieser Reise auch persönlich kennenzulernen.

Die Gelegenheit, noch einmal nach Petrópolis zu fahren, kommt nach dem Kongress in Curitiba. Paulo Soethe kann die deutsch-brasilianische Journalistin Kristina Michahelles, Vorstandsmitglied von »Casa Stefan Zweig«, gewinnen, mich von Rio aus mit ihrem Wagen nach Petrópolis mitzunehmen und mir eine Führung durch das neue Museum zu schenken. Es ist der 16. September 2014.

Als ich das Haus wieder betrete, bin ich auf andere Weise betroffen als im Jahr 2000. Das ehemalige Wohnhaus ist völlig entkernt. Ein einziger großer Raum ist entstanden, dessen kahle Wände man jetzt für Ausstellungszwecke genutzt hat. So sinnvoll das ist und so eindrucksvoll die Dokumentation über Exilanten aus Europa, die hier jetzt in einer Datenbank mit Touchscreen zur Verfügung steht, an Zweig persönlich erinnert nur noch wenig, sehe ich von Grundinformationen auf einer Info-Tafel ab. Sosehr mich die Dichte der Atmosphäre 2000 in diesem Haus betroffen gemacht hatte, so befremdet mich jetzt dessen kalte Funktionalität.

Nur an der Wand eines Nebenraums, das ehemalige Schlafzimmer andeutend, ist der Text von Zweigs Abschiedsschreiben vom 22. Februar 1942 angebracht. Sonst ist alles Persönliche ausgelöscht. Ein Gefühl der Enttäuschung macht sich bei mir breit, sosehr ich einsehe, dass der Erhalt dieses Hauses wohl von der jetzt gewählten Neukonzeption abhängig ist. Aber auch das große Schachbrett mit mannshohen Schachfiguren, das man jetzt auf halber Höhe des terrassenförmigen Vorgartens angelegt hat, vermag mich für »Casa Stefan Zweig« als *Zweig*-Gedenkstätte nicht zu erwärmen. Es möchte an den einzigen Text von Zweig erinnern, der vollständig in Brasilien, in diesem Hause, geschrieben worden ist: »Die Schachnovelle«. Von Zweig selber noch als »kleine abseitige Novelle« oder als »abseitig in seinem Thema« apostrophiert (B 4, 315 u. 336), ist diese Erzählung heute der am

Abb. 9.2. Grabanlage von Stefan und Charlotte Zweig in Petropolis / Brasilien.

besten erforschte und nicht zuletzt durch eine zweifache Verfilmung (1960 u. 2021) bekannteste Einzeltext von Zweig.

Am Grab von Stefan und Charlotte Zweig

Und das Grab? Kristina Michahelles ist bereit, das Friedhofsgelände zu suchen. Es dauert eine Weile, die Anfahrt ist kompliziert. Dann finden wir die Anlage. Es ist der katholische Friedhof der Stadt. Wir stehen vor dem Grab von Charlotte und Stefan Zweig und halten ein stilles Gedenken. Respektvoll und in Dankbarkeit für das Werk, das dieser Autor der deutschsprachigen Welt geschenkt und das Charlotte Zweig bis zum Ende begleitet hat.

Doch die Grabanlage irritiert auf ihre Weise. Durch zwei schwere graue Granitplatten ist ein Doppelgrab angedeutet. Glattgeschliffen. Ein Meter auf zwei Meter. Sie sehen mächtig aus, diese Platten, als müssten sie etwas endgültig verschließen, ein solches Gewicht legen sie auf die Gräber. Zur Stirnseite eine durchgehende Platte aus schwarzem Granit. Düster. Abweisend. Auf der linken Hälfte die Aufschrift: »Elisabeth Charlotte Zweig / Kattowitz 5–5–1908 / Petropolis 23–2–1942«. Auf der rechten Hälfte: »Stefan Zweig / Vienna 23–11–1881 / Petrópolis 23–2–1942«. Unter den Namen jeweils zwei Zeilen in hebräischen Buchstaben. Sie wiederholen jeweils die Namen der beiden Verstorbenen sowie das Todesdatum nach dem jüdischen Kalender, also den 6. Adar 5702.

Sicher, die Grabgestaltung entspricht dem Stil der Zeit und der Kultur des Landes. Auch andere Gräber in der Nachbarschaft sehen so aus. Insbesondere das Mausoleum für den letzten Kaiser, das sich in der Nähe des Zweig-Grabes befindet. Schwere Platten, düsteres Grau, abweisendes Schwarz. Aber für Stefan Zweig? Ich hatte anderes erwartet. Für einen brillanten Stilisten wie ihn, der eine federleichte Prosa zu schreiben verstand. Für einen Homme de lettres, der alle Stile zu beherrschen wusste. Nicht diese Massigkeit der Grabplatten, als wollten sie ihn und Charlotte endgültig zudecken. Nicht dieses kalte Schwarz. Es hat nichts Einladendes, sondern etwas düster Abweisendes, Abstoßendes. Atmosphärisch das Gegenteil von dem Stil, den sein Werk ausstrahlt.

Andererseits aber wird durch die hebräischen Aufschriften kein Zweifel daran gelassen, dass beide Zweigs jüdischer Herkunft sind. Genau das hatte sein Verleger jüdischer Herkunft Abrahão Koogan wohl signalisieren wollen, als er »ein Jahr nach dem Doppelselbstmord den schwarzen Marmorgrabstein, die ›Matzeiva‹, mit den Namen von Stefan und Lotte in hebräischen Buchstaben (in der jiddischen Aussprache), arrangierte« (Mark H. Gelber, in: Stefan Zweig – Jüdische Relationen, 2017, 227). Ein besonderes Signal, keine Frage, besonders nachdem ein Staatsbegräbnis auf dem katholischen Friedhof angeordnet worden war.

Die Inschriften auf den Grabsteinen wollen somit keinen Zweifel an der Verbindung von Stefan und Charlotte Zweig zum Judentum lassen. Wie aber ist das zu verstehen? Die Erfahrung am Grab wirft für mich erst recht die Grundfrage auf: Gab es ein nennenswertes persönliches und thematisches »Verhältnis« dieses Schriftstellers zum Judentum, aus dem er familiär bekanntlich stammt, hineingeboren 1881 in eine großbürgerliche Familie Wiens. Auf den ersten Blick scheinen weder seine Biographie noch seine literarischen Werke thematisch etwas herzugeben. Doch eine genauere Analyse offenbart etwas völlig anderes, und die Zweig-Forschung, die lange dieses Thema ignoriert hatte, hat seit den 1980er-Jahren mit Studien vor allem von Margarita Pazi (1981), Gerhard Langer (2009), Mark H. Gelber (2014) und Eva Plank (2018) wichtige Quellen und Zusammenhänge aufgedeckt (s. Lit.-Verz.), ohne dass das Thema erschöpft wäre. Ich denke an Schlüsselwerke mit biblisch-jüdischer Thematik: »Der Turm zu Babel« und »Die Legende der dritten Taube« (beide 1916) oder Zweigs Tragödie »Jeremias« (1918) oder seine großen Prosatexte »Rahel rechtet mit Gott« (1927) und »Der begrabene Leuchter« (1937).

Ich entschließe mich, künftig über dieses Thema »Stefan Zweig und sein Judentum« gründlich zu arbeiten. Bei ihm bin ich auf ein Verständnis von Judentum gestoßen, dem ich weiter nachgehen möchte: auf ein universalistisches, kosmopolitisches Verständnis von Judentum in der Welt der Völker. Denn nachdem Zweig, selber einer großbürgerlichen jüdischen Familie Wiens entstammend, sowohl das orthodoxe wie das assimilatorische Judentum verworfen hatte, sich aber auch nicht mit dem politischen und kulturellen Zionismus im Sinne Theodor Herzls und Martin Bubers hatte identifizieren können, hatte er eine fünfte innerjüdische Position bezogen und für ein Weltbürgertum aus den Quellen des Judentums plädiert. Mein erster Versuch zu diesem Thema ist ein Vortrag, den ich im September 2021 auf Einladung des Stefan-Zweig-Zentrums der Universität Salzburg gehalten habe: »›Unser Geist ist Weltgeist‹. Stefan Zweig: Weltbürgertum aus den Quellen des Judentums«.

Ein Gespräch mit Alberto Dines

Wieder in Rio, gelingt es Kristina Michahelles, ein Treffen mit Alberto Dines zu arrangieren. Ein Glücksfall, dass der mittlerweile 82-Jährige Zeit für uns hat und wir uns in einem der Hotels treffen können. Dines war einer der führenden Journalisten des Landes und viele Jahre Chefredakteur der einflussreichen Tageszeitung »Jornal do Brasil« gewesen. »Nebenbei« ist er *der* Zweig-Forscher in Brasilien schlechthin, der das erwähnte Standardwerk »Tod im Paradies« geschrieben hat. Nicht zufällig. Sein Schicksal ist mit dem von Stefan Zweig seltsam verschlungen. Es gibt ein Gruppenfoto, auf dem der achtjährige Alberto zusammen mit Stefan Zweig und zahlreichen Mitschülern und Lehrern zu sehen ist, aufgenommen aus Anlass des Vortrags, den der Dichter bei seinem zweiten Brasilien-Besuch 1940 in einer der jüdischen Schulen gehalten hat.

Selber jüdischer Herkunft (wir könnten Jiddisch miteinander sprechen, bietet er uns an), hatte ihn das Schicksal des großen Schriftstellers nicht mehr losgelassen, der nicht zuletzt wegen rassistischer Schmähungen Österreich hatte verlassen müssen. Selber nicht jüdisch-orthodox lebend, hatte der eliminatorische Rassenantisemitismus der Nazis Stefan Zweig immer stärker sich mit seinem Volk identifizieren lassen. Ist man jüdischer Herkunft, ist man in eine Schicksalsgemeinschaft eingebunden oder wird von außen durch Rassisten in sie gedrängt. Gnadenlos musste Zweig das erfahren.

Gewiss, Alberto Dines ist ein Bewunderer Zweigs, aber Vorbehalte politischer Art sind in seiner Zweig-Biographie über die brasilianischen Jahre deutlich erkennbar. Denn bei allem Lob für sein Brasilien-Buch hatte sich Zweig auch schon bei dessen Erscheinen 1941 Vorwürfe von bestimmten brasilianischen Rezensenten anhören müssen. Sein Buch verkläre Brasilien und spare jede Kritik am seinerzeit herrschenden Regime des Diktators Getúlio Vargas aus. Ja, Zweigs Buch sei möglicherweise sogar vom Regime zu Propagandazwecken bestellt und finanziert worden. War der »Starautor« nicht in der Tat schon auf seiner ersten Reise 1936 »Staatsgast« der brasilianischen Regierung gewesen? War ihm nicht eine Audienz beim Diktator Vargas persönlich gewährt, war er nicht vom Regime hofiert worden?

Da hatte der Schluss nahegelegen, Zweig habe sich mit seinem Brasilien-Buch dem Regime gegenüber erkenntlich zeigen wollen und deshalb jede Kritik an der aktuellen Politik vermieden. Schließlich sei er ja auch an einer permanenten Aufenthaltsgenehmigung interessiert gewesen. Zweig spiele also, so lautet der Vorwurf, aus persönlichen Interessen die Rolle des Propagandisten für ein diktatoriales Regime, das mit faschistischen Staaten wie Spanien, Italien und Deutschland sympathisiert.

Ich spreche Dines darauf an, doch er weist Unterstellungen dieser Art entschieden zurück. Nein, von einem Auftrag des Regimes könne keine Rede sein. Wohl aber habe Zweig wie kaum ein anderer Immigrant, zumal jüdischer Herkunft, Privilegien durch das Vargas-Regime genossen. Was denn aus seiner Sicht noch heute das Wertvolle an Zweigs Brasilien-Buch sei, möchte ich wissen. Und Dines antwortet, ohne zu zögern: Die Erkenntnis des Zusammenlebens der verschiedenen Rassen, ihre Mischung durch Heiraten und Familiengründungen. Das sei Zweigs Leistung gewesen: Brasilien als ein Land zu porträtieren, das von seiner Grundidee her nicht rassistisch sei – und dies damals, 1940/41, im Kontrast zu dem Rassismus, vor dem Zweig aus Europa hatte fliehen müssen.

Warum aber sei Zweig dann, frage ich, ausgerechnet in dem von ihm so gepriesenen Land in den Tod gegangen? Warum habe er sich im »Land der Zukunft« selber keine gegeben? Ungefährdet wie er schien? Kein nichtbrasilianischer Autor habe diese Präsenz, diese Beachtung im Land gehabt, diesen Erfolg. Dines gibt das alles zu, ist aber der Meinung, dass Zweigs Entschluss zur Selbsttötung schon lange vor Petrópolis gefallen sei. Vor allem müsse man sich die letzten Tage im Februar 1942 vor Augen führen. Dines kennt sie aus dem Gedächtnis: Zunächst am 16. Februar, dem Rosenmontag in diesem Jahr, Zweigs Fahrt zum Karneval nach Rio auf Einladung seines brasilianischen Verlegers Abrahão Koogan, Übernachtung in Rio. Dann am Dienstag, 17. Februar, die Rückkehr nach Petrópolis. Dann plötzlich am Freitag derselben Woche, 20. Februar, noch einmal zurück nach Rio und die Übergabe von Papieren an den Verleger. Was sei zwischen Rio und Rio passiert, fragt Dines. Warum diese plötzliche Eile?

Seine Antwort: Zweig habe am Tag des 17. Februar einen Zeitungsbericht über die Versenkung der britischen Flotte in Singapur durch die Truppen der mit Nazi-Deutschland verbündeten Japaner gelesen, für den Dichter ein weiteres Indiz für eine zu erwartende Niederlage der Alliierten durch die totalitären Mächte. Sie scheint unausweichlicher denn je. Daran habe in Zweigs Augen auch der Eintritt der Vereinigten Staaten in den Zweiten Weltkrieg nichts geändert, der am 8. Dezember 1941 nach dem Angriff auf die amerikanische Flotte in Pearl Harbor mit der Kriegserklärung an Japan erfolgt war. Im Gegenteil: Aus einem europäischen ist jetzt ein Welt-Krieg geworden. Zweig habe das kommen sehen, und seine Welt-Angst sei jetzt größer denn je gewesen. In der Tat scheint nach allem, was wir biographisch wissen, die neue weltpolitische Lage Zweigs Entschluss *beschleunigt* zu haben, diese so hoffnungslos zerrüttete Welt zu verlassen.

Trauerarbeit

Trauerarbeit im Fall von Stefan Zweig hat eine doppelte Seite, eine persönliche und eine außerpersönliche. Die persönliche beruht ganz elementar auf Dankbarkeit. Wer trauert, ist sich eines Verlustes bewusst, ist aber zugleich dankbar für das möglich Gewordene und Gewachsene. So bin ich mit ungezählten Leser/innen für sein Werk dankbar, das uns als Vermächtnis überantwortet bleibt. Zugleich aber traurig darüber, dass es vor der Zeit abgebrochen werden musste. Seine Motive für den letzten Schritt? Sie erschließen sich nur schwer, bleiben als Geheimnis uns Außenstehenden entzogen. Zweig selber hat in seinen Briefen immer wieder von großer Müdigkeit nach einem rastlosen Leben gesprochen, von Erschöpfung, von Depressionen. Auch ist die Gefährtin Charlotte von einem »verdammten Asthma« heimgesucht, das in dem schwülen, tropischen Klima von Petrópolis nicht zu bändigen ist und ihr und ihrem Mann viele Nächte zur Hölle gemacht hat.

Zur Trauerarbeit aber gehört auch die Suche nach den Gründen, die außerhalb der Persönlichkeit liegen. Und der Fall »Stefan Zweig« ist der Fall eines Dichters, der den Tod nicht gesucht, der vielmehr in den Tod getrieben wurde. Schuld tragen die Mächte, die seine Welt in ein Schlachthaus verwandelt, die alles verachtet und mit Füßen getreten hatten, wofür er literarisch eingetreten, ja, die mit brutaler Gewalt zunichte gemacht hatten, was ihm kostbar gewesen war: die Ideale eines übernationalen geistigen Europäertums, das die Lektion des völkerzerfleischenden Ersten Weltkriegs gelernt hatte und das im Geiste des Völkerbundes eine alle

Völker und Nationen umgreifende Friedensordnung zu schaffen bereit war – ohne Nationalismus, Militarismus und Rassismus.

Zweig aber hatte angesichts des seit mehr als zwei Jahren tobenden Weltkriegs und des möglichen Siegs der faschistisch-rassistischen Mächte den Glauben an eine bessere Zukunft des Kontinents verloren, zu dem er von Herkunft und Gesinnung her nun einmal gehörte: Europa. Er glaubte nicht mehr daran, anderswo »noch einmal völlig neu zu beginnen«. Mit seinen 60 Jahren habe er den Gedanken »nicht mehr ertragen«, so in einem seiner Abschiedsbriefe, »noch ein paar Jahre in diesem schrecklichen Zeitalter auszuharren« (Südam. Briefe, 302). Was habe seine Generation, die jetzt 60 Jahre alt sei, denn auch nicht alles gesehen, erlitten, erlebt, fragt er im Vorwort zu seiner Autobiographie »Die Welt von gestern«, die er noch in Petrópolis hatte abschließen können, um sich persönlich dann so zu beschreiben: »So gehöre ich nirgends mehr hin, überall Fremder und bestenfalls Gast; auch die eigentliche Heimat, die mein Herz sich erwählt, Europa, ist mir verloren, seit es sich zum zweitenmal selbstmörderisch zerfleischt im Bruderkriege« (2003, 8). Sein Europa war in der Tat die »Welt von gestern« geworden. Und den Glauben an ein Morgen hatte dieser leidenschaftliche Europäer verloren. Er gibt die Eintrittskarte in eine solche Welt zurück. Zusammen mit seiner Gefährtin, die auch dieses letzte Stück des Wegs mit ihm geht. Sein geliebtes Europa, vergiftet von Faschismus, Rassismus und Militarismus, hatte Selbstmord begangen, längst bevor der Dichter selber zum Gift gegriffen hatte.

Auch Thomas Mann hat das mit Abstand zu der »erschütternden Nachricht« vom Februar 1942 einräumen müssen. Anfangs hatte er Zweig dessen Freitod noch als eine Art »Desertion« übelgenommen, da »die Beherrscher Deutschlands« ihn als ihren »Triumph« hätten betrachten können. Dann, im Abstand von zehn Jahren, hatte er nach der Lektüre der Autobiographie »begriffen«, »wie dieser so expansive wie zarte, ganz auf Frieden, Freundschaft, Liebe, freien geistigen Austausch gestellte Mensch heimatlich gebunden« gewesen sei »an die entschwundene Welt, deren Endstunde schon 1914 geschlagen hatte; wie ganz seine Existenz durch sie bedingt« gewesen sei, »und wie wenig es ihm zur Schande« gereiche, »daß er in der Welt voller Haßgeschrei, feindlicher Absperrung und brutalisierender Angst, die uns heute umgibt, nicht« habe fortleben wollen und können« (in: Der große Europäer Stefan Zweig, 1981, 187).

X. Drei Gräber in Housseras / Vogesen
Unversöhnt mit Deutschland und ein »Fall« von Religion: Alfred Döblin

> »Was Döblin in den Wirren seiner Flucht, dem Abgeschnittensein von Familie, Freunden, Geld und Aussichten in Mende erlebt hat, steht in Kontinuität seines Weges. Es ist lächerlich zu sagen, Döblin sei im Alter oder der Emigration fromm geworden, er war es schon immer. Seine Frömmigkeit hat ihn zwischen den Futuristen und Expressionisten, zwischen USPD und einem freiheitlichen Sozialismus, zwischen Zionismus und jüdischer Erneuerung hin- und hergetrieben.«
> *Dorothee Sölle, Einübung ins Christentum bei Alfred Döblin (1973)*

Plötzlich steht die Frage im Raum: Wo eigentlich ist der Mann begraben, dem die deutsche Literatur Großes an Prosaarbeiten verdankt: die Erneuerung des exotischen Romans zum Beispiel, der im China des 18. Jahrhunderts spielt: »Die drei Sprünge des Wang-lun« (1916), oder die Erneuerung des historischen Romans, der ein zerrissenes Europa im 17. Jahrhundert beschreibt: »Wallenstein« (1920), oder die Erneuerung des utopischen Romans: »Berge, Meere und Giganten« (1924), dessen Handlung in die Zukunft des 23. bis 28. Jahrhunderts verlegt ist, und nicht zu vergessen den größten und einzigen Großstadt-Roman, den die deutschsprachige Literatur bis dahin kennt: »Berlin Alexanderplatz« (1929), ein Werk nur zu vergleichen mit James Joyce' »Ulysses« (1922) oder John Dos

Passos' »Manhattan Transfer« (1925). Dazu kommen nach der Zäsur von 1933 der Exilantenroman »Babylonische Wanderung« (1933/34), eine Südamerika-Romantrilogie mit dem Titel »Amazonas« (1937/38) und ein zeitkritisches Romanwerk in vier Bänden »November 1918«. Welch ein Werk, welch ein Schriftsteller, der wie kaum ein anderer über die Fähigkeit verfügt, seine Romandichtungen in entgrenzten Welt-Räumen spielen zu lassen: in China ebenso wie in Peru, im Himmel über Babylon wie im Großstadtdschungel zu Berlin oder im amerikanischen Urwald. All diese Stoffe beherrscht er. Und am Ende seines Leben macht dieser unruhige, sich stets wandelnde, hochgebildete und künstlerisch feinnervige Mann eine letzte Konversion durch: zum katholischen Glauben, wie er ihn verstand und gelten ließ. Gründe genug, dem Leben und dem Werk dieses Mannes etwas genauer nachzugehen: Alfred Döblin (1878–1957).

Wo liegt das Grab von Alfred Döblin?

In Stettin geboren und nach einem Medizinstudium in Berlin und Freiburg i. Br. ab 1911 in Berlin als praktischer Arzt und Geburtshelfer, dann als Internist, Neurologe und Psychiater tätig, hatte Döblin, weil jüdischer Herkunft, mit seiner Familie 1933 aus Deutschland fliehen müssen. Frankreich hatte ihm zwar das Bürgerrecht gewährt, das Nazi-Deutschland ihm entzogen hatte, doch mit dem Einmarsch deutscher Truppen in Frankreich 1940 hatte er mit seiner Frau Erna und seinem jüngsten Sohn Stephan einmal mehr sein Leben retten müssen. Man war den Nazi-Schergen durch Flucht in die USA entkommen, war aber unmittelbar nach Kriegsende nach Frankreich zurückgekehrt, um im Auftrag der französischen Besatzungsmacht zuerst in Baden-Baden (1945–1948) und dann in Mainz (1949–1953) kulturpolitisch tätig zu werden.

Anfängliche Erfolge stellen sich ein: Gründung einer Zeitschrift unter dem Titel »Das Goldene Tor« in Baden-Baden und Mitgründung einer Akademie der Wissenschaften und der Literatur in Mainz, Förderung von literarischen Projekten anderer und Publikation eigener Werke. Doch zunehmend enttäuscht über die politische Lage in einem vom Ost-West-Konflikt immer stärker zerrissenen Land, über reaktionär-restaurative Tendenzen im Adenauer-Deutschland und nicht zuletzt über das abnehmende Leser- und Verlegerinteresse an seinem eigenen Werk, wird Döblin noch einmal Deutschland verlassen und sich nach Paris zurückziehen. Er komme sich in Deutschland »überflüssig« vor, schreibt er zum Abschied dem damaligen Bundespräsidenten Theodor Heuss.

Eine überraschende Entdeckung

Doch noch einmal gefragt: Wo befindet sich sein Grab? In Paris, wo er zuletzt gelebt, oder in Berlin, wo er lange Jahre gewirkt hat, oder dort, wo er am 26. Juni 1957 gestorben ist, in Emmendingen bei Freiburg, im dortigen Psychiatrischem Landeskrankenhaus? 1987 finde ich wie zufällig in einer Zeitschrift die Notiz, Döblins Grab befände sich in einem Dorf auf französischem Boden, in den Vogesen, in einem Dorf namens Housseras. Housseras? Wo soll das sein? Warum hier? Warum hat sich einer der größten Schriftsteller der deutschsprachigen Literatur des 20. Jahrhunderts ausgerechnet in einem französischen Dorf beerdigen lassen? Was ist passiert, dass es dazu hatte kommen können? Der Ort beginnt mich magisch anzuziehen, gerade weil er wie aus der Welt genommen erscheint und die Namen des großen »Alfred Döblin« und eines kleinen Vogesendorfes nicht zusammenpassen wollen. Außerdem liegen die Vogesen von Tübingen aus in erreichbarer

Entfernung, von uns aus gesehen praktisch auf der anderen Seite des Rheins. Eine Tagesreise.

Im Frühjahr 1996 sehe ich endlich eine Gelegenheit, der magischen Anziehung nachzugeben. Ich gewinne erstmals den Nachbarn und Freund, den Mediziner Johannes Dietl, mich zu begleiten. Diese Exkursion sollte der Beginn einer Freundschaft mit jährlichen Literaturreisen werden, nachdem Johannes Dietl kurze Zeit später auf eine Professur nach Würzburg berufen wird und dort die Leitung der Universitätsfrauenklinik übernimmt. Die Route führt uns über Straßburg nach Saint-Dié-des-Vosges, von hier einige Kilometer die Nationalstraße 59 in nördlicher Richtung, von der die D 32 abgeht Richtung Rambervillers. Nach ein paar Dutzend Kilometern geht eine kleine Straße nach Süden ab Richtung Housseras, das zum Arrondissement Épinal gehört.

Fast ein wenig erschrocken sind wir, wie unscheinbar der Ort ist, wie abseits von aller Welt. Wälder, Felder, Hügel wie überall in dieser Gegend. Kaum Menschen auf der Straße. Umso intensiver suchen wir das Grab und eine Antwort auf die Frage: Warum liegt er seit 1957 hier begraben, in einem Ort, der damals nicht mehr als 350 Einwohner gehabt haben dürfte? Noch heute sind es wenig mehr als 400. Wir finden das Grab auf dem Friedhof, der in alter Weise noch ein Kirchhof ist. Er umschließt die Ortskirche Saint-Pient d'Housseras, die auf einer Anhöhe weithin sichtbar das Dorf überragt. Die Grabanlage ist leicht zu finden. Sie hat mit ihren schweren grauen, granitenen Grabplatten etwas merkwürdig Monumentales, entspricht aber dem Stil der Gräber ringsum.

Und dann die erste Überraschung. Wir finden kein Einzelgrab, sondern gleich drei Gräber nebeneinander, zusammenhängend im Stil, aber deutlich voneinander getrennt. In Housseras liegen gleich drei Personen aus der Döblin-Familie begraben. Das deutlich erhöhte Grab in der Mitte besteht aus einer Basis und einem kastenartigen Aufsatz. Alles aus dem-

Abb. 10.1. Grabanlage für die Döblins in Housseras. In der Mitte das Grab von Wolfgang »Vincent«, links ebenerdig das von Alfred, rechts von Erna Döblin.

selben Granit. Hier liegt einer, der als »Vincent Doblin« bestattet ist, auf dem »Deckel« ein großes liegendes Kreuz aus demselben Stein. Auf das Kreuz gelegt ist eine Steinplatte, an der Spitze zwei sich überkreuzende Fahnen Frankreichs, darunter die Aufschrift:

»Vincent Doblin
291 ème R.I.
Nè le 17 Mars 1915
Mort pour la France
A Housseras Voges
Le 21 Juin 1940«.

Eine Information, die an der Außenwand am Fußende des granitenden »Deckels« in goldenen Lettern noch einmal wiederholt wird. Merkwürdig. Beide Stile scheinen nicht zusammenzupassen, der der Steinplatte und der des Grabdeckels.

Links und rechts daneben, sichtlich schmaler, niedriger, fast ebenerdig, mit ebenfalls granitener Platte verschlossen das Grab des Dichters und das von Erna Döblin, der Ehefrau. Auch sie ist 1957 gestorben. Auf Döblins Grabplatte ist ebenfalls in golden ausgemalten Buchstaben zu lesen: »Fiat voluntas tua / Alfred Doblin / Né le 10 Août 1878 / Mort le 26. Juin 1957«. Das ist alles. Kein Hinweis auf die deutsche Herkunft, auf den Geburts- oder Sterbeort oder auf seine Bedeutung als Schriftsteller. Auf der im selben Stil gehaltenen Grabplatte von Erna Döblin steht: »Dona nobis pacem / Erna Charlotte / Doblin Née Reiss / Le 13 Février 1889 / Décédée / Le 15 Septembre 1957«.

Alfred, Erna und ein Vincent Doblin in Housseras? Diese unerwartete Entdeckung fordert erst recht Aufklärung, zumal der lateinische Spruch aus einem christlichen Gebet wie dem »Vaterunser« (»Dein Wille geschehe«) neue Rätsel aufgibt. War Alfred Döblin nicht jüdischer Herkunft? Und wer soll »Vincent« sein? Einer der Söhne? Aber einen Vincent hat es unter den vier Döblin-Söhnen nicht gegeben, wohl aber einen Peter, einen Wolfgang, einen Klaus und einen Stephan. Wie ist das zu erklären? Und warum kein Familiengrab, sondern drei getrennte Gräber? In Tübingen zurück, beginne ich zu recherchieren, ein Prozess, der über einige Jahre angehalten hat, zumal neuere Literatur erst allmählich zur Aufklärung beiträgt. Dann stoße ich auf eine Geschichte, deren Abgründigkeit mich bis heute ergreift und die zugleich stellvertretend steht für das Lebensschicksal des Dichters und Zeitzeugen Alfred Döblin, aber auch für das ungezählter anderer Menschen jüdischer Herkunft in der ersten Hälfte des unseligen 20. Jahrhunderts. Deshalb habe ich all die Jahre nicht aufgehört zu recherchieren, jetzt endlich kann ich die Geschichte einigermaßen zusammenhängend erzählen, nach wie vor magisch angezogen von diesem Ort tief in der französischen Provinz. Anfang September 2019 komme ich mit den Teilnehmern eines Döblin-Seminars noch einmal nach Housseras.

Leben und Sterben des Wolfgang Döblin

Dass Alfred und Erna Döblin ausgerechnet in Housseras beerdigt sind, hat mit dem Schicksal ihres Sohnes zu tun, der, 1915 in Berlin geboren, den Namen Wolfgang erhalten hatte. Der Zweitgeborene ist ein hochbegabter Junge, der sich schon früh zu einem brillanten Mathematiker entwickeln sollte und gerade heute wegen seiner Verdienste um die Wahrscheinlichkeitstheorie höchstes wissenschaftliches Ansehen genießt. Wie es posthum dazu gekommen ist, ist eine eigene, fast unglaubliche Geschichte. Sie ist vom französischen Literaturwissenschaftler Marc Petit unter dem Titel »L'équation de Kolmogoroff – Vie et Mort de Wolfgang Doeblin, un génie dans la tormente nazie« 2003 veröffentlicht worden. Die deutsche Ausgabe erscheint 2005 unter dem Titel: »Die verlorene Gleichung. Auf den Spuren von Wolfgang und Alfred Döblin«. Es geht, kurz gesagt, um Wolfgangs in französischer Sprache niedergelegte und in ein schlichtes Schulheft eingetragene Schrift »Über eine Gleichung von Kolmogorow«, die der 25-Jährige noch als Soldat im Feld verfasst und am 19.

Februar 1940 in einem »versiegelten Umschlag« an die Pariser Akademie der Wissenschaften geschickt hatte, zweifellos in der Erwartung, sie nach dem Krieg veröffentlichen zu können.

Die seit dem frühen 18. Jahrhundert von der Pariser Akademie geübte Praxis des »pli cacheté«, des »versiegelten Umschlages«, der in der Regel 100 Jahre verschlossen bleibt, wenn nicht der Verfasser selber oder dessen Erben anderes bestimmen, dient der Hinterlegung noch nicht veröffentlichter wissenschaftlicher Werke und Entdeckungen zum Zwecke des Urheberschutzes. Nach Wolfgang Döblins Tod aber war sein Umschlag, eingetroffen am 26. Februar 1940 und unter der Nummer 11.668 registriert, in Vergessenheit geraten und wird erst in den 1990er-Jahren wie zufällig wiederentdeckt. Mit Zustimmung der Akademie und der noch lebenden Erben wird er im Jahr 2000 geöffnet, so dass Wolfgangs bahnbrechende Arbeit nach 60 Jahren endlich das Licht der Öffentlichkeit erblicken kann und die Fachwelt in nicht geringes Staunen versetzt. Titel: »Sur l'équation de Kolmogoroff«. Welch eine Geschichte denn auch. Es ist der junge Döblin gewesen, der schon 1940 eine Spezialtheorie der Mathematik entwickelt hatte, die in den fünfziger Jahren unter dem Namen des japanischen Mathematikers Itō Kiyoshi (1915–2008) bekannt wird und als »Wahrscheinlichkeitsrechnung« große Bedeutung in vielen Bereichen der Natur- und Wirtschaftswissenschaften erlangen sollte, insbesondere in der Welt der Finanzmathematik und Genetik. In Fachkreisen spricht man deshalb heute auch vom Ito-Doeblinschen Theorem.

Umso unsäglicher das Ende dieses genialisch begabten Döblin-Sohns. 1933 hatte er 18-jährig zusammen mit seiner Familie wegen jüdischer Herkunft und sozialistischer Überzeugung Deutschland verlassen, hatte zunächst in Zürich, dann in Paris an der Sorbonne Mathematik und Physik studiert und hatte auf Bitten seiner Professoren 1935 auch das deutschsprachige Werk des russischen Mathematikers Andrej Nikolajewitsch Kolmogorow unter dem Titel »Grundlagen der Wahrscheinlichkeitsrechnung« ins Französische übersetzt. 1936 war er mit der ganzen Familie französischer Staatsbürger geworden, hatte 1938 an der Sorbonne promoviert, ganze 23 Jahre alt, und war im November diesen Jahres zum Wehrdienst eingezogen worden. Ein Jahr später bricht der Krieg aus, und man sieht Wolfgang in einer französischen Uniform als Telefonist im Feld seinen Dienst tun. Eine Weiterbildung zu höheren militärischen Rängen lehnt er ab. Er will bewusst einfacher Infanteriesoldat bleiben. In dieser prekären Zeit aber nennt er sich, um seine reichsdeutsche Identität zu verdecken und eher als »Elsässer« zu erscheinen, »Vincent«.

Als im Mai 1940 die deutsche Wehrmacht in Frankreich einmarschiert, kämpft »Vincent« mit seinem Regiment unter anderem an der Saar-Front und in Lothringen. Durch hohe Tapferkeit zeichnet er sich aus, so dass ihm noch am 19. Mai das »Croix de guerre« und posthum das »Croix de guerre avec palme« verliehen wird, später 1948 noch die »Médaille militaire«. Doch das militärische Ende kommt rasch, als die deutschen Truppen am 14. Juni Paris besetzen und elf Tage später ein Waffenstillstand in Kraft treten wird. Mittlerweile befindet »Vincent« sich mit seinem 291. Infanterieregiment in der Gegend von Rambervillers. Eine Armee in Auflösung auf der Flucht vor den Deutschen. Doch in Erwartung drohender Kriegsgefangenschaft trennt sich »Vincent« von seinem Regiment, bricht in der Nacht vom 20. auf den 21. Juni 1940, vermutlich nur mit einem Kompass ausgestattet, zu einem Nachtmarsch auf und gelangt wie zufällig in das Dorf Housseras. Französische Artilleristen sind im Ort, bereit, sich zu ergeben. Dann rücken deutsche Soldaten ein, und der Kommandant verfügt aus Furcht vor einem Massaker an der Zivilbevölkerung die Kapitulation.

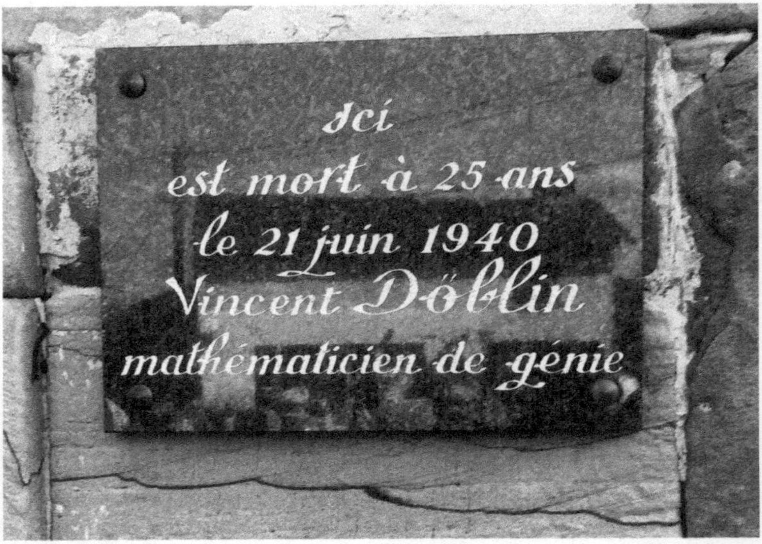

Abb. 10.2. Tafel am Sterbeort von Wolfgang »Vincent« Döblin in Housseras.

In der Zwischenzeit hatte sich »Vincent« in einer Scheune des Dorfes versteckt, die zum Gehöft der Familie Triboulot gehört. Dann ist er in die Küche des Hauses geschlüpft und verbrennt in einem offenen Herd seine Papiere: Ausweis, Wehrpass, private Dokumente. Anschließend muss er in die Scheune zurückgekehrt sein, denn hier macht er seinem Leben durch eine Kugel in den Kopf ein Ende. Unter keinen Umständen will er deutschen Truppen in die Hände fallen. Wäre seine Identität entdeckt worden, hätte ihm als »Jude« und »Landesverräter« die Deportation in ein KZ gedroht. So findet das Leben dieses Sohnes von Alfred und Erna Döblin ein Ende. Von eigener Hand. Ganze 25 Jahre alt ist er geworden, dieser Wolfgang-Vincent. Ein besonders bewegender Fall in der an persönlichen Tragödien nicht eben armen deutsch-französischen und deutsch-jüdischen Geschichte im 20. Jahrhundert. »Selbstmord«? »Freitod«? Nichts von alledem. Weder ist Wolfgang der »Mörder« seiner selbst noch geschah sein Tod »frei«. Dieser Junge ist buchstäblich wie ein Tier in die Enge und in den Tod getrieben worden, ist das Opfer einer menschenverachtenden Macht, die Menschen jüdischer Herkunft noch nicht einmal hat leben lassen wollen. Die schiere Angst um einen noch erniedrigenderen Tod hat den jungen Döblin zu seinem Schritt gezwungen. Mörder? Das sind »die Anderen«.

Doch seine Geschichte ist noch nicht zu Ende erzählt. Da niemand im Ort weiß, wer der Tote ist, wird »Vincents« Leiche auf dem Friedhof von Housseras zunächst in der Nähe der Apsis der Kirche ohne Sarg und kirchliche Zeremonie in einer Grube zusammen mit an diesem Tag gefallenen französischen und deutschen Soldaten bestattet. Mit seinem Soldatenmantel hat man sein zerstörtes Gesicht bedeckt. Sein »Fall« wird als »Nr. 13, Tod eines unbekannten Soldaten« vom Bürgermeisteramt des Ortes zu den Akten genommen. Doch wie durch ein Wunder wird vier Jahre später, im April 1944, Wolfgangs Identität entdeckt, als an derselben Stelle weitere deutsche Soldaten beerdigt werden sollen und man beim Exhumieren des Leichnams seine Erkennungsmarke in einem der Stiefel findet. Nach einer anderen Version will man Brille und Armband des Toten gefunden und ihn so identifiziert haben. Jetzt jedenfalls kann die Gemeinde »Vincent« mit einem eigenen Grab und einer Grabplatte wie bei anderen französischen Gefallenen mit den üblichen Angaben und der Ehrenbezeichnung »Mort pour la France« ehren. Es dürfte dieselbe Steinplatte sein, die sich heute auf dem Kreuz von Vincents Grab befindet.

Flucht durch Frankreich und die Folgen

Und die Eltern? Als der Krieg mit Frankreich ausbricht, arbeitet Alfred Döblin, auch er seit 1936 französischer Staatsbürger, für eine Dienststelle des Innenministeriums, zuständig für Propaganda gegen das Dritte Reich. Sein Vorgesetzter: der Dichter Jean Giraudoux (1882–1944), jetzt Staatssekretär in der französischen Regierung. Seine Kollegen: die Literaturwissenschaftler Pierre Bertaux (1907–1986), der später einer der bedeutendsten Germanisten Frankreichs werden sollte, und Robert Minder (1902–1980), ein persönlicher Freund Döblins auch nach dem Krieg und wichtiger biographischer Zeitzeuge, zugleich ebenfalls ein herausragender französischer Germanist. Alle Beteiligten müssen sich in Sicherheit bringen, als die Deutschen Paris bedrohen. Ohne zu ahnen, was sich fast gleichzeitig in Housseras abspielt, macht sich Döblin im selben Juni 1940 in den Südwesten Frankreichs auf. Nach Irrungen und Wirrungen trifft er unterwegs auf seine auf anderen Wegen in den Süden geflohene Frau und den jüngsten Sohn Stephan, die ihrerseits beide auf der Suche nach ihm gewesen waren. Am 21. Juni war man zur selben Zeit in Rodez gewesen und hatte sich verpasst. Ein »fataler« Tag, dieser 21. Juni 1940, wie Döblin später in seinem autobiographischen Buch »Schicksalsreise« schreiben wird (S. 337). Es ist derselbe Tag, an dem Hunderte von Kilometern entfernt Wolfgang in den Tod gegangen ist …

Eine eigene Geschichte von seltsamen Fügungen im totalen Chaos der Massenfluchten. Eine dramatische »Schicksalsreise« der drei Döblins in der Tat. Zunächst gelangt man nach Marseille, wo man um Visa und eine Schiffspassage in die Vereinigten Staaten kämpfen muss, weiter dann nach Barcelona und Madrid, bis man endlich in Lissabon die portugiesische Küste erreicht. Hier bekommt man ein Schiff zur Überfahrt in die USA und gelangt im September 1940 nach New York, um sich kurze Zeit später im kalifornischen Hollywood niederzulassen. Ein Jahr kann Döblin noch für die Filmindustrie arbeiten, dann ist er – ohne Anstellung und Einkommen – in demütigender Weise für sich und die Seinen auf fremde finanzielle Unterstützung angewiesen. Seine Erlebnisse auf der Flucht hat Döblin in seinem noch heute bewegend zu lesenden Buch »Schicksalsreise« festgehalten, das er 1949 veröffentlicht. Die Krisen, die er im Zuge des allgemeinen Flüchtlingschaos auf der Suche nach Frau und Sohn und bei der Beschaffung der Ausreisepapiere durchmacht, immer in Angst, die Deutschen und ihre Helfershelfer könnten ihn verhaften und deportieren, sind von einem solchen Gewicht und Ernst, dass ein schwer getroffener Döblin aus ihnen sehr persönliche Konsequenzen ziehen wird.

Die Begegnung mit dem Gekreuzigten

In der Tat ist es während der dramatischen Flucht durch Frankreich im Juni 1940 in der Kathedrale der südfranzösischen Stadt Mende zu einem einschneidenden religiösen Erlebnis gekommen. Auch davon berichtet Döblin in seinem Buch ohne jeden Bekehrungseifer, gezwungen, als Flüchtling über zwei Wochen in einem Barackenlager der Stadt auszuharren. Phase für Phase hält er das in der Kathedrale Erlebte fest, alle Zweifel aufnehmend, jedes Zögern und Schwanken, jeden Vorbehalt bedenkend und abwägend. Aber Tatsache ist: Es ist die Begegnung mit dem gekreuzigten Christus in dieser Kirche, die ihn einmal mehr Grundfragen nach dem Sinn seines Lebens stellen lässt, allein mit seiner Angst, radikal zurückgeworfen auf sich selbst, auf schwankendem Boden ohne jegliche Gewissheit, die Flucht zu überleben und je wieder sichere Grundlagen zu gewinnen. Diese psychischen Bedingungen erklären zwar manches, darauf reduzieren lässt sich das Erfahrene nicht, pathologisieren schon gar nicht.

Selbstkritische Überprüfung des eigenen Weges wird vollzogen. Döblin sitzt auf seiner Barackenlagerkoje und fragt sich, wie er »in diesen Zustand« hatte geraten können. 62

Jahre ist er jetzt alt. Er stammt aus einer jüdischen Familie, »und was war mit dem Judentum?«, fragt er sich. Er weiß es nicht, er weiß nur, dass er sich weder mit dem orthodoxen noch mit dem assimilierten noch mit dem zionistischen Judentum identifizieren kann. Schon 1912 war er aus der jüdischen Religionsgemeinschaft ausgetreten. Ein Zurück dorthin gibt es nicht. Kleist und Hölderlin waren einst »die Götter« seiner Jugend gewesen, geniale und zugleich gebrochene Figuren. Der eine schießt sich mit 34 eine Kugel in den Kopf, der andere fällt mit 36 Jahren in geistige Umnachtung. Und jetzt? Auch er hatte genialisch viel »geschrieben«, aber: »Half es mir?«, fragt er sich. »Sicherte es mich?« Die Selbstanalyse ist schonungslos: »Ich habe mir einen zu leichten Kahn gebaut, um über den Ozean zu fahren. Natürlich wurden die Wände eingedrückt. Der Boden erwies sich als Papier und weichte auf. Ich schleppte mich weiter, solange die Witterung es erlaubte, dann ein Windstoß, und noch ein Windstoß, und der Kahn kippte und die Seefahrt war zu Ende« (S. 147).

Dann die Besuche in der Kathedrale. Irgendetwas, so bekennt er, ziehe ihn »seit langem zu dem Gekreuzigten« (S. 115). Seit langem! Was ihm hier widerfährt, ist kein Augenblickseinfall, kein Kurzschluss, darauf legt er Wert. Was er hier »religiös« durchdenkt, hatte sich lange vorbereitet, spätestens seit seiner Polenreise 1924, über die er einen autobiographischen Reisebericht vorgelegt hatte: »Reise in Polen« (1926), ein Schlüsselwerk für seine Auseinandersetzung mit Judentum und Christentum. »Was Döblin in den Wirren seiner Flucht, dem Abgeschnittensein von Familie, Freunden, Geld und Aussichten in Mende erlebt hat, steht in Kontinuität seines Weges. Es ist lächerlich zu sagen, Döblin sei im Alter oder der Emigration fromm geworden, er war es schon immer«, so Dorothee Sölle in ihrer gründlichen Untersuchung zur »Einübung ins Christentum bei Alfred Döblin« (1973, 340).

Wer oder was ist er, der Mann am Kreuz, fragt er sich bohrender als je zuvor, jetzt noch einmal ganz anders existentiell herausgefordert. Sein Kreuz? Sicher, es ist das Symbol »menschlichen Elends« schlechthin, aber das ist »unser Los«, das »gehört zu unserer Existenz«. Dann aber »der andere Gedanke«, eigentlich »unfaßbar«: »was hier hängt, ist nicht ein Mensch, dies ist Gott selber, der um das Elend weiß und darum herabgestiegen ist in das kleine, menschliche Leben. Er hat es auf sich genommen und durchlebt. Er hat durch sein Erscheinen gezeigt, daß dies alles hier nicht so sinnlos ist, wie es scheint, daß sein Licht auf uns fällt und daß wir uns auch in einem jenseitigen Raum bewegen. Ja, die Erde kann schöner und reicher werden durch diesen Gedanken – wofern man ihn faßte und annahm. Es heißt, wir würden so erlöst. Auf die Erde und unsere Existenz fiele durch dieses Bild mehr Licht als von den Sonnen aller Sternensysteme« (S. 114 f.). Das Nachdenken geht noch über viele Seiten weiter. Die Meditationen über das Geheimnis des Gekreuzigten und Auferstandenen auch, angezogen, abgestoßen. Ich lasse es bei diesem kleinen Ausschnitt.

Der Übertritt zur katholischen Kirche

Wichtiger ist mir: Döblin wird aus diesen Erlebnissen praktische Konsequenzen ziehen. Er will seinem Glauben für sich und die Seinen eine Form und eine soziale Einbettung geben. In Kalifornien angekommen, nehmen die Döblins von Juli 1941 an bei Jesuiten in Los Angeles Katechismusunterricht. Döblin studiert gründlich das Neue Testament sowie Klassiker wie Thomas von Aquin und Augustinus, und am 30. November 1941 lässt er sich zusammen mit seiner Frau und seinem Sohn Stephan in einer Kirche in Hollywood katholisch taufen. Aber hochreflektiert wie er ist, belässt es Döblin nicht dabei. Auch längst vorher hatte er sich mit christlichen Denkern befasst. Nachweisbar ist eine Lektüre Pascals und Kierkegaards ab 1934 in Paris. 1935 hatte er seine später so genannte »Amazonas«-Romantrilogie begonnen und hier über die Kolonisierung und Christianisierung Lateinamerikas gearbeitet. Auch hatte Döblin den Schüler Meister Eckharts, den spätmittelalterlichen Mystiker Johannes Tauler (1300–1361), für sich entdeckt. Ein Buch mit dessen Predigten hatte er auf der Flucht durch Frankreich im Gepäck, wie der Freund und Weggefährte der letzten Jahre, Robert Minder, bezeugt (Text und Kritik, 1972, 62). Und gerade die Beschäftigung mit Tauler hatte Döblin zweifellos empfänglich gemacht für die mystisch grundierten Passagen in seiner »Schicksalsreise«.

So aus »heiterem Himmel« also war die Hinwendung zum Christlichen nicht gekommen, wie Döblins spätere Kritiker meinten, die diesen geistigen Hintergrund des Verfassers von »Berlin Alexanderplatz« nicht kennen konnten und später auch nicht wollten. Das gilt vor allem für das genuin theologische Spätwerk Döblins, das jetzt entsteht: vor allem die Religionsgespräche unter dem Titel »Der unsterbliche Mensch«, die der vermeintlich Heimgekehrte als Erstes nach dem Krieg veröffentlicht (1946), später dann »Die Pilgerin Aetheria« (zwischen 1947 und 1949) und »Der Kampf mit dem Engel. Ein Gang durch die Bibel« (zwischen 1950 und 1952), Schriften, die aber bereits keinen Verleger in Deutschland mehr finden und erst 1978 bzw. 1980 gedruckt werden. Sie liegen ja auch in vieler Hinsicht quer zum Zeitgeist, sind Produkte eines Mannes von jüdischer Herkunft, medizinisch-naturwissenschaftlicher Profession sowie hohem intellektuellen und künstlerischen Niveau, der seine Hinwendung zur katholischen Kirche denkerisch hatte absichern wollen. Döblin aber hatte dies auf eine ganz persönliche Weise getan, ohne jegliche Bezugnahme auf Theologie und Exegese seiner Zeit, ob katholischer oder evangelischer Herkunft. Entsprechend dünn ist auch hier das Echo auf diese seine »Privattheologie«.

Zunächst aber behält Döblin seine Konversion noch ganz für sich, aus reiner Vorsicht offensichtlich. In ihrer miserablen finanziellen Situation sind er und die Seinen auf finanzielle Unterstützung gerade auch von jüdischen Hilfsorganisationen vor Ort angewiesen. Sie könnten ihm Konversion und Taufe in bedrohten Zeiten als Akt der Entsolidarisierung verübeln. Dabei bietet Döblin nicht den geringsten Grund für eine solche Distanzierung. Nie wird er vergessen: Fünf seiner Angehörigen waren in Auschwitz ermordet worden, darunter Kurt, der jüngste von seinen Brüdern. Und wenn es um »Kampf ging, erklärte er, ›war und blieb ich ein Jude‹. Er hat bei verschiedenen Gelegenheiten herausfordernd und mit Nachdruck auf seine jüdische Herkunft verwiesen« (Marcel Reich-Ranicki, 2002, 130).

»Peinlicher Vorfall«? Brechts Verachtung für »Religion«

Zwei Jahre später aber sieht Döblin den Zeitpunkt für gekommen, aus Anlass einer Feier zu seinem 65. Geburtstag zumindest seinen Gottesglauben nicht länger zu verschweigen. Wir schreiben den 14. August 1943. Im El Pablo Rey Playhouse zu Santa Monica/Los Angeles, Montana Avenue, kommen gut 200 Personen zusammen, darunter die künstlerische »Elite« der deutschsprachigen Emigration. Alle sind sie unter den Gratulanten: Bertolt Brecht und Helene Weigel, Heinrich und Thomas Mann, Franz Werfel, Lion Feuchtwanger und Hanns Eisler, der eigens zu diesem Anlass ein Stück komponiert hat. Deutsche Schauspieler wie Fritz Kortner und Peter Lorre tragen Texte von Döblin vor. Berliner Chansons erklingen. Heinrich Mann hält die Festrede. Helene Weigel liest einen Grußtext Brechts vor: ein Lob auf den »starken Einfluss«, den der Epiker Döblin auf ihn, den Mann des Theaters, ausgeübt habe. Eine dem Jubilar überreichte Mappe enthält denn auch Ansprachen und Glückwunschadressen nicht nur von Brecht, Heinrich und Thomas Mann, sondern auch Kollegen jüdischer Herkunft wie Bruno Frank, Ludwig Marcuse, Friedrich Torberg und Franz Werfel.

Doch dann geschieht das Unerwartete, als der Gefeierte selber auf die Bühne kommt und eine Dankesansprache hält. Was er genau gesagt hat, ist nicht mehr sicher auszumachen. Einen gedruckten Text dazu gibt es nicht. Aber Dokumente von Zeugen der Feier lassen eines als gesichert erscheinen: Döblin macht erstmals öffentlich, dass er zum Glauben an Christus gefunden hat, und zwar mit selbstkritischen Konsequenzen für die Frage, wie man die Herrschaft des Faschismus im Tiefsten deuten müsse: geschichtlich-metaphysisch nämlich mit Kategorien wie Schuld, Gericht und Buße. Schweigende Ablehnung schlägt ihm entgegen. So empfindet er es.

Es macht ihn derart betroffen, dass er sich in der »Schicksalsreise« auf zwei, drei karge Sätze dazu beschränkt: »Ich nahm mich und uns alle von dem großen Gericht nicht aus, das sich an der Welt entlud. Man lehnte mich schweigend ab. Es war keine Rede für eine Geburtstagsfeier« (S. 314). Das ist alles. Und vom Übertritt in die katholische Kirche dürfte Döblin noch nicht einmal gesprochen haben. Aber sein »religiöses Bekenntnis«, er habe auf der Flucht aus Frankreich »eine seelische Erleuchtung erlebt und den Weg zu Christus gefunden«, dürfte ausgereicht haben, dass die Zuschauer »den Saal in betretener, zwiespältiger Stimmung verließen«, so ein Zeuge, der aus Österreich stammende Drehbuchautor Georg Fröschel (1891–1979), der in Hollywood mit Döblin bei der Filmfirma Metro Goldwyn Mayer eine Zeit lang zusammengearbeitet hatte (»*Die Zeit*«, 15.7.1962).

Die Anwesenden jüdischer Herkunft jedenfalls und auch die sozialistischer Überzeugung fühlen sich brüskiert. So nennt der aus dem Berliner jüdischen Großbürgertum stammende und ebenfalls in die USA emigrierte Philosoph und Schriftsteller Ludwig Marcuse (1894–1971) diese Geburtstagsfeier »die groteskeste« der Emigrationszeit. Der »Jubelgreis« habe »eigensinnig von seinem Gott, mit tausend Zungen« geredet, »von denen wir nicht eine verstanden«, »aber von Jehova war es bestimmt nicht mehr«. Er, Marcuse, sei wie andere auch »betreten, verwirrt« gewesen, weil er es nicht habe »fassen« können, »was für ein Gott aus ihm gesprochen« habe (Mein zwanzigstes Jahrhundert, 1960, TB-Ausgabe Zürich 1975, 279).

Auch Brecht reagiert fassungslos auf das, was er soeben aus dem Mund eines Mannes gehört hatte, den er bisher als Schriftsteller bewundert und als sozialistischen Kampfgefährten geschätzt hatte. Er geht heim und schreibt sich noch am selben Abend in seinem »Arbeitsjournal« den Zorn von der Seele (27, 165 f.). Zunächst schien in seinen Augen alles perfekt: Heinrich Mann habe eine »herrliche Begrüßungsrede« gehalten, die Schauspieler Fritz Kortner, Peter Lorre und Alexander Granach hätten aus »Döblins Büchern« vorgelesen, Blandine Ebinger habe »Berliner Chansons« gesungen, Eduard Steuermann »einen Eislerschen Satz am Klavier« gespielt. Am Schluss der Feier aber? Am Schluss habe Döblin eine Rede »gegen moralischen Relativismus und für feste Maße religiöser Art« gehalten. Er sei mit vielen anderen Schreibern »mitschuldig« geworden am Aufstieg der Nazis.

Dabei hatte Brecht Antworten wie diese erwartet: »weil ich die Verbrechen der Herrschenden vertuscht, die Bedrückten entmutigt, die Hungernden mit Gesängen abgespeist habe«. Stattdessen? Stattdessen sei Döblin »verstockt, unbußfertig, ohne Reue« fortgefahren: »Weil ich nicht Gott suchte«. Sarkastisch Brechts Gegenzug: Ein »fatales Gefühl« habe die »rationaleren Zuhörer« plötzlich ergriffen, »etwas von dem verständnisvollen Entsetzen über einen Mitgefangenen, der den Folterungen erlegen« sei und nun aussage. Und Brecht glaubt auch den Grund für diese Schwäche zu wissen: In den letzten Jahren hätten »besonders harte Schläge« Döblin niedergeworfen: »der Verlust zweier Söhne in Frankreich, Undruckbarkeit eines 2400–Seiten-Epos, Angina pectoris (die große Bekehrerin) und das Leben mit einer ungewöhnlich dummen und spießigen Frau« (27, 165). Damit noch nicht genug: Noch unter dem Eindruck des soeben Erlebten schreibt Brecht ein satirisches Gedicht auf den Missbrauch der Kunst für religiöse Propaganda nieder. Titel: »Peinlicher Vorfall« (15, 91 f.).

Das Exemplarische am »Fall Döblin«

Brechts Reaktion auf den »Fall Döblin« macht buchstäblich in verdichteter Form eine bereits wie selbstverständlich vertretene Prämisse der europäischen Moderne bewusst. Auch deshalb bin ich ihr bis ins Detail nachgegangen: Religiosität ist Ausdruck von Regression und/oder pathologischer Störung, von Rückfall oder Schwäche und damit buchstäblich unter der Würde des zeitgenössischen Lebensgefühls. Gottfried Benn wird später daraus so etwas wie ein ästhetisches »Dogma« machen, nicht zufällig ebenfalls unter Anspielung auf den »Fall Döblin«. »Eine neue Woge von Frömmigkeit geht über den Erdteil«, schreibt er ironisch in seinem autobiographischen Bericht »Doppelleben« (1950). »Döblin, einst großer Avantgardist und Franz Biberkopf vom Alexanderplatz, wurde streng katholisch und verkündet ora et labora, Toynbee ist christlich, Eliot ebenso, Jünger gibt sich christlich-humanistisch – alles Rückgriffe, schöne Haltung, aber Stilentspannung, Konformismus. Ich versage mir diese Rückgriffe, ich kann auch diese Frage nur artistisch sehen. ›Gott ist ein schlechtes Stilprinzip‹, schrieb ich früher einmal« (Sämtl. Werke, Stuttgarter Ausgabe, Bd. 5, 1991,166). Kurz: Wer nach all den philosophischen Einsichten und geschichtlichen Brüchen »immer noch« religiös ist oder wird, ist entweder unaufgeklärt-dumm oder bedauernswert-krank. Der »Fall Döblin« hat somit für das Verhältnis von Literatur und Religion etwas Exemplarisches. Er zeigt besonders anschaulich, was nach Meinung bestimmter Kritiker aus »Religion« nach der Aufklärung geworden ist: abwechselnd entweder ein Dementi der Vernunft, ein Rückfall ins Reaktionäre, ein Ausdruck nachlassender physisch-psychischer Spannkraft, ein Verrat an der Kunst oder ein Widerruf der Moderne. Und dieser angebliche »Rückfall« hatte fatale Folgen für die Rezeption des Werkes von Döblin nach 1945. »Die Radikalität seines im Sinne Søren Kierkegaards verstandenen Christentums«, schreibt Wolfgang Frühwald, »stieß bei den Zeitgenossen auf eine Mauer der Verachtung und des Mißtrauens, und Döblins Kommentar zu der letztlich mißglückten Geburtstagsfeier prophezeite das Schicksal seines späten Werkes fast bis zur Jahrhundertfeier seines Geburtstages 1978« (Das Gedächtnis der Frömmigkeit, 2008, 201).

Die Wahrheit über Wolfgangs Tod

Und »Vincent« Döblin? In Kalifornien angekommen, erfahren die Döblins fünf lange Jahre nichts über das Schicksal ihres Sohnes, bis sie am 21. März 1945 durch den Brief einer Freundin aus Wolfgangs Studienzeiten zumindest über das Faktum des Todes informiert werden. Freilich noch unvollständig, denn die Auskunft lautet zunächst, Wolfgang sei »am 21. Juni 1940 in den Vogesen bei einem Patrouillengang gefallen«. Gefallen! Immerhin hatte man ihnen noch mitgeteilt, »wo sich da in einem Dorf in der Nähe sein Grab befindet« (Briefe, 311 f.). Die Nachricht trifft die Döblins wie ein »Blitz«. Ausgerechnet der 21. Juni 1940! War das nicht jener »fatale« Tag, in dem seine Frau und er »in Rodez aneinander« vorübergegangen waren?

Die ganze Wahrheit über die Ereignisse in Housseras aber erfährt die Familie erst, als Erna Döblin unmittelbar nach der Rückkehr aus den USA im November 1945 nach Housseras reist, mit Dorfbewohnern spricht und im Bürgermeisteramt der Geschichte jenes »unbekannten französischen Soldaten« nachgeht. Die Auskunft macht sie fassungslos. Wie sehr, lässt ein Brief ahnen, den Döblin unmittelbar unter dem Eindruck des soeben in Housseras Entdeckten am 28. November 1945 an seine Frau geschrieben hat. Es sei »unsäglich qualvoll«, dass »unser Junge so weggegangen« sei, schreibt er. »Unvorstellbar« der Gedanke, »zerreißend und fürchterlich«, dass Wolfgang in eine »so grausige Situation getrieben« worden sei und »keiner da, der ihm hilft und beisteht«. Der »Gedanke, nicht den Nazis in die Hände zu fallen« sei »fest in ihm« gewesen. Aber: »Warum diesem Jungen so ein Ende, und er hat noch alles vor sich und steht in Blüte, und ich altes Geschöpf lebe, und das muß auf uns fallen. Man muß leben bleiben, um so geschlagen zu werden« (Briefe, Bd. 2, 203).

Dabei weiß Döblin, wie fremd ihm gerade Wolfgang als Sohn all die Jahre gewesen ist, ein Grund mehr für die Entfremdung zwischen den Ehepartnern, war doch Wolfgang der »Liebling, die Herzensfreude seiner Mutter« (Schicksalsreise, 351) gewesen. Eine »wahre Strindberg-Ehe von Anfang an« hätten Erna und Alfred Döblin geführt, deutet Robert Minder in seinen Erinnerungen an Döblin vielsagend an, ohne ins Detail zu gehen (1972, 204). Ihr zu entrinnen sei weder ihm noch seiner Frau möglich gewesen. Entsprechend verstärkt die Wahrheit über den Tod des Sohnes die latent vorhandenen Schuldgefühle im Vater.

Die Geschichte der Gräber

Die heutige Gräberanlage ist sichtlich neu gestaltet. 1996 und bei meinem zweiten Besuch Anfang September 2019 kann ich mich selber davon überzeugen. Heute ist es auf drei Seiten mit einer immergrünen Eibenhecke eingefasst. Warum aber diese merkwürdige »Hierarchisierung«? In der Mitte das erhöhte Grab des Sohnes, rechts und links die Gräber der Eltern, wie Nebengräber deutlich niedriger, schmaler, ebenerdiger, als wollten sie die Ruhestätte des toten Sohnes noch nachträglich einhegen oder als scheide der Sohn »das Ehepaar voneinander«, so der Döblin-Biograph Wilfried F. Schoeller (2011, 829). Und dann die Aufschriften auf den Grabplatten? Wer hat sie wann veranlasst? Beide Döblins noch vor ihrem Tod 1957? Ist der Entschluss, in Housseras an der Seite von Wolfgang bestattet zu werden, der gemeinsame Wille von Alfred und Erna Döblin gewesen? Ebenso die Anlage und die Beschriftung der Gräber?

Ich lese das schon genannte Buch von Marc Petit von 2003 über Wolfgang und Alfred Döblin. Nach den Recherchen dieses französischen Literaturwissenschaftlers war es vor allem Erna Döblin, die mit »ängstlicher Sorgfalt« darüber gewacht habe, dass niemand die »fromme Legende« bezweifelt, »nach der Wolfgang bei einer Aufklärungsmission den Tod« gefunden habe. Auch Döblin selber habe sich daran gehalten, auch wenn er innerlich darunter gelitten habe, »seiner Frau und sicherlich auch seinen Kindern zuliebe wieder einmal die Wahrheit verzerren zu müssen« (S. 340). Ernas Motiv? Als strenge Katholikin, die sie geworden war, habe ein »Selbstmord« nicht in ihre neue Glaubenswelt gepasst. Ihr Sohn wäre dann mit einer »schweren Sünde« aus dem Leben geschieden. Auch habe sie befürchtet, ein Tod von eigener Hand könnte ihrem Sohn die Ehrung »Gestorben für Frankreich« und die posthumen militärischen Auszeichnungen kosten.

Wie immer: Erna Döblin hat, schreibt Petit, »im Grunde ihres Herzens während des ganzen Krieges nie akzeptiert, dass ihr Sohn [...] bereits tot war. Die Hingabe, mit der sie die Erinnerung an ihn pflegte, ihr Entschluss, sich neben ihm auf dem Friedhof von Housseras beerdigen zu lassen, der seit dem März 1949 schriftlich niedergelegt war, zeugen nicht nur von ihrer tiefen Zuneigung, sondern auch von der Unheilbarkeit der Wunde, die sie an jenem 21. März 1945 erlitt, an dem sie von Wolfs Tod erfuhr« (S. 349). Und Döblin selber?

Ich frage kundige Döblin-Spezialist/innen. Christina Althen, Herausgeberin der neuen Döblin Taschenbuch-Ausgabe im Fischer Verlag, erweist sich als hilfreich, gibt mir Einsicht in eine von ihr erstellte Dokumentation der vorhandenen Quellen zur »Grabstätte Döblin in Houssseras« und verweist mich auf ein Gespräch, das sie 2009 mit dem letzten noch lebenden Döblin-Sohn Stephan geführt hat.[25] Auch dieser berichtet freimütig von »Schuldgefühlen« seines Vaters gegenüber seinem Bruder Wolfgang, aber auch davon, dass seine Mutter diese Schuldgefühle geschürt und gegen den Vater ausgenutzt habe. Sie habe immerfort geweint und den Vater »hart bestraft«, indem sie dafür »gesorgt« habe, »dass er sich verantwortlich fühlte«. Wörtlich: »Mutter ging sehr oft nach Housseras, immer ohne Vater, wodurch sie Vater darin bestärkte, sich schuldig zu fühlen, er, der seinen Sohn nicht verstanden hatte, und wenn er es nur getan hätte, dann wäre er nicht dort, wo er ist« (S. 156).

Und auch dies berichtet Stephan: Im »Zorn auf alle Intellektuellen« – angeblich habe man Döblin nach dem Krieg »im Stich gelassen«, »fallengelassen« – habe die Mutter nicht gewollt, »dass irgendetwas« bei der Beerdigung »organisiert« werde. Unerschüttert habe sie an ihrer Überzeugung festgehalten: »Dieser Mann ist die ganze Zeit über ignoriert worden; er wird auch im Tod ignoriert werden« (S. 157). Daher auch kein Requiem für den Neu-Katholiken Döblin, weder in

Emmendingen noch in Housseras. Sehr schnell habe die Mutter alles »vorangetrieben«, »erledigt«, so dass von der Beerdigung niemand etwas erfahren habe. Am Ende seien sie mit der Familie allein am Grab gewesen, »vollkommen einsam«. Die Beerdigung in Housseras? »Sehr traurig«, eine »furchtbare Sache«, »kein Priester, niemand. Ich musste dem Fahrer dabei helfen, die Riemen anzubringen und den Sarg in den Boden zu senken. Da war niemand« (S. 156f.). Eine fast gespenstische Szenerie, so kommt einem die Grablegung eines Mannes vor, dessen »Schicksalsreise« ihn immerhin in die katholische Kirche geführt hatte und der sein »Katholischsein« gegen den Hohn seiner Gegner und Neider in den letzten zehn Jahren immer wieder hatte verteidigen müssen. Und jetzt: »Kein Priester, niemand«. Keine Sterbesakramente für den katholischen Christen Alfred Döblin, kein Requiem, keine priesterliche Grablegung. Das Ende – »vollkommen einsam«. »Da war niemand«.

Heißt das, dass die Beisetzung in Housseras weniger der Wille des Dichters als der seiner Frau gewesen ist? Dass die Anlage der drei Gräber mit den schweren Granitplatten einschließlich der gewählten Inschriften das »Konzept der Mutter« war, wie Stephan Döblin sich Christina Althen gegenüber geäußert hat? Und zwar schon von 1946 an? Aus einer nachgelassenen Aufzeichnung jedenfalls, welche die Literaturwissenschaftlerin im Döblin-Nachlass im Literaturarchiv von Marbach gefunden hat, geht hervor, dass Döblin ein anderes Epitaph für seinen Grabstein bestimmt hat: »Dominus non sum dignus«, »Herr ich bin nicht würdig«, eine Formel, die katholische Christen in der Liturgie vor der Austeilung der geweihten Hostie bei der »Kommunion« sprechen. Erna Döblin hat diese Verfügung zwar aufgezeichnet, sich aber für die Grabgestaltung nach dem Tod ihres Mannes offensichtlich darüber hinweggesetzt mit dem, was wir jetzt auf Döblins Grabplatte lesen: »Fiat voluntas tua«.

Zugleich aber ist unübersehbar: Zwar gibt es offensichtlich kein schriftliches Zeugnis von Alfred Döblin selber, dass er sich in Housseras hatte beerdigen lassen wollen, wohl aber genug nachvollziehbare Gründe. Glaubwürdig klingt das Zeugnis Robert Minders, der den Freund zuletzt noch Ostern 1957 besucht hatte, als dieser noch im Kurhaus Wiesneck bei Freiburg liegt, schwer von verschiedenen Krankheiten gezeichnet, die Döblins letzte Jahre verdüstert und ihn ab 1954, als er schon wieder in Paris lebt, zu einem Klinikaufenthalt nach dem anderen dann doch wieder in Deutschland gezwungen hatten. »Einmal mehr habe Döblin »den flehentlichen Wunsch« ausgesprochen, schreibt Minder, »im französischen Dorf Housseras bei Rambervilliers neben seinem Sohn Wolfgang begraben zu werden« (in: Text und Kritik H. 13/14, 1972, 57). Denkbar, dass der Wunsch des Todkranken auch deshalb so »flehentlich« gewesen sei, weil – so Christina Althen – Döblin es aufgrund der Ehekonflikte für möglich hielt, dass seine Frau die Planung eines *gemeinsamen* Grabes ändern könnte.

Am 26. Juni 1957 stirbt Döblin im Alter von 79 Jahren im Psychiatrischen Landeskrankenhaus Emmendingen bei Freiburg, in das er nach 14–monatiger Betreuung in Wiesneck am 1. Juni als »reiner Pflegefall« noch einmal überführt worden war. Eine seltsame »Fügung«: Vor über 50 Jahren, 1905, war der Mann aus Berlin an derselben Psychiatrischen Klinik der Universität Freiburg zum Doktor der Medizin promoviert worden. Thema: »Gedächtnisstörungen bei der Korsakoffschen Psychose«. Gut zehn Wochen später sollte Erna Döblin ihrem Mann in den Tod folgen. Sie hatte in der Nacht vom 14. auf den 15. September 1957 in ihrer Pariser Wohnung, 31 Boulevard de Grenelle, den Gashahn aufgedreht …

Fragen an den Gräbern der Döblins

Johannes Dietl und ich waren im Frühjahr 1996 »eigentlich nur« nach Housseras gefahren, um dem Dichter die Ehre zu geben, und sind dabei auf gleich vier abgründige Geschichten gestoßen. Drei Döblins liegen hier auf diesem Dorffriedhof in Frankreich begraben. Wir wissen jetzt, warum. Der eine ist einer der größten deutschsprachigen Schriftsteller des 20. Jahrhunderts, der aber angesichts seiner Lebenserfahrungen mit Deutschland in diesem Land nicht hatte bestattet werden wollen. Demonstrativ lässt er sich an der Seite des »verlorenen Sohnes« begraben, der nicht mehr zurückgekommen war und den er nicht mehr versöhnend hatte in die Arme schließen können. Das ist die eine Geschichte.

Die zweite Person, der Sohn, hat als französischer Soldat angesichts herannahender deutscher Häscher den Tod gewählt, um nicht als »Jude« und »Vaterlandsverräter« einen noch schmachvolleren Tod zu erleiden. Das ist die zweite Geschichte, die dann aber durch das Auffinden eines genialischen Manuskriptes des 25-Jährigen eine dritte Geschichte aus sich herausgesetzt hat. Und die dritte Person hält die Spannungen und Verletzungen seelisch nicht mehr aus, die das Leben ihr zugefügt hatte. Ihre Geschichte ist eine vierte, auf die man in Housseras stößt. Vier Geschichten! Das hatten wir nicht erwartet, das lässt uns einigermaßen betroffen zurück.

Und ich bedenke noch einmal die Grabaufschriften. »Fiat voluntas tua«, lese ich. »Dein Wille geschehe«? Ist es so einfach? Nein. Fragen an den Schöpfer, an den Alfred Döblin in den letzten Jahren seines Lebens geglaubt hat, rührt dieses Grab auf. »Dona nobis pacem«. »Gib uns Frieden«? Kann es ihn geben, den Frieden über diesen Gräbern? Sie, die tief verletzte und verstörte Ehefrau, mag im selbst vollzogenen Tod ihren »Frieden« gefunden haben, aber in mir erzeugt das

Grab der Erna Döblin nicht Frieden, sondern Unruhe, Rebellion gegen ein solches Schicksal, zumal wenn ich auf das Grab ihres Sohnes daneben blicke und mir den Tod dieses jungen Mannes vergegenwärtige. Friedhofsruhe? Im Gegenteil: Verstörende Fragen politischer und theologischer Art ruft dieser Friedhofsbesuch in mir wach. Und diese Fragen sind durch Döblins Entschluss bewusst provoziert.

Politisch? »Selbdritt« liegen die Döblins gerade nicht in einem »Niemandsland«, nicht an einem »exterritorialen Ort im Abseits«, wie Wilfried F. Schoeller in seiner Döblin-Biographie geschrieben hat (2011, 829). Er liegt in Frankreich, bewusst also an einem Ort *nicht* in Deutschland. Ihn hat einer der größten Schriftsteller deutscher Sprache demonstrativ gewählt, um an seinem Schicksal und dem seiner Familie die bleibende Unversöhntheit mit Deutschland und die lebensrettende Bedeutung Frankreichs zu demonstrieren, um so in Richtung seines Geburtslandes Fragen wachzuhalten. »Wo wird einst des Wandermüden letzte Ruhestätte sein?«, hatte er immer wieder mit Heinrich Heine gefragt, dessen Grab in Paris er häufig besucht hat (mehr dazu Kap. V). Im Wissen um den Tod und die Art des Sterbens von Wolfgang ist ihm klar, wo er hingehörte.

Theologisch? Dorothee Sölle, die mit dem Döblin-Kapitel in ihrem Buch »Realisation« von 1973 mehr als andere für eine Rehabilitierung des Spätwerks von Alfred Döblin getan hat, ist ebenfalls in Housseras gewesen. In ihrem Gedichtband »die revolutionäre geduld« (1974) finde ich das Gedicht: »friedhof in housseras (alfred döblins grab)«. Es dürfte nach einem Besuch Ende der sechziger, Anfang der siebziger Jahre entstanden sein, als kaum jemand in Deutschland noch von Döblins Gesamtwerk und Schicksal Notiz zu nehmen pflegte und man ihn als Schriftsteller bestenfalls auf seinen Roman »Berlin Alexanderplatz« (1929) reduziert hatte. Es lautet unter Anspielung auf den »Alexanderplatz«-Roman (»alex«) und die »Amazonas«-Trilogie (»Indianer«), aber auch auf ein Zitat von Döblin, er fühle sich vor allem der Welt der Kinder und geistig gestörten Menschen zugehörig:

»Am alex die dampframme
und den blauen fluss der indianer
hier hörst du den jauchewagen rumpeln
gekocht wird mit Holz hier

Begraben in den vogesen
nicht deutscher nicht jude
von der nation der kinder
und irren

Hier starb der sohn ›pour la france‹
und der vater die mutter pour quoi
die welt ist von eisen
da kann man nix machen

Schleifen und wächserne blumen
der schöne plunder der bäuerinnen
die hilflosen mutigen gräber
in der kirche knistert ein ofen
an der mauer
schreien die kinder
der blaue rauch geht gerade
zu spät für kain

Zu spät für abel
vom dichter nichts neues
fiat voluntas tua
schien ihm das höchst
erreichbare

Gern
würde ich ihn danach fragen
später«

Und heute? Heute hat sich in der kleinen Gemeinde eine »Association Housseras-Döblin« gebildet, die mit bescheidenen Mitteln, einschließlich eines kleinen zweisprachigen Faltblattes, die Erinnerung an das Schicksal der Döblins wachhält. »Housseras, Döblin« lautet der Titel des liebevoll gemachten Info-Blattes, das uns bei unserem Besuch am 7. September 2019 überreicht wird: »Une rencontre improbable«, lautet der Untertitel. Hier hat sich in der Tat eine »unwahrscheinliche Begegnung« ereignet, die auch meine Gruppe in Bann schlägt, als ich ihr im neuen Gemeindesaal gleich gegenüber der Kirche, den man uns für unser Seminar zur Verfügung stellt, von der Geschichte der Gräber erzähle. Dankbar registrieren wir, dass sich französische Bürgerinnen und Bürger für das Vermächtnis einer deutschsprachigen Schriftstellerfamilie eingesetzt haben.

Seit dem 21. Juni 1990 gibt es auch eine große Hinweistafel auf die Gräber, und zwar deutlich sichtbar an der Mauer neben der zum Friedhof hinaufführenden Treppe. Anlässlich des 50. Todestages von Wolfgang Döblin war sie dort angebracht worden:

»ALFRED DOBLIN
Médecin et Hommes des Lettres
1878 – 1957
repose ici avec son épouse auprès

de leur fils VINCENT
mort pour la France«

Abb. 10.3. Gedenktafel für Alfred, Erna und Wolfgang »Vincent« Döblin an der Kirche von Housseras.

Und selbst ein entsprechendes Straßenschild gibt es jetzt im Ort. Es weist auf den Bauernhof der Familie Triboulot hin, in dessen Scheune Wolfgang den Tod gefunden hatte: »0,1 Maison Döblin« ist zu lesen: 100 Meter zum »Haus Döblin«. Und selbst an diesem schlichten Haus erinnert jetzt eine Tafel an ihn, den Frühvollendeten:

> »Ici
> est mort à 25 ans
> le 21 juin 1940
> Vincent Döblin
> mathématicien de génie«

XI. Paraty / Brasilien
Am Ende bleibt »nur ein Trostgedanke: der an die Gnade, diese souveränste Macht«: Annäherungen an Thomas Mann

Für Frido Mann

> »Ein schweres Kunstwerk bringt, wie etwa Schlacht, Seenot, Lebensgefahr, Gott am nächsten, indem es den frommen Aufblick nach Segen, Hilfe, Gnade, eine religiöse Seelenstimmung erzeugt.«
> *Thomas Mann, Tagebuch, 6. Dezember 1943*

Lange Zeit erschien mir sein Werk wie ein Bergmassiv, fern und unzugänglich. Ein Massiv mit fünf Gipfeln. »Der Zauberberg«, heißt einer davon, »Joseph und seine Brüder« ein anderer, mit gleich vier Einzelspitzen nebeneinander. Dann »Lotte in Weimar«, »Doktor Faustus«, und »Der Erwählte«. Unnahbar dieses ganze Büchergebirge, so dachte ich lange, unbesteigbar die einzelnen Gipfel. Schwindelerregende Höhen.

Ein erster Versuch: die Mose-Novelle

Folglich blieb ich in Distanz und beließ es bei stummer Bewunderung. Und in Sachen Religion – meinem Hauptinteressengebiet – gilt es in der Forschung bis weit in die achtziger

Jahre hinein als weithin ausgemacht, dass Thomas Mann von den »Buddenbrooks« bis »Doktor Faustus« zwar im Geiste Schopenhauers und Nietzsches die Schwundstufe und den »Verfall« des bürgerlichen Christentums hatte beschreiben oder mit Stoffen aus der Welt der Religion von den »Josephs«-Romanen bis »Der Erwählte« distanziert-spielerisch-ironisch hatte umgehen können, virtuos, aber unverbindlich, artistisch raffiniert, aber unernst. Hinter die Rollen und Masken aber habe er sich nicht blicken lassen.

Einen ersten Einblick, wie dennoch phasenweise tief, ja existentiell Thomas Mann mit Fragen der Religion umgegangen ist, gewinne ich durch die Begleitung einer Vorlesungsreihe von Hans Küng und Walter Jens im Sommer-Semester 1989, bei der es neben dem Werk von Hesse und Böll auch um das von Thomas Mann geht. Küng hatte in seinem entsprechenden Beitrag nicht nur auf die literarische Neufassung der biblischen Josephs-Geschichte verweisen können, sondern auch auf überraschend auftauchende christliche Urthemen im Spätwerk: Themen wie Schuld, Gnade und Rechtfertigung, nachzulesen in dem 1989 mit Walter Jens herausgegebenen Buch »Anwälte der Humanität«. Jens hatte von »Güte« und »Gnade« gesprochen, die im Alter zu »Schlüsselworten von Thomas Manns Weltverständnis« geworden seien. Mir wird im Lichte dieser Analysen klar, dass Bekanntes neu gelesen und Unentdecktes noch entdeckt werden kann und ich mich selber würde auf den Weg ins Werk machen müssen. Und von diesem Weg gilt es nun zu erzählen.

Mein erster eigenständiger Versuch gilt Thomas Manns kleinerem Prosastück aus biblischem Stoff: »Das Gesetz« (1943). Eine Mose-Novelle. Es kreist um das Thema, wie es Mose, dem Gesetzgeber des jüdischen Volkes, gelingt, nach dem Exodus aus Ägypten das murrende, unzufriedene Volk trotz aller Widerstände auf eine verbindliche Lebensordnung vor Gott zu verpflichten. Der biblische Stoff ist mir vertraut, und der Inhalt der Erzählung passt zu der Debatte um das von Hans Küng 1992 initiierte »Projekt Weltethos«, das auf seine Weise vor neuem Welthorizont nach dem Vorhandensein und der Durchsetzbarkeit universal gültiger ethischer Standards in der einen Weltgesellschaft fragt. Als dessen beredter Anwalt war Thomas Mann bei aller artistischen Raffinesse in der Auseinandersetzung mit dem Weltverbrechen des Faschismus aufgetreten. Ich entdeckte: Der »Fall des Mose« ist für Thomas Mann ein urbildhafter Modellfall in dem prekären Raum von Ethik und Ästhetik. Und im interdisziplinären Diskurs um »Wissenschaft und Weltethos« will ich mit der Mose-Novelle auch die Stimme der Dichter zu Gehör bringen. Ich beschränke mich hier auf diesen elementaren Hinweis. Einzelheiten sind nachzulesen in dem von Hans Küng und mir herausgegebenen Band »Wissenschaft und Weltethos«, 1998.

Aber ich brauchte mehr als das. Ich brauchte eine langsame Annäherung »von unten«. Ich brauchte »Zwischenstationen«, um mit dem Bergmassiv vertrauter zu werden und mich dann selber einigen der Gipfel zu nähern. Die Gelegenheit bietet sich überraschend ausgerechnet während meiner ersten Reise nach Brasilien Anfang September 1999. Eingeladen bin ich von der brasilianischen Studienstiftung CAPES, um an der Universität von São Paulo an der Doktoratsprüfung von Paulo Soethe teilzunehmen, einem jungen Germanisten von der Bundesuniversität in Curitiba, dessen Arbeit ich mitbetreut hatte. Ich habe in Kap. IX schon kurz darauf hingewiesen. Aber Soethe legt nicht nur eine erstklassige Prüfung ab, sondern organisiert für mich auch eine kleine Vortrags- und Lesereise. Eine erste Gelegenheit, mich mit Geschichte, Kultur und Landschaft dieses Landes vertraut zu machen. 2014 werden wir zusammen die »Casa Stefan Zweig« in Petrópolis besuchen (s. Kap. IX).

Im Vorfeld hatte Soethe die Übersetzung von vier meiner Schriftsteller-Porträts ins brasilianische Portugiesisch organisiert: Porträts von Kafka, Rilke, Hesse und Thomas Mann, jeweils zur Bedeutung der Religion in ihren Werken. Bei Thomas Mann ist es mein Essay zur »Mose«-Novelle. Das Buch erscheint noch während unserer Reise Mitte September unter dem Titel »Os Escritores e as Escrituras. Retratos teológico-literários«. Mein Einstieg in eine Debatte über Religion und Literatur, die jetzt auch in Brasilien Interesse finden sollte und heute als Forschungsrichtung unter brasilianischen Literaturwissenschaftlern fest etabliert ist.

Die Mutter – eine Brasilianerin

Während unserer Reise überrascht mich Paulo Soethe mit der Frage, ob ich das Haus der Mutter von Thomas und Heinrich Mann einmal sehen möchte. Wo, frage ich, in Brasilien? Ob das ein Scherz sei. Dann erfahre ich etwas mir bis dato völlig Unbekanntes: Die Mutter der beiden großen »Manns« stammt nicht etwa aus Lübeck oder Umgebung, sie stammt aus Brasilien. 1851 ist sie als Julia da Silva-Bruhns in der Nähe des Küstenstädtchens Paraty, 250 Kilometer südlich von Rio de Janeiro, zur Welt gekommen. Ihr Vater, Hermann Bruhns aus Lübeck, war 1840 mit 19 Jahren nach Brasilien ausgewandert und durch den Export von Kaffee und Zucker zu Wohlstand gekommen. 1847 hatte er die aus einer reichen Plantagenbesitzer-Familie portugiesischer Herkunft stammende Maria Luzía da Silva geheiratet, die tragischerweise schon 1856 mit 28 Jahren bei der Geburt ihres sechsten Kindes sterben sollte. Zwei Jahre später hatte Bruhns die jetzt mutterlose siebenjährige Julia mit anderen Geschwistern zu Verwandten nach Lübeck gebracht, wo die Kinder eine deutsche Erziehung und Schulbildung bekommen sollen. Und noch einmal elf Jahre

Abb. 11.1. Das Haus in Paraty / Brasilien, in dem die Mutter von Heinrich und Thomas Mann als Julia da Silva-Bruhns aufwuchs.

später, 1869, wird die mittlerweile zu einer schönen jungen Frau herangewachsene 18-jährige Julia den Lübecker Kaufmann und späteren Senator Thomas Johann Heinrich Mann heiraten und 1871 bzw. 1875 ihre Söhne Heinrich und Thomas zur Welt bringen.

Und, frage ich? Gibt es das Haus in Paraty etwa noch, in dem die Mutter von Heinrich und Thomas Mann als kleines Mädchen aufgewachsen ist? Ja. Paulo Soethe macht auch diese Reise möglich. Sie führt uns zunächst mit dem Flugzeug nach Rio, dann mit dem Wagen auf einer Küstenstraße entlang nach Paraty, einem 30.000–Einwohner-Ort, der in Brasilien den Ruf eines Künstlerstädtchens genießt. Das »Objekt unserer Begierde«, Julias Elternhaus, befindet sich etwas außerhalb des Ortes, ganz einsam wie verwunschen an einer kleinen Bucht gelegen: die »Fazenda Boa Vista«. Seit langem unbewohnt, ist sie entsprechend vernachlässigt, aber in ihrer baulichen Substanz noch gut erhalten. Und für uns Besucher steigern die einsame Lage und die Verlassenheit des Hauses den Zauber dieses Gemäuers, wie es so daliegt auf einem schmalen, mit Palmen bestückten Uferstreifen zwischen Meer und Urwald. Von hier hat man einen weiten Blick übers Wasser hinüber nach Paraty. Ein magischer Ort. Tief prägt er sich mir ein auf dieser Septemberreise 1999. Sie sollte Folgen haben.

Denn das ist die zweite Überraschung: Paulo Soethe erzählt mir erstmals von Frido Mann, Thomas Manns Enkel, 1940 im kalifornischen Monterey bei Carmel geboren, einem Küstenort südlich von San Francisco. Er entstammt der Ehe des letztgeborenen Mann-Sohns Michael mit der Schweizerin Gret Moser. Er wisse, höre ich, dass Frido Mann sich in den neunziger Jahren für die Welt seiner Urgroßmutter zu interessieren begonnen habe. Er sei des Öfteren nach Brasilien gereist, habe die Sprache gelernt, ja 1999 sogar einen Roman mit dem Titel »Brasa« veröffentlicht. Darin erzähle er die Geschichte einer Familie über fünf Generationen hinweg mit Nachkommen, die sich eines Tages entschließen, den Wurzeln ihrer Familie in Brasilien nachzugehen. »Brasa«? »Brasa«, erfahre ich, sei ein Schlüsselwort und heiße übersetzt »Glut«. Denn nach einer legendarischen Überlieferung soll sich der Name »Brasilien« von »Pau Brasil« ableiten, dem von den ersten portugiesischen Siedlern überaus begehrten glutroten Holz eines Baumes an der neuentdeckten Ostküste.

Und in der Tat hatte Frido Mann als Urenkel von Julia mit diesem Roman die eigenen Versuche einer Familienarchäologie fiktiv verkleidet, die 1994 mit einer Brasilienreise ihren ersten Höhepunkt gefunden hatte. Immer stärker war ihm bewusst geworden, dass diese Herkunft der Mann-Familie mütterlicherseits kein beliebiges biographisches Detail ist, sondern symbolisch steht für das besondere Schicksal dieser Familie im 20. Jahrhundert: »Julia Mann«, wird er später in unserem gemeinsamen Buch schreiben, »wurde während meiner zunehmenden Auseinandersetzung mit ihrem Schicksal für mich auch immer mehr zu einem Symbol für die Zerrissenheit zwischen zwei Kontinenten und Kulturen, für Heimatlosigkeit und Identitätssuche, aber auch für das Weltbürgertum, welches kennzeichnend ist für Julia Manns Nachkommenschaft bis heute« (Mutterland, 2009, 166).

Eine »Casa Mann« in Paraty?

Mehr noch. Paulo Soethe weiß auch von Bemühungen einer Gruppe von Freunden in Brasilien, Deutschland und der Schweiz, mit Frido Mann an der Spitze, aus der »Fazenda Boa Vista« eine »Casa Mann« zu machen: ein eurobrasilianisches Kulturzentrum, getragen von einer Kulturstiftung, um so eine Begegnungsstätte zwischen Julia Manns europäischem und brasilianischem Kulturerbe einzurichten. Als brasilianischer Germanist erkennt er die historische Chance, etwas für die deutsch-brasilianischen Kulturbeziehungen zu tun. Entsprechend tritt er 2001 erstmals mit dem Vermächtnis von Julia Mann an die brasilianische Öffentlichkeit: bei der großen Feier zu ihrem 150. Geburtstag im Museu da República in Rio de Janeiro. Hier lernt er Frido Mann auch persönlich kennen und verweist ihn auf die Tatsache, dass auch »in Tübingen« Interesse an »Casa Mann« bestehen dürfte. Nicht lange danach kommt Frido Mann zu Besuch, weil er für das Projekt nicht nur meine Unterstützung, sondern auch die von Hans Küng und Walter Jens sucht. Es ist der Beginn einer Freundschaft, die bis heute anhält.

So glücklich der Beginn, so unglücklich entwickelt sich das ganze Unternehmen. In unserem Buch »Mutterland« (2009) hat der Schweizer Publizist Peter K. Wehrli die für alle Beteiligen langwierige, enervierende und am Ende enttäuschende Geschichte von »Casa Mann« bis 2008 in aller Kürze rekonstruiert (S. 251–253). Bis heute hat sich daran nichts geändert. Lange Zeit waren die Besitzverhältnisse an Haus und Grundstück in Paraty völlig undurchsichtig, dann werden Pläne ruchbar, dass auf dem Gelände ein touristengerechter »Amusement Park« errichtet werden soll, dann lange Jahre Schweigen, dann taucht plötzlich ein angeblicher Besitzer von »Boa Vista« auf, der seinerseits ein »Kulturzentrum« errichten will und dafür auch schon Baupläne vorlegt. Hoffnung bei der Stiftung keimt auf, bis auch dieser »Besitzer« plötzlich wieder verschwindet.

Kurz: Nachdem bis heute die Besitz- und Finanzverhältnisse rund um »Boa Vista« in einem für Außenstehende undurchschaubaren, mafiösen Dunkel verbleiben und sowohl von Seiten brasilianischer als auch bundesdeutscher Instanzen – bei allen Lippenbekenntnissen – der nötige kulturpolitische Wille zur Verwirklichung eines »Julia-Mann-Begegnungszentrums« fehlt, dürfte das ambitionierte »Casa Mann«-Projekt gestorben sein. Immerhin war Julia zu Ehren 1997 unter maßgebender Beteiligung des Goethe-Instituts in São Paulo ein Festival in Paraty ausgerichtet worden, das mit einer Ausstellung über das Leben von Julia Mann eröffnet worden war. Als Höhepunkt hatte man das Festivalpublikum in Booten über die Bucht gefahren und im ersten Stock des alten Hauses einen Saal so hergerichtet, dass eine Lesung darin hatte durchgeführt werden können. Eine Lesung aus der brasilianischen Ausgabe des 1994 auf Deutsch erschienenen Buches mit Julia-Texten: »Aus Dodos Kindheit«. Und diese Lesung war musikalisch begleitet worden unter anderem von Frido Mann, der am Klavier zu Ehren seiner Urgroßmutter einen Satz aus Mozarts Klavierkonzert KV 414 vorträgt. Immerhin: Für eine einzige »unvergleichliche Nacht ist Julias Elternhaus am 31. Oktober 1997 zum Kulturzentrum geworden« (Peter K. Wehrli, 2009, 252).

Nidden und Pacific Palisades: Erbe als Auftrag

Während aber das Projekt »Casa Mann« wie eine schillernde Seifenblase zerplatzt, blühen zwei andere Projekte auf: das Ferienhaus der Manns in Nidden auf der Kurischen Nehrung und das letzte Wohnhaus in Kalifornien, Pacific Palisades in Los Angeles.

Nur drei Sommer, von 1930 bis 1932, hatte die Familie ihr Sommerhaus »im Ausland«, im damaligen Litauen, nutzen können, bevor sie aus Deutschland vertrieben worden war. Es wird enteignet und durchlebt in der Nazizeit sowie in der Kriegs- und (sowjetischen) Nachkriegszeit eine wechselvolle Geschichte, bis das ganze Gebiet um Nida nach der Unabhängigkeit 1990 wieder zu Litauen kommt. Jetzt wird das Haus in ein litauisch-deutsches Kulturzentrum umgewandelt, das mit Festivals, Lesungen und Konzerten eine internationale Aus-

Abb. 11.2. Postkarte, die mir zugeschickt wurde. Die Abbildung (Fotograf: Kestutis Demereckas) zeigt das Thomas-Mann-Haus in Nidden (Kurische Nehrung). Heute ein litauisch-deutsches Kulturzentrum. Vorne die Terrasse, auf der unsere Lesung stattfinden konnte.

strahlung erhält und so jetzt dem geistigen Vermächtnis Thomas Manns Ehre macht. Frido Mann hat in seinem Buch »Mein Nidden. Auf der Kurischen Nehrung« (2012) alle Facetten der Geschichte beschrieben und so dieses schön restaurierte, reetgedeckte Haus, das, dem Stil der Umgebung wunderbar angepasst, als friedlicher Rückzugsort gedacht war, über das Familiengeschichtliche weit hinaus gewürdigt – und zwar als ein Symbolort der zwischen den Ideologien zerrissenen europäischen Geschichte und als ein Ort heutiger interkultureller Begegnung.

Welche Faszination von der einzigartigen Landschaft der Kurischen Nehrung als gut hundert Kilometer langer, schmaler Landsteifen zwischen der Ostsee (Salzwasser) und dem Haff (Süßwasser) ausgeht, verbunden mit großen, an Wüstenlandschaften erinnernden riesigen hellen Sanddünen (»Sahara des Nordens«), hat Thomas Mann in seinem Essay »Mein Sommerhaus« (1931) eindrucksvoll beschrieben. 2005 reise ich mit meinem Literaturkurs des Theologisch-Pastoralen Instituts (Mainz) für eine Woche nach Nida. Wir quartieren uns in einem Hotel unweit des ehemaligen Sommerhauses ein und vertiefen uns in Passagen des »Josephs«-Romans, an dem Thomas Mann auch in der Zeit in Nidden gearbeitet hatte.

Seit 1926, »Der Zauberberg« war zwei Jahre zuvor erschienen, ist Thomas Mann mit der Ausarbeitung dieses Romans beschäftigt. Der erste Band »Die Geschichten Jaakobs« entsteht zwischen Dezember 1926 und Oktober 1930, der zweite, »Der junge Joseph«, zwischen Januar 1931 und Juni 1932. Und auch seinen letzten Nida-Aufenthalt vom 2. Juli bis 4. September 1932 sollte Thomas Mann noch für den »Joseph« nutzen. Er arbeitet bereits am dritten Band: »Joseph in Ägypten«, der aber erst im Schweizer Exil abgeschlossen werden kann. 1934 kann der zweite Band noch einmal bei Fischer in Berlin, der dritte aber muss 1936 bereits in Wien erscheinen. Am Montag, den 29. August 2005, besuchen wir das »Thomo Manno namas Nidoje« und schauen uns die gut dokumentierte Ausstellung zur Geschichte des Hauses an. Zu meiner Freude erhalten wir auf meine Bitte hin von der Leitung die Erlaubnis, am Abend noch einmal zusammenzukommen, wenn die anderen Besucher fort sind. Es ist ein wunderbar warmer, ruhiger Spätsommerabend, als ich bei langsam untergehender Sonne auf der Terrasse des Hauses meiner Gruppe Thomas Manns Essay »Mein Sommerhaus« vorlese. Ein kostbarer Moment, der für immer bleibt.

Und vielleicht noch überraschender ist das Schicksal des letzten Wohnhauses der Manns im kalifornischen Pacific Palisades in Santa Monica bei Los Angeles. Man hatte es 1942 nach eigenen Plänen bauen lassen, durch Umzug nach Europa 1952 aber aufgegeben und verkauft. Als es, lange in Privatbesitz, 2016 zum Verkauf steht, erwirbt die Bundesrepublik für 13 Millionen Dollar das gesamte Anwesen, um es als »Thomas Mann House« weiterzuführen und ab 2018 als künftiges amerikanisch-deutsches Residenzhaus und transatlantischen Debattenort zur Verfügung zu stellen. San Remo Drive 1550 ist jetzt wieder eine dem Werk und dem Vermächtnis Thomas Manns verpflichtete Adresse, glänzend beschrieben von einem der ersten Stipendiaten, dem FAZ-Publizisten Andreas Platthaus (»Auf den Palisaden. Amerikanisches Tagebuch«, 2020). Immerhin waren hier in den zehn Jahren zwischen 1942 und 1952 der »Josephs«-Roman mit dem vierten Band »Joseph der Ernährer« 1943 abgeschlossen, der »Doktor Faustus« von Mai 1943 bis Januar 1947 konzipiert und geschrieben, der Roman »Der Erwählte« 1951 kreiert und publiziert, aber auch viele der kämpferischen antifaschistischen und prodemokratischen Rundfunkreden, Vorträge und Essays vor und nach Ende des Krieges geschrieben worden. Dieses Haus war nie nur ein stiller Rückzugsort für Exilierte, sondern ebenso ein Treffpunkt für Künstler und Intellektuelle deutschsprachiger Provenienz, von Theodor W. Adorno, Lion Feuchtwanger und Max Horkheimer angefangen bis Arnold Schönberg, Bruno Walter und Franz Werfel, und so immer auch ein Laboratorium des Geistes für eine demokratische Weltordnung nach dem erhofften Sieg über den europäischen Faschismus.

Frido Mann, oft allein von seinen Großeltern betreut, hat als Kind und »Lieblingsenkel« seines Großvaters viele Jahre in diesem Haus verbracht[26], jetzt ist er als fast 80-Jähriger als Ehrengast zurückgekehrt. Sein Buch »Das weiße Haus des Exils« (2018) erzählt in teilweise anrührender Weise von der Wiederbegegnung mit diesem erinnerungsbeladenen Haus 70 Jahre später und erklärt zugleich, warum das politisch-literarische Erbe Thomas Manns ein dringend einzulösender Auftrag ist zur Beförderung einer demokratischen Weltkultur. Zumal in Zeiten, in denen in den USA ein Mann wie Donald Trump 2016 ins Amt des Präsidenten hatte gewählt werden können und in anderen Ländern die Putins, Erdoğans und Bolsonaros an der Macht sind. Mit einer großen Rede zum transatlantischen Verhältnis und zur demokratischen Kultur hat Bundespräsident Frank-Walter Steinmeier am 19. Juni 2018 das Haus seiner Bestimmung übergeben. Eine 2020 im Münchner Literaturhaus gezeigte große Ausstellung zum Thema »Thomas Mann: Democracy will win« informiert mit zahlreichen Dokumenten über Thomas Manns damalige »Feldzüge für Demokratie«, aber auch über die Vergangenheit des Hauses und die Aufgaben der Zukunft. 2021 lässt Frido Mann seine aktuellen USA-Erfahrungen in einem eigenen Buch erscheinen, dessen Titel auf einen der großen antifaschistischen Vorträge von Thomas Mann anspielt: »Democracy will win. Bekenntnisse eines Weltbürgers«.

Eine erste Begegnung mit Frido Mann

Unvergessen unser erstes Gespräch in meinem Arbeitszimmer im Theologicum der Universität am 21. November 2003. Ich hatte von einem Enkel Thomas Manns viel erwartet, nur nicht, dass er mir erklärt, auch er sei einmal ein katholischer Theologe gewesen. Was er später in seiner Autobiographie ausführlich schildern wird (»Achterbahn«, 2008, Kap. 3 u. 4), fasst er für mich seinerzeit in Kurzform zusammen: Er sei so gut wie religionsfrei im Haus seiner Eltern und Großeltern aufgewachsen, sei dann aber – ausgelöst nicht zuletzt durch persönliche Krisen – einen eigenen Weg gegangen, um außerhalb seiner »maroden Familienstrukturen eine neue geistige Heimat zu finden«, wie er sich in »Achterbahn« ausdrückt (S. 147). Er habe die Nähe zur katholischen Kirche gesucht, sei dann in Zürich von einem Jesuitenpater betreut worden, um dann nach einem längeren Reifungsprozess 1963 mit 23 Jahren zu konvertieren und die Taufe zu empfangen, was nicht zuletzt durch den damaligen Reformaufbruch der katholischen Kirche während des Konzils erleichtert worden sei.

Wahrhaftig, finde ich, angesichts seiner Herkunft ein mutiger Akt der Selbstbestimmung, zumal er gegen das völlige Unverständnis der Großfamilie hatte durchgesetzt werden müssen. Er habe dann, berichtet Frido Mann weiter, auch noch in München katholische Theologie studiert, habe an der Münchner Fakultät bei Heinrich Fries promoviert, einem damals bekannten, weil auch ökumenisch höchst engagierten katholischen Theologen auf dem Lehrstuhl für Fundamentaltheologie, und sei dann noch einige Jahre als Assistent bei dem seinerzeit schon »berühmten« Jesuitentheologen Karl Rahner an der Universität in Münster tätig gewesen. Dann aber habe er die Theologie aufgegeben und sei in das Fach Psychologie gewechselt, in dem er später eine wissenschaftliche Ausbildung in klinischer Psychologie bekommen wird mit Praxisschwerpunkt in der klientenzentrierten Gesprächspsychotherapie nach Carl Rogers.

Promoviert in katholischer Theologie? Jemand aus der Familie Mann? Ungläubiges Staunen. Ob die Arbeit veröffentlicht sei, höre ich mich sagen, etwas vorlaut, zugegeben. – Ja – Ob ich ihn in unsere Bibliothek einladen dürfte; es interessiere mich brennend. Wir finden sein Buch: »Das Abendmahl beim jungen Luther« in einer 1971 in Paderborn herausgegebenen angesehenen wissenschaftlichen Reihe: »Beiträge zur ökumenischen Theologie«. Jetzt lasse ich das auf mich wirken: Ein Enkel von Thomas Mann ist zur katholischen Kirche konvertiert, hat hier bei völligem Unverständnis seiner Großfamilie die Taufe empfangen, hat dann nicht nur katholische Theologie studiert, sondern auch über den »jungen Luther« in katholischer Theologie promoviert, hat dann noch einige Zeit in Münster gearbeitet, ja wäre von Karl Rahner beinahe sogar auf einen Lehrstuhl für Fundamentaltheologie empfohlen worden, wenn er sich nicht vorher entschlossen hätte, in die Welt der Psychologie und Psychotherapie einzusteigen. Das alles ist jetzt in »Achterbahn« nachzulesen (S. 203–29).

Es wird nicht die letzte Überraschung werden, die mir Frido Mann in den nächsten 20 Jahren bereiten sollte. Basis unserer Freundschaft aber konnte nur sein, dass ich ihn von Anfang an als eigenständige Persönlichkeit würdige. Denn dieser »Mann« wird weiter seinen ganz eigenen Weg gehen und zu einem Schriftsteller eigenen Rechtes werden: als Autor vor allem einer Reihe von Romanen und Sachbüchern. Auf volles Risiko. Er weiß, dass er als Nachgeborener gerade im belletristischen Bereich an den Größen seiner Familie gemessen wird: Heinrich, Thomas und Klaus Mann, im Publizistischen an Erika Mann. Weiß, dass er kaum eine Chance hat, von der Kritik ernst genommen zu werden. Zu erdrückend sind die Schatten der Großmeister und der Großmeisterin. An denen misst man ihn, nicht an seinen eigenen Themen und

Leistungen. Ich aber versuche von Anfang an, Frido Manns Arbeiten von innen heraus zu verstehen, aus seiner eigenen Zeitsensibilität, seinem ganz persönlichen Leben, das er nun einmal im Schatten der Großen hatte führen müssen. Begreiflich, dass er darauf nicht reduziert werden will: auf den »ewigen Enkelstatus«, auf »Enkel von ...«. Er will gelesen und kritisch gewürdigt und nicht in eine Schublade gesteckt sein.

In der Rückschau verdanke ich unseren Begegnungen drei entscheidende Impulse: ein bleibend waches Interesse für Brasilien, eine Vertrautheit mit Lebensweg und Werkprofil eines literarisch, politisch und spirituell hochengagierten und zugleich liebenswürdigen Zeitgenossen und eine Achtsamkeit auf Spuren des Religiösen im Werk seines Großvaters.

Explorationen im »Mutterland«

Auch zu Paulo Soethe festigt sich nach 1999 die Verbindung. Freundschaft beflügelt, steigert das Interesse für den Anderen, für seine Herkunft, seine Kultur, sein Land und dessen Geschichte. Jetzt lerne ich Brasilien näher kennen als Land mit einer unverwechselbaren kulturellen Identität, von dem ich vorher bestenfalls Klischees im Kopf hatte. Meine Generation im Deutschland nach dem Krieg ist eher von der englischsprachigen Welt geprägt worden. Entsprechend bin ich seit den siebziger, achtziger Jahren häufig in den USA. Jetzt Brasilien, dessen »Idee von sich selbst«, dessen geschichtliches Selbstverständnis ich erstmals durch Stefan Zweigs Buch »Brasilien. Ein Land der Zukunft« (1941) kennenlerne (s. Kap. IX). Jetzt will ich mehr wissen.

Wer sind zum Beispiel die großen Dichter dieses Landes, das den Stolz und die Kraft hatte, sich 1822 durch Errichtung eines eigenen Kaiserreiches vom kolonialen Mutterland Portugal zu lösen und 1889 nach zwei Kaisern (Pedro I. und II.)

die Monarchie wieder abzuschaffen und durch eine Republik zu ersetzen? Paulo Soethe erzählt mir auf unseren Reisen unter anderen von Dichtern wie Euclides da Cunha (1866–1909), von Guimarães Rosa (1908–1967) und von Jorge Amado (1912–2001). Auch von einem traumatischen Ereignis der brasilianischen Geschichte in den Jahren 1896/97: von dem in mehreren Versuchen brutal und blutig von der Armee der Republik niedergeschlagenen Aufstand der Armen von Canudos in der Provinz Bahia im Nordosten Brasiliens, angeführt von einer christushaften Rebellen- und Erlöserfigur namens Antônio Conselheiro. Schon da Cunha hatte »Canudos« in seinem als Klassiker der modernen brasilianischen Literatur geltenden Werk »Os Sertões« (»Krieg im Sertão«) aus dem Jahr 1902 im kollektiven Gedächtnis der Brasilianer fest verankert. Der Peruaner Mario Vargas Llosa wird dazu 1981 einen eigenen großen Roman vorlegen: »La guerra del fin del mundo« (»Der Krieg am Ende der Welt«). Einzelheiten dazu in meinem Buch »Jesus im Spiegel der Weltliteratur« von 2010, in dem es um solche Christusfiguren im Spiegel der Literatur geht (s. dort Kap. VII, 5).

Verbunden in dem gemeinsamen Bemühen, das Vermächtnis Julia Manns zur Intensivierung der deutsch-brasilianischen Kulturbeziehungen zu nutzen und dies einer bis dato weitgehend ahnungslosen Öffentlichkeit besser bekannt zu machen, entsteht bei Paulo Soethe, Frido Mann und mir der Plan einer interdisziplinären Vorlesungsreihe im Studium-Generale-Programm der Universität Tübingen. Kollegen aus anderen Fächern können gewonnen werden, und so schaffen wir es, dass die Vorlesung im Sommer-Semester 2006 über die Bühne geht: »Brasilien und Deutschland: Literarische und wissenschaftliche Beiträge zu einem gegenseitigen Bild«. Paulo Soethe gelingt es überdies, die große Julia-Mann-Ausstellung von Lübeck nach Tübingen transferieren zu lassen, wo sie zwischen April und Juli 2006 in Räumen unserer Universitätsbibliothek gezeigt wird. Frido Mann eröffnet sie am 8. Mai 2006 und hält noch am selben Tag die erste Vorlesung in unserer Reihe »Die Manns – eine exemplarische Familie zwischen zwei Kontinenten und Kulturen«. Später kommt er noch einmal mit seinem Vortrag »Brasilien als Herausforderung für einen deutschsprachigen Schriftsteller« in unserer Reihe zu Wort. Paulo Soethe spricht über »Deutschland-Bilder in brasilianischer Gegenwartsliteratur«, ich selber leuchte Konzeption und Hintergrund von Stefan Zweigs »Brasilien. Ein Land der Zukunft« aus.

Unsere Texte sind – um einiges noch erweitert – in unser Gemeinschaftswerk »Mutterland. Die Familie Mann und Brasilien« (2009) eingegangen. Und nachdem unser brasilianischer Kollege und Freund durch seine Recherchen in brasilianischen und deutschen Archiven über die bekannten literarischen Quellen hinaus zahlreiche neue Dokumente aufgespürt hatte, können wir erstmals in der Forschung im Detail belegen, dass eine Geschichte der Familie Mann nicht länger ohne Eingedenken der brasilianischen Wurzeln und Motive geschrieben werden kann. »Brasilien« spiegelt sich in drei Generationen der Manns in unterschiedlichster Weise. Eine neue Biographie zu Julia ist uns mittlerweile gefolgt: Dagmar von Gersdorff (2018), hinzu kommt ein Sammelband zu »Julia Mann und ihre Kinder« von Ulrike Leutheusser (2019). Seit 2013 liegt unser Buch auch in einer brasilianischen Ausgabe vor: »Terra Mátria. A família de Thomas Mann e o Brasil«, übersetzt von Sibele Paulino.

Ein »geheimer Auftrag« des Großvaters?

Mit dem Abschied von der Theologie und dem Einstieg in die Welt der Psychologie und Psychotherapie hört die Auseinandersetzung mit dem Komplex »Religion« bei Frido Mann nicht auf. Im Gegenteil. Jetzt freilich nicht mehr verengt aufs Christliche und noch weniger aufs Katholische. Romane, die nach »Brasa« erscheinen, wie »Nachthorn« (2002) und »Babylon« (2007) zeugen von einer immer intensiveren Suche nach einer universalen Gestalt von Religion unter Einschluss auch der großen nichtchristlichen Weltreligionen und den Erkenntnissen der Quantenphysik zu den Vorgängen im subatomaren Raum. Es sind literarische Versuche zu einer interreligiösen, weltethischen und mystisch-spirituellen Sprache, Versuche, die sich später auch in einer Trias von Sachbüchern konkretisieren: zum Thema Religion und Spiritualität (2013), Musik und Spiritualität (2014) und Quantenphysik und Spiritualität, das ein Buch, das Frido Mann 2017 zusammen mit seiner Ehefrau Christine Heisenberg vorgelegt hat, Tochter des großen Physikers Werner Heisenberg (1901–1976), dem »Vater« der Quantenphysik: »Es werde Licht. Die Einheit von Geist und Materie in der Quantenphysik«. Dabei ist der Titel des »Religions«-Buches besonders charakteristisch für Frido Manns lang gereifte Grundhaltung, die sich über die Jahre aus der Enge katechismusartiger, konfessionalistischer Glaubenssätze gelöst hat. Er schreibt über »Das Versagen der Religion«, aber in Form von »Betrachtungen eines Gläubigen«. Eines Gläubigen notabene, der die »Einheit von Natur, Kultur und Religion« quantenphysikalisch zu begründen gelernt und »Konsequenzen aus der neuen Sichtweise« gezogen hat: »Lernziel: Homo Empathicus«.

Das hatte stets ein neues Fragen nach möglichen *eigenen* religiösen Wurzeln eingeschlossen. 2004 war Frido Mann auf die eingangs genannte Abhandlung von Hans Küng über »Thomas Mann und die Religion« gestoßen und hier auf den Satz, Thomas Mann sei im kalifornischen Exil »der Unitarian Church beigetreten« (Anwälte der Humanität, 1989, 151). Das macht ihn hellhörig. Er wisse, schreibt er mir am 15. Oktober 2004, dass er selber 1940 in der kalifornischen Unitarian

Church getauft worden sei, dass aber sein Großvater in diese Kirche »eingetreten« sei, überrasche, ja ergreife ihn. Ob ich Genaueres darüber wüsste? Sofort mache ich mich auf Spurensuche. Zum einen in der Thomas-Mann-Chronik von Gert Heine und Paul Schommer (2004), zum anderen in den von Inge Jens herausgegebenen Tagebüchern, sehe ich doch plötzlich auch für mich die Chance, Thomas Manns Verständnis von Religion, ja sogar von möglicher kirchlicher Praxis, endlich einmal genauer freizulegen – über das bisher biographisch Bekannte und werkgeschichtlich oft Wiederholte hinaus.

Ich werde fündig. Laut Tagebuch-Eintragung vom 7. April 1942 ist die Familie Mann »zur Taufe von Fridolin [Frido] und Angelica [Tochter von Elisabeth Mann-Borgese]« zur »Unitarian Church« in Los Angeles gefahren. Eine ähnliche Eintragung am 31. Dezember 1944. Er sei »mit allen zur Unitarian Church zur Taufe Tonios und Dominicas« gegangen, heißt es, weiteren Enkeln also, als deren »Pate« er, Thomas Mann, fungiert habe. Und selbst noch in dem großen autobiographischen »Roman eines Romans«, in »Die Entstehung des Doktor Faustus« (1949), ist Thomas Mann das Tauf-Ereignis eine Erwähnung wert, so viel ist ihm offensichtlich daran gelegen, es jetzt auch öffentlich zu machen: Enkelkinder seien »in der Unitarian Church mit einem Minimum an religiöser Prätention, in den verständig-menschlichsten Formen zu Christen geweiht« worden. Zu »Christen geweiht«! Es sei die »angenehmste kirchliche Erfahrung« gewesen, die er gemacht habe« (19.1., 486). Nur: von einem »Eintritt« Thomas Manns in die Unitarian Church findet sich in den Quellen nichts. Kein Zufall, sie hat offenbar nie stattgefunden.

Aus Frido Manns prompter Antwort am 18. Oktober 2004 entnehme ich, dass ihm nicht eigentlich die Einzelfrage nach einem »offiziellen Eintritt« wichtig ist. Wichtiger ist ihm, dass ihm durch die neu aufgedeckten Beziehungen seines Großvaters zu einer Kirche sein eigener damaliger Entschluss, sich einer Kirche anzuschließen, plötzlich in neuem Licht erscheint. »Meine Eltern waren immer areligiös so wie eigentlich alle Mann-Kinder«, schreibt er mir, »wenn man von Klaus' kurzer Episode in der US-Armee absieht, wo er mit einem Feldgeistlichen über Konversionsmöglichkeiten sprach und auch im ›Wendepunkt‹ [Klaus Manns »Autobiographie«, 1942] seine Gedanken dazu darlegt. Dass der Ort unserer Taufe offenbar von TM angeregt oder zumindest stark bejaht wurde, war mir neu und sympathisch. Und ich sehe auch mich nicht mehr – als konvertierter Theologieaspirant mit 23 Jahren – als Nestflüchter, sondern ganz offensichtlich irgendwie an der mir völlig unbekannt gewesenen großväterlichen Tradition anknüpfend.« Ich merke, welch persönliches Interesse Frido Mann an diesen Zusammenhängen hat. Jetzt erscheint sein Schritt – von der Familie seinerzeit als angebliche »Nestflucht« abgetan – vom Großvater her in neuem Licht.

Und mit diesem neu gewonnenen Selbstbewusstsein nimmt Frido Mann dann auch eine Einladung zu einem Kongress in Lübeck zum 50. Todestag von Thomas Mann an, hält am 12. August 2005 das Eröffnungsreferat zum Thema »Thomas Mann und die Frage der Religion«, das er mir im Vorfeld zugeschickt hatte. In seinen Ausführungen orientiert er sich zunächst an den Analysen von Hans Küng und meinen Hinweisen vom Oktober 2004, dann aber wagt er es, in einem persönlichen Rückbezug sich der »spekulativen Überlegung« hinzugeben, ob die Bedeutung, die Religion und Glaube entgegen der völligen Gleichgültigkeit seiner Familie in seinem Leben angenommen habe, »nicht doch auf einem verborgenen Ursprung beruhe«, ja »ob nicht ein gleichsam geheimer Auftrag« des Großvaters an ihn »ergangen sei, das, was unter dem Schock des Zweiten Weltkriegs spät und ansatzweise in ihm selbst aufgebrochen war, von uns in unserer mindestens von so dunklen Mächten bedrohten Zeit möglichst früh weiterzuführen und nach Kräften auszubauen« (zit. nach Ms.; ähnlich auch in: Heinrich Detering, Thomas Manns amerikanische Religion, 2012, 332f.). In »Achterbahn« ist nachzulesen, dass Frido Mann sich nach dem Vortrag von »führenden Thomas-Mann-Germanisten«, die in der ersten Reihe des Vortragssaals Platz genommen hatten, ignoriert fühlt. Hatte er das Religiöse öffentlich allzu offensiv, allzu bekenntnishaft ins Spiel gebracht? Und damit eher Peinlichkeit als Nachdenklichkeit bei den »Experten« erzeugt? Doch sollte er durch einen der »Experten« noch eine positive Überraschung erleben.

Thomas Manns »amerikanische Religion«

Einmal auf die Spur gesetzt, geht für mich die Suche weiter. Thomas Mann und die Unitarian Church? Was hat es damit auf sich? Warum macht er mit Repräsentanten dieser Kirche die »angenehmste kirchliche Erfahrung«? Die Tagebücher und Briefe offenbaren noch mehr: Dass nämlich schon Tochter Elisabeth ihren Mann, Giuseppe Antonio Borgese, am 23. November 1939 in der Kirche der Universität Princeton im Rahmen einer unitarischen Feier geheiratet hat (Tb, 23.11.39). Dass der unitarische Pastor, »Rev. Fritchman«, auf Thomas Manns persönlichen Wunsch hin am 14. März 1950 seinen verstorbenen Bruder Heinrich Mann auf dem Friedhof von Santa Monica »für die Ewigkeit eingesegnet« hat, nachzulesen in einem Brief vom 5. Dezember 1954, zwei Jahre nach Rückkehr der Familie Mann aus den USA und ein dreiviertel Jahr vor Thomas Manns Tod und zwar im dritten Band der Briefausgabe von Erika Mann von 1965 (Briefe Bd. 3, 366 f.).

Dieser Brief an Stephen H. Fritchman, seit 1948 Pfarrer an der First Unitarian Church in Los Angeles, ist ein höchst informatives Schreiben für diejenigen, die wie ich am »Faktor«

Religion in Werk und Leben von Thomas Mann interessiert sind. Denn hier stehen mehr als die üblichen Liebenswürdigkeiten Menschen gegenüber, an die man sich gerne erinnert. Thomas Mann macht hier zwei bemerkenswerte Angaben: Er fühle sich der Unitarian Church »auf mancherlei Weise verbunden«, schreibt er, »auf persönliche und allgemein geistige« Art. *Persönlich,* weil sie seiner Familie, seinen Enkeln und seinem Bruder, einen Dienst erwiesen habe. »*Allgemein geistig*«, weil der »Geist« der unitarischen Kirche der Geist eines »christlichen Humanismus« sei, den er nicht nur bejaht, sondern »in wahrer Sympathie bewundert«, seit er ihn kennengelernt habe. Was genau ist gemeint?

Bisher hatte man in der biographischen Forschung die Verbindung Thomas Manns zu dieser Kirche zwar gekannt, aber nicht ernst genommen. Man unterstellte stillschweigend, dass der Dichter, ohnehin stets auf korrekte Formwahrung bedacht, für Familienanlässe die unitarische Kirche ohne jede innere Bindung fallweise genutzt habe, weil diese ihm theologisch und »dogmatisch« am wenigsten zugemutet und man sich so noch besser der amerikanischen Kultur habe anpassen können. In der Tat leitet sich schon der Name »Unitarier« von Auseinandersetzungen ab, die bereits im 16. Jahrhundert um das Dogma von der »Dreifaltigkeit« Gottes und der Gottheit Christi geführt worden waren. »Unitarier« halten aus Gründen von Schrifttreue und Vernunft am »Ein-Gott«-Glauben fest. Ihre Verwerfung des Trinitätsdogmas hatte den ersten Unitarier, den spanischen Arzt und Humanisten Michael Servet (1509–1553), in Genf auf den Scheiterhaufen gebracht. Kein Geringerer als der Reformator Jean Calvin hatte ihn dort verbrennen lassen. Unitarismus, ab 1800 vor allem unter Intellektuellen Neuenglands populär geworden, steht so mit seiner Distanz zum Dogmatismus und seiner Priorisierung von Vernunft, Ethik sowie kultureller und sozialer Praxis von Anfang an unter dem Verdacht der Häresie und ist entsprechend von den etablierten christlichen Kirchen verworfen worden. Entsprechend werden ihre Taufen von den Großkirchen nicht anerkannt, was erklärt, dass Frido Mann sich noch einmal eigens einer *katholischen* Taufe hatte unterziehen müssen.

Man hatte also diese besondere kirchliche Verbindung Thomas Manns gekannt, aber erst der Göttinger Literaturwissenschaftler Heinrich Detering ist ihr genauer nachgegangen und legt 2012 eine Studie unter dem programmatischen Titel »Thomas Manns amerikanische Religion« vor. Das Buch dieses Thomas-Mann-Forschers ist die Überraschung, von der ich sprach. Und auch ich lese sein Buch mit Spannung und wachsendem Erstaunen. Detering hatte sich als Erster die Mühe gemacht, im Archiv der unitarischen Kirche zu recherchieren, angesiedelt in Boston bei der Bibliothek der Harvard University. Mehr noch: Er ist auch nach Los Angeles gereist und ist vor Ort in reichem Maße fündig geworden. Denn erste Kontakte Thomas Manns zur unitarischen Kirche dürften schon auf das Jahr 1940 zurückgehen. Nie hat Thomas Mann vergessen, dass es Unitarier waren, Träger einer Hilfsorganisation für Flüchtlinge aus Europa (»Unitarian Service Committee«), die 1940 seinem Bruder Heinrich, seinem Sohn Golo und dem Ehepaar Alma und Franz Werfel ihre abenteuerliche und am Ende lebensrettende Flucht aus dem von deutschen Truppen besetzten Frankreich über Spanien und Portugal in die USA ermöglicht hatten.

Für einen »christlichen Humanismus«

Wie eng sich dann aber vor allem die persönlichen Beziehungen Thomas Manns zu Stephen H. Fritchman nach dessen Amtsübernahme 1948 gestaltet hatten, kann Detering ebenfalls anhand neuer Dokumente belegen. Darunter ist eine umfassende posthume Würdigung von Thomas Manns Werk durch den Pastor 1955, vor allen aber eine Kanzelrede, die Thomas Mann selber am 4. März 1951 auf Einladung des Reverend in dessen Kirche gehalten hat. Dabei sind drei Informationen aus dieser Rede besonders aufschlussreich. Zum einen spricht Thomas Mann jetzt öffentlich davon, dass er besonders mit dieser Gemeinde in Los Angeles »intimately connected« sei. Zum anderen verweist er als Kanzelredner ausdrücklich auf seine »lutherische« Herkunft, (»I am a Lutheran«), was in diesem Kontext ein klares Signal abgrenzender Eigenständigkeit ist. Thomas Mann denkt nicht daran, die persönliche geistige Verwurzelung in einem lutherischen Christentum zu verleugnen. Zugleich aber macht er drittens klar, dass er jetzt dazu neige, Religion in einem »etwas breiteren Sinn« zu verstehen, »allgemeiner moralisch und ethisch« und nicht in den engen Grenzen »irgendeines Einzel-Dogmas«. Zu Erläuterung fügt er an:

> »Was heute vielleicht dringlicher als jemals zuvor gebraucht wird, ist *angewandte* Religion, *angewandtes* Christentum – oder, wenn Sie es vorziehen, ein neuer, religiös gefärbter Humanismus, der es sich aggressiv zum Anliegen macht, des Menschen Stand und Zustand auf Erden zu verbessern, während er sich zugleich in ehrender Andacht vor dem Geheimnis verneigt, das am Grunde aller menschlichen Existenz liegt und das niemals aufgehoben werden darf, weil es heilig ist« (An die gesittete Welt, 1986, 791).

Das ist wahrhaftig nicht das Statement eines »humanistischen Agnostikers«, wie Thomas Mann oft abgestempelt worden ist, wohl aber ein Signal geistiger Übereinstimmung mit solchen Kräften innerhalb der unitarischen Bewegung, die Religion nicht auf Humanität und Humanität nicht auf religionsfreien Humanismus reduzieren wollen. Das Schlüsselwort heißt »religiös gefärbter Humanismus«, ein Wort, das genau kalkuliert ist und in allen seinen Komponenten ernst genommen werden will. Es ist damit ein Signal an all diejenigen, die mit Thomas Mann eine Religiosität nicht des Dogmas, wohl aber der *praxis pietatis* suchen, und die so nicht ein sozial und politisch folgenloses, sondern ein auf die Praxis des Alltags »angewandtes Christentum« leben wollen, die aber *zugleich* um den Respekt vor dem »Heiligen« als Grund »aller menschlichen Existenz« wissen. Weil Thomas Mann für *diese* Form von Christentum bei den Unitariern der Vereinigten Staaten Gesinnungsgenossen gefunden hat, kann man dafür wie Detering das Etikett »amerikanische Religion« benutzen. Thomas Mann selber nennt es in seinem letzten Brief an Fritchman vom Oktober 1954 sachgemäßer einen »christlichen Humanismus«.

Glanz und Elend des Rotariers Thomas Mann

»Der Geist eines engagierten christlichen Humanismus«: Auf diese Formel hatte auch schon Hans Küng 1989 seine Interpretation von Teilen des Spätwerks von Thomas Mann gebracht. Durch Frido Mann und eigene Recherchen darin bestätigt, wage ich mich nach 2004 jetzt auch entschiedener direkt ans Werk. Entsprechend ist jetzt über zwei größere Arbeiten zu berichten.

Seit vielen Jahren Mitglied eines Rotary Clubs in unserer Region Reutlingen-Tübingen, stoße ich, es wird um das Jahr 2005 gewesen sein, wie zufällig auf die Information, dass auch Thomas Mann Mitglied eines Rotary Clubs gewesen ist. Er habe zu den Gründungsmitgliedern Anfang November 1928 in München gehört. Und der Münchner ist nach Hamburg, Frankfurt am Main und Köln immerhin der vierte auf deutschem Boden und damit jetzt Teil einer weltweiten, international vernetzten Bewegung, die 1905 in Chicago ihren Anfang genommen hatte und nach dem Ersten Weltkrieg jetzt auch in Deutschland Fuß fassen kann. Das wäre nicht weiter bemerkenswert, wenn nicht zwei Momente ungewöhnlich wären, die eine tiefere Recherche rechtfertigen.

Zum einen finde ich Dokumente zum Leben des Rotariers Thomas Mann. Er hat sich öffentlich zur rotarischen Bewegung geäußert. Selbstverständlich ist das nicht. Aber ich recherchiere im Werk, in den Tagebüchern und in dem damaligen rotarischen Publikationsorgan »Der Rotarier für Deutschland und Österreich. Monatsschrift des 73. Distrikts« und werde auch hier fündig – und wie. Thomas Mann hat sich wie kaum ein Zeitgenosse seines Formats in den Jahren 1928/29 zur Grundidee und zum Ethos der rotarischen Bewegung programmatisch geäußert. Und umgekehrt: Die Münchner Rotarier sind stolz auf ihn, der, spätestens seit dem »Zauberberg« (1924), einer der führenden Schriftsteller der Weimarer Republik geworden war und 1929 obendrein den Nobelpreis für Literatur erhalten hatte. »Wir Münchner Rotarier« – so der damalige Club-Präsident bei der Feier zum Nobelpreis – »begrüßen Sie als unsern Freund, auf den wir stolz sind und den wir mit und ohne Nobelpreis als noblen Geist und noble Seele und wahrhaften Rotarier lieben.« Die anschließende Festrede nimmt Huldigungszüge an. Thomas Mann sieht sich als einen »reinen Repräsentanten des Europäertums«, ja als einen »Weltehrenbürger des Geistes« gefeiert.

In seinem Dankeswort rückt Thomas Mann nicht zufällig das Thema »Humanität« in den Mittelpunkt. Und Humanität sieht er gegenwärtig hineingestellt in eine Welt, die »von wilden Entschlossenheiten, von blutigen Extremen« zerrissen sei. Umso dringender sei deshalb all das, was mit dem – so wörtlich – »Ideenkomplex der Humanität« verbunden sei. Mit dieser Formel kann der Geehrte am Schluss dann auch ganz organisch auf »unsere Sache, unsere Organisation, den Rotary-Club« zu sprechen kommen. Was sei dessen »innerste Verfassung«, dessen »geistiges Fundament«? Seine Antwort kleidet Thomas Mann in die rhetorische Frage:

> »Ist es nicht eben dieser Ideenkomplex bürgerlicher Humanität, in dessen Zeichen er sich konstituiert hat und der ihn beseelt, diese Ideeneinheit von Freiheit, Bildung, Menschlichkeit, Duldsamkeit, Hilfsbereitschaft und Sympathie, die das Wesen der Humanität, der höheren Bürgerlichkeit ausmacht? In diesem Lichte sehe ich unsere Gemeinschaft, wenn ich Sie bitte, mit mir auf ihr Gedeihen, ihr Wohl zu trinken, Welt-Rotary und insbesondere unser Münchner Club, sie leben hoch!«

Dies ist die erste programmatische Äußerung Thomas Manns zum »geistigen ›Fundament Rotarys‹«. Weitere werden folgen. Sie verleihen Idee und Ethos von Rotary literarischen Glanz.

Dann aber die zweite Überraschung: Derselbe »Mann«, der soeben noch als »reiner Repräsentant des Europäertums«, ja als ein »Weltehrenbürger des Geistes« gefeiert worden war, wird kurz nach der »Machtergreifung« der Nazis in Deutschland im Januar 1933 aus seinem Club ausgestoßen. Ohne Ankündigung. Über Nacht. Zunächst trifft es im April 1933 drei Rotarier jüdischer Provenienz, darunter bekannte Schriftsteller wie Bruno Frank und Karl Wolfskehl. Als Thomas Mann – gerade im Schweizer Ausland – davon erfährt, ist er in Solidarität zum Austritt entschlossen. Doch der Club kommt seinem Schritt zuvor:

> »Ich erhalte vom Rotary-Club München denselben Brief mit der trockenen Mitteilung der Streichung meines Namens, wie Frank. Er kam mir unerwartet. Hätte es nicht gedacht. Erschütterung, Amüsement und Staunen über den Seelenzustand dieser Menschen, die mich, eben noch die ›Zierde‹ ihrer Vereinigung, ausgestoßen, ohne ein Wort des Bedauerns, des Dankes, als sei es ganz selbstverständlich. Wie sieht es aus in diesen Menschen? Wie ist der Beschluß dieser Ausstoßungen zustande gekommen?« (Tb, 8.4.1933)

Ja, wie? Ich bin entschlossen, dieser Frage nachzugehen und erstmals in der biographischen Forschung das Dunkel aufzuhellen, dessen Ergebnisse dann in meinem umfangreichen Aufsatz nachzulesen sind, der 2006 im »Thomas Mann Jahrbuch« erscheint. Und die Klärung der Frage, »wie der Beschluß dieser Ausstoßungen zustande gekommen« ist, verdanke ich dem Stuttgarter Rotarier Paul Erdmann, der erstmals durch intensive Archiv-Recherchen die Vorgänge in München hatte transparent machen können. Seine damaligen Forschungen sind später eingegangen in seine monumentale Studie von ca. 980 Seiten: »Rotarier unterm Hakenkreuz. Anpassung und Widerstand in Stuttgart und München« (2018).

Für mich ist bei der Recherche die Frage entscheidend: Lassen sich aus der Rekonstruktion des Dramas von Glanz und Elend eines deutschen Rotariers wie Thomas Mann einige grundsätzliche Folgerungen ziehen? Wenn überhaupt, meine ich, dann sind es Folgen für ein selbstkritisches Nachdenken über das Verhalten von Menschen in Spannungs- und Konfliktsituationen. Was zu diesem Nachdenken zwingt, ist ja nicht nur die Frage, wie es möglich ist, dass ein Schriftsteller vom Format eines Thomas Mann, soeben noch als deutsches Muster von Europäer- und Weltbürgertum gefeiert, unter veränderten politischen Voraussetzungen gewissermaßen »über Nacht« zur Unperson erklärt werden kann. Was vor allem betroffen macht, ist das Faktum, dass dies selbst im Kontext von Rotary geschieht. Einer Gemeinschaft, die von Anfang an einem dreifachen Ethos von Freundschaft, Gemeindienst und Völkerverständigung verpflichtet ist. Wenn dies selbst in einer solchen Gemeinschaft »über Nacht« geschehen kann, wirft dies erst recht Fragen nach dem auf, wozu Menschen fähig sind, wenn die Zeiten wechseln. Kurz: Aus Thomas Manns »Erschütterung, Amüsement und Staunen« über den »Seelenzustand« von Menschen, die eine symbolische Existenzauslöschung anderer Menschen vollziehen können, als sei es »selbstverständlich«, sind Folgerungen zu ziehen. Die fassungslose Frage des Ausgestoßenen bedarf der selbstkritischen Aufarbeitung gerade auch im Kontext einer weltweiten Bewegung wie Rotary. Und meine umfangreiche Recherche im Fall von Thomas Mann zielte über den Einzelfall hinaus exakt auf diese Grundsatzfrage.

»Weihnachten«: Entzauberung und Zauber

Bei einem zweiten Thema ergeht es mir ähnlich. Aus einer einfachen Motivsuche wird ein ganzer Komplex. Ich spreche vom Motiv »Weihnachten« bei Thomas Mann, auf das ich im Zuge von Recherchen für meine kommentierte Anthologie »Das Weihnachten der Dichter« (2004) gestoßen bin. Ein Ergebnis ist: Es gibt in der deutschsprachigen Literatur keinen vergleichbaren Text, der eine Weihnachtsfeier als Ritual der bürgerlichen Gesellschaft so detailgenau, so subtil und zugleich so doppelbödig-subversiv beschrieben hätte wie der von Thomas Mann, nachzulesen in seinem ersten Roman »Buddenbrooks« von 1901, im achten Teil des Romans, im achten Kapitel. Nichts steht im Roman symbolischer für den

»Verfall einer Familie« als die jeweiligen Weihnachtsszenen, von denen es im Roman der Generationenfolge entsprechend drei gibt.

Zugleich aber ist mir aufgefallen, dass Thomas Mann in der *eigenen* Familie selber größten Wert auf eine seit Lübecker Zeiten gewohnte Weihnachtsfeier in großem Stil gelegt hat, auch nach Erscheinen der »Buddenbrooks«, nachzulesen vor allem in den Tagebüchern, soweit vorhanden. Nicht alle Diarien wollte er, wie man weiß, der Mit- und Nachwelt überlassen, aber alle, die er aufbewahrt hat (vom 11. September 1918 bis 1. Dezember 1921 sowie vom 15. März 1933 bis 29. Juli 1955), enthalten Jahr für Jahr auch höchst präzise Eintragungen zum üppig gefeierten Fest im Kreis der Familie. So bin ich nicht eigentlich überrascht, dass ich einen besonderen Text von Thomas Mann zum Thema »Weihnachtsstimmung« finde, der 1924 in einer ungarischen Tageszeitung erschienen war. Hier ist alles Wesentliche zusammengefasst:

> »Ich werde die Liebe zu den Zaubern des Weihnachtsfestes nie verlernen. Dieser Tag, dieser heiter geheiligte Abend, der aus Kinderaugen blickt, der die Kruste des Alltags von unseren Herzen löst und ein Lächeln menschlicher Rührung und Freude auf allen Gesichtern hervorruft, er ergreift mich heute, wie er mich als Knabe ergriff und beglückte. Die fröhliche Geschäftigkeit der Vortage, die gemeinschaftliche Erwartung, die Schriftworte der Verkündigung und ihr lieb-vertrauter Tonfall, der süße Klang der alten Lieder und der des Glöckchens, das zur Bescherung lädt; der geschmückte Waldbaum im Kerzengeflimmer, der wunderbare Duft seiner versengten Zweige, die gedeckten Geschenktafeln, – ich kann an all das nicht denken, ohne daß das Herz mir höher schlägt, und ich labe mich an der Spannung, dem Entzücken mei-

> ner Kinder, wie einst meine Eltern sich an dem meinen erquickten. Sanfte Gedanken, weiter und liebevoller, als die des gemeinen Jahres, umspinnen das Herz, während man lächelnd sitzt und in den Glanz blickt, bei dessen Herstellung man selbst geholfen. Man träumt vom Schicksal und Rätsel des Menschen, seinem geistigen Wesen, seiner leiblichen Not und Schuld. Und man glaubt zu begreifen, was Gnade, was Liebe, was Hoffnung ist, und empfängt in der Seele den Sinn des Wortes ›Denn euch ist heute der Heiland geboren‹« (Bd. 15.1, 804).

Das klingt nicht nach »Verfall« des Festes, nach Schwund und Auflösung. Auch nicht nur nach »Stimmung«, so eindrücklich der Autor seine eigene beschreibt. Die letzten Sätze verweisen auf eine universale Symbolik, auf einen geistigen Gehalt, für den das Fest nach wie vor steht. Auch das hat Thomas Mann schreiben können, gut fünfzehn Jahre nach den »Buddenbrooks«. Der Text motiviert mich, weitere Recherchen im ganzen Werk anzustellen, vom »Zauberberg« der zwanziger über die »Joseph«-Romane der dreißiger bis zu den antifaschistischen Reden der vierziger Jahre. Und die Quellen beginnen auch hier zu sprudeln. 2006 kann ich das Gesamtbild in meinem Buch »Weihnachten bei Thomas Mann« präsentieren.

Der Mythos vom »welterrettenden Wiegenkind«

Erstmals traue ich mich jetzt auch an den »Josephs«-Roman heran. Und realisiere: Thomas Mann hatte sich nach Veröffentlichung des »Zauberberg« 1924 erstmals auf die Welt von Religionsgeschichte und der antiken Mythologie sowie gleichzeitig auch auf die der Tiefenpsychologie eingelassen.

Beide sind jetzt für sein neues Romanprojekt auf der Basis der biblischen Josephsgeschichte untrennbar miteinander verknüpft:

> »In der Wortverbindung ›Tiefenpsychologie‹ hat ›Tiefe‹ auch zeitlichen Sinn: die Ursprünge der Menschenseele sind zugleich auch *Urzeit*, jene Brunnentiefe der Zeiten, wo der Mythus zu Hause ist und die Urnormen, Urformen des Lebens gründet. Denn Mythus ist Lebensgründung; er ist das zeitlose Schema, die fromme Formel, in die das Leben eingeht, indem es aus dem Unbewußten seine Züge reproduziert« (Leiden und Größe der Meister, 921).

Das Zitat stammt aus dem Jahr 1936, nicht zufällig aus einer großen Rede Thomas Manns zum 80. Geburtstag von Sigmund Freud.

Die religionsgeschichtlichen Studien aber mussten Konsequenzen auch für den »Komplex Religion« einschließlich des Themas Weihnachten haben. Denn mit dem Fest der Geburt seines Erlösers nimmt auch das Christentum teil an der Geschichte großer Religionen. Und große Religionen, ob in Vergangenheit oder Gegenwart, kennen nun einmal auch besondere Geburtsfeste ihrer jeweiligen Heilsbringer. Das musste den Dichter nun ganz neu interessieren, ist er doch jetzt an Anfängen, Ursprüngen und Herkünften in der Kultur- und Bewusstseinsgeschichte der Menschheit interessiert. Schon im »Vorspiel« zum ersten Band hatte er zunächst die Uranfänge der Menschheitsgeschichte freizulegen versucht: Ur-Geschichten von einer Großen Flut, einem Großen Turm, einem Paradies-Garten, von Urmenschen und deren Sündenfall. Ur-Geschichten als Ur-Muster, die auch später immer wiederkehren.

Und zu diesem Prozess der Wiederkehr tragen alle großen Religionen bei, die antiken ebenso wie die gegenwärtigen. Was »dereinst« war, kehrt »dereinst« wieder: »Jede Weihnacht wieder wird das welterrettende Wiegenkind zur Erde geboren, das bestimmt ist, zu leiden, zu sterben und aufzufahren« (Die Geschichten Jaakobs, Vorspiel, Bd. 7.1, XXXIV). Damit gibt Thomas Mann zu verstehen: Es hat für das Christentum nichts Abwertendes, wenn auch in anderen Religionen und Kulturen Geburtsfeste »welterrettender Wiegenkinder« gefeiert werden. Im Gegenteil. Das Christentum kann sich als genuine Religion in der Geschichte der Menschheit gerade dadurch erweisen, dass es nachweisen kann: Auch bei uns gibt es göttliche Zeugung, Gottesmutterschaft, Jungfrauengeburt.

Welch eine Wandlung somit in der Behandlung des Weihnachts-Themas. Das Fest ist jetzt nicht länger bloß ein Epiphänomen der bürgerlichen Gesellschaft, dessen Sinnverfall identisch ist mit dem Sittenverfall der sie tragenden Klasse. »Weihnachten« als Fest verweist jetzt auf etwas Tieferes: auf die Geburt eines himmlischen Erlösers, die uralten Sehnsüchten in der Geschichte der Menschheit entspricht, Sehnsüchten nach Neuanfang, Heilwerden, Erneuerung im Geist. Das hat mit christlichen Glaubensbekenntnissen nichts, wohl aber mit der Überzeugung zu tun: Zur Kultur gehört auch der Faktor Religion. Zur Kulturgeschichte der Menschheit gehört auch die Geschichte der Religionen. Und die Einsicht in die »Geschlossenheit der religiösen Vorstellungswelt«, so Thomas Mann, »vermag auch denjenigen der religiösen Welt aufs menschlichste zu verbinden, der ihr sonst fern geblieben wäre: ich meine den ursprünglich humanistisch und nicht theologisch Gestimmten« (Essays Bd. 3, 1994, 303 f.). Und er meint damit auch sich selber, keine Frage.

Das Christliche als das »Gewissen schärfende Korrektiv«

So vorbereitet kann Thomas Mann jetzt sogar in politisch-essayistischen Stellungnahmen auf die bleibend ethisch-politische Orientierungsfunktion dieses Festes verweisen. Ende 1935 wird er vom St. Galler Tagblatt im Rahmen einer Rundfrage um Stellungnahme zu der Frage gebeten, ob »die Gesundung der Welt nicht nur als wirtschaftliches, sondern auch als geistiges Problem« aufzufassen sei. Thomas Mann antwortet bezeichnenderweise unter Hinweis auf das soeben gefeierte Weihnachtsfest sehr grundsätzlich. Er nimmt das unter deutschen Nazis verbreitete »vermessene Geschwätz von der ›Überwindung des Christentums‹« auf und weist es mit großer Entschiedenheit zurück:

> »Man überwindet das Christentum nicht, indem man unter das sittliche Niveau zurückgeht, auf das es die Menschen gehoben hat, sondern höchstens, indem man es überbietet. […] ›Über die Hoheit und sittliche Kultur des Christentums‹, sagte Goethe zu Eckermann, ›wie es in den Evangelien schimmert und leuchtet, wird der menschliche Geist nicht hinauskommen.‹ Und heute glauben ein paar revolutionäre Popular-Literaten in ihrer angeregten Halbbildung, damit fertig zu sein. Ein höchst unzeitiger Dünkel; denn wenn das Christentum immer eine zu hohe und reine Forderung des Geistes war, als daß es je anders, denn als richtendes und die Gewissen schärfendes Korrektiv auf Erden sich hätte verwirklichen können, so war es, eben als sittliches Zuchtmittel, nie einer Zeit und Menschheit notwendiger als dieser verwirrten und schon halb verwilderten« (Essays Bd. 4, 166 f.).

Das heißt: In dem Augenblick, in dem das »Christentum« durch Ideologen vom Schlage der Nazis für »überwunden« erklärt und durch eine völkisch-germanische Rassenlehre ersetzt werden soll, findet es in Thomas Mann seinen beredten Anwalt, zumal er sich hier »zur Sicherheit« auf die Autorität Goethes berufen kann. Goethe-Zitate verstärken bekanntlich das Selbstbewusstsein in prekären Fragen. Stichworte sind: Das Christentum als »Gewissen schärfendes Korrektiv« und »sittliches Zuchtmittel«. In diesem Geist wird er dann auch das Weihnachtsthema in seinen antifaschistischen Rundfunkreden politisch zuspitzen, in Ansprachen, die er nach Ausbruch des Krieges ab 1940 über den Britischen Rundfunk Monat für Monat Richtung Hitler-Deutschland ausstrahlen lässt: »Deutsche Hörer!«. Auch diesen Texten gehe ich in meinem Thomas-Mann-Buch im Einzelnen nach. Hier wäre noch eine überraschende politische »Theologie der Befreiung« aus dem Munde Thomas Manns zu entdecken.

Später, 1949, nach dem Krieg und dem Untergang des Faschismus, wird er in einer Rede in Oxford über »Goethe und die Demokratie« diese Gedanken noch präzisieren und »das Christentum die Demokratie als Religion« nennen, so wie man sagen könne, »daß die Demokratie der politische Ausdruck des Christentums« sei. Warum? Die »Sendung des Christentums innerhalb der völkisch-germanischen Welt« sei eine »im tiefsten Wesen demokratische Sendung, denn die Neigung zum Niedrigen, die Erhebung des Leidens, ist dem Christentum eingeboren, und nichts kann christlicher, nichts aber auch im höchsten Sinn demokratischer sein als Goethes Ausspruch: ›Alles Leiden hat etwas Göttliches‹« (19.1, 623.626).

Meine Lesung in Küsnacht: 2006

Als er 1935 für das St. Galler Tagblatt den genannten Artikel geschrieben hatte, lebt er bereits zwei Jahre im Schweizer Exil. Er hatte nach unfreiwilligen Aufenthalten zunächst im Tessin und dann in Südfrankreich ein Haus in Küsnacht am Zürichsee gemietet und war im September 1933 mit der Familie dorthin gezogen: in die Schiedhaldenstrasse 33, seine Adresse für die nächsten fünf Jahre, bevor er Mitte Februar 1938 zu einer viermonatigen Vortragsreise in die USA reist, wo er sich gegen Ende des Jahres mit der Familie dann auch niederlässt: in Princeton an der amerikanischen Ostküste.

Rastlos geht die Arbeit weiter. In die Zeit der Schiedhaldenstrasse fallen 1934 die Publikation des zweiten Bandes von »Joseph«, 1935 die des großen Essay-Bandes »Leiden und Größe der Meister« und 1936 die des dritten Bandes von »Joseph«: »Joseph in Ägypten«. Im selben Jahr vollzieht Thomas Mann, gedrängt insbesondere von seinen Kindern Klaus und Erika, den endgültigen Bruch mit dem nationalsozialistischen Deutschland und sieht sich umgekehrt von diesem Deutschland als »Volksschädling« »ausgebürgert«. Alles noch in Küsnacht, wo in den betreffenden Jahren fünfmal auch Weihnachten gefeiert werden kann. Entsprechend geehrt fühle ich mich, als ich Ende 2006 eine Einladung der damaligen Besitzerin des Hauses erhalte, vermittelt durch Frido Mann. Die Einladung zu einer Lesung aus »Weihnachten bei Thomas Mann«. Die Besitzerin, bisher sehr zurückhaltend mit Gästen, die das »Thomas Mann Haus« sehen wollen, hatte sich erst kürzlich entschlossen, ihr Haus für kulturelle Veranstaltungen zu öffnen. Und so versammeln sich am Samstag, 25. November 2006, zahlreiche Gäste zu meiner Lesung, unter anderem auch solche von der Schweizer Thomas Mann Gesellschaft mit Sitz in Zürich. Paulo Soethe ist dabei, und Frido Mann begleitet mit seinem Sohn Stefan das Ganze musikalisch.

Abb. 11.3. Bei einem Besuch des Grabs der Familie Mann auf dem Friedhof zu Kilchberg 2006 mit Frido Mann (links) und Paulo Soethe (rechts).

Bevor ich nach Tübingen zurückkehre, besuche ich mit den Freunden die Grabstätte der Manns auf dem Friedhof zu Kilchberg, wo nicht nur Thomas (seit 1955) und Katja Mann (seit 1980) bestattet wurden, sondern auch Erika (1969), Michael (1977), Monika (1992) und Elisabeth (2002). Golo Mann liegt seit 1994 zwar auch auf diesem Friedhof, aber demonstrativ nicht im Familiengrab. Klaus Mann hat ein Einzelgrab auf dem Cimetière du Grand Jas in Cannes gefunden, nachdem er dort am 21. Mai 1949 mit 43 Jahren aus dem Leben gegangen war. Am 27. November 2006 schreibe ich an unsere Gastgeberin: »Die Tatsache, dass ich in dem Haus, in dem die Familie Mann selber Weihnachten gefeiert hat, zum Thema Weihnachten lesen konnte, hat mich tief bewegt. Gleichzeitig noch zwei Generationen der ›Manns‹ zu erleben, die in diesem Hause musizieren, gab diesem ungewöhnlichen Abend noch einmal eine besonderer Note.« Die Lesung beginne ich denn auch mit den Aufzeichnungen vom ersten Weihnachten in der Schiedhaldenstrasse, verfügen wir doch ab 1933 wieder über die entsprechenden Tagebücher. Sie beginnen mit: »Weihnachtsabend also, altes Kinderwort und Kinderglück, das auch dieses Jahr seinen stillen Zauber bewährt« (Tb, 24.12.1933). Auch die Notate in den folgenden Jahren entsprechen dem Muster, mit dem Thomas Mann jede seiner Weihnachtseintragungen vorgenommen hat.

Ich hatte begriffen: Er braucht dieses Fest, das gerade auch in finsteren und gefährdeten Zeiten durch rituelle Wieder-holung ein wenig Stabilität und Halt zu verschaffen vermag. Denn in der Zwischenzeit hatte er das Rituelle aus der Sphäre des Privaten geholt und im Kontext seines »Joseph«-Projektes und dessen Mythos-Verständnis genauer und grundsätzlicher reflektiert. Und wer mythisch-zyklisch denkt, kann dann auch festlich-zyklisch feiern. Auf solche Wieder-holungen des Festes bis ins Private konnte Thomas Mann sich jetzt umso bewusster einlassen, als ihm »Weihnachten« durch die mythopoetischen Studien zum bewusst reflektierten Fest als »Sich-Zeigen ewiger Gestalten« geworden war: Denn »jede Weihnacht wird das welterrettende Wiegenkind wieder zur Erde geboren …«.

Konfrontiert mit dem Teuflischen

1935/36 ahnt Thomas Mann bereits etwas von einer Abschüttelung zivilisatorischer Bindungen durch Nazi-Deutschland, der eine furchtbare Entfremdung zwischen dem Lande Goethes und der übrigen Welt folgen werde. Noch aber kann er nicht ahnen, in welche Abgründe des Bösen Hitler, seine Helfershelfer und seine Jubelmassen Deutschland stürzen werden, als sie 1939 einen neuen Krieg vom Zaun brechen und mit der sogenannten »Endlösung der Judenfrage« beginnen. Ich registriere, dass Thomas Mann sich jetzt nicht mehr scheut, in antifaschistischen Reden, die er vor allem in Amerika landauf, landab hält, den Faschismus und seine Wirkungen auf die Massen der Menschen geradezu »metaphysisch«-dualistisch zu deuten: in Kategorien von Gut und Böse, von Wahrheit und Lüge, von Gott und Teufel. Der Grund dafür ist offensichtlich: Thomas Mann setzt diese religiöse, aus dem Reservoir der Apokalypse stammende Bildersprache gezielt ein, um seinen Adressaten den Ernst der Lage und die universale Bedrohung der gesamten Menschheit vor Augen zu führen.

Diese Deutung hält sich durch, solange der Krieg andauert und der Faschismus eine Zeit lang von Triumph zu Triumph eilt. Von »teuflischer Lüge« ist jetzt des Öfteren in Thomas Manns Vorträgen die Rede, von »geistigem Kot«, von »Ur-Verbrechertum«, von »lachhaft infernalischer Verdrehung der Wahrheit«, von der Notwendigkeit eines Widerstands gegen den »Satan«. Ist doch Thomas Mann entschieden der Meinung, dass sich die Menschheit den »definitiven Triumph des schlechthin Bösen« nicht bieten lassen dürfe. Notwehr ist angesagt gegen die »Bosheit der Hölle«, »heilige Notwehr der Menschheit gegen das schlechthin Teuflische« (An die gesittete Welt, 1986, 464). Diese und andere Texte belegen nachdrücklich, wie sehr der Aufklärer und neuzeitliche Religionskritiker sich plötzlich mit einer Wirklichkeit konfrontiert sieht, deren Existenz theologiegeschichtlich vielfach verharmlost oder religionskritisch wegerklärt worden war: mit der Realität des Bösen. Die Rede von einer wirkmächtigen Präsenz von Hölle und Teufel auf Erden ist folglich nicht länger Reservat eines aufklärungsresistenten religiösen Hinterwäldlertums, sondern jetzt auch für kritische Intellektuelle wie Thomas Mann eine unabweisbare geschichtliche Notwendigkeit.

Die Doppelfrage musste deshalb einen Schriftsteller wie ihn umtreiben. Erstens: Warum gerät ausgerechnet das deutsche Volk in den Bannkreis des Bösen? Gibt es in der deutschen Tradition Anhaltspunkte für diese Anfälligkeit, gibt es spezifisch deutsche kulturelle und geistesgeschichtliche Gründe? Und zweitens: Was ist das »Wesen«, die »Natur« des Bösen? Wie lässt es sich literarisch »greifen«, gar »begreifen«? Beide Fragen werden jetzt, mitten im Krieg und nach Abschluss des »Joseph«, in einem neuen großen Roman zu beantworten versucht. »Doktor Faustus« entsteht. Ein Roman, der ganz anders noch als der »Zauberberg« und der »Joseph« nicht nur allgemein ein »religiöses«, sondern ein metaphysisches Buch ist – und zwar in doppelter Hinsicht: Es geht um eine Teufelsverschreibung des Menschen, um Blicke in den Abgrund der Hölle, aber am Ende auch um die Möglichkeit von Rettung, Neuanfang, Gnade. Das Gnadenthema aber setzt die Erfahrung der Verfallenheit der Menschen an das Böse und den Bösen voraus.[27]

Lob der Gnade in »meiner Zeit«

Nachdem ich realisiert hatte, wie stark Thomas Mann im Widerstand gegen den widerchristlichen Faschismus die christlich imprägnierte Werteordnung des Guten verteidigt hatte, begreife ich auch, warum er nach 1945 mit weniger Hemmungen als zuvor christliche Urworte ins Spiel bringen kann. Im Jahre 1950 legt der mittlerweile 75-Jährige seinen letzten großen autobiographischen Bericht vor: »Meine Zeit« (Essays Bd. 6, 160–182). Schon auf der ersten Seite stoße ich auf Aussagen, die deshalb unerwartet sind, weil sie aus dem Munde eines gerade nach dem Krieg national wie international vielbewunderten, vielgefeierten und alles in allem höchst erfolgreichen Schriftstellers kommen. Das eigene Leben aber? Hier wird es nicht in Zusammenhang gebracht mit grandiosem Erfolg und weltweiter Bewunderung, sondern mit »Schuld, Verschuldung, Schuldigkeit«. Und zwar im Zusammenhang eines Dementi, dass »ein geistliches Gremium« seinem »Lebenswerk jede Christlichkeit abgesprochen habe«.

Aber wenn es »christlich« sei, hält Thomas Mann dagegen, »das Leben, sein eigenes Leben, als eine Schuld, Verschuldung, Schuldigkeit zu empfinden, als Gegenstand religiösen Unbehagens, als etwas, was dringend der Gutmachung, Rettung und Rechtfertigung bedarf«, dann hätten jene Theologen »mit ihrer Aufstellung, ich sei der Typus des a-christlichen Schriftstellers, nicht so ganz recht« (Ebd., 169). Und dieser Drang nach Gutmachung setze sich in jedem Werk fort, das er geschrieben habe, denn es gäbe da kein Rasten und kein Genügen. Jedes neue Unternehmen sei der Versuch, für das vorige aufzukommen, es herauszuhauen und seine Unzulänglichkeit gutzumachen. Und so werde es gehen bis zuletzt. Was also? Drohe »Verzweiflung« als das »Lebensend«, fragt Thomas Mann mit einem Shakespeare-Zitat, um darauf gleich den »Trostgedanken« anzufügen: Es bliebe am Ende der Gedanke »an die Gnade, diese souveränste Macht, deren Nähe man im Leben schon manchmal staunend empfand und bei der allein es steht, das Schuldiggebliebene als beglichen anzurechnen« (Ebd., 161). Der »Gedanke an die Gnade«!

Eine Einzeläußerung? Nein, auch in anderen Schlüssel-Texten des Spätwerks hält sich die Rede von der Gnade durch, ja verstärkt sich: Sie findet sich schon am Ende des Teufels-Romans »Doktor Faustus« (1947), in seinem Roman »Der Erwählte« (1951), im Essay »Versuch über Tschechow« (1954) und in der letzten großen Rede »Versuch über Schiller« (1955), am deutlichsten wohl in der Ansprache Thomas Manns vor Hamburger Studenten 1953. In einer für ihn so ungewöhnlich öffentlichen emotionalen Bewegung kann er – in Erinnerung an Gottesdienste seiner Lübecker Jugend – beschwörend den Studenten zurufen:

»Gnade. Nicht umsonst spielt dieser Begriff in meine späteren dichterischen Versuche schon in die Josephs-Geschichten, dann in den ›Faustus‹, dann in die Wiedererzählung der Gregoriuslegende, immer stärker hinein. Gnade ist es, was wir alle brauchen, und jenes ›Gnade sei mit euch‹, mit dem in der Lübecker Marienkirche allsonntäglich die Predigt begann, – wie mein Blick über Sie hingeht, möchte ich es, das Herz bedrängt von dieser gefährlichen Zeit, jedem einzelnen von Ihnen persönlich, der deutschen Jugend insgesamt, Deutschland selbst und unserem alten Europa wünschend, zurufen: Daß Gnade mit ihm sei und ihm helfe, sich aus Wirrnis, Widerstreit und Ratlosigkeit ins Rechte zu finden« (An die gesittete Welt, 1986, 809f.).

Solche und ähnliche Texte lassen den Schluss zu: Je mehr der Altgewordene auf sein krisenhaftes Leben zurückblickt, umso intensiver reflektiert er einen Topos, der seine Herkunft aus dem Protestantismus nicht verleugnen kann: Leben ist Schuldigwerden und steht unter der Notwendigkeit der Rechtfertigung, der Gutmachung. Wie aber kann ein Künstler sein Leben gutmachen? Nur durch die eigenen Werke. Aber gerade die eigenen Werke ziehen einen immer tiefer in den Strudel von Ungenügen, Versagen und Schuld. Die Spirale dreht sich ins Unendliche. Ein Kreislauf, gnadenlos, aus dem man sich nicht selber befreien kann. Daher die Sehnsucht nach Gnade, nach Gnädig-Sein, nach Gerechtfertigt-Sein, nach Nichtanrechnung oder Begleichung der Schuld. Die im Spätwerk nun auffallend häufig auftretende Rede von der Gnade hat hier ihren existentiellen Wurzelgrund. Sie war Thomas Mann auch persönlich zur Erfahrung, buchstäblich zur *Lebens*-Erfahrung geworden, hatte er doch während der Ausarbeitung des »Doktor Faustus« eine schwere gesundheitliche Krise durchzustehen. Nur durch einen kühnen operativen Eingriff an der Lunge in letzter Minute in einem Krankenhaus zu Chicago hatte sie nicht tödlich geendet.

Dass er aber diesen seinen großen Roman hatte vollenden können, hatte Thomas Mann selber als einen Akt der »Gnade« erlebt, wie es in einem Brief vom 10. September 1951 heißt: »Ich kenne die Gnade, mein Leben ist lauter Gnade, und ich bestaune sie. Ist es denn nicht auch pure Gnade, daß es mir vergönnt war, nach dem ›Faustus‹, der mich fast umgebracht hätte, noch dieses in Gott vergnügte Büchlein [»Der Erwählte«] zu schreiben?« (Selbstkommentare »Der Erwählte«, hrsg. v. Hans Wysling, 1989, 77). Und schon zu Beginn der Arbeit an »Doktor Faustus« hatte er geahnt: »Ein schweres Kunstwerk bringt, wie etwa Schlacht, Seesturm, Gefahr, Gott am nächsten, indem es den frommen Aufblick nach Segen, Hilfe, Gnade, eine religiöse Seelenstimmung erzeugt« (Tb 6.12.1943).

Solche Sätze scheinen bis in den Sprachgebrauch hinein eine Affinität herstellen zu wollen zum Grundgedanken gerade protestantischer Christlichkeit, aus deren Sphäre Thomas Mann nun einmal kommt. Wobei die verschiedenen literarischen Zeugnisse zeigen, dass der Gebrauch des Wortes »Gnade« bei Thomas Mann changiert zwischen mehr personalen und mehr apersonalen Umschreibungen: Gnade als »souveränste Macht« (also apersonal formuliert), deren »Nähe« man aber zu erfahren und die Schuldiggebliebenes als beglichen »anzurechnen« vermag? Das ist personal formuliert. Der Thomas Mann-Biograph Hermann Kurzke hat deshalb nicht zufällig davon gesprochen, Thomas Manns Gesamtwerk sei »eine riesige Beichte, die Selbstrechtfertigung eines Sünders vor Gott und den Menschen«. Er schreibe und rede, »um einen stummen Gott davon zu überzeugen, daß er recht tue und nicht anders könne«. Die Triebfeder des Werkes sei »ein fundamentales Schuld- und Sündenbewußtsein« (Mondwanderungen. Frankfurt a. M. 1993, 122).

Weltliteratur! Thomas Manns letzter Text

2005 wird in literarischen Kreisen vielfach des 50. Todestages von Thomas Mann gedacht. Am 12. August 1955 war er im Kantonsspital zu Zürich gestorben. Trotz seines hohen Alters überraschend, denn nur wenige Wochen zuvor, am 6. Juni, hatte er bei guter Gesundheit und bester geistiger Frische noch seinen 80. Geburtstag feiern können. Mit Ehrungen war er überhäuft, sein Lebenswerk gefeiert worden wie nie zuvor. Anfang Juli war er noch nach Amsterdam und Den Haag gereist, um – anlässlich des in diesem Jahr begangenen 150. Todestags von Friedrich Schiller – auch hier einen programmatischen Schiller-Vortrag zu halten.

Als ich von diesem besonderen Todestag erfahre und publizistisch darauf reagieren soll, frage ich mich spontan, was wohl der letzte Text gewesen sei, den Thomas Mann noch vor seinem Tod geschrieben hat? Was könnte er enthalten? Beliebiges? Er hatte ja mit dem Tod so bald nicht rechnen können. Oder »zufällig« etwas Programmatisches, das noch einmal seinen künstlerischen Rang und seine literarische Bedeutung spiegelte? Ich finde heraus: Nach den Schiller-Vorträgen war Thomas Mann in Holland geblieben und war zur Erholung nach Noordwijk ans Meer gefahren. Aber wie eh und je arbeitet er auch in diesen Sommertagen, selbst noch in einer Hütte am Strand. Dann am 22. Juli die »einfallende Krankheit«, so das Stichwort in der vorletzten Tagebuch-Notiz. Beschluss des Ambulanz-Transportes nach Zürich in die Klinik. Der erfolgt am 23. Juli per Flugzeug. Nach vorübergehender Besserung ein schwerer Kollaps. Thomas Manns letzten Brief zwei Tage vor seinem Tod erhält seine italienische Übersetzerin

Lavinia Mazzucchetti. Er habe es »einfach zu bunt getrieben oder mit mir treiben lassen«, schreibt er ihr fast entschuldigend »und Roma und Paris und Oslo – all solche Pläne« müsse er »vorläufig auf sich beruhen lassen«. Rom – Paris – Oslo? Er war zu einem der ganz Großen der europäischen, ja der Weltliteratur aufgestiegen.

Und so nehmen wir es als glückliche Fügung, dass Thomas Manns allerletzte literarische Arbeit, die wir von seiner Hand besitzen, verfasst in einer Strandhütte zu Noordwijk am Meer, ein Geleitwort ist zu einem Sammelband unter dem Titel »Die schönsten Erzählungen der Welt« (in: Die Forderung des Tages, 1986, 366–371). Es ist sein Abschied von der Welt der Literatur und zugleich eine kleine, kostbare Hommage an die Literatur der Welt. Ein anrührender Text des Achtzigjährigen. Weit davon entfernt, selbstzufrieden oder gar arrogant über andere zu urteilen, ist er noch fähig zum Staunen über die »Weite« des »Horizonts« dieses Buches, ja fähig zu »hellem Vergnügen« am »Universalismus« der ausgewählten Texte. Er genießt dieses »globale Geschichtenbuch«, wie er sich ausdrückt, diese »Ankerplätze« einer »literarischen Weltumsegelung«.

Da stehen »die großen Schweizer, die Österreicher, die Polen« neben den »besten erzählerischen Leistungen der Tschechen, Ungarn, Südamerikaner«. Ein Flaubert und Maupassant neben Leskow, Tolstoj und Gogol. Da steht Biblisches (die Josephs-Geschichte) neben Jüdischem (aus Bubers »Erzählungen der Chassidim«). Da steht Christlich-Europäisches, Dante und Boccaccio, neben Muslimisch-Orientalischem: Texte aus »Tausendundeine Nacht«, aus dem türkischen »Papageienbuch«. Da sind große Autoren Indiens, Japans und Chinas genauso versammelt wie Spanier und Nordamerikaner. Cervantes und Alarcrón neben Edgar Allen Poe, Thomas Wolfe und Herman Melville. Melvilles Novelle »Billy Budd«? Sie liebt Thomas Mann besonders. Liebevoll schildert er am Ende seinen Lesern seine Begeisterung über den grandiosen Schluss dieser Seefahrergeschichte vom Tod eines schuldlos schuldigen Jungen. Seine Bewunderung für den »Kollegen« von einst kleidet er in den Ausruf: »Oh, hätte ich das geschrieben ... Melville's ›Billy Budd‹ ist wirklich eine der *Schönsten Erzählungen der Welt!*« (Ebd., 371).

XII. In Jerusalem: *Gespräche um Franz Kafka, Max Brod, Else Lasker-Schüler, Elazar Benyoëtz und Paul Celan*

> »Jerusalem ist unter uns wo wir uns auch befinden in welchem Erdteile auch. Überall ist Jerusalem wo man sich Frieden erfüllt.«
> *Else Lasker-Schüler, Entwürfe zum »Hebräerland« (1937)*

Jerusalem! Die Stadt der drei großen Religionen. Unvergleichlich in Alter, Geschichte und welthistorischer Bedeutung. Wer wie ich über die inneren Verbindungen von Judentum, Christentum und Islam gearbeitet hat, weiß auch um die weltreligiöse Bedeutung dieser Stadt als geistiges Zentrum der drei monotheistisch-abrahamischen Religionen. Darum aber geht es in diesem Kapitel nicht. Davon zu berichten ist dem zweiten Band meines Lebensberichtes vorbehalten. Hier bleibe ich auf die literarischen Aspekte der Stadt konzentriert. Jerusalem im Spiegel literarischer Narrative, wie ich sie erfahren habe.

»Tief ist der Brunnen der Vergangenheit ...«

Im Herbst 1978 kann ich erstmals nach Jerusalem reisen, um für ein Semester an der Hebrew University zu studieren, ausgestattet mit einem Stipendium der Deutschen Forschungsgemeinschaft zur Erforschung der alttestamentlichen und rabbinisch-talmudischen Quellen meiner Habilitationsschrift, die später dann unter dem Titel »Geboren vor aller Zeit? Der Streit um Christi Ursprung« (1978) erscheinen sollte. Welch eine Welt, die sich mir jetzt öffnet. Welch eine Stadt, Schicksalsort vieler Völker und Reiche, die sich der Stadt bemächtigten, scheiterten, untergingen, wiederkamen. Für die deutschsprachige Literatur erinnere ich an ein besonderes Jerusalem-Drama: Lessings »Nathan«, in dem brennspiegelartig das Mit- und Gegeneinander von Juden, Christen und Muslimen Thema ist (s. Kap. II). Oder an einen besonderen Jerusalem-Roman: Franz Werfels »Höret die Stimme«, ein Roman über den Untergangspropheten Jeremia in düsterer Zeit (1937), oder an eine besondere Israel-Jerusalem-Geschichte: Stefan Zweigs »Der begrabene Leuchter« (1937), eine Hommage an die Durchhaltekraft eines, *seines* immer wieder vertriebenen Volkes und dessen menschheitsgeschichtliche Sendung (s. Kap. IX).

»Tief ist der Brunnen der Vergangenheit. Sollte man ihn nicht unergründlich nennen?« Der Eröffnungssatz von Thomas Manns »Josephs«-Romanen kommt mir in den Sinn, wenn ich heute über meine Jerusalem-Erfahrungen nachdenke. Was heißt es, in den Mauern Jerusalems zu sein, seine Tore zu durchschreiten: Jaffa-Tor, Damaskus-Tor, Herodes-Tor, Zions-Tor, Löwen-Tor. Was heißt es, durch die engen Gassen des Suk zu gehen bis hinunter zu dem Platz, wo die Mauer des zweiten, von den Römern 70 n. Chr. zerstörten Tempels heute noch steht, den das jüdische Volk ihre »Klagemauer« nennt, tagtäglich umstellt von ungezählten nach Geschlechtern streng getrennten Betern? Was bedeutet das alles für mich? Gewiss: Ich bin als Zeitzeuge mitbetroffen von einem politischen Prozess seit der Gründung des Staates Israel 1948, dessen Spannungen sich jederzeit entladen und die halbe Welt mit in den Abgrund reißen könnten. Aber als

Christ aus der Völkerwelt? Was habe ich mit der Geschichte Jerusalems zu tun?

Doch dann auf Schritt und Tritt Spuren Jesu in dieser Stadt. Hier hat sich das Schicksal des Nazareners entschieden. Intensiver als je zuvor spüre ich, wie dieser Ort mich fordert. Ich ahne mehr als ich schon begreife: Meine biographischen Wurzeln liegen in Deutschland, meine geistigen aber Tausende von Kilometern weiter hier in Jerusalem. Meine geistige Heimat – verlagert, exterritorial. Um die Botschaft des Mannes aus Nazaret zu verstehen, der in dieser Stadt im Zusammenspiel von jüdischen und römischen Autoritäten seiner Zeit wie ein Verbrecher hingerichtet worden war, muss ich mich geistig nach Jerusalem versetzen, muss ich ex-zentrisch werden. Was auf den ersten Blick irritiert, ist in Wahrheit befreiend. Ich werde freier gegenüber meiner germanozentrischen Verengung, resistenter gegen eine narzisstische Verabsolutierung meiner Gegenwart, getragen von Überlieferungen, deren Subjekt ich selber nicht bin.

Schabbat bei Schalom Ben-Chorin

Dann, in den ersten Jerusalemer Monaten, Herbst 1978, die persönliche Begegnung mit dem Religionswissenschaftler und Publizisten Schalom Ben-Chorin (1913–1999). 1913 in München unter dem Namen Fritz Rosenthal geboren und aufgewachsen, lebt er seit 1935 in Palästina. »Ben-Chorin«, »Sohn der Freiheit« nennt er sich, der im Nazi-Deutschland nicht mehr frei hatte leben können. In Tübingen hatte ich seine »Trilogie« mit großem Gewinn gelesen: über Jesus, Paulus und Maria jeweils »aus jüdischer Sicht«.[28] Damit hatte Ben-Chorin dort weitergemacht, wo sein Lehrer Martin Buber (1878–1965) aufgehört hatte: Nicht-Juden in die Welt des lebendigen jüdischen Denkens einzuführen und zugleich das

Abb. 12.1. Schalom Ben-Chorin (1913-1999), einer der Vorkämpfer des jüdisch-christlichen Dialogs nach der Schoa im Geiste Martin Bubers.

Gespräch mit der nichtjüdischen Welt zu suchen. Mit Ben-Chorin lerne ich somit einen Repräsentanten nicht des orthodoxen, sondern des Reform-Judentums kennen, dessen Wurzeln mit Abraham Geiger (1810–1874) auf die erste Hälfte des

19. Jahrhunderts in Deutschland zurückgehen und dessen intellektuelle und spirituelle Köpfe im 20. Jahrhundert Leo Baeck (1873–1956), Franz Rosenzweig (1886–1929) und Martin Buber sind. Nicht ahnen kann ich damals, dass ich selber einmal eingeladen sein werde, für die neue 20–bändige Martin-Buber-Werkausgabe den Band über Bubers »Schriften zum Christentum« (2011) zu edieren und zu kommentieren, um dann auf dieser Basis eine Monographie über »Martin Buber – seine Herausforderung an das Christentum« vorzulegen (2015).

Ich erinnere mich nicht mehr genau, wann und wo ich Ben-Chorin zum ersten Mal begegnet bin. Vermutlich bei einem der Empfänge deutschsprachiger Kommunitäten in Jerusalem: entweder auf dem Zionsberg oder bei der Erlöserkirche in der Altstadt oder im Österreichischen Hospiz im muslimischen Viertel. Aber genau erinnere ich mich an seine wache Neugierde für einen jungen deutschen Theologen, der überdies Literaturwissenschaftler ist. Zu meiner Freude laden Ben-Chorin und seine Frau Avital mich in ihr Haus ein, und zwar zur Feier des Schabbat. Die Adresse ist leicht zu finden: Ariel Street Nr. 3 im Stadtteil Romema. Ich bewohne ein kleines Zimmer ganz in der Nähe.

Erstmals in meinem Leben nehme ich an einer häuslichen Feier des Schabbat teil und werde Zeuge des Rituals und der Gebete zur Eröffnung des Schabbat an einem Freitagabend nach Sonnenuntergang. Ben-Chorin mit der Kippa auf dem kahlen Schädel, einen Gebetsschal um die Schultern, zwischen Hebräisch und Deutsch hin- und herpendelnd, den Kiddusch, den Segensspruch, über den vollen Becher Wein sprechend: *Baruch ata Adonai Eloheinu Melech Haolam borei pri hagafen.* »Gelobt seist Du, Ewiger unser G'tt, König der Welt, der Du die Frucht des Weines erschaffen hast.«

Heute, beim Überdenken der Szene, kommt mir Heines herrliches Gedicht »Prinzessin Sabbat« aus den »Hebräischen

Melodien« seines »Romanzero« in den Sinn (s. Kap. V). Damals spüre ich erstmals in dieser Dichte die im Schöpfungslob und im Schöpfungsdank zur Sprache kommende tiefe Gemeinsamkeit von Juden und Christen.

Sinnlich-anschaulich beginne ich zu begreifen: Ohne Verbindung zum Judentum wäre das Christentum buchstäblich wurzellos. »Nicht du trägst die Wurzel, sondern die Wurzel trägt dich«, hatte ja auch schon der Völkerapostel Paulus Heidenchristen zurufen müssen (Röm 11,8), die glaubten, die Überlieferungen Israels seien für sie ohne Bedeutung. Als ob Israel nicht »Gottes erste Liebe« (Friedrich Heer), als ob die Hebräische Bibel nicht Gottes »Erstes Testament« (Erich Zenger) gewesen ist, als ob Gott nicht »zuerst zu den Juden gesprochen hat« (Karfreitagsfürbitte in der katholischen Liturgie ab 1974). Ja, als ob Christen nicht gemeinsam mit Juden »an den einen Gott« glaubten, »der in der Geschichte handelt« und »weiterhin im Volk des Alten Bundes« wirkt und »einen Weisheitsschatz entstehen« lässt, »der aus der Begegnung mit dem göttlichen Wort entspringt«. Grund dafür, warum es »auch für die Kirche eine Bereicherung« ist, »wenn sie die Werte des Judentums aufnimmt« (Papst Franziskus, Apostolisches Schreiben »Evangelii gaudium«, 2013, Nr. 247–249).

Kafka in Israel?

Bei Tisch kommt Ben-Chorin auf deutsch-jüdische Dichter zu sprechen. Er weiß um mein Interesse für die Literatur. Vor Hitler hatten sie fliehen müssen, und einige von ihnen waren nach Jerusalem geflohen. Else Lasker-Schüler gehört dazu, auch Max Brod (1884–1968) aus Prag. Brod hat ein eigenes großes literarisches und musikalisches Werk hinterlassen (s. nächster Abschnitt), weltberühmt aber ist er bis heute als Nachlassverwalter und früher Biograph seines 1924 mit erst

40 Jahren an Tuberkulose verstorbenen Freundes Franz Kafka (1883–1924). Ohne Brod besäßen wir dessen noch unpubliziertes Werk nicht, nicht die Tagebücher, nicht die Fragment gebliebenen Romane oder die sonstigen Manuskripte. Kafka hatte alles Unpublizierte vernichtet sehen wollen. Mit guten Gründen aber hatte sich Brod darüber hinweggesetzt und so ungewollt sein eigenes Schicksal mit besiegelt. Der Freundschaftsdienst an Kafkas Werk führt zur Verschattung des eigenen. Ben-Chorin hatte Max Brod in Jerusalem noch persönlich erlebt. Was mich meinerseits motiviert, Brods und Kafkas Geschichte viele Jahre später selber einmal ausführlicher nachzugehen. Es ist eine eigene dramatische Geschichte, von der ich zunächst erzählen muss, die aber in Jerusalem im Haus von Ben-Chorin ihren Ausgang genommen hat. Es war Ben-Chorin, der mich auf Brods Kafka-Biographie (1954) verwiesen hatte.

Ich weiß noch, wie überrascht ich bin, als ich bei meinen Kafka-Studien hier auf die Information stoße, Kafka habe in seinem letzten Lebensjahr 1923/24 intensiver denn je zuvor daran gedacht, »nach Palästina überzusiedeln, wenn er gesund würde« (in: Max Brod, Über Kafka, 1974, 177). Kafka und das Judentum, *sein* Judentum: darüber hatte ich immer wieder geforscht, nicht zuletzt nach meinen Erfahrungen in Jerusalem. Kafka und die Kabbala, Kafka und der Chassidismus, Kafka zwischen West- und Ostjudentum: Das waren große Themen, und dazu hatte ich immer wieder Literatur konsultiert. Dabei stand mir Kafkas Äquidistanz zu einem verflachten, traditionsvergessenen, »assimilierten« Westjudentum (das er im eigenen Elternhaus erlebt hatte) ebenso vor Augen wie zu einem traditionsbeladenen, orthodoxen Ostjudentum, dem er in Prag ebenfalls begegnet ist. Aber Kafka in Israel? Kafka als Zionist? In keinem seiner literarischen Texte wird direkt für den Zionismus geworben, keiner hat eine explizit zionistische »Botschaft«. Wenn »Judentum«

oder »Jüdisches« in Kafkas literarischen Texten präsent ist, dann bestenfalls parabolisch verschoben und verschlüsselt. Was also?

Biographisch unbestreitbar aber ist auch: Kafka hat unter dem Einfluss von Prager Zionisten ernsthaft daran gedacht, *persönlich* nach Palästina überzusiedeln, um dort ein neues, authentisch jüdisches Leben zu führen und am zionistischen Aufbauwerk mitzuwirken. Dabei dürften auch klimatisch-gesundheitliche Überlegungen des Kranken eine Rolle gespielt haben. 1923 liegt sogar eine konkrete Einladung nach Palästina vor, auch schon ein Reiseplan, nachdem ihn sein Arbeitgeber, die Prager Unfallversicherungsanstalt, aus Krankheitsgründen zum 1. Juli 1922 pensioniert hatte. Endlich, war doch die Tuberkulose schon im Sommer 1917 ausgebrochen. Auch sprachlich ist Kafka vorbereitet. Er hatte schon von 1914 bis 1917 Hebräisch zu lernen begonnen, anfangs mit einem Lehrbuch, dann regelmäßig mit dem Rabbinersohn Friedrich Thieberger (1888–1958), dann 1923 sogar mit einer Privatlehrerin in Prag. Etwa 350 Seiten mit hebräischen Aufzeichnungen haben sich in Kafkas Nachlass erhalten. Einzelheiten erfahre ich durch das Kapitel »Der Hebräischlehrer« in den autobiographischen Aufzeichnungen »Da geht Kafka« (1965) des Prager Schriftstellers Johannes Urzidil (1896–1970).

Doch seine fortgeschrittene Erkrankung verhindert die rasche Umsetzung des Palästina-Plans. Und setzt eine neue Geschichte aus sich heraus, die mich bis in die jüngste Zeit hinein beschäftigen sollte. Ich verdanke sie Michael Kumpfmüller, der das letzte Jahr Kafkas in seinem Buch »Die Herrlichkeit des Lebens« (2011) in einer Mischung aus Dokumentation und Fiktion eindrucksvoll beschrieben hat. Denn auch dies ist ein biographisches Faktum: Mitte Juli 1923 fährt Kafka zunächst zur Erholung an die Ostsee: in den Bade- und Luftkurort Müritz. Hier lernt er die 25-jährige, aus einer orthodoxen Familie im polnischen Pabianice stammende Dora Diamant

(1898–1952) kennen, die in einer Ferienstätte des Berliner Jüdischen Volksheims als Wirtschafterin und Betreuerin der Kinder arbeitet. Sie sollte seine letzte Lebensgefährtin werden, eine Frau, die Kafka bis zu seinem Tod in einem Lungensanatorium in Kierling bei Klosterneuburg unweit von Wien am 3. Juni 1924 ihre ganze Fürsorge angedeihen lässt. Auch sie hatte – gegen den Widerstand ihrer chassidisch-orthodoxen Familie – den Traum von Palästina im Kopf, hatte sich mit zionistischen Klassikern wie Theodor Herzl (1860–1904) beschäftigt, hatte Neuhebräisch (Iwrith) zu lernen begonnen, sich aus der Strenge und Enge der Familie befreit und war 1920 nach Berlin gegangen.

Mit Dora Diamant verbringt Kafka denn auch den Herbst/Winter 1923/24 in verschiedenen Wohnungen in Berlin, zwei davon in Steglitz, eine dritte in Zehlendorf. In dieser Zeit muss man unter teilweise bedrückenden finanziellen Verhältnissen leben. Es herrscht eine schwindelerregende Inflation im Deutschen Reich. Mit Dora besucht Kafka an der Hochschule für die Wissenschaft des Judentums im Berliner Scheunenviertel Hebräisch- und Talmudkurse. Heute ist hier als Leo-Baeck-Haus, Tucholskystraße 9, der Sitz des Zentralrates der Juden in Deutschland untergebracht. Dora ist eine »vorzügliche Hebraistin«, wie sich Brod erinnert (1954, 172), die Kafka aus der Hebräischen Bibel vorzulesen pflegt. Sie wäre *die* Partnerin für Palästina gewesen! Doch Kafkas Krankheit erlaubt ihnen nur noch, mit Gedanken an eine gemeinsame Zukunft in Palästina zu spielen.

Seltsam zu denken freilich, Kafka wäre mit Dora tatsächlich nach Palästina ausgewandert und sie hätten diejenigen Phantasiespiele verwirklichen können, die Brod festgehalten hat. Kafka habe, schreibt er, bei einem seiner Besuche in Berlin »einmal ausführlich den Plan« entwickelt, mit Dora gemeinsam, die so vorzüglich koche, einen kleinen Restaurationsbetrieb zu mieten, in dem er sich als Kellner nützlich machen werde« (1954, 177). Und sein Werk? Hätte Kafka in Palästina daran weitergearbeitet? Hätte er die großen Romane vollendet, vollenden wollen und wie hätte das ausgesehen? »Der Prozess«? »Das Schloss«? »Der Verschollene«, von Brod posthum unter dem Titel »Amerika« publiziert? Oder hätte er als zionistischer Pionier in *Erez Israel* seinem Werk noch einmal eine völlig andere Richtung gegeben? Wir wissen es nicht. Wir wissen nur: »Palästina blieb ein Traum, den sein Körper schließlich zunichte machte« (Reiner Stach, 2011, 536).

Wo Kafka starb: Kierling 2021

Juli 2021. Von meinem österreichischen Kollegen und Freund Heinrich Schmidinger in seine Heimatregion, die Wachau, eingeladen, fahren wir auch nach Kierling bei Klosterneuburg. Es gibt das Haus des ehemaligen Lungensanatoriums noch, in dem Kafka am 3. Juni 1924 an den Folgen einer Kehlkopftuberkulose gestoben ist. Wir brauchen von meinem Quartier in Spitz an der Donau nach Kierling gut eine Stunde mit dem Wagen, dann stehen wir vor einem großen grauen, zweistöckigen, kastenartigen Bau, in dem Kafka ab dem 19. April 1924 ein Zimmer auf der Rückseite des Hauses mit Balkon und Gartenblick bewohnt hat. Äußerlich hat das Gebäude sich nicht verändert, wie der Vergleich mit einem historischen Foto ergibt. Heute hat die österreichische Kafka-Gesellschaft hier ihren Sitz. Das zeigen Tafeln neben der Haustür. Und auch ein »Franz-Kafka-Studien- und Gedenkraum« erinnert heute an seine Präsenz in diesem Haus.

Samstag, 10. Juli 2021. Angelockt sind wir durch Infos im Internet, an diesem Tag sei der »Studier- und Gedenkraum« in Kierling geöffnet, wobei ein kleiner Film über die lebens- und werkgeschichtlichen Dokumente der Ausstellung ein

Übriges getan hatte, uns gespannt sein zu lassen. Wir bedienen die Klingel an der Haustür mit der Angabe »Kafka-Gesellschaft«. Keine Reaktion. Auch weiteres Klingeln vergeblich. Die Haustür will sich nicht öffnen. Und niemand da, den wir ansprechen könnten. Der Zugang zu den Kafka-Räumen bleibt uns verschlossen. Kein »Türhüter« öffnet auch nur einen Spalt und lässt uns wenigstens einen Blick hineinwerfen, von einer genauen Auskunft nicht zu reden. Dieses »Schloss«? Unzugänglich. Und die Umstände? Undurchschaubar. Man hat uns mit falschen Infos getäuscht. Warum? Wer hat uns hierhergelockt und vor der Tür stehen lassen? Wir kehren um und retten unsere arg ramponierte Stimmung mit Ironie: Haben wir nicht soeben eine typische Kafka-Erfahrung gemacht? Ohnmächtig ausgesetzt dem Undurchschaubaren? Die Fahrt hat sich gelohnt …

Ein Jude und Zionist über Jesus: Max Brod

Zurück zu Max Brod (1884–1968). Meine Begegnung mit seinem Werk ist jetzt zu erzählen, nicht ahnend, was die Anstöße durch Ben-Chorin in Jerusalem noch ergeben würden. Sein Brod-Porträt (1984) und sein Essay »Max Brod als religiöser Denker« (1987), die ich in seinen Schriften finde, haben mein Interesse wachgehalten (s. Lit.-Verz.). Das Entscheidende vorweg: Es ist Max Brod, der – völlig unerwartet – 1952 einen der wichtigsten Jesus-Romane des 20. Jahrhunderts vorgelegt hat. Als Jude und Zionist! Davon muss ich wenigstens kurz erzählen.

Nach dem Einmarsch der deutschen Truppen in Prag 1938 war Brod »die Rettung« vor den Fängen der Nazis und die Übersiedlung nach Palästina gelungen. Seinem jüngeren Bruder Otto ist dieses Schicksal nicht beschieden. Er kommt in Auschwitz ums Leben. Auch die drei Schwestern Kafka ent-

Abb. 12.2. Gedenktafel in Tel Aviv am Wohnhaus von Max Brod, geb. 1884 in Prag, gest. 1968 in Tel Aviv.

gehen dem mörderischen Vernichtungswahn der Nazis nicht. Elli, Valli und Ottla sowie seine Nichte Hanna werden 1942/43 in den Lagern von Chełmno und Auschwitz ermordet. Die Eltern, Hermann und Julie Kafka, entgehen diesem Schicksal nur, weil sie 1931 bzw. 1934 bereits nicht mehr am Leben sind.

Dreizehn Jahre hatte er nun schon in Palästina/Israel gelebt, als er 1952 nach einem mit Romanen, Erzählungen, Gedichten, Biographien, Abhandlungen, Dramen und Libretti schon reich gesegneten Künstler-Leben einen neuen Roman erscheinen lässt: »Der Meister«. Mittlerweile ist im Rahmen einer neuen Max-Brod-Werkausgabe im Wallstein-Verlag (Göttingen) eine Neuausgabe des Romans erschienen: 2015. Die Herausgeber hatten mich um eine Einführung gebeten. Jesus-Romane sind nun einmal seit meiner Tübinger Dissertation »mein Thema« (s. Kap. I). Und Brods Roman aus den fünfziger Jahren hatte ich seinerzeit noch ausgespart. Umso freudiger ergreife ich das Angebot, mich jetzt mit diesem Werk gründlich befassen zu können.[29]

In meiner Untersuchung kann ich im Detail zeigen, wie sehr Brods Roman aus dem Rahmen des üblichen Genres »Jesus-Roman« herausfällt. Warum? Weil er erstens von einem jüdischen Verfasser, zweitens von einem Zionisten, drittens im Lande Israel und viertens nach der Schoa geschrieben worden war. Brod hatte wie kein Autor zuvor die Chance, Schauplätze und Landschaften zu erleben, die es zu Jesu Zeiten schon gegeben hat. Narrativität hatte er aus der Anschaulichkeit generieren können. Ich versuche denn auch herauszufinden, was Brod konkret in den mehr als zehn Jahren zwischen 1939 und 1952 im Lande Jesu gesehen hat, wohin genau er gereist ist, welche Eindrücke eine Landschaft, etwa die von Galiläa, auf ihn gemacht haben mag, welche Literatur er zur Darstellung des Lebens Jesu herangezogen hat, er, der ja ein »poeta doctus« von hohen Graden ist.

Zu meiner Enttäuschung aber kann ich publizierte Dokumente nicht finden, die mir genauere Aufschlüsse hätten geben können, auch nicht entsprechende Briefe, Reisebeschreibungen oder Tagebücher. Sie mögen noch im Max-Brod-Archiv zu Tel Aviv oder in der Israelischen Nationalbibliothek zu Jerusalem liegen, wo sie der Auswertung harren. Eine lohnende Forschungsaufgabe für einen jüngeren Menschen als mich. Auch die Lektüre seiner Autobiographie »Streitbares Leben« hat mich in dieser Hinsicht enttäuscht. Brod beschränkt sich hier auf eine in ihrer lapidaren Kürze kaum noch zu unterbietenden Klammerbemerkung: »der ›Meister‹ (ein Buch aus der Zeit, da Jesus wirkte)« (Streitbares Leben, 327). Als sei es selbstverständlich und nur eine Randnotiz wert, dass und warum ein Autor mit Brods jüdischen und zionistischen Überzeugungen ausgerechnet einen Roman über die Gründerfigur »des Christentums« hat schreiben wollen und dies keine sieben Jahre nach dem Ende der Schoa und keine dreizehn nach seiner Flucht aus dem »christlichen« Europa.

So halte ich mich in meinem »Nachwort« zur Neuausgabe genau an den Text, und der liefert reiche Perspektiven auf den, der bei Brod als »der Meister« schlechthin auftritt, in dem sich »die Energie seines Volkes in höchster Vollendung« gezeigt habe. »Seines Volkes«! Selbst Martin Buber hat als jüdischer Denker nichts Schöneres über den Mann aus Nazaret gesagt. Ich zeige denn auch im Detail, dass Brods Roman ein vielstimmiger, eigenständiger, aber noch völlig unentdeckter Beitrag zu einem jüdisch-christlichen Gespräch ist. Erzählt Brod von Jesus doch als einem Meister »der Entfeindung« in einer von Hass und Gewalt zerrissenen Welt. Nimm und lies, möchte ich potentiellen Leserinnen und Lesern auf beiden Seiten zurufen

Am Ende Jerusalem: Else Lasker-Schüler

Und dann Else Lasker-Schüler (1869–1945). Ben-Chorin erzählt ausführlich auch von ihr. Auch sie hatte er noch persönlich erlebt, als sie im Café Sichel an der Ben-Jehuda-Straße in den vierziger Jahren wie einst im »Romanischen Cafe« zu Berlin »Circle« gehalten hatte. Auch über sie hat er geschrieben, über die alt gewordene, in ihrer geistigen Heimat heimatlose Dichterin, geboren 1869 in Wuppertal, Autorin des später berühmten Dramas »Die Wupper« (1908; UA 1919), Verfasserin »unsterblicher« Gedichtbände von den »Hebräischen Balladen« (1913) angefangen bis zum letzten, 1943 noch in Jerusalem erschienenen Band »Mein blaues Klavier«. Der Titel sollte an die expressionistische Malergruppe »Der blaue Reiter« erinnern, mit der sie in ihren besten Zeiten in Verbindung gestanden hatte. Ich höre wie gebannt zu. Ben-Chorin erzählt von einem Drama aus der an Dramen wahrhaftig nicht armen Geschichte des deutschen Judentums. 1933 hatte sie vor Schmähungen und tätlichen Angriffen auf offener Straße in die Schweiz fliehen müssen. Von Zürich aus unternimmt sie 1934 und 1937 zwei Reisen nach Palästina, das sie nach der ersten Reise in einem hochpoetischen, bibelgesättigten und mit zahlreichen ihrer Gedichte und Zeichnungen ausgestatteten Buch als »Hebräerland« (1937) mythisch-spirituell verklärt. Als begnadete Poetin hatte sie einen doppelten Blick auf dieses Land, die doppelte Optik des Raums und der Zeit, und war so in der Lage, die Grenzen zwischen dem uralt-ewigen und dem gegenwärtig-irdischen Jerusalem fließend zu machen. Andrea Henneke-Weischer hat dieses Werk in ihrem Buch »Poetisches Judentum. Die Bibel im Werk von Else Lasker-Schüler« (2003) glänzend analysiert, eine Arbeit, die ich in Tübingen als Dissertation habe betreuen können.

Von ihrer dritten Reise 1939 aber kann sie in die Schweiz nicht mehr zurückkehren; nach Ausbruch des Krieges verweigern die Behörden der mittlerweile 70-Jährigen die erneute Einreise. Als sie von jetzt ab in Jerusalem leben muss, erlebt sie, die Neuhebräisch nicht mehr lernen kann, einen harten Zusammenstoß von Traum und Wirklichkeit. »Man stelle sich vor, Hölderlin wäre nach Athen übergesiedelt«, wird Ben-Chorin in Anspielung auf Hölderlins schwärmerischen Griechenland-Briefroman »Hyperion« über sie schreiben (in: Begegnungen, 1991, 109). Eine glänzende Formulierung, wie Ben-Chorin überhaupt ein glänzender Erzähler ist.

Und so sieht man die Dichterin in den letzten Jahren ihres Lebens auf den Straßen Jerusalems flanieren, fremd geblieben in ihrer neuen Heimat, Auftritte bei Lesungen inszenierend, welche die einen irritieren, die anderen faszinieren. »Sie fürchtete sich vor der Einsamkeit, dem Schatten des Alters«, erinnert sich Ben-Chorin. »Im ›Kraal‹ hatte sie eine literarische Vereinigung geschaffen, in welcher sie selber ihre Dichtungen vorlas, auch andere Autoren einlud, bekannte Schriftsteller und unbekannte Anfänger. Sie selbst verfertigte handschriftlich, oft mit Zeichnungen geschmückt, die Einladungen, trug sie aus (um das Porto zu sparen) und hängte Plakate in die wenigen Buchhandlungen, in welchen Interesse für diese Veranstaltungen zu erwarten war. Anfang des Jahres 1945 erkrankte die Dichterin an Angina pectoris und starb am 22. Januar im Hadassah-Hospital auf dem Skopus. Auf dem Ölberg über Jerusalem wurde sie beigesetzt« (Ebd., 110).

Das Begräbnis leitet ihr Freund und Verehrer Rabbiner Dr. Kurt Wilhelm (1900–1965). Er stammt aus Magdeburg, hatte 1929 die Reformsynagoge in Dortmund geleitet, war 1933 nach Palästina eingewandert und ist jetzt Leiter der 1936 gegründeten Reform-Synagoge Emet ve-Emunah in Jerusalem.[30] Es ist dieselbe Synagoge, in der Martin Buber ab November 1942 regelmäßig Vorträge halten, die aber auch von Schalom Ben-Chorin und seiner Frau Avital, geb. Fackenheim (1923–2017) besucht werden wird. Und es ist derselbe Rabbiner, der das Ehepaar Ben-Chorin seinerzeit getraut hatte, derselbe, der 1948 als Oberrabbiner nach Schweden wechseln und sich dort, in Stockholm, auch um die nach Schweden geflüchtete Nelly Sachs kümmern wird.

Gebannt höre ich auch vom tragischen Nachspiel im Blick auf das Grab von Else Lasker-Schüler auf dem Ölberg. 1948 wird das Gelände bei der Teilung Jerusalems jordanisches Gebiet. Durch eine Straße, welche die jordanische Verwaltung 1960 quer durch den uralten jüdischen Friedhof bauen lässt, wird das Grab der Dichterin ausgelöscht. Nach der Eroberung Ostjerusalems im Sechstagekrieg finden Israelische Einheiten immerhin noch ihren Grabstein. Er wird an seinem heutigen Ort aufgestellt. Welch eine Geschichte von einer Frau, die nach der Droste als die bedeutendste deutsche Dichterin gilt, gezwungen zu einem unruhigen Leben im Schatten des deutschen Antisemitismus, zerrieben von der Paradoxie, am Ende ihres Lebens als Jüdin im »Land der Verheißung« zu

Abb. 12.3. Gedenkstein für Else Lasker-Schüler, geb. 1869 in Wuppertal, gest. 1945 in Jerusalem.

leben, das für sie zugleich aber bitteres Sprachexil ist, Erfüllung und Falle zugleich. Noch nicht einmal in ihrem Grab hatte sie Ruhe finden können.[31]

Elazar Benyoëtz' Werk – eine Entdeckung

Mein erster Eindruck von ihm? Ein kleines graues Bändchen in quadratischem Format. Schon diese Form ist ungewöhnlich, auch der bibliophile Druck. Der Name des Autors sagt mir noch nichts, damals, im Jahr 1996, als ich mit ihm in Wien an einem Symposion teilnehme. Ein Büchertisch ist vorbereitet, und da liegt dieses Bändchen auf. Am Titel bleibe ich gleich hängen: »*Identitäuschung*«. Welch ungewöhnliche Wortkombination. Die Worte Identität und Täuschung so zueinander gebracht, dass sie verwechselbar werden. Identität als Täuschung und Täuschung als Identität.

Ich schlage das Bändchen auf, suche das Titel-Wort im Text. Ich finde es und lese unter der Überschrift: Assimilation und Identitäuschung: »Ein Jahr vor Österreichs Anschluss an das Dritte Reich (1937) bin ich in Wiener Neustadt [als Paul Koppel] zur Welt gekommen, ein Jahr danach sollte ich schon aus ihr ausgeschlossen werden. Zurückblickend war der Ausschluss gelungen, es gab mich bis heute nicht, der Welt bin ich dennoch nicht abhandengekommen, und nun gibt es mich, wie Sie sehen, auf Einladung, wie bestellt.« Das war anlässlich der ersten Lesung von Elazar Benyoëtz 1995 an ein österreichisches Publikum gesprochen. Was für ein Autor mag das sein, frage ich mich. Ein in Österreich geborener und aus Österreich vertriebener Mann jüdischer Herkunft, der dennoch in Österreich auftritt? Ein in Israel lebender Autor, der weiterhin deutsch schreibt und in Deutschland publiziert? Identität? Täuschung?

Dann beginnt er zu lesen, 1996, auf diesem Symposion in Wien. Stets eine schwarze Mütze auf dem Kopf, das Gesicht von einem weißen, kurz geschnittenen Bart eingerahmt. Es geht um die Zukunft der Religion im 21. Jahrhundert. Was er liest, berührt mich. Er redet nicht über die Zukunft, er spricht über Biblisches, Jüdisches, über Stoffe aus uralten Zeiten also.

Abb. 12.4. Elazar Benyoëtz, geb. 1937 in Wiener Neustadt, bei einer Lesung.

Auf billige Aktualisierungen lässt er sich nicht ein. Er biedert sich nicht an, hat keine wohlfeilen Zukunftsrezepte zur Hand. Er vertraut ganz offensichtlich darauf, dass in biblischen und jüdischen Überlieferungen Urfragen aufbewahrt sind, die auch in die Zukunft weisen, weil sie unabgegolten sind. Ich höre: »Das biblische Drama beginnt mit zwei Fragen, die uns nie mehr zur Ruhe lassen sollten. Die eine Frage, die schlechthin spracherste, ist die von Gott an sein eben ins Dasein gerufenes Geschöpf: Wo bist du, was meint: warum hast du dich in den Garten verkrochen, dessen Hüter du doch sein solltest? […] Die zweite Frage ist die vom Menschen, in seiner aufdämmernden Fragwürdigkeit, an seinen Schöpfer: Soll ich meines Bruders Hüter sein?«

Dieser Frag-Würdigkeit Gottes und seiner Schöpfung ist dieser Autor auf der Spur. Aber er lässt nicht ab von Gott – der Schoa zum Trotz. Wenn er von Gott redet, scheint er zu schreiben nach der Devise: Wenn ich dich liebe, Gott, was geht's dich an? Seine Prosa besteht denn auch aus immer neuen Variationen zu diesem Thema: Glauben und Zweifel, Hinnahme und Rebellion, Wahrnehmen und Infragestellen. Titel wie »Treffpunkt Scheideweg« (1990) oder »Brüderlichkeit. Das älteste Spiel mit dem Feuer« (1994) sind Programm. Seine Form ist der Aphorismus, wie er in der deutschsprachigen Literatur nur noch selten vorkommt, schon gar nicht in dieser Konsequenz und Brillanz.

Ich sitze in Wien zu seinen Füßen und bin wie gebannt von diesem Mann. Oft habe ich seither so zu seinen Füßen gesessen und seinen Lesungen gelauscht, ob in Tübingen oder Jerusalem. In der Sache spüre ich eine innere Nähe. Und die »Sache« heißt: Gottesleidenschaft. Und zwar im doppelten Sinn des Wortes: Leiden an Gott und Leiden am Missbrauch mit dem Namen »Gott«. Denn auch ich hatte in Wien damals nicht die Absicht, über die Zukunft der Religion im 21. Jahrhundert zu spekulieren. Vielmehr hatte auch ich über eine der großen biblischen Gestalten gesprochen, die Juden, Christen und Muslime hinter sich und vor sich haben: Abraham. Sofort fühlte ich mich verstanden, als ich von Benyoëtz in Wien höre:

> »Das Judentum beginnt bei Abraham und erreicht
> mit ihm bereits sein hohes Alter
> Judentum – das Licht, das die Zukunft auf unsere
> Gegenwart zurückwirft
> Das Leben ist eine Geschichte, man muss sie gut
> erzählen können, um gelebt zu haben.«

Nach unseren Beiträgen essen wir gemeinsam zu Mittag. Wir sitzen uns »zufällig« gegenüber. Benyoëtz nimmt mich zunächst kaum wahr. Und doch hatte ich den Eindruck, er beobachte mich, warte ab, kann sich noch nicht zu einem Kontakt entschließen. Er weiß vermutlich auch nicht, wie er diesen christlichen Theologen einzuschätzen hat, der über Abraham als Vater des Glaubens für Juden, Christen und Muslime gesprochen und die Vision einer »abrahamischen Ökumene« entworfen hat.

Erst in dem Moment öffnet er sich, als ich ihm erzähle, ich hätte ein Buch über die Theologie des Lachens geschrieben. Das war 1994 gewesen. Das interessiert ihn. Abrahams Lachen, Saras Lachen. Trauern und Lachen, zusammengezogen in der Gestalt des Isaak, dessen Name wörtlich übersetzt heißt: Gott lacht. Ich verspreche ihm, mein Buch nach Israel zu schicken. Am 12. März 1997 antwortet er mir. Es ist der Beginn einer kleinen Korrespondenz zwischen uns. Er schickt einen Brief und legt etwas »Rares« für mich bei, sein Bändchen »Wort in Erwartung«. In dem Brief steht noch:

> »Ihr Buch, lieber Herr Kuschel, hat mich hocherfreut, nicht immer tief befriedigt.
> Echt ist die biblische Situation, nicht die lexikalisch aufgebaute Systematik. Groß ist Abrahams Lachen, weil es unverhüllt vor Gott geschieht, und weil es mit dem versteckten Lachen Sarahs korrespondiert. Aus dem Lachen beider fügt sich der Name Jizchak – der zum Opfer vorgesehene Knabe, der traurige Erzvater, an dem alles zum Weinen, nichts zum Lachen sein wird.
> Dieses Lachen hat ein Herz, das blutet. Es ist angenehm zu erfahren, dass Gott seine Launen hat und dass er manchmal bei guter Laune ist; ich würde das Lachen nicht so biblisch ernst nehmen. Aber Ihr Buch ist schön.
> Mit herzlichem Dank, Schalom, Auf Wiedersehen ›in Abraham‹!«

Eine Laudatio in Weinsberg: 2011

Noch zweimal sehen wir uns wieder. Das eine Mal Ende Dezember 1999 zu einer Lesung in Jerusalem. Ich bin durch meinen langjährigen Freund und Weggefährten Wilhelm Bruners zu einem von ihm einberufenen einwöchigen Seminar für eine deutschsprachige Gruppe eingeladen. Das Thema ist dem Jahrtausendwechsel geschuldet: »Apokalypse! Weltuntergang als Thema der Literatur«. Bruners, ein Priester der Diözese Aachen und promovierter Neutestamentler, ist Dozent und Leiter der Bibelpastoralen Arbeitsstelle des Katholischen Bibelwerks Österreich. Wir tagen an einem besonderen Ort: dem Österreichischen Hospiz im muslimischen Viertel der Altstadt. Ein in diesem Kontext fast exotisch anmutendes Bauwerk, das noch einen Hauch von K.u.k.-Monarchie verströmt.

Selber Lyriker mit bemerkenswerten Gedichtbänden (»Niemandsland. Gott«, 2015; »Zuhause in zwei Zelten«, 2017; »Am Rande des Tages«, 2020) ist Wilhelm Bruners Mitglied einer Gruppe jüdischer deutschsprachiger Autoren und Autorinnen in Jerusalem mit Namen »Lyris«. Als Überlebende der Schoa haben sie trotz allem an der deutschen Sprache festgehalten, die ja nicht nur die Sprache Hitlers und Goebbels, sondern zum Glück auch die Sprache Mendelssohns, Heines, Kafkas und Bubers ist. Hier hat er Manfred Winkler (1922–2014) kennengelernt, einen Schriftsteller mit Czernowitzer Wurzeln, der seit 1952 in Israel lebt und sich mit Gedichten in hebräischer und deutscher Sprache einen eigenen Namen gemacht hat. Winkler stellt den Kontakt zu Elazar Benyoëtz her, der in Jerusalem eine kleine Arbeitswohnung unterhält. Bruners hat ihn gelegentlich besucht, und so folgt Benyoëtz gerne seiner Einladung zu einer Lesung für die von ihm und mir betreute literarische Gruppe. Sie findet am 30. Dezember 1999 im Österreichischen Hospiz statt.

Ein zweites Wiedersehen dann am 18. September 2011 in Weinsberg (bei Heilbronn), in der Stadt, in der einer der großen schwäbischen Dichter der Romantik gelebt und gearbeitet hat: Justinus Kerner (1786–1862). An diesem Tag nimmt Benyoëtz den »Justinus-Kerner-Literaturpreis« der Stadt entgegen. Mich hatte man eingeladen, die Laudatio zu halten, deren Text mittlerweile in der Festschrift zum 80. Geburtstag des Dichters veröffentlicht ist: »Zugrunde gegangen und hoch in die Jahre gekommen. Gabe zum 80. Geburtstag des Dichters Elazar Benyoëtz herausgegeben von Michael Bongardt, 2019. Ich freue mich über seine Reaktion auf meine Rede, die er mir hinterher zukommen lässt: »Aus einer langen, denkwürdigen Deutschlandreise heimkehrend«, schreibt er mir einige Tage nach Weinsberg, »will ich unverzüglich Ihnen noch einmal für ihren großen Einsatz danken. Ihre Rede war nicht nur ein Kunststück, sie war auch ein Herzstück, ich konnte mich sehen, mir sogar zusehen. Es war ein schönes Erlebnis, ich konnte es Ihnen nicht sagen, doch Sie haben gesehen, was zu sehen war.«

In meiner Rede hatte ich den Versuch gemacht, die Unverwechselbarkeit des Werkes von Benyoëtz im Kontext deutschsprachiger Gegenwartsliteratur zu bestimmen. Denn immer deutlicher war mir geworden: Unverwechselbar ist seine Herkunft, unverwechselbar sein Weg, unverwechselbar das Profil seines literarischen Werkes. Als Paul Koppel war er 1937 in Wiener Neustadt (Niederösterreich) in eine jüdische Familie hineingeboren worden. Was Exil und Verbannung an Tragödie bedeuten, hatte er schon als Kind erfahren. Mit sechs Jahren verliert er auch noch den Vater. Eine weitere Zäsurerfahrung, die ihn später sensibler als andere die Risse und Brüche in Kultur und Sprache wahrnehmen und beschreiben lässt. Denn Sprache wird sein Medium. Heimat aber gibt ihm zunächst das Hebräische. Muttersprache ist es, dieses Neu-Hebräisch. Buchstäblich Mutters Sprache. Ihr schenkt er als Kind, das jetzt in Israel aufwächst, derart »Gehör«, dass er mit 12 Jahren, 1951, sein erstes Gedicht schreiben kann, in Iwrith notabene. In den nächsten zehn Jahren entstehen vier Gedichtbände im Idiom von Mutter und Mutterland. Und Paul Koppel hat sich mittlerweile einen hebräischen Namen zugeschrieben: Elazar Benyoëtz. Der Namenswechsel ist Programm. Er signalisiert mehr als »neue Heimat«, spielt sich mehr zu als eine attraktive Künstlerpseudonymität. Er signalisiert Herkunftsbewusstsein, geschichtliche Tiefe und familiäre Wurzeln. »Elazar« (wörtlich: »Gott hat gegeben«): das verweist auf den Großvater väterlicherseits, auf Elazar Koppel, der in Wiener Neustadt ein eigenes orthodoxes Gebetshaus unterhielt, das es aber seit dem Novemberpogrom 1938 nicht mehr gibt. Yoëtz (wörtlich: »Ratgeber«) verweist auf den eigenen Vater, Gottlieb Yoëtz Koppel (1897–1943), der früh, allzu früh mit nur 46 Jahren verstorben war. »Gott hat gegeben. Sohn des Ratgebers«: Wer sich diese Namen gibt, weiß sich verpflichtet. Verpflichtet worauf? Auf Gottes Sprach-Vermächtnis mehr als auf alles andere. *Gott* hat gegeben.

Die Bücher dieses Autors sind denn auch allesamt Explorationen in ein fremd-vertrautes Land namens »deutsche Sprache«, sind immer neue Tests, was diese Sprache noch taugt. Schon die Titel seiner Bücher signalisieren kalkulierte Mehrsinnigkeit, als herrsche die Angst vor, durch *ein* Wort sich festzulegen, durch einen Begriff in die Falle des Klischees zu geraten: »Vielleicht – Vielschwer« (1981), »Treffpunkt Scheideweg« (1990), »Paradiesseits« (1992), »Scheinhellig« (2009), »Fraglicht« (2010), »Folgenichtig« (2014), »Aberwenndig« (2018).

»Segen« liegt auf dieser Arbeit an Sprache, trotz allem, nicht Tragödie, nicht Fluch, überblickt man sein deutschsprachiges Werk, das 1969 mit einem ersten Aphorismenband unter dem Titel »Sahadutha« begonnen hatte. Ein Segen, den er sich bei keiner Geringeren als der altgewordenen Else Lasker-Schüler *a*bgeholt hatte. Ich kenne in Benyoëtz' Autobiographie von 2001 keine anrührendere Szene als die, die Anfang der vierziger Jahre in einem Kinosaal zu Tel Aviv spielt. Er überliefert sie kalkuliert als hochsymbolischen Akt, und ich begreife, warum. Der Junge wird zunächst Zeuge einer der grotesken Auftritte der alten Dichterin: »Vor einem Tisch in schwarzer Tracht, zwischen zwei Kerzen abrakadabrierend, von Geldmünzengeklingel begleitet, stand sie – die einzige Hexe, die ich je leibhaftig vor Augen gesehen habe«, schreibt Benyoëtz. »Obwohl sie den Eindruck machte, sie könnte jedes Wort in einen Besen verwandeln und flugs durch den Kamin davonfliegen, erweckte sie doch unendliches Vertrauen in mir, so daß ich mich, als die Zaubersprüche verklungen waren, zu ihr schlich. So stand ich vor ihr: in kurzen weißen Hosen, eine rotgetupfte Bluse, die meine Mutter mir selbst genäht hatte, und mit einem weißen Wollkäppchen, das einen ganz außerordentlichen Spitz hatte. So stand ich also vor der Hexe, die mich mit ihrem Dämonenpaar anschaute, als fände sie mich würdig, ihr Spielgefährte zu sein; sie legte ihre Hand auf meinen Kopf und sagte: ›Kleiner Joseph‹« (Allerwegsdahin, 2001, 13).

Ein Gespräch mit Ilana Shmueli: 2005

Ben-Chorin und seine Erzählungen über Franz Kafka, Max Brod und Else Lasker-Schüler in Jerusalem. Benyoëtz und sein Werk als in Jerusalem lebender Israeli und deutschschreibender Dichter. Eine dritte Figur zu beschreiben gehört ebenfalls hierher. Ich habe von ihr im Tübingen-Kapitel schon berichtet (Kap. I). Jetzt geht es um die Jerusalem-Erfahrung dieses Dichters auf der Suche nach seinem Judentum. Paul Celan und *sein* Judentum, das ist noch einmal ganz anders als bei Kafka, Brod, Lasker-Schüler und Benyoëtz eine schwer fassbare Größe, gerade weil sie im Leben dieses Mannes aus Czernowitz nicht wegzudenken ist, zugleich aber nur vielfach gebrochen sichtbar wird.

In der Tat hat Celan an seiner Verbindung zum Volk Israel nie einen Zweifel gelassen, zumal Antisemiten ihn stets daran erinnerten. Deshalb musste sich ihm auch die Frage nach seinem Verhältnis zum 1948 neu gegründeten Staat Israel stellen. Warum als Angehöriger dieses Volkes nach den Erfahrungen der Schoa in Europa und nicht im Staat der Juden leben? War er nicht geschaffen worden, um den verstreut lebenden und stets gefährdeten Juden in aller Welt eine geschützte Heimat zu geben? Eine Klärung musste erfolgen. Und in diesem Prozess spielt eine junge Frau eine Schlüsselrolle, die Celan noch aus Czernowitz kennt, wo sie 1924 als Liane Schindler zur Welt gekommen war. Ihr jetziger Name ist Ilana Shmueli. 1944 war sie aus dem von den Deutschen 1941 errichteten Ghetto der Stadt mit ihrer Familie über Constanza und Istanbul nach Israel geflohen, hatte Musik- und Sozialpädagogik studiert, den Musikwissenschaftler Herzl Shmueli geheiratet und in Tel-Aviv als Sozialpädagogin im Bereich Jugendkriminalität gearbeitet.

Viele Jahre sind inzwischen vergangen, da sucht Ilana Shmueli im September 1965 – ungeplant – Celan in dessen Pariser Wohnung auf. »Wir sprachen über die 21 Jahre, die zwischen uns lagen. Es war von seinen Gedichten die Rede und davon, was Schreiben für ihn bedeutet«, erinnert sie sich. Sie verspricht, ihm Jerusalem zu zeigen, aber es vergehen vier Jahre, bis es so weit ist. Am 30. September 1969 trifft Celan in Israel ein, eingeladen auf Vermittlung von Freunden durch die Kulturabteilung des israelischen Gewerkschaftsbundes Histadrut. Nach dem siegreichen Sechs-Tage-Krieg im Juni 1967 war die politische Situation eine andere geworden. Unter anderem war Jerusalem wieder vereint worden.

Persönliche Dokumente von Celans Hand über einzelne Reisestationen gibt es kaum, aber Ilana Shmueli hat auf Bitten des Dichters genau festgehalten, wie der Besuch in Jerusalem abgelaufen ist. Und diese Überlieferung ist deshalb reich, weil Celan ihr schon kurz vor der Israel-Reise, aber auch danach zahlreiche Briefe geschickt und diesen Briefen Gedichte beigelegt hat. Die breitere Öffentlichkeit erfährt erstmals davon durch ihr Buch aus dem Jahre 2000: »Sag, daß Jerusalem ist. Über Paul Celan. Oktober 1969 bis April 1970«, ergänzt durch das vollständige, aus Briefen und Gedichten bestehende Material: »Paul Celan – Ilana Shmueli, Briefwechsel« aus dem Jahre 2004. Die Dokumente reichen vom 26. Juni 1967 (nach Ende des Sechs-Tage-Kriegs) bis zum 12. April 1970, gut eine Woche, bevor Celan in Paris aus dem Leben geht. So wird Ilana Shmueli »der Mensch, der ihm während seiner Israelreise im Oktober 1969 und auch bei den Aufenthalten bei ihm in Paris zwischen Ende Dezember 1969 und Anfang Februar 1970 am vertrautesten war« (Wolfgang Emmerich, 2020, 306).

Bevor ich Ende Dezember 2005 noch einmal nach Jerusalem reise, hatte ich ihre beiden Bücher gelesen. Auch das Werk der Theologin und Literaturwissenschaftlerin Lydia Koelle: »Paul Celans pneumatisches Judentum«, das 1997 als Band 7 in der von mir mitherausgegebenen Reihe »Theologie und Literatur« erschienen war. Lydia Koelle hat durch direkte Recherchen im Land die gesamte Reise Celans erstmals präzise rekonstruiert. Ich selber bin von Wilhelm Bruners abermals zu einem einwöchigen Seminar für eine deutschsprachige Gruppe eingeladen. Thema diesmal: »Die Bedeutung Abrahams in Judentum, Christentum und Islam«. Zu diesem Thema hatte ich 1994 ein Buch publiziert und 2001 in einer Neuausgabe noch einmal vorgelegt. Bruners will nach gut 15 Jahren Tätigkeit seine Arbeit in Jerusalem mit diesem gemeinsamen Seminar abschließen. Für mich eine besondere Geste der Freundschaft. Er hatte eine Stadt hautnah erlebt, die für alle drei »abrahamischen Religionen« von essentieller Bedeutung ist, nachzulesen in seinem Band »Zuhause in zwei Zelten« von 2017, zu dem ich gerne eine Einführung beigesteuert habe. Wir tagen noch einmal im Österreichischen Hospiz.

Im »Lyris«-Kreis hatte Bruners auch Ilana Shmueli kennengelernt, die nach ihrer beruflichen Tätigkeit als Sozialpädagogin sich mehr und mehr auch literarisch betätigt hatte. Eigene Gedichte entstehen (»Zwischen dem Jetzt und dem Jetzt« von 2007), eine Autobiographie (»Ein Kind aus guter Familie. Czernowitz 1924–1944«), Gedichte von Celan hat sie ins Neuhebräische zu übersetzen versucht. Ich bin überrascht, als Bruners gesprächsweise ihren Namen erwähnt und von seiner Verbindung zu ihr erzählt. Ob eine Begegnung denkbar wäre, frage ich spontan, noch ganz unter dem Eindruck der Lektüre ihrer Erinnerungen an Celan. Immerhin ist sie mittlerweile 81. Ist ihr da ein plötzlicher Besuch zumutbar? Sie lädt uns ein.

Und so kommt es zusammen mit Bruners am 25. Dezember 2005 nachmittags um vier Uhr zu einem Gespräch in ihrer kleinen Wohnung in einem der Jerusalemer Seniorenheime. Wir treffen auf eine geistig höchst präsente alte Dame, der es sichtlich Freude macht, mit uns Deutsch zu reden. Selbstverständlich sprechen wir über Celans Besuch und seine Jerusalem-Gedichte, ohne wirklich Neues zu erfahren. Sie überrascht uns mit ihrer Bereitschaft, für unsere Literatur-Gruppe im Österreichischen Hospiz aus eigenen Werken zu lesen. Wir danken und verabreden uns für den 3. Januar 2006. Zum Abschied schreibt sie mir in den Briefwechsel-Band: »Für Prof. Kuschel in Gedanken an unser Gespräch, sehr herzlich Ilana Shmueli 25.12.2005«. 2011 ist sie im hohen Alter von 86 Jahren in Jerusalem gestorben.

Celan in Jerusalem: 1969

Angestoßen von den vielen Erzählungen und Erinnerungen recherchiere ich zunächst die Fakten: Zwischen dem 30. September und dem 17. Oktober 1969, also gut drei Wochen, hatte sich Paul Celan in Israel aufgehalten: Tel Aviv, Jerusalem, Haifa. Welche Wege sie am 9. und 10. Oktober speziell in Jerusalem gegangen sind, hat Ilana Shmueli dokumentiert (Shmueli 2000, 24 f.).Als Celan dann nach Paris zurückgekehrt ist, schickt er ihr am 20. Oktober 1969 einen ersten kleinen Brief und fügt zwei Gedichte hinzu. Sie eröffnen einen 19–teiligen Jerusalem-Zyklus aus der Erinnerung, der in der deutschsprachigen Gegenwartsliteratur seinesgleichen sucht (NKG, 567–574). Das erste Gedicht war allerdings schon ein Jahr vor der Reise am 2. November 1968 entstanden, ist aber – im Vorgriff auf einen möglichen Israel-Besuch – ein besonderes Zeichen. »Hachnissini« – ein Schlüsselwort aus der Jugendzeit, das Celan in seinem Text aufbewahrt wissen wollte. Ich greife dieses Poem pars pro toto heraus:

»Mandelnde, die du nur halbsprachst,
doch durchzittert vom Keim her,
dich
ließ ich warten,
dich.

Und war
noch nicht
entäugt,
noch unverdornt im Gestirn
des Lieds, das beginnt:
Hachnissini.« (NKG, 567)

»Mandelnde«, die Bedeutung der Metapher »Mandel« ist bei Celan vielfältig. Hier steht sie für das Auge eines Gegenüber, das halb-spricht. Ein Codewort für Celan, die das zurückgenommene, undeutliche, nicht alles sagende Sprechen andeuten will. Die Mandelnde ist durchzittert vom Keim her. Etwas regt sich, etwas tut sich auf, da könnte ein Anfang liegen. Doch dieser Anfang war damals nicht gekommen. Warten ließ der Sprecher das Gegenüber. Wobei die Wiederholung des Wortes »dich« ein Erstaunen signalisiert im Sinne von »selbst dich«. Dich, die einzig Mögliche.

Die zweite Strophe präzisiert die Verbindung zu dem halb sprechenden Gegenüber, zu der Mandelnden, zu der Jüdin, die hier beschworen wird. Die gemeinsame Erinnerung ist verbunden mit dem hebräischen Wort »Hachnissini«. Es bedeutet übersetzt: »nimm mich in dich auf«. Das Wort verweist auf ein populäres Gedicht bzw. Lied von Chaim Nachman Bialik (1873–1934), dem aus dem Gebiet der heutigen Ukraine stammenden Begründer der modernen hebräischen Dichtung. Übersetzt lautet es: »Birg mich unter deine Schwingen! / Willst mir Mutter, Schwester sein? / Und dein Schoß mir Nest und Zuflucht / Flehender, verirrter Pein?« »Hachnissini« ist das erste Wort der Anfangs- und Schlussstrophe dieses Liedes.

Celan kennt den Text seit Kindertagen. Das Lied handelt von der Klage eines Menschen, der müde ist, der Ruhe und Erbarmen sucht nach einem langen, mühevollen Weg, Ruhe im Schoß von Mutter oder Schwester oder der Geliebten. Ein Klagelied und zugleich ein Liebeslied. Zu einer Zeit gesungen – in der Kindheit –, als alles »noch nicht / entäugt« war, alles noch »unverdornt«, bei Celan eine Metapher für Stacheldrahtverhaue der KZs. Eine Zeit also, in der jüdisches Leben noch relativ unbeschwert möglich war, nicht gefährdet, nicht eingepfercht in die grauenhaften Orte der Konzentrationslager. Jetzt aber: »Nimm mich in dich auf«! Ein Losungswort, das beide verbindet, aber auch ein erotisches Signal, wie es dann typisch wird für die folgenden Jerusalem-Gedichte. Denn diese Texte verdanken sich nicht nur der Begegnung mit einer unvergleichlichen Stadt, sondern auch der Präsenz einer besonderen Frau.

Jerusalem-Gedichte: Topographie und Spracherotik

Bereits der zweite Text nach der Israel-Reise ist Ausdruck dieser Mischung aus Jerusalem-Topographie und Spracherotik: »Es stand / Jerusalem um uns« *und:* »Ich stand / in dir«. Immer beides zugleich. Celan weiß: Ilana war einen anderen Weg gegangen als er selber: von Czernowitz nicht nach Westeuropa, sondern nach Tel Aviv und Jerusalem. Sie hatte sich ein neues jüdisches Leben aufgebaut, das einem selber nicht zu gelingen scheint. Das macht sie in doppelter Hinsicht »attraktiv« – als Frau und als Jüdin in Israel. Und plötzlich blitzt in der Begegnung mit dieser Stadt und dieser Frau aus der eigenen Heimat etwas auf: für einen Moment die Idee, dass sich auch für ihn Herkunft und Zukunft verbinden ließe?

Gemeinsam jedenfalls ist ihnen das Eingedenken der Verfolgungs- und Vernichtungsgeschichte des eigenen Volkes. Das Gedicht »Es stand« nimmt nicht zufällig Bezug auf Gedächtnis-Orte in Jerusalem, die man am 9. Oktober besucht hatte: »Kikar dania« zum Beispiel. Eine Anspielung auf das »Dänenschiff«. Gemeint ist ein steinernes Boot am Kikar dania, dem Dänenplatz in Jerusalems Stadtteil Beit Hakerem. Das Boot erinnert an die Rettung dänischer Juden durch einheimische Fischer des Landes im Oktober 1943. Über 7000 Juden waren vor Deportation und Ermordung durch die deutsche Besatzungsmacht bewahrt worden. Grund genug, im

Angesicht dieses »Dänenschiffs« zu danken. Celans Jerusalemer Adresse befindet sich ganz in der Nähe dieses Platzes.

Wird Jerusalem zu einer Wende in Celans Leben? Wird Herkunft zur Zukunft? Wird die unauslöschliche Verbundenheit mit dem Volk Israel zum Leben im Staat Israel? Es sieht für einen Moment so aus. »Ich stand / in dir«. In einem Brief vom 21. Oktober 1969 ein ähnliches Signal der Nähe zu Ilana, noch ungefilterter in einer Sprache, welche die Grenzen zwischen Erotik und Spracherotik verschwimmen lässt:

»Ich sehe Dich, wie Du Dich entferntest in der Nacht, sehe Dich hineingehn in diese Nacht, und wünsche, ich wäre dort, am andern Ende, Dich aufzunehmen ins Nicht-zu-Sagende [...] Dich umschlingend, an den Toren aller Vergeblichkeiten, trotzdem. Ich sehe Dein Gesicht, sehe es in Jerusalem, neben mir, unter mir, über mir, ich sehe es in Tel Aviv, in der Dunkelheit, der Schmerz strafft die Brauen über Deinen Augen, dann löst sich alles, auch ich habe ein Gesicht, das lese ich in Deinen Augen ab – auch das« (BW Shmueli, 15).

Und am selben Tag entsteht das Gedicht:

»Die Glut
zählt uns zusammen
im Eselsschrei vor
Absaloms Grab, auch hier,

Gethsemane, drüben,
das umgegangene, wen
überhäufts?

Am nächsten der Tore tut sich nichts auf
über dich, Offene, trag ich dich zu mir.« (NGK, 568)

Ich spüre bei diesen Texten immer stärker, welche Rolle Jerusalem bei Celan spielt. Es ist die nicht biblische Heilsgeschichte, die ihn bewegt, keine Zions-Theologie, keine messianische Hoffnung. Alles Biblische und Theologische ist abwesend. Es sind tastende Erkundungen, Suchbewegungen nach einer *eigenen* Zukunft, einer Koexistenz mit dem eigenen Volk in der Wirklichkeit gewordenen Heimat der Überlebenden. Seine Verse in Erinnerung an Jerusalem haben den Charakter von Zeichen, sind bewusst lapidar gehalten, parataktisch, assoziativ. Leerstellen sind mit komponiert. Wichtiges ist gesagt, Wichtiges aber auch verschwiegen, ausgespart, offengelassen. Kein Text, der »Jerusalem« für diesen Dichter auf eine bündige Formel brächte. Wie auch anders, angesichts eines prekären Annäherungsprozesses des Dichters, der Jerusalem immer auch durch die Präsenz des weiblichen Gegenübers wahrnimmt: »über dich, Offene, trag ich dich zu mir«.

Und wieder die topographischen Details. »Absaloms Grab«? Ilana Shmueli hat den Gang mit Celan dorthin dokumentiert. Wer einmal in Jerusalem war, weiß, dass dieses »Grab« sich im Tal unterhalb der Altstadt von Jerusalem befindet, hat sehen können, dass Menschen hier noch mit Eseln vorbeiziehen. Die Erinnerung an einen »Eselsschrei« vor »Absaloms Grab« nimmt dieses Signal auf, und Assoziationen sind bei dieser abgekürzten Redeweise bewusst gewollt. Der schrille Eselsschrei passt zur biblischen Geschichte des Absalom. Ist er nicht der rebellische Sohn des Königs David gewesen, der versucht hatte, seinen Vater zu stürzen, wie es das 2. Buch Samuel berichtet (Kap. 15–18)? Ist er nicht auf grausame Weise ums Leben gekommen, weil er mit seinen Haaren an den Zweigen eines Baumes hängen geblieben war? Die Hebräische Bibel schildert ausführlich den Schmerz Davids über den trotz allem geliebten Sohn (2. Sam 19). Ein authentisches Grab Absaloms freilich gibt es nicht. Den Besuchern im Kidron-Tal wird an dessen Stelle traditionell eine Grabanlage aus späterer Zeit gezeigt. Sie stammt aus dem 1. Jahrhundert n. Chr.

Und nicht allzu weit von »Absaloms Grab« entfernt befindet sich am östlichen Hang des Kidron-Tals gegenüber der alten Stadtmauer der »Ölberg« mit dem Garten Gethsemane. Ein für alle Mal durch die Passion Jesu mit Bedeutung aufgeladen. Nach der Überlieferung hat Jesus hier vor seiner Verhaftung und seinem Leiden Gott, den Vater, um Schonung gebeten, um sich dann aber doch Gottes Willen zu unterwerfen (Mt 26,36–56). »Gethsemane, drüben, / das umgangene, wen / überhäufts?«. Auch hier nur Andeutungen. Gethsemane – bewusst vermieden? Bewusst umgangen? »Wir beschlossen, ihn [den Garten] nicht zu betreten«, hält Ilana fest. »Wir wollten auch nicht, dass ›dieser Kelch an uns vorüberzieht‹, und wir wollten nicht wissen, wen ›jenes Leid, von Jenem dort‹ jetzt überhäuft.« Die Passion Jesu, christlich so mit Bedeutung »aufgeladen«, wird bewusst ausgespart: »jenes Leid, von Jenem dort«. Man »verweist« nur in doppeltem Sinn des Wortes. »Wir haben Absalom gewählt«, schließt Ilana Shmueli den Bericht ab, »den aufständischen und doch geliebten Sohn, Absalom, der Widersprüchliche, Abgründige, Einsame« (Shmueli 2000, 34).

Auch die nächste Anspielung im Gedicht ist rätselhaft, bewusst offen gestaltet: »Am nächsten der Tore tut sich nichts auf«. Ilana Shmueli hat festgehalten, dass sie mit Celan »die Mauern entlang zum Zionstor, zum Jaffa-Tor, die Mauern entlang zu allen Toren Jerusalems – den offenen und den versiegelten« gegangen sei. »Versiegelt« ist das »Tor des Erbarmens« oder »Tor der Barmherzigkeit«, auch unter dem Namen »Goldenes Tor« bekannt. Es liegt am Rand des ehemaligen Tempelplatzes über dem östlichen Ausgang zum Kidron-Tal. Es ist ein Doppeltor, über dessen beiden Flügeln der Legende nach zwei Worte stehen: Din und Rahamim, Gericht und Barmherzigkeit. Heute ist dieses Tor zugemauert und soll, so die Tradition, erst für und durch den Messias geöffnet werden. Daher die Zeile: »Am nächsten der Tore tut sich nichts auf«. So kreiert das Gedicht kunstvolle Verweise: Glut – Eselsschrei – Absaloms Grab – Gethsemane – die geschlossenen Tore. Jerusalem ist ein Ort solcher Signale! Und Celans Verdichtungsprozess ermöglicht es, diese Zeichen aufeinander zu beziehen, ohne ihren Sinn zu entschlüsseln. Die ganze Stadt war für ihn nicht entschlüsselbar. Ihr Sinn war für ihn hier nicht zu finden. Es bleiben Zeichen, Verweise, topographische Erinnerungsfragmente.

Keine Zukunft im Staat Israel

Noch einmal: Wird Jerusalem zu einer Wende in Celans Leben? Die nächsten Wochen scheinen das anzudeuten. Jerusalem habe ihn »aufgerichtet und gestärkt«, schreibt er ihr am 27. Oktober 1969, als er wieder in Paris ist. Paris drücke ihn nieder und höhle ihn aus. Jenes Paris, »durch dessen Straßen und Häuser« er soviel »Wahnlast, soviel Wirklichkeitslast geschleppt habe all diese Jahre«! (BW Shmueli 2004, 16).

Doch die Erinnerungen an Jerusalem schwinden, so stark sie anfangs sind und sosehr die Gedichte sie zu bannen suchen. Daher die Beschwörung: »Dein Gesicht, Ilana. Dein jüdisches Gesicht. Dein Gesicht« (BW Shmueli 2004, 16). Doch die folgenden Gedichte klingen schon mehr wie ein verzweifeltes Festhalten an dem, was sich unweigerlich mehr und mehr entzieht. Rasch noch einmal hingeworfene Skizzen, bevor alles wieder flüchtig wird. Neue Beschwörungen, bevor alles versinkt. »Ich rolle Jerusalem auf, ich sehe die Wege, die wir hinunter und hinaufgegangen sind, nicht alle, aber doch einige. Wer hat uns geführt, wer und was?« (BW Shmueli 2004, 55). So in seinem Brief vom 26. November 1969. Mehr als sechs Wochen seit der Rückkehr sind bereits vergangen. Doch Celan konnte nicht mehr anknüpfen an das »Einst« und »Ehemals« seiner jüdischen Herkunft. Dazu war zu viel ge-

Abb. 12.5. Grabstätte von Paul Celan (1920–1970) auf dem Friedhof Thiais bei Paris. Nach jüdischer Sitte mit kleinen Steinen bedeckt.

schehen. Ihm wird »überklar«, schreibt Ilana Shmueli, »was ihm ja ohnehin längst klar war in seinem Leben: die unbezwingbare Fremdheit, die sein Schicksal war [...] Er verließ Israel, belastet mit der ganzen Schwere seines persönlichsten Schicksals, belastet mit Liebe und Sorge um das Land, das nicht seines werden konnte« (Shmueli, 29).

XIII. Ein Grab in Bornheim-Merten: *Erinnerungen an Heinrich Böll*

> »Sein Verständnis des christlichen Seins war radikaler, als es sich Linke, etwa ich, jemals träumen ließen und freier, als es dieser oder jener Papst erlaubt hätte. Nicht nur, daß er, geprägt von Kriegserfahrungen, Pazifist war, vielmehr galt ihm, bei aller Lust an polemischer Zuspitzung, die Nächstenliebe als erstes Gebot. Gleich danach die Gnade der Vergebung und radikal praktiziertes Mitleid: lauter Ladenhüter in einer mehr und mehr vom Konsum und dem permanenten Konkurrenzkampf bestimmten Gesellschaft.«
> *Günter Grass über Böll (2009)*

2. September 2017. Im Blick auf den 100. Geburtstag von Heinrich Böll am 21. Dezember dieses Jahres hatte ich für das Theologisch-Pastorale Institut (Mainz) ein Böll-Seminar in einer Tagungsstätte im Kölner Raum angeboten. Heute, an diesem Samstag, machen wir uns auf, das Grab von Heinrich Böll aufzusuchen. Eine ziemliche Reise. Denn nicht im nahe liegenden Köln, wie man vermuten könnte, wo er 1917 zur Welt gekommen war, über Jahrzehnte unter verschiedenen Adressen gewohnt und deren Ehrenbürgerschaft er 1983 verliehen bekommen hatte, befindet sich sein Grab, sondern in einer Stadt namens Bornheim nordwestlich von Bonn und dort noch einmal auf dem Friedhof des Ortsteils Merten. In den letzten drei Jahren seines Lebens hatte sich Böll immer mehr in diesen »Raum« zurückgezogen.

Am Grab von Heinrich und Annemarie Böll: 2017

Was wir suchen, ist nicht leicht zu finden und noch weniger leicht zu erreichen. Der Busfahrer hat einige Mühe, den Ort anzufahren; die Gassen sind eng. Der Friedhof selber ist terrassenförmig angelegt. Im unteren Teil eine kleine Friedhofskapelle. Dann steigt das Gelände steil an. An der oberen Friedhofsmauer das Grab für Heinrich und Annemarie Böll. Ihre Namen sind in zwei getrennt am Boden liegende Granitsteine eingelassen. Ansonsten wird das Grab dominiert durch eine auffallende Kreuzgestaltung, bestehend aus zwei

Abb. 13.1. Grabanlage für Heinrich und Annemarie Böll auf dem Friedhof von Bornheim-Merten.

sich überkreuzenden dünnen Stäben, deren vier Enden noch einmal aufgespreizt sind. Der Längsstab bekommt auf diese Weise sechs »Füße« und läuft in eine Art Dreizack mit kugelförmigen Enden aus. Der Querstab hat rechts und links zwei sich spaltende Enden, ebenfalls mit Kugelköpfen.

Doch am Überraschendsten ist die Gestaltung des Zentrums dieses Kreuzes rund um den Punkt, an dem Längs- und Querstab sich treffen und der zusätzlich mit einem strahlenden Stern markiert ist. Ein Ring ist um diese Mitte gelegt, und an diesem Ring angeheftet sind kosmische Symbole, farblich gestaltet: eine Sonne mit Strahlen in Gelb, ein Stern mit langem Kometenschweif in Rot, ergänzt durch weitere kleine Sterne, dann ein Symbol für kosmischen Wirbel ebenfalls in Gelb und schließlich ein Planetensymbol mit einem Ring, wie man ihn von Saturnringen her kennt, in Weiß und Rot. Unterhalb des großen Rings, an dem die Astralsymbole angeheftet sind, ist an den Stab zwischen Ring und Fuß noch ein Mondsymbol angeheftet. Damit sind die relevanten kosmischen Zeichen beisammen: Sonne, Mond, Sterne mit Kometenschweif, Planet …

Eine Erklärung für diese ungewöhnliche Kreuz- und Grabgestaltung ist nicht vorhanden. Später erfahre ich, dass der zweitjüngste Sohn der Bölls, René, 1948 geboren, diese künstlerisch Arbeit durchgeführt hat. Er hat mit seiner Familie hier in Merten gelebt und sich als Künstler und Publizist einen eigenen Namen gemacht. Auch sein Atelier hatte sich hier befunden, bevor es später nach Köln umzieht. Von 1982 bis zu seinem Tod am 16. Juli 1985 hat Böll zusammen mit seiner Frau Annemarie im Haus der Familie von René gewohnt, nicht zuletzt der damals schon schwer angegriffenen Gesundheit wegen. Daher die Verbindung nach Merten, zu dieser Gegend, zu diesem Friedhof und zu dieser Kapelle, von der es heißt, einer der Onkel von Heinrich Böll, Aloys, ein Architekt, habe beim Wiederaufbau dieser kleinen Friedhofskirche mitgewirkt.

Heute ist René Böll auch der Verwalter des Nachlasses seines Vaters. Am 4. August 2020 empfängt er mich zu einem Gespräch. Sein Atelier befindet sich im Kölner Kunsthaus Rhenania, wo wir uns an diesem Augusttag treffen. Es sollte ein intensives Gespräch werden, das auch sein eigenes künstlerisches Werk einbezieht. Und »natürlich« frage ich ihn auch nach den Umständen der Beisetzung seiner Eltern und nach der »Idee« hinter der ungewöhnlichen Grabgestaltung. Zu einem so »irdischen« Werk wie dem von Heinrich Böll scheinen die »kosmischen Zeichen« auf dem Kreuz kaum zu passen. Und Bornheim-Merten?

Die Tatsache, dass der Nobelpreisträger und Ehrenbürger Heinrich Böll nicht in Köln (etwa auf dem Melatenfriedhof), sondern an einem so »abseitigen« Ort begraben liegt, erklärt René Böll aus den Umständen des unerwarteten Todes seines Vaters. Nichts habe vorbereitet werden können, Verfügungen über Grab, Beerdigung und Grabgestaltung habe es nicht gegeben. So habe die Familie »pragmatisch« vorgehen müssen und sich für den Friedhof in Merten entschieden, den vor allem seine Frau Annemarie dann noch gut 20 Jahre habe besuchen können, bevor sie selber am 15. November 2004 verstorben sei. Und die Kreuzgestaltung? Dass ein Kreuz auf das Grab gehörte, ist René Böll klar. Aber ihm schwebt eine Kombination aus einem irisch-keltischen und einem Kreuz der russischen Orthodoxie vor, als er sich an die Arbeit gemacht hatte. Beim irischen-keltischen Kreuz stehe das Sonnenrad im Zentrum als Symbol des Kosmos und des ewigen Lebens, und beim »Russenkreuz« münden die Enden der Kreuzesbalken in Rundformen als Symbol der aus dem Kreuz Christi fließenden Gnade.

Im Lichte dieser Erklärung erschließt sich mir das Böll-Kreuz besser, vor allem dessen kosmische Symbole, die nach

Irland verweisen. Besser auch die erkennbare Lust am Formenspiel, einem Künstler wie Heinrich Böll durchaus angemessen, einem Artisten von hohen Graden. Alle starren Formen eines Kreuzes sind hier spielerisch aufgelöst: die vier Enden der Kreuzstäbe, der Ring um die Mitte, an den in lockerer Form die kosmischen Zeichen angeheftet sind, die astralen Symbole selber, ihre Formen und ihre Farblichkeit. Dieses Kreuz hat alle Erdenschwere, alle Düsterkeit, alle Todestrauer verloren und ist so auf seine Weise Ausdruck des Siegs des Lebens über den Tod. Und was könnte für einen Künstler und sein Werk angemessener sein als der symbolisch-spielerische Ausdruck des Glaubens daran, dass es etwas gibt, das die Erdenschwere aufhebt, das dauert, das unzerstörbar ist?

Böll hatte Merten entdeckt, Merten dann allmählich auch den berühmten Mann. Seit September 1994 gibt es einen Heinrich-Böll-Platz im Ort, seit Juli 2013 eine Heinrich-Böll-Schule, heute Gesamtschule, seit 2017 auch einen Heinrich-Böll-Wanderweg. Und die Ehrenbürgerschaft von Bornheim nicht zu vergessen, die dem Nobelpreisträger 2010 posthum verliehen wird. Und doch – bei allem Respekt: Bornheim-Merten und Heinrich Böll? Irgendwie will das nicht zusammenpassen.

Spurensuche im Werk: 1972–1978

Noch ganz unter dem Eindruck der sinnlichen Anschauung seiner letzten Ruhestätte habe ich auf der Rückfahrt vom Friedhofsbesuch an diesem 2. September 2017 viel Zeit, über meine persönlichen Begegnungen mit Heinrich Böll nachzudenken, meine Gedanken zu ordnen und dann erste Szenen niederzuschreiben. Szenen über viele Jahre kommen mir in den Sinn. Und ich frage mich intensiver als zuvor, was für mich das Unverwechselbare an Person und Werk von Heinrich Böll ist.

Nach meinem Tübinger Staatsexamen in Germanistik und katholischer Theologie im Sommer 1972 hatte ich das Angebot von Hans Küng ergriffen, eine Dissertation zu schreiben. Ich habe davon berichtet (Kap. I), auch über das Thema, das wir vereinbaren: Spielt die Figur Jesu in der deutschsprachigen Literatur der Gegenwart eine Rolle, und wenn ja, welche? Niemand hatte dieses Thema je wissenschaftlich untersucht. Dabei war mir von vorneherein klar, dass das Werk von Heinrich Böll für mein Thema eine wichtige Rolle spielen würde. Zwar hatte er es stets von sich gewiesen, dass seine Art der Literatur in die Schublade »christliche Literatur« gehört, zugleich aber hatte er an seiner persönlichen Prägung durch ein Christentum in Form des rheinischen Katholizismus nie einen Zweifel gelassen. Entsprechend werde ich bei ihm »fündig«. Denn zum Beispiel auf die Frage, wer Jesus für ihn sei, hatte Böll 1973 geantwortet:

> »Mir erscheint die Trennung des Jesus vom Christus wie ein unerlaubter Trick, mit dem man dem Mensch*gewordenen* seine Göttlichkeit nimmt und damit auch allen Menschen, die noch auf ihre Menschwerdung warten ... An der Gegenwart des Menschgewordenen werde ich nie zweifeln. Aber Jesus allein? Das ist mir zu vage, zu sentimental, zu storyhaft, zu sehr eine ›rührende Geschichte‹« (Robert Spaemann [Hrsg.], Wer ist Jesus von Nazareth für mich, 1973, 39).

Mit diesen Sätzen »im Rücken« hatte ich mich auf Spurensuche gemacht und kann zeigen, dass es vielfältige Verschlüsselungen der Jesus-Figur im Werk von Böll gibt, eine Fülle von Verweisen, Anspielungen, Parallelisierungen. Ich zeige das exemplarisch am Roman »Und sagte kein einziges Wort ...«

aus dem Jahr 1953, ein Werk, das zu seinen besten und erfolgreichsten in den fünfziger Jahren gehört. Heute nehme ich mir den Roman noch einmal vor und bin aufs Neue beeindruckt von der Erzählkunst dieses Autors und der Weise, wie er die Christusfigur unaufdringlich zur Deutung seiner Figuren heranzieht. Das beginnt schon mit der Wahl des Titels, der auf ein Zitat aus der Passionsgeschichte Jesu anspielt.

Als meine Dissertation mit einem ausführlichen Böll-Kapitel 1978 erscheint, hindert mich der Respekt vor dem Nobelpreisträger, ihm das Buch zuzuschicken. Von verschiedenen Seiten aber erfahre ich, dass Böll die Arbeit zur Kenntnis genommen hat und davon angetan ist, dass ein junger Doktorand der katholischen Theologie sich so umfassend und genau mit seinem Werk befasst hat. Das ist er von Seiten der Kirche und der Theologie nicht gewohnt. Jahre später aber, 2018, wird mir völlig unerwartet auch ein schriftliches Zeugnis dazu zugeschickt, und zwar von einem ehemaligen Seminaristen des Priesterseminars in Aachen. 1984 war hier der Wunsch aufgekommen, sich mit dem Werk von Böll zu befassen und den Autor zu einem Gespräch einzuladen. Es sollte am 15. Juni 1984 im Atelier des Malers Herbert Falken stattfinden, einem Priester des Bistums Aachen, Freund und Nachbar Bölls an dessen Wohnsitz in Kreuzau-Langenbroich. Das Nest mit seinen gut 130 Einwohnern liegt in der Nordeifel bei Düren. Einer der Seminaristen schreibt Böll an, und der Antwortbrief an ihn wird mir 2018 überlassen:

> »Herr Falken hat sich bereit erklärt, sein Atelier in Langenbroich zu einem Treffen zur Verfügung zu stellen, und zwar am 15. Juni, abends nach 8. Da der Generalvikar der Erzdiözese Köln mich vor längerer Zeit um ein Gespräch gebeten hatte, werde ich mir erlauben, ihn ebenfalls einzuladen. Um mögliche Vorurteile von vorneherein auszuschließen – soweit

das überhaupt möglich ist – empfehle ich Ihnen und Ihren Kollegen das Buch des Tübinger Theologen Kuschel zu lesen, der sich ausführlich mit analytischer Intensität über das ›Religiöse‹ in der deutschen Nachkriegsliteratur – mit überraschendem Ergebnis übrigens – geäußert hat. Wie weit sie mit meinen Äußerungen bekannt sind, weiß ich nicht – ganz unvorbereitet sollten Sie nicht sein, ich empfehle Ihnen wenigstens die Interviews zu lesen, die ich Herrn Kuschel für Publikforum, Frau Pilters für den Hessischen Rundfunk (abgedruckt in der Herder-Korrespondenz) und einem französischen Publizisten (abgedruckt in der Orientierung) gegeben habe. Es würde umständliche Vorgespräche überflüssig machen. Ich nehme an, daß diese Publikationen Ihnen zugänglich sind.«

Mein Gespräch mit Heinrich Böll: 1983

In der Tat hatte Böll mir im Sommer 1983 ein Gespräch ermöglicht, das ich in dieser Zeit regelmäßig mit Schriftstellerinnen und Schriftstellern für die Zeitschrift »Publik Forum« führe, aufgenommen dann in meinem Band mit Schriftsteller-Gesprächen »Weil wir uns auf dieser Erde nicht ganz zu Hause fühlen«. 12 Schriftsteller über Religion und Literatur« (1985). Das Zitat stammt von Böll. Durchlaufendes Thema der Gespräche: Die Bedeutung des »Faktors Religion« in Leben und Werk. Mit Hartmut Meesmann, einem Mitarbeiter der Zeitschrift, reise ich nach Langenbroich. 1966 hatte Böll hier ein altes Bruchsteinhaus aus dem 17. Jahrhundert erworben, zunächst als Sommerhaus und dann ab 1970 als Hauptwohnsitz genutzt. Dabei bleibt auch die Kölner Wohnung in der Hülchrather Straße Nr. 7 als Neben- und Stadtwohnung bis

Abb. 13.2. Mit René Böll bei einem Besuch des Heinrich-Böll-Hauses in Langenbroich im August 2021. Heute eine Zufluchtsstätte und ein Stipendienhaus für Schriftstellerinnen und Schriftsteller.

zum Umzug nach Merten 1981/82 erhalten. Eine gewisse publizistische Berühmtheit sollte das Langenbroicher Haus im Jahr 1974 erlangen, als Böll hier den soeben aus der Sowjetunion ausgebürgerten Schriftsteller Alexander Solschenizyn

(1918–2008) und mit ihm die versammelte Weltpresse empfängt und er es später in seinem Roman »Fürsorgliche Belagerung« (1979) zu einem der Schauplätze der Handlung macht. Seit 1991 wird die denkmalgeschützte Hofanlage von einem Verein »Heinrich-Böll-Haus Langenbroich« getragen und dient Künstlerinnen und Künstlern aus aller Welt als Zufluchtsstätte und Stipendienhaus. Wir treffen uns nicht in Langenbroich, sondern in dem Nachbarort Hürtgenwald-Großhau. Hier unterhält eine Sekretärin Bölls ein Büro.

Er tritt mir entgegen, schon schwer gezeichnet von seiner Krankheit, stark abgemagert, gestützt auf Gehhilfen. Aber im Gespräch ist der damals 66-Jährige geistig völlig präsent und außerordentlich engagiert. Ich beginne mit der Beobachtung, dass die literarischen Figuren in seinem Werk entweder gottgläubig oder indifferent seien in Bezug auf die Gottesfrage. Ein kämpferischer Atheismus komme nicht vor. Ob ihn die philosophisch-theologische Auseinandersetzung mit dem Atheismus nie sonderlich interessiert habe? Und Böll antwortete (in einer Zugespitztheit, wie wohl nur er es sich unter allen deutschsprachigen Schriftstellern nach 1945 »leisten« konnte): »Vielleicht ist es ein intellektueller Mangel, aber ich hab eigentlich noch nie einen sensiblen, hochintelligenten Atheisten getroffen – und ich kenne einige –, der für mich nicht eigentlich ein Beweis dafür war, daß wir Menschen – sagen wir – von außerirdischen Kräften herkommen. Der Mensch ist ja ein Gottesbeweis.« Wie er das meine, fragte ich. Und Böll antwortet:

> »Die Tatsache, daß wir eigentlich alle wissen – auch wenn wir es nicht zugeben –, daß wir hier auf der Erde nicht zu Hause sind, nicht ganz zu Hause sind. Daß wir also noch woanders hingehören und woanders herkommen. Ich kann mir keinen Menschen vorstellen, der sich nicht – jedenfalls zeitweise, stunden-

> weise, tageweise oder auch nur augenblicksweise – klar darüber wird, daß er nicht ganz auf diese Erde gehört.«

Das Gespräch steuert dann direkt auf die Gottesfrage zu, auf Themen wie »Gottesvergiftung«, das Schweigen und Verschweigen Gottes, die Missbrauchbarkeit des Namens »Gott«. Ich fragte Böll direkt, warum er glaube, dass Menschen in unserer Gesellschaft trotz aller negativen Erfahrungen an Gott glaubten? Und warum er, Böll, persönlich an Gott glaube? Seine Antwort ist noch einmal eine Variation des zuvor angesprochenen Themas:

> »Ich denke, das habe ich eben schon angedeutet mit dem Empfinden – Sie können es Traum, Sehnsucht oder wie immer nennen –, daß die Menschen zeitweise, auch sekundenweise, und auch wenn sie glücklich verheiratet sind, Kinder haben und einen Beruf, der ihnen Spaß macht, – sich dennoch auf dieser Erde fremd fühlen. Dies ist der Grund, glaube ich. Es handelt sich hier keineswegs um ein bloßes Gefühl, sondern vielleicht um eine uralte Erinnerung an etwas, das außerhalb unserer selbst existiert. Das ist einer der Gründe, und auch ein Grund für mich, an Gott zu glauben. Ein weiterer Grund ist für mich: Ich glaube an Gott, weil es den Menschen gibt. Und weil die Menschen Gott durch den Menschgewordenen auch in sich haben.«

Gegen Ende des Gesprächs frage ich noch einmal nach: Den Gekreuzigten, den Leidenden, die Passion Jesu könne er darstellen, wie gerade sein Romantitel »Und sagte kein einziges Wort« gezeigt habe. Aber sei auch »Auferstehung« ein Thema, das ihn beschäftige, vielleicht beschäftigen könnte? Und Böll sagt:

> »Es beschäftigt mich. Aber ich habe es noch nicht literarisch aufgegriffen. Es gibt allerdings eine kleine Kurzgeschichte von mir, eine frühe, in der dieses Thema zu finden ist; ich hatte diese Geschichte sogar schon vergessen und wurde kürzlich durch einen Brief auf sie aufmerksam gemacht. Diese Geschichte heißt: ›Steh auf, steh doch auf.‹ Es ist eine ganz kleine, kurze Geschichte, in der ich versucht habe, das Thema Auferstehung darzustellen. Ich habe eine gewisse Angst vor Siegern, vor militärischen Siegern sowieso, auch wenn es Alliierte sind.«

Ich schließe unser Gespräch ab mit der Frage, die mir am meisten auf der Seele brennt, eine Frage an den *Schriftsteller* Heinrich Böll. Würde er sich herausgefordert fühlen, den Christus-Roman unserer Zeit zu schreiben? Viele seiner literarischen Figuren: Käte Bogner (in: »Und sagte …«), Hans Schnier (im »Clown«), Leni Pfeiffer (in »Gruppenbild mit Dame«), Katharina Blum (in »Die verlorene Ehre«) ließen ja etwas aufscheinen von der Figur Christi. Ob es ihn nicht reizen würde, literarisch einmal eine Synthese vorzulegen: den Christus-Roman der zweiten Hälfte des 20. Jahrhunderts auf dem Niveau von Dostojewskijs Roman »Der Idiot«? Und Böll antwortet:

> »Reizen würde mich das schon, doch bin ich kein Dostojewskij, wirklich nicht. Versucht habe ich es immer wieder, wie Sie auch sagen, gelungen ist es nicht. Und natürlich ist ›Der Idiot‹ ein ungeheurer Roman, der einzige Christus-Roman, den ich kenne. Es ist ein kühner, fast gelungener Versuch, Jesus literarisch ein-

zufangen. Was ich vermeiden würde, wenn ich es riskierte – und ich riskiere es immer wieder –: daß Jesus ein Kranker ist. Der Idiot ist ja krank, er ist Epileptiker. Der volkstümlich mystisch-mythische Gedanke, daß Kranke, beispielsweise Epileptiker, unter der besonderen Gnade Gottes stehen, das wäre mir fremd. Einen gesunden Christus kann ich mir aber auch nicht vorstellen. Es ist natürlich sehr schwierig, Gesundheit und Krankheit zu definieren. Die Schwierigkeit besteht darin, daß wir ›krank‹ und ›leidend‹ für identisch halten, wo doch viele gesunde Menschen leiden – Menschen, die weder physisch noch psychisch krank sind. Könnte sich da die ›Trinität‹ versteckt haben. Der leidende Gott? Und genau hier liegt die Schwierigkeit. Ich glaube also nicht, daß ich fähig bin, einen solchen Roman zu schreiben. Es gibt immer wieder Annäherungsversuche, aber mehr ist da nicht möglich.«

Ich verstehe das Signal: Bölls Selbstrelativierung der Literatur ist Ausdruck des Respektes, ja der Scheu vor der Gestalt Jesu. Die Kunst nimmt sich zurück und durchbricht selbst die Illusion, Christus sei in ihrem Raum adäquat darstellbar. Durch diese ihre Selbstzurücknahme aber vertreibt die Kunst nicht das Geheimnis Christi, sondern öffnet es, macht es erahnbar. Der Künstler weiß, dass er vor einer Gestalt wie Jesus mit seinen Mitteln nur scheitern kann. Er kann nur Zeichen setzen, die das Bedeutete nicht bedeuten und auf ihn, den Christus, nur verweisen. So bleibt er der Unverfügbare, der sich allen Bildern entzieht.

Ein Dialog mit dem Maler-Priester Herbert Falken

Ein Wort noch zu Herbert Falken. Als ich 1983 Böll begegne, kann ich nicht ahnen, dass ich 1995, zehn Jahre nach Bölls Tod, noch einmal nach Langenbroich zurückkehren werde. Ein Zwischenspiel, von dem ich ebenfalls kurz um eines besonderen Mannes willen erzählen will, ohne den Umkreis »Böll« zu verlassen.

Falken, geboren 1932 in Aachen, ist ein Solitär in der deutschsprachigen Künstlerszene. Ein Mann mit einer doppelten Identität: Priester und Künstler. Und beides ganz. In Langenbroich hat er im ehemaligen Pfarrhaus sein Atelier, steht in freundschaftlicher Verbindung mit den Bölls und begleitet als Priester dann auch im Juli 1985 die Grablegung des Dichters. Als Künstler hat er seiner Trauer durch einen »Lazarus«-Zyklus Ausdruck verliehen.[32] Kurz vor Ostern 1995 besuche ich ihn. Er hatte zugestimmt, an einer Vorlesungsreihe meiner Fakultät im darauffolgenden Sommersemester teilzunehmen, die dem Dialog von Theologen mit den Bildenden Künsten gewidmet sein sollte. Ich hatte mir das Werk von Herbert Falken ausgesucht und bedurfte nun seiner Zustimmung, die er mir dann auch gibt, zögerlich wie alle Künstler, wenn sie über ihr Werk sprechen sollen.

Schon länger war mir aus seinen Arbeiten das Bild eines »Christuskopfes« aus dem Jahr 1981 aufgefallen, das für mich den bisherigen Höhepunkt seiner künstlerischen Auseinandersetzung mit dem Sujet »Christuskopf« zu bedeuten schien, angefangen von seinem ersten Zyklus »Scandalum Crucis« von 1968/69. Das Bild kommt in unserem Tübinger Dialog im Sommersemester 1995 zur Sprache, der als Ganzer dann im 4. Heft der »Tübinger Theologischen Quartalschrift« 1995 dokumentiert wird. Zwei Jahre später mache ich diese besondere Arbeit zum Titelbild meines Buches »Im Spiegel der

Abb. 13.3. Cover meiner Veröffentlichung »Im Spiegel der Dichter« (2000), gestaltet mit einem Christus-Kopf von Herbert Falken (1981).

Dichter. Gott, Mensch und Jesus in der Literatur des 20. Jahrhunderts«.

Virtuos eingesetzt ist hier der Kontrast von Präzision und Unschärfe. Aus dem Gestaltlosen treten scharf nur Augen, Nase und Mund eines Gesichts hervor. Wie gebannt ist man vor allem durch die an Stelle der klassischen Dornenkrone gezeichneten wirren Linien auf dem Kopf der Gestalt. Sie lassen an flatternde, wild aufgewühlte Haare denken, aber auch an Gehirnwindungen, die sichtbar geworden sind, weil der Künstler damit das Innere des Kopfes dieser Gestalt nach außen treten lässt. Sie erscheinen wie glühende, leuchtende Energiestrahlen.

Ich kenne kaum ein Christusbild, bei dem es einem Künstler gelungen wäre, das Geheimnis dieses Christus derart vielschichtig sichtbar zu machen: das Mysterium *beider* Welten, zu denen diese Gestalt gehört. Greifbar-unbegreiflich scheint diese Gestalt irdisch in Erscheinung zu treten und doch auf das Irdische nicht reduzierbar zu sein; Energie auszustrahlen, ohne das Irdische zu erdrücken; unheimlich in seinem Hervortreten aus dem Dunklen und doch das menschliche Maß nicht sprengend; durchdringend mit seinen Augen, ohne kalt und gnadenlos zu erscheinen. Eine Gestalt, deren Geheimnis unauslotbar bleibt. Begreifbar und doch unbegreiflich; erscheinend und sich doch entziehend; anwesend in dieser Welt und zugleich auf rätselhafte Weise nicht von dieser Welt. Ich bin wie gebannt von diesem Gesicht und muss immer wieder an einen Vers aus Rilkes Gedicht »Archaïscher Torso Apollos« denken: »denn da ist keine Stelle, / die dich nicht sieht. Du mußt dein Leben ändern.«

Bölls Cottage in Irland: 1994

Im Sommer 1994 eine weitere Begegnung mit der Welt von Heinrich Böll. Mit unserem gerade ein Jahr alten Sohn Julius verbringen meine Frau Judith und ich drei Wochen in Irland. Unser Ferienhaus liegt im Süden, aber ich hatte Bölls »Irisches Tagebuch« von 1957 dabei und erfahren, dass Böll ein »Cottage« in Irland erworben hatte, das nach seinem Tod als Künstlerhaus weitergeführt wird. Wo? An der Nordwestkünste der Insel in dem Ort Dugort auf Achill Island, County Mayo. Das wäre eine Tagesreise mit dem Auto, das wir gemietet hatten. Aber der Drang nach sinnlicher Anschauung ist so groß und die Gelegenheit so günstig, dass wir die Fahrt dorthin riskieren, einschließlich einer Übernachtung in Dugort. Wir fahren zunächst nach Norden über Limmerik, Galway und Castlebar in Richtung Newport und dann immer weiter nach Westen, bis man über Mallaranny zur Michael Davitt Bridge gelangt, die Achill Island, diese größte und westlichste Insel Irlands, mit dem Festland verbindet. Dugort liegt an der Nordseite der Insel, auf der ca. 2500 Menschen leben und die wie eh und je zu fast 90 Prozent von Torfmooren bedeckt ist.

Es ist der 10. August 1994. Unschwer finden wir das Haus, weißgetüncht, langgezogen, einstöckig, schiefergedeckt. Im typischen Stil des Landes. An der Eingangspforte zum Grundstück eine große ovale Plakette: »Heinrich-Böll-Cottage«. In einer Seitengasse ein Hotel, »Gray's Guest House«. Der Besitzer, den wir antreffen, hat die Bölls noch gekannt. 1958 hatte Böll das Haus erworben und dann vielfach für Arbeits- und Ferienaufenthalte genutzt. Seit 1992 steht das Cottage als Gästehaus internationalen und irischen Künstlern zur Verfügung. 2002 erwirbt die örtliche Heinrich-Böll-Association das Anwesen und kann so die weitere Nutzung des Cottage als Künstlerresidenz sichern.

Abb. 13.4. Bölls Cottage in Dugort Achill Island/Irland. Heute ein Gästehaus für Schriftstellerinnen und Schriftsteller.

Von Achill heißt es, man habe hier »ganz Irland« vor sich: Berge, Seen, Moore, Strände, Klippen. Alles, was es in Irland gäbe, gäbe es auch hier, so René Böll in einer Fernseh-Dokumentation »Heinrich Bölls Irland« (2016). Er, der Nachlass-Verwalter, hält heute die Verbindung zu Irland aufrecht, die seine Eltern begonnen hatten. Ja, bildender Künstler, der er ist, hat René Böll mit Werkzyklen wie »Cillíní« und »Finsheen« und mit entsprechenden Ausstellungen die Verbindung zu Irland künstlerisch sogar intensiviert. Seine Bilder dokumentieren die Suche nach vergessenen Friedhöfen ungetaufter Kinder auf Achill Island oder nach einem verschollenen Dorf. Die Vergessenen und Namenlosen in die Erinnerung zurückzurufen macht einen Grundzug von Ästhetik und Ethik des Künstlers René Böll aus. Kunst im Dienst konkreter Erinnerungsarbeit.

Erstmals 1954 hatte Böll Irland bereist und dann für die Deutschen »entdeckt«. Buchstäblich. Diese Insel am Rande Europas, die sozial und ökonomisch als rückständig und politisch als schwach gilt, erschöpft von einem langen Kampf um die Unabhängigkeit von Großbritannien, ausgeblutet von Auswanderungswellen seit Mitte des 19. Jahrhunderts, geschwächt vor allem durch eine fatale Spirale von Massenarmut und Kinderreichtum. Wenn man als Deutscher zehn Jahre nach dem Krieg irgendwo seine Ferien verbringen wollte, dann in der Schweiz, in Italien oder Spanien, sicher nicht in Irland, unattraktiv schon wegen seines rauen Klimas.

Böll aber reist nicht nur nach Irland, er schreibt auch über dieses Land. Reiseskizzen der besonderen Art entstehen. Er spürt eine innere Affinität zu diesem Land und seiner Geschichte. Das gemeinsam Volkskatholische spielt eine Rolle, die Nichtmilitanz nach außen und der tapfere Unabhängigkeitskampf gegen das britische Empire. Im Mittelpunkt seiner Notate sind denn auch weniger Landschaften als Menschen aus dem Volk und ihre konkreten Alltagserfahrungen. Zuerst in der Frankfurter Allgemeinen Zeitung veröffentlicht, werden die Irland-Notate überarbeitet und 1957 zu einem Buch zusammengefasst, wobei die Formangabe »Tagebuch« die klassischen Erwartungen bewusst unterläuft und mehr auf die offene Form verweist, das Skizzenhafte und Impressionistische nach dem Motto: »Es gibt dieses Irland: wer aber hinfährt und es nicht findet, hat keine Ersatzansprüche an den Autor.« Das Buch wird ein Erfolg, und Böll hatte unter deutschen Leserinnen und Lesern die Faszination für Irland geweckt. Übersetzungen irischer Gegenwartsautoren wie Brendan Behan, Flann O'Brien, Tomas O'Crohan oder Eilis Dillon – in der Hauptsache von Annemarie Böll geleistet – tun ein Übriges und sorgen für weitere Irland-Werbung beim deutschen Publikum.

Katholizität und Katholizismus

»Wenn es im Leben Heinrich Bölls – angesichts der Erschütterungen durch Krieg und Nachkrieg ebenso wie kräftezehrender Auseinandersetzungen um seine Person und sein Werk – eine Konstante gegeben hat, die ihm Orientierung im Sinne einer ›Heimat‹ bot, dann war es sein Glaube«, schreibt der Literaturwissenschaftler Ralf Schnell in seiner 2017 erschienenen Publikation über »Böll und die Deutschen«. In der Tat hat Heinrich Böll nie einen Zweifel daran gelassen, dass er als Kölner nun einmal katholisch geprägt ist und auf seine ganz eigene Weise Christ sein will, obwohl er dies nie plakativ vor sich hergetragen hat. Zugleich aber konnte er nie katholisch sein wie der »korporierte Katholizismus«, wie er ihn nannte, katholisch und nie »christlich« sein wie eine bestimmte Parteipolitik »christlich« war und ist. Von seinem 1958 für damalige Verhältnisse beispiellos-scharfen, sowohl analytisch-präzisen wie durch traumatische Kriegserfahrungen gedeckten »Brief an einen jungen Katholiken« angefangen bis zu seinen letzten Gesprächen und literarischen Texten ist seine Kritik am organisierten, allzu CDU-nahen und durch Kirchensteuereinnahmen privilegierten Katholizismus Nachkriegsdeutschlands unnachsichtig. Kein anderer Schriftsteller der deutschsprachigen Nachkriegsliteratur hat vergleichbare öffentliche Briefe geschrieben und schreiben können: neben dem »Brief an einen jungen Katholiken« einen »Brief an einen jungen Nichtkatholiken« und einen Brief »An einen Bischof, einen General und einen Minister des Jahrgangs 1917«, beide aus dem Jahr 1966.

Der Tenor hält sich konstant durch: Der westdeutsche Katholizismus hatte für Böll »politisch und gesellschaftlich eine ausgesprochen reaktionäre Haltung nach dem Krieg eingenommen«, so noch 1982 in einem Gespräch, drei Jahre vor seinem Tod. Er habe es, fährt Böll fort, »trotz gewisser erheblicher Kollaboration mit dem Nazismus verstanden, sich als verfolgt darzustellen« und war jetzt, Anfang der 1980er-Jahre, so Böll, in den wahrhaft überlebenswichtigen Fragen der Anti-Atomkraft- und Friedensbewegung in Deckung geblieben. In der ganzen Debatte um Abrüstung oder Nachrüstung kein Wort vom westdeutschen Verbands-Katholizismus, das geholfen hätte. Und Böll ist der Katholik, der das unverzeihlich findet und es öffentlich sagt, nicht, weil ihm die von der Kirche vertretene Sache egal wäre, sondern weil er sie bis zum Schluss einklagt. Wie Böll spricht kein Zyniker, der alles mit einer Grauschicht schnöden Desinteresses überzogen hätte.

Auch sein öffentlich gemachter Kirchen-Austritt ist entscheidend von Erfahrungen mit dem westdeutschen Verbandskatholizismus geprägt. »Wäre ich schwedischer Katholik, englischer, französischer, litauischer – niemals wäre ich ausgetreten«, so Böll noch 1982. Denn Heinrich Böll hat nie einen Zweifel daran gelassen, dass er scharf zu unterscheiden weiß zwischen der rechtlich abgesicherten »Körperschaft Katholische Kirche«, der er sich verweigert, und dem spirituell-geistigen »Körper der Kirche«, dem *corpus Christi mysticum,* dem er sich zugehörig fühlt: einer Gemeinschaft von Menschen, die die Nachfolge des Nazareners ernst nehmen und sich dem Ethos dieses Menschgewordenen verpflichtet fühlen. Sie haben die Arbeit an der Menschwerdung des Menschen nicht der bleiernen Resignation geopfert oder in der Säure des Zynismus zersetzt. Denn »Katholizismus« als gesellschaftlich-organisiertes System ist das eine und eine soziologische Kategorie, das andere ist das Ideal von Katholizität, das sich spirituell und ethisch aus der Grundhaltung des jesuanischen Ethos speist. An nationalen Grenzen macht es nicht halt und transzendiert auch die Mauern einer rechtlich und dogmatisch abgesicherten Institution Kirche. Katholizität, als *praxis pietatis* bleibend verpflichtend.

Gemeint ist eine Götzenanbetung verweigernde, politisch wache, ökonomisch kritische und sozial empathische Katholizität, zu der – folgt man Bölls Schriften – rebellische französische, englische und irische Katholiken wie Léon Bloy, Georges Bernanos, Gilbert Keith Chesterton, Graham Greene und Brendan Behan ebenso gehören wie unangepasste deutsche: ein Reinhold Schneider, ein Walter Dirks, ein Friedrich Heer, ein Karl Rahner, ein Hans Küng. Alternative Kirchenlehrer Böllscher Couleur, Gewissenstäter, Widerständler, Zeitgeistresistente, Unangepasste.

Eine »Ästhetik des Humanen«

Aber billig wäre es, Bölls Einstellung nur nach Interview-Äußerungen über den bundesdeutschen Katholizismus zu bestimmen. Unwürdig, einem Schriftsteller gegenüber. Was er zu sagen hat, hat er vor allem literarisch gestaltet. Sein poetisches Werk ist es, das ihn unverwechselbar macht. Und in diesem Werk findet wie bei keinem anderen deutschsprachigen Schriftsteller seiner Generation und Formates eine Transformation des Katholischen statt, eine poetische Verwandlung zu dem, was er die »Ästhetik des Humanen« genannt und unter den Stichworten »Bekenntnis zur Trümmerliteratur« (1952) und »Verteidigung der Waschküchen« (1959) schon zu Beginn seiner schriftstellerischen Laufbahn konkretisiert hat. Auf Einladung der Katholischen Akademie Freiburg zu einer Böll-Tagung zum 100. Geburtstag des Dichters vom 8. bis 10. Dezember 2017 führe ich das in einem größeren Vortrag aus: »Heinrich Bölls Katholizität und der bundesdeutsche Katholizismus«.

In der Tat hat Böll literarische Figuren erfunden, die an die katholische Welt gebunden sind, zugleich aber das ganze Spektrum des Menschlichen spiegeln, vor allem all das, was nicht in moralische Schemata und ideologische Schablonen passt. Er weiß, wovon er spricht, wenn er eine Kirche verachtet, in der eine »Turnlehrertheologie« herrscht (Religion = Gehorsam und Disziplin) und zugleich eine Kirche imaginiert, in der die »Drei-minus-Priester mit einer Neigung zu vier plus« leben, die zwar nicht Dante und Rilke auf der Kanzel zitieren und keinen Cocktail aus »Marx plus Guardini oder Bloy plus Tolstoi« (»Ansichten eines Clowns«, S. 85) mixen können, wohl aber auf ganz unprätentiöse Weise das Evangelium predigen und *communio* vorleben. Eine Kirche mit irischem Antlitz, wie Böll sie im »Irischen Tagebuch« schon früh beschrieben hat, wo er die Kälte einer staatstragenden Kathedrale mit einer Volkskirche voll betender Menschen kontrastiert, nicht »schmutzig«, aber »schusselig«, wie in »kinderreichen Familien die Wohnzimmer« aussehen.

Eine Soirée beim Bundespräsidenten: 2017

Am 17. Dezember 2017 lädt Bundespräsident Frank-Walter Steinmeier zu einer Soirée ins Bundespräsidialamt ein aus Anlass des 100. Geburtstags von Heinrich Böll. Das Programm ist präzise ausgearbeitet und der Gastgeber findet treffende Worte der Würdigung. Bekannte Schauspieler wie Angela Winkler, Mario Adorf und Ilja Richter lesen Böll-Texte, Wolfang Niedecken trägt ein Lied in Kölner Mundart vor, der Publizist Andreas Isenschmid spricht über »Heinrich Bölls ›dialektische Deutschheit‹«, und ich bin eingeladen, ein ebenso kurzes Wort zum Thema »Katholizität« im Verständnis von Böll beizusteuern. Gelegenheit, noch einmal knapp einige Grundgedanken zusammenzufassen. Es ist meine persönliche Hommage an den Schriftsteller und Zeitzeugen Heinrich Böll zum 100. Geburtstag.

Dabei ist zum Verständnis meines Beitrags noch wichtig, dass zum Programm die Lesung von Teilen aus Bölls Erzählung »Doktor Murkes gesammeltes Schweigen« gehört, ein Text, in dem Böll den Gebrauch und Verbrauch des Wortes »Gott« je nach politischem und kulturellem Klima in satirischer Form vorführt. »Ich glaube«, so lasse ich Böll aus dem Gespräch mit mir von 1983 zu Wort kommen, »daß man das Wort ›Gott‹ für eine Weile aus dem Verkehr ziehen sollte; nicht Gott selbst, nicht das, was mit diesem Wort gemeint ist. Ich denke, dieses Wort ist im Grunde nur – und das kommt in der Murke-Satire zum Ausdruck – ein Füllwort. … Gott ist dann oft ein Abladeplatz für viele Probleme, die wir *Menschen* lösen könnten … Und wenn erst Politiker das Wort ›Gott‹ aussprechen! Das ist für mich die einzige Form der Blasphemie, die ich noch kenne.«

Dann zitiere ich einen literarischen und politischen Weggefährten von Böll, Günter Grass, der das geistige Profil Bölls einmal treffender als andere beschrieben hat: »Sein Verständnis des christlichen Seins war radikaler, als es sich Linke, etwa ich, jemals träumen ließen und freier, als es dieser oder jener Papst erlaubt hätte. Nicht nur, daß er, geprägt von Kriegserfahrungen, Pazifist war, vielmehr galt ihm, bei aller Lust an polemischer Zuspitzung, die Nächstenliebe als erstes Gebot. Gleich danach kamen die Gnade der Vergebung und radikal praktiziertes Mitleid: lauter Ladenhüter in einer mehr und mehr vom Konsum und dem permanenten Konkurrenzkampf bestimmten Gesellschaft« (*»Die Zeit«*, 20.5.2009).

Das ist in der Tat treffend formuliert. Denn Bölls Schreiben ist immer auch ein Schreiben mit Empathie für die verhinderte, abgewürgte und verunmöglichte Menschwerdung des Menschen gewesen. Sie und die Sprache vor Missbrauch zu schützen, dafür ist Heinrich Böll als Schriftsteller angetreten. Ich lese noch einmal eines seiner frühen Interviews und erschrecke ob der Aktualität dieser Aussagen. Schon 1959 hatte

Böll die »Verantwortung für einen Schriftsteller« darin gesehen, »daß er die Sprache bewacht, daß er die Würde des Menschen verteidigt im Wort, weil Menschen durch Worte zum Gegenstand der Politik werden«. Leidenschaftlich war er dafür eingetreten, diese Sprache »zu hüten und sie auch zu reinigen« (Interview mit Elisabeth Wyrambe). Warum? »Das Wort, dem gewissenlosen Demagogen ausgeliefert, dem puren Taktiker, dem Opportunisten, es kann zur Todesursache für Millionen werden, die meinungsbildenden Maschinen können es ausspucken wie ein Maschinengewehr seine Geschosse: vierhundert, sechshundert, achthundert in der Minute; eine beliebig zu klassifizierende Gruppe von Mitbürgern kann durch Worte dem Verderben ausgeliefert werden.«

Sätze aus der Wuppertaler Rede 1959 zur Verleihung des von-der-Heydt-Preises, wiedergelesen in Zeiten von Fake-News, Hass- und Propagandamails im Internet und demagogisch genutzten Social Media. Und ich spüre heftiger als je zuvor: Er fehlt uns, dieser Heinrich Böll, mit seiner durch sein Werk gedeckten Autorität und einer in seiner Person vereinigten unverwechselbaren Verbindung von Sprachkraft und Sprachsensibilität. In einem Wort: Es fehlt uns ein Sprachkünstler von Format und Gewicht eines Böll, der nach eigenen Worten arbeiten wollte an einer »bewohnbaren Sprache in einem bewohnbaren Land«.

Böll und der jüdische Friedhof von Drove

Anfang August 2021 – die das Jahr 2020/21 dominierende Coronavirus-Krise hatte zeitweise ihre Gefährlichkeit verloren – begebe ich mich noch einmal auf Spurensuche und fahre in die Region, in der Böll seine letzten Jahre verbracht hat. Ich bin auf einen besonderen Text von ihm gestoßen, dessen Schauplatz ganz in der Nähe von Kreuzau-Langenbroich liegt: In Drove, einem Dorf wenige Kilometer von Bölls ehemaligem Wohnhaus entfernt. Der Text trägt den Titel »Die Juden von Drove« und wird noch 1984, ein Jahr vor Bölls Tod, publiziert. Es handelt sich um einen der letzten größeren Texte des Dichters (KA 22, 395–418. 888–895), den er seiner schweren Erkrankung noch hatte abringen können.

Grund genug, ihn nicht nur zu lesen, sondern auch die Anschauung vor Ort zu suchen. Ich möchte noch besser verstehen, warum Böll einen derart genauen, präzise recherchierten Essay ausgerechnet zu diesem Dorffriedhof geschrieben hat. Er hat nichts Spektakuläres, sondern ist mit seinen noch verbliebenen 59 Grabsteinen einer der vielen kleinen Friedhöfe, die das Judentum in seiner langen Geschichte im Rheinland hinterlassen hat. Bei unserer ersten Begegnung im August 2020 verabrede ich mich mit René Böll zu einer Reise dorthin, der diesen Ort auch noch nie besucht hatte.

Ein Jahr später fahren wir von Köln nach Drove. Es ist der 9. August. Der alte, auf das 17. Jahrhundert zurückgehende jüdische Friedhof liegt wie üblich außerhalb des Dorfes in einem mit Hecken eingefriedeten Areal, vom Geäst groß gewachsener Bäume schattenspendend überdacht. »Das Dorf Drove fiel uns bei unseren Spaziergängen durch die Dörfer der Nachbarschaft auf, weil wir dort einen Gedenkstein an der Stelle entdeckten, wo einmal eine Synagoge stand«, lese ich in Bölls Essay (KA 22, 395). Wo es aber eine Synagoge gibt, wird es auch eine jüdische Gemeinde und einen Friedhof gegeben haben. Böll ergreift die Gelegenheit, einmal genauer zu recherchieren, zumal er sich schon des Längeren verpflichtet hatte, einen Beitrag zu der Festschrift »Köln und das rheinische Judentum« zu verfassen, die 1984 zum 25-jährigen Bestehen der »Germania Judaica – Kölner Bibliothek zur Geschichte des deutschen Judentums« herausgegeben werden sollte. Böll war 1959 zusammen mit seiner Frau einer der Mitbegründer dieser Bibliothek gewesen.

Warum Drove? Bei seinen Recherchen über das Judentum im Rheinland hatte Böll erkannt, »wie wenig wir gerade über die *dörflichen Judengemeinden* wissen« (KA 22, 396). Wenn man nach 1945 die Vernichtung des deutschen Judentums beklagt habe, schreibt er, habe man in der Regel den Verlust von Intellektuellen, von Ärzten, Wissenschaftlern oder Künstlern jüdischer Herkunft gemeint, nicht aber »verlorene, verschwundene Schulkameraden«, »zerstörte Nachbarschaft. Eine Nachbarschaft, die Jahrhunderte alt war« (Ebd.). Also geht Böll selber auf Spurensuche, Einzelheiten nachzulesen im Kommentar zum Text (KA 22, 888–895). Er befragt Zeitzeugen, konsultiert Archive, korrespondiert mit Nachfahren Drovener Juden, geht einzelnen Biographien nach, liest historische Untersuchungen, getreu seinem Schreibprogramm, die Geschichte »von unten« zu erzählen, von den betroffenen Menschen her. »Ich möchte versuchen«, schreibt er der Tochter eines ehemaligen jüdischen Malermeisters aus Drove im März 1983, »an einem Dorf mehr oder weniger beispielhaft darzustellen, wie alles geschehen ist und wie es dazu kommen konnte« (zit. in: KA 22, 889).

Und Böll entdeckt ein Doppeltes: Die Präsenz von Juden im Rheinland hat eine 2000 Jahre alte Geschichte. Das ist das eine. Und das andere: Diese Geschichte ist bei allen Brüchen und Verwerfungen nicht nur eine Geschichte von Verfolgung und Vertreibung gewesen. Gerade in dörflichen Gemeinschaften hat es vielfach zwischen Juden und Nichtjuden »Integration und Normalität« gegeben. Das macht Böll sich und seinen Leser/innen bewusst. Man hatte Seite an Seite mit jüdischen Mitbürgern im Ersten Weltkrieg für Deutschland gekämpft, hatte in Sport- und Musikvereinen das bürgerliche Leben mit ihnen geteilt, hatte nachbarschaftlichen Umgang mit ihnen gepflegt, hatte vom Handwerk jüdischer Mitbürger profitiert. Nein: »Das Dorf Drove war nicht judenfeindlich.

Seit Generationen, seit Jahrhunderten wohnten Juden in Drove« (KA 22, 398).

Umso fassungsloser ist Böll über die brutale Zäsur ab 1933. Fünf Jahre später brennt auch in Drove die Synagoge, Nachbarschaftlichkeit hin oder her. Böll hat auch das präzise recherchiert: »Das Terrorkommando, bestehend aus vier Dürener, vier Kreuzauer und *einem* Drover Nazi, übernahm die Brandstiftung« (KA 22, 404). Aber »aus dem Dorf kam der Terror nicht«, stellt Böll klar (KA 22, 410). Denn die Drovener Juden seien »nicht als Fremde empfunden« worden: »die Juden gehörten dazu, sie hatten eine andere Religion, aber das war seit Jahrtausenden bekannt.« Als »fremd« seien die »ersten Evangelischen« im Dorf empfunden worden, »die um das Jahr 1928 in Drove« aufgetaucht seien (Ebd.).

Und weil das so war, schließen sich erst recht Rückfragen an, stellvertretend gerichtet an ungezählte kleine Orte in Deutschland mit jüdischen Mitbürgern. Warum kein Widerstand gegen den Terror, den man vor Ort oft hautnah miterlebte und den man in Drove gerade nicht unterstützt, den man »eher gemildert, umgangen« hatte? »Warnungen« seien »verbreitet«, seien »geflüstert« worden. Warum dann aber kein Widerstand gegen die Nazi-Hetze, die Vertreibung, Verhaftung und schließlich die Deportation jüdischer Mitbürger? Gezielt lässt Böll seinen Text mit »Epitaphien auf dem jüdischen Friedhof Drove« und einem »Verzeichnis der aus Drove Deportierten« enden, 25 an der Zahl, um von Alexander Daniel bis Ludwig Schwarz, von Bertha Carl bis Karoline Wolff die Namen der Toten noch einmal öffentlich auszusprechen. Ein Kaddisch des Nichtjuden Heinrich Böll für die »Juden von Drove«.

Abb. 13.5. Mit René Böll auf dem jüdischen Friedhof in Drove, August 2021.

Abb. 13.6. Grabstein auf dem jüdischen Friedhof in Drove.

Mit René Böll in Drove: 2021

Ich laufe an diesem 9. August 2021 mit René Böll über das Friedhofsareal, Grabstein für Grabstein. Manche sind schon stark verwittert. Was teils in hebräischer, teils in deutscher Sprache dort eingelassen ist, ist kaum noch zu lesen. Gut entzifferbar dagegen sind Grabsteine aus den zwanziger und dreißiger Jahren. Auch der von Gustav Roer, der noch 1941 hier hatte bestattet werden können. Das letzte Grab auf diesem Feld. Aber zwei neue Gedenksteine sind zu sehen, deren Inschriften uns noch einmal erstarren lassen. Sie scheinen erst jüngst hier aufgestellt worden zu sein, möglicherweise von Überlebenden aus den jeweiligen Familien.

> »Zum Gedenken an
> Norbert Kratz
> * 10.7.1887
> seine Gattin

Emma Kratz
geb. Moses * 15.6.1892
und Tochter
Ingeburg Kratz
* 25.12.1924
Sie wurden 1942
deportiert«

So der eine Gedenkstein. Und der andere:

»Zum
Gedenken an die
Familie Schwarz
* 1897 Jakob
* 1898 Henriette
* 1927 Ludwig
* 1930 Eva Hilde
Alle ermordet 1942
in Polen«

Im Gespräch mit René Böll wird mir stärker noch als zuvor bewusst: Der jüdische Friedhof in Drove ist für seinen Vater zweifellos ein Zufallsfund gewesen, aber als Schriftsteller hatte er daraus etwas Exemplarisches und Grundsätzliches gemacht: eine Lehrstunde in Differenzierung wider die »schrecklichen Vereinfacher« und eine zum Thema Zivilcourage in Deutschland, wenn die Zeiten gewechselt haben. Hier hatte er Beispiele abgewürgten, vertriebenen und letztlich vernichteten Lebens vor Augen: Fallbeispiele einer verhinderten, ja zerstörten Menschwerdung des Menschen. Hier hatte Böll nicht Namen erfinden müssen, hier waren sie authentisch dokumentiert: Namen deutscher Bürger jüdischen Glaubens, die von deutschen Mitbürgern nach Generationen umfassender Nachbarschaftlichkeit fallen gelassen worden waren.

So wird »Drove«, stellvertretend für ungezählte ähnliche Orte in Deutschland, bei Böll zu einem Menetekel deutscher Geschichte: zu einem Ort der Unfassbarkeit, der sich allem »Begreifen«, »Einordnen«, »Verstehen« entzieht, und zugleich zu einer Art Schlusspunkt im Kampf des Schriftstellers für eine der Barbarei entgegengestellte und abgetrotzte »Ästhetik des Humanen«. Sein ganzes Prestige als Autor hatte er noch einmal eingesetzt, um »den Toten ihr Lied zu singen« und die Nachgeborenen an ihre Verantwortung zu erinnern. Nicht zum ersten Mal. »Heinrich Böll und das Judentum«, das ist eine lange, schon in den frühen 1950er-Jahren mit dem Roman »Wo warst du, Adam?« beginnende Geschichte. Sie aber hat noch niemand zur Gänze erzählt.

Kann man begreifen, was geschah? Nein, begreifen kann auch der altgewordene Heinrich Böll nicht, was in Deutschland jüdischen Mitbürgern angetan wurde – nach 2000 Jahren jüdischen Lebens am Rhein: »Ich widme«, setzt er als Zueignung über seinen Text, »diesen Aufsatz dem Gedenken unseres verstorbenen Sohnes Raimund, dem ich nie erklären konnte, was auch mir unerklärlich blieb«. Raimund Böll? Zu einem geachteten Bildenden Künstler und Bildhauer herangewachsen, war er 1982 mit 35 Jahren einer tückischen Krankheit erlegen …

Letzte Gespräche mit Oblomow

Auch für die Gegend um Bornheim-Merten gibt es einen besonderen Text von Böll, der seine Präsenz in dieser Region widerspiegelt: Eine Erzählung unter dem Titel »Oblomow auf der Bettkante« von 1985, dem Jahr seines Todes (KA 23, 235–238. 652–655). Böll erzählt – autobiographisch und zugleich selbstironisch – vom Tagesablauf eines Kranken, der sich als Diabetiker täglich Insulin spritzen muss und jeden

Morgen wieder neu vor der Entscheidung steht, aufzustehen oder liegenzubleiben. Sein fiktiver Gesprächspartner ist selber eine fiktive Figur: ein gewisser Oblomow, Titelheld des gleichnamigen, 1859 erschienenen Romans des russischen Schriftstellers Iwan Alexandrowitsch Gontscharow (1812–1891). »Oblomow« ist seither eine Symbolfigur für Willensschwachheit, resignative Passivität, Trägheit und Müßiggängerei. In Bölls Text sitzt er auf der Bettkante des Kranken und schüttelt jedes Mal den Kopf, wenn der Kranke Aktivitäten zu entwickeln beginnt.

Und doch gilt es, sich tagtäglich aufs Neue aus der Passivität zu lösen. Ich spüre als Leser fast hautnah die persönliche Situation des schwer erkrankten Autors, der sich jetzt, in Merten lebend, Fragen wie diesen stellen muss: »der ärztlich verordnete Pflicht-Spaziergang vor oder nach der Arbeit? Wenn vor, wohin? Die große Runde bis an den Rand von Rösberg? Den ›Nonnenberg‹? Trippelsdorf? Friedhof? Oder nach Brühl in den Schloßpark? Falkenlust? Oder rauf auf die Mertener Heide? Oblomow schüttelt den Kopf: Wärst du im Bett geblieben oder ins Bett zurückgegangen, wären das alles keine Probleme« (KA 23, 237). Die Namen? Sie verweisen allesamt auf die Region, in der Böll jetzt lebt. Rösberg ist ein Ortsteil von Bornheim, Trippelsdorf eine alte Ortsbezeichnung im Stadtgebiet von Bornheim-Merten, Bühl eine Stadt unweit von Bornheim, berühmt wegen des Barockschlosses Augustusburg und dessen Jagdschloss Falkenlust, das durch eine Allee mit dem großen Schlosspark verbunden ist.

Man erkennt den Spaziergänger Böll, der sich schon aus medizinischen Gründen die Landschaft ringsum erwandern muss und dabei den Schriftsteller nicht vergisst: »Beim Spaziergang kann ich auch ›richtig arbeiten‹, wenn auch nicht schreiben. Wohin ich auch gehe: Gemüsefelder, blaugrüne Lauchfelder, hellgrün der Kopfsalat, violett-blauer Kohlrabischimmer, weiß-grün der Blumenkohl, im Frühjahr die blühenden Obstbäume, die einmal Kölner Ausflugsziel waren; man fuhr ›in die Baumblüte‹. Fleißig, fleißig die Menschen! [...] O. bleibt anwesend, den ganzen Tag über, irgendwo hockt er sich hin und lauert: Ob ich nicht doch endgültig zu ihm übergehe?« (Ebd). Sätze aus einer der letzten Texte Bölls, der am 1. März 1985 noch in der Wochenzeitung »Die Zeit« erscheinen kann. Eine Krankengeschichte, in die der kranke Dichter einmal mehr Elemente des Spiels mit einer literarischen Figur und des selbstironischen Spiels mit der eigenen Person eingebaut hat. Im Dialog mit Oblomow und im Gespräch mit sich selber, der unter diesen Lebensumständen dem Oblomow neben und in sich widerstehen muss.

Doch Heinrich Böll kämpft einen Kampf, den er nicht gewinnen kann. Am 16. Juli erliegt er in seinem Haus in Langenbroich seinen schweren Krankheiten. Er ist 67 Jahre alt geworden und wird am 19. Juli 1985 auf dem Friedhof zu Bornheim-Merten bestattet, zu Grab getragen von literarischen und politischen Weggefährten wie Lew Kopelew, Günter Grass und Günter Wallraff. Auch der damalige Bundespräsident Richard von Weizsäcker gibt ihm die Ehre. Angereist ist auch Christa Wolf aus der damals noch existierenden DDR. Eine Gruppe von Sinti und Roma spielt Trauermusik.

Am 15. November 2004 sollte Annemarie Böll folgen.

XIV. Poschiavo: *Ein Ungläubiger hadert mit Gott: Meine Reise zu Wolfgang Hildesheimer*

> »Wäre ich gläubig, wollte ich den Herrn anrufen: laß sie an Deiner Gnade nicht teilhaben! Bestrafe sie, bevor das Ende der Menschheit auf der Erde kommt, das sie vorbereitet haben. Denn an diesem Tag werden die Gerechten mit ihnen zugrunde gehen, die Unschuldigen. Gib ein Zeichen, Herr – so würde ich sagen, wäre ich gläubig –, daß Du diesen dies irae wirklich kommen läßt! Wir wollen Zeugen sein – so würde ich sagen –, wie Du den Unterschied zwischen Gut und Böse machst«
> *Wolfgang Hildesheimer, Gegenrede in Mozarts »Requiem« (1986)*

Zu einer der prägendsten Leseerfahrungen während meines Tübinger Germanistik-Studiums gehört die Lektüre des 1965 erschienenen Romans »Tynset« von Wolfgang Hildesheimer (1916–1991). 1916 in Hamburg in ein Elternhaus jüdischer Herkunft hineingeboren, hatte sich dieser Schriftsteller bis Mitte der sechziger Jahre einen Namen gemacht als Verfasser und Theoretiker von Stücken des »Absurden Theaters«, das in den fünfziger Jahren – von Camus bis Ionescu – Schriftsteller auch in Deutschland herausgefordert hatte. Zugleich hatte sich Hildesheimer, zur Emigration nach England und dann nach Palästina gezwungen, derart exzellente Sprachkenntnisse angeeignet, dass er sich als Übersetzer deutscher moderner Klassiker wie Stefan George und Franz Kafka ins Englische und umgekehrt englischsprachiger moderner Klassiker wie Shaw, Joyce und Beckett ins Deutsche hatte profilieren können. Prosaarbeiten wie »Lieblose Legenden«, die zwischen 1950 und 1962 entstanden waren, hatten ein Übriges getan, um aus Hildesheimer einen damals vielbeachteten Schriftsteller der deutschsprachigen Gegenwartsliteratur zu machen. So ist die Verleihung des Büchner-Preises 1966 nach dem Erscheinen von »Tynset« nur konsequent. Seine Dankesrede von damals, aber auch die Rede seines Laudators Walter Jens sind noch heute lesenswert.

Man kann auch »Tynset« als einen Roman im Geist der Philosophie des Absurden lesen. Denn Leben erscheint hier als Collage aus Bruchstücken und Dissonanzen, die sich nicht mehr zu einem sinnvollen Ganzen fügen lassen. Noch heute fasziniert mich der Grundeinfall des Romans. »Tynset«: Das klanglich schillernde Wort bezeichnet nichts anderes als eine Bahnstation im Norden Norwegens, auf die der Protagonist des Romans in schlafloser Nacht beim Durchblättern des Kursbuchs der Norwegischen Reichsbahn wie zufällig stößt. Das Buch erzählt denn auch von den unaufhörlichen Selbstgesprächen eines Menschen, der während einer einzigen Nacht, meist bettlägerig, alle möglichen Räume und Zeiten durchmisst und doch immer nur sich selbst trifft. Von einem Menschen, »der in Gefahr gerät, am Ende zur Beute seiner eigenen Denkobjekte zu werden und ein Schicksal zu erleiden, das auch anderen Hildesheimerschen Figuren droht: von Verwandlung zu Verwandlung eilend [...] lösen sie sich auf und fallen, des Sinns für Kontinuitäten beraubt, als Opfer ihrer allzu großen Vorstellungskraft« (Walter Jens, 1972, 143).

»Hamlet« als Kain-und-Abel-Geschichte

Zu den Passagen der besonders herausfordernden Art im Buch gehört eine nächtliche Meditation des Ich-Erzählers über die biblische Geschichte von Kain und Abel. Als Theologe bin ich sofort wie elektrisiert. Auslöser ist ein Betstuhl, den der Erzähler in seinem Zimmer wahrnimmt, ein altes Erbstück seines Onkels. Er hatte ihn in seinem Schlafzimmer aufgestellt, obwohl er selber ihn ebenso wenig benutzt wie sein Onkel es früher getan hatte. Dieser Betstuhl aber löst im Erzähler assoziativ eine Erinnerung aus, und zwar an eine Stelle in Shakespeares »Hamlet«, 3. Akt, 3. Szene. Sie zeigt den Moment, als der dänische Prinz Hamlet Gewissheit darüber erlangt hat, dass sein Onkel Claudius seinen Vater ermordet hat, um die Krone Dänemarks zu bekommen und seine Mutter Gertrude heiraten zu können. Damit ist Shakespeares »Hamlet« auch eine Kain-und-Abel-Geschichte, die berühmteste der Weltliteratur: Ein Bruder ermordet seinen Bruder um Macht und Wollust willen, den von Anfang an stärksten Triebkräften des Menschen für Mord, einschließlich Brudermord.

Hamlet ist entschlossen, seinen Onkel seinerseits umzubringen, trifft ihn aber in einer dafür günstigen Stunde ausgerechnet auf einem Betstuhl kniend an und hört, wie Claudius seine Schuld Gott gegenüber gesteht. Ich suche die Stelle im »Hamlet« auf, und zwar in der Shakespeare-Übersetzung von Erich Fried:

»Oh, mein Verbrechen schwärt, es stinkt zum
    Himmel!
'S ist mit dem ersten, ältesten Fluch beladen:
Mord eines Bruders! – Beten kann ich nicht,
Ob Wunsch und Wille mich auch drängen: Meine
Stärkere Schuld schlägt meinen starken Vorsatz,
Und wie ein Mann, den zwei Geschäfte drücken,
Steh ich und zögre, welches erst, – und tu dann
Nicht *eins*. – Doch wie: wär die verfluchte Hand hier
Auch dick von Bruderblut verkrustet, gibts denn

Im süßen Himmel nicht Regen genug, sie
Schneeweiß zu waschen? Wozu dient denn Gnade,
Als dem Verbrechen ihre Stirn zu bieten?
Wozu Gebet, wenns nicht die doppelte Kraft hat,
Uns vor dem Fall zu wahren, oder uns,
Die fielen, Gnad' zu bringen?« (III/3)

Hamlet sieht zunächst von seinem Vorhaben ab – nicht aus moralischen Skrupeln, sondern aus Berechnung: An einem Betenden, der seine Seele soeben vor Gott reinzuwaschen versucht hat, kann man seine Rache nicht voll auskosten, denn der geht möglicherweise in den Himmel und nicht gleich dorthin, wohin er gehört: in die Hölle!

Ein »grinsendes Rätsel« zum Auftakt der Bibel

Hildesheimers Erzähler nun sieht in seiner Vorstellung diesen Claudius, jetzt König von Dänemark, auf seinem Betstuhl knien, »im Versuch, sein Verbrechen betend abzuwälzen«. Er hört förmlich noch dessen »atemloses zischendes spuckendes Gebet, die Worte, wie sie ihm aus dem Munde purzeln, um am Boden zu zerbrechen, oder wie sie in Schwaden stehen bleiben, sinnloses Geschwafel, stinkend, rauschend, schwelend wie Kains Gebet –« (GW Bd. 2, 64). Auf das Stichwort »Kains Gebet« aber unterbricht sich der Erzähler, fällt sich gleichsam selbst ins Wort und korrigiert sich:

> »– nein. Das nicht, nicht Kains Gebet. Kains Gebet rauchte nicht und schwelte nicht. Es war, indem es um nichts bat, ein gutes, anständiges Gebet, vielleicht eines der letzten guten Gebete – da mag ich mich täuschen –, bestimmt aber das erste. Nur war es eben

sinnlos, denn der Gott, an den es sich richtete, war anderweitig beschäftigt, es beliebte Ihm, das Gebet nicht zu erhören, das wirft kein schlechtes Licht auf Kain, sondern vielmehr auf seinen Gott. Warum erhörte Gott es nicht? Dieses Rätsel ließ mich lange nicht ruhen. Ich habe nie so recht über es hinweggehört oder hinweggelesen. Und unerwartet leuchtet es noch heute mitunter rot zwischen den Zeilen eines x-beliebigen Buches oder einer Zeitung auf. Es war das erste Rätsel, das mir entgegentrat, es ließ mich stolpern und hinfallen. Ich stand mühsam auf, verletzt und erstaunt, ich hatte kein Rätsel erwartet, zumindest nicht gerade hier, so nah am Anfang und nicht so früh, ich ging weiter, ein wenig langsamer als zuvor, ein wenig hinkend, aber mein leichtes Hinken nach Möglichkeit verbergend, mich seiner schämend, ich blickte auf das Rätsel zurück, da sah ich, wie es mich angrinste, offensichtlich hatte es schon manchen anderen zu Fall gebracht und freute sich jedes Mal über den Fall. Es grinst noch heute unter all den grinsenden Rätseln, aber es war das erste, der Anfang aller Rätsel. Es ist aber auch der Anfang allen Unrechts, Anfang der Schuld Gottes, der aus keinem Grund Kain nicht gnädig ansah und sein Opfer aus Früchten des Feldes verschmähte, es in schwarzen rauchenden Schwaden am Boden schwelen ließ, so daß es den Opfernden zum Husten brachte, ihn beinah erstickte, während Er Abels Opfer, dampfendes Fleisch und Blut von ihm selbst zum Ruhme seines Gottes geschlachteter Tiere, Gedärm und Innereien und alles, zu sich aufsteigen ließ, genüßlich und in wohlgefälliger Betrachtung des Opfernden, der seinen Gott erkannt hatte und ihm die Wünsche vom Gesicht ablas, Gott wollte Fleisch. So war es, nicht anders. Diese

> Willkür, diese verletzende Laune Gottes glaubte Kain nicht ertragen zu können, er hatte seinen Schöpfer ernst genommen, hatte Ihn geliebt, vergöttert, und in furchtbarer Enttäuschung erschlug er dessen Günstling, den eigenen Bruder, ja, so war es, und wurde darauf auf immer und ewig von Ihm verdammt.« (Ebd., 64 f.)

Seit ich diese Auslegung der biblischen Kain-und-Abel-Geschichte (Gen 4,1–16) kenne, lese ich sie anders: mit geschärftem Auge, mit genauerer Analytik und aufstörenden Rückfragen. Jahrhundert für Jahrhundert ist die Kain-Abel-Geschichte von Theologen nie als Anfrage an das Gottesbild gelesen worden, jetzt wird sie zum »Stolperstein« für Hildesheimers nächtlichen Leser und auch für mich als Leser dieses Textes[33].

Die Szene ist klar: Wieder einmal hat ein Mensch in der Bibel zu lesen begonnen, gutwillig, gutgläubig gewissermaßen. Aber schon im vierten Kapitel stößt dieser Leser auf ein Rätsel. Das lässt ihn stolpern, ja hinfallen. Denn da steht in den Versen 4 und 5 dieses Kapitels: »Der Herr schaute auf Abel und sein Opfer, aber auf Kain und sein Opfer schaute er nicht.« Warum eigentlich nicht? Aus welchem Grund? Was hatte Kain getan, dass Gott sein Opfer ablehnt und das des Abel annimmt? Unerwartet, ein solches Rätsel, so »nah am Anfang« der Bibel, »so früh«. Und unauflösbar. Es verschwindet nicht, löst sich nicht auf. Es bleibt und blickt einen als Leser grinsend an, grinsend »noch heute unter all den grinsenden Rätseln«: »Der Herr schaute auf Abel und sein Opfer, aber auf Kain und sein Opfer schaute er nicht.«

Laune und Willkür Gottes?

An Weiterlesen der Bibel, als wäre nichts geschehen, ist somit nicht zu denken. Hildesheimers Erzähler fühlt sich getroffen, ja geschlagen. Zwar geht er weiter, jetzt aber »ein wenig hinkend« und das »leichte Hinken nach Möglichkeit verbergend«, sich seiner »schämend«. Doch die Rückfragen sind ein für alle Mal losgetreten. Es sind Rückfragen an das Gottesbild dieser Geschichte, wirft doch die grundlose Verwerfung von Kains Opfer ein »schlechtes Licht« nicht auf Kain, sondern auf Gott: »Warum erhörte Gott es (Kains Gebet) nicht?« Das ist die Frage. Eine Rückfrage, die im Verdacht kulminiert, dass Gott an diesem Menschen schuldig geworden sein könnte. Und da es hier um eine Ur-Geschichte geht, die Geschichte von den Uranfängen des Menschengeschlechts überhaupt, betreffen die Rückfragen auch die Anfänge: »Es ist auch der Anfang allen Unrechts, Anfang der Schuld Gottes, der aus keinem Grund Kain nicht gnädig ansah [...] während er Abels Opfer zu sich aufsteigen ließ.«

Ja, es ist diese zutiefst verstörende Erfahrung der »Willkür« und »Laune« *Gottes,* die für Hildesheimers nächtlichen Bibeldeuter auch den Brudermord erklärt. Aus »furchtbarer Enttäuschung« über Gott habe Kain »dessen Günstling, den eigenen Bruder« erschlagen und sei daraufhin – zweiter Willkürakt – von Gott auf ewig »verdammt« worden. Von daher erklärt sich auch die Fortsetzung dieser nächtlichen Bibelauslegung:

> »Es steht da geschrieben, Kain sei von heftiger, eifersüchtiger Gemütsart gewesen, Abel dagegen sanft und fromm. Aber wer hat das geschrieben? Der eifersüchtige Bauer und der fromme Jäger und Schlächter: Kain böse und mißgünstig, Abel gut und rechtschaffen – nein, das ist nicht gut genug, diese Ordnung

> nehme ich dem Schöpfergott nicht ab, geschweige denn Seinen Chronisten, ich wüßte auch nicht, wer sie abnähme außer den fragefeindlichen Abnehmerverbänden – ich frage, und meine Frage hallt durch das Haus, durch die Nacht [...], ich frage: was gab es zu Kains Zeit an Gegenständen der Mißgunst, der Eifersucht, der Bosheit, der Niedertracht, schlechter Gelüste, unsauberer Gedanken? Die Erde soeben erst erschaffen, bevölkert von nicht mehr als vier Menschen, zwei davon schon ungerecht bestraft, ihr Leben verwirkt, was gab es da an Dingen und Gedanken, an denen das Böse sich hätte bilden können, was stand auf der Erde, an dem es sich hätte aufranken, in welchem Loch hätte es sich einnisten können? Wo war der Ansatz, an dem es sich eingefressen, sich ausgebreitet und weitergefressen hätte? Nirgends. Nichts da als ein trügerisches Paradies und Wüste und das schreiende Unrecht Gottes, dem es behagte, Kain zu verderben. Eine schwere Belastung, ein Makel, ein Zeichen an der Stirn, das haftet, nicht an Kain, sondern an seinem Schöpfer. Los davon!« (GW Bd. 2, 65).

Gerechtigkeit für Kain: darum geht es in diesem Text. Und mir wird klar: Bei Hildesheimer begegnet mir ein Bibelleser, der sich mit der überkommenen Rechtfertigung für die Verdammung des Kain nicht länger zufriedengibt. Dieser lange, allzu lange fraglos hingenommene Dualismus (Kain böse, Abel gut) wird jetzt zum Ausgangspunkt einer Rückfrage an das biblische Bild von *Gottes* Gerechtigkeit – und zwar zugunsten des hier verdammten Menschen. Die lange Zeit von »fragefeindlichen Abnehmerverbänden« fraglos hingenommene, stets zugunsten Gottes ausgelegte Geschichte wird auf einmal zu einem penetranten, lästigen, undurchschaubaren »Rätsel«.

Ist Gott an Kain schuldig geworden?

Worauf ich auslegungsgeschichtlich in Hildesheimers Text gestoßen bin, ist eine Bibelexegese in der Tradition des jüdischen Midrasch. Eine Midrasch aus der Perspektive des Verdammten. Aus dessen Perspektive erscheint Gott als launischer Willkür-Gott, der durch seine Bevorzugung Abels Kain erst den Grund für den Mord am eigenen Bruder liefert. Und von diesem Gott wird obendrein ein Täter verdammt, der im Grunde dessen Opfer ist. Teufelsgrinsen blitzt auf, angesichts der offensichtlichen Tatsache, dass die Schöpfung von Anfang an alles andere als gelungen ist. Denn an der Figur des Kain kann man sich im Gegenteil »den Anfang allen Unrechts« klarmachen. Zu früh in der Schöpfung ist dies alles passiert, als dass man dem Satz noch Vertrauen schenken könnte: »Gott sah alles, was er gemacht hatte; Es war sehr gut« (Gen 1,31). Zu früh nach dem Schöpfungsoptimismus schon die Sündenverfallenheit. Zu früh nach der Schöpfungsharmonie die Ursünde, der Abfall, der Fluch.

Woraus folgt. Von Anfang an ist Gott in das Drama des Bösen involviert, ist nicht bloß Teil der Lösung, sondern Teil des Problems. Mit dem Brudermord von Kain an Abel bricht erschreckend früh das Böse in *Gottes* Schöpfung ein, da kann die Verantwortung des Schöpfers nicht ausgeklammert bleiben. Hildesheimers nächtlicher Bibelleser vollzieht denn auch einen unerhörten symbolischen Akt: das Kainszeichen befindet sich nicht auf der Stirn des Verdammten, sondern an der Stirn des Verdammenden. Ein Gott – mit dem Kainsmal an der Stirn? Was bedeutet das? Wieder ein Stigma, wieder ein Schutzzeichen? Vorsicht vor diesem Gott? »*Schuld*« *Gottes*? Nie vorher hatte ich darüber nachgedacht. Nie das zu denken gewagt. Sollte es so etwas geben? Nicht nur, dass der Mensch sich an Gott, sondern sich Gott auch am Menschen versündigt?

Ich stoße hier auf einen theologisch brisanten Fragekomplex und beginne, dieses Motiv der »Schuld Gottes« weiter zu untersuchen. Ich finde es bei zwei weiteren Autoren der Gegenwartsliteratur: in den Holocaust-Arbeiten des jüdischen Schriftstellers Elie Wiesel (1928–2016) und in einem Pfarrer-Roman von Hartmut Lange unter dem Titel »Die Selbstverbrennung« von 1982[34]. Wieder sind es die Schriftsteller, die mich mit radikalen Fragen konfrontieren. In ein Laboratorium des Geistes versetzen.

Jetzt aber finde ich in meiner Fakultät einen Partner, den Alttestamentler Walter Groß, der bereit ist, mit mir zusammen die von der Literatur ausgehende Provokation exegetisch, theologiegeschichtlich und systematisch-theologisch aufzunehmen und zu durchdenken. So entsteht unser gemeinsames Buch, dessen Titel ein Zitat aus einer Gottesrede beim Propheten Jesaja aufnimmt: »Ich, Gott, schaffe Finsternis und Unheil.« Was unseren Untertitel erklärt: »Ist Gott verantwortlich für das Übel?« Erschienen 1992, ist dieses Buch bis heute ein gültiger Ausdruck meiner Auseinandersetzung mit der Theodizee-Frage (s. auch das Heine-Kapitel V).

Ende der Fiktionen: »Der Mensch wird die Erde verlassen«

Sie bleibt eine brennende Wunde, auch für einen Mann wie Wolfgang Hildesheimer, diese Frage nach der Gerechtigkeit Gottes. Ich hatte entdeckt, dass für ihn die Suche nach einer angemessenen Gottesrede nach »Tynset« keineswegs erloschen, vielmehr angesichts neuer geschichtlicher Herausforderungen neu virulent geworden ist. Deshalb suche ich noch vor Veröffentlichung meines Buches mit Walter Groß das direkte Gespräch mit ihm, und zwar im Rahmen meiner Werkstatt-Gespräche mit Schriftstellern. Außerdem hatte ich registriert, was Hildesheimer 1984 in einem Interview mit dem »Stern« (12.4.1984) öffentlich erklärt hatte: Angesichts der ökologischen Katastrophen und der atomaren Überrüstung der Supermächte stelle er seine Tätigkeit als Schriftsteller ein. »Der Mensch wird die Erde verlassen«, so der spektakuläre Titel dieses Interviews. Damit auch das Ende der Fiktionen! Ab 1984 konzentriert sich Hildesheimers künstlerische Arbeit denn auch fast ausschließlich auf den Bereich der bildenden Kunst. Einzelheiten nachzulesen in dem analytisch profunden und reich illustrierten Band von Hilde Strobl »Wolfgang Hildesheimer und die bildende Kunst« unter dem Titel: »Und mache mir ein Bild aus vergangener Möglichkeit« (2013).

Diese öffentlich ausgesprochene »große Verweigerung« eines anerkannten Schriftstellers hatte einiges Aufsehen gemacht, war Hildesheimer doch nicht irgendeiner in der schreibenden Zunft. »Wenn ich am Schreibtisch sitze«, hatte er in dem besagten Interview erklärt, »und Collagen mache oder zeichne, dann verliere ich das Gefühl für jede Zeit oder auch für unsere Zeit. Wenn ich aber am Schreibtisch sitze und nachdenke, dann guckt mich das bare Entsetzen an über unsere Zeit und unsere Lage, so daß ich absolut gelähmt bin.« Hildesheimer also war zu der Auffassung gelangt, dass Schriftsteller mit ihren Mitteln der radikal veränderten Realität unserer Zeit nicht mehr beikämen: »Die Genetiker und die Biotechniker in Deutschland und in den Vereinigten Staaten haben ihre Regierungen mehr oder weniger wissen lassen, daß, wenn sie auf ihrem Gebiet mit ihren Forschungen weiter so vorwärts kommen, von dem Begriff der Menschheit, so wie wir ihn benutzen und gewöhnt sind, bald nicht mehr die Rede sein wird.«

Der Unterschied aber zu früher? »Die Katastrophen unserer Tage sind irreversibel.« Sätze aus dem Jahr 1984, vor gut 40 Jahren gesprochen. Damals hatten ja auch zwei Katastrophen – um nur die dramatischsten zu nennen – das Undenkbare denkbar gemacht und das Vertrauen in die technologische Beherrschbarkeit der Welt und ihrer Zukunft erstmals nachhaltig erschüttert. Am 28. März 1979 waren bei einem Kernreaktorunfall im amerikanischen Harrisburg radioaktiver Dampf und radioaktiv verseuchtes Wasser ausgetreten. Zuvor war schon am 10. Juli 1976 bei einem Chemieunfall im italienischen Seveso eine unbekannte Menge des hochgiftigen Dioxin TCDD freigesetzt worden. Dabei war zu diesem Zeitpunkt der größte Unfall mit einem Kernkraftwerk noch gar nicht passiert, der Hildesheimer später einmal mehr bestätigen wird. Am 26. April 1986 werden zwei Explosionen den Reaktor 4 im ukrainischen Tschernobyl zerstören, mit der Folge, dass Radioaktivität austreten und ganze Landstriche verseuchen wird.

Dabei hatte schon der 1972 erschienene Bericht des »Club of Rome« über »Die Grenzen des Wachstums« in diese Richtung gewiesen. Hildesheimer und ungezählte Zeitgenossen waren damit erstmals für die ökologischen Herausforderungen unserer Zeit sensibilisiert worden, ohne sich dadurch »als Pessimisten« abstempeln zu lassen. Er hasse es, wie er ebenfalls in dem »Stern«-Interview sagte, »als Prophet des Unheils bezeichnet zu werden«. Sein »Wissen über die Zukunft« entnehme er »den Statistiken, die wir doch Tag für Tag vorgeführt bekommen«. In jedem Fall: Für Hildesheimer war »Das Ende der Fiktionen« eingeläutet, wie ein 1984 erschienener letzter Band mit seinen Reden betitelt ist.

Eine lange Reise nach Poschiavo: 1989

Im Januar 1989 mache ich mich zusammen mit einem Journalisten von »Publik Forum« auf den langen Weg nach Poschiavo im Kanton Graubünden, tief im Süden der Schweiz an der italienischen Grenze, Hildesheimers langjährigem Wohnort. 25 Jahre nach »Tynset« begegne ich einem Mann, der trotz aller bleibenden Religionskritik bereit ist, vor neuem geschichtlichem Horizont über Fragen der Religion neu nachzudenken, ohne die Kains-Frage verdrängt zu haben. Ich hatte einen Text von ihm gelesen, der mich ähnlich aufgerüttelt hatte wie seinerzeit der »Kain«-Text in »Tynset«. 1986 hatte Hildesheimer den Auftrag übernommen, für eine konzertante und vom Schweizer Fernsehen ausgestrahlte Aufführung von Mozarts »Requiem« Gegentexte zu schreiben und in das Konzert einzubringen, kritische Kommentare also zu den liturgisch vorgegebenen Textteilen. Ein Auftrag, den der als Mozart-Biograph (1977) ausgewiesene Hildesheimer gerne übernommen hatte. Aber nicht um eine neue Mozart-Interpretation geht es diesmal, vielmehr nutzt Hildesheimer die Gelegenheit, auf die liturgisch vorgegebene Rede von Gott einzugehen, und zwar jetzt im Zeitalter drohender ökologischer Katastrophen, wie er sie wahrgenommen hatte.

Wir erreichen das Schweizer Städtchen Poschiavo, das die Graubündner Puschlav nennen, nach langer Zugfahrt durch grandiose Landschaften. Zunächst von Zürich nach Chur, von dort mit einem eigens konstruierten Zug der Rhätischen Bahn hoch in die Berge über kühn konstruierte Brücken und durch nicht weniger spektakulär geschlagene Tunnel. Schluchten müssen überwunden, abstürzende Bäche überbrückt werden. In gewaltigen Serpentinen schraubt sich der Zug Kilometer für Kilometer die Berghänge hinauf, ständig die Richtung wechselnd. Zweifellos eine der spektakulärsten Bahnstecken, welche die Schweizer Alpen zu bieten haben. Mich erinnert das an Thomas Manns Beschreibung der Zugfahrt in »extreme Gegenden« nach Davos, bei der es bereits zum Auftakt des »Zauberbergs« seinem »Helden«, dem Flachländer Hans Castorp, leicht schwindelig und übel wird. »Großartige Fernblicke in die heilig-phantasmagorisch sich türmende Gipfelwelt des Hochgebirges« eröffnen sich auch uns und gehen »durch Pfadbiegungen wieder verloren«.

Dann auf dem Engadiner Hochplateau von St. Moritz Umstieg in einen neuen Zug, die Berninabahn, in Richtung des italienischen Tirano. Noch einmal vorbei an einer Kette gewaltiger schneebedeckter Berge und Gletscher und dem herrlich gelegenen Lago Bianco, geht es nach Pontresina, Morteratsch, Bernina Diavolezza und Alp Grüm. Die Bahn bleibt dabei immer auf dem Hochplateau, bevor sie in immer neuen Serpentinen ins Tal hinab fährt, wo unmittelbar an der italienischen Grenze Poschiavo liegt. Der Berninapass verbindet den Kanton Graubünden mit dem italienischen Veltlin.

Hier also, in dem durch steile Berge geschützten Tal des Poschiavino-Flusses, hatte er sich mit seiner Frau Silvia, einer 1917 als Silvia Dillmann geborenen Münchnerin, schon 1957 niedergelassen, zunächst im Devon House in der Via dei Palazzi, dann ab 1961 in der Casa Gay in der Via dal Cunvent. Beide lieben diesen letzten größeren Schweizer Ort vor der Grenze, in dem man italienisch spricht und der an das italienische Weingebiet Valtelino (»Veltlin«) angrenzt. Seit 1982 ist Hildesheimer Ehrenbürger der Stadt. In Texten hat er immer wieder die Schönheit der Täler und Berge beschrieben, zugleich aber auch die Menschen, die zu Freunden wurden, und nicht zuletzt den Wein, den er zu genießen weiß. Alles nachzulesen in einem schönen kleinen Bändchen mit Brief- und Essayauszügen, das Dietmar Pleyer 2006 unter dem Titel »Wo wir uns wohlfühlen« publiziert hat (auch in: GW Bd. 7, 657–663. 686–90).

Hildesheimer holt uns von der Bahn ab und lädt uns zunächst in sein Haus ein: in die Casa Gay. Zum Abendessen treffen wir auch seine Frau Silvia, mittlerweile eine Malerin mit einem vielbeachteten eigenen Œuevre. 1990 wird ein Band mit ihren »Bildern der Stille« erscheinen, zu dem ihr Mann einen Text beigesteuert hat. Zu meiner Freude entdecke

Abb. 14.1. Wolfgang Hildesheimer, geb. 1916 in Hamburg, gest. 1991 in Poschiavo / Schweiz.

ich jetzt bei der Arbeit an diesem Kapitel, dass auch sie, 2014 verstorben, in Poschiavo nicht vergessen ist. Von Anfang März bis Ende Oktober 2021 fand in der Casa Console, dem Kulturzentrum in Poschiavos Altstadt, eine Ausstellung ihrer Werke statt. Gezeigt wurden »Gartenbilder und Interieurs« aus Poschiavo und Urbino.

Über Judentum und Katholizismus

Nach dem Abendessen unser Gespräch. Es erscheint erstmals in »Publik Forum« in der Ausgabe vom 19. Mai 1989 und wird dann wieder abgedruckt in meinem Band »›Ich glaube nicht, daß ich Atheist bin‹. Neue Gespräche über Religion und Literatur« (1992). Gespräche dieser Art sind nicht berechenbar, hängen von vielen Faktoren ab: von genügender Vorbereitung, augenblicklicher Spontaneität und der Breitschaft des

Partners, sich zu öffnen. Entsprechend hocherfreut registriere ich, wie bereitwillig Hildesheimer Auskunft gibt. Zunächst zu seinen jüdischen Wurzeln. Er stamme »aus einer ganz alten Rabbinerfamilie«, erklärt er. Alt und bedeutsam, wird man hinzufügen müssen. Denn der Urgroßvater, Esriel Hildesheimer (1820–1899), gilt neben Samson Raffael Hirsch (1808–1888) als einer der führenden Vertreter der sogenannten »modernen Orthodoxie« in Deutschland, welche die klassischen Talmudstudien mit modernen allgemeinen Schulfächern zu verbinden trachtet. Auch dessen Sohn Hirsch Hildesheimer (1855–1910) war noch Rabbiner gewesen und hatte in Berlin als Dozent am 1873 von seinem Vater gegründeten orthodoxen Rabbinerseminar unterrichtet. Doch schon dessen Sohn Arnold Hildesheimer, Wolfgangs Vater also, hatte sich nach einem Chemiestudium als Naturwissenschaftler, so Hildesheimer, »gegen die Enge der Religion« gewandt und »mit dem Ritus, der Religionsausübung weitgehend gebrochen«. Nicht aber mit seinem Glauben an die Ideale eines »areligiösen Zionismus«, der ihn mit seiner Familie 1933 nach Palästina auswandern lässt. Eines Zionismus also nicht auf religiöser, sondern auf gesellschaftspolitischer Basis.

Zum höchsten jüdischen Feiertag, Jom Kippur, sei man zwar noch in die Synagoge gegangen, erinnert sich unser Gastgeber, auch »Bar-Mizwa«, die traditionelle Initiation von Jungen in die jüdische Gemeinde, habe er noch als 13-Jähriger gefeiert, dann aber habe der Komplex »Religion« aufgehört, für ihn eine Bedeutung zu haben, Religion zumindest in der Form des bürgerlich-assimilierten Judentums: »Die Religion verschwindet ja unter dem Gewand dessen, was die Synagoge daraus macht. Die Riten sind mir fremd, der Glaube ist mir fremd, die Modalitäten sind mir fremd.« Und auch in der Schulzeit, die Hildesheimer in der Odenwaldschule bei Heppenheim an der Bergstraße verbringt, spielen metaphysisch-philosophische Fragen nach der Existenz Gottes keine

Rolle, Religionsunterricht auch nicht. Später wird Hildesheimer, als er 1978 zum Thema »Mein Judentum« ausführlicher Stellung nimmt (GW, Bd. 7, 159–169), erklären, dass er sich »als Jude fühle«. Und er wird von seiner Zugehörigkeit zum Judentum sprechen, zwar nicht als Religions-, sondern »am ehesten noch« als »Schicksalsgemeinschaft« (Einzelheiten bei Henry A. Lea, 1991).

Und doch ist Hildesheimer, zum Schriftsteller geworden, an der Frage interessiert, wie der Gottesglaube bei bestimmten Personen (real oder fiktiv) »funktioniert«. Zu Beginn der sechziger Jahre habe der Glaube denn auch angefangen, »wieder eine Rolle zu spielen«, erklärt er in unserem Gespräch. »Ich spielte die Existenz des Glaubens sozusagen ästhetisch durch, mit seinen verschiedenen Erscheinungsformen.« Das sei die Zeit gewesen, in der seine Frau und er sich dagegen zu »wehren« begonnen hätten, pauschal »Atheisten genannt zu werden«. Entsprechend tauchen denn auch – etwa in einem Roman wie »Tynset« – Figuren auf, »die am Glauben leiden, die selig werden wollen, aber es nicht können, und die Angst haben, weil sie meinen, ihre irdischen Sünden vor dem Thron Gottes nicht verantworten zu können«.

Und diese seine literarischen Figuren entstammen bei Hildesheimer meist der Welt des Katholizismus, zu der er durch seine Übersiedlung in die italienisch sprechende Schweiz und zeitweise auch nach Italien (Cal Masante bei Urbino) auch biographisch Beziehungen aufgenommen hatte. Ich höre von Hildesheimer Unerwartetes: »Meine Beziehung zum Katholizismus ist jetzt in meiner Beziehung zu meinen italienisch sprechenden Freunden begründet, die überwiegend gläubige Katholiken sind – und dieser Glaube muss etwas für sich haben, da muss etwas sein, es kann ja nicht von ungefähr sein, dass diese Menschen einen Glauben haben.« Und gleich anschließend: »Meine Frau und ich haben einmal erwogen, zum Glauben von Papst Johannes XXIII. überzutreten, um die gute, die überzeugende Sache zu unterstützen, die es zu unterstützen gilt.« Hildesheimer und Papst Johannes! Eine merkwürdige »Paarung«?

Über »Exerzitien mit Papst Johannes«

Ich verstehe jetzt besser, warum ich bei Hildesheimer schon vor gut zehn Jahren einen Text über Papst Johannes hatte finden können, und zwar im Zusammenhang meines Buches, das die Spiegelungen von Papstfiguren in der Literatur des 20. Jahrhunderts behandelt. Ich hatte unvermutet literarisch ergiebiges »Material« entdeckt: von Franz Werfels Roman »Der veruntreute Himmel« (1939) und Bertolt Brechts Drama »Leben des Galilei« (1939, UA 1943) angefangen über Reinhold Schneiders Tragödien »Der große Verzicht« (1950) und »Innozenz und Franziskus« (1952) bis zu Rolf Hochhuths »Stellvertreter« (1963) und den surrealen und grotesken Papstbildern des britischen Malers Francis Bacon (1953) und des Schweizer Dramatikers Friedrich Dürrenmatt (1973 und 1975). Nachzulesen in meinem 1980 erschienenen Buch: »Stellvertreter Christi? Der Papst in der zeitgenössischen Literatur«.

Und ich hatte im Zuge der Recherchen einen kleinen Prosaband aus dem Jahr 1979 entdeckt, dessen Titel mich völlig überrascht hatte: »Exerzitien mit Papst Johannes«. Und dessen Verfasser nicht weniger: Wolfgang Hildesheimer. Eine merkwürdige »Paarung« – in der Tat. Der Text selber war ein Jahr zuvor entstanden und zwar, wie Hildesheimer mitteilt, als »Anfang eines geplanten Buches über Papst Johannes XXIII.«, das aber »aus Gründen der allzu fernen Materie aufgegeben« worden sei. Doch einen gut zwanzig Druckseiten umfassenden Text hatte Hildesheimer dann doch publizieren wollen, zusammen mit einem ungleich kürzeren zweiten Text über Loris Capovilla (1915–2016), den damaligen Privatsekretär Johannes XXIII., späteren Erzbischof von Chieti und Kardinal, den Hildesheimer im Zuge seiner Recherchen aufgesucht hatte (Texte in: GW Bd.1, 313–330 u. 331–337). In den Gesammelten Werken sind überdies noch »Karteikarten zu ›Exerzitien mit Papst Johannes‹« dokumentiert, datiert auf ca. 1968 (Bd. 1, 493–501).

Ich gehe hier nicht auf inhaltliche Einzelheiten ein. Ich will beschreiben, was mich damals schon an Hildesheimers literarischer Technik der Annäherung an eine Figur beeindruckt hat, deren Welt ihm eingestandenermaßen völlig fremd ist, nicht weniger fremd als die des orthodoxen Judentums, aus der er stammt. Deshalb hatte er am Anfang, ironisch gebrochen zwar, aber dem Genre »Exerzitien« getreu, eine Art literarischer Gewissenserforschung vollzogen: die Darlegung von Hemmungen und Skrupeln bei solch einem »Gegenstand« und die Selbstbesinnung auf entsprechende Voraussetzungen einer solchen literarischen Annäherung. Faszinierend noch heute, diesen Autor dabei zu beobachten: Da redet einer, der sich auf das prekäre Gelände von Religion und Kirche wagen will, gleichsam nur in Form der Hypothese von seinem »Gegenüber«. Da kann er nicht genügend abwehren, zurücknehmen, beteuern und versichern, er habe mit all dem, was er hier erzähle, »eigentlich« nichts zu tun, denn der Gott, von dem er nun einmal reden müsse, sei nicht sein Gott, die Kirche nicht seine Kirche und dieser Papst nicht sein Papst. Da probiert er die Haltbarkeit der Rede von Gott aus, so wie sich jemand auf brüchiges Eis begibt, zögernd-tastend, um den Schritt jederzeit widerrufen zu können. Da muss er nun einmal die Sprachspiele in Sachen Religion mitspielen, als ob sie einen Sinn hätten. Warum? Weil er von diesem zum Papst gewählten Angelo Roncalli (1881–1963) nicht los- und auch nicht darum herumkommt, es offen zuzugeben:

> »genaugenommen – und zwar so genau, wie man es von katholischer Seite gar nicht nehmen darf – fehlt der letzte Beweis, daß es Himmel oder Hölle oder Fegfeuer *nicht* gibt. Daß diese Regionen von der Vernunft und von der Wissenschaft schwer lokalisierbar sind, spricht noch nicht unbedingt gegen ihre Existenz. Unbewiesenes ist zwar in nichtgläubiger Bewertung wertlos, doch wäre der Einwand zulässig, daß es an moralischem Wert gewinnt, indem große Menschen daran geglaubt haben und noch glauben. Papst Johannes der Dreiundzwanzigste war ein großer Mensch – auf das Wesen des Gemeinplatzes komme ich sogleich zu sprechen –, aber ein Denkschema hatte er nicht. Hätte er eines gehabt, so wäre er weder Papst noch groß geworden. Das wird zu beweisen sein« (GW Bd. 1, 318).

Selbstverständlich komme ich in unserem Gespräch in Poschiavo auf die »Exerzitien« zu sprechen und Hildesheimer präzisiert im Blick auf die Person und sein damaliges literarisches Projekt. Im Blick auf die Person spricht er von einer »überwältigenden Figur, mit großem Charisma«:

> »Johannes war eine universale Vaterfigur. Er strahlte eine Menschlichkeit aus, wie sie es selten gibt. Er war von einer unermesslichen Güte – und er wusste selbst von all dem gar nichts. Er war ein uneigennütziger und ein sich selbst nicht bewusster Mensch. Ich bin nicht der einzige, der ihn so gesehen hat. Es findet plötzlich, so empfand ich, eine Revolution des Glaubens statt. Er war sogar der Papst der Intellektuellen, obwohl er selbst alles andere als intellektuell war. Er war ein naiver Mensch. Aber eben – ein Mensch. Das war wohl für mich die entscheidende Wende, von da

an habe ich mich mit Glaubensfragen beschäftigt« (Gespräch mit KJK 89f.).

Und zu seinem literarischen Projekt über diesen Papst:

»Ja, es sollte ›Sachbuch‹ heißen, es wäre eine Art Lexikon gewesen. Ich begann tatsächlich mit einigem Schwung, daran zu arbeiten. Doch ich musste feststellen: Ich konnte das Buch so nicht schreiben. Dazu hätte ich zu viel wissen müssen, ich hätte alle Enzykliken lesen müssen. Ich hatte den Geschmack des Weines auf der Zunge, den er getrunken hat. Ich war in Sotto il Monte, in der Nähe von Bergamo, woher er stammte. Dort gibt es eine Servitenabtei mit einer Kirche aus dem Jahre 1000. Der Prior, Pater Turoldo, ließ die Glocken läuten, als wir zu Besuch waren. So lernte ich die Leute kennen, die Johannes gekannt hatten« (Ebd. 90).

Ein Anti-Requiem wider die Schöpfungsschänder

Leicht nachvollziehbar, dass ich Hildesheimer bis dahin schon gespannt zugehört hatte. Dann aber bringe ich sein Anti-Requiem ins Gespräch. Könne man sagen, frage ich, dass dieser sein Text die »Summe dessen ist«, was er in Sachen Religion und Ökologie habe sagen wollen? Und Hildesheimer antwortet:

»Mein Requiem-Text klagt Leute an, die die Erde zerstören. Diese Umweltzerstörer – Umweltsünder wäre zu schwach ausgedrückt, das klingt wie ein Kavaliersdelikt – sind antireligiös, indem sie Gottes Geschöpfe zerstören, die Tiere, die Pflanzen, alles. Ich

> drücke tatsächlich den Wunsch nach einer übergeordneten Instanz aus, die ihnen befiehlt, das nicht zu tun. Nichts sollte der Kirche so fernliegen wie diese Leute, die die Natur zerstören und gegen die das Requiem geht« (Ebd. 93).

Nach dem Gespräch überrascht uns der Gastgeber mit dem Angebot, mit ihm zusammen die Aufführung »seines« Mozarts-»Requiems« anzuschauen. Er hat eine Videokassette davon zur Hand, und die legt er jetzt ein und sieht sich mit uns die Aufzeichnung noch einmal an. Und wie er so dasitzt in seinem Sessel und die Aufzeichnung wie gebannt verfolgt, spüren wir Besucher, wie wichtig dem 73-Jährigen das alles ist. Wie nahe ihm das geht in Form und Inhalt.

Es waren ja auch unerhört leidenschaftliche Stücke, die Hildesheimer geschrieben und dann öffentlich vorgetragen hatte. Den Titel des klassischen Requiems hatte er glatt ins Gegenteil verkehrt: »Herr, gib ihnen die ewige Ruhe *nicht«!* (in: GW Bd. 7, 723–735). Noch einmal und ungleich direkter als bei den »Exerzitien« hatte Hildesheimer sich hier in die Rolle eines »Gläubigen« versetzt, um sich an Gott, als ob es ihn gäbe, wenden zu können. In Klage *und* Anklage. Einen »Akt fundamentaler Selbstverfremdung« habe er hier vollzogen, wird er später sagen (GW Bd. 7, 807). Und seine Leidenschaft als Anwalt der Schöpfung speist sich einmal mehr aus der Frage nach Gerechtigkeit. Das hatte sich seit den Zeiten von »Tynset« nicht geändert. Jetzt aber verweist er selber – in fiktiver Rollenrede – die Schänder des Planeten an *Gottes* Gericht.

Ausgangspunkt ist der liturgische Text: »Ewige Ruhe gib ihnen, Herr, / und ewiges Licht leuchte ihnen.« »Ihnen«? Fragt Hildesheimer zurück. Allen, die gestorben sind, ohne jeden Unterschied? Das will er nun genau wissen: Werden alle in Ewigkeit mit der himmlischen Ruhe und dem himmlischen Licht von Gott beschenkt werden? Gilt die »ewige Ruhe« wirklich *allen*:

> »Allen Christen und Pseudochristen und Halbchristen und Scheinchristen und offiziell als Christen Registrierten? Gewiß: die Ungetauften, die Nichtgläubigen oder Andersgläubigen oder Agnostiker sind ohnehin ausgeschlossen. Soll aber allen anderen alles vergeben werden? All den Verächtern menschlichen Maßes und menschlicher Würde? Den Mördern unserer Erde, den Schreibtischtätern und ihren Handlangern? Den Ausbeutern und Plünderern unseres Planeten? Sollen denn all diese der ewigen Ruhe teilhaftig und damit den Gerechten gleichgestellt werden?« (GW Bd. 7, 725).

Und nach den drängenden Rückfragen folgt die Bitte an Gott:

> »Laß dies kein Requiem für sie sein, Herr!« (Ebd.).

So ist Hildesheimers Anti-Requiem eine einzige Aufforderung an Gott als Richter über Gut und Böse, um der Gerechtigkeit willen den Naturzerstörern und Schöpfungsschändern die ewige Ruhe *nicht* zu gewähren.

»Wäre ich gläubig, würde ich sagen ...«

Dabei kann der Sprecher sich von der Tatsache bestärkt fühlen, dass die liturgischen Texte auch Passagen über den Gerichtstag Gottes enthalten, einen »dies irae«, einen »Tag des Zorns«, der »die Welt in Asche verwandelt« und an dem »der Richter naht, um streng seines Amtes zu walten«. Aber rechnen die »Schandtäter und Sünder« heute wirklich damit, dass der Gerichtstag kommt, fragt Hildesheimer. In Wirklichkeit würden sie doch »in Frieden einschlafen, im Kreise ihrer Kinder und Kindeskinder«. Oder sie würden sich »an einen Beichtvater wenden, der es ihnen leichtzumachen« verspreche (S. 726). Billige Gnade bekämen sie verabreicht. Diese Vorstellung aber steigert noch mehr den Zorn des Redners:

> »Wäre ich gläubig, wollte ich den Herrn anrufen: laß sie an Deiner Gnade nicht teilhaben! Bestrafe sie, bevor das Ende der Menschheit auf der Erde kommt, das sie vorbereitet haben. Denn an diesem Tag werden die Gerechten mit ihnen zugrunde gehen, die Unschuldigen. Gib ein Zeichen, Herr – so würde ich sagen, wäre ich gläubig –, daß Du diesen dies irae wirklich kommen läßt! Wir wollen Zeugen sein – so würde ich sagen –, wie Du den Unterschied zwischen Gut und Böse machst« (GW Bd. 7, 726 f.).

Es ist genau diese Mischung, die mich bei Hildesheimer aufs Neue in Bann geschlagen, seit ich diese seine Texte kennengelernt hatte. Dieses einzigartige Wechselspiel, für das ich in der deutschsprachigen Gegenwartsliteratur keinen Parallelfall kenne: Der Ungläubige in der Rolle des Gläubigen, der so tut, als ob; der Agnostiker im Gespräch mit Gott, als ob dieser für ihn existierte; der Religionslose, der Gottes Gericht anruft, obwohl er weiß, dass Gott nicht antwortet.

Aber war es so nicht schon im Fall des Kain gewesen? Hildesheimer hat das nicht vergessen. Entsprechend ruft sein Sprecher im Anschluss an den liturgischen Vers »Salva me fons pietatis« – »Erlöse mich, Du Quelle der Barmherzigkeit« – aufs Neue aus: »Herr, erlöse sie nicht! Gib ihnen die ewige Ruhe nicht! Gib sie anderen. Widerlege diese beängstigende Frage: ›Cum vix justus sit securus? Wird da selbst der

Gerechte sicher sein?‹ Warum, Herr, sollte er es nicht sein, er ist unschuldig?« (GW Bd. 7, 729).

Und dann erfolgt der Verweis auf zwei biblische Urgestalten, Hiob und Kain:

> »Wie sollte uns hier nicht Hiob in den Sinn kommen, den Du, Herr, vor den Kopf gestoßen hast, aus keinem für uns Irdische erkennbaren Grund. Warum hast Du das getan, Herr? Wenn du mir diese Frage beantworten könntest? Warum hast Du Abels Opfer erhört, das Opfer Kains aber nicht? Aber Du beantwortest ja keine Fragen, und die eines Ungläubigen schon ganz und gar nicht. Ich sage nicht, daß ich Dich darin nicht verstehe« (Ebd.).

Einmal mehr lässt Hildesheimer keinen Zweifel daran, dass er sich als »Ungläubigen« versteht. Aber zugleich braucht er in seinem »prophetischen« Zorn angesichts der drohenden ökologischen Katastrophen einen Adressaten für seine Klage und Anklage, eine Instanz für den Unterschied von Gut und Böse, ein Ohr für seine Verzweiflung über all die, welche die Gefahren verdrängen und die Realitäten nicht an sich heranlassen. Jüdisches Erbe ist hier ganz offensichtlich in Hildesheimer durchgebrochen, nicht das halachische, wohl aber das prophetische Erbe als Auftrag. Die »Rolle« des Propheten und das Pathos des prophetischen Protestes sollen dem Anliegen den nötigen Ernst verschaffen! Welch eine Gottesrede denn auch im Munde eines »Ungläubigen«. Man muss schon ein Dramatiker vom Format eines Hildesheimer sein, um die Rollendramaturgie derart perfekt zu beherrschen. Ja, um sich in einer Rolle verbergend-enthüllend so zu offenbaren, dass im Spiel der existentielle Ernst nicht verloren geht. Nur im Raum der Literatur sind solche Rollenspiele möglich: das

Experiment »Gottesrede« im Munde eines selbsterklärten Ungläubigen.

Wolfgang Hildesheimer werde ich nicht mehr wiedersehen. Nur zwei Jahre nach unserer Begegnung erliegt er am 21. August 1991 mit 75 Jahren in seinem Haus in Poschiavo einem Herzinfarkt und wird zwei Tage später auf dem evangelischen Friedhof des Städtchens beigesetzt. Eine besondere Geste der Wertschätzung für diesen religionsoffenen Agnostiker jüdischer Herkunft mit Sympathien für eine Katholizität, wie sie ein Papst Johannes verkörpert hat. Dazu passt, was der Schweizer Schriftsteller Urs Widmer (1938–2014) berichtet: »Wer weiß, daß Wolfgang Hildesheimer Schweizer war?«, schreibt er. »Er starb als Ehrenbürger von Poschiavo, einer dorfgroßen Talkapitale im italienisch sprechenden Puschlav. Als er begraben wurde, läuteten – für ihn, den Juden! – zum ersten Mal in der Geschichte des Tals die Glocken der katholischen *und* protestantischen Kirchen gemeinsam.« Und: »Er war der witzigste Mensch, den man sich denken kann. Er sah mehr und mehr wie Moses aus – sein Großvater war Rabbiner gewesen – und dank ihm kann ich mir einen *lachenden* Moses vorstellen« (in: Text und Kritik. Sonderband »Literatur in der Schweiz«, 1998, 109).

Als ich mit der Familie einige Jahre später ins Engadin reise und wir von italienischer Seite die Annäherung an Graubünden über den Berninapass wählen, haben wir keine Mühe, in Poschiavo das Grab von Wolfgang Hildesheimer und Silvia Hildesheimer-Dillmann zu finden. Sie war ihm 2014 gefolgt. Nach alter jüdischer Sitte haben Besucher kleine Steine auf den Grabstein gelegt. Ein Bild, so unauslöschlich wie die Erinnerung an den Abend im Januar 1989 in der Casa Gay, der ganz im Zeichen der »Exerzitien mit Papst Johannes« und des »Antirequiems« zu Mozart gestanden hat.

Jetzt, wo ich dieses Kapitel abgeschlossen habe, hole ich den schmalen Band mit den »Bildern der Stille« noch einmal

Abb. 14.2. Grab von Wolfgang und Silvia Hildesheimer-Dillmann in Poschiavo / Schweiz.

vor. Es sind 16 Meditationsbilder von Silvia Hildesheimer-Dillmann ausschließlich zu Sommer- und Winterszenen, teils mit Öl auf Leinwand gemalt, teils mit Öl auf Japanpapier. Sie kommen allesamt ohne Menschen aus und verweisen in dieser bildlichen Fokussierung ins Geheimnisvoll-Unheimliche. »In den Sommerbildern«, schreibt ihr Mann in einer dem Band mitgegebenen Einführung, »leuchtet das Gefühl von Verlust auf, und die Winterbilder ergeben eine Skala von mildem Verzicht bis zur traurigen Entsagung. Gemeinsam ist ihnen das Schweigen« (Bilder der Stille, 13).

Bilder als gemaltes Schweigen. Während ich diese Arbeiten wieder und wieder betrachte und noch einmal die Einführung überlese, halte ich ein kleines stilles »Requiem« für Silvia und Wolfgang Hildesheimer, deren Gast für einen Abend ich sein durfte.

Nachtrag: In einem Artikel des St. Galler Tagblatts vom 3. August 2019 lese ich, dass man mittlerweile als Reisender ins »Puschlav – zwischen Gletschern und Weinbergen« in Poschiavo auf einen »Hildesheimer-Rundgang« mit neun Stationen mitgenommen werden kann. Wohlan denn …

XV. In der Scheinbibliothek von Schussenried
Was Religion und Literatur gemeinsam haben: Martin Walser

»Ich bin ja der Meinung, daß Literatur bastardisierte Religion ist. Literatur ist entstanden als Auslegung der Religion. Das heißt: Religion ist sprachliche Reaktion auf unser Dasein, so wie Literatur sprachliche Reaktion darauf ist. Mir fällt auf, was mir fehlt: das ist die Grundlage der Schriftstellerei. Das ist auch die Grundlage der Religion, das ist die Grundlage unserer Sprache: weil wir etwas nicht haben, haben wir die Sprache. Wenn wir Gott hätten, hätten wir kein Wort dafür.«
Martin Walser, Aus dem Gespräch mit Karl-Josef Kuschel (1985)

»Ich hoffe, Ihnen sei das durch Ihre Theologie bekannt genug: dass nichts ist außer Wörtern. Wir haben EINEN Beruf, Dekorateure des Nichts.«
Martin Walser, Aus dem Brief eines Schriftstellers an eine Theologin, im Roman »Das dreizehnte Kapitel« (2012)

Es wird im Frühjahr 1985 gewesen sein. Eines meiner damaligen Gespräche mit Schriftstellerinnen und Schriftstellern im Auftrag der Zeitschrift *»Publik Forum«* hatte mich zu Martin Walser geführt. Ich wollte auch ihn befragen, welche Rolle »Religion« in seinem Werk und in seinem Leben spielt. Wir treffen uns in einem Wiesbadener Hotel nach einer Lesung. Es ist relativ spät am Abend, kurz nach 22 Uhr. Aber vielleicht sind es diese wenigen Stunden vor Mitternacht gewesen, die unser Gespräch besonders intensiv gemacht haben. Viele

Jahre ist das her, aber unvergessen. Mir und offensichtlich Martin Walser auch.

Ein »Nachtgespräch in Wiesbaden« 1985

Ich hatte ihm 2011 das Buch »Börsen, Banken, Spekulanten. Spiegelungen in der Literatur – Konsequenzen für Ethos, Wirtschaft und Recht« an seine Adresse in Überlingen-Nussdorf geschickt, das ich – in Reaktion auf die globale Finanzkrise der Zeit – mit meinem Universitätskollegen, dem Juristen Professor Heinz-Dieter Assmann, geschrieben hatte. Hier hatten wir uns auch mit Walsers im Börsen- und Spekulantenmilieu spielenden Buch »Angstblüte« von 2006 auseinandergesetzt, einem Roman, der, bis dato einzigartig in der deutschsprachigen Gegenwartsliteratur, auf fast unheimliche Weise bereits den Broker-Typus entzaubert hatte, der später, von Größenwahn getrieben, das internationale Finanzsystem an den Rand des Abgrunds bringen sollte. Ich hatte Walser in einem Brief an unsere erste Begegnung erinnert, und er antwortet am 19.12. 2011, ich hätte ihn nicht erinnern müssen – an das »Nachtgespräch in Wiesbaden«.

Anlass seinerzeit gerade auf einen Autor wie Walser zuzugehen, hatte ich aufgrund der Lektüre seiner 1981 gehaltenen Büchner-Preis-Rede. Ich war hier auf Sätze gestoßen, in denen Walser erstmals öffentlich die Frage nach dem »Fehlen Gottes« zu stellen gewagt hatte:

> »Ob ein Kind, das in einer komplett atheistischen Familie aufwächst, noch erschreckt, wenn es fünfzehn oder neunzehn wird und selber erlebt, daß Gott fehlt? Oder vermißt so jemand überhaupt nichts? Ich möchte annehmen, auch ein richtiges Atheistenkind muß, bevor es in das Gottlosigkeits-Stadium seiner

> Eltern eingehen will, durch ein Dickicht hindurch, in dem Gott mit jedem Ast den Weg verbaut, und unerreichbar ist, sobald man glaubt, man brauche ihn. Womit ich nur sagen will, auch wir, die wir seit Jahrzehnten zuschauen, wie Gott in den Laboratorien der Theologie zerbröselt wird, wir, die den Glaubenskampf jeweils an die Modedisziplin, momentan also an die Linguistik, delegieren, auch wir können noch in den Schrecken dieses jungen Büchner fallen, wenn wir wieder einmal zahnwehhaft scharf spüren, daß Gott fehlt. Und diese typische Büchnerstimmung, dieses, wenn Sie gestatten, meerrettichscharfe Leereerlebnis kommt also von nichts als von der jeweils jäh einschießenden Erfahrung, daß Gott fehlt« (Büchner-Preis Reden 1972–1983, Stuttgart 1984, 167 f.).

Das war 1981 gewesen. Und war damals schon, werkgeschichtlich betrachtet, ein überraschendes Wort, eine unerwartete Diagnose.

Vom »Fehlen Gottes«

Eine Diagnose, gekleidet in typisch Walsersche Ironie, und zwar nach beiden Seiten: gegenüber dem säkularen wie dem kirchlichen Milieu. Gegenüber einer bedenkenlos wie selbstverständlich hingenommenen »Gottlosigkeit« in »komplett atheistischen Familien« und umgekehrt: gegenüber ideologischen Glaubenskämpfen, die etwas von einem religiösen Fanatismus an sich haben. Und Ironie gegenüber einer überkomplex und damit lebensfremd gewordenen Theologie, welche die Rede von »Gott« in ihren Begriffs-Laboratorien »zerbröselt« hat. Dagegen wagt Walser unter Berufung auf einen Georg Büchner (1813–1837), vor allem auf dessen Novelle »Lenz«, zumindest Rückfragen zu stellen. Unter Berufung auf einen jungen Dichter, bei dem die Erkenntnis der Abwesenheit, des »Fehlens« Gottes vor gut 150 Jahren noch einen »Schrecken« hatte auslösen können, den er in seinen Prosa- und Theaterstücken dann auch zu spiegeln weiß. Wobei Walser nicht auszuschließen scheint, dass auch »wir« noch, wir Zeitgenossen von heute also, in diesen Schrecken verfallen könnten. Dass es folglich auch bei uns noch diese »typische Büchnerstimmung« geben könnte, dieses »meerrettichscharfe Leereerlebnis« und die »jeweils jäh einschießende Erfahrung, daß Gott fehlt«.

Hatte Walser sich damit auch persönlich gemeint? Was fehlt *ihm*, wenn »Gott fehlt«, wo doch bei Ungezählten heute ein »Gottlosigkeits-Stadium« längst selbstverständlich geworden ist und »Gott« kaum vermisst wird? Entsprechend hoch sind meine Erwartungen an unser Gespräch in Wiesbaden im Frühjahr 1985.[35] Doch was ich jetzt von Walser zu hören bekomme, übertrifft in seiner Offenheit und Anschaulichkeit alles Erwartete. Und wenn ich heute, mehr als drei Jahrzehnte danach, unser Gespräch noch einmal überlese, bin ich nicht wenig erstaunt, wie viel hier schon zur Bedeutung von »Religion« angedeutet, ja angekündigt ist, das erst im Spätwerk viele Jahre später seine literarische Einlösung finden wird. Davon will ich im Folgenden berichten.

Erinnerungen eines »katholischen Krüppels«

1927 in eine traditionell katholische Welt in Wasserburg am Bodensee hineingeboren, spricht Walser in unserem Gespräch zunächst offen vor allem von der Religion seiner Mutter, der Frau, die anders als sein früh verstorbener Vater sein und seiner Brüder Leben am stärksten geprägt hat. Dabei sei ihm erst

Abb. 15.1. Martin Walser, geb. 1927 in Wasserburg / Bodensee.

viele Jahre später zum Bewusstsein gekommen, meint er, dass in seinem Dorf »die Religion im Grunde eine Sache der Frauen« gewesen sei, »auch wenn die Männer in die Kirche« gegangen seien. »Fromme oder betende Männer« seien ihm immer vorgekommen »wie weinende Männer«. Wörtlich:

»Die Männer damals, die ich natürlich persönlich kannte, waren dadurch, daß sie so fromm waren, in einen Hauch von Zwielicht getaucht. Auf der Seite, die in der Kirche den Frauen vorbehalten war, konnte man eine intensiv strahlende Frömmigkeit spüren. Wir Männer knieten mehr oder weniger verborgen in den harten Bänken und haben, weiß der Teufel mit welchen Gedanken, den Gottesdienst durchgemacht« (S. 141).

Und doch ist diese »strahlende Frömmigkeit« bei Walsers Mutter immer gleichzeitig auch von »Angst« besetzt gewesen. Angst mit und durch Religion notabene! Eine »irrsinnige Angst« habe seine Mutter gehabt, höre ich. Katholisch sei sie »gradlinig« gewesen, habe aber eine »Angst-Religion sondersgleichen« gelebt, »obwohl sie praktisch aus nichts gemacht« gewesen sei »als aus Religion«. Gerade weil die Mutter, »so intensiv religiös« gewesen sei, habe man gleichzeitig das Gefühl gehabt, »daß die Religion ihr keine Sekunde lang irgendeine Ruhe gebracht« habe. Das habe ihm damals schon, als Zuschauer, eine »Ahnung gegeben von dem vollkommenen Aberwitz« (S. 141).

Konsequenz? Er sei »sozusagen im Mittelalter aufgewachsen«, habe die Mutter ihn doch »vollkommen in ihre Angstwelt eingeschlossen«, auch die beiden Brüder, die es noch gegeben habe. »Es gibt keinen Bereich, der davon nicht durchdrungen gewesen wäre«, erinnert sich Walser, »vom Essen über das Geld, die Krankheit, den Tod, alles«. Besonderes Beispiel: die Beichte. »Total angstbesetzt« auch sie. »Das war ein verzweifeltes Bohren um die vollkommene Reue. Ich habe mich verkrampft, um diese Reue zu erlangen, und habe gleichzeitig gesehen, daß es doch keine Reue ist. Ich fing also wieder von vorne an; wieder eine neue Drehung und immer dieselbe Drehung. Ein unerfüllbares Gebot also. Das war eine Irrsinnsschraube, die meine Mutter in Gang gesetzt hatte« (S. 142 f.). Lebensgeschichtliche Details, die später in Walsers autobiographischem Roman »Ein springender Brunnen« (1998) ausgeführt werden.

Von daher versteht sich die Pointe, die Walser diesem Narrativ in unserem Gespräch zu geben weiß: »Ja, ich bezeichne mich in meinem Selbstverständnis als katholischen Krüppel« (S. 142). »Katholischer Krüppel«! Ich höre wie gebannt zu. So nennt sich ein Autor, der damals 58 Jahre alt ist und sich als Verfasser von Romanen wie »Halbzeit« (1960), »Das Einhorn« (1966), »Der Sturz« (1973) und »Jenseits der Liebe« (1976) sowie einer vielbeachteten Novelle mit dem Titel »Ein fliehendes Pferd« (1978) unübersehbar in die erste Reihe deutschsprachiger Gegenwartsliteratur eingeschrieben hatte. Und als ich frage, was das genau heiße, »katholischer Krüppel«, fügt Walser noch hinzu:

> »Ich glaube, daß ich verkrümmt bleiben werde in meiner Erlebnisweise. Davon kann ich mich nicht mehr erholen. Das hat nichts mit meiner intellektuellen Emanzipation zu tun. Aber in der Fühlweise, der Empfindungsweise, sozusagen in der Schreckhaftigkeit bleibe ich verkrümmt. Das kommt von meiner Mutter. Da kann ich böse sein oder nicht, da kann ich fluchen oder nicht! Ich weiß, daß ich mich nicht aufrichten werde. Auch wenn ich das, was mich drückt, nicht anerkenne. Ich kann mir klarmachen, daß ich nicht imstande bin, zu glauben. Da haben Sie schon das richtige Wort gewählt: es sind traumatische Erinnerungen. In diesem Punkt bin ich verletzt« (S. 142).

Das ist der eine Aspekt am »Komplex Religion«, den ich bei Walser antreffe: der autobiographische, ja der autotherapeutische.

Arbeit an einem »Gottesprojekt« (1985)

Ein zweiter, für mich damals ebenso überraschender Aspekt kommt hinzu. Mir war bei der Lektüre aufgefallen, dass von allen theoretischen wie praktischen Problemen in seinen Arbeiten die »Gottesproblematik« die am wenigsten wirklich »aufgearbeitete« ist. Und das Einzelsignal in der Büchner-Preis-Rede schien mir das zu bestätigen. Auf meine entsprechende Frage antwortet Walser, dass er ein »Gottesprojekt« plane. Wörtlich:

> »Ich habe ein ›Gottesprojekt‹ vor. Das kann aber nicht belletristisch oder essayistisch beschrieben werden, sondern nur als *meine Erfahrung*. Dieses Projekt läuft schon über Jahre hin. Ich forciere es nicht. Immer wieder kommt etwas hinzu. Die Auseinandersetzung mit der Gottesproblematik kann man nicht so aufarbeiten, daß man danach dann damit fertig wäre. Auch das gehört zu den Verkrümmungen, die ich nicht los werde. Mit ihnen werde ich mich wohl immer herumschlagen müssen … Das ist die Erbschaft der Kindheit, die man nicht auf eine dem jetzigen Empfindungsstand gemäße Ebene heben kann. Und das bleibt das sozusagen Beleidigende daran, dieses widerborstig Infantile in der Gottesvorstellung« (S. 143 f. 145).

Wie man sich dieses »Gottesprojekt« vorzustellen habe, will ich wissen. Antwort:

> »Es geht dabei um meine Erfahrungen mit dem Vorhandensein des Wortes ›Gott‹. Wissen Sie, ich habe Notizbücher, in ihnen mache ich meine täglichen Schreibarbeiten wie der Klavierspieler seine Finger-

> übungen. Das gehört zu meiner Lebensart. Da merkt man natürlich unwillkürlich, daß bestimme Motive und Neigungen immer wiederkehren. Dazu gehört die immer wiederkehrende Beschäftigung mit dem Wort ‚Gott'. Inzwischen weiß ich, daß das sozusagen eine Spur ist. Ich könnte leicht aus meinen Notizbüchern, die ich mit Registern gut erschlossen habe, irgendwann einmal ein Büchlein herausziehen, das der reinen Erfahrung mit dem Wort ›Gott‹ gewidmet wäre« (S. 144).

Warum aber sei die kirchenkritische Entwicklung bei ihm, Martin Walser, nicht wie bei ungezählten anderen zeitgenössischen Intellektuellen auf »Atheismus« hinausgelaufen? Warum ist »Gott« überhaupt noch ein sinnvolles Wort, des Nachdenkens wert und nicht längst religionskritisch entsorgt? Walser entgegnet, er glaube nicht an die »Kraft der Sprache zur Verneinung« und erklärt das so:

> »Wenn Sie das Wort Atheismus ins Deutsche übersetzen, dann heißt das, daß Sie glauben, daß kein Gott sei. Aber in diesem Moment glauben Sie natürlich an Gott. Die Verneinungskraft der Sprache ist null und nichtig. Wenn man ein Hauptwort benutzt, dann nützt es überhaupt nichts, irgendeine Verneinung davorzusetzen. Es handelt sich dabei um eine Täuschung. Wenn man sagt: ›Ich glaube an keinen Gott‹, dann hat man von Gott gesprochen. Dann ist schon alles gelaufen. Deshalb wird die ›Gottesfrage‹ für den Erwachsenen zu einem Sprachproblem« (S. 145 f.).

Das »Wort Gott« also ist für Walser im Gegensatz zu vielen Intellektuellen (Brecht, Benn und die Folgen: s. Kap. X) kein sinnloses Wort, wirft aber ein »Sprachproblem« auf, wenn man es nicht gedankenlos benutzen und so verschleißen will. Es bezeichnet objekthaft etwas, was gerade kein Objekt und so mit keinem anderen Wort vergleichbar ist. Es auszusprechen, bedarf besonderer sprachlicher Sensibilität, die nie aufhört, aufhören darf. Und ein Sprachkünstler wie Walser erinnert daran: Man hat dieses Wort nie ein für alle Mal »im Griff«, ist mit ihm nie einfach »fertig«. Und im Zuge des »Gottesprojekts« sollten persönliche Erfahrungen des Dichters »mit dem Vorhandensein des Wortes ›Gott‹« aufgeschrieben werden: »*Meine* Erfahrungen« eben!

Persönliches aber zumal aus diesem Bereich mitzuteilen, ist für einen Schriftsteller prekär. Walser weiß das. Deshalb sucht er sich in den nächsten Jahrzehnten seiner literarischen Arbeiten Ersatzfiguren, mit deren Hilfe er ausprobieren kann, wie diese Rede von Gott »funktioniert« und wie andere darauf reagieren. In seinem Roman »Das Schwanenhaus« (1980) zum Beispiel lässt Walser seinen Helden, einen gewissen Dr. Zürn, eine überwältigende Naturerfahrung als Gotteserfahrung beschreiben: Sonnenlicht bricht aus einem Wolkenloch. »Ich lasse das manchmal eine Romanfigur wie diesen Dr. Zürn so erleben« (S. 146), sagt Walser in unserem Gespräch. Und ich begreife: Was ist Roman-Literatur anderes als ein fiktiver Entwurf von Möglichkeiten? Was sind Romanfiguren anderes als Kopfgeburten des Autors, der damit Problemstellungen durchleuchten, Gedankenexperimente anstellen und sich Ersatzfiguren schaffen kann, hinter denen er sich verbirgt, die gleichsam stellvertretend für ihn sprechen, ohne dass er aus der Deckung kommen muss?

Das *persönliche* »Gottesprojekt« aber? In der weiteren Werkgeschichte nach 1985 dazu nichts Konkretes mehr, von wenigen Seiten aus dem Jahr 1992 abgesehen (in: Zauber und Gegenzauber, 2002, 180–185). Walser schien die Vertiefung der Frage, was *ihm* fehlt, wenn »Gott fehlt«, nicht weiter zu interessieren. Sein Roman-Werk in den nächsten 20 Jahren belegt das. Drei Großthemen haben alles dominiert: Zum einen die Deutschland-Thematik. Dazu gehören Publikationen wie »Über Deutschland reden« (1988), »Die Verteidigung der Kindheit« (1991) oder »Deutsche Sorgen« (1997). Zum anderen die Thematik: Liebe, Erotik, Sexualität im Verhältnis älterer Männer zu jungen Frauen, dargestellt in Romanen wie »Der Augenblick der Liebe« (2004), »Angstblüte« (2006) oder im Goethe-Roman »Ein liebender Mann« (2008) und zum Dritten öffentliche Kontroversen um gesellschaftliche Tabuthemen wie etwa »Auschwitz«. Zu erinnern ist dabei an Walsers Rede zur Entgegennahme des Friedenspreises des Deutschen Buchhandels (1998), an seinen Roman »Tod eines Kritikers« (2002) und den 2015 erschienenen Essay »Unser Auschwitz. Auseinandersetzung mit der deutschen Schuld«.

Kloster und Psychiatrie: Der Roman »Muttersohn« (2011)

Dann die Überraschung. Mit dem Roman »Muttersohn« von 2011 – Walser ist mittlerweile 84 Jahre alt – wird die Frage nach der Bedeutung und Funktion von »Religion« im Werk erstmals thematisch. Und wie! Zwar kommt Walser auch hier nicht »aus der Deckung«, legt er einmal mehr einen *Roman* vor, kein autobiographisches Bekenntnisbuch oder gar sein im Gespräch erwähntes persönliches Notizbuch zum »Gottesprojekt«. Er bleibt auch hier in Distanz, was auch uns Leser/innen Abstand erlaubt, ein Zurücktreten und Analysieren. Aber klar ist auch, dass der Autor in diesem Buch Figuren und Figurenkonstellationen schafft, die wie nie zuvor in seinem Werk Fragen nach Sinn und Bedeutung von »Religion«, ja von »Glauben« aufwerfen. Ja, überblickt man die nächsten zehn Jahre seiner Werkgeschichte, wird man sagen dürfen: Kein Autor, keine Autorin der Gegenwartsliteratur hat sich in den letzten zehn Jahren Walser vergleichbar derart bohrend mit der Frage auseinandergesetzt, wie unter den geistigen Bedingungen von heute, wenn überhaupt, von »Glauben« und »Religion« zu reden wäre. In vollem Wissen um die Religionskritik der Moderne, Nietzsche inklusive. Im Wissen darum, dass ungezählte Zeitgenossinnen und -genossen religiöse Aussagen für illusionäre Phantasieprodukte halten, die ihren Ursprung in Infantilität und Neurose haben.

Kontrafaktisch exemplifiziert Walser dagegen das Thema »Glauben« an derjenigen Welt, in die er hineingeboren wurde und in der er sich am besten auskennt: an der Glaubenswelt des vom Barock geprägten Katholizismus Oberschwabens. Nicht zufällig lässt er denn auch die Handlung des Romans »Muttersohn« im Raum zwischen Bodensee und Donau spielen, in dem es nur so wimmelt von überwältigend schönen barocken Kirchen und Klöstern: von Birnau bis Zwiefalten, von Salem bis Weingarten, von Steinhausen bis Bad Schussenried. Nicht zufällig ist der fiktive Schauplatz der Handlung eine Klosteranlage namens Scherblingen, für die das ehemalige Prämonstratenser-Kloster im oberschwäbischen Schussenried Modell gestanden hat. Auch Walsers fiktives Kloster war über Jahrhunderte im Besitz dieses Ordens gewesen, verfügt wie dieses über eine im Barock-Stil ausgestattete Kirche und einen herrlichen Bibliothekssaal im Stil des Rokoko. Und wie sein Urbild ist auch Walsers Scherblingen 1803 mit der Säkularisation der Klöster in Deutschland aufgelöst worden und wird seit Ende des 19. Jahrhunderts als Psychiatrisches Landeskrankenhaus genutzt.

Ein katholisches Biotop

Das alles ist in der Tat kein Zufall, sondern für die »Versuchsanordnung« essentiell, die Walser mit diesem Roman erzählerisch demonstriert. Inhaltlich besteht sie im engen Zusammenhang von Religion und Psychiatrie, von Glauben und Neurosen, von Seele und Psyche; wir erinnern uns an die »Angst-Religion« von Walsers Mutter. Einer der Hauptfiguren ist der langjährige Chef der Anstalt, Professor Augustin Feinlein, mittlerweile 63 Jahre alt. Beruflich ist er unter Druck, da sein 18 Jahre jüngerer Ärztlicher Direktor, Dr. Bruderholz, ihn am liebsten schon längst vom Chefposten verdrängt hätte, zumal Feinlein von seiner Umgebung mittlerweile als reichlich »komisch« angesehen wird. Begreiflich.

Denn ausgerechnet diesen Psychiater lässt der Erzähler tief in die Glaubens- und Symbolwelt des Katholischen verstrickt sein. Bewusst schreibt er ihm eine Verwandtschaft mit dem letzten Abt von Scherblingen, Eusebius, zu, womit er ihn symbolisch mit der Aura dieses »Reichsprälaten« umgibt. Bewusst lässt er diesen Mann nicht nur Orgelspieler sein und Latein sprechen, sondern auch ein Interesse an der Erforschung von »Reliquien« verfolgen, seien doch »nirgends mehr Reliquien verehrt worden als zwischen Donau und Bodensee« (S. 308). Ja, Walser lässt seinen Feinlein, den er zwischendurch auch auf Rom-Reise schickt, allen Ernstes mit der Möglichkeit spielen, nach seiner Pensionierung Nachfolger des Mesners der örtlichen Stiftskirche zu werden. Die Liste der Merkwürdigkeiten ließe sich fortsetzen. Sie reicht für die Feststellung: Wenn es irgendwo im Walserschen Werk ein katholisches und nichts als ein katholisches »Biotop« gibt, das beschrieben wird, als funktioniere es mit Orgel, Latein und Reliquienverehrung noch wie eh und je, dann hier. Was aber ist Walsers Interesse daran? Warum ein solcher Schauplatz: Psychiatrie in altem Kloster, alte Klosterräume in psychiatrischer Anstalt? Reliquien-Forschungen?

»Glauben heißt Berge besteigen, die es nicht gibt«

Schauen wir genauer hin. Walser schreibt Feinlein einen eigenen Text zu, der ein ganzes Kapitel ausmacht: »Mein Jenseits«. Er stellt eine Art Summe von Feinleins »Glauben« dar. Denn der Erzähler stattet diesen Psychiater und Orgelliebhaber mit einer »Sehnsucht« aus, einer »Sehnsucht, die nichts von sich weiß« und deren Richtung man erst erfährt, »wenn man sich ihr überlässt« (S. 306). So überlässt Feinlein sich gerne der Stille im Raum der Kirche, wenn die Dämmerung einsetzt und das Licht verschluckt wird. Dann gibt es für ihn Momente der Erfahrung des nonverbalen »Getragenseins«. Auch dies eine Art von Glauben, der sich dem Nichts entgegenstellt: der Möglichkeit des Absturzes: »Solange ich in der Kirche sitze«, lässt Walser diesen Feinlein sagen, »und Zeuge werde, wie die Dämmerung das Licht schluckt, wie die Stille alles andere als lautlos ist, erlebe ich, wie mich alles, was mich hier umgibt, trägt. Wenn die Luft das Element ist, das Vögel und Flugzeuge trägt, wenn das Wasser das Element ist, in dem die Fische leben, dann ist diese Kirche mein Element« (S. 308).

Und die Verehrung von »Reliquien«? Warum lässt Walser seine Figur ein Buch schreiben, das ausgerechnet »Reliquien« verteidigen will, und zwar ausdrücklich »gegen ihre Erklärer«. Dass dies die größte Zumutung für den rationalistischen »Zeitgeist« ist, versteht sich. Aberglauben, Wunderschwindel, pflegen die Anwälte aufgeklärter »Correctness« zu sagen. Selbstverständlich kennt Walser diese Einwände, und sein Protagonist ebenso. Beide aber wollen gerade nicht auf die übliche aufklärerische Entzauberung des Reliquienkultes hinaus, auf Falsifikation des Glaubens oder Entlarvung von Reliquienfälschungen. Kann eine Reliquie falsch sein, lässt er Professor Feinlein fragen und ihn unter Berufung auf seinen Urahn, Abt Eusebius, diese Antwort geben:

> »Nein, sie wird ja erst durch den Glauben geheiligt beziehungsweise echt. Unsere europäischen Vorfahren haben auch gewusst, was man wissen kann. Aber sie haben geglaubt, was sie glauben wollten. Wie schrieb der Vorfahr? Glauben heißt Berge besteigen, die es nicht gibt. Musik gäbe es ja auch nicht, wenn man sie nicht machte. Glauben, was nicht ist, dass es sei. Ohne das Geglaubte, schreibt er, wäre die Welt immer noch wüst und leer. Sobald er einen Glaubenssatz ausprobiere, fühle er sich widerlegt. [...] Glauben und Unglauben seien kein Gegensatz, sondern ein Vorgang, eine Bewegung, die nicht aufhören dürfe. Das unaufhörliche Hin und Her zwischen Glaubenwollen und Nichtglaubenkönnen verantwortet der, in dem es passiert« (S. 316).

Glauben somit als »Fähigkeit«, als »Begabung«, als »Kraft«: auf all das zielen die Reflexionen, die Walser seiner Feinlein-Figur in den Mund legt. Und dies erklärt auch sein Interesse ausgerechnet an Reliquien: Sie existieren allein in der Vorstellung der Gläubigen, sind also reine Produkte von Glaubenskraft. Und was immer man als Leser/in davon halten mag, die Stoßrichtung von Walsers Roman-Konstellation ist damit eindeutig: Es geht auch bei der Feinlein-Geschichte um den Gegenentwurf zu einer rationalistischen Religionskritik, die ihre Gewissheit aus dem vermeintlichen Nachweis bezieht, dass das, was nicht in seiner Existenz bewiesen ist, sinnlos oder gar krankmachend ist. Zu ihrem Unglück klammern Menschen sich an Fabrikationen und Fiktionen: kurz an Illusionen. Jetzt aber kann Walser seine Figur sagen lassen:

»Egal ob es Gott gibt oder nicht, ich brauche ihn« (S. 322). Oder:

> »Glauben kann man nur, wenn einem nichts anderes übrigbleibt. Aber dann schon [...] Ich weiß, dass es den Himmel nicht gibt. Aber es gibt das Wort. Genau so die Hölle. [...] Himmel und Hölle existieren, ohne dass wir daran glauben. Aber wir glauben ja daran. Ganz von selbst. Unwillkürlich. Wenn es den Himmel gäbe, könnten wir nicht daran glauben. Erst wenn uns auffällt, dass wir daran glauben, merken wir, dass wir nicht daran glauben. Dieses Nichtglauben unterscheidet sich kein bisschen vom Glauben. Das ist EINE Art von Gefühl oder Existenz. [...] Wir glauben mehr, als wir wissen« (S. 329).

Klar ist damit, dass Walser in diesem Text wie in keinem zuvor mit der Doppelsinnigkeit des Wortes »Glauben« spielt, auch spielen kann, weil wir im Deutschen nicht wie im Englischen zwei Begriffe dafür haben: »Faith« und »Believe«. Im Deutschen drückt »Glauben« beides aus: den Glauben *in* etwas: im Sinne von Vertrauen in das Leben oder in die Liebe (»Faith«) und den Glauben *an* etwas: an Inhalte einer Botschaft oder einer Lehre (»Believe«). Für Walsers Figuren aber ist »Glauben« kein »Für-wahr-Halten« von Glaubensinhalten etwa der christlichen Dogmatik oder eines kirchlichen Credo, sondern etwas Tieferes, Grundsätzlicheres und zugleich Individuelleres: ein persönlich gewonnenes Lebensvertrauen oder Sinn- und Schönheitsvertrauen, das aber nie ein für alle Mal gegeben oder gesichert ist. Es zu erwerben oder zu riskieren ist ein kreativer Prozess, ohne Ende.

Ohne Ende? Ja, weil ständig bedroht vom Nichtglaubenkönnen, den dunklen Stunden, dem Abgrund der Sinnlosigkeit, dem Nichts. Kreativ? Weil es um eine bleibende schöpferische Empfindungstätigkeit von Menschen geht, die prinzipiell nie abgeschlossen ist. Somit ist »Glauben« Seelenarbeit, die jede, jeder individuell an sich zu vollziehen und mit der man ein Leben lang zu tun hat. Kurz: Es geht Walser in diesem Roman nicht um *den* Glauben, sondern um *das* Glauben: das Glauben(können) als menschliches Grundvermögen, »als eine kontrafaktische Produktivkraft des Menschen« (Christoph Gellner, 2013, 59), als »eine Ausdrucksart« wie Literatur, Musik, Malerei« nach dem Satz aus »Muttersohn«: »Warum brauchen wir Musik, warum können wir Musik brauchen? Weil Musik mehr will als ist« (S. 419). Das Urverhältnis des Menschen zum Leben beruht somit auf Vertrauen und damit auf Akten nicht des Vernunftbeweises, sondern des Glaubens. Glauben heißt Vertrauen in eine Wirklichkeit, die »es« für den nicht gibt, der sich an Beweise klammert. Glauben heißt Fiktionen vertrauen und damit sich auf das einlassen, was *nicht* ist.

Literatur heißt Berge erfinden, die es nicht gibt

Besteht aber nicht gerade darin die Entsprechung zur Literatur? Und zwar nicht thematisch oder motivisch, sondern strukturell? Denn was ist Literatur anderes als Produktion von Fiktionen, denen Menschen vertrauen, als gäbe es das, was da gesagt ist? Was vollzieht ein Schriftsteller anderes als Glaubensarbeit, indem er mit Sprache Vertrauen zur Erklärbarkeit der Welt stiftet und an den Sinn der Worte »glaubt«. Wenn Glauben Berge besteigen heißt, die es nicht gibt, dann heißt literarisches Schreiben Berge erfinden, die es nicht gibt. Jetzt erst verstehe ich besser, was Walser schon in unserem Wiesbadener Nachtgespräch von 1985 zum strukturellen Verhältnis von Religion und Literatur geäußert hatte.

> »Ich bin ja der Meinung, dass Literatur bastardisierte Religion ist. Literatur ist entstanden als Auslegung der Religion. Das heißt: Religion ist sprachliche Reaktion auf unser Dasein so wie Literatur sprachliche Reaktion darauf ist. Mir fällt auf, was mir fehlt: das ist die Grundlage der Schriftstellerei. Das ist auch die Grundlage der Religion, das ist die Grundlage unserer Sprache: weil wir etwas nicht haben, haben wir die Sprache. Wenn wir Gott hätten, hätten wir kein Wort dafür« (Weil wir uns auf dieser Erde, 146).

Literatur und Religion also haben einen gemeinsamen Ursprung: die Erfahrung des Mangels. »Wenn die Welt uns entsprechen würde, gäbe es keine Literatur«, nimmt Walser in einem Essay von 1999 diesen Gedanken noch einmal auf: »Natürlich auch keine Religion. Die Welt entspricht uns zutiefst nicht. Wir werden hineingeboren, ohne es gewollt zu haben. Wir werden hinausbefördert, ohne es zu wollen. Die Herkunft dieser Welt: ein Nichts. Ihre Zukunft: ein Nichts. [...] Schreiben heißt, einer Welt zu entsprechen, die uns nicht entspricht. Schreibend antworten wir auf einen Mangel. Uns fällt ein, was uns fehlt« (»Die Zeit« vom 30.10.1999).

Woraus aber auch folgt, dass beide, Literatur und Religion, stets dem Projektions-, Illusions- und Irrationalismusverdacht ausgesetzt sind und zugleich für »das einzigartige Vermögen von Sprache und Glauben« stehen, »die Allmacht des Realitätsprinzips zu sprengen. Wie Schriftsteller mit Fiktionen dem eindimensional Realen andere, erträglichere, ja schönere Möglichkeiten entgegensetzen, ist für Walser auch ›der Glaube, Verschönerung der Welt‹« (Christoph Gellner, 2013, 67). Genau das aber hat, Walser zufolge, die Religion mit der Literatur gemeinsam: So wenig wie die Religion die Welt erklärt, so wenig tut es die Literatur. Beide »verklären« eher die Welt, und zwar in diesem Sinn: Sie machen die Welt schlüssiger, sinnvoller, schöner als sie ist, auch wenn sie sich mit ihren Scheußlichkeiten befassen. Schlüsselsätze im Roman, Feinlein in den Mund gelegt, unterstreichen das: »Dass aber der Glauben die Welt schöner macht als das Wissen, stimmt doch« (S. 331). Und schließlich:

> »Glauben heißt die Welt so schön machen, wie sie nicht ist. Es ist schön, etwas zu glauben. Auch wenn's nie für lange gelingt. Manchmal nur eine Sekunde, und weniger als eine Sekunde. Aber eine Sekunde Glauben ist mit tausend Stunden Zweifel und Verzweiflung nicht zu hoch bezahlt. Glauben lernt man nur, wenn einem nichts anderes übrigbleibt. Aber dann schon« (S. 352).

Später wird er in seinem Roman »Das dreizehnte Kapitel« (2012) das Gemeinsame von Schriftstellerei und Theologie auf die Formel zuspitzen – und zwar in einem fiktiven Brief eines Schriftstellers an eine Theologin –: »Ich hoffe, Ihnen sei das durch Ihre Theologie bekannt genug: dass nichts ist außer Wörtern. Wir haben EINEN Beruf, Dekorateure des Nichts« (2012, 111 f.).

In Schussenried: 2015

Vom 3. bis 6. September 2015 komme ich mit meinem Seminar des Mainzer Theologisch-Pastoralen Instituts einmal mehr zu unserem jährlichen Literaturkurs zusammen. In diesem Jahr im Alten Kloster Weingarten, heute eine Tagungsstätte der Katholischen Akademie der Diözese Rottenburg-Stuttgart. Thema: »Die Rede von Gott im Spätwerk von Martin Walser«. Weingarten, mit Klostergebäuden und Kirche ebenfalls eine Perle des süddeutschen Barock, hatten wir deshalb gewählt, weil man von dort sehr leicht die alte Klosteranlage von Schussenried erreichen kann. Ich hatte gelesen, dass Walser im Juli 2011 im legendären Bibliothekssaal hier eine »Urlesung« des Romans veranstaltet hatte.

Entsprechend groß ist damals das Medieninteresse gewesen. Einem Journalisten der »Zeit« hatte Walser damals gesagt, es gebe eine von der gesellschaftlichen Institution Kirche vollkommen unabhängige Praxis des Glaubens. Allein schon die Liebe sei ja reine Glaubensfrage. Wer könne schon von sich behaupten, auf diesem Gebiet zu wissen. Man glaube immer mehr, als man wisse. Damit eng verbunden sei die Schönheit. Das Narrativ vom Uranfang im Buch Genesis – wesentlich schöner als das vom Urknall. Walser wörtlich: »Die Schönheit einer Schubert-Messe kommt doch nicht aus dem Nichts.« Und weiter: »Ohne Glauben wäre diese Erde doch wüst und leer. Nur mit dem Urknall im Bewusstsein hätte ich nachts Sorge, wovon ich träumen sollte« (»Die Zeit« vom 13.7.2011).

Nachdem aber die Bibliothek des Alten Klosters für die Grundkonzeption des Romans eine so wichtige Rolle spielt, hatte es mich nach sinnlicher Anschauung verlangt. Zum Glück bekommen wir für unsere Gruppe den Saal ebenfalls für eine Lesung aus »Muttersohn«. Es ist Freitag, der 4. September 2015. Den Raum selber kenne ich bisher nur aus dem Roman, aber als ich ihn betrete, spüre ich sofort: das ist ein magischer Ort par excellence. Mit seinen opulenten Freskogemälden im Deckengewölbe und seiner Innenausstattung ein atemberaubendes Gesamtkunstwerk von Architektur, Skulptur und Malerei, 1757 vollendet und bis ins kleinste Detail durchkomponiert. Der erste Eindruck: überwältigend. Welch ein prächtiger, hoher, farblich leuchtender Raum mit einer umlaufenden Empore, gestützt von 16 lachsroten Doppelsäulen, vor die jeweils eine Figurengruppe platziert wurde. Durch große Fenster oben und unten strahlend hell, lichtdurchflutet.

Ein Raum des Triumphs über Ketzer

Der zweite Eindruck: Vor den Doppelsäulen sind 24 unterschiedlich große Skulpturen aus feinstem Alabastergips aufgestellt, paarweise geordnet. Es sind den Raum hindurch acht lebensgroße Figuren und ihnen stehen jeweils zwei kleinwüchsige Putten gegenüber. Völlig unerwartet ein solches Skulpturenprogramm. Es zieht sofort meine Aufmerksamkeit auf sich, als ich den großen Raum umwandere. Überrascht, staunend, fast ungläubig. Wir erfahren: Die acht lebensgroßen Figuren sollen mit ihrem lehrenden Gestus, ausgestattet mit Büchern und Schreibutensilien, »Verteidiger des wahren katholischen Glaubens« darstellen. Ihnen sind jeweils je zwei, also im Ganzen sechzehn, Vertreter des »Irrglaubens« zugeordnet, bezeichnenderweise von vornherein in zwei Figuren gespalten und auf Putten-Maß verzwergt. Künstlerisch perfekt gemacht, diese Paarungen. Sie amüsieren mich ob ihrer plumpen, leicht durchschauten Propagandafunktion: Alte Häretiker aus den ersten Jahrhunderten wie die Nestorianer und Arianer sind ebenso ausgestellt wie neuere: Lutheraner und Calvinisten, Hussiten, Freimauer und Aufklärer verschiedener Sorte. Muslime nicht zu vergessen: Die beiden entsprechenden Putten sind ausgestattet wie »man« sich Muslime damals vorgestellt hat: mit Krummschwert, Turban und aufgeschlagenem Buch, vermutlich dem Koran. Der stehende Putto hat seinen Fuß auf ein am Boden liegendes Buch gestellt, vermutlich die Bibel, welche durch den Koran angeblich überboten worden ist.

Nicht von ungefähr ist der Islam hier einbezogen, ist doch 1764/65, als das Skulpturenprogramm diesem Raum hinzugefügt worden war, der Kampf gegen das Osmanische Reich noch nicht vergessen. Erst 1683 hatten türkische Heere abermals vor Wien gestanden. Danach war in langen Kämpfen die »christliche« Rückeroberung großer muslimischer Gebiete

Abb. 15.2. Im Alten Bibliothekssaal in Schüssenried: zwei Putten, den militanten Islam darstellend.

auf dem Balkan erfolgt. »Türkenkriege« hieß das damals, und die Abtei Schussenried hatte dem Reichsheer regelmäßig Truppenkontingente dafür zu stellen. Die »Türkengefahr« – bis nach Oberschwaben war sie spürbar gewesen …

Ich komme aus dem Staunen nicht heraus. Noch nie hatte ich einen Raum gesehen, in dem so ungebrochen die triumphierende katholische Lehre in gestikulierenden Gipsfiguren ausgestellt worden war. Noch nie eine solche dramatische Raum-Inszenierung. Man hört die großen Figuren förmlich auf ihre Schriften pochen, um die Ketzer zu widerlegen, hört sie streiten, polemisieren, verurteilen, all die »Verteidiger des Glaubens«. Ich höre ihre Stimmen, wie sie Hölle und Teufel mobilisieren, um die Feinde des wahren Glaubens einzuschüchtern. Und ich höre die Stimmen der Angegriffenen, die sich mit demselben Scharfsinn rechtfertigen: Arius, Hus, Luther, Calvin … Welche Streitgespräche könnte man hören, würden sie alle sprechen können. Ob ich mich des Nachts hier einmal einschließen lassen soll?

Ein Saal von Mozartscher Heiterkeit

Doch die Farben der Wände leuchten durchgängig Türkis mit Goldverzierungen und mit dem omnipräsenten Weiß in wunderbarer Harmonie. Ein Raum der Sinne und Sinnlichkeit, der Leichtigkeit und Heiterkeit. Es ist, als höre man ein Divertimento von Wolfgang Amadeus Mozart, wenn man den Saal betritt, so tänzerisch-heiter stimmt einen dieser herrliche Raum, der auch die Ketzer-Figuren schweben lässt. 1756, ein Jahr vor Vollendung dieses Saales, war Mozart zur Welt gekommen …

In leuchtenden Farben und zahlreichen Motiven ist das christliche Heilsdrama an die Decke des Saales gemalt worden. Ein Illusionshimmel, wie ihn nur Barock und Rokoko haben schaffen können. Als ob der Himmel seinen Schleier weggezogen und seine Geheimnisse offengelegt hätte. Wir wandern, nackenstarrig bis zur Schmerzgrenze, durch den Raum. Aber der Figuren und Szenen sind zu viele, als dass man sie in einem Rundlauf erfassen könnte, schon gar nicht von unten. Erkennbar im Zentrum des Deckenfreskos ist nur die Figur des Lammes mit dem Buch und dessen sieben Siegeln, ein Motiv, das man aus der Apokalypse des Johannes kennt, Kapitel 5 und 6: Christus erscheint in Gestalt des Lammes und leitet mit dem Öffnen der Buchrolle Siegel für Siegel den Untergang der bisherigen Welt und das Endgericht über die widerchristlichen Mächte ein. In derselben Sichtachse auf die Rundungen des Deckengewölbes zu ist das christliche Heilsdrama aufgemalt: sein Anfang mit Maria und ihrem Kind, sein Ende mit dem Gekreuzigten auf Golgatha, umgeben von einem Kranz schwebender Engel, welche die Auferweckung des Gekreuzigten andeuten. Wahrhaftig: »In diesem Saal, unter diesem Himmelsgewölbe« ist »alles gemalt, was in Europa seit mehr als zweitausend Jahren verehrenswert ist« (S. 164), lesen wir in Walsers Roman »Muttersohn«.

Im Bann einer Scheinbibliothek

Von universaler Bildung zeugen vor allem die 60 gewaltigen Bücherschränke an den Wänden des Erdgeschosses und oben auf der durchlaufenden Empore. 1757 ist diese »himmlische Bibliothek« (Johannes May, 2000) von dem Maler Franz Georg Hermann (1692–1766) vollendet worden. Man spricht von 10.000 Bänden, die man hier eingelagert hatte. Überall auf den Schranktüren wie zur Verlockung aufgemalt sind die Rücken der Bücher in einheitlichem weißen Einband mit roten Rückenschildchen und in verschiedener Größe, wie man sie finden wird, sobald man die Türen geöffnet hat.

Gespannt öffne ich eine der Schranktüren und sehe – buchstäblich nichts. Auch die anderen Schränke – leer. Keine Spur mehr von dem großen Bücherschatz. Diese einst gewaltige Bibliothek gleicht jetzt einer Hülle ohne Inhalt, einer Schale ohne Kern. Ein großes Nichts. Und nicht erst seit heute, wie ich erfahre. Denn als das Kloster nach der Säkularisierung

Abb. 15.3. Ansicht eines Teils der Scheinbibliothek im Alten Bibliothekssaal von Schussenried.

aufgelöst worden war, war es 1805 an das Königreich Württemberg gefallen. Und der damalige König Friedrich I. lässt schon 1809 die Bände beschlagnahmen und in die Hof- und Landesbibliothek nach Stuttgart überführen. Nach einem Rückgabe-Intermezzo war ein Großteil der Bücher 1835 dann endgültig an einen Antiquar verkauft worden. Jetzt sind sie auf den Schranktüren ebenfalls: Illusionsmalerei wie die Gemälde oben auf der Decke.

Im Roman hatte ich von den bemalten Schranktüren vor dem Nichts bereits gelesen, aber die Anschauung hat eine andere Qualität. Man muss dieses Nichts »gesehen« haben, die blanke Leere, die ungezählten unbenutzten Bretter. Gespenstisch. Ich lese für meine Gruppe an diesem Freitag, dem 4. September 2015, die entsprechenden Passagen aus dem Roman, nachdem wir uns im Saal zu einer Lesung niedergelassen hatten. Der Text steht im 11. Kapitel des Ersten Teils. Aber während ich das unter dem Illusions-Himmel und angesichts der Illusions-Bibliothek lese, begreife ich, warum Walser an diesem rätselhaften Raum interessiert gewesen sein dürfte: Nicht an Einzelfragen des Bilder- und Skulpturenprogramms, sondern am Phänomen der aufgemalten Bücher und des gemalten Himmels. Eine seiner Figuren lässt Walser in diesem Raum sagen:

> »... die Schränke sind leer, für immer, aber auf den Türen gibt es noch die zehntausend gemalten Bücher. Liebe Leute. Cassette vergine. Leere Behältnisse. Vergine heißt jungfräulich, heißt rein UND heißt leer. Und schon ist leer gleich rein gleich jungfräulich. Ich könnte mich im frommen Rap verlieren. Dignare me laudate te, Leere! Was immer du sonst wo heißt. Ich glaube an die Leere beziehungsweise an gemalte Bücher. Der Rest ist Gebet« (S. 166).

In der Tat sind der gemalte Himmel an der Decke und die gemalten Bücher auf den Schranktüren die Symbole schlechthin für den zentralen Gedanken des Romans: für das, was hier »Glaubensübermut«, »Glaubenskraft«, »Glaubensleistung« genannt wird. Für Skeptiker und Zyniker sind ein gemalter »Himmel« und gemalte Bücher nichts als fromme

Selbsttäuschung, fiktiver Selbstbetrug. Doch der Erzähler dieses Romans hält mit seinen Figuren dagegen: »Glauben heißt Berge besteigen, die es nicht gibt. Musik gäbe es ja auch nicht, wenn man sie nicht machte. Glauben, was nicht ist, dass es sei. Ohne das Geglaubte [...] wäre die Welt immer noch wüst und leer.« Kurz: Der gemalte Himmel und die gemalten Bücher erfordern einen Glauben an Schönheit, Geist und Sinn, um der »Leere« etwas entgegenzuhalten: »Dignare me laudate te, Leere!«. »Mache mich würdig, dich zu loben, Leere«! Oder wie Walser später einen Schriftsteller zu einer Theologin sagen lässt? »Ich hoffe, Ihnen sei das durch ihre Theologie bekannt genug: dass nichts ist außer Wörtern. Wir haben EINEN Beruf, Dekorateure des Nichts.«

Was Walser unter »Glauben« versteht

Für mich hat sich mit dem Roman von 2011, ergänzt dann durch zwei weitere »theologische« Werkstücke wie den Großessay »Rechtfertigung. Eine Versuchung« und den genannten Roman »Das dreizehnte Kapitel« (beide 2012), ein Kreis geschlossen, seit es 1985 zu dem »Nachtgespräch in Wiesbaden« gekommen war. Schon Anfang der achtziger Jahre das Signal des »Fehlens Gottes«, dann die Ankündigung eines Gottesprojekts, um eigene Erfahrungen mit dem »Vorhandensein des ›Wortes Gott‹« aufzuschreiben, später die Exploration des Glaubens-Mutes bzw. -Übermutes, die Entdeckung des Urthemas »Rechtfertigung«, schließlich die Erkenntnis, dass Literatur und Theologie von einer Weltdeutung mit nichts als Sprache leben, die dem Nichts zu widerstehen versucht.

Glaubt also Martin Walser »an Gott« oder gar an ein »Leben nach dem Tod«? Regelmäßig wird Walser das von Journalisten gefragt, nachdem er 2011/12 immerhin gleich drei Bücher zum Thema »Glauben« veröffentlicht hatte. Und wer hierzulande von »Glauben« spricht, wird nun einmal sofort auf das satzhafte Credo der Kirche behaftet. Als sei »Glauben« mit kirchlicher Lehre identisch. Auf die entsprechenden Fragen aber verweigert Walser konstant ein Bekenntnis und damit die Festlegung auf konkrete Glaubens*inhalte*. Drückt er sich damit in letzter Konsequenz? Bleibt er vage und unverbindlich, wenn es »zum Schwur« kommt? In der Scheinbibliothek von Schussenried meine ich, jetzt besser zu verstehen, warum Walser so reagiert, reagieren *muss*.

Walsers Verweigerung eines verfassten Glaubensbekenntnisses hat aus seiner Sicht zwei Gründe: Sie hat *erstens* zu tun mit dem »Sprachproblem« des »Wortes ›Gott‹«. Wie seine Schlüsselfiguren in »Mutterland« verweigert Walser ein satzhaftes Glaubensbekenntnis, weil das eine »Festlegung« wäre, »wo es keine Festlegung geben sollte, sondern nur eine Suche«, so Walser in einem Gespräch mit dem Nachrichtenmagazin »Der Spiegel« im Dezember 2012, in dem ihm prompt die berühmte »Gretchen-Frage« gestellt worden war. Walsers Begründung auch hier: »Der Theologe Karl Barth sagt, dass es keinen Moment geben darf, an dem die Glaubensbewegung anhalten darf, er hat auch gesagt, wenn man einen fliegenden Vogel fotografiert, dann hat man nachher nicht den Vogel im Flug, sondern einen im Bild stehenden Vogel. Und so ist es, wenn man den Glauben an irgendeinem Punkt anhält, um zu einem positiven Bekenntnis zu kommen« (»Der Spiegel«, 22.12.2012).[36]

Walsers Sprachexerzitium mit dem »Wort ›Gott‹« dient also der Verdinglichungs- und Instrumentalisierungs-Prophylaxe beim Gebrauch des »Wortes ›Gott‹«. Wer das Wort »Gott« unbedenklich in den Mund nimmt, wer bei überkommenen Formeln glaubt zugreifen zu dürfen, vergreift sich. Wer dieses Wort benutzt, als benenne es ein Objekt, vergeht sich. Walsers Verweigerung traditioneller Glaubensinhalte ist also weder einem intellektuellen Agnostizismus noch einem alles vergleichgültigenden Trivialatheismus geschuldet, gibt vielmehr »Gott« als dem schlechterdings Unverfügbaren, Unanschaulichen, Unfassbaren die Ehre. Er verweigert sich in doppeltem Sinn einem Zeitgeist: dem Zeitgeist bedenkenlosen Gebrauchs und Verbrauchs des Wortes »Gott« und dem Zeitgeist, der ein »Gotteslosigkeitsstadium« unhinterfragt für »normal« hält. Immer im Wissen darum, dass es keinen Moment »Glauben ohne Unglauben« gibt. »Gott« ist nur wirklich *als* der Unverfügbare, Unanschauliche, Unfassbare. Nur »wirklich« *als* der Un-Wirkliche. Nur »offenbar« als der »verborgene«. So enthält Walsers Spätwerk eine kleine Lehre vom Gebrauch des Wortes »Gott« im Vollzug, die von der Fachtheologie bisher weitgehend ignoriert wurde.

Entsprechend spricht Walser – *zweitens* – persönlich nicht von einem Glauben »an Gott«, sondern *ex negativo* vom Bewusstsein eines »Mangels«, vom »Fehlen Gottes«, von einer »Leere«, die er spüre. Und umgekehrt positiv von der »Sehnsucht«, die sich in religiöser Sprache, in religiösen Bildern Ausdruck verschafft habe: der Sehnsucht nach Sinn, Geist und Schönheit in einer Welt, in der es das alles nicht oder nur gebrochen, verraten, geschändet gibt. Entsprechend dem Kernsatz: »Der Glaube – eine Verschönerung der Welt«. *Beide* Bewegungen muss man folglich als Walser Leser/in immer *gleichzeitig* vollziehen, die nur auf den ersten Blick widersprüchlich zu sein scheinen: die Verweigerung der bekenntnishaften Affirmation, das Insistieren auf der nichtobjektivierbaren Rede von Gott, auf einer Dialektik von Ja und Nein, Nein und Ja beim Gebrauch des Wortes »Gott«, und zugleich die Sehnsucht nach Schönheit, Geist und Sinn, für welche die Chiffre »Gott« seit Jahrtausenden in der Geschichte der Menschheit steht.

Nicht zufällig hat Walser seine drei Bücher von 2011/12 im selben »Spiegel«-Gespräch eine »Trilogie der Sehnsucht« genannt und so der Narrativität – ob in der Welt der Literatur oder der Religion – als wesentlicher Form menschlicher Existenz- und Welterschließung die Ehre gegeben. In einem kleinen Text mit dem Titel »Umgang mit Unsäglichem« (2012) lese ich bei Walser:

> »Aber es gibt Zustände, in denen die Abwesenheit von Rechtfertigung weniger spürbar ist: Das Erlebnis, dass etwas schön ist. Etwas schön zu finden, ist mehr als ein Ersatz für das, was fehlt. Es ist eine mich übersteigende Fähigkeit, dass ich etwas schön finden kann. Nie bist du so wenig allein, wie wenn du etwas schön findest. Solange du etwas schön findest, bist du erlöst. Erlöst von dir. Und nachher, als Gewesenes, bleibt Sehnsucht. Das ist Mangel in Reinkultur. Sehnsucht ist der körperliche Ausdruck für das, was fehlt. Also leichthin gesagt: Wenn es Gott gäbe, gäbe es keine Sehnsucht. Und Luther sagt ganz genau, dass eine Sehnsucht, wenn sie nur groß genug ist, schon nach Erfüllung schmeckt« (»Neue Zürcher Zeitung«, 27.8.2012).

Epilog
Von der Liebe zur Literatur um ihrer selbst willen

> »Die Poesie ist der Durchbruch zur genuinen Erfahrung unsrer menschlichen Existenz in ihrer geschichtlichen Bedingtheit. Sie befreit uns zur Spontaneität – was beides sein kann: Glück oder Schrecken. […]
> Die Poesie unterwandert unser ideologisiertes Bewusstsein und insofern ist sie subversiv in jedem gesellschaftlichen System. […]
> Die Poesie findet sich nicht ab (im Gegensatz zur Politik) mit dem Machbaren; sie kann nicht lassen von der Trauer, dass das Menschsein auf dieser Erde nicht anders ist. […]
> Die Poesie ist unbrauchbar.
> (Es genügt ihr, dass sie da ist: als Ausdruck unseres profunden Ungenügens und unserer profunden Sehnsucht.)
> Die Poesie wahrt die Utopie.«
> *Max Frisch, Manifest, aus: »Schwarzes Quadrat«, 1981, 73 f.*

> »Die Kunst berührt und bewegt den modernen Menschen als Rezipienten im Innersten seiner Seele wie nichts anderes – und die gebietet ihm als Produzenten, das heißt als Künstler oder Kunstschaffendem, indem sie ihre eigene Gesetzmäßigkeit gegen alle instrumentelle, politische oder ökonomische Vernunft gelten zu machen vermag.«
> *Hartmut Rosa, Resonanz. Eine Soziologie der Weltbeziehung, 2016, 473*

Der Blick auf die hinter uns liegenden 15 Kapitel aus meinem Leben mit der Literatur erlaubt abschließend einige grundsätzliche Reflexionen über das Verhältnis, um das es von Anfang an in meinem Lebensbericht geht: das Verhältnis von Literatur und Religion. Ich habe Narrative präsentiert, die kontrafaktisch zu einer bestimmten Zeitdiagnose stehen: zur Diagnose einer »entgötterten Welt« (Friedrich Hölderlin), eines wunsch- und widerspruchslosen Sich-Abfindens mit der Abwesenheit Gottes in einer Welt, die sich immer stärker in ihrer Immanenz abgedichtet hat, in der alles angeblich berechenbar und verfügbar zu sein scheint und die nur eine Vernunft ernst nimmt, die der Zweckrationalität. Viele haben sich ihr ausgeliefert und wurden so zur Geisel ihrer eigenen Reduktion alles Lebendigen auf das funktional Machbare, das technologisch Effiziente und das ökonomisch Kalkulierbare. Einen »Gotteskomplex« hat der Psychologe Horst-Eberhard Richter unserer Zeit attestiert und schon 2005 ein erhellendes Buch dazu vorgelegt: »Die Geburt und die Krise des Glaubens an die Allmacht des Menschen«. Eine Gesellschaft aber, die keinen Respekt vor dem Unverfügbaren mehr kennt, in religiöser Sprache: vor dem Heiligen, der also buchstäblich nichts mehr »heilig« ist, ist alles verfügbar, verbrauchbar und antastbar, inklusive Menschen als Material.

Einer solchen Diagnose gegenüber habe ich Gegengeschichten erzählt, die bei allem Wissen um die Gebrochenheit religiöser Sprache noch etwas von einer Gottesleidenschaft in doppeltem Sinn des Wortes verraten oder ein Ringen um die Frage erkennen lassen: Woran glaubt jemand, der/die nicht glaubt? Ich habe zu zeigen versucht, wie »das Religiöse« in großen literarischen Texten aus Vergangenheit und Gegenwart präsent ist – in den unterschiedlichsten Brechungen von der »Gottesvergiftung« und »Gottesfinsternis« bis zur Gottessuche, zu Gottesgesprächen, der bleibenden Wachheit für das »Fehlen Gottes« oder der rebellischen Rede zu Gott, die selbst ein »Ungläubiger« als Rolle noch gebrauchen kann. Dabei ist grundsätzlich zu unterscheiden zwischen einer thematischen Beziehung von Religion *in* Literatur und einer strukturanalogen, d. h. einer strukturellen Entsprechung der je eigenen Wirklichkeiten von Religion *und* Literatur. Zunächst zum ersten Komplex.

Religion als Thema der Literatur

Es bedarf heute keiner langen Ausführungen mehr: Literatur und (christliche) Religion, bis ins 17. Jahrhundert noch eine unlösbare Einheit, haben sich im Prozess neuzeitlicher Ausdifferenzierung in autonome Wirklichkeitsbereiche auseinanderentwickelt und »funktionieren« grundsätzlich nach je eigenen Voraussetzungen und Sachgesetzlichkeiten. Und doch bleibt in ungezählten literarischen Dokumenten »Religion« präsent, d. h. ist »Religion« in ihrer ganzen Breite und Tiefe thematisch geworden, affirmativ und abweisend, bejaht oder verworfen.

Dazu gehört seit den Zeiten der europäischen Aufklärung das ganze Spektrum der intellektuellen oder moralischen Religionskritik, wie wir sie exemplarisch im Werk eines Heine oder Brecht finden. Ich erinnere an Brechts Verachtung für das religiöse Bekenntnis eines Alfred Döblin (s. Kap. X). Dazu gehört auch eine eigene Mythopoesie, wie Rilke sie schuf, die sich gegen die Vereinnahmung durch »das Christentum« zu wehren und zugleich den Islam zu loben weiß als eine »Religion des unverstellten Weltraums«. Dazu gehört auch die Gottesleidenschaft einer Annette von Droste, dokumentiert in ihren »Geistlichen Gedichten«, eines Lessing, der seinen Nathan zu einer Hiob-Figur gemacht hat und eines Wolfgang Hildesheimer, der angesichts eines drohenden ökologischen Niedergangs in die Rolle eines Untergangspropheten schlüpft und als An- und Einkläger mit Gott redet, als ob es ihn gäbe. Rede zu Gott im Modus des »als ob …« Dazu gehört auch das biblisch-prophetische Pathos des jungen Schiller, der unter

Berufung auf die anderen Verhältnisse in *Gottes* Reich die Ohnmächtigen gegen die Feudalherren seiner Zeit aufbegehren lässt. Dazu gehört die gegenwartstransparente Verarbeitung klassischer christlich-biblischer Motive, Stoffe und Figuren: Hiob bei Heine, Judas bei Walter Jens, Mose und Joseph bei Thomas Mann, Kain und Abel bei Wolfgang Hildesheimer, Jesus Christus bei Heinrich Böll.[37]

Dazu gehören aber auch die Suche nach einer lebbaren spirituell-religiösen Synthese aus Grundelementen asiatischer Religionen bei Hermann Hesse, die theologischen Bekenntnisse und Reflexionen in den Spätschriften eines Alfred Döblin, das »Gottesprojekt« eines Martin Walser oder die Suche nach einer geschichtlichen Bestimmung des jüdischen Volkes durch Franz Kafka, Else Lasker-Schüler, Max Brod, Elazar Benyoëtz und Paul Celan. Überall haben Schriftstellerinnen und Schriftsteller auf Motive, Stoffe, Figuren, Zitate oder Formen aus der Welt der Religion zurückgegriffen und ihnen eine unverwechselbar *eigene* Deutung gegeben. Für einen theologischen Rezipienten sind sie unverzichtbare Interpreten der großen religiösen Überlieferungen im Lichte neuer Erfahrungen und mit der Kraft unverbrauchter Sprache. Und wenn ich die Entwicklung mit meinen Anfängen zu Beginn der siebziger Jahre vergleiche (s. Kap. I), dann hat das Arbeitsfeld Theologie und Literatur in den letzten 30 Jahren, allein im deutschsprachigen Raum, einen gewaltigen Aufschwung genommen und ist aus der Welt der Theologie und der Literaturwissenschaft nicht mehr wegzudenken[38].

Das Projekt »Weltreligionen im Spiegel der Literatur«

Das gilt insbesondere für mein Forschungsprojekt, das den Spiegelungen der großen nichtchristlichen Religionen in der deutschsprachigen Literatur gilt. Ich erinnere mich noch genau an die Initialzündung dazu. Sie ging aus von einer erstmaligen Einladung auf die Insel Taiwan 1986. Die dortige Fu Jen University in Taipeh will in diesem Jahr einen Kongress zu »Religion and Literature« durchführen, und zwar unter Teilnahme des schon damals vor allem durch seinen Roman »Schweigen« (1966) berühmten japanischen Schriftstellers Shūsaku Endō (1923–1996). Durch mein 1978 erschienenes erstes Buch »Jesus in der deutschsprachigen Gegenwartsliteratur« und weitere Arbeiten zu »Religion und Literatur« war ich sogar einem deutschstämmigen Professor an der Fu Jen University aufgefallen, dem Steyler Pater Peter Venne. Nach einem Besuch in Tübingen lädt er mich zu einem Vortrag auf dem geplanten Kongress ein, erstmals eine Chance für mich, nach Asien zu reisen und auf der Reise nach Taipeh auch in Neu Dehli, Bangkok und Hongkong Station zu machen. Auf der Tagung spreche ich erstmals in englischer Sprache zum Chinabild bei Hermann Hesse und Bertolt Brecht.[39]

Später kann ich einen Doktoranden für eine gründliche Untersuchung gewinnen: Christoph Gellner. Seine 1997 erschienene Studie trägt den Titel: »Fernöstliche Religion und Philosophie bei Hermann Hesse und Bertolt Brecht«. Mit ihr wurde er zum Dr. theol. an der Katholisch-Theologischen Fakultät der Universität Tübingen promoviert. 1998 lege ich selber die erste Studie in meinem Forschungsprojekt vor: »Vom Streit zum Wettstreit der Religionen. Lessing und die Herausforderung des Islam« (mehr dazu Kap. II). Aber mich lässt auch die Verbindung »Hesse/Brecht/ Asien« nicht los, zumal ich Gelegenheit erhalte, an Tagungen des »Deutsch-Ostasiatischen Wissenschaftsforums« der Universität Tübingen in Shanghai, Hongkong und Kyōto mit dem Tübinger Juristen und Sprecher des Forums, Professor Heinz-Dieter Assmann, teilzunehmen. Das hatte einen bedeutenden Zuwachs an Erfahrungswissen und Fachkenntnissen in Sachen klassischer indischer und chinesischer Philosophie und Ethik zur Folge. Erfahrungen und Studien, die dann eingegangen sind in mein Buch »Leben ist Brückenschlagen. Vordenker des interreligiösen Dialogs« von 2012, in dem ich mich erstmals publizistisch mit den asiatischen Religionen und Philosophien beschäftigt und Möglichkeiten des interkulturellen und interreligiösen Dialogs exploriert habe. Unverzichtbare Vorarbeiten auf dem Weg zu meiner Studie über »Rilke und der Buddha« (2010, Neuausgabe 2021) sowie dann zu meinem eigenen Hesse-Brecht-Buch: »Im Fluss der Dinge. Hermann Hesse und Bertolt Brecht im Dialog mit Buddha, Laotse und Zen« (2018).

Meinem Forschungsprojekt liegt eine konkrete Erwartung zugrunde, die über den theologisch oder philosophisch motivierten Dialog oder die religionsgeschichtlich-religionsvergleichende Arbeit hinausgeht. Ich nenne das den erfahrungsbezogenen Ansatz. Denn wenn Schriftstellerinnen und Schriftsteller in ihren Texten auf nichteuropäische oder nichtchristliche Kulturen und Religionen Bezug nehmen, dann aus ihrem Lebenskontext heraus, getragen von ihren eigenen Erfahrungen, Sichtweisen, Interessen und Bedürfnissen. Ihre Rezeption muss nicht religionswissenschaftlich »korrekt« sein. Die Dichtung illustriert keine Lehrbücher, sondern ist Ausdruck eines persönlichen Zugangs. Elemente aus den großen Religionen, ob asiatischen oder nahöstlichen Ursprungs, sind von lebenspraktischer, oft bis ins Spirituelle gehender persönlicher Relevanz. Das exemplarisch freizulegen hat mich interessiert.

So hat Rilke die Gestalt Mohammed rezipiert oder die Figur des Gautama, weil er vom Propheten oder dem Buddha her »Gott« noch einmal »anders fühlen« konnte. So haben Brecht und Hesse den Taoismus und Konfuzianismus in ihr Denken einbezogen und so dem christlich geprägten eurozentrischen Denken eine Alternative entgegengesetzt. So hat

Heine in seiner großen Lebenskrise das Judentum für sich neu entdeckt und eine neue Kommunikation mit dem »Gott unserer Väter« begonnen. In seinem Gedichtband »Romanzero« (1851) feiert er jetzt ein sinnliches, schönes, festliches und zugleich ein Hiob-artiges, rebellisches Judentum. Ich nenne hier nur die markantesten Beispiele, die sich durch neuere Arbeiten zur Gegenwartsliteratur beliebig vermehren ließen. Ich verweise auf das Gemeinschaftswerk von Christoph Gellner und Georg Langenhorst von 2013: »Blickwinkel öffnen. Interreligiöses Lernen mit literarischen Texten« und auf die Studien von Christoph Gellner »›… nach oben offen‹. Literatur und Spiritualität – zeitgenössische Profile« (2013), gerne auch auf die Arbeiten von Claudia Nieser »Hagars Töchter. Der Islam im Werk Assia Djebars« (2011) und Selma Polat »Islam und Mystik bei Barbara Frischmuth« (2013). Zugleich hat sich auch im Raum der Literaturwissenschaft seit gut 20 Jahren ein Forschungszweig mit »Einführungen« und »Handbüchern« fest etabliert: die »interkulturelle Literaturwissenschaft« oder »interkulturelle Germanistik«. Diese Arbeiten müssen aus dem abgeschlossenen, nur Insidern vertrauten Wissenschaftsdiskurs herausgeholt und in einen breiteren interkulturellen und interreligiösen Dialog eingebracht werden. Hier kann ich nur darauf verweisen.[40]

Weltliterarisch denken! Das muss der Anspruch sein. Und dazu hat uns Hermann Hesse herausgefordert mit seiner Schrift »Eine Bibliothek der Weltliteratur« (1929) und seinem Alterswerk »Das Glasperlenspiel« (1943). Er steht damit ebenso in der Goethe-Nachfolge wie Thomas Mann mit seinen großen Romanen vom »Zauberberg« über »Lotte in Weimar« bist zu »Doktor Faustus«, zugespitzt noch einmal in dem letzten Text vor seinem Tod, der ungewollt zu seinem Vermächtnis wurde (s. Kap. XI). Gut 70 Jahre später ist dies drängender denn je. Wir leben noch mehr als Hesse und Thomas Mann in einer Phase geschichtlich intensivierter Globalisierung der Märkte und Kommunikationsmittel, im Zeitalter einer globalen Börse und eines *World Wide Web*. Wir sind mitten drin in Debatten um eine globale Zivilgesellschaft, um die Durchsetzung von Völkerrecht und Völkerstrafrecht, um die universale Gültigkeit von Menschenrechten, um Religionsdialog und ein Menschheitsethos. Der internationale Rechts-, Kultur- und Religionsdialog ist angesichts eines ebenfalls global agierenden Verbrecher- und Terroristentums zu einer Aufgabe von friedensethischer Bedeutung geworden. Weltfrieden aber gibt es nicht ohne Weltgerechtigkeit. Und Weltgerechtigkeit gibt es nur auf der Basis gemeinsamer universaler Werte in der einen Menschheit.

Solche Diskurse nehmen direkt oder indirekt Impulse aus dem Werk von Hermann Hesse und Thomas Mann auf. Nur dass die Literatur über die einzigartige Möglichkeit verfügt, diese gemeinsamen Werte der Menschheit auf eine narrativ oder dramatisch spannende, sinnlich anschauliche oder vergnüglich unterhaltsame Weise zu präsentieren. Lehrbücher der Weltphilosophie und der Weltreligionen sind das eine. Das andere sind »Morgenlandfahrten« und »Glasperlenspiele« (Hesse) oder »globale Geschichtenbücher«, »Ankerplätze einer literarischen Weltumseglung« und Bücher, die einen staunen machen über die Weite ihres Horizonts und »helles Vergnügen« erzeugen an ihrem »Universalismus«. Die Konsequenzen, die Thomas Mann daraus zog, sind – auch in ihrer Relevanz für heute – gründlich herausgearbeitet worden in der Studie von Peter Mennicken, »Für ein ABC des Menschenbenehmens. Menschenbild und Universalethos bei Thomas Mann« (2002).

Die strukturanaloge Beziehung

Die thematische Ebene ist zu unterscheiden von der strukturanalogen. Hier treffen sich Religion und Literatur als je eigenständige Wirklichkeiten auf einer tieferen Ebene, unabhängig von Themen, Motiven, Stoffen oder Figuren. Hier entsprechen sie sich in ihrer je eigenen Struktur. Was ist damit gemeint?

Ich greife noch einmal einen Grundgedanken von Martin Walser auf (s. Kap. XV), ohne ihn verabsolutieren zu wollen: Literarische und religiöse Rede entstünden beide als inhaltlich verschiedene und je spezifische sprachliche Reaktion auf Mangelerfahrungen unseres Daseins. Schon in unserem Wiesbadener Gespräch 1985 hatte mir Walser erklärt:

> »Ich bin ja der Meinung, dass Literatur bastardisierte Religion ist. Literatur ist entstanden als Auslegung der Religion. Das heißt: Religion ist sprachliche Reaktion auf unser Dasein so wie Literatur sprachliche Reaktion darauf ist. Mir fällt auf, was mir fehlt: das ist die Grundlage der Schriftstellerei. Das ist auch die Grundlage der Religion, das ist die Grundlage unserer Sprache: weil wir etwas nicht haben, haben wir die Sprache. Wenn wir Gott hätten, hätten wir kein Wort dafür« (Weil wir uns auf dieser Erde, 146).

Demzufolge haben menschliche Ausdrucksformen, ob in der Welt der Literatur oder der der Religion, zumindest *einen* gemeinsamen Ursprung: die Erfahrung des Mangels. »Wenn die Welt uns entsprechen würde, gäbe es keine Literatur«, hatte Walser in einem Essay von 1999 diesen Gedanken noch einmal aufgenommen: »Natürlich auch keine Religion. Die Welt entspricht uns zutiefst nicht. Wir werden hineingeboren, ohne es gewollt zu haben. Wir werden hinausbefördert, ohne es zu wollen. Die Herkunft dieser Welt: ein Nichts. Ihre Zukunft: ein Nichts. […] Schreiben heißt, einer Welt zu entsprechen, die uns nicht entspricht. Schreibend antworten wir auf einen Mangel. Uns fällt ein, was uns fehlt« (»Die Zeit« vom 30.10.1999).

Was aber auch umgekehrt heißt: Literarische und religiöse Reaktionen auf unser Leben sind immer zugleich auch Ausdruck einer Sehnsucht: einem Wunsch nach Sinn, Geist und Schönheit. Literarisch oder religiös sich artikulierende Menschen gleichermaßen wissen um das Hingehaltensein unseres Lebens in die metaphysische Leere. Da ist das Schweigen des eisigen Weltraums, in den wir schauen, die kosmische Weite, in die wir mit unserem Planeten Erde gestellt sind. Aber was geht uns der Weltraum an? Und umgekehrt: Was gehen wir den Weltraum an? »Schmeckt denn der Weltraum, in den wir uns lösen, nach uns?« hatte Rilke in der Zweiten Elegie gefragt (s. Kap. VI). Und wer so fragt, hat keine traditionellen Sicherungen mehr. Hört keine Stimme des Schöpfers und Richters aller Welten. Der weiß um das, was schon der französische Philosoph Blaise Pascal »das ewige Schweigen der unendlichen Räume« genannt hat. Was soll denn auch in der Tat das Universum anderes sein als ein stummes Schauspiel, das sich unter der Herrschaft kosmischer Gesetze vollzieht?

Literarische und religiöse Weltdeutung setzen diesem »Nichts« mit dem Mittel der Sprache Sinn und Form entgegen – auf volles Risiko. Beide leben vom »Glauben« und wissen, dass die Welt allein durch »Glauben« so sinnhaft, schön und geistvoll gedeutet wird, wie sie »es« nicht ist. Denn was ist Literatur anderes als Produktion von Fiktionen, denen Menschen vertrauen, als existiere das, was da geschrieben steht? Was vollzieht ein Schriftsteller, eine Schriftstellerin anderes als Glaubensarbeit, indem er oder sie mit Sprache Vertrauen in die Deutbarkeit der Welt stiftet und bei allem Bewusstsein einer Sprachkrise an den Sinn der Worte »glaubt«.

Literatur lebt von einer Korrespondenz zwischen Wort und Welt. Und mit »Glauben« ist nicht die satzhaft gefasste Doktrin einer Religion gemeint, ihre Dogmatik oder ihr »Credo«, sondern Grundvertrauen in eine Wirklichkeit, die »es« für den nicht gibt, der sich an Beweise klammert. »Glauben« in diesem Sinn heißt in der Tat, wie Walser es zugespitzt formuliert hat, Fiktionen vertrauen und damit sich auf das einlassen, was *nicht* ist. Wenn Glauben Berge besteigen heißt, die es nicht gibt, dann heißt Schreiben in der Tat Berge erfinden, die es nicht gibt.

Oder in herrschaftskritische Kategorien eines Bertolt Brecht gefasst: Literatur lebt vom Glauben an den »Fluss der Dinge«, der Erfahrungen von totalitären Ideologien welcher Couleur auch immer entgegengesetzt werden muss: Nichts wird bleiben, wie es ist. Nichts an politischen, sozialen oder wirtschaftlichen Herrschaftsverhältnissen, die sich Ewigkeitsstatus anmaßen: »Am Grunde der Moldau wandern die Steine / Es liegen drei Kaiser begraben in Prag. / Das Große bleibt groß nicht und klein nicht das Kleine. / Die Nacht hat zwölf Stunden, dann kommt schon der Tag.« Oder mit derjenigen Pointe gesprochen, die sich Brecht im dänischen Exil wider die faschistischen und stalinistischen Mächte in Europa in Auseinandersetzung mit taoistischer Lebensweisheit abgerungen hatte: »Daß das weiche Wasser in Bewegung / Mit der Zeit den mächtigen Stein besiegt. / Du verstehst, das Harte unterliegt.« Bis zu seinem Ende in Ostberlin hat der Stückeschreiber denn auch an die Fähigkeit des Theaters geglaubt, die heutige Welt beschreiben zu können – unter der Voraussetzung freilich, dass sie »als eine veränderbare Welt beschrieben« wird. Und das gilt für die »kapitalistische« Welt genau wie für die »stalinistische«, in deren Zwängen Brecht am Ende sein Theater hatte betreiben müssen.

Kunstwerke: Unableitbar in ihrer Entstehung

Das literarische Werk ist wie jedes Kunstwerk eine Wirklichkeit eigener Art, eine Zwischenwelt zwischen der Erfahrungswelt, die mit Hilfe der empirischen Wissenschaften erforscht wird, und der transzendenten Welt jenseits von Raum und Zeit, welche Philosophie und Theologie bedenken. Es war der Literaturwissenschaftler George Steiner (1929–2020), der in seinem poetologischen Schlüsselwerk »Real Presences« von 1989 (Dt: Von realer Gegenwart, 1990) noch einmal in Erinnerung gerufen hat, dass für Kunstwerke andere Gesetzlichkeiten gelten als für Objekte der Naturwissenschaften.[41]

Konkret: Eine wissenschaftlich fundierte Theorie muss den Kriterien der Verifizierbarkeit oder Fasifizierbarkeit sowie den Gesetzen vorhersagbarer Anwendbarkeit genügen. So hat beispielsweise die kopernikanische die ptolemäische Kosmostheorie widerlegt. In der Chemie hat sich Lavoisiers Phlogiston-Theorie empirisch als unhaltbar erwiesen. Was aber Aristoteles über »Mimesis« und »Pathos« zu sagen hatte – wird das durch Lessing oder Bergson überwunden? Wird Rembrandts Malerei durch die von Kandinsky widerlegt? Nein. Aristoteles' Poetik der Tragödie oder Sophokles' »König Ödipus« werden durch Shakespeares »Hamlet« oder Büchners »Woyzeck« gerade nicht falsifiziert. Und keine poetologische Theorie kann die Entstehung von Kafkas Parabeln, von Chopins »Nocturnes« oder von Joyces »Finnegans Wake« vorhersagen oder entwerten. Anders aber als in der Welt der Naturwissenschaften (vor der Entwicklung der Quantenphysik für den subatomaren Raum) herrschen in der der Kunstwerke die Gesetze der Nicht-Determinierbarkeit und der Komplementarität. Das gilt für alle drei Dimensionen: (1) die Entstehung von Kunstwerken, (2) die Wirkung und (3) das Verstehen. Dazu im Folgenden das Unverzichtbare.

Zum einen: Der Schöpfungsakt eines Kunstwerks bleibt prinzipiell geheimnisvoll inmitten unserer alltäglichen Erfahrungswelt. Plötzlich ein Gedanke, ein Einfall, ein Blitz von Wort- und Satzfrequenzen, ungeplant, ungemacht, unableitbar. Was ich meine, hat Gottfried Benn in seinem Gedicht »Ein Wort« so beschrieben:

»Ein Wort, ein Satz –: aus Chiffren steigen
erkanntes Leben, jäher Sinn,
die Sonne steht, die Sphären schweigen,
und alles ballt sich zu ihm hin.

Ein Wort – ein Glanz, ein Flug, ein Feuer,
ein Flammenwurf, ein Sternenstrich –
und wieder Dunkel, ungeheuer,
im leeren Raum um Welt und Ich.«

Gewiss, ich habe mich Jahrzehnte bemüht, geistige Energien von Orten aufzunehmen, an denen Dichtungen entstanden sind. Aber habe ich damit den kreativen Moment erklärt, der den »Nathan« möglich machte, oder den, der zu »Kabale und Liebe« geführt hat, von den mehr als 60 Gedichten nicht zu reden, welche die Droste im Winter 1841/42 auf der Meersburg, welche Heine in der Matratzengruft der Rue d'Amsterdam, Brecht in Svendborg oder Paul Celan nach seiner Jerusalem-Reise geschrieben hat? Ich habe das einzigartige Felsenschloss in Duino besucht und beschrieben, die Anstöße für den Dichter aus dem Erleben von Meer, Wind und Raum, und doch habe ich nicht erklären können, wie Rilke nach quälend langem Warten zu den beiden Elegien gekommen ist, warum es Hesse gelang, in Montagnola den »Siddhartha« zu schreiben oder Heinrich Böll in den Trümmern seiner Stadt Köln den Roman um Fred und Käte Bogner im Lichte der Passionsgeschichte Jesu. Thomas Mann hat nicht zufällig am

Ende seines Lebens das Thema »Gnade« für sich als Künstler öffentlich deshalb so stark betont, weil er wusste: »Ein schweres Kunstwerk bringt, wie etwa Schlacht, Seenot, Lebensgefahr, Gott am nächsten, indem es den frommen Aufblick nach Segen, Hilfe, Gnade, eine religiöse Seelenstimmung erzeugt.« Kurz: Bei allem Bemühen, Orte aufzusuchen, an denen Kunstwerke entstanden sind, ihre Schöpfungen selbst entziehen sich allen Kategorien, die sie in ihrer Genese erklären, in ihren Gesetzlichkeiten ableiten, kurz: die sie »begreifen« wollen. Ein Kunstwerk aber ist in seiner Entstehung prinzipiell unableitbar. Es ist niemandes Besitz. »Gelobt seist du, Niemand«, möchte man mit Paul Celans »Psalm« sagen.

Unkontrollierbar in ihren Wirkungen

Zugleich aber sind – *zum Zweiten* – Kunstwerke nicht nur unableitbar in ihrer Entstehung, sondern unkontrollierbar in ihren Wirkungen. Große Kunstwerke sind in einer technokratisch verwalteten oder politisch beherrschten Welt potentielle Störfaktoren und Künstler potentiell subversive Elemente. »Ich vermochte nur wenig«, schrieb Brecht »An die Nachgeborenen«: »Aber die Herrschenden / Saßen ohne mich sicherer, das hoffte ich« (12, 86). »Die Poesie unterwandert unser ideologisiertes Bewusstsein und insofern ist sie subversiv in jedem gesellschaftlichen System« (Max Frisch). »Writers in Prison«, ein Komitee von PEN-International, kann die entsprechenden Lebensgeschichten dazu liefern.

Der Friedenspreis des Deutschen Buchhandels, in dessen Stiftungsrat ich von 2015 bis 2020 mitwirken konnte, hat gerade auch hier Zeichen gesetzt und verfolgte oder verbotene Autorinnen und Autoren wie den Tschechen Václav Havel (1989), den Algerier Boualem Sansal (2011), den Chinesen Liao Yiwu (2012), die Weißrussin Swetlana Alexijewitsch

(2013) oder Tsitsi Dangarembga aus Simbabwe (2021) ausgezeichnet. Entsprechend hat Max Frisch in einer seiner 1981 in New York gehaltenen Poetik-Vorlesungen stellvertretend für andere Autorinnen und Autoren »Kunst« grundsätzlich »als Gegen-Position zur Macht« bestimmt:

> »Die Funktion der Literatur in der Gesellschaft, meine ich, ist die permanente Irritation, dass es sie gibt. Nichts weiter. Jede Kollaboration mit der Macht, auch mit einer demokratischen Macht, endet mit einem tödlichen Selbstmissverständnis der Kunst, der *Poesie*. Ihr Ort ist nicht ein Foyer der Chase Manhattan Bank. Dort wird sie zur Affirmation. Zur Dekoration der Macht. Das heisst, sie verkauft ihre Transzendenz:
> Kunst als solche ist transzendent.
> Wie Walter Benjamin es sagt:
> Die Kunst als Statthalter der Utopie« (Schwarzes Quadrat, 2008, 75).

Gemeint ist ein Transzendieren ohne Transzendenz. Ein Überschreiten des Gegebenen oder Bestehenden durch Alternativentwürfe und Gegenmodelle. Im Sinne Ernst Blochs, der auf seinen Grabstein in Tübingen schreiben ließ: »Denken heißt Überschreiten« (s. Kap. I). In der Tat dürfte es so sein wie der Jenaer Soziologe Hartmut Rosa es beschrieben hat: »In den Museen, Theatern und Konzertsälen, aber auch in den Kinos und an vergleichbaren Orten suchen und finden moderne Menschen immer wieder aufs Neue Momente der transformierenden Erschütterung und Verflüssigung ihres Selbst- und Weltverhältnisses, des Berührt-, Bewegt- und Ergriffenwerdens« (Resonanz, 2016, 479).

Unausschöpfbar in ihren Bedeutungen

Zum Dritten sind Kunstwerke unausschöpfbar in ihrer Bedeutung. Das beginnt schon damit, dass es in der Welt des lesenden Verstehens, der literarischen Kritik und der ästhetischen Urteile, keine »Objektivität« gibt, kein »richtig« oder »falsch«. Es gibt nur die, selbstverständlich auf Sachgründen beruhende, persönliche Zustimmung oder Ablehnung. Beides kann nicht verordnet, beides muss in einem offenen Kommunikationsgeschehen abgeklärt werden. Aber immer ist das, was ich als Text lese, *meinem* Urteil unterworfen und zugleich dem prinzipiell unabschließbaren Wettstreit alternativer Urteile ausgesetzt. *Alle* lesen, als ob sie verstanden hätten. Daher gilt: »wir müssen lesen, als ob … Wir müssen lesen, als ob der Text, den wir vor uns haben, Bedeutung besitze«, um noch einmal ein Wort von George Steiner aufzunehmen:

> »Dieses ›als ob‹, diese axiomatische Konditionalität ist unsere kartesianische-kantische Wette, unser Sprung in den Sinn hinein. Ohne sie wird Literarizität zu einem flüchtigen Narzißmus. Aber diese Wette ist auf feste Grundlagen angewiesen« (Der Garten des Archimedes, 1996, 59).

Umgekehrt, von der Seite des Rezipienten her gesehen, hat auch die Begegnung des Menschen mit dem Kunstwerk einen ganz eigenen Charakter. Hier werden Menschen nicht zu machenden Produzenten, sondern zu empfangenden Wesen: hörend, schauend, lesend. Man will begreifen, was einen ergreift, ohne zugreifen zu können, ob bei Musik, bei Bildern oder Büchern. Man hat, als hätte man nicht. Ästhetische Erfahrungen lassen sich sprachlich bestenfalls »einkreisen«, aber nicht restlos erklären. Es bleibt ein »intransparent sprachloser Kern« (J. Habermas). Stattdessen kann man immer wieder neu staunendes Entzücken lernen, wenn ein Musikstück einen ergreift, eine vollendete Form einem begegnet, ein Wort von sprachlicher Schönheit einem entgegenkommt oder ein Vers wie ein Blitz trifft: »Laß die heilgen Parabolen / Laß die frommen Hypothesen ...«, »Ich steh' auf hohem Balkone am Turm ...« In solchen Momenten ist die Alltagswelt nicht mehr dieselbe. Durchbruch durch bleierne Banalität oder lähmende Sprachohnmacht findet statt, wie bei diesen Auftaktversen des »Turm«-Gedichts der Droste oder von Heines »Lazarus«-Gedicht. Ähnlich beim Auftaktvers von Rilkes Erster Elegie: »Wer, wenn ich schriee ...« Die Erfahrung speziell damit hat der polnische Schriftsteller Adam Zagajewski (1945–2021) treffend so beschrieben: »Ich stand auf dem Gehweg, erfüllt von den Geräuschen eines gewöhnlichen kommunistischen Nachmittags, und las zum ersten Mal die magischen Sätze [...] Die Straße war plötzlich verschwunden, die politischen Systeme hatten sich verflüchtigt, der Tag stand über der Zeit, ich berührte die Ewigkeit, die Poesie erwachte« (Poesie für Anfänger. Essays, München 2021, 30).

Statthalter des Unverfügbaren

Solche Einzelerfahrungen im Raum der Kunst hat Hartmut Rosa in zwei seiner Werke grundsätzlich reflektiert: in »Resonanz« von 2016 und »Unverfügbarkeit« von 2018. Sein Ausgangspunkt ist eine Theorie der Spätmoderne, die als andauernder Versuch des Menschen beschrieben wird, Dinge vollständig unter Kontrolle zu bringen. Somit sei das Verfügbarmachen von Dingen oder die Verdinglichung aller Vorgänge ein Grundzug einer solchen Gesellschaft und ihres Menschenbildes: Welt auf Objekte reduziert, um sie rational kalkulierbar, technisch beherrschbar und organisatorisch manipulierbar zu machen. Das sei *strukturell* in eine solche Gesellschaft eingelassen, weil sie sich nur durch Wachstum und Beschleunigung stabilisieren könnte und darauf angewiesen sei, die Grenzen des Verfügbaren permanent hinauszuschieben und zu erweitern.

Umgekehrt aber sei die prinzipielle Unverfügbarkeit entscheidend dafür, dass Dinge überhaupt lebendig und interessant seien. Und Resonanz, das heißt: Wechselbeziehung zur Welt, sei wesentlich dadurch bestimmt, dass sie gerade nicht geplant, gerade nicht kalkuliert hergestellt werden kann. Der Zauber der Dinge, meint Rosa, entstehe durch Berühren, erlischt aber, wenn etwas vollständig unter Kontrolle gebracht werde. Dann nämlich höre eine Sache auf, eine Quelle für Resonanzerfahrung zu sein. Beispiel? Als ein Beispiel greift Rosa bezeichnenderweise auf die Erfahrung eines Künstlers mit einem Kunstwerk zurück:

> »Der bekannte deutsch-russische Pianist Igor Levit wurde in einem Interview mit der Wochenzeitschrift *Die Zeit* gefragt, ob er den überaus populären ersten Satz der Mondscheinsonate [Beethovens] überhaupt noch hören könne. Er antwortete: ›Ja. Ich habe die Sonate erst kürzlich gespielt. Je häufiger ich eine Sonate spiele, je mehr ich damit arbeite, desto weniger verstehe ich sie, desto mehr entfernt sie sich von mir, desto glücklicher werde ich damit und desto öfter will ich sie spielen (…) Ich möchte nie sagen: Das habe ich verstanden, das Nächste bitte. Das Ziel ist: Ich möchte immer wieder am Anfang ankommen‹« (Unverfügbarkeit, 53. »Die Zeit«, 22/2016).

Daraus folgt: Gerade Kunstwerke repräsentieren in einer Welt möglichst umfassender Verfügbarkeit eine Wirklichkeit, die aus der Freiheit kommt, nur in Freiheit überlebt und die freie Begegnung und Aneignung fordert.[42] Nie ist man derselbe, wenn man wieder einmal Lessings »Nathan«, Schillers »Kabale und Liebe«, Celans »Niemandsrose« oder Hildesheimers »Tynset« liest. Gerade das »Kunstwerk«, ob in Wort, Ton oder Bild, ist ja, wie ich sagte, der »Raum« des Voraussetzunglosen, des Nicht-Begründbaren, des Nichtverfügbaren, und exakt diese ihre Unverfügbarkeit in Entstehung, Bedeutung und Wirkung macht das Kunstwerk den jeweiligen politischen und religiösen Ideologien und Orthodoxien verdächtig. Über das empirisch Beherrschbare hinaus verweist es auf die Präsenz von etwas prinzipiell Unverfügbarem. Auf eine Formel gebracht: Literatur ist in einer durchverwalteten, abgedichteten oder abgeschirmten Welt die Hüterin, Verteidigerin und Statthalterin des Unverfügbaren.

Vom Nutzen der Nutzlosigkeit

So lässt uns die Begegnung mit einem Kunstwerk erfahren, dass die Welt mehr ist als ihr »Fall«, dass es Dimensionen von Sinn und Bedeutung gibt, die sich unserer wissenschaftlich-technologischen oder zweckrationalen Vernunft entziehen. Die »höher« sind als diese reduzierte Art von Vernunft, ohne ins Irrationale abzurutschen. Kurz: dass es eine Wirklichkeit gibt, die sich weder besitzen noch beherrschen lässt, die aber kostbar und nahrhaft ist wie das tägliche Brot.

Dem entspricht – strukturanalog – eine Erfahrung, die der religiös Glaubende mit der Wirklichkeit Gottes macht. Denn das Wort »Gott« (im tiefsten Sinn verstanden) bezeichnet eine Wirklichkeit, die präsent ist, aber verborgen, wirklich, aber nicht greifbar, von der und zu der geredet werden kann und die zugleich unsagbar bleibt. In der Welt der Religionen ist »Gott« oder »das Göttliche« ein anderer Name für das Unverfügbare schlechthin.[43] Insofern hat Martin Walser mit seinem Gottesprojekt das Richtige getroffen, wenn er sagt – im Anschluss an den frühen Karl Barth – dass es keinen Moment »Glauben ohne Unglauben« gibt. »Gott« ist nur wirklich *als* der Unverfügbare, Unanschauliche, Unfassbare. Nur »wirklich« *als* der Un-Wirkliche. Nur »offenbar« als der »verborgene«. Menschen lesen nicht nur, sie glauben auch »als ob«. Diese »axiomatische Konditionaliät« gilt für *alle* religiöse Rede.

Für das Reden von Gott aber, vor allem das professionell-amtliche, hat der Schweizer Pfarrer-Poet Kurt Marti, von dessen Wirkung auf mich ich in Kap. I berichtet habe, die richtigen Konsequenzen gezogen und ein Wort geprägt, das mir schon früh zum Leitstern meiner Arbeit auf der Grenze von Literatur und Theologie geworden ist:

> »Vielleicht hält Gott sich einige Dichter (ich sage mit Bedacht: Dichter!), damit das Reden von ihm jene heilige Unberechenbarkeit bewahre, die den Priestern und Theologen abhanden gekommen ist« (Zärtlichkeit und Schmerz. Notizen, 1979, 16).[44]

Und die gesellschaftliche Bedeutung der Literatur? »Kunst ist nutzlos – jedenfalls im Vergleich, sagen wir, zur Arbeit eines Klempners, eines Arztes oder eines Lokomotivführers«, schreibt der amerikanische Schriftsteller Paul Auster und fährt in einer dialektischen Bewegung fort: »Aber ist Nutzlosigkeit etwas Schlechtes? Kann man aus dem Fehlen eines praktischen Zwecks schließen, Bücher und Gemälde und Streichquartette seien bloß ein Zeitvertreib? Viele sehen das so. Mein Argument wäre, gerade die Nutzlosigkeit der Kunst verleiht ihr ihren Wert – künstlerische Betätigung ist es, was uns von allen anderen Lebewesen auf diesem Planeten unterscheidet und uns im Grunde erst zu Menschen macht. Etwas aus reinem Vergnügen und um der Schönheit des Tuns willen zu tun, mit keinem anderen Ziel als dem, es so gut zu machen, wie man kann« (Mit Fremden sprechen, 2020, 406).

Gewiss, auch »das Schöne« muss sterben, weil auch »das Schöne vergeht« und »das Vollkommene stirbt«, wie es in dem wunderbaren Gedicht »Nänie« von Friedrich Schiller heißt (gedruckt 1800). Es ist als Werk des Menschen endlich wie alles Menschliche endlich ist. Aber in der »ekstatischen« Erfahrung des Lesens, Hörens und Betrachtens ist die Schönheit ein Vorschein des Ewigen und lässt eine Sehnsucht nach dem Unvergänglichen wach werden. Die Liebe zur Literatur als Liebe zur Sprache und zur Form birgt in sich die Hoffnung auf Dauer und sie bleibt, solange Menschen auf dieser Erde über die Fähigkeit verfügen, aus Worten Sätze zu formen, aus Sätzen Texte, aus Texten Bücher und diese dann zu speichern: still lesend oder stimmlich laut rezitierend. Kommt, lesen wir zusammen, wer liest, ist nicht tot, möchte ich einen Vers von Gottfried Benn variieren. Schreiben beginnt mit einem Ja zur Sprache. Und Schreiben ist Übersetzen von Welt in Sprache.

Mit Gewissen auch im Ohr

Liebe zur Literatur ist Liebe zur Sprache. Damit meine ich nicht nur Gedichte, die auswendig zu können Momente meines Glücks sind. Ihre Schönheit hat mich verlockt, sie immer wieder nachzusprechen, die Worte, Verse und Rhythmen mit dem eigenen Mund nachzuformen und mit der eigenen Stimme nachzusprechen. Das gleicht einer liturgischen Übung. Ich weiß, wovon ich rede. Ich komme aus der Welt der Liturgie. Aber das hier nötige Rituelle ist nicht Ausdruck öden Verschleißes oder gedankenloser Langeweile, sondern meditativer Vertiefung. Die Wiederholung kein Geplapper, sondern Unterbrechung des Banalen und Einübung in Sprachvertrauen. Sprachvertrauen ist Lebensvertrauen, und

Lebensvertrauen ist das Gegenteil von Lebensvergleichgültigung. Und in Momenten der Atempausen, der Stille, der Einkehr, in verdichteten Momenten des Lesens, Hörens oder Schauens also kann man als Leser/in aus sich heraustreten und beginnt zu ahnen, dass »Leben« in der Tat mehr ist als »der Fall«. Oder mit den Worten eines heutigen Literaturkritikers:

> »Lesen heißt genau wie Singen oder Tanzen unsere Todesangst bannen. Wir *fahren* buchstäblich aus unserer Haut, um zu *er*fahren, was in den Köpfen derjenigen vorging, die nicht mehr da sind, weil sie auf dem Friedhof liegen. Wir lesen, weil wir so tausend Leben führen können, ohne mehr als einen Tod sterben zu müssen. Wir lesen, weil wir um die Wirkkraft des Zauberworts ›Mutabor‹ wissen aus Wilhelm Hauffs ›Kalif Storch‹: Wer ein Buch aufschlägt, wird verwandelt. Ohne Schrift keine Geschichtsschreibung. Literatur lesen stärkt unsere Empathie und erschüttert unsere lieb gewordenen Glaubensgewissheiten« (Denis Scheck, Schecks Kanon, 2019, 8).

Christliche Theologie, wie wir sie kennen, will »Dienst am Wort« sein und »Hörer des Wortes« ausbilden. Folglich sollten am Ende auch nur Menschen von Gott reden, die ihr Gewissen *auch im Ohr* haben. Kein Geringerer als Friedrich Nietzsche hat das im Blick auf die große Predigertradition in Deutschland gefordert: »Der Prediger allein wußte in Deutschland, was eine Silbe, was ein Wort wiegt, inwiefern ein Satz schlägt, springt, stürzt, läuft, ausläuft, er allein hatte Gewissen in seinen Ohren« (aus: »Jenseits von Gut und Böse«, Achtes Hauptstück, 247). Entsprechend habe ich in all den Jahren Arbeit auf der Grenze von Theologie und Literatur nie gefordert, dass Prediger zum Beispiel »Literatur« auf die

Kanzel bringen, um sich ihren Zuhörer/innen kulturell als »modern« anzubiedern; ihre Aufgabe ist es, das Evangelium auszulegen. Aber sie sollten in die Sprachschule der Dichter gegangen sein, *bevor* sie das Evangelium auslegen. Ein federnder Satz, ein treffendes Wort, eine präzise Metapher, ein durchkomponierter Abschnitt, ein funkelnder Dialog: das alles kommt nicht von ungefähr, es kann »gemacht« werden, wenn man mit den großen Poeten nichts mehr verachtet als dies: Sprachsklerose, Sprachvernebelung oder Sprachverfettung.

Wie verloren wären wir ohne die Sprach- und Imaginationskraft der Literatur. In einer Welt von Propagandaagenturen, Lügenkartellen und Fake-News-Medien. Und entsprechend ohne den Mut und die Fähigkeit der Autorinnen und Autoren, Lüge von Wahrheit zu scheiden, Vertuschungen aufzudecken, Verdrängtes in der Geschichte wiederzuholen, Interessenkartelle sichtbar zu machen und den Tätern und Opfern von Verbrechen in Kirche und Gesellschaft Gesichter zu geben, Namen, Lebensgeschichten. Komplexität gewinnen über Zusammenhänge wider die »schrecklichen Vereinfacher«. Vielperspektivität dort, wo Propaganda-Sprache und ideologische Verblendung nur eine Lesart zulässt.

Was wären wir ohne die Literatur in einer Welt voll von Abstraktionen und Undurchschaubarkeiten? Wer durchschaut heute zum Beispiel die Welt von Big Business und Big Money, die oft aber ohne ausreichende Transparenz und demokratische Kontrolle über das Schicksal ganzer Nationen bestimmt. Wie ahnungs- und hilflos wären wir ohne die sinnliche Anschauungs- und Deutekraft der Literatur: ohne einen Bertolt Brecht beispielsweise, der in seiner »Heiligen Johanna« in Reaktion auf die erste Weltwirtschaftskrise des 20. Jahrhunderts 1929/30 erstmals Vorgänge und Zustände an der Börse auf die Bühne und damit zur öffentlichen Anschauung gebracht hat. Ohne einen Friedrich Dürrenmatt, der mit seiner Komödie »Frank der Fünfte« schon 1959 eine beißende Satire auf eine Bank als pure Gangsterinstitution geschrieben hat, die vieles von dem vorwegnimmt, was wir dann in der zweiten Wirtschafts- und Finanzkrise des 20. Jahrhunderts 2008/09 hautnah haben erleben müssen. Ohne einen Tom Wolfe oder Martin Walser, die uns in ihren Romanen »Fegefeuer der Eitelkeiten« (1987) und »Angstblüte« (2006) die Schein-Welt der Broker, Investmentjongleure und Finanzberater vorgeführt haben und ihren Größenwahn als selbsternannte »Masters of the Universe« zu entzaubern halfen.

Was das alles im Kontext der gegenwärtigen globalen Finanzkrise bedeutet, haben der Tübinger Jurist und Ökonom Professor Heinz-Dieter Assmann und ich in unserem Buch »Börsen, Banken, Spekulanten. Spiegelungen in der Literatur – Konsequenzen für Ethos, Wirtschaft und Recht« 2011 im Detail dargelegt. Als Gedächtnisspeicher der Menschheit ist Literatur ein Ort schonungsloser Wahrnehmung eines verfehlten oder gescheiterten Lebens, aber auch ein Ort des Entwurfs von gelungenem Leben. Drängt doch, wie Brecht einmal sagte, »alle Kunst zur größten aller Künste: zur Lebenskunst«.

Literatur als Überlebensmittel

Oft bin ich gefragt worden, ob es ein Buch gibt, das mir besonders lieb ist. Ja, es gibt eines, ich gestehe es, ohne es gegen andere auszuspielen, und es ist mir um einer besonderen Szene lieb. Sie gehört an den Schluss dieses Buches. Auf sie gestoßen bin ich in dem Roman »Fahrenheit 451« (1953) des amerikanischen Schriftstellers Ray Bradbury (1920–2012). Seither hat sie sich mir tief eingeprägt, zumal François Truffaut 1966 die ganze Story mit Julie Christie und Oskar Werner verfilmt hat. Der Titel des Buches bezieht sich auf das Faktum, dass Bücherpapier bei einer Temperatur von 451 Grad Fahrenheit (232 Grad Celsius) in Flammen aufgeht.

Der Roman erzählt – in der Form einer Science-Fiction-Dystopie – von einer Gesellschaft der Zukunft, die vollkommen unter der Kontrolle eines totalitären Staates steht. Mit Hilfe einer umfassenden Unterhaltungs- und Vergnügungsindustrie sowie durch Rundum-Versorgung mit Beruhigungs- und Schlafmitteln werden die Menschen ruhiggestellt. Sie wähnen sich glücklich, stellen nichts infrage. Und damit das so bleibt, sind in diesem Staat Bücher verboten. Folglich sind Buchbesitzer Staatsfeinde, die aufgespürt und vernichtet werden müssen. Und diese Aufgabe hat nicht die Polizei, sondern die Feuerwehr. Sie existiert nicht, um Brände zu bekämpfen, sondern zu legen, und zwar überall dort, wo noch Bücher aufgespürt werden können. Aus Brandlöschern sind Brandstifter geworden.

Hauptfigur in diesem Roman ist ein Feuerwehrmann namens Guy Montag, anfangs ein kritikloser Funktionär des Systems. Doch nach erschütternden Erfahrungen mit dem Vernichten von Büchern und Menschen beginnt er, die Verhältnisse zu hinterfragen. Heimlich rettet er einzelne Bücher und macht sich fieberhaft an deren Lektüre. Als das entdeckt wird, wird auch er zum Staatsfeind. Er muss außer Landes fliehen, hatte aber gehört, dass es außerhalb der Stadt eine von den Staatsmedien totgeschwiegene Gruppe von Dissidenten gibt. Montag gelingt es, sich zu diesen Leuten durchzuschlagen, und er trifft auf eine wunderliche Gesellschaft von Menschen: ehemalige Universitätsprofessoren darunter, Literaturwissenschafter, Philosophen, Ethiker, Theologen, Soziologen, Juristen.

Und was ihn am meisten in Erstaunen versetzt: Gegen den staatlich verordneten Mnemozid, gegen das Auslöschen des kulturellen Gedächtnisses der Menschheit, haben es die hier versammelten Menschen unternommen, je ein großes Werk der Kultur auswendig zu lernen, um es dem Vergessen zu entreißen. Peripatetisch sagen sie sich wechselseitig das Auswendiggelernte auf. Entsprechend stellen sie sich einer nach dem anderen dem Neuankömmling vor: Ich bin Platons »Staat«, ich Goethes »Faust«, ich Shakespeares »Hamlet«, ich Tolstois »Anna Karenina« …

Ich liebe dieses Buch um dieser Szene willen. Sie ist eine Warnung vor der völligen Vergleichgültigung unseres »kulturellen Gedächtnisses«, vor einem Zustand kollektiver Amnesie gegenüber unseren Künstlerinnen und Künstlern, die uns geistig etwas abverlangen. Vor der Gefahr einer Selbst-Analphabetisierung. Vor einer Un-Kultur des infantilen Konsumismus mit der abgestorbenen Fähigkeit, Literatur als Unterbrechung gewohnter Abläufe, als Infragestellung standardisierter Herrschaftsformen und als Möglichkeit zum Entwurf von Gegenmodellen zu alltäglichen Gewohnheiten zu begreifen. In der Tat nicht auszudenken, Literatur gäbe es nicht oder nicht mehr, sie würde unterdrückt, verboten, ausgelöscht wie einst bei der von Nazi-Deutschland inszenierten Bücherverbrennung am 10. Mai 1933. Oder Menschen würden in einem totalitären System unter Bücherentzug gestellt.

Stefan Zweig hat eine brillante Erzählung zum Thema Bücherentzug geschrieben, eine letzte vor seinem Tod (s. Kap. IX): die »Schachnovelle«. Im Mittelpunkt ein gebildeter Mann österreichischer Herkunft, ein Rechtsberater und Vermögensverwalter mit besten Verbindungen zu Adel und Klerus im alten Österreich. Nach der Machtübernahme der Nazis in Wien aber wird er exakt wegen dieser seiner Verbindung verhaftet, um Informationen aus ihm herauszupressen. Man sperrt ihn nicht in ein KZ, sondern in ein ehemaliges Hotelzimmer, jeder Zugang zu Menschen oder zu Gedrucktem aber wird ihm verboten. Keine Information dringt an sein Ohr, keine Zeile kommt vor seine Augen. Der Entzug ist total. Es ist Folter, nicht mit glühenden Zangen oder Elektroschocks, sondern mit völliger Isolation. Mit der zermürbenden Macht des Nichts. Und es ist diese Folter des Nichts, die diesen Mann an den Rand des Wahnsinns treibt.

Monate vergehen. Dann entdeckt der Gefangene, zu einem Verhör aus dem Zimmer geholt, wie zufällig bei einem Garderobenständer ein aus einem Mantel hervorschauendes Buch. Unter größter Vorsicht nimmt er es an sich und glaubt sich für den Moment gerettet, aber es ist ein Buch mit hundert Schachpartien. Da er aber nur dieses eine Buch hat, das ihn geistig nähren könnte, beginnt er, die Partien nachzuspielen. Was aber zugleich heißt, dass er auch die Fronten wechseln muss: Weiß gegen Schwarz, Schwarz gegen Weiß. Immer wieder neu, Zug und Gegenzug. Doch je länger dieser Mann sich geistig aufspalten muss, umso mehr verstärkt das seine geistige Zerrüttung. Als er schließlich, zerbrochen, wie er ist, für die Nazis keinen Nutzen mehr hat, wird er entlassen und tritt auf einem großen Passagierdampfer eine Übersee-Reise an, wo es zu einer folgenreichen Konfrontation ausgerechnet mit dem gegenwärtigen Schachweltmeister kommen sollte …

Was also Bücherentzug, Leseverbot, Kontrolle geistiger Nahrung in uns Menschen an geistig-seelischer Zerrüttung anrichten kann, hat niemand beklemmender beschrieben als Stefan Zweig in dieser seiner Novelle. Und umgekehrt: Was das Leben mit Büchern an geistiger Freiheit und menschheitsverbindender Wirkung bedeuten kann, was den geheimnisvoll-kreativen Moment des künstlerischen Schaffens ausmacht, das Glück und das Geheimnis des schöpferischen Moments, auch das hat kaum einer so tiefgründig beschrieben wie dieser Autor. Und zwar in seinem Essay: »Das Buch als Eingang zur Welt« von 1931:

> »Und genau wie das Rad […] die Schwerkraft des Raumes, so überwindet […] das Buch die tragische Erlebnis- und Erfahrungsbegrenztheit der irdischen

Einzelseele: durch das Buch ist keiner mehr ganz mit sich allein in sein eigenes Blickfeld eingemauert, sondern kann teilhaft werden alles gegenwärtigen und gewesenen Geschehens, des ganzen Denkens und Fühlens der ganzen Menschheit.«[45]

Konsultierte Literatur

Die einzelnen Abteilungen sind grundsätzlich chronologisch geordnet.

I. Tübingen

Walter Jens, Eine deutsche Universität. 500 Jahre Tübinger Gelehrtenrepublik. In Zusammenarbeit mit Inge Jens unter Mitwirkung v. Brigitte Beekmann, München 1977.

Reinhard Zbikowski, »Schwimmende Hölderlintürme«. Paul Celans Gedicht »Tübingen, Jänner« – diaphan, in: »Der glühende Leertext«. Annäherungen an Paul Celans Dichtung, hrsg. v. Christoph Jamme u. Otto Pöggeler, München 1993, S. 185–211.

Hans Küng, Erinnerungen Bd. 1–3 (Bd. 1: »Erkämpfte Freiheit«, Bd. 2: »Umstrittene Wahrheit«, Bd. 3: »Erlebte Menschlichkeit«), München 2002–2013.

Karl-Josef Kuschel, Walter Jens. Literat und Protestant, Tübingen 2008. 2. aktualisierte Auflage 2013.

ders., »Tübingen, Jänner«. Paul Celan, Walter Jens und die Schwierigkeit einer jüdisch-deutschen Begegnung, in: Tubingensia. Impulse zur Stadt- und Universitätsgeschichte. Festschrift für Wilfried Setzler zum 65. Geburtstag, hrsg. v. Sönke Lorenz u. Volker Schäfer, Ostfildern 2008, S. 621–642.

Inge Jens, Unvollständige Erinnerungen, Hamburg 2009.

Max Horkheimer, Die Sehnsucht nach dem ganz Anderen. Gespräch mit Helmut Gumnior (1970), in: ders., Gesammelte Schriften Bd. 7 (Vorträge und Aufzeichnungen 1949–1973), Frankfurt a. M. 2. Aufl. 2014, S. 385–404 (= HGS).

ders., Psalm 91 (1968), in: ders., Gesammelte Schriften Bd. 7 (Vorträge und Aufzeichnungen 1949–1973), Frankfurt a. M. 2. Aufl. 2014, S. 207–212.

Inge und *Walter Jens,* Die kleine große Stadt. Tübingen. Mit Fotos von Tilmann Rösch, Tübingen 2015.

Hölderlin-Texte werden zitiert nach: Sämtliche Werke, Bd. 1–3, hrsg. v. Jochen Schmidt, Frankfurt a. M. 1992–1994 (Bibliothek deutscher Klassiker). *Im Text abgekürzt zitiert mit SW plus Bandzahl plus Seite.*

Jochen Schmidt, Hölderlins geschichtsphilosophische Hymnen: »Friedensfeier« – »Der Einzige« – »Patmos«, Darmstadt 1990.

Hölderlin-Handbuch: Leben – Werk – Wirkung, hrsg. v. Johann Kreuzer, 2. revidierte und erweiterte Aufl. Stuttgart 2020.

II. Wolfenbüttel

Gotthold Ephraim Lessing (1729–1781)

1. Textausgaben:

Werke und Briefe in 12 Bänden, hrsg. v. *Wilfried Barner* u. a., Bd. 1–12, Frankfurt a. M. 1989–2003. *Im Text abgekürzt zitiert mit arabischer Bandzahl plus Seite.*

Moses Mendelssohn, Briefwechsel der letzten Lebensjahre. Sonderausgabe, eingel. v. Alexander Altmann, Stuttgart-Bad Cannstatt 1979.

2. Zur Lebens- und Werkgeschichte:

Richard Daunicht, Lessing im Gespräch. Berichte und Urteile von Freunden und Zeitgenossen, München 1971.

Paul Raabe, Das Lessinghaus in Wolfenbüttel. Ein Literaturmuseum für einen deutschen Schriftsteller des 18. Jahrhunderts, Wolfenbüttel 1978.

ders., Spaziergänge durch Lessings Wolfenbüttel, München 1997.

ders., Eva König. Mit einem Geleitwort von Helmut Schmidt, Hamburg 2005.

Monika Fick, Lessing-Handbuch. Leben – Werk – Wirkung, Stuttgart-Weimar 2000, 4. Aufl. 2016.

Wolfgang Albrecht, Lessing. Gespräche, Begegnungen, Lebenszeugnisse. Ein kommentiertes Lese- und Studienwerk, Bd. 1–2, Kamenz 2005.

ders., Lessing. Chronik zu Leben und Werk, Kamenz 2008.

Hugh Barr Nisbet, Lessing. Eine Biographie. Aus dem Englischen von Karl S. Guthke, München 2008.

3. Zum Thema Religion:

Karl-Josef Kuschel, Vom Streit zum Wettstreit der Religionen. Lessing und die Herausforderung des Islam, Düsseldorf 1998.

ders., Im Ringen um den wahren Ring. Lessings »Nathan der Weise« – eine Herausforderung der Religionen, Ostfildern 2011.

ders., »Es strebe jeder von euch um die Wette …«: Zur strategischen Aufwertung des Islam in Lessings »Nathan«, in: »Es strebe jeder von euch um die Wette«. Lessings Ringparabel – ein Paradigma für Verständigung der Religionen heute?, hrsg. v. Jan-Heiner Tück u. Rudolf Langthaler, Freiburg i. Br. 2016, S. 153–180.

Ingrid Strohschneider-Kohrs, Lessings Hiob-Deutungen im Kontext des 18. Jahrhunderts, in: Edith-Stein-Jahrbuch 2002, S. 255–268.

dies., Zur Relation zwischen Lessings Erziehungsschrift und der religio-Erfahrung Nathans, in: Freiheit Gottes und Geschichte der Menschen. Forschungsgespräch aus Anlass des 65. Geburtstags von Prof. Richard Schaeffler, Essen 1994, S. 57–74.

dies., Nathan – »wie Melchisedek«. Lessings Brief an Herder vom Januar 1779. Text und Kontext, in: Lessing Yearbook/Jahrbuch 35 (2003), S. 119–136.

Christoph Schulte, Die jüdische Aufklärung, München 2002.

ders., Von Moses bis Moses … Der jüdische Mendelssohn, Hannover 2020.

Silvia Horsch, Rationalität und Toleranz. Lessings Auseinandersetzung mit dem Islam, Würzburg 2004.

Zahim M.M. al-Shammary, Lessing und der Islam, Berlin – Tübingen 2011.

Lessing und das Judentum. Lektüren, Dialoge, Kontroversen im 18. u. 19. Jahrhundert, hrsg. v. Dirk Niefanger u. a., Hildesheim 2015.

Karl Möseneder, Lessing und die Anfänge der jüdischen Malerei mit Moritz Daniel Oppenheim, in: Lessing und das Judentum. Lektüren, Dialoge, Kontroversen im 18. u. 19. Jahrhundert, hrsg. v. Dirk Niefanger u. a., Hildesheim 2015, S. 311–332.

III. Bauerbach:

Friedrich Schiller (1759–1805)

1. *Textausgaben:*

Werke und Briefe in 12 Bänden, hrsg. v. Otto Dann u. a., Frankfurt a. M. 1992–2002. *Im Text zit. mit arab. Bandzahl plus Seite.*

Gespräche, zit. nach Schillers Werke. Nationalausgabe, Bd 42, hrsg. v. Dietrich Germann und Eberhard Haufe, Weimar 1967. (= NA)

2. *Zur Lebens- und Werkgeschichte:*

Rüdiger Safranski, Friedrich Schiller oder Die Erfindung des Deutschen Idealismus, München-Wien 2004.

ders., Goethe und Schiller. Geschichte einer Freundschaft, München 2009.

Matthias Luserke-Jaqui (Hrsg.), Schiller-Handbuch: Leben – Werk –Wirkung, Stuttgart 2005.

3. *Zum Thema Juden und Judentum:*

Johann Georg Pfranger, Der Mönch vom Libanon. Ein Nachtrag zu Nathan der Weise (1782). Neudruck: Der Mönch vom Libanon. Ueber die Auferstehung der Todten, hrsg. u. mit einem Nachwort von Michael Multhammer, Hannover 2017.

Norbert Oellers, Goethe und Schiller in ihrem Verhältnis zum Judentum, in: Conditio Judaica, hrsg. v. Otto Horch u. Horst Denkler, Tübingen 1988, S. 108–130.

Andreas B. Kilcher, Geteilte Freude. Schiller-Rezeption in der jüdischen Moderne, München 2007.

IV. Meersburg

Annette von Droste-Hülshoff (1797–1848)

1. *Textausgaben:*

Sämtliche Werke, Bd. I–II, hrsg.v. Bodo Placha u. Winfried Woesler, Frankfurt a. M. 1994. *Im Text abgekürzt zitiert mit römischer Bandzahl plus Seite.*

Sämtliche Briefe. Historisch-Kritische Ausgabe, hrsg. v. Winfried Woesler, 1987–1993, TB-Ausgabe München 1996 zwei Bände in einem

Band. *Im Text abgekürzt zitiert mit SB/1 [Briefe 1805–1838] bzw. SB/2 [Briefe 1839–1842] plus Seite.*

Werke – Briefwechsel. Historisch-kritische Ausgabe, hrsg. v. Winfried Woesler, Bd. I/1–XIV/2, Tübingen 1978–2000. *Im Text abgekürzt zitiert mit HKA plus Bandzahl, plus Seite.*

Briefe von Annette von Droste-Hülshoff und Levin Schücking, hrsg. v. Reinhold Conrad Muschler, Leipzig 3. Aufl. 1928. *Im Text abgekürzt zitiert mit B Schücking plus Seite.*

Darf nur heimlich lösen mein Haar. Ein Lesebuch, hrsg.v. Dieter Borchmeyer, München 1997. TB.-Ausgabe München 2003.

Levin Schücking, Annette von Droste. Ein Lebensbericht (1862), Neuausgabe Stuttgart 1983. [Das Buch enthält neben dem »Lebensbericht« von 1862 (S. 7–105) im »Nachwort« auch thematisch relevante Auszüge aus den »Lebenserinnerungen« von Schücking (S. 106–121)]. *Im Text abgekürzt zitiert mit L plus Seite.*

ders., Eine dunkle Tat (1846). Neuausgabe Berlin 2019.

2. Zur Lebens- und Werkgeschichte:

Winfried Woesler, Religiöses Sprechen und subjektive Erfahrung. Annette von Droste-Hülshoffs »Am letzten Tag des Jahres (Sylvester)«, in: Gedichte und Interpretationen Bd. 4, hrsg. v. Günther Häntzschel, Stuttgart 1983, S. 147–156.

Herbert Kraft, Annette von Droste-Hülshoff, Hamburg 1994 (Rowohlt Monographien).

Walter Gödden, Tag für Tag im Leben der Annette von Droste-Hülshoff. Texte – Daten – Dokumente, 2. Aufl. Paderborn 1996.

Ernst Ribbat (Hrsg.), Dialoge mit der Droste, Paderborn 1998.

Jürgen Werbick, »Ist denn der Glaube nur dein Gotteshauch?«. Theologische Anmerkungen zum Glaubensverständnis der Annette von Droste-Hülshoff im »Geistlichen Jahr«, in: Dialoge mit der Droste, hrsg. v. Ernst Ribbat, Paderborn 1998, S. 95–112.

Barbara Beuys, »Blamieren mag ich mich nicht«. Das Leben der Annette von Droste-Hülshoff, Frankfurt a. M. 1999, TB-Ausgabe 2009.

Heiko Postma, »Und darf nur heimlich lösen mein Haar ...« Über die Dichterin Annette von Droste-Hülshoff (1797–1848), Hannover 2008 (= Von Büchern und Menschen. Bd. 8).

Annette von Droste-Hülshoff-Handbuch, hrsg. v. Cornelia Blasberg u. Jochen Grywatsch, Berlin 2018.

Ottmar Fuchs, Subkutane Revolte. Annette von Droste-Hülshoffs »Geistliches Jahr«. Eine theologische Entdeckung, Mainz 2021.

V. Paris

Heinrich Heine (1797–1856)

1. Textausgaben:

Sämtliche Schriften in 12 Bänden, hrsg. v. Klaus Briegleb, München – Wien 1976. *Im Text abgekürzt zitiert mit arabischer Bandzahl plus Seite.*

Begegnungen mit Heine. Berichte der Zeitgenossen, Bd. 1 (1797–1846), Bd. 2 (1847–1856), hrsg. v. Michael Werner. *Im Text abgekürzt zitiert mit W plus röm. Bandzahl plus Seite.*

Briefzeugnisse werden zitiert nach der Säkularausgabe der Werke – Briefwechsel – Lebenszeugnisse, hrsg. v. den Nationalen Forschungs- und Gedenkstätten der klassischen deutschen Literatur in Weimar und dem Centre National de la Recherche Scientifique in Paris, Bd. XX–XXVII, Berlin-Paris 1972–1976. *Im Text abgekürzt zitiert mit röm. Bandzahl plus Seite.*

Heinrich-Heine-Katechismus, hrsg. v. Christian Liedtke, Hamburg 2017.

2. Zur Lebens- und Werkgeschichte:

Jan-Christoph Hauschild – Michael Werner, »Der Zweck des Lebens ist das Leben selbst«: Heinrich Heine. Eine Biographie, Köln 1997.

Karl-Josef Kuschel, Gottes grausamer Spaß? Heinrich Heines Leben mit der Katastrophe, Düsseldorf 2002. Gekürzte Fassung: Der Kampf mit Gott. Heinrich Heine, Düsseldorf 2009.

ders., Heinrich Heines Sterbe-Kunst, in: »Das letzte Wort der Kunst«. Heinrich Heine und Robert Schumann zum 150. Todesjahr, hrsg. v. Joseph A. Kruse u. a., Stuttgart 2006, S. 303–313.

3. Heine in Paris:

Gerhard Höhn – Christian Liedtke, Auf der Spitze der Welt. Mit Heine durch Paris, Hamburg 2010.

Bernd Kortländer, Mit Heine durch Paris. Literarische Spaziergänge, Stuttgart 2015.

ders., Heines Grab, in: »Das letzte Wort der Kunst«. Heinrich Heine und Robert Schumann zum 150. Todesjahr, hrsg. v. Joseph A. Kruse u. a., Stuttgart 2006, S. 340–349.

VI. Duino

Rainer Maria Rilke (1875–1926)

1. *Zitierweise der Quellen:*

AB = [Ausgewählte] Briefe, hrsg. v. Rilke-Archiv in Weimar. In Verbindung mit Ruth Sieber-Rilke, besorgt durch Karl Altheim, Bd. 1, Wiesbaden – Frankfurt a. M. 1987, S. 294–295.

B Heydt = Briefe an Karl und Elisabeth von der Heydt 1905–1922, hrsg. v. Renate Scharffenberg, Frankfurt a. M. 1986.

B Mutter = Briefe an die Mutter, Bd. 1–2, hrsg. v. Hella Sieber-Rilke, Frankfurt a. M. 2009.

B 2 Bdn = Briefe in zwei Bänden, Bd. 1–2, hrsg. v. Horst Nalewski, Frankfurt a. M. 1991.

B GS = Briefe an die *Gräfin Sizzo* 1921–1926, hrsg.v. Ingeborg Schnack, Frankfurt a. M. 1977. TB-Ausgabe 1985.

BW AK = Briefwechsel mit Anton Kippenberg, Bd. 1–2, hrsg. v. Ingeborg Schnack u. Renate Scharffenberg, Frankfurt a. M. 1995.

BW KK = Briefwechsel mit Katharina Kippenberg, hrsg. v. Bettina von Bomhard, Wiesbaden 1954.

BW LAS = Briefwechsel mit Lou Andreas-Salomé, hrsg.v. Ernst Pfeiffer, Frankfurt a. M. 1989.

BW TT = Briefwechsel mit Marie von Thurn und Taxis, Bd. 1–2, Zürich 1951.

BW Sidonie = Briefwechsel mit Sidonie Nádherny von Borutin 1906–1926, hrsg. v. Joachim W. Storck u. a., Göttingen 2007.

Materialien plus Band- u. Seitenzahl = Ulrich Fülleborn – Manfred Engel *(Hrsg.)*, Materialien zu Rilkes Duineser Elegien, Bd. 1–3 (Selbstzeugnisse – Forschungsgeschichte – Rezeptionsgeschichte), Frankfurt a. M. 1982/1983.

TT E = Marie von Thurn und Taxis, Erinnerungen an Rainer Maria Rilke, Berlin 1932. Neuausgabe Frankfurt a. M. 1966.

2. *Textausgabe:*

Werke. Kommentierte Ausgabe in vier Bänden (plus Supplementband), hrsg.v. Manfred Engel u. a., Frankfurt a. M. 1996. *Im Text abgekürzt zitiert mit KA plus römischer Bandzahl plus Seite.*

3. Zur Lebens- und Werkgeschichte:

Ralph Freedman, Rainer Maria Rilke. Der Meister 1906–1926. Aus dem Amerikanischen von Curdin Ebneter, Frankfurt a. M.-Leipzig 2002.

Ingeborg Schnack (Hrsg.), Rilke-Chronik. Erw. Neuausgabe von Renate Scharffenberg, Frankfurt a. M. 2009.

Manfred Engel (Hrsg.), Rilke-Handbuch. Leben – Werk – Wirkung, Stuttgart 2013.

4. Zu den »Duineser Elegien«:

Ulrich Fülleborn – Manfred Engel (Hrsg.), Rilkes Duineser Elegien, Bd. 1–3 (Selbstzeugnisse – Forschungsgeschichte – Rezeptionsgeschichte), Frankfurt a. M. 1982/1983.

Michael von Brück, Weltinnenraum. Rainer Maria Rilkes »Duineser Elegien« in Resonanz mit dem Buddha, Freiburg i. Br. 2015.

Funda Kızıler Emer, Das Engelbild der »Duineser Elegien« und sein Bezug zum Islam: Rilkes Welt- und Kunstverständnis aus hermeneutischer Sicht, New York 2017.

5. Einzeluntersuchungen:

Karl-Josef Kuschel, »Gott von Mohammed her fühlen«. Rilkes Islam-Erfahrung und ihre Bedeutung für den religionstheologischen Diskurs der Zukunft, in: Blätter der Rilke-Gesellschaft, Bd. 24/2002: »Die Welt ist in die Hände der Menschen gefallen«. Rilke und das moderne Selbstverständnis, hrsg. v. Rudi Schweikert, Frankfurt a. M. – Leipzig 2002, S. 67–94. Auch in: *Karl-Josef Kuschel,* Gott liebt es, sich zu verstecken. Literarische Skizzen von Lessing bis Muschg, Ostfildern 2007, S. 177–206.

ders., Rilke und der Buddha. Die Geschichte eines einzigartigen Dialogs, Gütersloh 2010. Überarbeitete Neuausgabe: »Als ob er horchte …«. Rainer Maria Rilkes Dialog mit Buddha, Ostfildern 2020.

VII. Von Gaienhofen nach Montagnola

Hermann Hesse (1877–1962)

1. Werkausgabe:

Sämtliche Werke, Bd. 1–20, hrsg. v. Volker Michels, Frankfurt a. M. 2001–2005. *Im Text abgekürzt zitiert mit SW plus arab. Bandzahl plus Seite.*

Registerband zu den Sämtlichen Werken, hrsg. v. Volker Michels, Frankfurt a. M. 2007. *Im Text abgekürzt zitiert mit SW R plus Seite*).

2. *Briefausgaben:*

Ausgewählte Briefe, zusammengestellt von Hermann Hesse und Ninon Hesse, Frankfurt a. M. 1974. *Im Text abgekürzt zitiert mit AB plus Seite.*

Gesammelte Briefe Bd. 1–4, hrsg. v. Volker Michels, Frankfurt a. M. 1973–1986. *Im Text abgekürzt zitiert mit* GB plus Band plus Seite.

Die Briefe, hrsg. v. Volker Michels. Bd. 1: 1881–1904, Berlin 2012; Bd. 2: 1905–1915, Berlin 2013; Bd. 3: 1916–1923, Berlin 2015; Bd. 4: 1924–1932, Berlin 2016; Bd. 5: 1933–1939, Berlin 2018; Bd. 6: 1940–1946, Berlin 2020; Bd. 7: 1947–1950, Berlin 2021. *Im Text abgekürzt zitiert mit B plus Band plus Seite.*

Kindheit und Jugend vor 1900. Hermann Hesse in Briefen und Lebenszeugnissen, Bd. 1–2, hrsg. v. Ninon Hesse und Gerhard Kirchhoff, TB-Ausgabe Frankfurt a. M. 1984–1985. *Im Text abgekürzt zitiert mit KJ plus Band plus Seite.*

3. *Zur Lebens- und Werkgeschichte:*

Michael Limberg, Hermann Hesse, Frankfurt a. M. 2005 (Suhrkamp BasisBigraphie).

Gunnar Decker, Der Zauber des Anfangs. Das kleine Hesse-Lexikon, Berlin 2007.

ders., Hermann Hesse. Der Wanderer und sein Schatten, München 2012.

Heimo Schwilk, Hermann Hesse. Das Leben des Glasperlenspielers, München 2013.

Herbert Schnierle-Lutz, Auf den Spuren von Hermann Hesse, Frankfurt a. M. 2017.

Andreas Solbach, Hermann Hesse. Ein Schriftsteller auf der Suche nach sich selbst, Darmstadt 2022.

4. *Eigene Arbeiten Karl Josef Kuschel:*

– Hermann Hesse: Auf der Suche nach einer geistigen Einheit der Welt, in: Karl-Josef Kuschel, Leben ist Brückenschlagen. Vordenker des interreligiösen Dialogs, Ostfildern 2011, S. 177–233.

– »Ich habe jahrelang Buddha verehrt«: Hermann Hesses Auseinandersetzung mit Buddha und dem Buddhismus, in: Hermann-Hesse-Jahrbuch 8 (2016), S. 89–111.

– Im Fluss der Dinge. Hermann Hesse und Bertolt Brecht im Dialog mit Buddha, Laotse und Zen, Ostfildern 2018.

– Diagnose »Welt-Bürgerkrieg« – Thomas Manns und Hermann Hesses Gegenentwürfe zur »Vergiftung« Deutschlands durch Nationalismus und Rassismus, in: Hermann-Hesse-Jahrbuch 10 (2018), S. 49–68.
– »An diesen Chinesenbüchern habe ich seit Jahrzehnten meine immer zunehmende Freude«: Hermann Hesse und die chinesischen Klassiker: Laotse, Dschang Dsi, Konfuzius, in: Hermann-Hesse-Jahrbuch 11 (2019), S. 79–101.
– »Willkommen, Indien! Willkommen Afrika! Willkommen Japan!« Europakritik und Europaüberschreitung in Hesses Krisenerzählung »Klingsors letzter Sommer«, in: Hermann-Hesse-Jahrbuch 12 (2020), S. 63–85.
– »Hier wurde in der Bibel gelesen, … hier waren Buddha und Laotse bekannt« – Hermann Hesses Weg zu einem weltreligiösen Bewusstsein, in: Heimat und Weltoffenheit bei Hermann Hesse. 17. Int. Hermann-Hesse-Kolloquium in Calw 2019, hrsg.v. Michael Limberg, Hannover 2020, S. 125–150.
– Hermann Hesses Erzählung »Narziß und Goldmund« (1930) und ihre Verfilmung 2020: in: Hermann-Hesse-Jahrbuch Bd. 14 (2022), S. 103–120.

VIII. Svendborg

Bertolt Brecht (1899–1956)

1. Textausgabe:

Brechts Werke und Briefe werden zitiert nach:
Werke. Große kommentierte Berliner und Frankfurter Ausgabe, hrsg. v. Werner Hecht, Jan Knopf, Werner Mittenzwei, Klaus-Detlev Müller, Bd. 1–30, Frankfurt a. M.-Berlin-Weimar 1998. *Im Text abgekürzt zitiert mit arabischer Bandzahl plus Seite.*
Registerband, Frankfurt a. M.-Berlin-Weimar 2000.

2. Zur Lebens- und Werkgeschichte:

Werner Hecht, Brecht Chronik 1898–1956, Frankfurt a. M. 1997. Ergänzungen, Frankfurt a. M. 2007.
Jan Knopf (Hrsg.), Brecht-Handbuch, Bd. 1–5, Stuttgart – Weimar 2001–2003.
Hiltrud Häntzschel, Brechts Frauen, Hamburg 2002.

Bernd Erhard Fischer, Brecht und Weigel in Buckow, Berlin 2005.
Jan Knopf, Bertolt Brecht. Lebenskunst in finsteren Zeiten. Biographie, München 2012.

3. Zu Svendborg und dem »Laotse«-Gedicht

Bertolt Brecht, Unterm dänischen Strohdach. Skandinavien 1933–1941, Frankfurt a. M. 1994.
Günther Schwarberg, Sommertage bei Bertolt Brecht. Tagebuchskizzen unter dem dänischen Strohdach, Hamburg 1997.
Heinrich Detering, Bertolt Brecht und Lao Tse, Göttingen 2008.
Karl-Josef Kuschel, Im Fluss der Dinge. Hermann Hesse und Bertolt Brecht im Dialog mit Buddha, Laotse und Zen, Ostfildern 2018, Teil B III u. VI / VII.

IX. Petrópolis

Stefan Zweig (1881–1942)

1. Textausgaben:

Der begrabene Leuchter (1937), in: Rahel rechtet mit Gott. Legenden, hrsg. v. Kurt Beck, Frankfurt a. M. 1990, S. 74–191.
Brasilien – Ein Land der Zukunft (1941), Frankfurt a. M. 1990.
Die Welt von gestern. Erinnerungen eines Europäers (1942), hrsg. v. Oliver Matuschek, Frankfurt a. M. 2017.
Schachnovelle (1943). Mit einem Kommentar von Helmut Nobis, Berlin 2013 (Suhrkamp BasisBibliothek 129).
Darién J. Davis / Oliver Marshall (Hrsg.), Stefan und Lotte Zweigs südamerikanische Briefe. New York, Argentinien und Brasilien 1940–1942. Übers. v. Karin Hanta, Leipzig 2017.
Briefe zum Judentum, hrsg. v. Stefan Litt, Berlin 2020. *Im Text abgekürzt zitiert mit BzJ plus Seite.*

2. Zur Lebens- und Werkgeschichte

Margarita Pazi, Stefan Zweig. Europäer und Jude (1981), in: dies., Staub und Sterne. Aufsätze zur deutsch-jüdischen Literatur, Göttingen 2001, S. 169–185.
Gerhard Langer, Stefan Zweig und die jüdische Religion, in: »Das Buch als Eingang zur Welt«. Hrsg. v. J. Brügge, Würzburg 2009, S. 39–66.

Mark H. Gelber, Stefan Zweig, Judentum und Zionismus, Innsbruck-Wien-Bozen 2014.

Eva Plank, »Ich will euch eine Zukunft und eine Hoffnung geben« (Jer 29, 11). Die biblische Prophetengestalt und ihre Rezeption in der dramatischen Dichtung »Jeremias« von Stefan Zweig, Göttingen 2018.

Gert Kerschbaumer, Stefan Zweig. Der fliegende Salzburger, Salzburg-Wien 2003, TB-Ausgabe Frankfurt a. M. 2005.

Oliver Matuschek, Stefan Zweig. Drei Leben. Eine Biographie, Frankfurt a. M. 2006, TB-Ausgabe Frankfurt a. M. 2008.

Stefan-Zweig-Handbuch, hrsg. v. Arturo Larcati, Klemens Renoldner, Martina Wörgötter, Berlin 2018.

3. Zum »Brasilien«-Buch

Ingrid Schwamborn (Hrsg.), Die letzte Partie. Stefan Zweigs Leben und Werk in Brasilien, Bielefeld 1999.

Alberto Dines, Tod im Paradies – Die Tragödie des Stefan Zweig. Aus dem Portugiesischen von Marlen Eckl, Frankfurt a. M. 2006.

Karl-Josef Kuschel, Brasilienschicksal. Stefan Zweig und die Familie Mann, in: Mutterland. Die Familie Mann und Brasilien, ders. zus. mit Frido Mann und Paulo Soethe, Düsseldorf 2009, S. 109–148. Brasilianische Ausgabe: Terra Mátria. A Familia de Thomas Mann e o Brasil, Rio de Janeiro 2013, S. 139–181.

X. Housseras

Alfred Döblin (1878–1957)

1. Textausgaben:

Schicksalsreise. Bericht und Bekenntnis (1949). Neuausgabe mit einem Nachwort von Susanne Komfort-Hein, Frankfurt a. M. 2014.

Briefe, Olten 1970.

Briefe, Bd. 2, hrsg. v. Helmut F. Pfanner, Olten 2001.

Schriften zu Leben und, Werk, Olten 1986 [Darin: »Tagebuch 1945–1946« und »Journal 1952/53«].

2. Zur Lebens- und Werkgeschichte:

Robert Minder, Alfred Döblin: »Die Segelfahrt« oder: Struktur und Erlebnis, in: ders., Wozu Literatur?, Frankfurt a. M. 1971, S. 77–118.

ders., Begegnungen mit Alfred Döblin in Frankreich, in: Text und Kritik 13/14. Vol. 1972, S. 57–66.
ders., Alfred Döblin zwischen Osten und Westen, in: ders., Dichter in der Gesellschaft. Erfahrungen mit deutscher und französischer Literatur, Frankfurt a. M. 1972, S. 155–190.
Marcel Reich-Ranicki, Alfred Döblin. Der geniale Amokläufer, in: ders. Sieben Wegbereiter. Schriftsteller des 20. Jahrhunderts, München 2002, 126–138.
Marc Petit, Die verlorene Gleichung. Auf den Spuren von Wolfgang und Alfred Döblin. Aus dem Französischen von Antoinette Gittinger, Frankfurt a. M. 2005.
Wilfried F. Schoeller, Döblin. Eine Biographie, München 2011.
Sabina Becker (Hrsg.), Döblin-Handbuch. Leben – Werk – Wirkung, Stuttgart 2016.

3. Einzeluntersuchungen:
Dorothee Sölle, Einübung ins Christentum bei Alfred Döblin, in: dies., Realisation. Studien zum Verhältnis von Theologie und Dichtung nach der Aufklärung, Darmstadt 1973; S. 281–367. Auch in: dies,. Das Eis der Seele spalten. Theologie und Literatur in sprachloser Zeit, Mainz 1996, S. 86–154.
dies., Die revolutionäre Geduld, Berlin 1974. Darin: »friedhof in housseras (alfred döblins grab)«, S. 25.
Helmut Kiesel, Döblins Konversion als Politikum, in: Hinter dem schwarzen Vorhang. Die Katastrophe und die epische Tradition. Festschrift für Anthony W. Riley, hrsg. v. Friedrich Gaede u. a., Tübingen-Basel 1994, S. 193–208.
Christina Althen, »Das Leben eine Serie von Abenteuern«. Alfred Döblin als Rückkehrer, in: Argonautenschiff 19 (2010), S. 199–210.

XI. Paraty/Brasilien

Thomas Mann (1875–1955)

1. Textausgaben:

Wo immer möglich, werden die verwiesenen Texte nach der Großen Kommentierten Frankfurter Ausgabe (GKFA) zitiert und zwar mit arabischer Bandzahl plus Seite. Die dort noch nicht vorhandenen Texte werden nach anderen Ausgaben zitiert.

Weihnachtsstimmung (1924), in: Thomas Mann, Essays II (1914–1926), hrsg. v. Hermann Kurzke u. a., Frankfurt a. M. 2002, Bd. 15.1, S. 804.

Hoffnungen und Befürchtungen für 1936. Eine Rundfrage (1935), in: Thomas Mann, Essays, hrsg. von Hermann Kurzke und Stephan Stachorski, Bd. 4, Frankfurt a. M. 1995, S. 165–167.

Die Geschichten Jaakobs. Roman (1933), in: Thomas Mann, Joseph und seine Brüder Bd. I, hrsg. v. Jan Assmann, Dieter Borchmeyer u. Stephan Stachorski, Frankfurt a. M. 2018, Bd. 7.1.

Brief an Eduard Korrodi (Neue Zürcher Zeitung 3.2.1936), in: Thomas Mann, Essays, hrsg. v. Hermann Kurzke u. Stephan Stachorski, Bd. 4, Frankfurt a. M. 1995, S. 169–174.

Freud und die Zukunft (1936). Rede zum 80. Geburtstag von Sigmund Freud, in: Thomas Mann, Leiden und Größe der Meister, Frankfurt a. M. 1982, S. 905–929 (Frankfurter Ausgabe).

Meine Zeit (1950), in: Thomas Mann, Essays, hrsg. v. Hermann Kurzke u. Stephan Stachorski, Bd. 6, Frankfurt a. M. 1997, S. 160–182.

Ansprache vor der unitarischen Kirche (1951), in: Thomas Mann, An die gesittete Welt. Politische Schriften und Reden im Exil, Frankfurt a. M. 1986, S. 788–792 (Frankfurter Ausgabe).

Ansprache vor Hamburger Studenten (1953), in: Thomas Mann, An die gesittete Welt. Politische Schriften und Reden im Exil, Frankfurt a. M. 1986, S. 809–811 (Frankfurter Ausgabe).

Lob der Vergänglichkeit (1952), in: Thomas Mann, Essays, hrsg. v. Hermann Kurzke u. Stephan Stachorski, Bd. 6, Frankfurt a. M. 1997, S. 219–221.

Geleitwort zu »Die schönsten Erzählungen der Welt« (1952), in: Thomas Mann, Die Forderung des Tages. Abhandlungen und kleine Aufsätze über Literatur und Kunst, Frankfurt a. M. 1986, S. 366–371 (Frankfurter Ausgabe).

2. Zur Lebens- und Werkgeschichte:

Hermann Kurzke, Thomas Mann. Das Leben als Kunstwerk, München 1999.

Andreas Blödorn – Friedhelm Marx (Hrsg.), Thomas Mann-Handbuch. Leben – Werk – Wirkung, Stuttgart 2015.

3. Zum Thema Religion:

Hans Küng, Gefeiert – und auch gerechtfertigt? Thomas Mann und die Frage der Religion, in: Walter Jens – Hans Küng, Anwälte der Humanität: Thomas Mann – Hermann Hesse – Heinrich Böll, München 1989, S. 81–157.

Friedhelm Marx, »Ich aber sage Ihnen …« Christusfigurationen im Werk Thomas Manns, Frankfurt a. M. 2002 (Thomas-Mann-Studien Bd. 25).

Peter Mennicken, Für ein ABC des Menschenbenehmens. Menschenbild und Universalethos bei Thomas Mann, Mainz 2002 (Theologie und Literatur, Bd. 13).

Manfred Dierks – Ruprecht Wimmer (Hrsg.), Thomas Mann und das Judentum, Frankfurt a. M. 2004 (Thomas-Mann-Studien Bd. 30).

Christoph Schwöbel, Die Religion des Zauberers. Theologisches in den großen Romanen Thomas Manns, Tübingen 2008.

Nikolaus Peter / Thomas Sprecher (Hrsg.), Der ungläubige Thomas. Zur Religion in Thomas Manns Romanen, Frankfurt a. M. 2012 (Thomas-Mann-Studien Bd. 45).

Heinrich Detering, Thomas Manns amerikanische Religion, Frankfurt a. M. 2012.

ders., Das Werk und die Gnade: Zur Religion und Kunstreligion in der Poetik Thomas Manns, in: Der ungläubige Thomas. Zur Religion in Thomas Manns Romanen, hrsg. v. Nikolaus Peter u. Thomas Sprecher, Frankfurt a. M. 2012, S. 149–165.

4. *Arbeiten von Frido Mann:*

- »Echo« zwischen Tod und Leben. Betrachtungen zum Verhältnis von Figur und Modell in Thomas Manns »Doktor Faustus«, Lübeck 1998.
- Brasa. Roman, München 1999.
- Hexenkinder. Roman, München 2000.
- Achterbahn. Ein Lebensweg, Hamburg 2008.
- Mein Nidden. Auf der Kurischen Nehrung, Hamburg 2012.
- Was mich betrifft, in: Heinrich Detering, Thomas Manns amerikanische Religion, Frankfurt a. M. 2012, 321–334.
- Das Versagen der Religion. Betrachtungen eines Gläubigen, München 2013.
- An die Musik. Ein autobiographischer Essay, München 2014.
- Zus. mit Christine Mann, Es werde Licht. Die Einheit von Geist und Materie in der Quantenphysik, Frankfurt a. M. 2017.
- Das weiße Haus des Exils, Frankfurt a. M. 2018.
- Democracy will win. Bekenntnisse eines Weltbürgers, Darmstadt 2021.

5. Eigene Arbeiten: Karl-Josef Kuschel

– Trotzdem von Gnade reden: Thomas Mann, in: Karl-Josef Kuschel, Im Spiegel der Dichter. Mensch, Gott und Jesus in der Literatur des 20. Jahrhunderts, Düsseldorf 1997, S. 146–166.

– Global ethic and poetic experience. Variations on ethic and aesthetics as illustrated by Thomas Mann [Vorlesung anlässlich der Verleihung der Ehrendoktorwürde der Universität Lund, Mai 1997], in: Svensk Teologisk Kvartalskrift 73 (1997), S. 145–154.

– Weltethos und die Erfahrungen der Dichter. Thomas Manns Suche nach einem »Grundgesetzt des Menschenanstandes«, in: Wissenschaft und Weltethos, hrsg. v. Hans Küng und Karl-Josef Kuschel, München 1998, S. 455–492. In überarbeiteter Form in: Karl-Josef Kuschel, »Ein ungeheurer Stoff für einen Schriftsteller. Meisterwerke einer Begegnung von Bibel und Literatur im 20. Jahrhundert, Stuttgart 2020, Kap. IV: Wider die Schändung des Sittengesetztes: Thomas Manns »Mose«-Novelle »Das Gesetz« (1943).

– Abendmahl und Gethsemane im Sanatorium: zur Einführung [in eine Szene des »Zauberbergs«], in: Karl-Josef Kuschel, Jesus im Spiegel der Weltliteratur: eine Jahrhundertbilanz in Texten und Einführungen, Düsseldorf 1999, S. 147–183.

– »Mein Gott, die Menschen …« Probleme einer Erziehung zur Humanität bei Thomas Mann anhand der Mose-Novelle »Das Gesetz«, in: Erzählen und Moral: Narrativität im Spannungsfeld von Ethik und Ästhetik, hrsg. v. Dietmar Mieth, Tübingen 2000, S. 237–258.

– Defilee an der Krippe vorbei. Thomas Mann: Weihnachten im Hause Buddenbrook. Nachdenken über Rituale und Verblendung, in: Karl-Josef Kuschel, Das Weihnachten der Dichter. Große Texte von Thomas Mann bis Reiner Kunze, Düsseldorf 2004, S. 42–65.

– Weihnachten bei Thomas Mann, Düsseldorf 2006.

– »Ist es nicht jener Ideenkomplex bürgerlicher Humanität?« Glanz und Elend eines deutschen Rotariers – Thomas Mann, in: Thomas Mann Jahrbuch 19 (2006), S. 77–124.

– Mutterland. Die Familie Mann und Brasilien (zus. mit Paulo Soethe u. Frido Mann), Düsseldorf 2009.

– Lob der Gnade – Lob der Vergänglichkeit. Zum doppelten Ausgang des Werkes von Thomas Mann, in: Thomas Mann Jahrbuch 25 (2012), S. 201–222.

– Besprechung von Heinrich Detering »Thomas Manns amerikanische Religion« (2012), in: »Die politische Meinung« (Konrad-Adenauer-Stiftung), Nr. 159, März/April 2013, S. 111–115.

XII. Jerusalem

1. Zu Franz Kafka (1883–1924)

Reiner Stach, Kafka. Jahre der Erkenntnis, Frankfurt a. M. 2008.

ders., Kafka von Tag zu Tag. Dokumentation aller Briefe, Tagebücher und Ereignisse, Frankfurt a. M. 2018.

Bettina von Jagow – Oliver Jahraus (Hrsg.), Kafka-Handbuch. Leben – Werk – Wirkung, Göttingen 2008.

Kathi Diamant, Kafka's last Love, New York 2003. Dt.: Dora Diamant. Kafkas letzte Liebe. Aus dem Amerikanischen von Wiebke Mönning u. Christoph Moors, mit einem Vorwort von Reiner Stach, Düsseldorf 2013 (mit den Aufzeichnungen von Dora Diamant 1950/51, S. 371–407).

2. Zu Max Brod (1884–1968)

Max Brod, Streitbares Leben 1884–1968, München-Berlin-Wien 1969.

ders., Der Meister. Roman (1952), Neuausgabe: Ausgewählte Werke, hrsg. v. Hans-Gerd Koch u. Hans-Dieter Zimmermann. Mit einem Vorwort von Schalom Ben-Chorin (S. 7–13) und einem Nachwort von Karl-Josef Kuschel (S. 533–568), Göttingen 2015.

ders., Über Franz Kafka (Darin: Franz Kafka: Eine Biographie – Franz Kafkas Glauben und Lehre – Verzweiflung und Erlösung im Werk Franz Kafkas), TB-Ausgabe Frankfurt a. M. 1984.

Schalom Ben-Chorin, Max Brod als religiöser Denker, in: ders., Weil wir Brüder sind. Zum christlich-jüdischen Dialog heute, Gerlingen 1988, S. 110–122.

ders., Max Brod, in: ders., Begegnungen. Porträts bekannter und verkannter Zeitgenossen, hrsg.v. Verena Lenzen, Gerlingen 1991, S. 152–158.

3. Zu Else Lasker-Schüler (1869–1945)

Else Lasker-Schüler, Hebräerland (1937), in: Werke und Briefe. Kritische Ausgabe Bd. 5, bearbeitet von Karl Jürgen Skrodzki u. Itta Shedletzky, Frankfurt a. M. 2002, S. 7–157.

dies., Mein blaues Klavier (1943), in: Werke und Briefe. Kritische Ausgabe, Bd. 1.1., bearbeitet von Karl Jürgen Skrodzki unter Mitarbeit von Norbert Oellers, Frankfurt a. M. 1996, S. 279–303.

Andrea Henneke-Weischer, Poetisches Judentum: Die Bibel im Werk von Else Lasker-Schüler, Mainz 2003 (Theologie und Literatur, Bd. 14).

4. Zu Elazar Benyoëtz (geb. 1937)

Elazar Benyoëtz, Allerwegsdahin. Mein Weg als Jude und Israeli ins Deutsche, Zürich-Hamburg 2001.

ders., Aberwenndig. Mein Weg als Israeli und Jude ins Deutsche, Würzburg 2018.

Karl-Josef Kuschel, Unverwechselbar. Nachdenken über das literarische Werk und die theologische Herausforderung von Elazar Benyoëtz, in: Zugrunde gegangen und hoch in die Jahre gekommen. Gabe zum 80. Geburtstag des Dichters Elazar Benyoëtz, hrsg. v. Michael Bongardt, Würzburg 2019, S. 15–28.

Michael Bongardt (Hrsg.), Humor – Leichtsinn der Schwermut. Zugänge zum Werk von Elazar Benyoëtz, Bochum 2010.

ders., Ein Weg ins Deutsche. Biographie, Dichtung und Glaube im Werk des israelischen Autors Belazar Benyoëtz, Bremen 2013.

ders. (Hrsg.), Zugrunde gegangen und hoch in die Jahre gekommen. Gabe zum 80. Geburtstag des Dichters Elazar Benyoëtz, Würzburg 2019.

5. Zu Paul Celan (1920–1970)

Die Gedichte. Neue kommentierte Gesamtausgabe in einem Band, hrsg. und komm. v. Barbara Wiedemann, Frankfurt a. M. 2018. *Im Text abgekürzt zitiert mit NKG plus Seite.*

Lydia Koelle, Pneumatisches Judentum. Gott-Rede und menschliche Existenz nach der Shoah, Mainz 1997 (Theologie und Literatur, Bd. 7).

Ilana Shmueli, Sag, daß Jerusalem ist. Über Paul Celan Oktober 1969 – April 1970, Eggingen 2000. *Im Text abgekürzt zitiert mit Shmueli plus Seite.*

dies., Briefwechsel mit Paul Celan, hrsg. v. Ilana Shmueli u. Thomas Sparr, Frankfurt a. M. 2004. *Im Text abgekürzt zit. mit BW Shmueli plus Seite.*

Celan-Handbuch. Leben – Werk – Wirkung, hrsg. v. Markus May, Peter Großens u. Jürgen Lehmann, Stuttgart-Weimar 2008.

Wolfgang Emmerich, Nahe Fremde. Paul Celan und die Deutschen, Göttingen 2020.

XIII. Bornheim-Merten

Heinrich Böll (1917–1985)

1. Textausgaben:

Und sagte kein einziges Wort. Roman (1952), in: Heinrich Böll Werke. Kölner Ausgabe Bd. 6, Köln 2007, S. 333–472 (Text), S. 8001–8037 (Kommentar). *Im Text abgekürzt zitiert mit KA plus Band plus Seite.*

Irisches Tagebuch (1957), Neuausgabe mit Materialien, Fotos und einem Nachwort von René Böll und Jochen Schubert, Köln 2007.

Ansichten eines Clowns (1963), in: Heinrich Böll. Werke. Kölner Ausgabe Bd. 13, Köln 2004.

Die Juden von Drove (1984), in: Heinrich Böll. Werke. Kölner Ausgabe Bd. 22, Köln 2007, S. 395–418 (Text), S. 888–895 (Kommentar).

Oblomow auf der Bettkante (1985), in: Heinrich Böll. Werke. Kölner Ausgabe Bd. 23, Köln 2007, S. 235–238 (Text), S. 653–655 (Kommentar).

Ein Jahr hat keine Zeit. Gedichte, hrsg. v. René Böll, Gabriele Ewenz u. Jochen Schubert, Köln 2021.

2. Zur Lebens- und Werkgeschichte:

Heinrich Vormweg, Der andere Deutsche: Heinrich Böll. Eine Biographie, Köln 2000.

Jochen Schubert, Heinrich Böll, Darmstadt 2017.

3. Zum Thema »Religion«:

Walter Jens – Hans Küng, Anwälte der Humanität: Thomas Mann – Hermann Hesse – Heinrich Böll, München 1989, S. 61–78; 241–317.

Volker Garske, Christus als Ärgernis. Jesus von Nazaret in den Romanen Heinrich Bölls, Mainz 1998 (Theologie und Literatur, Bd. 9).

Karl-Josef Kuschel, Gespräch mit Heinrich Böll (1983), in: ders, Weil wir uns auf dieser Erde nicht ganz zu Hause fühlen. 12 Schriftsteller über Religion und Literatur, München 1985, S. 64–76.

ders., Was weißt Du von uns Katholiken? Über Christentum und Katholizismus bei Heinrich Böll, in: Gegenentwürfe. 24 Lebensläufe für eine andere Theologie, hrsg. v. Hermann Häring u. Karl-Josef Kuschel, München 1988, S. 325–345.

ders., Das Weihnachten der Dichter. Originaltexte von Thomas Mann bis Reiner Kunze neu erschlossen, Ostfildern 2011, Kap. XIV: Eine

Weihnachtsgeschichte als Schöpfungsgeschichte: Heinrich Böll »So ward Abend und Morgen«.
Günter Grass, Über Heinrich Böll, in: »Die Zeit« vom 20.5.2009.

XIV. Poschiavo

Wolfgang Hildesheimer (1916–1991)

1. Textausgabe:
Gesammelte Werke in sieben Bänden, hrsg. v. Christiaan Lucas Hart Nibbrig u. Volker Jehle, Bd. 1–7, Frankfurt a. M. 1991. *Im Text abgekürzt zitiert mit GW plus Band plus Seite.*
Wo wir uns wohlfühlen. Mitteilungen aus Italien und Poschiavo, ausgew. v. Dietmar Pleyer, Frankfurt a. M. 2006.
Briefe, hrsg. v. Silvia Hildesheimer u. Dietmar Pleyer, Frankfurt a. M. 1999.

2. Zur Lebens- und Werkgeschichte:
Walter Jens, Appell und Anmut. Wolfgang Hildesheimer, in: ders., Von deutscher Rede, München 1969, TB-Ausgabe München 1972, S. 141–148.
Henry A. Lea, Wolfgang Hildesheimers Weg als Jude und Deutscher, Stuttgart 1991.
Stephan Braese, Jenseits der Pässe: Wolfgang Hildesheimer. Eine Biographie, Göttingen 2016.
ders. (Hrsg.), Offene Ordnungen. Zur Aktualität Wolfgang Hildesheimers, Bielefeld 2019.
Karl-Josef Kuschel, Gespräch mit Wolfgang Hildesheimer (1989), in: ders., »Ich glaube nicht, daß ich Atheist bin«. Neue Gespräche über Religion und Literatur, München 1992, S. 79–97.

XV. In der Scheinbibliothek von Schussenried

Martin Walser (geb. 1927)

1. Herangezogene Werke:
– Auskunft. 22 Gespräche aus 28 Jahren, Frankfurt a. M. 1991, bes. S. 169–181.

– Zauber und Gegenzauber. Aufsätze und Gedichte (1995), TB-Ausgabe Frankfurt a. M. 2002.
– Die Verwaltung des Nichts. Aufsätze, Hamburg 2004.
– Muttersohn. Roman, Hamburg 2011.
– Rechtfertigung. Eine Versuchung, Hamburg 2012.
– Das dreizehnte Kapitel. Roman, Hamburg 2012.

2. *Zur Lebens- und Werkgeschichte:*
Jörg Magenau, Martin Walser. Eine Biographie, Hamburg 2008.

3. *Zum Thema Religion:*
Karl-Josef Kuschel, Gespräch mit Martin Walser (1985), in: ders., Weil wir uns auf dieser Erde nicht ganz zu Hause fühlen. 12 Schriftsteller über Religion und Literatur, München 1985, S. 140–154.
Michael Felder (Hrsg.), Mein Jenseits. Gespräche über Martin Walsers »Mein Jenseits«, Berlin 2012 (mit Beiträgen u. a. von Ottmar Fuchs, Karl-Josef Kuschel, Christoph Gellner u. Markus Striet).
Jan-Heiner Tück (Hrsg.), Was fehlt, wenn Gott fehlt? Martin Walser über Rechtfertigung – theologische Erwiderungen, Freiburg i. Br. 2013. Mit Stellungnahmen von M. Walser und mit Beiträgen u. a. von Christoph Gellner, Jan-Heiner Tück u. Joachim Hake.
Arnold Stadler, Literatur ist das Licht, das uns alle erleuchtet. Ein Essay zu Leben und Schreiben Martin Walsers, in: Martin Walser, Lieber träumen wir alles, als dass wir es sagen. Ein Gespräch mit Michael Albus. Mit einem Essay von Arnold Stadler, Ostfildern 2022, S. 129–215.

4. *Zu Bad Schussenried*
Johannes May, Bibliothekssaal Schussenried. Kleinod des Rokoko und geistvoller Bilderkosmos, Bad Buchau 2003.

Dokumentation:
Arbeiten von und über Karl-Josef Kuschel

I. Die Schriftsteller-Gespräche:

1. Weil wir uns auf dieser Erde nicht ganz zu Hause fühlen. 12 Schriftsteller über Religion und Literatur, München 1985. Serie Piper 414. Mit: Walter Jens (1981), Kurt Marti (1981), Peter Härtling (1982), Luise Rinser (1982), Heinrich Böll (1983), Karin Struck (1983), Ingeborg Drewitz (1984), Stefan Heym (1984), Wolfdietrich Schnurre (1984), Barbara Frischmuth (1985), Adolf Muschg (1985) und Martin Walser (1985).

2. »Ich glaube nicht, dass ich Atheist bin«. Neue Gespräche über Religion und Literatur, München 1992. Serie Piper Nr. 1561. Mit: Ulla Hahn (1986), Günter Kunert (1987), Carl Amery (1987), Franz Xaver Kroetz (1987), Wolfgang Hildesheimer (1989), Gabriele Wohmann (1989), Otto F. Walter (1990), Brigitte Schwaiger (1990,) Angelika Mechtel (1991), Rolf Hochhuth (1991).

II. Die Bände der Reihe »Theologie und Literatur«, hrsg. von Karl-Josef Kuschel und Georg Langenhorst:

(1) *Georg Langenhorst*, Hiob unser Zeitgenosse, 1994 * (2) *Heinrich Jürgenbehring*, Liebe, Religion und Institution, 1994 (zu Böll) * (3) *Reinhold Boschki*, Der Schrei, 1994 (zu Elie Wiesel) * (4) *Thomas Kucharz*, Theologen und ihre Dichter, 1995 (zu Barth, Bultmann, Tillich) * (5) *Dorothee Sölle*, Das Eis der Seele

spalten, 1996 * (6) *Magda Motté*, Auf der Suche nach dem verlorenen Gott, 1997 * (7) *Lydia Koelle*, Paul Celans pneumatisches Judentum, 1997 * (8) *Christoph Gellner*, Weisheit, Kunst und Lebenskunst (zu Hesse u. Brecht) * (9) *Volker Garske*, Christus als Ärgernis, 1998 (zu Böll) * (10) *Annegret Langenhorst*, Der Gott der Europäer und die Geschichte(n) der anderen, 1998 (zur lateinamerikanischen Literatur) * (11) *Christian Schenk*, Muss Literatur moralisch sein?, 2000 (zu Schiller) * (12) *Angelika Walser*, Schuld und Schuldbewältigung in der Wendeliteratur, 2000 * (13) *Peter Mennicken*, Für ein ABC des Menschenbenehmens, 2002 (zu Thomas Mann) * (14) *Andrea Henneke-Weischer*, Poetisches Judentum, 2003 (zu Else Lasker-Schüler) * (15) *Elisabeth Hurth*, Mann Gottes, 2003 (zum Priesterbild) * (16) *Gert Otto*, Wo ist das Kind, das ich gewesen? 2003 (zu Lebensgeschichten) * (17) *Tanja Gojny*, Biblische Spuren in der Lyrik von Erich Fried, 2004 * (18) *Alexander Joist*, Auf der Suche nach dem Sinn des Todes, 2004 * (19) *Wolfgang Treitler*, Die Fragen der Toten, 2004 (zu Canetti, Améry u. Elie Wiesel) * (20) *Erika Schweizer*, Geistliche Geschwisterlichkeit, 2005 (zu Nelly Sachs u. Simone Weil) * (21) *Bergit Peters*, LiebesArten, 2009 (zu Ingeborg Bachmann) * (22) *Vera Sabine Winkler*, Leise Bekenntnisse, 2009 (zu Hilde Domin) * (23) *Ottmar Fuchs*, Im Raum der Poesie, 2011 * (24) *Norbert Stapper*, Rainer Maria Rilkes Christus-Visionen, 2010 * (25) *Claudia Nieser*, Hagars Töchter, 2011 (zu Asja Djebar) * (26) *Thomas Markus Meier*, Dürrenmatt und der Zufall, 2012 * (27) *Selma Polat-Menke*, Islam und Mystik bei Barbara Frischmuth, 2013 * (28) *Christoph Gellner*, »… nach oben offen«. Literatur und Spiritualität – zeitgenössische Profile, 2013 * (29) *Gisela-Maria Sander*, Unter dem Diktat der Kunst, 2015 (zu Rainer Maria Rilke) * (30) *Christina Heidler*, Zwischen Magie, Mythos und Monotheismus, 2016 (zur Fantasy-Literatur) * (31) *Ulrike Irrgang*, »Das Wiederauftauchen einer verwehten Spur«, 2019 (zu Gianni Vattimo u. Hans Magnus Enzensberger).

III. Mitglied der Jury zur Verleihung des Elisabeth-Langgässer-Literaturpreises des Stadt Alezy:

Seit 1988 verleiht die Stadt Alezy alle drei Jahre ihren Literaturpreis im Namen der in Alzey geborenen Schriftstellerin Elisabeth Langgässer (1899–1950). Die erste Preisträgerin ist Luise Rinser. Der zweite Preisträger 1991 Rolf Hochhuth. Die Laudatio: Karl-Josef Kuschel. Danach Berufung in die Jury und Mitwirkung an folgenden Preisverleihungen:
Wulf Kirsten (1994), Ursula Krechel (1997), Christa Wolf (2000), Claude Vigée (2003), Ulla Hahn (2006), Hanns-Josef Ortheil (2009), Barbara Honigmann (2012), Peter Härtling (2015), Rafik Schami (2018), Daniel Kehlmann (2021).

IV. Mitglied im Vorstand der Reinhold-Schneider-Gesellschaft (1970–2010)

In dankbarer Erinnerung an die Zusammenarbeit
mit Michael Albus, dem letzten Präsidenten
der Reinhold-Schneider-Gesellschaft

Neben Beiträgen in den verschiedenen Jahrgängen der »Reinhold Schneider Blätter« galt es, folgende Publikationen zu verantworten:

Reinhold Schneider. Der Wahrheit Stimme will ich sein. Essays, Erzählungen und Gedichte, hrsg. von Karl-Josef Kuschel und Carsten Peter Thiede, Frankfurt a. M. 2003.

Wesen und Widerstand. Forum zur christlichen Literatur im 20. Jahrhundert, hrsg. im Auftrag der Reinhold-Schneider-Gesellschaft von Carsten Peter Thiede, Karl-Josef Kuschel und Wolfgang Frühwald, Paderborn 1998. Darin: Karl-Josef Kuschel, Großstadterfahrung und Glaubenskrise. Ein erneuter Blick auf Reinhold Schneiders »Winter in Wien«, S. 119–127.

Macht und Gewissen. Christentum und Menschenrechte in Europa. Zum 50. Todestag Reinhold Schneiders, Freiburg i. Br. 2008. Darin: Karl-Josef Kuschel, Macht und Gewissen. Kirchenkritik als Machtkritik bei Reinhold Schneider, S. 81–101.

V. Publikationen zu Literatur und Religion in Buchform:

(in chronologischer Reihenfolge)

1. Monographien

Jesus in der deutschsprachigen Gegenwartsliteratur. Mit einem Geleitwort von Walter Jens (1978), TB-Ausgabe mit einem Nachwort des Verfassers, München 1987 (Serie Piper 627).

Stellvertreter Christi? Der Papst in der zeitgenössischen Literatur, Zürich – Köln – Gütersloh 1980.

Der andere Jesus. Ein Lesebuch moderner literarischer Texte, hrsg v. Karl-Josef Kuschel, Zürich – Köln – Gütersloh 1983. TB-Ausgabe 1987 (Serie Piper 625).

»Vielleicht hält Gott sich einige Dichter …«. Literarisch-theologische Porträts, Mainz 1991 (mit Porträts zu Heinrich Heine, Franz Kafka, Rainer Maria Rilke, Joseph Roth, Hermann Hesse, Reinhold Schneider, Paul Celan/Nelly Sachs, Heinrich Böll, Rolf Hochhuth). Überarbeitete Taschenbuch-Ausgabe (Topos TB Bd. 556): »Vielleicht hält Gott sich einige Dichter …«. Literarische Skizzen, Kevelaer 2005 (mit Porträts zu Franz Kafka, Rainer Maria Rilke, Else Lasker-Schüler, Gottfried Benn, Joseph Roth, Hermann Hesse, Thomas Mann). Brasilianische Teilausgabe: Os escritores e as Escrituras. Retratos Teologico-literários. Übers.: Paulo Soethe u. a., São Paulo 1999 (die Porträts von Kafka, Rilke,

Hesse und Thomas Mann u. das Kap. »Auf dem Weg zu einer Theopoetik« aus dem Band von 1991).

Im Spiegel der Dichter. Gott, Mensch und Jesus in der Literatur des 20. Jahrhunderts, Düsseldorf 1997 (Patmos). Auch in einer englischsprachiger Ausgabe: The poet as mirror. Human Nature, God and Jesus in Twentieth-Century Literature, London 1999 (SCM Press).

Lachen. Gottes und der Menschen Kunst, Freiburg i. Br. 1994 (Herder). Neuausgabe: Tübingen 1998 (Attempto). Auch in englischsprachiger und chinesischer Ausgabe.

Vom Streit zum Wettstreit der Religionen. Lessing und die Herausforderung des Islam, Düsseldorf 1998 (Patmos). Auch in kroatischer Ausgabe.

»Vielleicht hält Gott sich einige Dichter …« Literarisch-theologische Porträts, Mainz 1991, 2. Aufl. 1996 (Matthias-Grünewald-Verlag).

Jesus im Spiegel der Weltliteratur. Eine Bilanz des Jahrhunderts, 1999. Neuausgabe Ostfildern 2010 (Patmos).

Gottes grausamer Spaß? Heinrich Heines Leben mit der Katastrophe, Düsseldorf 2002 (Patmos). Gekürzte Neuausgabe: Der Kampf mit Gott: Heinrich Heine, Düsseldorf 2009 (Patmos).

Walter Jens. Literat und Protestant, Düsseldorf 2003 (Patmos), 3. Auflage Tübingen 2013 (Narr).

Das Weihnachten der Dichter. Originaltexte von Thomas Mann bis Reiner Kunze neu erschlossen, Düsseldorf 2004 (Patmos), 2. Aufl. Ostfildern 2011 (Patmos).

Weihnachten bei Thomas Mann, Düsseldorf 2006 (Patmos).

Mutterland. Die Familie Mann und Brasilien (zus. mit Frido Mann u. Paulo Soethe), Düsseldorf 2009 (Artemis & Winkler). Auch in brasilianischer Ausgabe.

»Mein Geist ins unbekannte Land«. Dichter und Denker auf Tübinger Friedhöfen, Tübingen 2009 (Klöpfer & Meyer).

Rilke und der Buddha. Die Geschichte eines einzigartigen Dialogs, Gütersloh 2010 (Gütersloher Verlagshaus). Neuausgabe unter dem Titel »›Als ob er horchte …‹. Rainer Maria Rilkes Dialog mit Buddha«, Ostfildern 2020 (Patmos).

Im Ringen um den wahren Ring. Lessings »Nathan der Weise« – eine Herausforderung der Religionen, Ostfildern 2011 (Patmos).

Börsen, Banken, Spekulanten. Spiegelungen in der Literatur – Konsequenzen für Ethos, Wirtschaft und Recht (zus. mit Prof. Heinz-Dieter Assmann), Gütersloh 2011 (Gütersloher Verlagshaus).

Im Fluss der Dinge. Hermann Hesse und Bertolt Brecht im Dialog mit Buddha, Laotse und Zen, Ostfildern 2018 (Patmos).

Johann Peter Hebel, Biblische Geschichten, hrsg. v. Karl-Josef Kuschel u. Thomas Weiß, Tübingen 2019 (Klöpfer & Meyer).

Ein ungeheurer Stoff für einen Schriftsteller. Meisterwerke einer Begegnung von Bibel und Literatur im 20. Jahrhundert, Stuttgart 2020 (kbw Katholisches Bibelwerk) [zu Tolstois Roman »Auferstehung«, zum Thema »Kain und Abel«, zur Figur der Judith von Hebbel bis Hochhuth, zu Thomas Manns »Mose«-Novelle, zu Hiobfiguren bei Thomas Mann, Joseph Roth und Elie Wiesel, zu Franz Werfels Schauspiel »Paulus unter den Juden«, zu Max Brods Jesus-Roman »Der Meister«, zu Luise Rinsers »Mirjam«-Roman, zum Judas-Jesus-Drama bei Walter Jens und Amos Oz, zum Ahasver-Luizfer-Jesus-Roman von Stefan Heym und zum Jesus-Josephs-Roman »Sunrise« von Patrick Roth].

Goethe und der Koran. Texte von Johann Wolfgang von Goethe. Kommentar von Karl-Josef Kuschel. Mit Kalligrafien von Shahid Alam, Ostfildern 2021 (Patmos).

2. *Einführungen, Nachworte, Laudationes:*

Rolf Hochhuth, Laudatio zur Entgegennahme des Elisabeth-Langgässer-Literaturpreises der Stadt Alzey am 23. Februar 1991.

Patrick Roth. Laudatio zur Entgegennahme des Hugo-Ball-Preises der Stadt Pirmasens am 7. Dezember 2002.

Eva Christina Zeller, Stiftsgarten Tübingen. Gedichte. Nachwort (2002).

Gunther Klosinski, Ein Händedruck der Zeit. Gedichte und Collagen. Einführung (2007).

Hanns-Josef Ortheil. Laudatio zur Entgegenahme des Elisabeth-Langgässer-Literaturpreises der Stadt Alzey am 28. Februar 2009.

Thomas Weiß, »von weit«. Gedichte. Vorwort, Tübingen 2010.

Elazar Benyoëtz, Laudatio zur Entgegennahme des Justinus-Kerner-Literaturpreises der Stadt Weinsberg am 18. September 2011.

Gottesgedichte. Ein Lesebuch zur deutschen Lyrik nach 1945, hrsg. v. Helmut Zwanger u. Karl-Josef Kuschel. Nachwort von Karl-Josef Kuschel (2011).

Gunther Klosinski, Strähne Zeit. Gedichte. Nachwort (2012).

*Helmut Zwanger,*Tübinger Israeltrilogie. Gedichte 1980–2012. Einführung (2012).

Wilhelm Bruners, Zuhause in zwei Zelten. Gedichte und Reflexionen. Ein spirituelles Lesebuch. Einführung (2017).

Johann Peter Hebel, Biblische Geschichten. Nachwort Thomas Weiß. Einführung Karl-Josef Kuschel (2017).

Gunther Klosinski, Was unter die Haut geht. Aphorismen. Vorwort (2018).

Eugen Drewermann, Hermann Hesse, Der lange Weg zu sich selbst. Zur Sprengkraft eines literarischen Denkers, hrsg. u. mit einem Vorwort von Volker Michels. Mit einer Einführung von Karl-Josef Kuschel (2019).

3. Über Karl-Josef Kuschel

Walter Jens, Vorwort, in: Karl-Josef Kuschel, Jesus in der deutschsprachigen Gegenwartsliteratur (1978), TB-Ausgabe mit einem Nachwort des Verfassers, München 1987, S. XII–XVIII (Serie Piper 627).

Georg Langenhorst, Vorwort, in: ders. (Hrsg.)., Auf dem Weg zu einer theologischen Ästhetik. Freundesgabe für Karl-Josef Kuschel zum 50. Geburtstag. Münster 1998, S. 9–14.

ders., Ein theologischer Grenzgänger. Karl-Josef Kuschel im Porträt, in: Schriftzeichen. Zeitschrift für Literatur (kunst) religion 1 (2000), S. 36–38.

ders., Karl-Josef Kuschel: Auf dem Weg zu einer Theopoetik, in: ders: Theologie und Literatur. Ein Handbuch, Darmstadt 2005, S. 66–74.

ders., Literatur und Theologie, in: Neues Handbuch theologischer Grundbegriffe, hrsg. v. Peter Eicher. München 2005, Bd. 2, S. 506–523, bes. 517–520.

Georg Langenhorst – Christoph Gellner, Herzstücke, Herzenstexte. Einführung, in: dies (Hrsg.): Herzstücke. Texte, die das Leben ändern. Ein Lesebuch zu Ehren von Karl-Josef Kuschel, Düsseldorf 2008, S. 9–18.

Georg Langenhorst, Was Theologen an Literatur interessiert. Theologisch-literarische Hermeneutik bei Guardini, von Balthasar, Tillich und Kuschel, in: SocioPoética. Revista Interdisciplinar Sociedade Cultura Literatura I/8 (2011), S. 181–199. Überarbeitet: Theologen als Leser und Deuter von Literatur. Theologisch-literarische Hermeneutik bei Guardini, von Balthasar, Tillich und Kuschel, in: Studien zur Deutschkunde, Bd. 53, hrsg. v. Lech Kolago, Warschau 2014, S. 251–270.

ders., Why Theologians are interested in Literature: Theological-Literary Hermeneutics in the Works of Guardini, Balthasar, Tillich and Kuschel, in: Francesca Bugliani Knox –

David Lonsdale (Hrsg.): Poetry and the Religious Imagination, Franham/Burlingtoin 2015 S. 31–49.

ders., Theologie im Dialog und für den Dialog. Laudatio für Karl-Josef Kuschel zur Verleihung des Theologischen Preises der Salzburger Hochschulwochen für sein Lebenswerk, in: Martin Dürnberger (Hrsg.), Die Komplexität der Welt und die Sehnsucht nach Einfachheit. Salzburger Hochschulwochen 2019, Innsbruck-Wien 2019, S. 131–144.

Eva Willebrand, Karl-Josef Kuschel, in: dies.: Literarische Texte in Religionsbüchern. Zwischen Verkündigung, Erfahrungsspiegelung und Erschließung religiöser Tiefen, Bad Heilbrunn 2016, S. 84–86.

Karl-Josef Kuschel, Gottesleidenschaft. Denken und Glauben im Gespräch mit Literaturen und Religionen [Autobiographische Reflexionen], in: Die Komplexität der Welt und die Sehnsucht nach Einfachheit, hrsg. v. Martin Dürnberger, Innsbruck-Wien 2019, S. 145–165.

Georg Langenhorst, Theologie und Literatur. (Zwischen-)Bilanz der »Tübinger Schule«, in: Literatur/Religion. Bilanz und Perspektiven eines interdisziplinären Forschungsgebiets, hrsg. v. Wolfgang Braungart, Joachim Jacob,Jan-Heiner Tück, Berlin 2019, S. 85–106.

Christoph Gellner, Literatur und Religion, in: Paradigmen der Forschung, hrsg. v. Andreas Mauz u. Daniel Weidner (Metzler Verlag 2022 im Druck).

Anmerkungen

1 Zum Werk von Patrick Roth, dem ich am 7. Dezember 2002 die Laudatio bei der Entgegennahme des Hugo-Ball-Literaturpreises der Stadt Pirmasens gehalten habe, siehe: Karl-Josef Kuschel, Ein ungeheurer Stoff für einen Schriftsteller. Meisterwerke einer Begegnung von Bibel und Literatur im 20. Jahrhundert, Stuttgart 2020, Kap. XI: Von »Riverside« bis »Sunrise«: Jesus und sein Vater Joseph bei Patrick Roth.

2 Für die Auswertung der aktuellen Gegenwartsliteratur unter spezifisch religiösen oder interreligiösen Aspekten verweise ich besonders auf folgende Arbeiten: Georg Langenhorst, »Ich gönne mir das Wort Gott«. Annäherungen an Gott in der Gegenwartsliteratur, Freiburg i. Br. 2009; völlig überarbeitete Neuauflage 2014; ders., »In welchem Wort wird unser Heimweh wohnen?« Religiöse Motive in der neueren Literatur, Freiburg i. Br. 2020; ders., zus. mit Christoph Gellner, Blickwinkel öffnen. Interreligiöses Lernen mit literarischen Texten, Ostfildern 2013; Christoph Gellner, »… nach oben offen«. Literatur und Spiritualität – zeitgenössische Profile, Ostfildern 2013; ders., Die Bibel ins Heute schreiben. Erkundungen in der Gegenwartsliteratur, Stuttgart 2019; Georg Langenhorst / Eva Willebrand, Literatur auf Gottes Spuren. Religiöses Lernen mit literarischen Texten des 21. Jahrhunderts, Ostfildern 2017. Verweisen möchte ich noch auf die von dem Wiener katholischen Theologen Jan-Heiner Tück herausgegebenen Bände in der Reihe »Poetikdozentur Literatur und Religion«, seit 2018 5 Bände.

3 Zur Bedeutung des Instituts für ökumenische Forschung der Universität unter der Leitung von Hans Küng vgl.: Karl-Josef Kuschel, Die Herausforderung »der Anderen«. Zum interkulturellen und interreligiösen Dialog im Institut für ökumenische Forschung, in: Damit sie alle eins seien. Programmatik und Zukunft der Ökumene, hrsg. v. Bernd Jochen Hilberath, Hans Küng u. Johanna Rahner, Ostfildern 2015, S. 65–90.

4 Paul Konrad Kurz darf man als Pionier zeitgenössischer theologischer Literaturkritik bezeichnen, da er schon in den 1960er-Jahren die frühere Fixierung dieser Literaturkritik auf die »christliche Literatur« überwunden hatte. Seine Sammelbände, in denen er seine regelmäßigen Literaturkritiken zusammenfasste, waren und sind eine Fundgrube. In den 1970er-Jahren waren fünf solcher Bände »Über moderne Literatur« oder mit ähnlichen Titeln erschienen. Aus dem Bereich der Religionspädagogik damals hilfreich die Arbeiten des katholischen Religionspädagogen Hubertus Halbfas (Das Menschenhaus. Ein Lesebuch für den Religionsunterricht, 1972) und des evangelischen Religionspädagogen Henning Schröer (Moderne deutsche Literatur in Predigt und Religionsunterricht, 1972). Innovative Ansätze einer theologischen Relevanz von Literatur boten damals der Tübinger Ethiker Dietmar Mieth (im Blick auf die Konzeption einer »narrativen Ethik«) mit seinen Büchern »Dichtung, Glaube und Moral. Studien zur Begründung einer narrativen Ethik« sowie »Epik und Ethik. Eine theologisch-ethische Interpretation der Josephromane Thomas Manns« (beide 1976) und die evangelische Theologin und Literaturwissenschaftlerin Dorothee Sölle: »Realisation. Studien zum Verhältnis von Theologie und Dichtung nach der Aufklärung« (1973). Doch auch diese beiden Verfasser entwickeln ihre Konzeption an literarischen Klassikern: Mieth am »Tristan«-Roman Gottfried von Straßburgs und den »Joseph«-Romanen Thomas Manns, Sölle am Werk von Jean Paul und Alfred Döblin.

5 Zur Zusammenarbeit Küng–Jens vgl. Hans Küng, Erlebte Menschlichkeit. Erinnerungen, München 2013, S. 144–149.

6 Später kommt hinzu: Karl-Josef Kuschel, Jesus im Spiegel der Weltliteratur. Die Bilanz eines Jahrhunderts. Originaltexte und Einführungen, Ostfildern 2010. Hier neben dem Kapitel zu Hemingway und zu den unter Anm. 7 genannten Autoren weitere zu: Anatole France, André Gide, James Joyce, Thomas Mann, Günter Grass, Oscar Wilde, Max Frisch, Walter Jens, Friedrich Dürrenmatt. Michail Bulgakow, José Saramago, Norman Mailer, Nikos Kazantzakis, Ilja Ehrenburg, Jorge Luis Borges, Boris Pasternak, Heinrich Böll, Gerhart Hauptmann, Ignazio Silone, Mario Vargas Llosa, Toni Morrison.

7 Mit Analysen zur Jesus-Figur in Romanen von Anna Seghers (Das Siebte Kreuz, 1942) William Faulkner (Eine Legende, 1955), Nagib Machfus (Die Kinder unseres Viertels, 1959), Augusto Roa Bastos (Menschensohn, 1960), Čingiz Ajtmatov (Der Richtplatz, 1986). Wei-

terführende Interpretationen dazu dann in: Karl-Josef Kuschel, Jesus im Spiegel der Weltliteratur, 2010 (s. Anm. 6).

8 Die Spiegelung Tübingens in Gedichten und die Hintergrund-Geschichte von Celans Gedicht habe ich in einem größeren Aufsatz behandelt: »Tübingen, Jänner«: Paul Celan, Walter Jens und die Schwierigkeiten einer jüdisch-deutschen Begegnung, in: Tubingensia. Impulse zur Stadt- und Universitätsgeschichte. Festschrift für Wilfried Setzler zum 65. Geburtstag, Tübingen 2008, S. 621–642.

9 Wichtige Einsichten bei der Hiob-Deutung der Figur des Nathan verdanke ich Ingrid Strohschneider-Kohrs. Neben den im Literaturverzeichnis (zu Kap. II: Lessing) genannten Lessing-Aufsätzen verweise ich besonders auf ihre »Studien zum späten Lessing« unter dem Titel »Vernunft als Weisheit« von 1991 und auf ihre Monographie »Historische Wahrheit der Religion. Hinweise auf Lessings Erziehungsschrift« (2009). Dieser ersten »Ordinaria« auf einem Lehrstuhl für Germanistik an einer deutschen Universität verdanke ich überdies ein kostbares Geschenk: das Faksimile des Lessing-Briefes an Eschenburg vom 31.12.1777, in dem Lessing vom Tod seines neugeborenen Kindes berichtet. Der Brief hängt als Bild gerahmt in meinem Arbeitszimmer. In den Jahren 1967 bis 1969 hatte ich Frau Strohschneider-Kohrs während meines Germanistik-Studiums als Professorin an der Ruhr-Universität in Bochum erlebt – als eine unnahbare, respekteinflößende wissenschaftliche Autorität. 35 Jahre später bin ich ihr bei einem Symposion der Lessing-Akademie in Wolfenbüttel wieder begegnet. Wir kommen während der gemeinsamen Rückreise im Zug in ein intensives persönliches Gespräch, woran sich ein Briefwechsel anschließt, der von Ende April 2004 bis Anfang Mai 2010 anhält, liebenswürdige Geschenke von ihrer Seite inklusive. Dass der Briefaustausch abbricht, hatte auch mit dem altersbedingten Verlust ihrer Sehkraft zu tun. Bei aller ihrer Diskretion verschweigt sie das in ihren Briefen nicht. Und obwohl sie die damit verbundene noch größere Einsamkeit tapfer erträgt, lässt sie keinen Zweifel daran, was der Verlust der Lesekraft für eine Frau wie sie bedeutet. Am 27. September 2014 ist sie an ihrem Wohnort in Gauting bei München im Alter von 92 Jahren gestorben.

10 Dass die Abraham-Überlieferungen auch für die Realpolitik von Bedeutung sein können, habe ich herausgearbeitet in meinem Buch: »Dass wir alle Kinder Abrahams sind …« Helmut Schmidt begegnet Anwar as-Sadat. Ein Religionsgespräch auf dem Nil, Ostfildern 2018.

11 Die Buchvorstellung fand am 3. Juli 1998 statt. Danach war ich in Kamenz noch einmal zu Gast, 2004, eingeladen zu den 43. Kamenzer Lessing-Tagen, und zwar zu einem Streitgespräch mit Einführungsvorträgen von mir und Frau Prof. Monika Fick (Aachen) zum Thema »Gleiche Gültigkeit oder Gleichgültigkeit der Religionen?«. 2006 zeigte die Kamenzer Arbeitsstelle »Lessing-Rezeption« eine Ausstellung »Nathans Ende oder der Schlaf der Vernunft?« zur Wirkungsgeschichte von Lessings »Nathan«, für die ich einen Beitrag »Zur Aktualität des ›Nathan‹ im Spannungsfeld von Judentum, Christentum und Islam« für den Katalog beisteuern konnte. Am 9. Mai 2009 fand dann im Kamenzer Ratssaal eine Podiumsdiskussion »Lessings Gegenwärtigkeit in Toleranzkonflikten« statt. Sie wurde moderiert von dem Journalisten der »Süddeutschen Zeitung« Dr. Lothar Müller. Außer mir waren als Diskutanten noch vertreten Prof. Dr. Manfred Beetz (Halle), der Publizist und Journalist Henryk M. Broder (Berlin), der Schriftsteller und Regisseur Robert Schindel (Wien), der Literaturwissenschaftler und Gymnasiallehrer Dr. Axel Schmitt (Marburg) sowie die Wiener Schriftstellerin und Universitätsprofessorin Elisabeth Schrattenholzer. 2011 erfolgt dann in erweiterter Form eine eigene Studie von mir zum »Nathan«: Im Ringen um den wahren Ring. Lessings »Nathan der Weise« – eine Herausforderung der Religionen. In der Zwischenzeit hatten die Ereignisse von 9/11 in New York für eine wahre Flut von »Nathan«-Inszenierungen auf deutschen Bühnen gesorgt, die ich in einer aktualisierten Einleitung berücksichtigen konnte. Für Hilfe bei der Recherche der Daten 2020 danke ich der Leiterin des Museums in Kamenz, Dr. Sylke Kaufmann.

12 Einzelheiten über die Recherche, die Qualität und den zeitgeschichtlichen Kontext der Übersetzung von 1932 und die weitere Rezeption des »Nathan« in arabischsprachigen Kontexten finden sich in dem mir vorliegenden Bericht von Dipl. Pol. Walter Koch von der Hannah-Arendt-Bibliothek in Hannover: Der Beitrag Nasr al-Haddads zum interkulturellen und interreligiösen Dialog: Seine vergessene Aktualisierung von G. E. Lessings »Nathan der Weise«. Hier auch die Angaben zu den »Nathan«-Übersetzungen in hebräischer Sprache.

13 Die für die Inszenierung ausgearbeiteten Materialien zu dem Projekt »Drei Religionen, drei Sprachen, ein Stück« wurden mir von Reinhard Tegtmeier-Blanck dankenswerterweise zur Verfügung gestellt. Außerdem das »Lesebuch zum Theaterprojekt«, das die Zuschaue-

rinnen und Zuschauer bei den Aufführungen in die Hand bekamen. Ein Beitrag von mir zum Thema »›Nathan der Weise‹ und die Vision einer abrahamischen Ökumene von Juden, Christen und Muslimen« rundet dieses Lesebuch ab. Seit 2005 gibt es, dem Bericht von Walter Koch zufolge (s. Anm. 12), eine weitere Übertragung von »Nathan der Weise« ins Arabische für Aufführungen in Kairo und Alexandria, veröffentlicht unter dem Titel »Die drei Ringe. Dichterisches Bühnenstück in fünf Teilen«, übersetzt von Fauziya Hasan. Mehr noch: 2016 erfolgt im Kontext der Arbeit des Goethe-Instituts in Israel eine szenische Lesung ebenfalls in drei Sprachen. Dazu war der »Nathan« noch einmal übersetzt worden: ins Hebräische von Doron Tavori und ins Arabische von Riad Masarwi. Der Regisseurin Ofira Henig war es gelungen, deutsche und israelische Schauspieler, jüdischer, christlicher, muslimischer Provenienz, zusammenzubringen und die szenische Lesung in vier Theatern Israels durchzuführen: in Tel Aviv, Be'er Sheva, Akko und Jerusalem.

14 Aus Raumgründen kann ich hier weder über Schillers weitere Auseinandersetzung mit Juden und Judentum noch über das ebenso spannende Verhältnis deutscher Juden zu Schiller eingehen und verweise auf die angegebene Literatur im Literaturverzeichnis zu diesem Kapitel.

15 Der Beginn meiner theologischen Auseinandersetzung mit der Theodizee-Frage ist durch das Buch markiert, das ich mit meinem Kollegen von der Katholisch-Theologischen Fakultät in Tübingen, dem Alttestamentler Professor Walter Groß, 1992 vorgelegt habe: »Ich schaffe Finsternis und Unheil!« Ist Gott verantwortlich für das Übel?, Mainz 1992. Vertieft habe ich die Thematik dann in meinem Buch: Im Spiegel der Dichter. Mensch, Gott und Jesus in der Literatur des 20. Jahrhunderts, Düsseldorf 1997. Hier auch erstmals eine Auseinandersetzung mit dem Werk von Heinrich Heine (S. 228–242).

16 Den aufgrund der in Anm. 15 genannten »Vorstudien« gefassten Plan einer gründlichen Untersuchung der Gottesfrage beim späten Heine habe ich dann eingelöst in dem Buch: Gottes grausamer Spaß? Heinrich Heines Leben mit der Katastrophe, Düsseldorf 2002. Gekürzte Fassung: Der Kampf mit Gott. Heinrich Heine, Düsseldorf 2009. Das hier in »Magische Orte« vorgelegte Kap. V. ist ein kleiner Ausschnitt aus diesen Studien, die zur inhaltlichen Vertiefung, werkgeschichtlichen Kontextualisierung und Auseinandersetzung mit der Forschungsliteratur heranzuziehen sind.

17 Zum Werk von Elie Wiesel, das auf die Erfahrung der Schoa reagiert: Karl-Josef Kuschel, Im Spiegel der Dichter. Mensch, Gott und Jesus in der Literatur des 20. Jahrhunderts, Düsseldorf 1997, S. 242–251.

18 Ich verweise auf zwei Dissertationen, die ich begleiten konnte: Auf die Arbeit von Norbert Stapper, Rainer Maria Rilkes Christus-Visionen. Poetische Bedeutungen und christopoetische Perspektiven (2010) und auf die von Gisela Maria Sander, Unter dem Diktat der Kunst. Propheten im Spiegel der Gedichte Rainer Maria Rilkes (2015), Band 24 bzw. 29 der von mir mitherausgegebenen Reihe »Theologie und Literatur« im Matthias-Grünewald-Verlag, Ostfildern

19 Zu Goethes Auseinandersetzung mit Mohammed, Koran und Islam vgl. Karl-Josef Kuschel, Goethe und der Koran, Ostfildern 2021. Friedrich Wolf (1888–1953) schrieb als Soldat 1917 »in den Gräben Flanderns« sein erstes Stück als Antikriegsdrama: »Mohammed«. Text in: Gesammelte Werke Bd. 1, Berlin 1952, S. 25–94. Im selben Jahr 1917 schrieb Alfred Henschke (1890–1928), Pseudonym »Klabund«, seinen Roman: »Mohammed. Roman eines Propheten«. Text in: Sämtliche Werke, Kettwig 1999, S. 46–69. Dazu der Göttinger Literaturwissenschaftler Heinrich Detering: »Während des ersten Weltkriegs schreiben der expressionistisch schwärmerische Klabund und der sozialistische Aktivist Friedrich Wolf unabhängig voneinander über Mohammed als den Verkünder einer Menschheitsversöhnung im Zeichen des Gottesfriedens. Klabunds ›Mohammed‹-Roman lässt am Ende Mohammed, Mose und Christus einander weinend in die Arme sinken. Die hinreißend sentimentale Szene ist ein Höhe-, kein Endpunkt der literarischen Islam-Adaptionen. Goethe jedenfalls hätte sie gefallen können« (Orient und Okzident: Der Islam in der deutschen Literatur, in: »Süddeutsche Zeitung« vom 28.8.2019).

20 Einzelheiten bei: Karl-Josef Kuschel, Gott von Mohammed her fühlen. Rilkes Islam-Erfahrung und ihre Bedeutung für den religionstheologischen Diskurs der Zukunft, in: Blätter der Rilke-Gesellschaft, Bd. 24/2002: »Die Welt ist in die Hände der Menschen gefallen«. Rilke und das moderne Selbstverständnis, hrsg. v. Rudi Schweikert, Frankfurt a. M.–Leipzig 2002, S. 67–94. Auch in: Karl-Josef Kuschel, Gott liebt es, sich zu verstecken. Literarische Skizzen von Lessing bis Muschg, Ostfildern 2007, S. 177–206. Die Tagung zum Thema »Rilke und das moderne Selbstverständnis« sollte Herausforderungen des Werkes für die Zukunft des 3. Jahrtausends

markieren. Mein Beitrag betraf die Zukunft des globalen Dialogs der Religionen. Ich hatte nicht bloß eine Lücke der Forschung schließen, die Rilke-Texte vielmehr in einen religionstheologischen Kontext stellen wollen, geleitet von dem Erkenntnisinteresse, Wahrnehmungs- und Begegnungsmodelle zwischen islamischer und westlicher Welt im Kontext der Literatur freizulegen. Im Blick auf das 3. Jahrtausend schien mir das von größter Bedeutung in einer Zeit, in der allein in Europa zehn bis zwölf Millionen Menschen muslimischer Herkunft oder Identität leben.

21 So viele Buddha-Gedichte hat die deutschsprachige Literatur nicht zu bieten, auch im 20. Jahrhundert nicht. Wir kennen vereinzelte Texte von Alfred Henschke (»Klabund«) aus den 1920er-Jahren, von Gottfried Benn und Bertolt Brecht aus den 1930er-Jahren und von Hermann Hesse aus den 1950er-Jahren, als Hesse sich unter dem Einfluss seines Vetters und bedeutenden Japanologen Wilhelm Gundert erneut mit dem Buddhismus in Gestalt des Zen-Buddhismus befasst hat. Einzelheiten nachzulesen in meinem 2018 erschienenen Buch »Im Fluss der Dinge. Hermann Hesse und Bertolt Brecht im Dialog mit Buddha, Laotse und Zen«.

22 Mit Übernahme des Amtes des Präsidenten der Internationalen Hermann-Hesse-Gesellschaft (IHHG) 2015 lernte ich auch die beiden »Säulen« der Vermittlung und der Erforschung des Werks von Hermann Hesse kennen. Silver Hesse (geb. 1942), Sohn des zweiten Sohnes des Dichters, Heiner Hesse (1909–2003), und Volker Michels (geb. 1943). Silver Hesse hat als Nachlassverwalter, Stiftungsrat und Präsidiumsmitglied der IHHG große Verdienste um die Vermittlung des Werkes. Unvergessen, dass Silver bei meinem ersten Besuch in Montagnola im Sommer 2015 Gisela und mich ins Haus seines Vater Heiner in Arcegno (einer alten Mühle im Wald) eingeladen hat. Immer wieder kreisten unsere Gespräche über das vielen Verdächtigungen und Unterstellungen ausgesetzte Verhältnis seines Großvaters zu seinen angeblich verlassenen Söhnen. Seriöse, weil dokumentierbare Aufklärung gebracht hat hier der von Michael Limberg in Zusammenarbeit mit Silver und Simon Hesse herausgegebene »Briefwechsel« von Hermann Hesse »mit seinen Söhnen Bruno und Heiner«, Berlin 2019. Volker Michels hat als Herausgeber der 20–bändigen Ausgabe Sämtlicher Werke Hesses (von 2001–2007), der auf 10 Bände angelegten Briefausgabe (von 2012 an) und zahlreicher Themenbände im Suhrkamp-Insel-Verlag sowie mit eigenen Forschungsbeiträgen (zusammengefasst in dem Sammelwerk

»Weg zu Hermann Hesse«, 2021) wie kein anderer unschätzbare Verdienste um Erhaltung, Erforschung und Aktualisierung des Werkes von Hesse.

23 Einzelheiten zur Geschichte, Bestimmung und Nutzung des Hauses sind, beherrscht man die dänische Sprache, nachzulesen in der liebevoll zusammengestellten und bebilderten Broschüre von Jørgen Lehrmann Madsen, Ole Visti Petersen und Poul Holm Joensen, allesamt Vertreter der Stiftung: »Brechts Hus i Svendborg« (2018).

24 Heinrich Schmidinger war von 1993 bis 2001 Professor für Christliche Philosophie an der Fakultät für Katholische Theologie der Universität Salzburg, bevor er dann bis 2019, dreimal wiedergewählt, das Amt des Rektors der Universität Salzburg bekleidete. Unsere Freundschaft beginnt mit der Arbeit an dem Grundlagenwerk, das Heinrich Schmidinger auf den Weg gebracht und dann auch herausgegeben hat: Die Bibel in der deutschsprachigen Literatur des 20. Jahrhunderts, 2 Bände, 1999. Ich habe Ideen und Beiträge beigesteuert. Große Verdienste hat sich Heinrich Schmidinger als Rektor insbesondere um die Errichtung des Stefan-Zweig-Zentrums der Universität Salzburg erworben, das seit 2008 in der Edmundsburg auf dem Mönchsberg in Salzburg untergebracht ist und jetzt der Zweig-Forschung die nötigen Grundlagen und Impulse gibt. Eine geschichtliche »Wiedergutmachung« für einen großen Schriftsteller, der von 1919 bis 1934 in seinem Salzburger Haus auf dem Kapuzinerberg gelebt hat und, jüdischer Herkunft, sein Leben durch Flucht nach England und die Vereinigten Staaten und schließlich nach Brasilien hatte retten müssen. In Vorbereitung ist eine größere Publikation von mir: »Unser Geist ist Weltgeist«. Stefan Zweig: Weltbürgertum aus den Quellen des Judentums. Am 13. September 2021 konnte ich auf Einladung des Zweig-Zentrums in einem Vortrag die Grundideen einer solchen Studie vorstellen.

25 Ich verweise auf folgende Arbeiten und biographische Recherchen von Christina Althen: »Er strebte immer nach Verbesserung«. Gespräch mit Stephan Döblin, in: Neue Rundschau 1/2009, S. 141–158; dies., »Das Leben eine Serie von Abenteuern«. Alfred Döblin als Rückkehrer, in: Argonautenschiff. Jahrbuch der Anna-Seghers-Gesellschaft 19 (2010), S. 199–210; dies., Die Grabstätte Döblin in Housseras (Vosges). Unveröffentl. Dokumentation, Januar 2020. Diese wird Teil einer »Döblin-Chronik« werden, an der die Forscherin gegenwärtig arbeitet.

26 Auf ein vieldiskutiertes, schwierig zu verstehendes Detail der Beziehung von Frido Mann zu seinem Großvater sei noch eigens hingewiesen: auf die Tatsache, dass Thomas Mann das Zusammensein mit seinem »Lieblingsenkel« für seinen Roman »Doktor Faustus« literarisch benutzt hat, und zwar auf eine schaurige Weise. Er lässt ihn als schönen, engelhaften fünfjährigen Knaben Nepomuk Schneidewein, genannt »Echo«, im Roman auftreten und an einer entsetzlichen Krankheit, Hirnhautentzündung, qualvoll sterben, was den endgültigen Zusammenbruch des in einen Teufelspakt verstrickten Protagonisten im Roman vorbereitet, des Komponisten Adrian Leverkühn. Frido Mann hat sich erstmals zu seinem »Urbildschicksal in einem der großen Werke dieses Jahrhunderts« auf der Jahresversammlung der Schweizerischen Thomas Mann Gesellschaft am 7. Juni 1997 geäußert. Der Vortrag wurde 1998 publiziert (s. Lit.-verzeichnis). In seiner Autobiographie »Achterbahn«, 2008, greift Frido Mann dieses Thema noch einmal auf: S. 60–64.

27 Zu einer weiteren Interpretation von »Doktor Faustus« (1947) sei verwiesen auf: Karl-Josef Kuschel, Im Spiegel der Dichter, 1997, S. 146–166.

28 Biographische Einzelheiten bei: Verena Lenzen, Schalom Ben-Chorin. Ein Leben im Zeichen der Sprache und des jüdisch-christlichen Gesprächs, Berlin 2013.

29 Einer der Herausgeber der »Ausgewählten Werke«, der Berliner Literaturwissenschaftler Hans-Dieter Zimmermann, hatte mich 2013 eingeladen, dieses Nachwort zu schreiben. Mit dem Thema durch meine Dissertation über das Jesusbild in der deutschsprachigen Gegenwartsliteratur (1978) vertraut, mache ich mich an die Arbeit und liefere eine gründliche literaturwissenschaftliche sowie eine stoff- und werkgeschichtliche Analyse dieses Romans. Insbesondere versuche ich zu klären, worin für einen Erzähler wie Max Brod die Meisterschaft des »Meisters« aus Nazareth besteht. Eine ausführliche Analyse des Romans »Der Meister« liefere ich im Nachwort zu Max Brod, Der Meister (1952). Neuausgabe Göttingen 2015, S. 533–568. Und dann in überarbeiteter Form in meinem Buch: Ein ungeheurer Stoff für einen Schriftsteller. Meisterwerke einer Begegnung von Bibel und Literatur im 20. Jahrhundert, Stuttgart 2020, Kap. VII: »Die Energie seines Volkes in höchster Vollendung«: Der Jesus-Roman des Zionisten Max Brod.

30 Einzelheiten bei: George Y. Kohler, »Platzmachen für Gott«. Else Lasker-Schüler, Rabbiner Kurt Wilhelm und der religiöse Liberalis-

mus in Palästina, in: Aschkenas. Zeitschrift für Geschichte und Kultur der Juden 21 (2013), S. 179–199.

31 Heute gehört das Werk von Else Lasker-Schüler zum Kanon der deutschsprachigen Literatur des 20. Jahrhunderts. Eine 14–bändige »kritische Ausgabe« ihrer Werke und Briefe erschien im Jüdischen Verlag zwischen 1996 und 2010. Zum biblischen Werk von Else Lasker-Schüler hat meine Doktorandin Andrea Henneke-Weischer gearbeitet. Ihre quellenmäßig umfassende und zugleich glänzend geschriebene Arbeit ist 2003 unter dem Titel »Poetisches Judentum. Die Bibel im Werk Else Lasker-Schülers« als Band 14 der von mir mitherausgegebenen Reihe »Theologie und Literatur« erschienen.

32 Der »Lazarus«-Zyklus, der den Dichter auf dem Sterbebett zeigt, wurde vom 30. August bis 9. November 1986 im Suermondt-Ludwig-Museum, Aachen, ausgestellt. Der Katalog dazu wurde von diesem Museum 1986 herausgegeben unter dem Titel »Herbert Falken, Lazarus. Eine Trauerarbeit in 16 Bildern«. 1993 erschien der bis dahin umfangreichste Werkkatalog: Frank G. Zehnder, Herbert Falken. Aus der Dunkelheit für das Licht. 2005 das »Werkbuch« von Herbert Falken.

33 Zur Rezeption der Kain-Abel-Geschichte in der Literatur des 20. Jahrhunderts vgl. Karl-Josef Kuschel, Ein ungeheurer Stoff für einen Schriftsteller. Meisterwerke einer Begegnung von Bibel und Literatur im 20. Jahrhundert, Stuttgart 2020, Kap. II.

34 Zum Werk von Elie Wiesel: Karl-Josef Kuschel, Im Spiegel der Dichter, Düsseldorf 2010, Teil B III, 2: Gott vor Gericht: Elie Wiesel. Zum Roman von Hartmut Lange: Karl-Josef Kuschel, Gott liebt es, sich zu verstecken. Die Herausforderung des Romans »Die Selbstverbrennung« und eine theologische Antwort, in: Der Dramatiker und Erzähler Hartmut Lange, hrsg. v. Manfred Durzak, Würzburg 2003, S. 149–164.

35 Erstmals gedruckt am 19. April 1985 in »Publik-Forum«. Wieder abgedruckt in: Karl-Josef Kuschel, Weil wir uns auf dieser Erde nicht ganz zu Hause fühlen. 12 Schriftsteller über Religion und Literatur, München 1985, S. 140–154. Und in: Martin Walser, Auskünfte. 22 Gespräche aus 28 Jahren, hrsg. v. Klaus Siblewski, Frankfurt a. M. 1991, S. 169–181. Zur kirchlich-religiösen Sozialisation – u. a. auch unter Berufung auf mein Gespräch mit Walser: Jörg Magenau, Martin Walser. Eine Biographie, Hamburg 2008, S. 26–32. Vgl. auch das Gespräch mit Martin Walser in: »Der Spiegel« vom 22.12.2012.

36 Die Publikationen von 2012 zeugen von der Schlüsselrolle, welche die Theologie des frühen Karl Barth für Walser bei der Rede von Gott spielt: der Barth der 1. Auflage seines Kommentars zum Römerbrief von 1919, mit dem der damals noch unbekannte Schweizer Dorfpfarrer auf die epochale Krise nach der Katastrophe des Ersten Weltkriegs reagiert hatte und zum Begründer einer »Dialektischen Theologie« geworden war. Doch einen Hinweis auf Karl Barth gibt es auch schon in unserem »Wiesbadener Gespräch« von 1985, und zwar im Zusammenhang mit Walsers Deutung des Werks von Franz Kafka, über das er 1951 in Tübingen promoviert hatte. Dann 2003 eine kritische Auseinandersetzung mit dem späten Karl Barth, dem Barth der »Kirchlichen Dogmatik« (1932–1967). Walser ist nicht verborgen geblieben, dass Barth seine konsequente »Dialektik« bei der Rede von Gott zu Beginn der 1930er-Jahre aufgegeben und – unter Berufung auf Jesus Christus – Gott zum »Partner« des Menschen gemacht hatte: »Und in diesem Für-den-Menschen-sein-Wollen dieses Gottes, in dieser Partner-Umarmung schwelgte der spätere Karl Barth dann exzessiv«, so Walser (in: Die Verwaltung des Nichts, 2004, S. 69). Zu theologischen Motiven im Gesamtwerk Walsers vgl. vor allem die Beiträge von Christoph Gellner in den Bänden: Mein Jenseits, hrsg. v. Michael Felder 2012, S. 84–118 und: Was fehlt, wenn Gott fehlt, hrsg. v. Jan-Heiner Tück, 2013, S. 47–67. Eine umfassende Untersuchung über den Komplex »Glauben«, über die strukturelle Analogie von Religion und Literatur und insbesondere über die Bedeutung der Theologie des frühen Barth für Walser ist ein dringendes Desiderat der Forschung.

37 Reichhaltiges Material zu biblischen Figuren im Spiegel der Literatur bei: Karl-Josef Kuschel, Ein ungeheurer Stoff für einen Schriftsteller. Meisterwerke einer Begegnung von Bibel und Literatur im 20. Jahrhundert, Stuttgart 2020.

38 1984 wurde von Hans Küng, Walter Jens und mir das »Tübinger Literatursymposion« durchgeführt. Die Dokumente in: Walter Jens / Hans Küng / Karl-Josef Kuschel (Hrsg.), Theologie und Literatur. Zum Stand des Dialogs, München 1986. Ein Nachfolge-Symposion, das die rasanten Entwicklungen im Dialogfeld von Theologie und Literatur innerhalb von nur 20 Jahren spiegelt, fand 2004 in Würzburg statt. Dokumente in: Erich Garhammer / Georg Langenhorst (Hrsg.), Schreiben ist Totenerweckung. Theologie und Literatur, Würzburg 2005. Für weitere Forschungen im Feld von »Theologie und Literatur« verweise ich exemplarisch auf folgende neuere Lite-

ratur, darunter: Christoph Gellner, Schriftsteller lesen die Bibel. Die Heilige Schrift in der Literatur des 20. Jahrhunderts, Darmstadt 2004; Georg Langenhorst, Theologie und Literatur. Ein Handbuch, Darmstadt 2005; ders., »Ich gönne mir das Wort Gott«. Annäherungen an Gott in der Gegenwartsliteratur, Freiburg i. Br. 2. Auflage 2014; ders., »In welchem Wort wird unser Heimweh wohnen?« Religiöse Motive in der neueren Literatur, Freiburg i. Br. 2020; Georg Langenhorst / Christoph Gellner, Blickwinkel öffnen. Interreligiöses Lernen mit literarischen Texten, Stuttgart 2013; Daniel Weidner (Hrsg.), Literatur und Religion, Stuttgart 2016; Andreas Mauz – Ulrich Weber (Hrsg.), »Wunderliche Theologie«. Konstellationen von Literatur und Religion im 20. Jahrhundert, Göttingen 2016; Wolfgang Braungart / Joachim Jacob (Hrsg.), Literatur/Religion. Bilanz und Perspektiven eines interdisziplinären Forschungsgebiets, Stuttgart 2019.

39 Gedruckt erscheint mein Text dann in deutscher Fassung unter dem Titel »China im Werk von Bert Brecht und Hermann Hesse« in den Fu Jen Studies 22 (1989), S. 99–127.

40 Um zur ersten Orientierung nur die wichtigsten Arbeiten zu nennen: Interkulturelle Literatur in Deutschland. Ein Handbuch, hrsg. v. Carmine Chiellino, Stuttgart-Weimar 2000; Handbuch interkulturelle Germanistik, hrsg. v. Alois Wierlacher u. Andrea Bogner, Stuttgart-Weimar 2003; Norbert Mecklenburg, Das Mädchen aus der Fremde. Germanistik als interkulturelle Literaturwissenschaft, München 2008; Michael Hofmann / Julia-Karin Patrut, Einführung in die interkulturelle Literatur, Darmstadt 2015.

41 Für eine kritische Auseinandersetzung mit George Steiners ästhetisch-poetologischem Hauptwerk »Real Presences«, London 1989 vgl. Karl-Josef Kuschel, Im Spiegel der Dichter, 1997, S. 16–34. Das Buch erschien deutsch unter dem Titel: Von realer Gegenwart. Hat unser Sprechen Inhalt? Aus dem Englischen von Jörg Trobitius. Mit einem Nachwort von Botho Strauss, München-Wien 1990.

42 Detailanalysen dazu im Hauptwerk von Hartmut Rosa: Resonanz. Eine Soziologie der Weltbeziehung, 2016. Im Kapitel IX »Vertikale Resonanzachsen« wird hier auch die »Kraft der Kunst« reflektiert (S. 472–500). Zwei Kernsätze daraus: »die moderne Konzeption von Kunst weit mehr noch als die von Religion und Natur [beruht] auf der Überzeugung von der prinzipiellen Unverfügbarkeit des künstlerischen Momentes [...] Auch dem Kunstgenuss haftet mithin ein Moment des Unverfügbaren an« (S. 475. 476). Rosa stützt sich bei

seinen Analysen vor allem auf das Werk des Frankfurter Philosophen Christoph Menke »Die Kraft der Kunst« (2013).

43 Hartmut Rosa hat in seinem Buch »Unverfügbarkeit« (2018) mit Recht darauf hingewiesen, »dass der Begriff der Unverfügbarkeit ursprünglich aus dem theologischen Kontext stammt. Die Theologie bringt darin ein Grundelement im menschlichen Weltverhältnis auf den Punkt, das auch dann von soziologischem und philosophischem sowie psychologischem Interesse ist, wenn man alle theologischen oder metaphysischen Annahmen über das Wesen Gottes (oder überhaupt ein Wesen Gottes) zurückweist. Wie Hermann Deuser gezeigt hat, wurde der Begriff der Unverfügbarkeit um 1930 von Rudolf Bultmann in Auseinandersetzung mit der Existenzphilosophie Kierkegaards und von Anfang an auch in Abgrenzung gegen Vorstellungen einer umfassenden technischen Verfügbarmachung der Welt, des Menschen und des Lebens geprägt« (S. 67). In seinem Buch »Resonanz. Eine Soziologie der Weltbeziehung« (2016) hat Rosa im Kapitel IX »Vertikale Resonanzachsen« auch die »Verheißung der Religion« reflektiert (S. 435–453).

44 Das Wort von Kurt Marti habe ich schon 1991 für meine »Literarisch-theologischen Porträts« nutzen können: »Vielleicht hält Gott sich einige Dichter …«. Hier erste Skizzen zu Heine, Kafka, Rilke, Roth, Hesse, Reinhold Schneider, zum Gottesgespräch zwischen Nelly Sachs und Paul Celan, zu Heinrich Böll und Rolf Hochhuth.

45 Stefan Zweig, Das Buch als Eingang zur Welt (1931), in: ders., Begegnungen mit Büchern. Aufsätze und Einleitungen aus den Jahren 1902–1939, Frankfurt a. M. 1983, S. 7–17. Zitat S. 7. Vgl. auch: Stefan Zweig, Das Geheimnis des künstlerischen Schaffens (1938), in: Das Geheimnis des künstlerischen Schaffens. Essays, Frankfurt a. M. 1984, S. 348–371.

Personenregister

Abbildungsnachweise

Abb. 1.1: Aus: Karl-Josef Kuschel u. a., Dichter und Denker auf Tübinger Friedhöfen, Tübingen 2009 © Tilman Rösch.

Abb. 1.2: Buchcover: Inge und Walter Jens, Die kleine große Stadt Tübingen. Fotografiert von Tilman Rösch. Verlag Klöpfer & Meyer, Tübingen 2014.

Abb. 1.4: Aus: Karl-Josef Kuschel u. a., Dichter und Denker auf Tübinger Friedhöfen, Tübingen 2009 © Tilman Rösch.

Abb. 2.1: Kupferstich nach dem Gemälde von Moritz D. Oppenheimer, Lessing und Lavater zu Gast bei Moses Mendelssohn (Öl auf Leinwand 1856). © Wikimedia Commons.

Abb. 4.1: Meersburg, Zugang Altes Schloss: Büste der Annette von Droste Hülshoff. Foto: © Roland H. Bueb / Wikimedia Commons.

Abb. 4.4: Briefmarke zum 225. Geburtstag Annette von Droste-Hülshoff. Deutsche Post Januar 2022.

Abb. 6.1: Buddha-Skulptur im Garten Rodins in Meudon. Musée Rodin, Paris. Quelle: Karl-Josef Kuschel, Als ob er horchte. Rainer Maria Rilkes Dialog mit Buddha © Patmos Verlag Ostfildern 2020, 72–73.

Abb. 6.2: Château de Muzot, Veyras © Petiloud / Wikimedia Commons.

Abb. 6.3: Rilkeweg zwischen Duino und Sistiana © Jürgen Kehrberger / Wikimedia Commons.

Abb. 6.4: Schloss Duino in Duino-Aurisina, Venetien © Aconcagua / Wikimedia Commons.

Abb. 6.6: Schloss Miramare, Triest © Ondřej Žváček / Wikimedia Commons.

Abb. 7.1: Hesse-Kabinett © Universitätsstadt Tübingen.

Abb. 7.2: Einweihung des Mia-und-Hermann-Hesses Hauses und Präsentierung der Mia-Büste August 2019. © Doris Burger.

Abb. 7.3: Karl-Josef Kuschel (rechts), Michael Limberg (links) und Volker Michels (Mitte), Sils Maria (Engadin) 2002 © Vivian J. Rheinheimer.

Abb. 7.4: Hesses Grab auf dem Friedhof in Montagnola © Hannes Röst / Wikimedia.

Abb. 7.5: Karl-Josef Kuschel und Silver Hesse © privat.

Abb. 8.1: Chinesisches Rollbild in Brechts Schlafzimmer, Berlin, Chausseestraße 125 © Sibylle Bergemann/OSTKREUZ. Bildvorlage durch die Akademie der Künste, Berlin (BBA-FA 16/015)

Abb. 8.5: Karl-Josef Kuschel im Park von Brechts Haus in Bukow am Schermützelsee, August 2006 © privat.

Abb. 9.1: Ehemaliges Wohnhaus von Stefan Zweig in Petropolis © Stefan Maislinger / Wikimedia Commons.

Abb. 9.2: Grab von Stefan und Lotte Zweig auf dem Hauptfriedhof von Petrópolis (Brasilien). © Wolfgang Rathert / Wikimedia Commons.

Abb. 11.1: Fazenda Boa Vista, Paraty / Brasilien © privat.

Abb. 12.1: Schalom Ben-Chorin 1975 in München © Harald Bischoff / Wikimedia Commons.

Abb. 12.2: Gedenkplakette am Wohnhaus von Max Brod in Tel Aviv © Avishai Teicher / Wikimedia Commons.

Abb. 12.3: Das Grab von Else Lasker-Schüler auf dem Ölberg in Jerusalem © Embeka62 / Wikimedia Commons.

Abb. 12.4: Elazar Benyoëtz während einer Lesung am 19. Juni 1996 in Hannover © Ilse Paul / Wikimedia Commons

Abb. 12.5: Grab des Schriftstellers Paul Celan (1920–1970) auf dem Friedhof Thiais bei Paris © Martin Ottmann / Wikimedia Commons

Abb. 14.1: Wolfgang Hildesheimer in Poschiavo © Schweizer Buchwerbung und Informationen / Yvonne Böhler

Abb. 14.2: Grab von Wolfgang Hildesheimer und Silvia Hildesheimer-Dillmann auf dem protestantischen Friedhof in Poschiano © Valposchiano Turismo.

Abb. 15.1: Martin Walser, Frankfurter Buchmesse 2013 © Lesekreis / Wikimedia Commons.

Alle anderen Abbildungen: © Karl-Josef Kuschel

Zum Autor

Dr. Karl-Josef Kuschel, Professor i. R., Literaturwissenschaftler und Theologe, lehrte von 1995 bis 2013 Theologie der Kultur und des interreligiösen Dialogs an der Fakultät für Katholische Theologie der Universität Tübingen. Seit 2012 ist er Kuratoriumsmitglied der »Stiftung Weltethos« (Tübingen). 2015 wurde er in der Stiftungsrat des Börsenvereins zur Vergabe des jährlichen Friedenspreises des Deutschen Buchhandels und zum Präsidenten der Internationalen Hermann Hesse Gesellschaft gewählt.

Mit seinen Veröffentlichungen, die mehrere Auflagen und Neuausgaben erfahren haben, gehört Karl-Josef Kuschel heute im deutschsprachigen Raum zu den wichtigsten Stimmen im interreligiösen Dialog und zur Beziehung von Literatur und Religion in der Moderne.